二〇二一年度國家古籍整理出版專項經費資助項目

毛詩原解

〔明〕郝敬　撰
王孫涵之　點校

九部經解

長江出版傳媒
崇文書局

圖書在版編目（CIP）數據

毛詩原解 /（明）郝敬撰 ； 王孫涵之點校． -- 武漢：
崇文書局， 2022.12
（九部經解）
ISBN 978-7-5403-7123-4

Ⅰ．①毛… Ⅱ．①郝… ②王… Ⅲ．①《詩經》—詩
歌研究 Ⅳ．①I207.222

中國國家版本館 CIP 數據核字（2023）第 021358 號

出 品 人　韓　敏
選題策劃　李豔麗
責任編輯　吕慧英　陶永躍　何　丹
責任校對　董　穎
責任印刷　李佳超

毛詩原解

出版發行　長江出版傳媒　崇文書局
地　　址　武漢市雄楚大街 268 號 C 座 11 層
電　　話　(027)87677133　郵政編碼　430070
印　　刷　湖北新華印務有限公司
開　　本　880mm×1230mm　1/32
印　　張　16
字　　數　409 千
版　　次　2022 年 12 月第 1 版
印　　次　2022 年 12 月第 1 次印刷
定　　價　118.00 圓

（如發現印裝品質問題，影響閱讀，由本社負責調換）

整理前言

《毛詩原解》三十六卷，首附《讀詩》，郝敬著。

郝敬（一五五八—一六三九），字仲輿，號楚望，湖北京山人。曾從同邑李維楨讀書，舉萬曆十七年（一五八九）進士。歷知縉雲、永嘉二縣，後徵授禮科給事中，尋改户部。坐事謫宜興縣丞，量移江陰知縣。萬曆三十二年（一六〇四），致仕歸，杜門著書近四十年。崇禎十二年（一六三九）卒。著有《九部經解》及《山草堂集》。其人生平，詳參《明史》本傳及其自著《生狀死制》（《小山草》卷九，見《山草堂集》内編）。

收入《九部經解》的《毛詩原解》，乃郝敬《詩經》學的代表著作。關於《毛詩原解》的撰著之意，郝敬《九經解叙》云：「《詩》三百五篇，授自毛公，《古序》精研，六義明通。考亭氏盡改其舊，斥爲鑿空，遂使《雅》《頌》失所，國多淫風，先進後進，吾誰適從？其毛公乎！作《毛詩原解》，部第三。」而《讀詩》「近代説《詩》」一條下，郝氏亦有相似的説明。蓋郝氏認爲朱熹《詩集傳》貶抑《毛傳》爲鑿空之説，却不知其鑿空之處，反較《毛傳》爲甚，且朱熹解《詩》，求之過淺，未得《詩》中深意。故郝氏反求於古，藉由《古序》《毛傳》，以推原《詩經》大義，因名其書爲《毛詩原解》。

除《原解》之外，郝敬尚著有《毛詩序説》八卷，而《談經》卷三則收入其論《毛詩》的五十四

條札記，二者均收入《山草堂集》內編。然而，《談經》論《毛詩》五十四條，與《原解》前附《讀詩》的內容基本相同，唯《讀詩》最後兩條，不見於《談經》。而《毛詩序説》，則是輯自《原解》的序説部分，文字雖略有出入，但內容則相差無多。由於三者同出一源，因而今日通過《毛詩原解》，即可大致掌握郝敬《詩經》學之全貌。

《毛詩原解》一書，首附《讀詩》，是郝敬對《詩經》各方面的概論，可謂全書的綱領。而《原解》對《詩經》疏釋，除十五《國風》、大小《雅》、三《頌》等題下注外，各篇大致可分爲以下四個部分：其一是本文，郝敬在《毛傳》《詩集傳》的基礎之上，對詩文進行了分章，並對難字、叶韻字加以音注。其二是序説，各篇均附載《詩序》全文，郝敬以《詩序》首句爲「《古序》曰」，剩餘文字爲「毛公曰」；其後或指摘朱熹《集傳》之説，或綜論詩義，各篇形式互有不同。其三爲譯解，是對《詩經》各章逐字逐句的散文翻譯。其四爲訓詁，摘取詩中難字難句，列其今訓，時又引經典、俗語以通其意。

關於郝敬的《詩經》學，蔣秋華據《讀詩》將郝敬的《詩》學觀總結爲：宗《詩序》、闢淫詩説、一詩三體（賦、比、興）、《詩》與《春秋》相終始〔一〕。蔣氏的概括，可謂得當。雖然《原解》中亦有從《朱傳》之處，但宗《古序》、貶《朱傳》可以説是郝敬解《詩》的基本立場。從今日來看，各家解《詩》，均有不同的立場及前提，郝敬宗古貶朱是否合理，實乃見仁見智。不過郝敬解《詩》，

〔一〕蔣秋華《郝敬的詩經學》，《中國文哲研究集刊》第十二期，一九九八年三月。

雖有臆測之處，但自出機杼，新意叠見，在明代《詩經》學史中應有一席之地。而且，對於現代讀者而言，《原解》的譯解，語言平實易懂，訓詁亦信而可徵，要而不煩，不失爲一部簡明的《詩經》讀本。另外還應注意的是，雖然郝敬因襲宋人的叶韻説，《原解》中的叶音注並非《詩經》古音，但對考察當時的湖北京山方言亦有一定幫助。

據《毛詩原解》書末刊記，其書板雕成於萬曆四十四年（一六一六）季春。然而其書刊印之後，通過對書板的挖改，郝敬陸續對其舊釋有所更易，並訂正了一些版刻中的謬誤。因而明代刷印的《毛詩原解》諸本，雖均出於同一書板，但因印次不同，文字多有出入。據其文字異同及刷印先後，可分爲以下四類：

其一，初印本。北京大學圖書館（甲本）〔一〕、臺北「國家圖書館」〔二〕、日本國立公文書館〔三〕、日本京都府立京都學・歷彩館〔四〕藏本即屬此類。其最爲明顯的特徵，在於《國風》《小雅》《大雅》《魯頌》《周頌》《商頌》卷首的撰人題署，均作「郝敬習」，而後印本則改作「郝敬解」。

〔一〕索書號：SB／〇九三・二／四七四八／C二
〔二〕索書號：一〇三・二 〇〇二七九
〔三〕索書號：經〇三二一—〇〇〇三
〔四〕索書號：貴／三四

但四館藏本，其舊藏者均據後印本對之有所塗改，甚至裁剪後印本的更改之處，粘貼在初印本上。可見舊時學者研讀《毛詩原解》之時，已知其書有先後印之别，並以後印本爲準，對初印本加以改正。由於三本均有不同程度的塗改、粘貼，今日需綜合考察各本文字，並參照初印再校本，方能窺知初印本全貌。

其二，初印再校本。日本京都大學附屬圖書館〔一〕、《四庫全書存目叢書》《續修四庫全書》影印湖北省圖書館藏本即屬此類。其文字與初印本基本相同，但在印行過程中郝氏對其舊説陸續有所修改。如《大雅・瞻卬》經文「孔填不寧」，初印本「填」之音注作「塵」，京大本、湖圖本則改爲「顛」。而《魯頌・閟宫》「黄髮台背」的訓詁部分，初印本及京大本作「台作鮐，魚名，老人背有皺紋如鮐皮也」，湖圖本則改爲「台作駘，《莊子》有哀駘駝，老人痀僂之狀」。

其三，後印本。日本筑波大學附屬圖書館〔二〕藏本即屬此類。後印本在初印再校本的基礎上，改卷首撰人題署「郝敬習」爲「郝敬解」，此爲後印本最爲顯著之特徵。除此之外，後印本對舊釋有不少修正，如《大雅・行葦》第七章「黄耇台背」的譯解部分，初印本、初印再校本作「黄髮耇僂老，背有鮐文」，而後印本則改爲「黄髮耇僂者，其背駘駝」。此與湖圖本改易《魯頌・閟宫》「黄髮台背」

〔一〕索書號：一—六一＼キ＼三＼一
〔二〕索書號：ロ八〇三—三二

訓詁相同，即以「台背」爲駘駝佝僂之狀，而不取背有鮐文之釋。同時，後印本對刊刻之誤亦多有校正，如《豳風・破斧》第三章「周公東征」經文，初印本、初印再校本因改行而誤重「周公」二字，作「周公周公東征」，而後印本則改後「周公」二字爲墨釘，以示删削。其餘後印本改動頗多，詳參本書校記。

其四，重校本。北京大學圖書館（乙本）[一]藏本即屬此類。其特徵在於，《讀詩》卷首的校訂人，初印本、初印再校本、後印本均作「男千秋千石校刻」，而後印重校本則作「男千秋、千石、洪範較」。「較」字避明熹宗朱由校諱，加之郝洪範所輯《談經》《毛詩序説》二書郝敬《題辭》均署於天啓[二]，則《毛詩序説》的重校，似在天啓間郝洪範輯刻《談經》《毛詩序説》前後。然而，重校本對後印本文字並無太大改動，而且書板屢經刷印，文字頗有漫漶之處，反生錯訛。如《小雅・常棣》「鄂不韡韡」之訓詁，後印本云「花足有孚殼如韡，韡與韡通」，而重校本「如韡韡與」四字作墨釘，不成文義。

以上爲明代《毛詩原解》諸本的大致分類。其後，清光緒十七年（一八九一）三餘艸堂刻《毛詩原解》，收入《湖北叢書》中。其書卷一署云「《湖北叢書》用京山郝氏家藏本」，今與上述明印諸本相校，知其底本當爲初印本。但初印本中一些明顯錯訛，《湖北叢書》本並未據後印本改正，如《讀詩》

〔一〕索書號：SB／〇九三・二／四七四八／

〔二〕《談經題辭》末署「天啓甲子歲端午日郝敬題」，即天啓四年（一六二四），而《毛詩序説題辭》末署「天啓五年七月初三日郝敬識」。

「詩者，聲音之道」條，初印本、《湖北叢書》本云「古詩韻叶但彷彿，不必切合」，「韻叶」不通，後印本改作「叶韻」爲是。而且，《湖北叢書》本對原書體例改動較大，《毛詩》經文音注被盡數删去，頗失舊本面貌。

另外，二〇二一年中華書局出版了向輝點校的《毛詩原解　毛詩序説》。作爲《毛詩原解》的第一部點校本，篳路藍縷，功勞良多，但需要注意的是，向輝認爲日本筑波大學附屬圖書館本爲「早期印本」，湖北圖書館藏本爲「後期印本」，實際正好相反。僅就其所舉兩則例證而言，《豳風·破斧》「周公東征」之例〔一〕，筑大本「周公」下二字作墨釘，如前所言，乃後印本對初印本的訂正，恰好是筑大本後印的證據；而《小雅·常棣》第一章譯解部分的「衆蘂同柎，柎之承花」〔二〕，筑大本兩「柎」字稍大，頗不自然，當爲挖改，而湖圖本「柎」作「蕚」者，方是初刻原貌。筑大本其餘挖改之處甚多，讀者與初印諸本相比對，即可知二者之别。

由於《毛詩原解》刻板之後，郝敬對之多有修正，較之初印本，後印本更能反映郝敬的最終定説，

〔一〕向輝《整理説明》：「早期印本《毛詩原解》卷十六第十三葉《東山》篇『周公東征』，『公』字下有二墨釘，且有刻工『人』，後期印本去掉墨釘，無刻工。」按：「周公東征」句出《豳風·破斧》，非《東山》篇，且此葉筑大本並無刻工名，至第十四葉方有刻工名「人」。

〔二〕《常棣》篇名，向輝《整理説明》誤作「棠棣」。

因而本次整理以日本筑波大學附屬圖書館本（筑大本）爲底本，通校以臺北「國家圖書館」本（臺圖本）、日本國立公文書館本（公文本）、日本京都府立京都學・歷彩館本（歷彩本）、《四庫全書存目叢書》影印湖北省圖書館本（湖圖本）、北京大學圖書館乙本（北大本），試圖通過校勘，來體現《毛詩原解》由初印到後印的修訂過程。

整理凡例具體如下：

一、底本與通校本的相異之處，均於校記中反映。臺圖本、公文本、歷彩本或有塗改，則出未塗改者之異文。若三本皆有塗改，則權於校記説明。至於塗改後的文字，與原本無關，不出校。

二、《談經》卷三《毛詩》五十四條與《讀詩》内容大體相同，而《毛詩序説》則輯自《毛詩原解》各詩序説。然而，將二書與《原解》相校，文句互有出入，已非同一文本。故今將《談經》《毛詩序説》作爲校勘之參考，底本不誤，而二書與底本有異時，不出校。

三、《毛詩原解》所載《詩經》經文，多與朱熹《詩集傳》相合，而與宋代以來《毛詩詁訓傳》《毛詩注疏》等本有異。如《小雅・我行其野》「求我新特」，與《詩集傳》同，而《毛詩詁訓傳》等本「我」作「爾」；《小雅・四月》「奚其適歸」，與《詩集傳》同，而《毛詩詁訓傳》等本「奚」作「爰」。故《原解》所載《詩經》經文的校勘，首以朱熹《詩集傳》爲參考。

四、校勘力求存真復原，即以校改刊刻之誤，恢復郝敬定本面貌爲目的，而内容之是非，則不在校勘範圍之内。唯引文及其出處，或有郝敬誤記者，如《小雅・頍弁》序説云「杜甫所謂『東方漸高

奈樂何』者也」，「東方漸高奈樂何」語出李白《烏棲曲》，「杜甫」云云顯誤，然諸本及《毛詩序説》皆作「杜甫」，或爲郝敬誤記，爲免讀者疑惑，故於校記中權加按語而不作校改。

五、部分保留底本的異體字，但今日不常用的異體字，則統一爲通行字體，如「畧」改「略」，「曅」改「曄」，徑改不出校。

六、一些形近而訛的字，如「束」「穀」「禘」「末」誤作「束」「穀」「禘」「末」等，以及「已」「己」「巳」的混用，今依上下文義考定其字，徑改不出校。而經文音注之「叶己」，考其所注「久」「玖」「偕」「近」「豈」「忌」「舅」「舊」「皆」等字，均爲見母、溪母、群母等中古牙音字，則「叶己」當爲同屬牙音的見母之「己」，而非喉音以母之「已」或齒音邪母之「巳」。故今以「叶己」爲正，徑改不出校。

七、底本以「○」分别經文各章，並作爲《古序》、序説、各章譯解、訓詁間的區隔，整理時均予以保留。唯底本各段起首不空格，段與段之間，若適逢前段文字滿行之時，則加「○」於後段起首，以示區隔。由於點校本各段起首均空兩格，故省略底本作爲分段區隔之「○」。

八、底本通篇施有句讀，是點校時的重要參照，但對於句讀中的錯誤之處，不出校。

限於點校者的水平，本書應該仍有不少疏漏與錯誤，歡迎讀者批評指正。

王孫涵之

目録

毛詩原解卷三

毛詩原解卷四

毛詩原解卷五

毛詩原解卷六

毛詩原解卷七

〔一〕「陽陽」，原作「揚揚」，諸本同，今據本文標題改。

毛詩原解卷八

鄭二十一篇

〔一〕「將仲子」原在「大叔于田」後、「清人」前，諸本同，今據本文順序改。

毛詩原解卷九

齊十一篇

毛詩原解卷十

魏七篇

毛詩原解卷十一

唐十二篇

毛詩原解卷十二

秦十篇

毛詩原解卷十三

陳十篇

毛詩原解卷十四

毛詩原解卷十五

毛詩原解卷十六

毛詩原解卷十七

毛詩原解卷十八

毛詩原解卷十九

毛詩原解卷二十

毛詩原解卷二十一

毛詩原解卷二十二

毛詩原解卷二十三

毛詩原解卷二十四

毛詩原解卷二十五

毛詩原解卷二十六

毛詩原解卷二十七

毛詩原解卷二十八

毛詩原解卷二十九

毛詩原解卷三十

毛詩原解卷三十一

毛詩原解卷三十二

周頌三十一篇

毛詩原解卷三十三

毛詩原解卷三十四

毛詩原解卷三十五

毛詩原解卷三十六

附録・序跋提要

毛詩原解

京山郝敬著　男千秋千石校刻〔一〕

讀詩

六經惟誦《詩》多明法。孔子曰：「《詩》可以興，可以觀，可以羣，可以怨。邇之事父，遠之事君。」「誦《詩》三百，授之以政，不達；使于四方，不能專對；雖多，亦奚以爲？」故子貢論學知《詩》，子曰：「賜也，始可與言《詩》。」子夏論《詩》知禮，子曰：「商也，始可與言《詩》。」此孔子説《詩》之明法也。孟子亦曰：「説《詩》者，不以文害辭，不以辭害志。以意逆志，是謂得之。」故高子問「《小弁》，小人之詩」，孟子曰：「固矣夫，高叟之爲《詩》。」咸丘蒙問《詩》云：「『普天之下，莫非王土。率土之濵，莫非王臣。』舜爲天子，瞽瞍非臣，如何？」孟子曰：「非此之謂也。如以辭而已，《雲漢》之詩曰：『周餘黎民，靡有孑遺。』是周無遺民也。」此孟子説《詩》之明法也。

〔一〕校刻人名，北大本改作「男千秋、千石、洪範較」。

學者通乎此意，而學《詩》無餘術矣。

《三百篇》所以高絶千古，惟其寄興悠遠。不讀《古序》，不達作者之志，與聖人删定之旨。後人疑《序》與《詩》不似。不似處，正宜理會，《詩》所難言正在此。自朱元晦不通《古序》，學者謬承師説，淺陋枯索，無復興致可風。

《詩序》相傳爲子夏與毛公合作。今按各《序》首一句，爲各詩根柢，下文皆申明首句之意。故先儒謂首《序》作自子夏，餘皆毛公增補。今觀首《序》簡當精約，非目巧可撰。古人有詩即有題，或國史標注，或掌故記識，曾經聖人删正，決非苟作。而毛公發明，微顯詳略曲盡，爲千餘年詩家領袖。至宋儒師心薄古，一切詆爲妄作，秖據詩中文字，斷以己意，創爲新説。今用之，予未敢信其然也。

古人作詩，先有題而後有詩。未有詩成，後以題强肖者。箴、銘、記、贊之類，題闕或可據辭標補。至于詩義微婉，雖事有所本，而常託興象外。據辭撰題，決無此理。朱子改《序》，皆先有詩而後有題也。

《詩序》首句函括精約，法戒凛然，須經聖裁，乃克有此。其下毛公申説，乍讀似闊略，尋思極得深永之味。後人不解，詆爲淺陋。千古寸心，得失自知，此言《詩》所以難也。或謂毛公有大小，非出一手。其父子兄弟，轉相發明，故《傳》與《序》間有不合。大抵《箋》不如《傳》，《傳》不如《序》。毛公補《序》，又不如《序》首一語。讀《詩》惟當以首《序》爲宗。今于首句，增「古序曰」三字，下以「毛公曰」別之，後附朱説，參以愚見，不敢辭其妄也。

序者，遂也。作者有未達之志，序以遂之。故《古序》即是詩人之志。詩辭明顯，則《序》不及，

但道詩所未言，後人所不知者，故《序》不可廢也。朱子必責詩中語爲徵，正與《古序》相反。苟詩辭已直，又焉用《序》爲？如朱説，依樣葫蘆，都似重複語。《書序》所以孟浪，正坐此。雖不用，亦無傷也。若《詩》無《古序》，則似夜行，烏可少乎？

《詩》别有齊、魯、韓三家，失傳矣。然三家未見《古序》，其學亦可知。毛公根據《古序》，與經傳合，而能變通遊演，曲暢作者之情，千載獨行，諒非偶爾。朱子一切詆爲鑿空妄説，今虚心檢閲，自覺古是今非。有識者，何敢謏今而背古乎？

《古序》全體《春秋》之義，于凡美刺，各舉大綱，而不盡之意，寄于言外。當時作詩詳委，具在國史，今不可考矣。毛公《序》説，有所受之，亦猶《左傳》于《春秋》，雖精旨未暢，而大略可據。朱欲廢毛，已爲不可，直欲併《古序》廢之，予河漢而不信也。

讀《詩》本《古序》，義理周匝完備，《雅》《頌》各得其所。聖人删《詩》，手澤如新，朱子謂《序》不可信，須併《三百篇》亦不信始得。如以《三百篇》爲古，而《序》爲非古，改從今説，則其錯亂不可勝道矣。《國風》尚有十五國爲别，至于《雅》皆朝廷獻替，《頌》爲宗廟登歌。如《小雅·沔水》改爲憂亂，非規宣王；《白駒》改爲留賢，非大夫刺王；《黄鳥》《我行其野》改爲民適異國，非刺宣王；《谷風》改爲朋友相怨，非刺幽王；《蓼莪》改爲孝子不得終養，《四月》改爲遭亂自傷，非刺幽王；《無將大車》改爲行役，非大夫悔用小人；《車舝》改爲新婚，非刺幽王；《采緑》改爲思夫，非刺怨曠；《隰桑》改爲喜見君子，非刺幽王；《綿蠻》改爲微賤勞苦，非刺亂。以上皆如朱説，則《小雅》與《國

風》何以別乎？《楚茨》《信南山》《甫田》《大田》皆非刺幽王，《大雅・生民》非尊祖，《既醉》非太平，《鳧鷖》非守成，《假樂》非嘉成王。以上盡改從朱説，則《雅》與《頌》又何以別乎？《民勞》《板》改爲同列相戒，非刺厲王；《抑》改爲衛武公自作，非刺幽王；《崧高》《烝民》《韓奕》皆改爲贈行，非美中興〔一〕，如此則與《風》又何別乎？《周頌・臣工》非諸侯助祭，《噫嘻》非祈穀，皆改爲戒農官，《訪落》《敬之》《小毖》皆改爲成王自作，如此則與《雅》又何別乎？《魯頌》四篇，《駉》但爲牧馬，《有駜》但爲燕飲，《泮水》但爲脩泮宮，《閟宮》但爲脩祖廟，如此則與《風》何別乎？若是則三經紛如亂絲，必尼父再生，重加删正，乃可通也。

朱元晦詆《小序》世代名氏，皆爲妄語。凡《序》云美某人，刺某事，必責詩中有某名某事徵，不然即斥爲鑿空。若辭類他人他事，即以他人他事代。惟以切直爲主。作詩如此，但可謂之記事文字，而其淺率甚矣，何稱爲「主文譎諫」乎？如二《南》，文王詩也，未嘗一字及文王。《關雎〔二〕》《葛覃》，大姒詩也，未嘗一字及大姒。若盡責名與事爲徵，則雖二《南》諸詩，亦鑿空矣。按辭徵事，以校他書考制度則可，言《詩》則不可。

〔一〕「興」，北大本及《談經》同，歷彩本、湖圖本作「行」，音近而誤。

〔二〕「雎」，原作「睢」，諸本及《談經》同。按：「雎」「睢」二字古多混用，今以義取於「隹」者爲「雎」，義取於「目」者爲「睢」，後徑改不出校。

二《南》、《雅》、《頌》所載文、武諸詩，皆作于王業既成之後，故《序》以文事爲文王詩，武事爲武王詩，非謂其詩即作于其時也。朱子據詩中有「文」「武」「成」「康」字，輒以生前稱謚爲疑。他凡詠其事者，謂即作于其時；凡美刺代言者，謂即其人自作。皆犯高叟之癖。

朱子詆前人師説爲鑿空，抑不知己之改作，又何所據？則猶之鑿空耳。第如朱説淺率，其鑿空易；如《古序》深遠，其鑿空難。今試使人暗索，爲朱説者，十常八九；如《古序》者，百無一二。古人鑿空，何不就其明且易者，而爲其遠且難者乎？毛公距夫子删《詩》所四百年，既爲鑿空；朱子又後千五百年，饕然自以爲某詩非某事，實因某事作；此何異李少君遇九十歲翁，紿云我識爾曾王父面孔？知者誑而不信也。

朱子改《古序》，秖據文辭，疑似懸斷，大抵淺俗。如《叔于田》，刺鄭莊公不教養其弟，辭似美叔段，遂改爲美叔段；「將仲子兮」，刺莊公與祭仲謀殺弟，辭似婦人與男子語，遂改爲淫奔。如《序》何其悠遠，如朱則委巷之曲耳。詳見各篇。

朱元晦專以史傳質《序》。《序》自與史傳合，然《序》古而史傳後出，以史傳徵《序》，是以黄小徵老人也。如《曹風》「三百赤芾」，《序》謂刺共公，是也。朱謂《序》附會《左傳》晉文公數曹乘軒三百之事。此《左傳》牽《詩》屬辭耳，豈真曹有三百大夫之多乎？又如吴札觀魯樂，先孔子删《詩》所五十有九年，而《傳》所述皆因《三百篇》次第。今不謂《左傳》附會《詩》，而反謂《序》附會《左傳》，豈不倒見？意在排《古序》求勝而已。孔子曰「信而好古」，好而不信，則如無好；

又曰「多聞闕疑」，疑而改作，無寧闕諸？

朱子謂《序》無據而揣摩也。夫君子善善長而惡惡短，就使無據，寧揣摩古人之似入于善，無寧揣摩不似而入于惡。入于善者，成人美；入于不善者，成人惡。故曰：過疑從輕，況本無疑乎？《木瓜》爲感齊桓公作，何疑也？《青青子衿》爲學校不脩作，又何疑也？今不擬以報德之辭、學校之咏，而改從淫奔，豈惟瀆亂聖經？亦好成古人之惡矣。餘難枚舉，附見各篇。

不微不婉，徑情直發，不可爲詩。一覽而盡，言外無餘，不可爲詩。美謂之美，刺謂之刺，拘執繩墨，不可爲詩。意盡乎此，不通于彼，膠柱則合，觸類則滯，不可爲詩。朱說皆犯此數病。

子貢論貧富，與《詩》何干？而以切磋琢磨解；子夏論素絢，與禮何干？而以禮後解。顧仲尼極加歎賞，謂其始可與言《詩》，此意二千年來無人會，但作穎悟上伎倆，實是三百五篇証盟公案。蓋詩人託興深遠，言語寛厚，抑揚反覆，不可爲典要。理有切合而辭若矛盾，語有疑似而志相背戾，是故言《詩》難也。善解者，通其志而冥合；不達者，執其似而反遠。子貢論學，知《詩》離而能合也；子夏論《詩》，知禮入而能出也。離而不殊，合而不泥，入而不執，出而不遠，兩端用中，乃可言《詩》。世儒于《詩》，以切磋解切磋，以素絢釋素絢，見《關雎》則以爲鳥，聞《羔羊》則以爲獸，讀《狡童》則以爲蕩子，目《静女》則以爲淫婦，膠柱鼓瑟，無一可通。乃有如高叟以怨慕父母爲小人，如咸丘蒙以普天率土爲臣父，乃至執辭生疑，如朱元晦以《古序》爲牽强，率意師心爲易簡直訣。若是則易簡直訣，孰如高叟、咸丘蒙，而賜、商二賢，亦烏能免于牽强之誚也？故子貢、子夏之後，善言《詩》

者，莫如孟子。孟子之後，知其解者，莫如毛公。

或曰：孔子以「思無邪」一言蔽《詩》三百，何也？曰：此即孟子所謂「不以辭害志」也。詩者，志也。《詩》多男女之辭，志不專爲男女發。聽其聲靡靡，而逆其志甚正，故端冕而聽鄭、衛，皆雅樂也。苟佚欲念起，凡歌舞皆足以喪志，故《樂記》曰：「樂者，樂也。君子樂得其道，小人樂得其欲。以道制欲，則樂而不亂；以欲忘道，則惑而不樂。故君子反情以和志。」反情和志者，思無邪之謂也。又曰：「禮主其減，樂主其盈。禮減而進，樂盈而反。」減而能進，盈而能反者，思無邪之謂也。故曰：「興於《詩》，立於禮，成於樂。」敬主乎中，而和爲終始也。世儒不達，謂《詩》多淫辭，必無邪思乃可誦《詩》。夫使聖人删《詩》留淫辭，禁學者邪思，是建曲表而責直影也。蓋凡聲音之道，和動爲本，過和則流，過動則蕩。苟弛而不張，雖《關雎》《鵲巢》《桃夭》《摽[一]梅》，其無男女之思耶，而奚必淫奔之詩也？然則《詩》多男女之詠，何也？曰：夫婦，人道之始也。故情欲莫甚于男女，廉恥莫大于中閨。禮義養于閨門者最深，而聲音發于男女者易感。故凡《詩》託興男女者，和動之音，性情之始，非盡男女之事也。

讀他書，依憑文字，不中不遠。讀《詩》守文字，不惟害辭，且乖本旨。如《君子偕老》《猗嗟》本刺也，而其辭頌；《楚茨》本傷今也，而其辭道古；《小戎》《東山》美之，而無一語贊揚；《氓》

〔一〕「摽」，原作「標」，諸本同，形近而誤，今改。

《谷風》刺之，而無一語譏貶：此類甚多。朱子于《東山》改爲周公自作，于《氓》《谷風》《小戎》改爲婦人自作。又如《周頌・噫嘻》據「成王」二字，改爲戒農官；《執競》據「成康」二字，改爲祭成王、康王。按《古序》以繹今旨，殊覺不然。

《詩》有詠古而意在傷時者，如《七月》《信南山》《采菽》之類是也。有言乙而意在刺甲者，如《叔于田》《椒聊》之類是也。有託爲其人之言寓意者，如《卷耳》《江有汜》《采緑》之類是也。有不明言其失，但敘其人之事，其失自見者，如《氓》之類是也。有篇首見意，後皆託爲其人之言者，如《雲漢》之類是也。有通章託言，全不露正意者，如《鴟鴞》之類是也。有露一二泠語可思者，如《碩人》《猗嗟》之類是也。有前數章全不露，直至末章方明説者，如《載馳》、「有頍者弁」之類是也。有首露一二語，後全不露者，如《楚茨》之類是也。有辭初緩而漸迫者，如《旄丘》《四月》之類是也。有言輕而意實重者，如《凱風》之類是也。有首章辭意已盡，後數章但變文疊韻者，如《樛木》《螽斯》《黄鳥》《無衣》《綿蠻》之類是也。有前敘事，後託爲其人之言者，如《野有死麕》《大車》《小戎》之類是也。有首章見意，後數章皆託他人言者，如《蕩》之類是也。有前數章反言，至末始見正意者，如《都人士》《隰桑》之類是也。餘可例推。雖或即事直陳，而皆有悠揚委曲之趣、言外不盡之旨，都未有徑情直發者。後世騷賦，大彷風人遺意，至近體興而古意盡廢。朱元晦以近體解《三百篇》，宜其不達耳。

《詩》意深厚，正不貴明淺。或借古以諷今，或反言以明正，或託其人口吻以發意中事，或漫無

可否述事以見意，體裁不一，要未有直發者。朱子謂《詩》本性情，辭無糍綴。夫聲音之道，自與性情通。歌詠所以養性情，歌《雅》者温良，歌《頌》者柔直，故曰：「《詩》可以興。」此性情之説也，非謂其人自作，即見其人之性情云爾也。人雖暴厲，其爲詩亦必温厚。不温厚，則非詩。故曰：「不以人廢言。」言不可以信人，詩其可以信性情乎？以此論性情，失其解矣。

朱元晦云：「讀書從眼前説出底便好，從崎嶇説出底便不好。」此非至當之論。言近指遠，眼前固好；牽强造作，崎嶇固不好。若以皮膚爲眼前，以深永爲崎嶇，所喪適多。如讀《詩》與讀《易》，欲一味眼前，胡可得？《詩》比與《易》象，欲不崎嶇，胡可得？朱子解《詩》《易》所以兩失，惟其怕崎嶇，將六經許多義理，割與二氏，自守皮膚。譬如用兵，奇正相生。宋襄公怕崎嶇，戰死于泓；成安君怕崎嶇，爲虜于漢；鄧艾不崎嶇，則不能入蜀；李愬不崎嶇，則不能平蔡。天下事非疎淺迂濶可辦。聖人不爲險，亦不失險。乾不爲險，自能知險。諸子百家與六經争峙，儒者迂濶養成之，非六經道不廣也。

《詩》言寬裕含容，本詠一事，而悠游委蛇，可以旁通。諸經語不可節取，惟《詩》斷章割句，甲乙皆合，正以其辭不拘一隅也。是烏可與硜硜之士道乎？故自古稱言《詩》難也。

凡《詩》之比，鳥獸草木皆取諸目前至近，貴使人易曉，必無異方奇怪之物。如雎鳩之爲布穀也，鳲鳩之爲鸜鵒也，皆愚夫所習見聞。取以爲比，世儒不解，妄事猜度，轉入奇僻，傷詩人和平之旨，失託興曉喻之意。

賦、比、興，非判然三體也。《詩》始于興。興者，動也，故曰：「動天地，感鬼神，莫近于《詩》。」

夫子亦曰：「《詩》可以興。」凡《詩》未有離興者矣。興者，《詩》之情。情動于中，發于言爲賦。賦者，事之辭。辭不欲顯，託于物爲比。比者，意之象。故夫鋪敘括綜曰賦，意象附合曰比，感動觸發曰興。非但歡娛爲興，喜怒哀樂皆本于興。故《詩》者，性情之道，和人神，協上下，移風易俗，莫非興也。《毛傳》誤以《關雎》《葛覃》之類爲興，而朱子附會其説，謂興者，「先言他物，以興起所詠之事」；比者，「以彼物比此物」。不思「先言他物」與「彼物比此物」，有何差別，自知難通，乃謂比有取義，興不取義。而不知其所謂興者，其實皆比也。如《關雎》本比，而其所興之情，與所賦之事，已寓于「雎鳩」二語中。今但謂先言「雎鳩」，興起所詠之事，及下二句，又不明言所事，而但贊淑女爲好逑。然則淑女所以好逑之故，已寓于首二句中明矣，安得謂首二句但爲興起所詠而已也？豈惟失比之體，亦錯會興之義。蓋借物爲比，不言正意而意已宛然，即比也。如《樛木》首二句，比后妃逮下、衆妾上附之意宛然，故下文不復及正意，但詠后妃福履而已。又如「鴛鴦在梁」首二句，比古明王愛養萬物意宛然，故下文不復及正意，但頌「君子萬年」而已。「風雨雞鳴」，喻世亂君子不變意宛然，下文更不及正意，但言已願見而已。餘可類推。今皆以爲興起所詠之事，而所詠事終不及焉。即其所謂興者義，亦不成矣。朱子又以賦、比、興分配各篇。愚按：三義原非離析。如《黍離》《清廟》《絲衣》《閟宮》之類，本直賦其事，而託黍稷、衣服、宮室，亦即是比；臣子忠孝誠敬之情，即是興。又如《鴟鴞》全篇借鳥言是比，陳説武庚事即是賦，感動成王即是興。若裁爲三體，豈成義理？且如後世《上林》《子虛》之辭，直名爲賦，豈得謂其中遂無比、興耶？

比者，寓託之義，非獨兩物切譬爲比也。但不直斥此事，而託言于彼，皆是比。如關雎鵲巢、鳳凰麟趾、黄鳥鴟鴞、狼跋鹿鳴、桃李唐棣、黍稷葛藟之類，此其親切譬喻者也。其他或文字音響，物象情景，假借附合。如采葛以喻讒言蔓引，采蕭以喻其薰灼，采艾以喻其爍膚，此類比之取義者也。如《載馳》之阿丘采蝱，蝱一名貝母，借作背母，思歸之喻；《中谷有蓷》，蓷一名充蔚，一名益母，借作豐年得養其妻之喻。此類比之爲隱語者也。如《殷其靁》之殷，借作殷商，以靁喻商紂之威虐也。「采唐」刺淫，唐之言蕩也。《兔爰》閔周，兔之言毒也，雉之言癡也。《終南》之條言理也，梅言謀也。他如棣之言弟也，桑之言喪也，棘之言急也，栩之言虎也。如「新臺有泚」，借作顙泚之泚。《君子偕老》之「玼兮」，亦借作泚，言可愧也；「瑳兮」之瑳，借作巧笑之瑳，言可笑也。此類比之切響者也。如《清人》「在彭」「在消」「在軸」，未必河上實有是地；《桑中》「孟庸」「孟弋」，未必上宫實有是女。彭，盤也；消，散也；軸，旋也：皆遊嬉之喻。庸言賤也，弋言引也，皆誨淫之喻。此類比之會意者也。至如《周頌》之《絲衣》，因緣于祭蠶；《小雅》之鴛鴦，取義于交物。此類無《序》，幾不可解。故凡託物皆比，而朱子于此類，一切以爲發端之語，無所取義，其疏莽可勝言哉！

《詩》之有比，猶《易》之有象。《易》義難言，以象像之；《詩》志難言，以比譬之。漢魏諸家，言《易》象過于穿鑿，及言《詩》比，全没理會。朱元晦所以誤比爲興，其疎謬從來遠矣。

言《詩》殊關氣質。元晦性地質直，氣鮮圓通，故言《詩》殊非所長。《詩》多託興，必認以爲真；《詩》多婉言，必改使從直；《詩》多深遠，必牽使就淺。所以三百《古序》，無一能解頤者。

朱元晦于《國風》諸篇，語稍涉情致，即改爲淫奔，遂使聖人經世之典雜以諧謔，初學血氣未定，披卷生邪思，環席聽講，則掩口而笑。至使蒙師輟講，父兄不以授其子弟，甚違聖人雅言之意，其關係豈淺淺哉！

男女生人至情，恒人心緒牢騷，則託詠男女，而爲女子語常多。蓋男子陽剛躁擾，女子陰柔幽静，性情之秘，鍾于女子最深，而辭切婦女，最悠柔可風。故聖人録其辭，被諸管弦，協之音律，以平其躁，釋其慾，宣其壅，窒其淫，因人情而利導之也。後之爲詩者，不達此旨，一遈爲淫哇之曲，去本遂遠。而説《詩》者，併詆聖人删正之辭爲淫詩，亦豈知性情之道者乎？

或曰：夫子删《詩》，既不録淫詩，而曰「鄭聲淫」，何也？夫聲與詩異，鄭聲淫，非鄭詩盡淫也。《虞書》曰：「《詩》言志，歌永言，聲依永。」音律爲聲，篇章爲詩。聲生于響，詩成于志。故《古序》曰：「在心爲志，發言爲詩。」此聲與詩之辨也。今據《古序》以繹志，鄭、衛之詩，其何者爲淫詩與？雖《桑中》《溱洧》，志在刺淫，而詩本非淫也，豈得以辭而累志？苟不逆其志，惟辭之似，雖二《南》之《行露》《死麕》，其誰不可爲淫詩者與！鄭之《將仲子》刺莊公，《狡童》《褰裳》刺昭公，其志皆正，其聲靡靡，皆似婦人語。蓋土風化氣，習氣化響，豈惟鄭、衛？宋音燕女溺志，齊音傲僻驕志，以至五行莫不有淫氣，八方莫不有淫聲，而惟鄭、衛爲甚。故凡靡麗之聲稱鄭、衛，猶今人云楚歌、趙舞云爾，豈獨楚有歌而趙有舞與？若謂鄭音即鄭詩，衛音即衛詩，齊音即齊詩，十五國未有宋詩也，則所謂「燕女溺志」者是何詩與？以鄭、衛之聲，獨罪二國，非也。又以聲罪詩，豈不誤乎？《樂記》

子貢問于師乙曰：「賜聞聲歌各有宜，敢問賜宜何歌？」所謂歌，即詩也。歌有辭，而聲惟響。故師乙舉《雅》《頌》言詩，舉商、齊五帝三王之遺言聲，謂以商、齊之聲，歌《風》《雅》《頌》之詩，猶今人以南北腔唱樂府辭。此聲與詩之徵也。鄭康成解《禮》不達，謂〔一〕《記》有錯簡，疑商、齊與《風》《雅》《頌》并列爲歌，則是以齊爲《齊風》，商爲《商頌》矣。據本文云「商爲五帝之聲，商人傳之；齊爲三代之聲，齊人識之」，與《雅》《頌》何涉？混聲、歌爲一類，世儒遂指二《風》爲淫詩，所由誤矣。夫聲淫而詩亦淫者，二國宜有之。然既經删正，焉得復在三百十一篇之内？不然，夫子所删者，獨何等詩乎？

《詩三百》，聖人所以鑒往懲來，未有事無所指者。若事無所指，何以分十五國與大小《雅》之正變？《古序》犁然如指掌，而朱元晦一切詆爲附會，依辭泛解，全失删定之意。

六經所爲重以道，非以辭也。世多良史，而《春秋》爲宗，非《春秋》能富于《史》《漢》也；世多騷雅，而《三百篇》爲宗，非《三百篇》能攻于屈、宋也：則其所重可知已。是非不足以訓，美刺不足以風，《三百篇》猶之夫詩耳。如《古序》言《詩》，靈龜寶鑑，萬世常新；如朱子言《詩》，不必美刺，則揚葩掞藻，嘲風弄月而已。聖人奚取焉？

《詩》皆古賢達聞人感事託興，勸善遏惡而作。苟不關法戒，則聖人不録。《三百篇》皆治亂興

〔一〕「謂」，北大本同，公文本、湖圖本作「因」。

衰之蹟，不獨爲歌舞之節而已。朱子拘于《論語》正樂，《雅》《頌》得所之説，專以樂歌論《詩》，偏改《古序》。然則《詩》之爲經，只如後世樂府俳唱之用，焉能爲有？

《詩三百》皆可弦歌，如《關雎》《騶虞》《鹿鳴》《四牡》《皇皇者華》，皆先王盛世徽音，義正辭雅，故借作樂歌，通諸朝廷邦國，射鄉食饗皆用之者，爲詩不足也〔一〕。若詩本爲樂作，即宜各自爲章，何至互相借用？詩本不爲樂作，而言《詩》者定以爲樂章，拘矣。

古人文章深厚，但據事鋪陳，是非美惡在不言之表。《三百篇》多用此體，二《雅》獻納，時有明諍顯諫，雖《頌》告宗廟，如《訪落》《敬之》《小毖》諸篇，亦是代口鋪揚。夫子作《春秋》，全用此體，故自謂無毁譽。後世以鋪敘爲記事，外加譏讚，自是三代以後淺薄文字。

《詩》自文、武、成王，下至幽、厲、十五國諸侯之事，正變俱載，美刺并存，以爲萬世法戒，不徒葩藻而已。王迹熄，霸圖張，東遷以後，朝廷無制作，國史無紀録，善惡不彰，臧否混淆，五霸之事，無詩可觀，夫子乃作《春秋》，故孟子謂「《詩》亡然後《春秋》作」。千古知《詩》，無如孟氏。朱元晦謂《古序》所記世代興衰，時政美刺，一切皆妄。然則《詩》豈無關世教者與？

天下古今治亂，與理之是非，事之得失，一定不可易。然執理據事，言出興戎，何也？氣悍而辭倨，則無言不讐。惟《詩》之爲言也，委蛇從容，主文而譎諫，言者無罪，而聽者足以興，是以士君子立

〔一〕按：「爲詩不足也」，文義稍晦，《談經》作「詩不足故借也」。

言取法焉。夫子教伯魚曰：「不學《詩》，無以言。」其作《春秋》，皆本風人美刺之意。其删《詩》也，明好惡，辨邪正，稽理亂，與《春秋》相終始。幽、厲以前，美刺在《詩》；平王以後，是非在《春秋》。《春秋》記諸侯之亂，《詩》紀諸侯治亂之跡。《春秋》記天下無王，《詩》紀文、武、幽、厲爲王之事。《春秋》記禮樂僭亂，《詩》考正朝廷宗廟禮樂。凡《詩》之所存者，皆史之所遺。如「節彼南山」，則知幽王用尹氏；《十月之交》，則知其任皇父；「鼓鐘淮水」，則知其有東遊；《楚茨》《大田》，則知田野荒，年穀饑；《裳裳者華》，則知絶功臣之禄；《桑扈》，則知君臣飲酒喪儀。得失班班可考，言雖怨而無訕謗不平之氣，與《春秋》無毁譽正同。《詩》微而顯，《春秋》顯而微，《詩》善言而《春秋》言善也。世儒不達，謂《詩》不皆美刺，詆《古序》爲鑿空，豈不誤哉？

近代説《詩》，主朱而絀毛；其説《春秋》，主胡而絀左、公、穀。謂左、公、穀附會，不謂胡之附會尤甚；謂毛爲鑿空，不謂朱之鑿空愈遠。蓋《春秋》易簡，而胡轉求之深；《詩》深，而朱反求之淺。二家之癖，正相左耳。愚謂移其深者，曲以繹《詩》；而易其淺者，平以觀《春秋》：則兩得之矣。苟《春秋》不盡翦其繁蕪，則鬱蔽而不明；《詩》不深求其本初，則枯索而無味。故説《春秋》宜更新，而説《詩》宜反古。愚所以直解《春秋》而原解《詩》也。

胡康侯之言《春秋》也鑿，朱元晦之言《詩》也固。康侯不執褒貶之例，不識聖人之是非；元晦不據譏讚之辭，不信詩人之美刺。夫《春秋》以無是非爲是非，所以妙于法；《詩》以無美刺爲美刺，所以妙于情。

《風》《雅》《頌》皆周人一代詩耳。虞、夏以來，非無詩，而當世大師掌記。惟昭代制作，緣周家祖孫、父子、兄弟多聖哲，其子弟師父兄自有餘，故周道尚親，纘緒承先，而夏、商之禮廢而不傳，其所適逢然也。夫子每歎二代無徵，删《詩》之末，繫以《商頌》，亦覺周道之未廣矣。

二《南》諸詩，《古序》皆不指文王、大姒，但言后妃與諸侯夫人、大夫妻。可知作者之志，託興以風，非獨爲紀大姒事蹟，而作是詩也。先儒謂王者之詩，謂之《周南》；諸侯之詩，謂之《召南》；得之矣。事不必問有無，但領略其情境意象，自然可風。如《卷耳》《草蟲》之類，事愈近而義愈遠；《芣苢》之類，辭愈淡而境愈真；《甘棠》《摽〔一〕梅》之類，情愈迫而言愈緩。如鏡中看花，水中觀月，谷中傳響，可冥合不可迹尋。凡《詩》皆然，《風》爲甚；《風》皆然，二《南》爲甚；通于二《南》，《詩》思過半矣。朱元晦解《詩》，逐篇責問某人爲某事，全失之矣。

二《南》可爲而不可讀也。讀則誦其辭，而辭不可執；讀則論其世，而世不可考；讀則質其事，而事難定拘。故夫子教伯魚曰「汝爲《周南》《召南》」，爲也者，得其意，體諸身、心之間而已也。

《詩》有正變，以稽治亂也。正《風》《雅》，未嘗無變；變《風》《雅》，未嘗無正。寧獨《風》《雅》有正變？《頌》亦有之。鄭之《緇衣》，衛之《淇奥》，容非正乎？《周南》之于《豳》，其地同，其世未遠，君明臣良而有《豳》，容非二《南》之變乎？《頌》之有《魯》也，非《頌》之變乎？

〔一〕「摽」，原作「標」，諸本同，形近而誤，今改。

故詩不可執一觀也。

二《南》以下多變《風》，何也？五方風氣有偏沴，習尚有漸染，惟聖人爲能轉移，故《風》多變而有正者，文王之化也。《雅》宜正而有變者，幽、厲之失也。《頌》無不正而有變者，叔季之僭也。故《三百篇》皆明憲大戒，與《春秋》相終始也。

《三百篇》次第，間有參差。如《載馳》衛懿公詩，乃在文公後；《清人》鄭文公詩，乃在忽、突前；《葛藟》平王詩，乃在桓王後；《皇皇者華》遣使臣詩，乃在《四牡》勞使臣後；《周頌·酌》《賚》《桓》《般》武王詩，乃在成王《訪落》《敬之》《小毖》後。然《風》《雅》《頌》各得所，無傷也。若一一檢校，曲生異説，失之愈遠。

十五國次第，自秦以前，質諸舊聞，參以管見，不中不遠。或謂聖人未必有深意。如二《南》首《風》，《王》次《衛》下，《豳》居篇末，魯不附列國，豈得謂無意？

《國風》止十五國，何也？周衰《詩》亡，掌故所存，删定所留，止此。而以概方内諸國，皆可知已。國大而無《風》者，唯魯、宋、楚。魯，禮樂僭王，故削其《風》而存其《頌》。宋，禮樂仍先代，故存其《頌》而闕其《風》。楚自春秋，幅隕半天下，不可定以爲一國，而二《南》屬文王，故南國無《楚風》矣。三五以降，東南有王氣，《詩》亡而《騷》作者，楚材也；三户存而真人出者，楚産也。聖人前知如神，删《詩》與脩《春秋》之意同也。

三詩始《風》，中《雅》，終《頌》，何也？凡詩皆風也。尹吉甫作《雅》，曰「其風肆好」，

《頌》亦可知矣。故風首六義，風澈成俗，化俗成雅。雅者，正也，以維風也。雅化則從容和平，動天地，感鬼神，而詩斯至矣。故終之以頌也。

六義首風，何也？風者，動也。動萬物者莫疾乎風，先王所以化民成俗也。風之爲物，有聲無形，可披拂而不可把捉，其入人微婉，故聖人「巽以行權」，風也。學者通乎《風》，即《雅》《頌》易入矣。《雅》《頌》可爲典要，而《風》周游六虚者也。

詩自有不須題者。如後世《十九首》之類，比物託興，婉轉不定，而以題擬之，亦莫不肖。亦有有題而詩不似題者，如屈平之《楚辭》，唐人之《感遇》《雜興》，引喻泛濫，不可指據。或泥文生解，而實不必解。故説《詩》非必執題，賦、比與興合，文辭與志合，即妙達風人之旨矣。

或謂予解《詩》大略，而予惟原夫作者之志耳。詩，志也。志明，則辭易曉。子云「興于《詩》」，《詩》有興，猶《易》有象。象在辭外，興亦在辭外。興者，情之動。如哭死者而數其事，可哀不在事，而在哭泣之情。《詩》可以興，亦猶此也。後儒以託物爲興，苟不託物，其無興乎？《禮》云：「温柔敦厚，《詩》之教也。」其失也愚。高叟、咸丘蒙，執辭遺興，所以愚也。古人引《詩》，不必本事，不必泥辭，貴興而已。不得其興，辭雖詳，與性情無涉。故無興不可爲詩，得志斯得興矣。孟子曰「以意逆志」，是謂得之。古之詩，皆志也。後世之詩，皆辭也。《詩》所以爲絶學矣。

或問《三百篇》與今詩同異。曰：《三百篇》，雅也。今詩，鄭也。温柔敦厚爲雅，慆蕩凌厲爲鄭；天全自得爲雅，粧綴俳比爲鄭；五音合和爲雅，四聲切響爲鄭；古言四五爲雅，近體六七言，以

至縱橫馳騁，如唐人歌行，豪宕不羈，皆鄭之屬也。雅，平也。鄭，重也。鄭者，畿内之國，五方人萃而語咻，沓雜而成鄭聲，非獨土風也。凡聲音壯麗淒苦，摇拽叫噪，迭宕不平，皆謂鄭。自漢以來，風雅久湮。漢始作俑，武帝好文，一時辭賦諸臣，如司馬相如輩，好奇弔詭。而李延年爲協律都尉，其郊廟樂歌，創爲新聲，用三言，繁促杳渺，類方士符咒語，無復平雅之致；如鼓吹鐃歌，多教坊俚語方言，雜演成曲，正乃所謂鄭聲淫。而好事者詫爲新奇附和，謂爲古樂府體，風雅之義，于兹斬然矣。迨乎六朝以後，郊廟之歌，頗有佳篇，足追風雅者，而反自遜以漢爲不可及。千古耳食，智愚同病，其若之何？蓋天地之數成于五，而漢樂三言，轉覺急促，《彈歌》二言，後人僞作。魏以後用五言，無復可加矣。經用四言，所謂樂盈而反，貴雅而賤鄭也。至于五音天成，後人截爲四韻，以求切響，亦惟鄭聲爲然耳。

《詩》本性情，温柔敦厚，聖人教人以言，而和順于道德之自然也。三百十一篇，皆經夫子删正，協之管絃，是謂雅樂。逮乎騷興雅變，而忠貞發于天性，今樂猶古也。漢擬爲辭賦，競趨奇瓌，雅意寖微。下訖魏晉五七言，步驟古而多風韻，六朝加婉麗，論者詆爲卑弱。故唐人興，專主氣格，近體作而古意荒矣。夫性情之道，罔象則得，謀野則獲，如澤中之雉，不蕲畜之樊中。《詩》與《騷》，皆非有所規倣而作也。自唐人以詩招士，士以詩射，擬以題目，律以對偶，限以聲韻，局局蹐蹐然，性情之旨離矣。其放也，叫號讙呶，否則悽楚悲怨，雄心傲氣，馳逞飛揚，悉由近體生。故詩盛于唐而廢于唐，可與知者道耳。宋元小辭，柔情艷麗，靡曼斯極。至于今，家稱作者，蹈襲雷同，而皆以任放爲大雅，

浮淫爲才情。同聲者許爲我輩，木訥者詆爲俗人。侮世釣名，相訹以利，士風大敗，而世道隨之。雖有周公之才之美，使驕且吝，亦不足觀，而況雕蟲瑣瑣者與？故古之明道在學《詩》，今之學《詩》貴聞道也。

詩者，聲音之道。八方不同語，聖人作爲文字，以同天下之聲。字有定形，而聲多旁溢，拘文字難齊聲音，文字有限，而聲音轉注微茫，無字可用，或數音互換一字，或數字合切一音。學究之家，分別甚細，而方音人語，口齒喉舌，輕重疾徐，終于難齊。要在識聲音之志，與文字之理而已。明其理，文字可隨意變通；逆其志，聲音可罔象求也。古人諧聲用字，自我作古，非如字書之拘拘然也。讀《詩》不逆志，不通理，執點畫形象以求字，執四聲平仄以齊聲。夫點畫形象，既不能盡考古人之文，而四聲平仄，未必盡合古人之韻。諧聲應律，存乎知音通方，難爲典要也。如「參差荇菜，左右芼之。窈窕淑女，鐘鼓樂之」，「芼」讀「莫」，「樂」讀「洛」叶；又「芼」讀「冒」，「樂」讀「鬧」叶亦可。「桃之夭夭，灼灼其華」，「華」讀「花」，與「家」叶；又「華」讀「敷」，「家」讀「姑」叶亦可。「母也天只，不諒人只」，「天」讀「汀」，與「人」叶；又「人」讀「然」，與「天」叶亦可。「終風且霾，惠然肯來。莫往莫來，悠悠我思」，「霾」讀「離」，「來」讀「釐」，「思」讀「西」；又「霾」讀「埋」，「思」讀「顋」，與「來」叶亦可。「擊鼓其鏜，踊躍用兵。土國城漕，我獨南行」，「鏜」讀「湯」，「兵」讀「邦」，「行」讀「杭」；又「鏜」讀「撐」，「兵」「行」各如字叶，亦可。「無田甫田，維莠桀桀。無思遠人，勞心怛怛」，「怛」讀「迭」，與「桀」叶；

又「桀」讀「甲」，與「怛」叶亦可。「民亦勞止」第四章，「愒」〔一〕讀「器」，「泄」讀「異」，「敗」讀「備」，「大」讀「第」；又「愒」讀「歇」，「泄」讀「洩」，「厲」讀「拉」，「敗」讀「北」，「大」讀「德」，亦可。「淑問如皋陶，在泮獻囚」，「陶」讀「由」，叶「囚」；又讀「樵」〔二〕叶「陶」亦可。餘可類推〔三〕。古詩叶韻〔四〕但彷彿，不必切合。如「思樂泮水，薄〔五〕采其藻」一章，四聲兼叶：「藻」上聲，「蹻」入聲，「昭」平聲，「笑」「教」皆去聲；《谷風》第五章「不我能慉」，「德」「鞠」「育」「覆」「毒」皆入聲，「售」去聲〔六〕，「讎」平聲；《氓》第五章，「勞」「朝」

〔一〕「愒」，原作「偈」，諸本及《談經》同。本書《小雅·民勞》經文作「愒」，且下文云「又愒讀歇」，知「偈」爲「愒」之誤，今改。

〔二〕「樵」，北大本、《談經》同，臺圖本、公文本、歷彩本此處均有塗改，湖圖本作「異」，誤。

〔三〕「推」，北大本、《談經》同，臺圖本、公文本、歷彩本此處均有塗改，湖圖本作「惟」，形近而誤。

〔四〕「叶韻」，北大本、《談經》同，臺圖本、公文本、歷彩本此處均有塗改，湖圖本作「韻叶」，前後互乙。

〔五〕「薄」，原作「言」，諸本及《談經》同，今據本書《魯頌·泮水》經文改。

〔六〕「『德』『鞠』『育』『覆』『毒』皆入聲，『售』去聲」，《談經》同；「售」下有一字作墨釘，北大本同；臺圖本、公文本、歷彩本此處均有塗改，湖圖本作「『德』『鞠』『育』『毒』皆入聲，『售』『覆』皆去聲」。

平聲，「暴」「笑」「悼」皆去聲；《猗嗟》末章，「孌」平聲，「婉」「選」「反」皆上聲，「貫」「亂」皆去聲。《鴟鴞》首章，前三句入聲，後二句平聲之類。至于用韻之法，四句二韻，隔句叶者爲多。如「嘒彼小星，三五在東。肅肅宵征，夙夜在公」，「星」與「征」叶，「東」與「公」叶之類。有一章五句，首尾四句隔叶，中一句不叶，如《卷阿》首章之類。有一章六句二韻隔叶，如「瞻彼中林」之類。一章八句二韻隔叶，如《桑柔》第三章「國步蔑資」之類。有全篇皆四句二韻隔叶，如《周頌・雝》之類。首尾叶，中二句自相叶，如「決拾既佽，弓矢既調，射夫既同，助我舉柴恣」，「柴」與「佽」叶，「調」與「同」叶。有首尾叶，中間三句自相叶，如《生民》末章「于豆于登」之類。有一章八句六韻，第一句與第三句叶，第二句與第六句叶，第四句與八句叶，如「人有土田廷，女反有之。人有民人與田叶，女覆奪之。此宜無罪，女反收音守，與有叶之。彼宜有罪，女覆説音脱，與奪叶之」。有一章六句，第二句與五句叶，第三句、四句與六句叶，如《葛覃》首章之類。有全篇首二句分二韻，前半篇叶第一句，後半篇叶第二句，如《周頌・有瞽》，「設業設虡」以下六句叶「瞽」，「喤喤厥聲」以下五句叶「庭」。有句讀不叶，但中間數字頓挫相叶，如《生民》第三章「誕寘之隘巷，牛羊肥字之。誕寘之平林，會伐平林。誕寘之寒冰，鳥覆翼之」，但取「寘之」「字之」，「平林」「寒冰」數字相叶耳。有兩字連叶，如「遵彼汝墳，伐其條枚。未見君子，惄如調饑」、「魚網之設，鴻則離歷之。燕婉之求，得此戚施」、「皎皎白駒，賁然來力思」，「條枚」「調饑」，「離之」「戚施」，「白駒」「來思」皆二字連叶也。至于文字聲音，假借尤多。除一字四聲相通者不論，其餘以旁音借讀，如「采」讀「取」，

「友」讀「以」，「左右采之」「琴瑟友之」之類；「服」讀「北」，「寤寐思服」「輾轉反側」之類；「夜」讀「遇」，「豈不夙夜，畏行多露」之類；「老」讀「魯」，「與子偕老」「執子之手」之類；「下」讀「虎」，「宗室牖下」「有齊季女」之類；「南」讀「林」，「凱風自南，吹彼棘心」之類；「驅」讀「丘」，「載馳載驅，歸唁衛侯」之類；「哉」讀「賫」，「已焉哉，天實爲之」之類；「母」讀「米」，「畏我父母」「無折我樹杞」之類；「兄」讀「香」，「畏我諸兄」「無折我樹桑」之類；「馬」讀「母」，「巷無服馬」「洵美且武」之類；「英」讀「央」，「尚之以瓊英」「充耳以黄」之類；「夕」讀「削」，「齊子發夕」「簟茀朱鞹」之類；「華」讀「敷」，「顔如舜華」「有女同車」之類；「雙」讀「松」，「冠緌雙止」「曷又庸止」〔一〕之類；「干」讀「千」，「出宿于干，飲餞于言」之類；「逝」讀「晒」，「歲聿其逝」「日月其邁」之類；「慆」讀「丢」，「日月其慆」「職思其憂」之類；「繡」讀「肖」，「素衣朱繡」「白石皓皓」之類；「者」讀「渚」，「見此粲者」「綢繆束楚」之類；「好」讀「厚」，「維子之好」「羔裘豹褎」之類；「風」讀「分」，「歙彼晨風，鬱彼北林」之類；「野」讀「汝」，「七月在野」「八月在户」〔二〕之類；「稼」讀「故」，「十月納禾稼」「九月築場圃」之類；「冲」讀「稱」，「鑿冰冲冲」「納于凌陰」之類；「嘉」讀「戈」，「其新孔嘉，其舊如之何」之類；「斯」讀「蓑」，「恩

〔一〕「曷又庸止」，諸本及《談經》同，此當爲《齊風・南山》「齊子庸止」或「曷又從止」之誤。

〔二〕「八月在户」，諸本及《談經》同，此當爲《豳風・七月》「八月在宇」或「九月在户」之誤。

斯勤斯，鬻子之閔斯」之類；「家」讀「姑」，「曰予未有室家」「予所蓄租」之類；「年」讀「林」，「于今三年」「烝在栗薪」之類；「儀」讀「俄」，「樂且有儀」「在彼中阿」之類；「殆」讀「底」，「式夷式已，勿小人殆」之類；「翩」讀「彬」，「緝緝翩翩，謀欲譖人」之類；「丘」讀「欹」，「猗于畝丘」「作爲此詩」之類；「艱」讀「勤」，「其心孔艱」「不入我門」之類；「怨」讀「月」，「忘我大德，思我小怨」之類；「東」讀「當」，「空」讀「匡」，「小東大東，杼柚其空」「可以覆霜」「行彼周行」之類；「賢」讀「形」，「我從事獨賢」「大夫不均」之類；「穉」讀「杵」，「無〔一〕害我田穉」「秉畀炎火」之類；「殄」讀「帖」，「瑕」讀「紇」，「肆戎疾不殄，烈假不瑕」之類；「疚」讀「其」，「來」讀「離」，「憂心孔疚，我行不來」之類；「偕」讀「已」，「近」讀「豈」，「邇」讀「以」，「卜筮偕止，會言近止，征夫邇止」之類；「男」讀「林」，「大姒嗣徽音，則百斯男」之類；「國」讀「亦」，「聊以行國」「士也罔極」之類；「牧」讀「力」，「于彼牧矣」「維其棘矣」之類；「怠」讀「體」，「無〔二〕俾大怠」「不醉反恥」之類；「又」讀「怡」，「室人入又」「以奏爾時」之類。此類甚夥，皆臨文變通，隨聲轉注，不爲典要。自沈韻出，近體興，而古意斬然。今之字書，大抵拘泥沈韻，牽强附會，未可全憑。篇內音釋，聊舉其似，不求盡合，讀者變而通之可也。

〔一〕「無」，原作「勿」，諸本及《談經》同，今據本書《小雅·大田》經文改。

〔二〕「無」，原作「勿」，諸本及《談經》同，今據本書《小雅·賓之初筵》經文改。

人皆以義求音，不知以音會義。音發無心，聲出義存。如一爲音，由噫生也，不費脣齒，氣出成響，手應心畫，是爲數始。轉聲即二，散則成三，施則成四，合則成五。文字隨聲音義理妙合，故三、四、五爲鈸曲天然節奏。由此推之，凡聲音皆含義理，非離聲音別生義理也。先儒謂華人詳于義，梵人詳于音。離音求義，未爲知音。知音之義者，始可與識字，可與言《詩》矣。

《詩》有一字爲句者，《生民》首章之「歆」是也。有二字爲句者，《小雅·魚麗》之「鱨鯊」「鰋鯉」「魴鱧」，《周頌·維清》之「肇禋」是也。有三字爲句者，「摽有梅」「江有沱」之類是也。有五字爲句者，「誰謂女無家」之類是也。有六字爲句者，「政事一埤益我」之類是也。有七字爲句者，「父曰嗟予子行役」之類是也。有八字爲句者，「我不敢傚我友自逸」是也。有九字爲句者，「二后受之成王不敢康」是也。而皆以四言爲準，所以爲雅樂。

毛詩原解卷一

郝敬　解〔一〕

國風

風者，有聲無形，而能動物，故以名詩。《國風》，周列國詩。古之王者，采詩以觀民風。故家國之詩，謂之《風》。《風》之爲體，飄姚和動；《雅》之爲體，詳允端愨；《頌》之爲體，湛静莊嚴。若夫《關雎》《麟趾》之類，則《風》《雅》《頌》之義備。《雅》《頌》未有無《風》而能動者，故六義首風。然僅十五國，何也？周衰詩亡，删訂止此。以十五國概方内風俗，大略可覩矣。

周南

周，岐、豐也。岐在今陝西鳳翔府岐山縣，豐在西安府鄠縣。周家王業始造之地，故以首風。文王以聖德治岐、豐，而化行梁、荆。梁、荆在岐、豐東南，故曰南。不言北者，紂都在北，文王三分有二，

〔一〕「郝敬解」，北大本同，臺圖本有塗改，公文本、歷彩本、湖圖本作「郝敬習」。

正東南之間也。言周、召者，文王之世，周公治內，召公治外，畿內曰周，畿外曰召。言南者，指政教所及，皆周有天下後，追誦其事，令世世師文王也。然《古序》不言文王言后妃，何也？化始宮幃，后妃皆文王也，如言四時百物皆天也。朱子執此短《序》，誤矣。

關關雎錐鳩，在河之洲。窈杳窕迢上聲淑女，君子好逑求。○參初簪反差廁平聲荇杏菜，左右流之。窈窕淑女，寤誤寐謎求之。求之不得，寤寐思服叶北。悠哉悠哉，輾轉反側。○參差荇菜，左右采叶妻上聲之。窈窕淑女，琴瑟友叶以之。參差荇菜，左右芼冒之。窈窕淑女，鐘鼓樂叶鬧之。

《古序》曰：「《關雎》，后妃之德也。」毛公曰：「風之始也，所以風天下而正夫婦也。故用之鄉人焉，用之邦國焉。風，風也，教也，風以動之，教以化之。詩者，志之所之也。在心爲志，發言爲詩。情動於中而形於言，言之不足，故嗟歎之。嗟歎之不足，故永歌之。永歌之不足，不知手之舞之，足之蹈之也。情發於聲，聲成文謂之音。治世之音安以樂，其政和；亂世之音怨以怒，其政乖；亡國之音哀以思，其民困。故正得失，動天地，感鬼神，莫近於詩。先王以是經夫婦，成孝敬，厚人倫，美教化，移風俗。故《詩》有六義焉：一曰風，二曰賦，三曰比，四曰興，五曰雅，六曰頌。上以風化下，下以風刺上。主文而譎諫，言之者無罪，聞之者足以戒，故曰風。至於王道衰，禮義廢，政教失，國異政，

家殊俗，而變風、變雅作矣。國史明乎得失之迹，傷人倫之廢，哀刑政之苛何，吟詠情性，以風其上，達於事變，而懷其舊俗者也。故變風發乎情，止乎禮義。發乎情，民之性也；止乎禮義，先王之澤也。是以一國之事，繫一人之本，謂之《風》；言天下之事，形四方之風，謂之《雅》。雅者，正也，言王政之所由廢興也。政有小大，故有《小雅》焉，有《大雅》焉。《頌》者，美盛德之形容，以其成功告於神明者也。是謂四始，《詩》之至也。然則《關雎》《麟趾》之化，王者之風，故繫之周公。南，言化自北而南也。《鵲巢》《騶虞》之德，諸侯之風也，先王之所以教，故繫之召公。《周南》《召南》正始之道，王化之基。是以《關雎》樂得淑女以配君子，憂在進賢，不淫其色，哀窈窕，思賢才，而無傷善之心焉。是《關雎》之義也。」○愚按：鄭玄以《詩》三百本事爲《小序》，謂子夏與毛公合作。蓋首句本《古序》，不詳作者姓氏。相傳子夏受《詩》，遂疑爲子夏作，是未可知也。下爲毛公申説《古序》，則是矣。又謂自「風，風也」以下，至「《關雎》之義」，爲《大序》，亦子夏作，非也。毛公《序》説，多游演旁通，而《關雎》首三百，故於此總論全經大旨，末仍歸《關雎》，本屬一篇。而朱子割取「詩者，志之所之」以下，至「《詩》之至也」，别爲《大序》。今依古本合之，皆毛公作。各篇《古序》，惟首一句耳。此篇云「后妃之德」，何也？女德無極，不妒爲本。妒生于淫，淫妒，則衆惡皆歸。關雎好逑，言其不妒也。荇菜思服，言其内官備職，淑女同心，共承宗廟，仁孝和敬之至也。禮：王者一娶十二女，六宮之屬百有二十人。《祭統》曰「官備則具備」，蠶繅衣服，酒醴粢盛，薦豆和羹之事，皆后妃主之，而内官左右相之也。恒情，女入宮見妒。惟賢妃能寤寐求賢，恐宗廟乏人，

中饋闕事，君寵偏暱，而胤嗣不廣。所謂「憂在進賢，不淫其色，哀窈窕，思賢才，而無傷善之心」者，此也，故曰「后妃之德」。然《周南》爲文王之詩，而文王之妃則大姒也，《古序》不言大姒言后妃，何也？曰：二《南》之作，凡爲天子、諸侯、大夫、士、庶人脩身齊家之法，以文王風之，非專爲美文王、大姒作也。其曰「后妃之德」者，言凡爲王后妃者，當如是也。故《鵲巢》亦曰「夫人之德」，言凡爲君夫人者，當如是也。大抵二《南》皆作于王業成後，揚祖德，訓後嗣，而朱子謂此篇爲王季宫人喜文王得大姒，非也。果爾，宫人好德，與后妃何預？《三百篇》好德之詩不少，樂不淫，哀不傷，何獨一《關雎》也？《關雎》化行，文王三分有二矣，不應大姒初嫁來，便有《關雎》也。其詠雎鳩，何也？六義所謂比也。雎鳩，鳥名。即今布穀，狀似鷹。《月令》仲春「鷹化爲鳩」，季秋「鳩化爲鷹」。《夏小正》云：「二月化鳩，五月化鷹。」列禦寇云：「鷂之爲鸇，鸇之爲布穀，布穀久復化爲鷂。」其目睢然，故名睢鳩；其鳴勸耕，故名布穀。布穀鳴，農務興。天子耕籍，以供粢盛；王后蠶繅，以爲衣服。禮：仲春，王后率内外命婦，始蠶于北郊，率六宫之人，生穜稑之種，獻于王，以勸王籍。凡宗廟祭祀，男女昏姻，皆于仲春，故以睢鳩比。然鳥類多矣，獨取睢鳩，何也？鳩之言聚也。鳥惟鳩多族，而睢鳩乘陽氣變化，與他鳩異，故以爲王后妃之比。在河洲，何也？幽鳥不集廛市，古國有公桑蠶室，近水爲之。卜三宫夫人、世婦之吉者，使入蠶室，奉種浴于川。二《南》皆作于周公制禮之時，中都既建，大河當其北，即公桑之北郊蠶室也。睢鳩鳴，春冰泮，河水方生。德莫平于水，量莫廣于河。河洲平曠，羣鳥飛集，飲喙其中，所謂不争之地，不妒之喻也。次言荇菜，何也？荇，蘋藻之屬。

宗廟之禮，有釋菜，有豆菹，有和羹，皆用菜。荇，水草，明潔可薦。《春秋傳》云：「蘋蘩蕰藻之菜，可羞于鬼神。」祭則后妃薦豆，故以荇菜比也。謂之比，何也？詩言微婉，託物爲比，陳辭爲賦，感動爲興，三義合而成詩。朱子斷以某詩爲賦，某詩爲興，某詩爲比，非也。詩有無比者，未有無賦與興者。興不離比，比、興不離賦。古註未達，而朱子以興爲先言他物，興起所詠之事，則與比何別？子云「《詩》可以興」，豈謂其可以先言他物與？舛誤難通。各章舊分賦、比、興，今盡削之，學者自以義求耳。○一章 仲春鷹化爲鳩，其鳴關關然。于北郊之河洲，河冰正泮，春水方生，蠶始可浴，正昏姻祭祀之期也。窈窕然幽居之淑女，生于下國庶姓，皆可以相粢盛，助蠶繅，非河洲之雎鳩與？以待后妃君子，好合逑聚，而爲左右之善侶也。○二章 荇菜清潔，可以薦宗廟。生水之濵，參差不齊，左右乘流，可待取也。賢女育于庶姓，內官乏人，則寤寐不忘求之。求而未得，則寤寐思念，蠶繅無人，衣服不備，悠悠然輾轉反側，寢席不忘也。○三章 荇菜既得，隨在或左或右，多方采取。淑女既得，內事備官，禮行樂作，鼓琴瑟以共事矣。荇菜既采，或左或右，相助烹芼之。淑女既得，率我好逑，行禮奏樂，鐘鼓娛樂之矣。○關關，雎鳩鳴，其聲如云開倉撒穀，聽之關關然也。一名鳴鳩，《月令》季春：「鳴鳩拂其羽，雌雄以羽相拂。」《本草》云：「布穀，食之佩其骨，令夫妻相愛。」故以爲比。目怒視曰雎，布穀鷹化，目雎然如鷹。《世説新語》云：「陽春布德，鷹化爲鳩，識者猶惡其眼。」《春秋傳》云：「雎鳩氏，司馬也；鳲鳩氏，司空也。」《爾雅註》誤以鳲鳩爲布穀。愚按：布穀鷹化，故以名司馬，取鷹揚摯擊之義。鳲鳩，即鸜鵒，首有花冠，又名戴勝。其鳴秸鞠，又名鴶鵴。不能爲

巢而穴居，故以名司空。空與孔通，取穴居之義。楊雄、許慎、郭璞皆稱博物，遠引誤猜，好奇蔽之也。又按：雎與鵻通，蒼色。鳥有鵻，《小雅》「翩翩者鵻」，即雎鳩是也；馬亦有騅，《魯頌》「有騅有駓」是也；草亦有鵻，《王風》「中谷有蓷」是也：皆蒼色。雎鳥鷹化，故其色蒼如鷹也。河洲，河上沙洲，平坦之地。窈窕，深閨幽潛之意。淑，善也。女，指嬪御未嫁，姪娣待年于國者，皆中閨之女，故曰窈窕。君子，指后妃，猶言小君、内子也。好，温惠也。逑，聚也。參差，不齊也。荇菜，水草，可爲菜也。左右，人衆徧取也，即淑女之爲好逑者，供事非一人，采取非一處也。服，祭服。思服，思蠶織爲王祭服也。輾轉反側，卧不安席也。友，同志共事也。菜和羹曰芼。琴瑟鐘鼓，皆祭祀行禮之樂。

《關雎》三章，一章四句，二章章八句。○愚按：《詩》通《關雎》，二《南》思過半矣。本詠后妃之德，而渾然不露。託雎鳩、荇菜爲比，而内官蠶繅、粢盛、籩豆，祭祀禮樂，無所不備。勤儉之節，温厚之性，仁孝誠敬之思，悠然可想。衽席易溺，能寤寐思賢，反側不安，不淫不妒，尤爲女德之先，風教之本。夫子贊其樂不淫，哀不傷，以此。朱子謂宫人哀樂，於后妃何預？雖然，不自后妃始也。王者有卜夢求賢之思，而後后妃有《關雎》之德；王者有卑服康功之志，而後后妃有《葛覃》之本。故曰：「身不行道，不能行於妻子。」觀后妃而王道窺其深矣，此夫子定二《南》之意也。

葛之覃兮，施異于中谷。維葉萋萋，黄鳥于飛。集于灌木與谷叶，其鳴喈喈叶雞。○葛

之覃兮，施于中谷。維葉莫莫，是刈是濩叶忽。爲絺痴爲綌隙，服之無斁亦。○言告師氏叶詩，言告言歸叶雞。薄汙我私，薄澣緩我衣。害曷澣害否，歸寧父母叶某。

《古序》曰：「《葛覃》，后妃之本也。」毛公曰：「后妃在父母家，則志在於女功之事。躬儉節用，服澣濯之衣，尊敬師傅，則可以歸安父母，化天下以婦道也。」○朱子改爲后妃治葛既成而自賦其事，非也。按：《關雎》母儀之事，《葛覃》處女之事。未嫁爲賢女，則既嫁爲賢婦，故《葛覃》爲本。《大明》云：「文王嘉止，大邦有子，俔天之妹。」女少曰妹，此章所謂「俔天之妹」也。《關雎》兼言蠶事，此章專言績事。蠶絲以供禮服，葛麻以供常服。恒居無羅紈，不厭布縷；嫁時無靡麗，不棄澣濯。采葛刈濩，紡紝縫洗，不辭親執。言語服飾，必諮師保。歸事舅姑，無異父母。勤儉之節、恭順之性、仁孝之心備。有女如此，爲婦可以安舅姑，爲后可以母天下，教婦順，《序》說是也。朱子因無贊美之辭，遂謂爲后妃自作。夫二《南》皆先王所以垂訓齊家治國之道，非爲贊頌作也。有贊謂之美，無贊謂之自作。朱子說《詩》如此。○一章 葛之始生也，覃然而長，蔓施于山谷之中，其葉萋萋然茂盛。黃鳥于飛，集于叢木之上，其鳴喈喈然遠聞，莫春谿山之景物也。崎嶇林莽之間，惕然有艱難之思乎？○二章 葛之繼長也，覃然而長，施于谷中。維葉莫莫，時可采矣。于是刈，于是煮，而績以爲布。精者爲絺，麤者爲綌，不敢暴棄也。製爲衣服，愛惜之，不敢厭薄也。○三章 女子德、言、功、容，誨有師保。嘉禮既備，乃告師氏，言將歸矣。治我衣裳，私服、禮服，無事新麗，或污或澣，或不必澣。

將歸事君子，宜其家室，以安父母也。○葛，草名，蔓生，可緝以爲布。覃，長也。施，延也。黃鳥，鶯也。灌木，叢木也。喈喈，和聲遠聞也。莫莫，葉茂密貌。刈，斬也。濩，煮也。葛精曰絺，麤曰綌。斁，厭也。師氏，女師也。古者女必有師，以教婦德、婦言、婦容、婦工也。汙，煩撋（輭平聲）之，以去其汙也。私，褻服也。褻服多垢，故言汙。澣，濯也。衣，禮服也。禮服垢少，故言澣。歸，嫁也。寧，安也。父母，夫之父母。相夫子，養舅姑，婦人之事也。男有室，女有家，父母之願也。

《葛覃》三章，章六句。○愚按：《詩》與傳記異，事不必據，語不必詳，而情景躍然，風人之致也。《葛覃》僅七十餘字，而賢女勤儉孝敬之性，悠然可想。朱子以爲文王后妃自敘。計二《南》成時，大姒老且薨矣。所稱中谷刈濩，黃鳥灌木，聞聲見色，一一覈實，豈非高叟之爲《詩》與？

采采卷（捲）耳，不盈頃（傾）筐，嗟我懷人，寘（至）彼周行（叶杭）。○陟彼崔（摧）嵬（危），我馬虺（灰）隤（頹）。我姑酌彼金罍，維以不永懷（叶回）。○陟彼高岡，我馬玄黃。我姑酌彼兕（史）觥（叶光），維以不永傷。○陟彼砠（疽）矣，我馬瘏（屠）矣，我僕痡（敷）矣，云何吁矣。

《古序》曰：「《卷耳》，后妃之志也。」毛公曰：「又當輔佐君子，求賢審官，知臣下之勤勞。內有進賢之志，而無險詖私謁之心。朝夕思念，至於憂勤也。」○愚按：婦人以縫衣裳，羃酒漿爲事。

《葛覃》，衣裳也。《卷耳》，酒漿也。卷耳之草，可爲麴蘖〔一〕。因酒漿而念及使臣，有進賢之志也。我馬陟彼，皆使臣之事，后妃而酌使臣酒，何也？禮：王者獻賓，則后妃亞獻。《小雅》之《四牡》《皇華》《采薇》《杕杜》，遣勞使臣，皆王者所以饗諸臣于外廷也。《卷耳》，則后妃所以相王于中饋也。《卷耳》之志，是《采薇》《杕杜》之治所由出也。志在箴規，義取《卷耳》以諷其聽也。《陳風·東門之枌》曰「彼美淑姬，可與晤歌」，則莫如《卷耳》之歌矣。《小雅·間關〔二〕》曰：「辰彼碩女，令德來教。」若《卷耳》者，可謂德教矣。凡爲天子后妃者，志當如是，故曰「后妃之志」。朱子改爲后妃思念君子而作，謂婦人思念君子，爲貞靜專一之至，非也。婦人不念其夫，而誰念乎？婦人念其夫者，多矣，孰能爲《卷耳》者乎？升高望夫，馳馬登山，飲酒銷憂，幾乎蕩矣。縱謂託詠，亦何以異于鄭衛之聲乎？或者謂婦人勿預外事，然則「雞鳴」之解佩，「十亂」之邑姜，「胥宇」之太姜，非乎？婦稱内助，不此之助而安所取助乎？不越酒食，不及爵賞，借中饋以效箴，故謂之志而已。豈婦無公事，休其蠶織之謂哉！○一章　采卷耳以爲麴蘖，婦人酒漿之事，易得也。采之又采，竟不盈傾欹之筐，其艱且勞尚如此，我念諸臣經營四方，周道倭遲，勞苦而功高，外廷之上，得無棄置如遺乎？○二章　諸臣在外，升高歷險，馬且疲矣，何以勞之？我姑酌金罍之酒，以釋其永懷而已。○三章　諸

〔一〕「麴蘖」後有二墨釘，諸本同，《毛詩序説》無此二字。《湖北叢書》本二字作「之用」，未知何據。

〔二〕「間關」，諸本同，此指《車舝》篇。

臣在外，升高歷險，馬且病矣，何以勞之？我姑酌酒兕觥，慰其永傷而已。○四章諸臣在外，勞且久矣，升高歷險，豈但馬病，僕亦困矣。婦無公事，將若之何？唯有吁歎而已。○采采，非一采也。卷耳，一名蒼耳，中麴蘖之用。頃筐，筐形偏欹也。懷，憂憫也。人，指行役諸臣。周行，猶言長道。寘、置通，遺棄也。崔嵬，土山戴石也。砠，石山戴土也。虺隤，山高不能升也。今蜀道有名蛇倒退者，即此意。罍，酒尊，刻畫雲靁之紋，象天澤溥施也。玄黃，馬病色。兕，野牛。觥，巨爵，刻爲兕角之象，以戒觸，罰醉失禮者也。瘏，病也。痡，亦病也。

《卷耳》四章，章四句。○《關雎》備厚載之德，《葛覃》脩內政之本，《卷耳》懷進賢之志，后妃所以相君子者，至矣。詩人託興微婉，懿範徽音，千古如在，正使大姒自道，不能有加。而朱子據篇內「我」字，遂以爲大姒自敘，固矣。

南有樛鳩木，葛藟壘纍雷之。樂只止君子，福履綏雖之。○南有樛木，葛藟荒之。樂只君子，福履將之。○南有樛木，葛藟縈之。樂只君子，福履成之。

《古序》曰：「《樛木》，后妃逮下也。」毛公曰：「言能逮下，而無嫉妒之心焉。」○此詩人詠歌之辭，朱子改爲衆妾稱願而作，非也。南有樛木，何也？南方陽明，故美多比南；北方幽暗，故刺多比北。木枝下垂曰樛，樛木下接，葛藟上附，象后妃逮下，衆妾親上。二語賦、比、興三義具矣。朱子謂先言他物，興起所詠之事。然則「樛木」二語，先言他物，而所詠之事安在？他篇可類推。

○一章 木莫盛于南土，南方之木，有樛然下曲者，葛與藟繫纍其上。后妃以仁逮下，衆妾以禮事上，恩誼聯屬，何以異此？可樂哉君子，和氣交鍾，福隨素履而綏安之矣。○二章 南方之木，曲垂于下，葛藟荒蒙其上，上下親睦，和氣致祥。樂只君子，福履將扶矣。○三章 南木曲垂于下，葛藟縈旋其上，尊卑綢繆，其旋元吉。樂只君子，福履成就矣。○南方卑濕，厥木惟喬，故稱「南有」。藟，葛屬。纍，繫也。只，語辭。君子，指后妃。福履，動而獲吉也。荒，奄覆也。將，扶助也。縈，旋繞也。成，完備也。

《樛木》三章，章四句。○《關雎》以下三篇，曰「德」，曰「志」，曰「本」，皆言后妃之賢。此篇言其「福履」，下篇遂及其所生，漸被國人，致興王之瑞，達化之序也。

螽終**斯羽，詵詵**辛**兮。宜爾子孫，振振**真**兮。○螽斯羽，薨薨**叶魂**兮。宜爾子孫，繩繩兮。○螽斯羽，揖揖**緝**兮。宜爾子孫，蟄蟄兮。**

《古序》曰：「《螽斯》，后妃子孫衆多也。」毛公曰：「言若螽斯不妒忌，則子孫衆多也。」

○此亦詩人詠歌之辭。朱子以爲即衆妾自作，非也。其以螽斯比，何也？螽斯，蝗屬，生子最多。凡血氣之類，羣處則蕃息，不和則不能羣。善羣莫如螽斯，故族多亦莫如螽斯。后妃慈和以羣衆妾而多子，故以螽斯比。然辭旨隱約，于螽斯詠其羣，不言和而其和可知；于后妃詠其子孫多，不言羣而其羣可知。不直稱君子，而借螽斯感歎，微婉深厚，悠然可想。朱子謂爲比，是也。然以螽斯

比，即是以螽斯興。借物爲比，感物爲興，義雖有二，其致則一。○一章 凡物羣則妒，惟螽斯之爲羽，詵詵善羣，故種類蕃息。物理如此，人亦宜然。爾后妃子孫，振振衆盛，和氣所鍾，諒非偶矣。○二章 螽斯之羽，其飛也，薨薨然羣飛。后妃子孫，繩繩不絶，固所宜爾。○三章 螽斯之羽，其集也，揖揖然和輯。后妃子孫，蟄蟄類聚，固所宜爾。○螽斯，一名虴作蜢猛，一名蚣松蝑壻，生子最多，信宿羣飛。因羽而見其多，故曰「羽」。詵詵，衆也。爾，指后妃。振振，盛貌。薨薨，羣飛聲。繩繩，不絶也。揖，作緝，和集也。蟄蟄，聚貌。

《螽斯》三章，章四句。○誦《螽斯》，而后妃之德，徵于所生矣。《樛木》逮下，進御者衆，故生子多。編《詩》者，以義相承也。

桃之夭夭，灼灼其華花。之子于歸，宜其室家。○桃之夭夭，有蕡焚其實。之子于歸，宜其家室。○桃之夭夭，其葉蓁蓁。之子于歸，宜其家人。

《古序》曰：「《桃夭》，后妃之所致也。」毛公曰：「不妒忌，則男女以正，婚姻以時，國無鰥民也。」○后妃不妒忌之德，刑于下國。凡男女之有室家者，皆有《樛木》《螽斯》之風，故曰「后妃所致」。桃多子，其花有色，家園常植，故以比婦女。先王令民仲春大會男女，是月也，桃始華，即時物爲比也。○一章 桃之始華，婚姻之時。夭夭之桃方少，灼灼之華甚美，之子年少美好，其歸以時，其會以禮，賢可知也。豈有賢女，而不宜室家者與！○二章 桃之夭夭，有華必有實。之子年少有德，

宜其家室，可知也。○三章 桃之夭夭，實繁則葉茂。之子德儀兼隆，宜其家人，可知也。○古者自秋至春，冰未泮以前，皆可婚姻，而仲春尤大會。凡男子二十至三十，女子十五至二十婚者，皆謂以正以時。夭夭，少好貌。灼灼，鮮明貌。之子，指女子。婦人内夫家，故嫁曰歸。于，往也。男以女爲室，女以男爲家。蕡，實繁貌。

《桃夭》三章，章四句。○誦《桃夭》，而后妃之化，徹于國矣。雖庶民之家，未有閨範不淑，而能齊其家者。

肅肅兔罝嗟，椓捉之丁丁争。赳赳武夫，公侯干城。○肅肅兔罝，施于中逵葵。赳赳武夫，公侯好仇叶其。○肅肅兔罝，施于中林。赳赳武夫，公侯腹心。

《古序》曰：「《兔罝》，后妃之化也。」毛公曰：「《關雎》之化行，則莫不好德，賢人衆多也。」○按：邦國多士，文王之作人也。然有后妃之助，則王教基始，故當其寤寐淑女，友樂不忘。賢賢易色之風，始于閨門，而達諸朝廷。邦國士類興起，以至深山窮谷，芻蕘雉兔之輩，皆懷才抱德，足以待明主寤寐之求。所謂存神過化，遷善不知，王民之皞皞也，而自宮幃始。故曰：「刑于寡妻，以御于家邦。」帷薄不脩，而能化家邦者，未之有。故曰「后妃之化」。○一章 肅肅然整飭之兔罝，椓杙弋以張之，其聲丁丁然。此張罝者，赳赳然草野之武夫耳，然其材智勇略，可以折衝禦侮，殆公侯之干城與！○二章 肅肅然設此兔罝，當彼九達之道。此赳赳之武夫，其行誼道德，足以配公侯，

爲之好仇也。○（三章）肅肅然設此兔罝，在彼中林。此赳赳之武夫，其運籌畫策，克當公侯，足以爲之腹心也。○兔罝，捕兔之網。肅肅，網整飭貌。椓，椓杙也，椓杙所以張網。丁丁，椓杙聲。赳赳，武貌。武夫，猶言野人。干，盾也，所以禦石矢。城，所以衛内也。逵，九達之道。中逵，逵中也。好仇，善匹也。

《兔罝》三章，章四句。○誦此詩者，想見當世山林草莽之士，皆有肅恭之德，而無播棄之憂。下能脩之，上能知之，四友、十亂，奕世用之不盡者，皆《關雎》之達化也。後王艷妻煽處，羣小蔽賢，周宗以滅。聖人删《詩》首二《南》，有以夫！

采采芣（浮）苢（以），薄言采（叶取）之。采采芣苢，薄言有（叶以）之。○采采芣苢，薄言掇（奪）之。采采芣苢，薄言捋（勒）之。○采采芣苢，薄言袺（結）之。采采芣苢，薄言襭（挾）之。

《古序》曰：「《芣苢》，后妃之美也。」毛公曰：「和平，則婦人樂有子矣。」○愚按：《兔罝》詠功，故曰「化」；《芣苢》詠俗，故曰「美」。女衆曰美，《國語》云「女三爲粲」「粲者，美之物」。美者，吉善之名，后妃不妒忌，而宜子孫。婦人以和平而繼《螽斯》，室家驩慶，庶女胥悦，故曰「美」也。以芣苢比，何也？芣苢之實宜妊，婦人所需也。閭閻安樂，男服事乎罝羅，女服事乎蓄聚，室家無仳傐之憂，而皆以生子爲願。詩人託詠芣苢，見王民皥皥。而《古序》惟以一「美」字括之，極精約，非毛説未易會也。事不必求徵，而太平景象悠然，「《詩》可以興」，其斯之類。朱註必以爲采芣苢

婦人自作，則拘泥淺率甚矣。○一章芣苢，婦人所需也。室家無事，庶女偕行，采此芣苢，非一人也。求而未得，薄言采之。采采既得，隨地行處，薄言有之。○二章采采既有，所取在穗，拾其穗，而薄言掇之。采采既掇，所用在實，取其實，而薄言捋之。○三章采采既捋，盛之以袺，薄言袺之。采采愈多，扱插其衽于帶間，薄言襭之。○采采，非一采也。芣苢，車前草，好生道上牛跡中，故名。《本草》云：「子宜妊，治産難。」薄言，聊且隨意之辭。袺，執衣衽也。裳下曰衽。襭，謂扱其衽于腰帶間也。

《芣苢》三章，章四句。○此詩本詠王者化國之日，不言朝野士庶而言婦人，不及織紝女工而託詠采芣苢。終篇變换纔六字，一唱三歎，恍然如見庶女于原野之間，而聞其謳歌之聲者，《詩》所以善于言也。

南有喬木，不可休息。漢有游女，不可求思。漢之廣讀鞏，與永叶矣，不可泳叶樣思。江之永叶勇矣，不可方叶放思。○翹翹喬錯薪，言刈其楚。之子于歸，言秣末其馬叶母。漢之廣矣，不可泳思。江之永矣，不可方思。○翹翹錯薪，言刈其蔞閭。之子于歸，言秣其駒。漢之廣矣，不可泳思。江之永矣，不可方思。

《古序》曰：「《漢廣》，德廣所及也。」毛公曰：「文王之道被于南國，美化行乎江漢之域，無思犯禮，求而不可得也。」○按：諸詩自《關雎》以下，《古序》皆因首句爲目。此篇宜目爲「南

有喬木」，如摘詩中語，宜目爲「江漢」，而云「漢廣」者，取「廣」字之義以表德也。六經文字，惟《詩》可斷取，如《曹風・匪風〔一〕》《大雅・嘉樂〔二〕》序皆然，故毛公即「廣」字義釋之。始自宫壼，而遠及江漢，可不謂廣與！朱子詆其謬，過也。此《序》獨不言后妃者，廣及江漢，非内官之職，統諸王者焉。○一章 茂木可休，南方有木，上竦無枝，不可休也。游女可犯，漢上有女，貞潔自守，不可求也。如水小可泳，漢之廣，其可泳乎？水近可方，江之長，其可方乎？○二章 薪之錯雜而生也，擇翹然高出之楚刈之。此之子，女中翹楚，行將以禮歸人，而自以粟秣其馬矣，豈刈楚之可飼邪？如彼江漢，斷乎不可犯已。○三章 薪錯雜而生，擇彼蔞蒿之最長者刈之。此之子，女中之蔞也，將以禮適人，自秣其駒矣，豈食吾之蔞乎？如漢如江，不可踰越已。○木上竦無枝曰喬。漢水，出今陝西漢中府寧羌州嶓冢山，東南流入于江。泳，潛行水底也。江水，出今四川成都府茂州岷山，東流與漢水合，入于海。方，讀作放，簰牌筏伐也。木曰簰，竹曰筏。又大者筏，小者桴。翹，特出貌。錯薪，雜薪也。楚，荆條。秣，穀飼馬也。蔞，白蒿也。高者丈餘。馬五尺以上爲駒。

《漢廣》三章，章八句。○愚按：江漢楚地，其先鬻熊事文王，受封先諸姬，是爲聖教首善地。《漢廣》《汝墳》，正當其時。《國風》不列楚，二《南》可以觀矣。夫子師文王，删《詩》録《漢廣》，

〔一〕「曹風」，諸本及《毛詩序説》同。按：《匪風》一詩屬《檜風》，「曹風」疑即「檜風」之誤。

〔二〕「嘉樂」，諸本及《毛詩序説》同。按：郝氏以爲「假樂」即「嘉樂」，説詳《大雅・假樂》注。

有心哉。齊魯不競，徘徊陳蔡之間者數年，意在楚耳。昭王之不祿，天也。儒者論《春秋》夷楚，何居！

遵彼汝墳，伐其條枚。未見君子，惄溺如調飢。○遵彼汝墳，伐其條肄異。既見君子，不我遐棄。○魴魚赬稱尾，王室如燬。雖則如燬，父母孔邇。

《古序》曰：「《汝墳》，道化行也。」毛公曰：「文王之化，行乎汝墳之國，婦人能閔其君子，猶勉之以正也。」○朱子[一]謂文王三分天下有二，率商之叛國事紂，故汝墳之人，猶以文王之命供紂之役。其家人見其勤苦，作此詩勞之。註疏亦謂行役大夫之婦人作。或然，而亦不必然也。《詩》多託興，非必皆其人自作。或曰：若是，何以爲《風》？曰：因是事，爲是詩，以鼓舞是人，故謂之《風》。近世學士，傳貞女節婦，亦曰「以俟採風」，豈盡貞女節婦自作邪？世儒言《風》，動稱里巷之歌，拘也。此篇首二章，勞苦飢困，不忘君子，見其勤而貞。後一章，閔其君子勞苦，勸以義，見其正而烈。行役者有此婦人，即其閑家可知，故曰「文王之化」也。○一章 汝水之墳，有木生焉，可以爲薪。君子久役于外，而使婦人躬採樵。力不任重，伐其小條，與枝而已。當是時，君子未歸，惄焉憂戚，如調理飢病，形神困敝，强餐而未能也。○二章 遵彼汝墳，今年所伐之條，又是往年舊伐之肄。歲既改矣，君子始歸，生得相見，喜其不我遠棄也。○三章 魴魚本白，勞于網罟，尾變而

〔一〕「朱子」，北大本及《毛詩序說》同，臺圖本、歷彩本、湖圖本作「朱傳」。

赤矣。虐政如火，努力自效。誰無父母，食土之毛，能遠去乎？○汝，水名，出河南汝寧府上蔡縣，流入淮。墳，隄坊也，墓封亦謂之墳。《檀弓》曰「見若坊者」，言墳起如隄坊也。條、枚，皆小枝。《周禮》有「銜枚氏」，註云「枚狀如箸」，言小也。肄，餘也，斬而復生曰肄。惄、愵通，憂思貌。調，養也。飢，病不能食也。魴，鯿也。赬，赤色，魚勞則尾赤。燬，火也。父母，從役者之父母。孔邇，言桑梓丘隴在，無所逃也。《小雅》云「莫肯念亂，誰無父母」，孝婦之言也。

《汝墳》三章，章四句。

麟之趾，振振真**公子，于**吁**嗟麟兮。○麟之定**丁**，振振公姓**生**，于嗟麟兮。○麟之角**叶六**，振振公族，于嗟麟兮。**

《古序》曰：「《麟之趾》，《關雎》之應也。」毛公曰：「《關雎》之化行，則天下無犯非禮。雖衰世之公子，皆信厚如《麟趾》之時也。」○按：《周南》以《關雎》始，以《麟趾》終。《召南》以《鵲巢》始，以《騶虞》終。編《詩》者，取德脩瑞應之義，著王道之成也。道化至此，太平有象，與古四靈畢至之世無異，故曰「如《麟趾》之時」。「無犯非禮」，何也？禮，風教之本，無禮則近于禽獸。麒麟之異于走獸者，以其行中規矩，音中鍾呂，遊必擇地，詳而後處，不履生蟲，不踐生草，不羣居，不侶行，不入陷穽，故曰聖瑞。服虔曰：「視明禮脩則麒麟至。」故麟者，禮之應。商紂之末，俗奢壞禮。《關雎》化行，若《桃夭》之子，《兔罝》野人，《芣苢》《漢廣》《汝墳》之士女，皆

知守禮。其貴家世族子姓，少而愿謹，步武、頭角，振振有端厚之風，故詩人託麟趾表聖瑞，見文王脩齊之化成，而周道大興也。朱註以公子爲文王后妃之子孫，以麟比文王后妃，趾比公子，於義牽强。《周南》十一篇，皆以次自近及遠，《江漢》《汝墳》之後及家庭，編次亦乖矣。《序》説不可改也。

○一章 聖王作，麒麟至。麟之趾，步趨中度，不妄踐履。貴族公子，不驕不奢，忠信仁厚，振振如也。國家將興，必有禎祥，吁嗟公子，其即麟乎！○二章 麟之頟，端正不觝。公孫守禮，振振愿慤，其真麟乎！○三章 麟之角，周正不觸。公族守禮，振振醇厚，其真麟乎！○麟，瑞獸。麏身，牛尾，馬蹄，色黄，一角。牡曰麒，牝曰麟。凡獸有蹄者踶，有頟者觝，有角者觸，惟麟不然。定，頟也。公姓，猶公孫，子生曰姓。公族，共太祖也。

《麟之趾》三章，章三句。○世禄之家，鮮克由禮。其子弟飛揚跋扈，蛇冠而虎翼，由來漸矣。此詠公子之賢，歸于振振，命之曰麟。稱其趾，其定，其角，巋然端莊，令儀令色，瞻之在前，辭約而旨遠，妙于形容矣。

毛詩原解〔一〕卷一終

〔一〕「毛詩原解」四字，底本原略，今依全書體例補。

毛詩原解卷二

召南

召，岐周地名，召公奭之采邑。風名《召南》，而詩非召詩，皆王教也。《周南》首善岐、豐，王者之風；《召南》教行南國，諸侯之風也。《周南》亦有南國詩，如《江漢》《汝墳》，化由周達。《召南》無周詩，專言化之及遠也。《周南》醇懿粹美，覺宇内雍熙；《召南》轉移變動，氣運方新：皆始于閨門，而達于邦國也。

維鵲有巢，維鳩居叶据之。之子于歸，百兩亮御之。○維鵲有巢，維鳩方之。之子于歸，百兩將之。○維鵲有巢，維鳩盈之。之子于歸，百兩成之。

《古序》曰：「《鵲巢》，夫人之德也。」毛公曰：「國君積行累功，以致爵位。夫人起家而居有之，德如鳲鳩，乃可以配焉。」○朱子改爲南國諸侯，被文王之化，詩人美其嫁娶而作，非也。《序》但言夫人之德，不言爲某諸侯夫人，則凡爲諸侯夫人者，皆當有是德也。德何如？王后妃之德，厚載以承天，故《關雎》思賢；君夫人之德，靜專以守成，故《鵲巢》無爲。然則何以首《召南》？《召南》

者，諸侯之風。諸侯教國先教家，《召南》先夫人之德，猶《周南》先后妃之德也。然則非文王之事與？曰：是也，而不必當文王時。果有君夫人如此者，文王教之，則皆欲其如此也。若《朱傳》云：「南國諸侯能正心脩身以齊家，其女子有專靜純一之德。」則是紂時有二文王、兩大姒也，豈其然乎！故毛公謂國君積功累行，意以文王當之，而亦不專指文王；又云「夫人起家居而有之」，意以大姒當之，而亦不專指大姒。見詩人所以詠歌，聖人所以編次二《南》，皆風後世人主齊家治國之道，非按事指據也。然則謂爲文王之化，何也？文王爲天子，教天下，則后妃之德《關雎》也；文王爲諸侯，教國人，則夫人之德《鵲巢》也。蓋教于王畿，必始《關雎》；教于列國，必始《鵲巢》。其比鵲巢，何也？春鳥巢居，正婚姻之時。鵲爲巢木杪，最高大，不取墮枝，有尊貴之義。自冬至春始成，有積功累行之義。户牖背歲向太陰，有下女之義。鳩，鳲鳩，一名鸋鴿，南方之鳥，不自爲巢，遇鵲巢，則託之。鵲亦安之，他鳥未有若是者，故爲受成之比。鳥唯鳩多族，天子諸侯之配，皆以鳩比。而雎鳩變化，以比王后；鳲鳩守成，以比君夫人。君夫人比鳲鳩，何也？王者開創，諸侯襲享封國，故周公作《梓材》曰：「以厥庶民暨厥臣，達大家。以厥臣達王，惟邦君。」邦君無爲受成，而其夫人可知矣。《大雅》曰：「哲夫成城，哲婦傾城。」《小雅》曰：「無非無儀，無父母貽罹。」君夫人而欲有爲，毁巢之道也，故曰「《鵲巢》，夫人之德」。○一章　鵲之有巢，積累勤矣，鳩以專一之性，不勞而來居之。我公侯奄掩有國家，得之子之賢，以居中治内，百兩親迎，豈曰不宜？○二章　鵲之有巢，鳩來方之。之子來歸，宗廟有主。百兩相送，不亦宜乎？○三章　鵲之有巢，鳩來盈之。之子來歸，内官充牣。

百兩成禮，不亦宜乎？〇鳲鳩，南方之鳥，故《召南》首以爲比。《考工記》云「鸜鵒不踰濟」，濟，北地水名。《春秋》書「鸜鵒來巢」，以魯地先無鸜鵒，而來巢，尤反常，鸜鵒不自巢也。之子，指夫人。百兩，車百乘也。一車兩輪，故謂之兩。御，古「迓」通，迎也。方，所也。將，送也。盈，滿也，言生子衆也。成，成禮也。

《鵲巢》三章，章四句。

于以采蘩，于沼于沚。于以用之，公侯之事。〇于以采蘩，于澗之中。于以用之，公侯之宮。〇被之僮僮同，夙夜在公。被之祁祁，薄言還旋歸。

《古序》曰：「《采蘩》，夫人不失職也。」毛公曰：「夫人可以奉祭祀，則不失職矣。」〇朱子改爲南國諸侯夫人被文王之化，家人敘其事以美之，非也。夫人，猶前《鵲巢》夫人，不必定求其人，而詩皆文王所以脩身齊家，教南國者也。《序》謂「不失職」，何也？諸侯冕而親迎，以重宗廟。故脩籩豆，奉祭祀，君夫人之職也。然必有《鵲巢》之德，有親操之勤，有齊莊之容，然後可以奉祭祀。若《采蘩》夫人，斯可矣。惟文王大姒，足以當之。苟南國諸侯夫人有若此者，亦大姒之教、文王之化，而詩非必實有其人也。朱子謂美其君夫人而作，固矣。〇一章 禮：公侯祭祀，則夫人薦豆。蘩可實豆也，采于沼沚之濱。欲何用之？以供公侯祭祀之事也。〇二章 蘩生于水，采之必于山澗之中。祭行于廟，用之必于公侯之宮。〇三章 將祭之夙夜，夫人在廟，視其首飾，僮僮然

竦立而敬也。既祭而退，視其首飾，祁祁然舒遲而歸也。○蘩，白蒿，春月始生，香美可爲菹。及秋爲蒿。青蒿高，白蒿蘩。葉粗于青蒿，俗謂之蓬蒿。沼，池也。小洲曰渚，小渚曰沚。事，祭祀之事。宫，宗廟也。山夾水曰澗。被，首飾也。取刑人或賤者之髮，被婦人之紒計，而爲首飾。其制有副、編、次三等，詳見《周禮》。其服則翟衣也。夙夜，昧爽之交也。僮僮，竦敬也。祁祁，舒遲也。將去不遽去，敬未忘也。敬不可見，觀首飾之容可知也。

《采蘩》三章，章四句。

喓喓夭草蟲，趯趯剔阜甫螽。未見君子，憂心忡忡充。亦既見止，亦既覯止，我心則降叶烘。

○陟彼南山，言采其蕨決。未見君子，憂心惙惙拙。亦既見止，亦既覯止，我心則説悦。

○陟彼南山，言采其薇。未見君子，我心傷悲。亦既見止，亦既覯止，我心則夷宜。

《古序》曰：「《草蟲》，大夫妻能以禮自防也。」○朱子改爲大夫行役在外，其妻獨居，感時思夫而作，非也。《毛傳》謂大夫妻初嫁來，能以禮自防，是矣。稱妻者，自嫁後既覯君子而言。草蟲、阜螽，皆螽斯之屬。性善羣，故以爲比。蕨，一名鼈脚，可以茹；薇，細豆苗，可以和羹：皆中饋之事。草蟲躍，蕨薇生，仲春之會也。蕨之言别也，女子遠父母之喻；薇之言微也，女子寡小自謙之喻。知爲大夫妻者，據編《詩》，首《鵲巢》，君夫人初嫁也，次《采蘩》，即君夫人之職。此章大夫妻初嫁也，次《采蘋》即大夫妻之職。女子之嫁，父母命之曰：「往之汝家，必敬必戒。」新

婦入門，良人未習，私懷憂慮，不以新昏爲喜。一則曰「憂心忡忡」，再則曰「憂心惙惙」，三則曰「我心傷悲」。未見君子，憂不釋。既見不覯，憂猶不釋。必其既見既覯，憂心始平。如此自防，可不謂知禮者乎？然詩亦非必其新婦自作，蓋詩人詠王化所從來，見文王所以教南國，莫非以禮齊家之事也。

○一章 草蟲、阜螽兩物，而其類同。草蟲鳴則阜螽躍，倡隨之義也。昔者之來，君子未親，懼無德與汝，或忝厥配。憂心忡忡，不寧也。未見君子，此憂不降。見而未覯，憂猶不降。及今既見既覯，心乃降耳。○二章 視彼登山者，所求在蕨。昔者之來，恐違夫子，憂心惙惙。既見既覯，然後心悅耳。○三章 彼登山者，所需在薇。昔者之來，遠我父母，憂心傷悲。既覯君子，心始平耳。○草蟲、阜螽，皆蝗屬，同類而異種。喓喓，鳴也。趯趯，躍也。見，相視也，謂同牢以前；覯，相親也，謂成昏以後：見疎而覯密也。忡忡，猶衝衝。降，下也。蕨，山菜，名鼈脚者，初生無葉似之。薇，亦山菜，即今野豌剜豆苗，可爲羹芼。夷，平也。

《草蟲》三章，章七句。○愚按：是詩謂初嫁之女自防，則爲守禮；謂獨居之妻思夫，則爲鍾情。《小雅》以勞歸士，體其情也；《召南》以詠賢妻，貴其禮也。是故《序》確而正。

于以采蘋平，南澗之濱。于以采藻早，于彼行潦老。○于以盛成之，維筐及筥舉。于以湘之，維錡以及釜府。○于以奠之，宗室牖有下虎。誰其尸之，有齊齋季女。

《古序》曰：「《采蘋》，大夫妻能循法度也。」毛公曰：「能循法度，則可以承先祖，共祭祀矣。」

○《序》于諸侯妻奉祭，言不失職；于大夫妻奉祭，言能循法度，何也？君脩法度，臣奉法度者也。故君不祭爲失職，臣不祭爲廢法度。凡祭，備物行禮。主婦職，中饋薦豆，採取烹芼，器皿奠獻，莫不各有法度。大夫三廟，宗子繼嫡，世爲大夫。其廟爲宗室，非宗子而爲大夫，其廟亦建于宗子之家，祭則夫婦往宗子家親之，此皆所謂法度也。詩詠「季女」，大夫妻也。主人非宗，故其妻稱季，猶言少婦，以別于宗婦也。《箋》因季女之文，遂謂大夫妻之未嫁者，教于宗室三月，告成于祖之祭。然《序》既言妻，非未嫁之女。女未嫁而出采蘋、藻，非法度也。未嫁而親主祭于宗室，尤非法度也。《箋》説附會詩辭，與《序》不合。朱子改爲南國大夫妻，被文王之化，家人敘事美之，尤拘也。所謂大夫妻者，言凡爲大夫妻皆當如是，言妻而大夫可知，亦猶諸侯妻之有《采蘩》云爾。○一章 蘋可薦也，于何采之？生彼澗濱。藻可薦也，于何采之？生彼行潦。○二章 何器以盛之？筐與筥也。何器以烹之？錡與釜也。○三章 奠之何處？太宗廟室之牖下也。何人主之？齊莊之少婦也。○蘋，萍之大者，荇屬，浮生水面；藻，聚生水底：皆可爲菹，爲羹芼也。南，南山也。山夾水曰澗，水邊曰濱。行，路也。潦，積水也。古者井田，路在井上，其傍溝洫積水。古人五祀祭井，亦謂之祭行也。盛之，盛蘋、藻也。湘，烹也。錡，釜屬，有足曰錡，無足曰釜。奠，置于地也。宗室，宗子家廟也。世嫡謂之宗，堂後謂之室。大夫祭于室，無堂事也。牖下，室之西南牖下。齊，莊敬也。季女，庶子爲大夫者之妻，猶言娣婦、庶婦也。

《采蘋》三章，章四句。

蔽芾廢甘棠，勿翦勿伐，召邵伯所茇跋。○蔽芾甘棠，勿翦勿敗叶備，召伯所憩器。○蔽芾甘棠，勿翦勿拜叶備，召伯所説稅。

《古序》曰：「《甘棠》，美召伯也。」毛公曰：「召伯之教明於南國。」○甘棠，常棣也。其實甘曰棠，仁者之澤似之，故以爲比。召公爲西伯大夫，敷教南國，嘗舍止棠下。後人思之，託樹以致遺愛焉。棠，梨屬。梨言離也，去思之比。夫召伯之教，皆文王之教也。人服召伯之教，愛召伯而不知教所自來，此謂「民日遷善而不知爲之者」。觀民思召伯，而文王之化可知也。按：召公當文王時未稱伯，亦足以徵二《南》之詩不作于文王之世，明矣。○一章 蔽芾然茂盛之甘棠，凡我南人勿翦伐之。昔者召伯嘗于此草舍焉。○二章 蔽芾甘棠，勿翦壞之。昔者召伯于此憩息焉。○三章 蔽芾甘棠，勿翦折之。昔者召伯于此説止焉。○蔽芾，蔭翳盛貌。甘者曰棠，澀者曰杜，皆梨屬。草舍曰茇。憩，息也。拜，屈其枝至地，如人拜也。説作稅，舍也。

《甘棠》三章，章三句。○是詩語緩而情切，辭約而旨深。不言召伯之仁，有言所不能盡者。千古去思，此爲首唱。

厭業浥邑行露，豈不夙夜叶遇，謂行多露。○誰謂雀無角叶六，何以穿我屋？誰謂女無家叶谷，何以速我獄？雖速我獄，室家不足。○誰謂鼠無牙，何以穿我墉？誰謂女無家與牙叶，何以速我訟叶松？雖速我訟，亦不女從。

《古序》曰：「《行露》，召伯聽訟也。」毛公曰：「衰亂之俗微，貞信之教興，彊暴之男不能侵陵貞女也。」○霜化爲露，仲春之會也。女子幽貞，爲强暴所搆，而辱在泥塗，自視不勝沾濡，故以「厭浥行露」爲比。雀、鼠比小人；角、牙比争辯；雀有角，鼠有牙，比無情：皆詩人賦貞女之辭。貞女守禮，男子强求，故訟，守禮者文王之教，而訟則紂之餘風也。朱子改爲貞女自述己志，豈以聖人使民無訟，《序》言聽訟非邪？虞芮質成，亦訟也。羑里之獄，文王身不得免焉。孔子無訟之説，爲不知本者言耳，非謂聖人有訟弗聽也。舜爲天子，皋陶爲士夫，非聽訟者邪？○一章 春草方生，霜化爲露，正嘉禮之期。厭浥然道上之露，方降矣。儻通媒妁，備六禮，旭旦奠鴈，昏夜親迎，我豈不往？今無禮而亂以相干，則厭浥之道，成泥中矣，吾豈肯行乎？○二章 汝謂雀有角，故穿我屋。屋則穿矣，雀實無角。汝未嘗有室家之禮，而乃致我于獄。獄雖成矣，禮實不足。使我往汝，則雀生角矣。○三章 汝謂鼠有牙，故能穿墉。墉則穿矣，鼠實無牙。汝未嘗有室家之禮，而致我于訟。訟即搆矣，我終不從。欲我從汝，則鼠生牙矣。○厭浥，濕貌。行，路也。牙，大齒。墉，牆也。速，猶召也。家，謂女受男聘，以男爲家也。此訟者之辭。

《行露》三章，一章三句，二章章六句。○誦此詩者，想見貞淑之氣，如疾風勁草，挺然孤秀。女有壯節，非婉嫕柔質而已者。召伯聽斷明允，使幽貞之情，得伸雪于濁世。文王之教遠矣，詩人亦善于占誦矣。

羔羊之皮叶婆，素絲五紽拖。退食自公，委威蛇駝委蛇。○羔羊之革叶亟，素絲五緎叶亦。委蛇委蛇，自公退食叶室。○羔羊之縫，素絲五總叶匆。委蛇委蛇，退食自公。

《古序》曰：「《羔羊》，鵲巢之功致也。」毛公曰：「召南之國，化文王之政，在位皆節儉正直，德如羔羊也。」○《羔羊》云「鵲巢之功」，猶《兔罝》云「后妃之化」也。始于宮幃，達于朝廷。宮幃有專靜均一之德，故朝廷有節儉正直之風。節儉，故衣服有常；正直，故進退有度。羔裘者，大夫之法服。羊性柔順能羣，逆牽之則不進，故《易》象牽羊以比正直。裘皮界方，有正直之象，而聯之以絲。羔小裘美，用皮多，紽之以絲亦多。羊大皮少，絲止用五，色又素，故曰「節儉」。其儀度安重，難進易退，故曰「德如羔羊」也。○一章 大夫朝服以羔裘，紽之以組，色惟素而數止五。退朝而食，出自公門，禮度雍容，委蛇如也。○二章 羔裘之革，素絲飾緎，其數惟五。彼服此者，氣象委蛇，自公所而退食也。○三章 羔羊之縫，素絲飾總，其數惟五。彼服此者，氣象委蛇，退食自公所也。○羊小曰羔。諸侯、大夫皆羔裘，而緣飾異耳。紽、拖通，猶加也，以組拖其皮界，聯合之也。緎、域通。縫、總皆聯合之名。合皮成裘，其界非一。織素絲爲組，拚其縫際曰紽。組，絛也。綬，類今世綬如繩，不可以紽。古綬織絲，如今鸞帶然。《尚書·顧命》席用「紛純」，是也。退食，退朝食于家也。自公，自公門出也。委蛇，與《君子偕老》之「委佗」同，或讀作威儀，韻不叶，意相通。

《羔羊》三章，章四句。

殷隱其靁，在南山之陽。何斯違斯？莫敢或遑。振振真君子，歸哉歸哉叶沸。○殷其靁，在南山之側。何斯違斯？莫敢遑息〔一〕。振振君子，歸哉歸哉。○殷其靁，在南山之下叶虎。何斯違斯？莫或遑處上聲。振振君子，歸哉歸哉。

《古序》曰：「《殷其靁》，勸以義也。」毛公曰：「召南之大夫，遠行從政，不遑寧處。其室家能閔其勤勞，勸以義也。」○此詩猶《周南》之有《汝墳》，大夫有此妻，是《鵲巢》之化行，而大夫克家亦可知已。其託詠殷靁，亦猶《汝墳》之「王室如燬」也。西伯率南國大夫以服事殷，故婦人以天威比王命，殷靁聲比殷商也。南國至朝歌千有餘里，而紂虐遠及，故曰「靁在南山之陽」。「何斯違斯」，儆之以思也；「莫敢或遑」，勉之以勤也。振振，美之也。歸哉，憂之也。哀而不傷，怨而不怒，親愛而不忘公義。如此婦人，豈非《鵲巢》之流亞與！然詩亦不必即其婦人自作，朱子改爲婦人思夫，則降而爲變《風》亦可，何貴爲二《南》？○一章 殷其靁乎，在彼南山之陽，天威無弗届也。人孰無家，何此君子獨去此而不敢少暇，得非分無所逃邪？振振君子，久勞于外，尚其歸哉！○二章 殷其靁乎，在南山之側，天威不測也。君子去此不遑，豈非義不敢息乎？振振君子，尚其圖歸可也。○三章 殷其靁乎，在南山之下，天怒且及矣。君子去此不遑，豈非義不敢安處乎？振振君子，

〔一〕「息」，原作「恤」，諸本同。按：朱熹《詩集傳》及《毛詩詁訓傳》等本經文皆作「息」，且此句郝氏譯解云「豈非義不敢息乎」，知「恤」乃「息」之誤，音近而訛，今改。

尚及生還可矣。○靁與雷同。山南曰陽。大夫以西伯之命，供紂之役，不敢質言，故曰「何斯」。斯，指君子。違斯，去家也。振振，猶真真，仁厚貌。君子，指其夫，行役者。蓋諸侯之大夫，西伯率以事紂者。

《殷其靁》三章，章六句。

摽殍**有梅，其實七兮。求我庶士，迨其吉兮。○摽有梅，其實三**叶生**兮。求我庶士，迨其今兮。○摽有梅，頃筐塈**叶係**之。求我庶士，迨其謂之。**

《古序》曰：「《摽有梅》，男女及時也。」毛公曰：「召南之國，被文王之化，男女得以及時也。」○朱子改爲女子以貞信自守，懼其嫁不及時，而有强暴之汙，非也。爲詩辭嫌于女求男，故周旋其說。愚謂男女居室，人情耳。《葛覃》之告歸，非后妃自告邪？商紂之季，王室如燬，男女失時，文王化行，而閭閻安樂。故女子感時思歸，猶《豳風》采桑之女，殆及公子同歸，王民皞皞之象。王道本人情，摽梅，人情之至也。顧其詩非必即出其女之口，而當世民情有家之願宛然。情雖切而不苟且遷就，往必待求，求必以時，文王之教也。託詠于摽梅，何也？梅之言媒也。孟春梅始華，華落則實，實漸多則華漸少。仲春至，婚姻之期矣。而詩託詠不于男于女，何也？詠于女子，而後見性情之至，二《南》之化，皆自中閨始也。○一章 梅花落而成實，在樹者十之七耳。春將半矣，衆士以禮求我，其及此吉日乎？過此非其時矣。○二章 梅花落爲實，存者十之三耳。時漸迫矣，求我庶士，其及今日可乎？

○三章　梅花落而盡矣，未幾實熟，而傾筐且至矣。求我庶士，其惟及今日通媒妁之言乎？○摽，落也。梅，梅花。實，梅子。七、三以十爲率，皆言花也。實三則花七，實七則花三。求，徵聘也。迨，及也。吉，吉日也。傾，欹也，筐形偏欹。塈、暨通，言將及也。實熟摘之，盛以筐也。謂，通辭也。

《摽有梅》三章，章四句。

嘒彗**彼小星，三五在東。肅肅宵征，夙夜在公。寔命不同。○嘒彼小星，維參**森**與昴**叶留**。肅肅宵征，抱衾與裯**儔**。寔命不猶。**

《古序》曰：「《小星》，惠及下也。」毛公曰：「夫人無妒忌之行，惠及賤妾，進御於君。知其命有貴賤，能盡其心矣。」○《小星》夫人，猶《鵲巢》《采蘩》之夫人也。朱子謂能不妒忌以惠下，是也。謂南國夫人，被文王之化，衆妾美之而作，則拘矣。詩人歌此，爲凡君夫人者，皆當如是。妒忌，女惡之大者；不妒忌，女德之大者。后妃之《關雎》，亦惟「思窈窕，無傷善之心」而已。君夫人而使其衆妾皆得進御，安其分而無怨言，則亦有《關雎》之風矣。其以小星比，何也？不敢自同于大明也，猶諺云「衆星不敵月」之意。衆妾進御，昏入晨出。昏入，則星見于東；晨出，則星見于西。即往來所見爲比。然詩亦非必其進御之妾自作也。○一章　嘒然小明之星，稀疎三五，在天之東，日入初昏時也。此時整齊宵行，適彼公所。雖云勤勞，貴者當逸，賤者當勞，所賦之命，寔與夫人不同，敢憚勞乎？

○二章　嘒彼小星，維參與昴，將旦時也。肅肅宵行，抱持衾帳，自公所而退，往來雖勤，貴賤之命，

寔不相猶耳。〇嘒，小明也。三五，稀疎也。參與昴，西方二宿名。參，一名伐。昴作柳，柳者，留也，物至西成而留也。柳與參連體成六星，故旂綴于縿者爲旒，以像伐也。宵征，夜行也。晨昏未明，皆謂之宵。寔與實同。裯與幬通，一作「𢅤」。不猶，不相若也。

《小星》二章，章五句。

江有汜史，之子歸。不我以，不我以，其後也悔毁。〇江有渚處，之子歸。不我與，不我與，其後也處。〇江有沱跎，之子歸。不我過戈，不我過，其嘯也歌。

《古序》曰：「《江有汜》，美媵卬也。」毛公曰：「勤而無怨，嫡能悔過也。文王之時，江沱之間，有嫡不以其媵備數。媵遇勞而無怨，嫡亦自悔也。」〇禮：諸侯一娶九女，二國媵之。夫人與媵，各有姪有娣爲九。夫人進御君所，則媵從嫡初歸，不以媵備進御之數。或至勞使之，媵亦不怨，嫡感而悔。詩人作此美媵，見媵之賢，而嫡所以能悔，皆《關雎》之化也。其以江有汜比，何也？物無情，莫如水。而江以納衆流，故能大。物大則小者從，媵之從嫡，亦猶是耳。支流分而復合，比媵始棄而終見收也。然何以明其不爲美嫡？詩代爲媵言，則爲美媵也。以汜自比，以江比嫡，賢女恭順之辭。《小星》自託，以日月之光比夫人；《江汜》自況，以洪流之量比正嫡。知命守分，所以爲賢女。而朱子改爲媵待年于國，嫡不與偕行，後嫡悔而迎之，媵作此詩，非也。蓋惑于鄭《箋》「獨留不行」之語。彼所謂不行者，不同宫中進御之行，非謂在母家不同嫁也。如待年不行，豈得怨嫡，嫡亦何從而勞使之？

○一章　江水大矣，支流小分，旋復會合。之子初歸，獨棄我不用，將謂終焉矣。何幸其後之能悔也？○二章　江有渚，尚相容。之子初歸，屏我不與。然亦暫耳，至于今，我得安處矣。○三章　江有沱，尚相隨。之子始歸，止我而不過，我是用嘯。今我暢然而歌矣。○水決出復入曰汜。以，用也。渚，小洲也。江之分流者爲沱，沱之言他也。過，猶往也。嘯，舒憤聲，與「歗」同，《王風》「條其歗矣」。

《江有汜[一]》三章，章五句。

野有死麕君，與春叶，**白茅包**叶剖**之。有女懷春，吉士誘之。○林有樸**卜**樕**速**，野有死鹿。白茅純**豚**束，有女如玉。○舒而脱脱**兑**兮，無感我帨**稅**兮，無使尨**旁**也吠**廢**。**

《古序》曰：「《野有死麕》，惡無禮也。」毛公曰：「天下大亂，彊暴相陵，遂成淫風。被文王之化，雖當亂世，猶惡無禮也。」○是詩朱子改爲女子自守，不爲彊暴所污，詩人因所見以美之，近似。而《古序》必曰「惡無禮」，何也？蓋紂時淫昏成俗，而羞惡之心，人所自有。文王化行，皆知無禮之可惡，故詩不貴其貞潔，而貴其知恥。知恥自不屑不潔，此導民之本，格心之化也。《序》言及此，非經聖裁，未易苟作。麕、鹿比奔也。死麕、死鹿，如惡惡臭，醜詆之辭也。末章述女子羞惡之情，言尨吠，則狗彘惡之矣。如朱説「因所見」，是必詩人真適野見死麕、死鹿，士以茅包苴遺

[一]「江有汜」，原作「江有沱」，諸本同，今據目録篇名改。

女，女罵于室，犬吠于門，因賦此詩，則何以異于説夢？凡朱子言《詩》類此。○一章　麕性淫而善奔，野有既死之麕，穢物也。以白茅之潔包取之，浄垢失其倫矣。女子仲春，緬懷嘉禮，良士以禮徵聘可也，何乃無禮而誘之乎？○二章　樸樕然小林之野，有死鹿焉。以白茅之潔裹之，汙斯茅矣。彼女清潔如玉，可以不潔累之乎？○三章　女拒之，若曰：「爾勿恃其彊暴，尚舒然而脱脱，循理安詳可也。男女有别，勿感動吾之巾帨。感帨，則近吾身矣。彼此素無往來，勿使吾之犬吠。犬吠，則近吾家矣。」其惡而遠之如此，可謂别嫌明微之至者矣。○麕，麞也，似鹿而小。白茅，茅華潔白。《周禮》「仲春，大會男女」，故求婚謂之懷春。吉士，良士也。樸樕，小林也。純與屯通。純，束包之也。舒，從容也。脱脱，舒貌。帨，拭物巾，女所佩也。尨，犬之多毛者，暴客至則犬吠。

《野有死麕》三章，二章章四句，一章三句。

何彼襛與雝叶矣？唐棣弟之華花。曷不肅雝？王姬之車叉。○何彼襛矣？華如桃李。平王之孫，齊侯之子。○其釣維何？維絲伊緡民。齊侯之子，平王之孫。

《古序》曰：「《何彼襛矣》，美王姬也。」毛公曰：「雖則王姬，亦下嫁於諸侯。車服不繫其夫，下王后一等，猶執婦道以成肅雝之德也。」○《召南》有此王姬，猶《周南》有公子，皆王教所漸也。王姬雖嫁諸侯，而其儀衛較諸侯尤貴，能不以貴驕其夫。車馬僕從，謙恭和順，是以可美。朱子謂爲武王以後詩，是矣。疑平王爲東遷之宜臼，齊侯爲齊襄公諸兒，非也。二《南》皆追誦文王

齊家治國平天下之化，所謂「平王」「齊侯」云者，如《書·大誥》稱武王爲寧王，《酒誥》稱爲成王，《商頌》稱契爲玄王，《易》云「康侯」，《周禮》云「寧侯」，皆非定謚也。平，正也。齊，一也。如均平、蕩平，齊聖、狥齊云爾。皆美其祖父之德，見男女家教有本，即文王之孫下嫁諸侯者也。若謂東遷以後之王，詩當入《王風》，宜曰、諸兒名字，何足辱簡策而厠諸二《南》乎？比唐棣，何也？唐棣之華，併蔕攢簇，有類聚親睦之象，故以比兄弟、昏姻。桃李多子，釣絲牽連，故比男女也。○一章 何彼襛然而盛者？乃唐棣之華，開而能合，猶二姓之好也。今此肅肅雝雝，氣象謙冲者，乃王姬之車，殊無驕貴之容也。○二章 何彼襛然而盛？桃與李之華，交相輝暎也。今者之婚，女以治平之王爲祖，男以脩齊之侯爲父，其賢其貴，皆相稱也。○三章 相彼釣者求魚，合絲以爲緡，乃可引也。齊侯之子求妻，而得平王之孫，得其所求矣。○襛，濃盛也。曷、何通。肅，敬也。雝，和也。車，往送之車。王姬車制，下王后一等，即《周禮》所謂厭翟也，諸侯夫人則翟車耳。詳見《周禮·春官·巾車》之職。緡，繩也，合絲爲之。釣以絲繩繫鉤，以餌魚也。

《何彼襛矣》三章，章四句。

彼茁（拙）**者葭**（加），**壹發五豝**（巴），**于**（吁）**嗟乎騶虞**（叶牙）。○**彼茁者蓬，壹發五豵**（宗），**于嗟乎騶虞**（叶翁）。

《古序》曰：「《騶虞》，《鵲巢》之應也。」毛公曰：「《鵲巢》之化行，人倫既正，朝廷既治，天下純被文王之化，則庶類蕃殖，蒐田以時。仁如騶虞，則王道成也。」○《周南》終《麟趾》而國族張，

故爲《關雎》之應；《召南》終《騶虞》而品物遂，故爲《鵲巢》之應。蓋好德者，其子孫必賢；安靜者，其發生必盛。化始宫幃，近乎遠應，非襲取也。朱註以爲文王之化，是矣。云「美南國諸侯」，非也。蓋《召南》雖諸侯之詩，非必諸侯能爲《召南》。言文王所以教南國者，仁及鳥獸、草木，功贊化育，非聖人不能。而于《召南》言之者，以終之也。南方卑濕，多生蘆葦，野獸成羣，故以爲比。非謂《鵲巢》獨能致《騶虞》，《關雎》獨能致《麟趾》也。以麟應鳩，以騶應鵲，比類屬辭，非專主鳥獸也。毛云「仁如騶虞」，則是真以騶虞爲獸配麟，後儒因謂騶虞白虎黑文，或謂騶虞尾長于軀，引漢武帝獲異獸騶牙爲徵。蓋因「虞」叶作「牙」而附會之，不足信也。騶虞，本二官名。《月令》田獵「命僕及七騶」，《春秋傳》晉悼公使程鄭爲御，「六騶屬焉」。蓋騶，乘御掌馬之官。《書》舜命益作虞，《周禮》有山澤之虞，掌禽獸之官。《射義》云「天子以騶虞爲節」，樂備官也。田獵備官，而所取不多，五家而殺一，其仁也如此，故歎美之。不敢斥君而呼騶虞，騶虞之仁，君之仁也。○一章 我侯于田，彼茁然而長者，吾見諸葭焉，草木之蕃可知。一發矢而遇五豝焉，禽獸之多可知。前禽五而僅殺一，取之不盡。吁嗟仁乎，我公之騶虞也。○二章 彼茁然而長者，有蓬焉。一發矢而遇五豵，獸雖多而不殺。吁嗟仁乎，我公之騶虞也。○茁，出土貌。葭，蘆也。豕牡曰豝。蓬，草名，華如柳絮。豕一歲曰豵。

《騶虞》二章，章三句。○誦《騶虞》，而王者仁贊化育矣。始于閨門，施于朝廷邦國，達于天下，以至天地泰和，品物咸亨，脩齊之效，蔑以復加。故夫子謂伯魚曰：「人而不爲《周南》《召南》，其猶正牆面立。」蓋王道以誠意爲本，誠意以刑家爲先。夫婦至暱也，閨閫至隱也，倡隨至便也，其

切近至不可離也。是故君子慎獨勿欺，必自此始。于此真能如見賓，如承祭，無惰行，無逸志，然後可以事父母，對兄弟、家人而無怍色；然後可以處朋友，事君使民，而無愧心；然後可以格鬼神，孚豚魚，之夷狄蠻貊可行。文王純一敬止，又得大姒之助，故其存神過化，風行草偃，民日遷善而不知。皆脩身齊家，刑于寡妻之積效也。士君子進德脩業，内有賢配，則事半功倍。苟不幸而帷薄不淑，則肺腑受恙，非若藩籬外可以諉而棄之也。其事瑣于米鹽，其幾密于嚬笑，耳目心志錮其中，無適可離。必刻勵于衾影，以求底于正，然後家可齊，國可治。未有道不行于妻子，而能放諸遠者矣。「正牆面立」，豈不信然！或曰：二《南》之詩，皆里巷之謡。此拘説也。周有天下，追思當時流風善政，潤色歌詠，以詒式穀，皆周公之制作，而孔子删定于周衰之季，以教來學。苟文王時民謡有此，焉用周公、孔子爲？今誦二《南》，不必按事求徵，但據《古序》繹作者之志，脩身、齊家、治國規模具在。明辟王以洪化理，士君子以資進脩，洋洋美德乎！待文王而後興者，凡民也。豪傑之士，雖無文王猶興。周公曰「文王我師」，孔子曰「文王既没，文在兹」，此之謂也。

毛詩原解卷二終〔一〕

〔一〕卷末語底本原略，今依全書體例補。

毛詩原解卷三

邶佩

邶、鄘容、衛，皆商畿内之地，今河南衛輝府淇縣，即古朝昭歌，紂都也。武王滅紂，分朝歌以北爲邶，南爲鄘，東爲衛。邶、鄘不詳所封，衛以封康叔，其後邶、鄘皆併于衛。各因其地所得詩分爲三國，其實皆《衛》詩也。以首變《風》，何也？二《南》成而周王，朝歌侈而殷墟區；《關雎》基治，《緑衣》兆亡；紂覆于前，衛滅于後：所以明戒也。

汎泛彼柏舟，亦汎其流。耿耿不寐，如有隱憂。微我無酒，以敖以遊。○我心匪鑒，不可以茹孺。亦有兄弟，不可以據。薄言往愬，逢彼之怒。○我心匪石，不可轉也。我心匪席，不可卷捲也。威儀棣棣第，不可選也。○憂心悄悄愀，愠于羣小。覯閔既多，受侮不少。静言思之，寤辟闢有摽殍。○日居月諸，胡迭垤而微。心之憂矣，如匪澣緩衣。静言思之，不能奮飛。

《古序》曰：「《柏舟》，言仁而不遇也。」毛公曰：「衛頃公之時，仁人不遇，小人在側。」

○朱子改爲婦人不得于其夫而作，非也。蓋忠臣不得于君，與賢女不得于夫，情相似。故忠臣常託賢女自鳴，怨而不怒，不遇而不忍去，《序》所以目爲仁人。而以辭害志，則似婦人語耳。舟以比濟世。柏木芳香後彫，以比君子。柏舟泛流，比仁人不遇也。○一章 以柏爲舟，而無維楫，泛然中流。國無仁賢，亦猶此矣。我心耿耿不寐，如有隱痛。是憂也，非飲酒遨遊，可以解也。○二章 鑒能明而不能擇，妍媸并納，我則不能矣。賢否原不相謀，好惡出于天性，如之何并茹之？共事兄弟，不與我同心。聊往告愬，反以不能含容，爲我罪也。○三章 兄弟雖怒，我心堅如石，平如席，不可變也。威儀自盛，豈能選擇以隨人乎？○四章 悄悄然心懷隱憂，思我見怒于羣小，遭其病，受其侮，亦已多矣。静思無聊，忽忽驚寤，闢然如有所失落也。○五章 日乎月乎，何迭相虧也？君乎臣乎，何其并昏也？處此昏亂之朝，如垢衣被體，思遁去而義無所逃耳。○汎、泛同。柏舟，柏木爲舟，猶言楊舟、松舟也。隱憂，沈痛而憂也。鑒，鏡也。茹，受也。鏡之受影，不擇美惡。兄弟，僚友也。愬與訴通。棣，美盛也，棠棣之華最盛。選與算通，擇也。辟、闢通，開也。摽，落也，如有遺落也，恍惚驚悸之狀。居、諸，助語辭。迭，更也。微，虧缺不明也。月有微，日無微也。

《柏舟》五章，章六句。

緑兮衣兮，緑衣黄裏。心之憂矣，曷維其已。○緑兮衣兮，緑衣黄裳。心之憂矣，曷維其亡。○緑兮絲兮，女汝所治平聲兮。我思古人，俾無訧叶移兮。○絺兮綌兮，凄妻

其以風叶分。我思古人，實獲我心。

《古序》曰：「《緑衣》，衛莊姜傷己也。」毛公曰：「妾上僭，夫人失位，而作是詩也。」○衛莊公惑于嬖妾，夫人莊姜賢而失位，故作此詩。其以緑衣比，何也？婦人衣夫者也。夫人位中宫，黄者，中央土之正色。雜以青則爲緑，青，木氣也。木克土，中宫所以見逼于旁蘖也。衣爲上，裳爲下，表爲貴，裏爲賤，比嫡妾失所也。此詩莊姜自作，故《序》云「傷己」，與《載馳》《竹竿》之類，凡婦人自作者，《序》各分曉。《朱傳》于他詩一切謂爲自作，非也。○一章 緑，間色，而以爲衣。黄，正色，而以爲裏。妾之蔽嫡，亦猶是也。多憂方來，何時已邪？○二章 緑爲衣而居上，黄爲裳而反下。妾之上僭，亦猶是也。憂繫于心，何能去之？○三章 緑本絲耳，惟汝治以爲緑，愛而衣之。古人制禮，使貴賤得所，豈若今人之過乎？○四章 絺綌宜暑，涼風淒然，則捐棄宜也。今我見棄，將若何？思古人遭此，有善處之道，先得我心，可以自慰矣。○亡，去也。淒，涼也。其，語辭。以風，用當風也。訧，過也。

《緑衣》四章，章四句。○按：正《風》《雅》而後爲閨怨者多矣。《緑衣》之怨，婉喻而不直其事。憂嫡妾失所，而不及私情，渾厚端莊，不激不怒，所謂可以怨者矣。

燕燕于飛，差次平聲池其羽。之子于歸，遠送于野叶汝。瞻望弗及，泣涕如雨。○燕燕于飛，

頡絜之頏杭之。之子于歸，遠于將之。瞻望弗及，佇立以泣。○燕燕于飛，下去聲上上聲其音。之子于歸，遠送于南叶林。瞻望弗及，實勞我心。○仲氏任只止，其心塞淵叶因。終溫且惠，淑慎其身。先君之思，以勗旭寡人。

《古序》曰：「《燕燕》，莊姜送歸妾也。」○莊姜無子，以陳女戴嬀規之子完爲己子。莊公卒，完即位，嬖人之子州吁弑之，故戴嬀大歸于陳。莊姜送之，而作此詩。其以燕燕比，何也？燕雀春來秋去，以比別離。燕雀依人，爲孚子也，故玄鳥爲祈子之祥。莊姜於嬀，以子相依，子亡相失，故用爲比。不言夫死子弑，國破人亡，而託興燕燕，關山寥落，隻影孤飛，淒然有流離之感。至曲終奏雅，未亡人之志，有如皦日。千古離情，此爲絕唱。○一章 人世聚散，何異燕雀？吾與子如燕燕相依，差池其羽。子今歸矣，後會不再，能無遠送？望而不見，泣涕如雨。○二章 燕燕于飛，上下追隨。子今歸矣，予遠送之。望而不見，獨立揮泣。○三章 燕燕于飛，同聲相應。子行南還，予遠送之。望而不見，實勞我心。○四章 維爾仲氏，與人以任，存心以實，秉性和順，行己端淑。每以先君偕老之誼勉我，孰有愛人以德，如仲氏者乎！○燕燕，二燕也。差池，不齊貌。無聲出涕曰泣。涕，淚也。飛而上曰頡，飛而下曰頏。將，送也。南，衛在河北，陳在河南也。仲氏，戴嬀字，以恩相信曰任。只，語辭。塞，實也。淵，深也。先君，莊公也。勗，勉也。寡人，莊姜自謂。無夫曰寡，亦謂未亡人也。

《燕燕》四章，章六句。

日居月諸，照臨下土。乃如之人兮，逝不古處上聲。胡能有定？寧不我顧叶古。○日居月諸，下土是冒。乃如之人兮，逝不相好去聲。胡能有定？寧不我報。○日居月諸，出自東方。乃如之人兮，德音無良。胡能有定？俾也可忘。○日居月諸，東方自出。父兮母兮，畜我不卒。胡能有定？報我不述。

《古序》曰：「《日月》，衛莊姜傷己也。」毛公曰：「遭州吁之難，傷己不見答於先君，以至困窮之詩也。」朱子改爲莊姜不見答於莊公，呼日月而訴之，非也。州吁之禍，莊公卒矣。夫人傷國難之不定，非不見答也。呼日月者，詩之情境，爲夫婦之比，非專爲告訴日月也。○一章 日乎月乎，并照下國。夫婦相須，古之大倫也。乃如之人，往昔不以古道相處，今禍貽宗社，何自能定乎？死者而有知，寧不我顧也。○二章 日居月諸，共冒下土。夫婦同心，亦猶是也。乃如之人，往時不與我相好，今禍延國家，何自能定乎？死者有知，寧不我報也。○三章 日居月諸，出自東方，常相偕也。乃如之人，惡聲相加，曾無好音。今日之禍，其何能定？是則可憂也。若夫無良之音，使我可忘矣。○四章 日居月諸，東方自出，始相偕而終相失也。父母養我不終，遺此禍亂，其何能定乎？至于報我之薄，可無述矣。○居、諸，皆語辭。乃如之人，猶云乃有如此之人，指莊公也。逝，往日也。古處，古道相處也。寧，願辭。定，安定也，謂州吁之亂國，不安定也。顧，念也。德音，謂言語。無良，暴厲也。俾也可忘，使我忘之，不忍怨也。述，稱也。言昔之所以待我者，無用稱述也。

《日月》四章，章六句。

終風且暴，顧我則笑。謔香入聲**浪笑敖**傲**，中心是悼**導。**○終風且霾**埋**，惠然肯來。莫往莫來，悠悠我思**叶顋。**○終風且曀**叶翳**，不日有**又**曀**叶意。**寤言不寐，願言則嚏**帝。**○曀曀其陰，虺虺**毀**其靁。寤言不寐，願言則懷。**

《古序》曰：「《終風》，衛莊姜傷己也。」毛公曰：「遭州吁之暴，見侮慢，不能正也。」○終風且暴，比賊子飛揚跋扈，所以爲州吁作也。朱子改爲莊姜傷莊公而作，非也。誦《緑衣》《日月》，而莊姜蓋温惠婦人，無恚忿過甚之辭可知。此詩謂母憂子，則爲賢母。謂婦怨夫，則傷于忿矣。毛説是也。○一章　狂風終日不休，子之狂暴，亦猶此矣。有時見我，則嬉笑傲慢，無人子禮。將若之何？中心自悼傷而已。○二章　終日風霾不開，子之昏惑，亦猶是也。有時來見，有時絶跡不往來，使我悠長而思慮也。○三章　終風陰曀，不旋日又陰曀。此子何時開寤乎？憂不成寐，惟願彼自噴嚏而已。○四章　陰曀曀而不開，靁虺虺而不止，此子何時改圖乎？憂不能寐，惟願彼自懷思而已。○終風，終日風也。謔浪，狂蕩貌，州吁在母前無禮之狀。霾，風揚塵也。陰而風曰曀。有、又通。嚏，噴嚏，俗云：「人道我則噴嚏。」虺虺，靁聲。懷，悔思也。

《終風》四章，章四句。

擊鼓其鏜湯，踊躍用兵叶邦。土國城漕叶倉，我獨南行叶杭。○從孫子仲，平陳與宋。不我以歸，憂心有忡充。○爰居爰處，爰喪其馬。于以求之，于林之下上聲。○死生契挈闊，與子成說。執子之手，與子偕老叶魯。○于吁嗟闊兮，不我活兮。于嗟洵兮，不我信叶心兮。

《古序》曰：「《擊鼓》，怨州吁也。」毛公曰：「衛州吁用兵暴亂，使公孫文仲將而平陳與宋，國人怨其勇而無禮也。」○擊鼓踊躍，輕佻之狀，輕佻者無謀。《易·師》之《彖》曰：「師貞，丈人吉。」以兵爲戲，未有不亡者，州吁所以死也，故曰「詩可以觀」。謂興爲無義，則所失多矣。○一章 鼓以進兵，伐鼓鏜然有聲。踊躍矜喜，以凶器爲樂事也。今國有土工，漕有城工，非不勞矣。我獨從軍南行，苦尤甚焉。○二章 今者之役，非不得已。從孫子仲，結好陳、宋，與之伐鄭。無故犯難，生還未卜，憂心忡忡然也。○三章 是行也，隨其所往，於居則居，於處則處。兵敗陣亡，必喪其馬，家人索我馬於林之下耳。○四章 昔許室家，死生隔别，不相忘棄，成此誓說。執子之手，期與同老，是疇昔之願也。○五章 事至今日，吁嗟隔别，不得生活矣；吁嗟信誓，不得伸遂矣。○鏜，鼓聲。土國，興土工于國也。城，築城也。漕，衛邑，在河南。南行，伐鄭也，事見《春秋傳》。孫子仲，此時軍帥也。爰，於也。喪馬，人死馬亡也，唐人詩云「可憐馬上郎，意氣今誰見」，本此。林下，曠野之處，所謂尸膏草野也。契闊，猶言分别也。成說，踐言也。洵，信也，即偕老之信也。信，與伸同，遂也。

《擊鼓》五章，章四句。

凱（愷）風自南（叶林），吹彼棘心。棘心夭夭，母氏劬（瞿）勞（叶聊）。○凱風自南（叶林），吹彼棘薪。母氏聖善，我無令人。○爰有寒泉，在浚（峻）之下（叶户）。有子七人，母氏勞苦。○睍（顯）睆（婉）黃鳥，載好其音。有子七人，莫慰母心。

《古序》曰：「《凱風》，美孝子也。」毛公曰：「衛之淫風流行，雖有七子之母，猶不能安其室。故美七子能盡其孝道，以慰其母心，而成其志耳。」○朱子改爲七子自作，非也。凡詩人美刺，代爲其人之言，非盡出其人之口。然則謂之道性情，何也？聲音之道，自與性情通。詠其事而可興可觀，即是性情之理，非以其人之詩，觀其人性情之謂也。此詩以凱風、棘心比，何也？美其子之孝，則不忍斥其母之惡。故若爲幾諫，以達孝子和氣之衷。凱風以比和氣。棘，小棗叢生，以比七子也。爲孝子言，則凱風似母，棘心似子。爲詩人言，則凱風、棘心皆諷其母之微辭也。凱，樂也。物通淫曰風。棘之言急也。心，花蘂，俗云「棗花多心」，婦不貞之比。棘性晚發，夏始生心。東風吹桃李，則男女及時。炎風至，桃李實落，而棘生心，非《桃夭》之時矣。母生七子，猶有淫行。詩人不忍言母老，而但言子晚成，勞凱風之吹，善諷諭也。棘雖非大材，叢生爲籬，中赤而外多刺，比七子衛護一母也。二章比薪，三章比水，子雖無用，亦足供薪水。豈其悦母，不如黃鳥乎？黃鳥應節，又爲審

時之比也。〇(一章)凱和之風，夏自南來，時已晚矣。而棘始生心，吹而養之，夭夭如也。母生七子，幼而鞠育，其劬病勞苦，當何如乎？〇(二章)凱風吹棘，長而無用，猶可以薪。七子雖壯，無令善之嗣，辜負聖善之母矣。〇(三章)泉水寒涼，在浚邑之卑地。灌溉無用，猶可供邑人之汲。今以七男事一母，不能供涓滴，而使母勞苦，曾寒泉不如矣。〇(四章)黄鳥之羽，睍睆可觀，載好其音，猶能悦人。以七男奉一母，不能婉容愉色，以悦母心，曾禽鳥不如矣。〇凱、愷通，樂也。南風温和，故曰凱。棘，小棘也。難長而心又初生，稚弱未成。薪則成矣，而無用，直可薪耳。聖，通明也。善，賢淑也。浚，衛邑。下，卑地。凡泉高則利灌溉，下則無用。睍睆，羽好貌，猶熠燿也。《大東》云「睆彼牽牛」，《檀弓》云「華而睆」，皆明也，字从目，朱謂鳥聲，誤。

《凱風》四章，章四句。

雄雉于飛，泄泄(異)其羽。我之懷矣，自詒(貽)伊阻。〇雄雉于飛，下(去聲)上(上聲)其音。展矣君子，實勞我心。〇瞻彼日月，悠悠我思，道之云遠，曷云能來(叶離)。〇百爾君子，不知德行(叶杭)，不忮(至)不求，何用不臧。

《古序》曰：「《雄雉》，刺衛宣公也。」毛公曰：「淫亂不恤國事，軍旅數起，大夫久役，男女怨曠。國人患之，而作是詩。」〇朱子改爲婦人以夫從役于外，思念而作，非也。詩人託閨怨以

刺宣公，意不主閨怨也。後世詩多擬閨怨者，何必盡婦人自作？篇名「雄雉」，猶《齊風》之「雄狐」也。雄雉善雊，《小弁》云：「雉之朝雊，尚求其雌。」泄泄其羽，狎雌之狀，雉之言恥也。若以爲婦人思夫，意象不類。○一章 雄雉于飛，泄泄然鼓翼。日求其雌，君不恤國事，惟婦人是好，猶雄雉也。嗟我懷人，始不能見幾引去，今日之行，自詒阻隔耳。○二章 雄雉之飛，下上追鳴，以媚其雌。人之好内，亦猶是也。國事至此，誠哉可憂。言念君子，實勞我心也。○三章 日往月來，時序屢更，悠悠然我之所思，道路長遠，何能致其來乎？○四章 凡爾君子，雖我婦人，焉知德行？竊意人處世，無所忮害，無所貪求，何往不善。今之征役，爲忮求耳，其何能善乎！○泄泄，鼓翅舒散貌，雄雉見雌而振羽也。我之懷，指其夫。自詒阻，言不能引去也。展，誠也。君子，告愬之辭，指宣公也。勞心，憂國事也。悠悠我思，思夫也。云，語辭。百爾君子，呼在位者以儆君也。忮，害也。求，貪也。

《雄雉》四章，章四句。

匏袍有苦葉，濟有深涉。深則厲叶列，淺則揭。○有瀰米濟盈，有鷕杳雉鳴。濟盈不濡軌叶九，雉鳴求其牡。○雝雝鳴鴈，旭日始旦。士如歸妻，迨冰未泮。○招招舟子叶沸，人涉卬昂否叶鄙。人涉卬否，卬須我友叶以。

《古序》曰：「《匏有苦葉》，刺衛宣公也。」毛公曰：「公與夫人，並爲淫亂。」○朱子謂是詩，未見其爲刺宣公夫人也，然亦何知其不爲刺宣公夫人乎？《序》有所受之。以匏比者，匏剖爲

瓢，有配合義。昏禮合巹，匏也，故以比男女之合。匏未剖，可佩以渡水。匏之渡水，潛行者用之，非利涉之正禮，故以比男女之私。匏尚有葉，無作合之具。水深，比防閑之嚴。雉雊善淫，鴈飛有序，匏以行險，舟以利涉，各有取義也。〇一章 匏可涉水，今尚有苦葉，未可用也。濟涉之處，其水方深。欲濟者，深則有厲，淺則褰裳，量度而行：斯爲知禮矣。〇二章 濟之水，瀰其盈矣。雉之鷕，鷕其音矣。水盈必濡其軌，今曰不濡；雉鳴雄求其雌，今反求牡：人之背禮如此。〇三章 古者婚姻，禮因時舉。贄用和鳴之鴈，貴從陽也。行禮以旭日始旦，貴正始也。妻歸及霜降之後，冰泮之前，陽往則陰來也。非禮非時，豈容苟合邪？〇四章 水盈而匏難用，我其招舟子而後濟乎？人皆徒涉，我獨不敢。須同心之友，乘舟以共濟耳。〇匏，瓠之苦者。長頸曰瓠，大腹曰匏。濟，過渡處。厲，列石水中，履以渡也。厲與列通，《周禮》「厲禁」，謂遮列爲禁也。或曰：水没膝下爲涉，過心上爲厲。以衣涉曰厲，褰衣涉曰揭。瀰，水滿貌。鷕，雉聲。軌，車輪。牡，雄雉。猶雞言牝，狐言雄也。鴈，隨陽氣南北，用鴈取隨陽義。六禮惟納徵用幣，納采、納吉、問名、請期、親迎皆用鴈。惟親迎用昏，餘禮皆用旦。手曰招，口曰召去聲。卬，我也。須，待也。

《匏有苦葉》四章，章四句。

毛詩原解卷三終

毛詩原解卷四

習習谷風叶分，以陰以雨。黽勉同心，不宜有怒叶吕。采葑采菲，無以下體。德音莫違，及爾同死。○行道遲遲，中心有違。不遠伊邇，薄送我畿祈。誰謂荼徒苦，其甘如薺叶泚。宴爾新昏，如兄如弟上聲。○涇以渭濁，湜湜殖其沚。宴爾新昏，不我屑薛以。毋逝我梁，毋發我笱苟。我躬不閱，遑恤我後上聲。○就其深矣，方之舟之。就其淺矣，泳之游之。何有何亡，黽勉求之。凡民有喪，匍蒲匐迫救之。○不我能慉畜，反以我爲讎。既阻我德叶篤，賈古用不售叶酬。昔育恐育鞠，及爾顛覆，既生既育，比予于毒。○我有旨蓄，亦以御語冬。宴爾新昏，以我御語窮。有洸光有潰，既詒我肄。不念昔者，伊余來塈戲。

《古序》曰：「《谷風》，刺夫婦失道也。」毛公曰：「衛人化其上，淫于新昏，而棄其舊室，夫婦離絶，國俗傷敗焉。」○谷風，東風也。東爲君方，帝出乎震，故曰「君子之德風」。習習，不斷也。谷之言俗也，俗成于習。谷風習而成陰雨，君德習而成民俗，故以爲比。朱子謂詩中不見化其上之意，改爲棄婦自作，非也。風人美刺，鮮有直陳者。設身處其人之地，代爲其人之言，心曲隱微，皆肖其人，所以爲妙，于性情而可風。若謂棄婦自作，則微婉之致全失矣。○一章　東皇布令而谷風生，

習習不斷則陰雨降矣。民風所從來，人情變態，亦猶是也。凡夫婦相與，小有參差，當勉强含容，不宜暴怒。譬彼葑、菲，采其葉且留其根。若倡隨之間，言語和悦，莫相違背，則可以偕老矣，奚至變態如風雨乎？〇二章 相彼行路之人，遲遲不進，心必有違。況我與爾，夫婦之親，咫尺決絶，門内相送，遂成路人。如荼雖稱苦，其實味甘如薺。蓋舊婦既爲路人，則新婦樂如兄弟，豈非我之所謂荼者，彼之所謂薺乎？〇三章 涇濁渭清，其辨甚明。今涇反謂渭濁，渭實非濁也。試觀其沚，其清見底。惟樂彼新昏，故不屑我耳。身雖見棄，心豈遽絶？後人勿往我之梁，發我取魚之笱。雖然，我身已不見容，何暇恤去後之事乎？〇四章 思我昔治家，如濟水者，深則方舟，淺則泳游，不論有無，勉强圖濟。雖鄉鄰有喪，無不周救。況于夫婦之間，敢處其薄乎？〇五章 爾今不我養，反以我爲讐。惟其有心阻我，雖善不録。如賈百貨具陳，終不見售矣。思昔與爾治生，惟恐生理窮鞠，同至顛覆。今既遂生矣，乃比我于毒而棄之邪？〇六章 昔我蓄聚美菜，以備冬月乏時之需。亦猶爾宴樂新昏，以我備窮窘之時耳。故今洸然其武，潰然其怒，無復温惠之容。貽我以事，肄習勞苦，曾不念昔者我之初至矣。〇習習，風吹不斷貌。黽勉，容忍也。葑，即蔓菁。菲，似葍，一名土瓜，根葉皆可食。下體，根也。葉、根并採，則立盡矣。俗語云「凡事留不盡」，即無以下體之意。德音，好言也。畿，門内也。荼，苦菜，似苦苣而葉細，花如葦苕，故謂之荼。薺，甘菜。宴，樂也。湜湜，水清見底也。沚，小渚也。梁，以石障水，而空其下如梁，非橋梁也。笱，竹器，承梁之空取魚者也。梁、笱皆閨政之喻，如四章所言是也。閲，容也。方，筏也，所以渡水。潛行曰泳，浮水曰游。匍，以手行也。匐，伏地也。慉，

與畜同，養也。賈，商賈，售賣出也。育，養也。鞠，窮也。旨蓄，美菜也。御、禦通，當也。洸，武貌。潰，怒色。肄，習也，勤勞之意。塈，至也。

《谷風》六章，章八句。

式十微式微，胡不歸？微君之故，胡爲乎中露？〇式微式微，胡不歸？微君之躬，胡爲乎泥中？

《古序》曰：「《式微》，黎侯寓于衛，其臣勸以歸也。」〇朱子疑詩中無「黎侯」字，愚謂有「黎侯」字則不成詩矣。〇一章 衰微乎，衰微乎，何久依人不歸乎？君之變故，亦大矣。彼衛人視之，若無有耳，君胡爲久暴此露中乎？〇二章 衰微乎，衰微乎，何久不歸乎？君之親來，亦迫矣。彼衛人視君之躬，甚微渺耳，君胡爲自辱此泥塗乎？〇式，發語聲。微，輕忽意。中露，言不見芘也。泥中，言不見拯也。

《式微》二章，章四句。

旄毛丘之葛兮，何誕但之節兮。叔兮伯讀剥，叶葛兮，何多日叶熱也。〇何其處上聲也？必有與也。何其久叶己也？必有以也。〇狐裘蒙戎，匪車不東。叔兮伯兮，靡米所與同。〇瑣兮尾叶以兮，流離之子。叔兮伯兮，褎又如充耳。

《古序》曰：「《旄丘》，責衛伯也。」毛公曰：「狄人迫逐黎侯，黎侯寓于衛。衛不能脩方伯連率之職，黎之臣子以責於衛也。」○朱子謂《序》見詩有「伯兮」二字，遂以爲責衛伯，詆其誤，非也。蓋衛之先本牧伯，武王封康叔，誥曰：「外事，汝陳時臬司，師茲殷罰有倫。」此衛爲伯之始也。司馬遷作《世家》，衛自頃侯以前，七世皆稱伯。黎侯以狄難來告，正望其脩先業，故《詩》曰「與」曰「同」，皆連率之事。以旄丘葛比，何也？前高後下曰旄丘，丘之不斷截者。葛亦不斷之物，俗稱狐疑爲葛藤。毛遂云「從之利害，兩言而決。日出而言，日中不決」，即此意也。《朱傳》謂久寓于衛，時物變，而登丘見葛起興，豈其然乎？○一章 相彼旄丘，葛之生者，其節何誕然而長？所處平夷，故其生延蔓。以我遭此危急，望叔伯諸臣，救患恤鄰，可一言決耳。今何其多日而不定也？○二章 何其安處不動乎？意必約與國而後發乎？何其遲久不決乎？意必有他，故相羈絆乎？○三章 今我久客，狐裘且敝矣，豈我不以車東來控告？而叔伯諸臣，不能約與國同興連率之師。我雖來告，亦徒然耳。○四章 我國家零替，瑣然細矣，尾然末矣。微命殘喘，不絕如綫，漂流離散之子也。爾衛叔伯，端拱坐視，褎然峩冠不動，充耳無聞，豈有人心者哉？○誕，疏闊也。節，葛生節也。叔伯，指衛諸臣，不敢斥其君也。蒙戎，裘敝也。褎，盛服貌。充耳，冠下兩旁懸瑱，所以塞聽。褎如充耳，土木偶人之狀。

《旄丘》四章，章四句。○旄丘之怨，從容不迫。雖當流離之秋，觖望之至，而其言委蛇有序，篇終乃曰「褎如充耳」。諷刺微婉，氣象雍容，《詩》所以善言也。

簡兮簡兮，方將萬舞。日之方中，在前上處叶上聲。碩人俁俁語，公庭萬舞。○有力如虎，執轡如組祖。左手執籥樂，右手秉翟叶略，赫如渥赭叶卓，公言錫爵。○山有榛，隰有苓。云誰之思，西方美人。彼美人兮，西方之人兮。

《古序》曰：「《簡兮》，刺不用賢也。」毛公曰：「衛之賢者，仕於伶靈官，皆可以承事王者也。」○朱子改爲賢者不得志，而仕于伶官，有輕世肆志之心，若自譽而實自嘲。愚謂輕世肆志，豈風人之度？譽而自嘲，則詼諧矣。六經無此體，蓋求其人不得，遂以爲賢者自作。又疑「碩人」「美人」自誇，遂以美人爲君，以碩人爲自譽自嘲，其實非也。《序》云「刺不用賢」，蓋當時有賢人，不用而仕爲伶官者，詩人刺不能用者耳。○一章　伶人賤役中，有高賢厠于其間。簡擇之，簡擇之。今者舞萬當日中，居前列之上，其人形貌魁梧，舞于公庭，而人莫之知也。○二章　是碩人，材勇有力如虎，技藝御馬如組。今執籥秉羽，顏色赫然沃丹，君獻工而賚之以酒者，是也。○三章　山有榛，隰有苓，各生有所。士生不逢辰，寄思甚遠。昔西周盛時，有美人者，明良一堂。遐想高風，西方之人乎？今不得而見之矣。○萬者，舞之總名。日中、上處，言甚明顯易見也。俁俁，大貌。組，絛屬。轡，馬韁也。執轡如組，言御馬調和也。籥，如笛，長三尺，六孔，或曰三孔，舞者所執，且吹且舞。翟，雉羽，亦執以舞也。渥，沃通，厚也。赭，赤貌，言顏色充盛也。錫爵，燕禮：樂工，主人有獻爵。榛，實似栗而小，宜山。苓，木耳，菌屬，宜濕。西方，西周也。

《簡兮》三章，章六句。○古本三章，《朱傳》分「碩人俁俁」以下四句爲一章，共四章。今從舊。

毖秘**彼泉水，亦流于淇。有懷于衛，靡日不思。孌彼諸姬，聊與之謀**叶媒。**○出宿于泲**濟上聲，**飲餞于禰**你。**女子有行，遠父母兄弟**上聲。**問我諸姑，遂及伯姊。○出宿于干**叶千，**飲餞于言。載脂載舝**叶懈，**還車言邁。遄**船**臻于衛，不瑕有害。○我思肥泉，茲之永歎**叶團。**思須與漕**叶愁，**我心悠悠。駕言出遊，以寫我憂。**

《古序》曰：「《泉水》，衛女思歸也。」毛公曰：「嫁於諸侯，父母終，思歸寧而不得，故作是詩以自見也。」○毖泉，泉水幽閟不出也。衛女懷歸不遂，故以爲比。百泉、淇水，皆衛地，比故國也。○一章 泉，衛水也。淇，衛地也。水無情而自衛出者，還歸于衛。我爲衛女，寧忘衛國？孌然美好之姪娣，昔與我俱來。今欲歸衛，略與爾謀之。○二章 我若歸衛，出宿則于近郊之泲；禮有飲餞，則于近泲之禰，成行易矣。但念女子既嫁，遠離父母兄弟。今父母終，兄弟無歸寧，我有諸姑伯姊在，歸而問之，亦可乎？○三章 我若歸衛，干亦可宿，言亦可餞。載塗其脂，以設其舝，旋車邁往，速至于衛，誠不難矣。但是行也，于禮無瑕玷乎？恐有害也。○四章 肥泉，故鄉之水，思此長歎；須、漕，故鄉之邑，思之悠長。歸既有害，思將奈何？惟乘車出遊近郊，以寫除我憂而已。○毖，幽閟也。泉，百泉，在今衛輝府輝縣蘇門山中。淇，亦衛水，出今彰德府林縣。孌，好貌。諸姬，

同姓之女，即姪娣也。禮，遠行，夕出宿近郊，設祖祭，送者共飲曰餞。泲、禰、干、言，皆往衛所經歷之地。今北京順德府唐山縣有干言山，相傳即衛女出宿飲餞處。順德府有邢臺縣，衛女疑即《碩人》所謂「邢侯之姨」者與？父之姊妹曰姑。伯姊，女兄之長者。舝，車軸頭鐵，一謂之鈫犬，行則設之，止則脱之。脂以塗舝，使滑利也。遄，速也。泉同出異歸曰肥泉。須、漕，衛之二邑。出遊，遊本國近郊也。寫，傾出也。

《泉水》四章，章六句。

出自北門，憂心殷殷。終窶舉且貧，莫知我艱叶勤。已焉哉叶賚！天實爲之，謂之何哉？

○王事適我，政事一埤琵益我。我入自外，室人交徧讁責我。已焉哉！天實爲之，謂之何哉？

○王事敦叶堆我，政事一埤遺叶偎我。我入自外，室人交徧摧我。已焉哉！天實爲之，謂之何哉？

《古序》曰：「《北門》，刺仕不得志也。」毛公曰：「言衛之忠臣，不得其志爾。」○朱子改爲賢者不得其志，因出北門而賦，以自比。《詩》謂「出自北門」者，如「陟彼北山」「出其東門」之類，以爲實然，則固矣。詩人託爲仕者之怨以刺時，非必仕者自言也。北門背陽，比昏主。刺多比北，美多比南。○一章 人情向明則喜，投暗則悲。我行出自北門，憂心殷殷然。念我窶陋，家又貧乏，世無知己，吾其已矣。生不逢辰，天實爲之，夫復何言？○二章 王國有事，既來適我。本國政

事，又一切厚積加我。我從外歸，室人飢困，交徧責我。已矣哉！天命如此，復何言哉？○三章 王事既敦迫我，政事又一切厚遺我。我從外歸，室人無聊，交徧摧挫我。已矣哉！天命已定，云如何哉？○殷殷，盛也。貧而無以爲禮曰窶，無財曰貧。適，之也。政事，本國之政事。一，專也。埤，厚也。讁，責也。敦，篤也，守治之意。孟子「使虞敦匠事」。

《北門》三章，章七句。

北風其涼，雨豫**雪其雱**旁**。惠而好我，攜手同行**叶杭**。其虚**舒**其邪**徐**，既亟只**止**且**疽**。○北風其喈**叶雞**，雨雪其霏**非**。惠而好我，攜手同歸。其虚其邪，既亟只且。○莫赤匪狐，莫黑匪烏。惠而好我，攜手同車。其虚其邪，既亟只且。**

《古序》曰：「《北風》，刺虐也。」毛公曰：「衛國並爲威虐，百姓不親，莫不相攜持而去焉。」○朱子謂衛以淫亂亡國，未聞有威虐者。夫亡國之政，誰無威虐？即州吁弑君，宣公殺子，孰有如其威虐者？而謂未聞，非也。○一章 北風寒涼，雨雪雱雱，陰氣盛而肅殺慘也。吾與惠而好我者，攜手同行，遠害全身，不俟終日。其可舒乎？其可徐乎？事勢甚亟矣。○二章 北風喈喈然，聲之疾也。雨雪霏霏然，落之盛也。惠而好我者，相與攜手同歸。其可舒徐乎？時事已亟矣。○三章 狐，妖獸也。烏，惡鳥也。今所見赤者莫非狐，所見黑者莫非烏。耳聞目擊，孰匪凶類？好我者與之攜手同車而去，不可舒徐，事甚亟矣。○自上而下曰雨。雱，雪盛貌。惠，以恩相與也。虚、邪，通作舒、徐，寬緩也。

亟，急也。且者，甚之之辭。喈，風疾也。霏，雪布散貌。

《北風》三章，章六句。

静女其姝樞**，俟我于城隅。愛而不見，搔**騷**首踟**弛**蹰。○静女其孌，貽我彤**同**管。彤管有煒**偉**，説**悦**懌女**汝**美。○自牧歸荑**啼**，洵美且異。匪女**汝**之爲美，美人之貽。**

《古序》曰：「《静女》，刺時也。」毛公曰：「衛君無道，夫人無德。」○愚按：君無道，故外無防閑；夫人無德，故内多醜行。詩人不欲直斥，因借淫者期會贈貽，而諷之以正，賢賢易色之意也。静女，謂貞静之女。首章刺其君壞防，故以城隅比。城四隅有敵臺，最高峻。《大雅》曰：「哲夫成城，哲婦傾城。」城者，内外之閑，以比禮義也。國君以禮厚防，誰敢踰之？所以爲「搔首踟蹰」也。二章刺其夫人無恥。古后妃夫人，有女史載彤管記過，故動無非禮。《小雅》曰：「既立之監，或佐之史。彼醉不臧，不醉反恥。」詩人所以悦古人之有彤管也。三章詩人自比，猶《鄭風》之言「縞衣綦巾」也。郊外曰牧，茅秀曰荑，賤而潔白，比編氓之婦守禮，人皆美之，況爲人上者乎？諷刺微婉緼藉，所謂「主文而譎諫，言之者無罪」也。朱子改爲淫奔之詩，意索然矣。○一章 吾之所期者，貞静之女，姝然美好，俟我于城隅。居高而防峻，雖其愛之，末由致之，惟有搔首踟蹰而已。○二章 静女孌然美好，動則女史自隨，彤管記過。假以貽我，其煒然令德之光，有過則告。吾悦汝管之爲美也，豈徒以其贈貽而已邪？○三章 郊外爲牧，非宫禁窈窕之地也，有茅荑生焉。美人持以

歸我，雖質謝繁華，而柔潔可美，自與衆卉異。豈荑之爲美？以贈荑之人，清潔如荑也。美不擇賤，存乎人耳。○静，幽貞也。姝，美色也。踟蹰，猶躑躅，不進貌。孌，好貌。彤，赤色。管，筆管。古后妃夫人，有女史佩管記過。其色赤，取赤心正人也。《禮·内則》男女皆佩管。女、汝通。女美，指彤管；匪女，指荑。

《静女》三章，章四句。

新臺有泚此**，河水瀰瀰**米**。燕婉之求，籧**渠**篨**除**不鮮**叶洗**。○新臺有洒**叶選**，河水浼浼**叶免**。燕婉之求，籧篨不殄。○魚網之設，鴻則離**叶歷**之。燕婉之求，得此戚施。**

《古序》曰：「《新臺》，刺衛宣公也。」毛公曰：「納伋之妻，作新臺于河上而要之。國人惡之，而作是詩也。」○一章 人情羞媿汗泚，則滌之以水。此新臺甚有泚也，而近河水之瀰滿，挹彼洪流，烏能滌此汗顔乎？齊女之來，求安好之匹，乃得此籧篨不潔之人也。○二章 物不潔則洗。新臺有洗，累此河水，浼浼然流漂濯之汙。齊女燕婉是求，乃得籧篨不絶之人乎？○三章 魚網求魚，鴻反罹之。齊女求燕婉，反得戚施，亦可醜也。○泚，汗下清流之狀。孟子云：「其顙有泚。」燕婉，安好，指伋也。籧篨，以葦席爲人形，即喪禮所設重，以像死者臃腫之狀。舊解：籧篨，粗葦席，其用可仰而不可俯，故以名不能俯者之疾。鮮，善也，潔也。洒與洗通。浼浼，濁流貌。不殄，痼疾不瘳也。離與麗同，著也。戚施，不能仰之疾，作顣頣痀僂之狀。古它、佗字通，其形顣駝然也。皆以比宣公。

《新臺》三章，章四句。

二子乘舟，汎汎泛其景叶講。願言思子，中心養養。○二子乘舟，汎汎其逝叶晒。願言思子，不瑕有害。

《古序》曰：「《二子乘舟》，思伋、壽也。」毛公曰：「衛宣公之二子，争相爲死。國人傷而思之，作是詩也。」○宣公納伋之妻，是爲宣姜，生壽及朔。朔與宣姜譖伋于公，公使伋之齊，令賊先待于隘而殺之。壽知之，以告伋。伋曰：「君命也，不可以逃。」壽竊其節而先往，賊殺之。伋至，曰：「君命殺我，壽有何罪？」賊又殺之。國人爲賦此詩。○一章 二子自河適齊，乘舟飄泊，汎汎然其影。是行也，以義忘身，禍機不測，使我甘心思子，中心瀁瀁然不定也。○二章 二子乘舟，孤帆遠去，汎汎往矣。願言思子，使我心疑，能無瑕乎？其有害也。○景、影同。願言者，冀其無害之辭。養養，猶瀁瀁，不定貌。

《二子乘舟》二章，章四句。○誦《衛風》至《新臺》《二子乘舟》，天理民彝，斬然盡矣。狄人乘之，國遂以亡。而其禍皆始于幃薄之間。《詩》首二《南》，繼以《邶》，勸戒豈不章哉！

毛詩原解卷四終

毛詩原解卷五

鄘容

汎彼柏舟，在彼中河。髧坦彼兩髦毛，實維我儀叶俄。之死矢靡它拖，母也天叶廳只，不諒人只。○汎彼柏舟，在彼河側。髧彼兩髦，實維我特。之死矢靡慝，母也天只，不諒人只。

《古序》曰：「《柏舟》，共恭姜自誓也。」毛公曰：「衛世子共恭伯蚤死，其妻守義，父母欲奪而嫁之，誓而弗許，故作是詩以絶之。」○按：共姜未嫁，而共伯先死矣。男子冠而後娶，女子笄而後嫁。詩稱「兩髦」，則共伯尚未冠而共姜尚未笄也。髦、毛同，髮也。散之曰髮，束之曰髦。古者幼學稱髦士，猶今之垂髫也。兩髦，丱也，分髮作雙髻曰丱，字取象形。俗云丫髻，童子之飾。《齊風·甫田》「總角丱兮」，是也。共伯以總角亡，故《序》曰「蚤死」。父母，共姜之父母。共姜在室，父母欲以别嫁，亦人情也。蓋女子既嫁，夫死守節，常禮。未嫁誓死，人所難，故《鄘風》首録之。漢儒解兩髦爲翦髮夾囟，子事父母之飾。按：《禮》言髦多矣，其皆翦髮夾囟者邪？《禮經》具在，未聞子事父母而翦髮者。詩獨言母，女子之嫁，母命之也。○一章 汎彼柏舟，在河之中，無所依泊。

我生無歸，亦猶是也。髧然總角之兩髦，六禮雖未終，而盟言已定，即實我匹。生死同歸，誓不他適矣。人生有母，覆蓋如天，獨不諒人乎？○二章 汎彼柏舟，在彼河側，適得我所。我與兩髦，成約爲特，誓死不敢復爲邪慝矣。母也如天，不諒人乎？○中河，河中也。髧，髮垂貌。儀，匹也。矢，誓也。特，亦匹也，不再之辭。慝，邪也。

《柏舟》二章，章七句。

牆有茨慈**，不可埽**藪**也。中冓**姤**之言，不可道**叶斗**也。所可道也，言之醜也。○牆有茨，不可襄也。中冓之言，不可詳也。所可詳也，言之長也。○牆有茨，不可束也。中冓之言，不可讀也。所可讀也，言之辱也。**

《古序》曰：「《牆有茨》，衛人刺其上也。」毛公曰：「公子頑通乎君母，國人疾之，而不可道也。」按：公子頑，宣公之長庶伯昭，伋之兄也。宣公卒，惠公朔立而幼，伯昭烝于朔母宣姜，故詩人以牆茨爲比。茅蓋牆曰茨，牆以蔽內，覆之以茨，揜蓋之比。惡之深，而思爲揜蓋，忠厚之至也。○一章 設牆以蔽內，加茨以蔽牆，惟恐牆壞，人窺其中也。厚茨猶恐不密，況可埽而去之？中冓之事，淫惡不可言，言則揚國醜。有隱諱耳，可終隱乎？○二章 牆有茨，不可襄而除也。中冓之言，欲詳之，不勝其長也。○三章 牆有茨，不可束而去也。中冓之言，讀之不勝其辱也。○茨，茅茨也。《小雅》

云「福禄如茨」，又云「如茨如梁」。《周禮·圉師職》云：「茨牆則翦闔。」《史記》：「茅茨不翦。」或以爲蒺藜，非比義矣。冓、構通，結架爲構，室中隱處。

《牆有茨》三章，章六句。

君子偕老，副笄(雞)六珈(加)。委委(威)佗佗(駝)，如山如河，象服是宜(叶俄)。子之不淑，云如之何。○玼(泚)兮玼兮，其之翟(叶第)也。鬒(軫)髮如雲，不屑髢(替)也。玉之瑱(佃)也，象之揥(替)也，揚且(疽)之皙(叶制)也。胡然而天也，胡然而帝也。○瑳(上聲)兮瑳兮，其之展(叶禫)也。蒙彼縐(皺)絺(痴)，是紲(屑)袢(叶煩)也。子之清揚，揚且之顏也。展如之人兮，邦之媛(叶爰)也。

《古序》曰：「《君子偕老》，刺衛夫人也。」毛公曰：「夫人淫亂，失事君子之道。故陳人君之德，服飾之盛，宜與君子偕老也。」○此詩本刺，而但亟稱其服飾容貌，所以寓誨淫之意。首言「君子偕老」，諷以義也，姜之不能偕老甚矣。次章云「玼兮」，言泚也。猶「新臺有泚」之泚，汗顏之比。三章云「瑳兮」，笑而見齒曰瑳，《竹竿》云「巧笑之瑳」，言可笑也。皆諷刺之微辭。○(一章)邦君之妻，與君偕老，從一而終。故其服飾，在首有副。副上衡笄，加以六玉。其容貌委委舒徐，佗佗安重。佗佗如山，委委如河。服此象服，乃像耳。今子不善，如此象服何？○(二章)玼然潤澤者，其禮服之翟衣也。鬒鬒黑而多如雲，不用假髮之髢也。笄下懸瑱，以玉爲之；搔首有揥，以象爲之。

額廣而〔一〕揚，又白而皙，如此容飾，世所驚覿。胡然自天降，胡然帝神出乎？○三章 瑳然潔白者，其禮服之展衣也。外加素紗，以示斂飭也。其目清明，其額揚起。誠有如此之人，是乃國色之女也。○君子，婦人謂其夫也。副，首飾，編髮爲之。笄，簪也，横插于副上曰衡笄。六珈，以六玉加于笄上爲飾也。象，像也。服以像德，無德則不像。翟，雉也。公侯夫人禮衣，畫翟雉于上。鬒，髮黑如雲，多也。髢，假髮。瑱，塞耳也。揥，搔首，即今釵也。揚，眉上揚起也。皙，白也。胡然，驚意。天、帝，天神上帝也。瑳，白也。展作襢，禮衣，白色。縐絺，即《周禮》六服之素紗，加于衣上者，所謂「尚絅」也。古婦人盛服，以薄綃蒙于外。縐絺，絺之蹙蹙然者。凡繒薄細者皆稱絺，即今方目紗之類，不獨葛也。紲袢，收斂也。清，目清明也。顔，額也。媛，美女也。

《君子偕老》三章，一章七句，一章九句，一章八句。

爰采唐矣，沬妹之鄉矣。云誰之思，美孟姜矣。期我乎桑中，要平聲我乎上宮，送我乎淇之上矣。○爰采麥矣，沬之北矣。云誰之思，美孟弋亦矣。期我乎桑中，要我乎上宮，送我乎淇之上矣。○爰采葑矣，沬之東矣。云誰之思，美孟庸矣。期我乎桑中，要我乎上宮，送我乎淇之上矣。

〔一〕「而」，原作「而而」，諸本同，改行時誤重，今刪。

《古序》曰：「《桑中》，刺奔也。」毛公曰：「衛之公室淫亂，男女相奔，至於世族在位，相竊妻妾，期於幽遠。政散民流，而不可止。」○朱子改爲淫者自作，非也。淫者犯禮法，竊人妻妾，惟恐人知。詩人表暴其事，指其所竊之女，與其期會迎送之地。事雖幽遠，而踪跡昭彰，所謂如見肺肝也。沬鄉，衛朝歌故地，紂所都也。周公作《酒誥》云「妹邦」，又云「妹土」。變沬言妹者，妹，少女，淫昏之稱。《易・歸妹》曰「天地不交，萬物不興，君子以永終知敝」，妹之象也。唐，菟絲，無根而附于物，苟合之象。唐，宕也。荒淫曰宕。麥，秋不收，冬不藏，三時在外，謂之宿麥，有奔之象；百物未長而先秋，有淫之象。葑，蔓菁也，義取下體，賤其褻也。葑言風也，馬牛通淫曰風。孟姜，指淫婦。弋言引也，庸言賤也，皆微辭以爲刺。○一章 唐蒙不擇物，而附生于沬土之鄉。今行采之，所思云誰？美色之孟姜，不惟其配，惟其美也。相期于桑林之中，相要于上宮之館，其別也，相送于淇水之上，此采唐之行也。○二章 麥宿于外，于以采麥？于彼沬北。云誰之思？色美而年茂者，則弋取之矣。桑中相期，上宮相要，淇上相送，是采麥之行也。○三章 葑有下體，于以采葑？于彼沬東。云誰之思？其人美而稱孟者，易與也。桑中爲期，上宮爲約，淇上爲別，是采葑之行也。○上宮，公館也。世族相要，故稱官舍。孟子之滕，館于上宮，亦官舍也。

《桑中》三章，章七句。

鶉純之奔奔叶邦，鵲之彊彊姜。人之無良，我以爲兄叶香。○鵲之彊彊，鶉之奔奔叶兵。

人之無良，我以爲君。

《古序》曰：「《鶉之奔奔》，刺衛宣姜也。」毛公曰：「衛人以爲宣姜，鶉鵲之不若也。」

○一章 鶉無定居，惡亂其匹，常奔奔然鬭。鵲傳枝受卵，不淫其匹，彊彊然剛也。物尚如此，頑之不善，不如二鳥，吾君乃以爲兄乎？○二章 鵲猶彊彊，鶉猶奔奔。姜之不善，國人乃以爲小君乎？○鶉，鵪鶉，好鬭，無常居而有常匹。《莊子》曰：「聖人鶉居。」鵲性不淫，傳枝受卵，故曰乾鵲。《莊子》曰「烏鵲孺」，以少欲也。

《鶉之奔奔》二章，章四句。○《衛風》至此，人道盡矣。不再造不可以國，故繼以《定之方中》。

定之方中，作于楚宮。揆上聲**之以日，作于楚室。樹之榛栗，椅**依**桐梓漆，爰伐琴瑟。**

○升彼虛叶許**矣，以望楚矣。望楚與堂，景山與京**叶姜**。降觀于桑，卜云其吉，終焉允臧。**

○靈雨既零，命彼倌官**人。星言夙駕，說**稅**于桑田**叶廷**。匪直也人，秉心塞淵**叶因**，騋**來**牝三千**叶青**。**

《古序》曰：「《定之方中》，美衛文公也。」毛公曰：「衛爲狄所滅，東徙渡河，野處漕邑。齊桓公攘夷狄而封之，文公徙居楚丘，始建城市而營宮室，得其時制。百姓說之，國家殷富焉。」

○一章 仰觀室星，十月之昏，見于南中。是時農畢，可以興作矣。乃揆度日影，以正方向。而新作楚丘之宮室，創造之初，即爲久遠之計。樹之榛栗，以備籩實，及椅桐梓漆，以待伐取爲琴瑟器用也。

○二章 升彼故城，以望楚丘，及傍邑之堂，與景大之山，高丘之京，以察其形勝。降于平地，觀桑以驗其土宜。乃灼龜而卜，其繇紂曰吉，終果獲善也。○三章 當春靈星見而雨降，正農蠶之時也。命主駕之倌人，戴星早駕，出舍桑田，勸民耕織。所以操心爲民人計者，篤實淵深，已匪但于民然耳；驗之物產，七尺以上之牝馬，亦多至三千。非秉心塞淵，能致此乎？○定，北方水宿，室星也。《春秋傳》云：「水昏正而栽。」植幹以築曰栽。楚宮、楚室，楚丘之宮室也。椅，梓屬，即楸也。桐，三種：實小可食者曰梧桐，實大可壓油者曰罔梧，最大者可爲棺曰白桐。漆樹有液，可以飾器。榛實似栗而小。虛，故城。楚丘，舊本邑也。堂，楚丘旁邑。景山，大山，《殷武》「陟彼景山」。以人力築者謂之京，非人力自成者謂之丘。靈，靈星，蒼龍之宿，主田蠶，三月見于東方。靈雨，靈星見而雨也。倌人，主駕者。匪直，不但也。塞，實也。淵，深也。馬七尺以上曰騋。

《定之方中》三章，章七句。

蝃帝蝀凍在東，莫之敢指。女子有行，遠去聲父母兄弟悌。○朝隮賫于西，崇朝其雨。女子有行，遠兄弟父母。○乃如之人也，懷昏姻也。大無信也，不知命也。

《古序》曰：「《蝃蝀》，止奔也。」毛公曰：「衛文公能以道化其民，淫奔之恥，國人不齒也。」

○此詩朱子以爲刺，《序》以爲止奔。「女子有行」「不知命」，皆止之辭。○一章 二氣相干，雨暘交而虹生，則夕見于東方。男女不正相奔，亦猶此也。有羞惡之心者，若將浼己，其敢指乎？夫女

子生而願有家。父母兄弟之心，人皆有之。守正待聘，則于歸有日，豈父母兄弟所能留乎，何亟欲若此也？○二章 蝃蝀朝升于西，升則雨終朝止矣。女子爲苟合之行，安能久乎？但能待聘以行，遠其父母兄弟，終身有歸，顧不善與？○三章 乃有如此之人，徒懷昏姻之欲，大無貞信之守。豈知天作有合，賦分已定，雖私奔何爲？○蝃與螮同，螮蝀，虹也。朝，旦也。隮，升也。崇朝，終朝也。

《蝃蝀》三章，章四句。

相去聲**鼠有皮**叶婆**，人而無儀**叶俄**。人而無儀，不死何爲**叶譌**？○相鼠有齒，人而無止。人而無止，不死何俟**叶史**？○相鼠有體，人而無禮。人而無禮，胡不遄**傳**死？**

《古序》曰：「《相鼠》，刺無禮也。」毛公曰：「衛文公能正其羣臣，而刺在位承先君之化，無禮儀也。」○刺羣臣無禮，而託詠于相鼠，何也？喻相人也。鼠之附人不可除，而貪盜爲人所共棄。故生而無爲于世者惟鼠，人欲其速死無所復俟者亦惟鼠，故以爲戒。相鼠，相視死鼠也。鼠以皮爲儀，以鬣爲止，以四肢爲履，借以爲比。○一章 物以汙賤取死者，無如鼠。視彼亦有皮，但有皮而不恤其儀，所以死耳。人無威儀，亦猶鼠也。衣冠掃地，不死何爲乎？○二章 鼠至汙賤，亦復有齒。但有齒而好鬣，不惜容止。人無容止，亦猶鼠也。不死何待乎？○三章 鼠至微賤，亦有四體，但有四體而無禮。人苟無禮，亦猶鼠也。宜其速死矣。

《相鼠》三章，章四句。

孑孑結干旄，在浚之郊叶高。素絲紕避之，良馬四之。彼姝樞者子，何以畀之？○孑孑干旟于，在浚之都。素絲組之，良馬五之。彼姝者子，何以予上聲之？○孑孑干旌，在浚之城。素絲祝之，良馬六之。彼姝者子，何以告谷之？

《古序》曰：「《干旄》，美好善也。」毛公曰：「衛文公臣子多好善，賢者樂告以善道也。」

○按：詩美好善，而但言車旗，何也？衛自中衰，國運萎矣。諸大夫艱難再造，改圖脩省，以志于善，是以文物一新。夫國非善之難，而無好善人之患，《書》所以貴于一个臣也。十室之邑，必有忠信，浚邑豈乏姝子？而干旄在郊，則自此大夫始。詩人不貴有姝子，而貴有此大夫，故盛稱其車旗。所謂「見羽旄之美，聞車馬之音，欣欣有喜色」者也。篇末更屬望姝子，則大夫益增重矣。詩所以善占頌也。○一章 孑孑然建干設旄，大夫之等威也。今在浚邑之郊，旗上縿旒，以素絲紕而縫之，四馬駕車以載之，此爲見賢而來也。彼美賢士，何以畀之，答其來意乎？○二章 孑然之干，建鳥隼之旟。在浚之都，以素絲爲組，而來者又非一車，良馬五之矣。彼美賢士，何以予之乎？○三章 孑然之干，注羽爲旌。在浚之城，屬以素絲，而來者非一輩，良馬又六矣。諸大夫接踵而至，彼美賢士，何以告之乎？○孑孑，特出貌。干，旗竿。凡旗竿首，飾以旄牛尾曰旄，以鳥羽曰旌。旄下有帛曰縿衫。綴于縿下者曰旒。以絲聯之曰紕。浚，衛邑，賢者所居。四馬駕一車，五六馬不止一車矣。言諸大夫來見者衆。《序》謂「臣子多好善」，此也。祝作屬，亦聯也。旄、旟、旌，總之一旗，

而分言耳。姝，美也。者，與「這」同。

《干旄》三章，章六句。

載馳載驅叶丘，歸唁彥衛侯。驅馬悠悠，言至于漕叶愁。大夫跋涉潑，我心則憂。○既不我嘉，不能旋反。視爾不臧，我思不遠。既不我嘉，不能旋濟。視爾不臧，我思不閟秘。○陟彼阿丘，言采其蝱叶芒。女子善懷，亦各有行叶杭。許人尤之，衆穉且狂。○我行其野，芃芃蓬其麥叶密。控空去聲于大邦，誰因誰極？大夫君子，無我有尤叶疑。百爾所思，不如我所之。

《古序》曰：「《載馳》，許穆夫人作也。」毛公曰：「閔其宗國顛覆，自傷不能救也。衛懿公爲狄人所滅，國人分散，露於漕邑。許穆夫人閔衛之亡，傷許之小，力不能救。思歸唁其兄，又義不得。故賦是詩也。」○朱子改謂許穆夫人將歸衛，而許大夫有來止之者，夫人憂之，作此詩。蓋據首章之言爲實事，非也。若使夫人果啓行，許大夫果跋涉來追，則詩中登山采蝱，行野踏麥，一一皆實事矣，豈比興之義？然則云「大夫跋涉」，何也？禮：諸侯夫人，父母終，無歸寧，惟使大夫問于兄弟。所謂跋涉之大夫，據禮託言，非真有既行追留之事。蓋衛之亡也，許以昏姻，力不能救，亦當爲請于大國。而許人坐視，無一介之遣，夫人所以爲憂也。三章言「采蝱」，蝱，貝母，爲女子遠父母之喻。四章言「麥」，麥宿于外，爲女子適他邦之喻。諷許君而但斥大夫與國人，云「不如我所之」，隱然恨許國衆人，無

一男子耳。慷慨有士風，故《序》曰「許穆夫人作」，貴之也。○一章 宗國破滅，我將馳驅，歸而唁之。兄侯越在漕邑，驅馬悠悠，親至于漕，其本願也。今徒使一大夫跋涉往，何濟于事？是以我心則憂也。○二章 凡爾許人，既以我婦人遠行爲不嘉，則我不能旋反矣。以我視爾，違人之願，實爲不善，我思終何能遠也？爾既以我歸爲不嘉，則我不能旋濟矣。以我視爾，拂人之情，實爲不善，我思終不可閟也。○三章 蝱生于阿丘，陟而采之。女子背母，寧忘故丘？我之所思，未爲不善，蓋亦各有其道。而許人以我爲過，殆狂少不諳事者耳。○四章 我行曠野，麥生芃芃。今我歸衛，行以亡國之苦。持告于大邦，誰爲我因，誰爲我至？故不得已而親行耳。爾大夫君子，無徒以我行爲過，雖爾尋思百方，不如我一女子所往耳。○走馬謂之馳，策馬謂之驅。弔死曰弔，弔生曰唁。草行曰跋，水行曰涉。旋濟，旋衛渡水也。閟，秘通，止也。丘之邊高者曰阿丘。蝱，藥草，一名貝母。芃芃，盛貌。控，持而告也。因，因人先容也。極，至也，至大國也。

《載馳》四章，一章章六句，二章章八句。○按：舊本五章，一章六句，二章、三章各四句，四章六句，五章八句。朱子合二、三章爲一章，以《春秋傳》魯叔孫豹賦《載馳》之四章，取「控于大邦，誰因誰極」之意，故改爲四章。今從朱。

毛詩原解卷五終

毛詩原解卷六

衛

瞻彼淇奥(郁)，緑竹猗猗(叶阿)。有匪君子，如切如磋(搓)，如琢如磨。瑟兮僩(閑上聲)兮，赫兮咺(喧上聲)兮，有匪君子，終不可諼(叶鉉)兮。○瞻彼淇奥，緑竹青青。有匪君子，充耳琇瑩，會(檜)弁如星。瑟兮僩兮，赫兮咺兮，有匪君子，終不可諼兮。○瞻彼淇奥，緑竹如簀(叶積)。有匪君子，如金如錫，如圭如璧。寬兮綽兮，猗(倚)重(平聲)較(角)兮，善戲謔(香入聲)兮，不爲虐兮。

《古序》曰：「《淇奥》，美武公之德也。」毛公曰：「有文章，又能聽其規諫，以禮自防，故能入相于周。美而作是詩也。」○緑竹，菉草也。《禮記·大學》篇引此詩作「菉竹」。《小雅》云：「終朝采緑。」草似竹而澀礪，一名木賊。可以攬洗垢膩，磨盪器具，故比切磋琢磨也。朱子謂淇水多竹，漢世猶然，所謂淇園之竹。愚按：《漢志》：武帝塞瓠子決河，薪柴少，下淇園之竹爲揵(虔)。又《寇恂傳》：「伐淇園之竹，爲矢百餘萬。」此皆誤于緑竹之文，附會過耳。竹性宜濕，産南土。北地高燥，衛在河北豫州境，《禹貢》竹材矢笴，皆取諸荆、揚。揚州貢篠簜，荆州貢箘簵，皆竹也。豫貢無竹

材，世稱渭水淇園，以希貴見稱，非其産也。漢去衛武公時，垂八百年。苟淇竹如彼其盛，不應地氣變，今盡化爲烏有也。傳註訛久即真，多此類，難與耳食士争。朱子于《竹竿》之詩，亦以竹爲衛物，恐未然耳。○一章 淇水之曲，绿竹生焉，可爲磨礪之用，猗猗然柔弱，得水茂也。斐然文章之君子，其學問工夫，如治骨者切，治象者磋，治玉者琢，治石者磨。其精也如此，故其德瑟然嚴密，僩然武毅，赫然光輝，喧然聲聞。有斐之君子，人心愛慕，終不可忘矣。○二章 淇水之曲，绿竹青青，得潤深也。斐然君子，冠之充耳，用琇石而色瑩；弁之會縫，飾玉石而如星。其德瑟僩，其望赫咺，有斐君子，民終不可忘也。○三章 淇水之曲，绿竹密如織席，培植久也。有斐君子，學問精純，如金與錫；涵養温潤，如圭與璧。在輿，則寬舒豁綽，倚立軾上之較，而莊嚴自得；與人，則温良樂易，善戲謔以偕，而不至過差也。○奥，水曲也。匪、斐同，文貌。咺、喧同，頌聲也。諼，忘也。青青，竹色。琇，美石。瑩，光潔也。琇瑩，猶言瓊瑩。會，縫也。弁，皮弁。天子飾弁縫以采玉十二，謂之璂。公侯伯以次降，而雜用石。簀，席也，縝密之意。猗、倚同。車上扶手横木曰較。古者立乘，以手憑較。較下重横一木曰式。有所敬，則手下式而俯。較在式上，故曰重較。

《淇奥》三章，章九句。

考槃在澗叶肩，碩人之寬。獨寐寤言，永矢弗諼萱。○考槃在阿，碩人之薖科。獨寐寤歌，永矢弗過戈。○考槃在陸，碩人之軸。獨寐寤宿，永矢弗告谷。

《古序》曰：「《考槃》，刺莊公也。」毛公曰：「不能繼先公之業，使賢者退而窮處。」

○此詩但道賢者巖居岑寂，而莊公不能用賢之失自見。朱子改爲美賢者隱處澗谷，非也。賢者隱處澗谷，至于獨寐、獨寤、獨言，寂寞無語，是誰之咎？詩所以諷刺也。○一章　考擊食器之槃，在于澗谷之中。其碩德之人，心思寬廣。雖深山荒僻，無與爲侶，而當獨寢覺寤之時，心口自言，永誓不忘此樂也。○二章　考其槃于曲陵之阿，碩人薖然自得。雖寂寥獨寐，而惺寤之時，常適意詠歌，永誓不敢過望矣。○三章　考其槃于高平之陸，碩人不得見用，則軸卷而藏之。雖寂寥獨寢，寤宿之時，永誓不以此告人求知也。○考槃，猶扣盆擊缶之類，所以節歌，貧而樂也。山夾水曰澗。薖，寬大貌。軸，如機軸之軸，卷藏之意。

《考槃》三章，章四句。

碩人其頎祈，衣去聲錦褧景衣。齊侯之子，衛侯之妻，東宮之妹，邢侯之姨，譚公維私。○手如柔荑啼，膚如凝脂，領如蝤囚蠐齊，齒如瓠互犀棲，螓秦首蛾眉，巧笑倩茜兮，美目盼音攀，去聲兮。○碩人敖敖，說稅于農郊。四牡有驕，朱幩墳鑣鑣標，翟茀以朝。大夫夙退，無使君勞。○河水洋洋，北流活活。施罛孤濊濊豁，鱣蟬鮪委發發叶撥。葭菼坦揭揭子，庶姜孽孽，庶士有朅挈。

《古序》曰：「《碩人》，閔莊姜也。」毛公曰：「莊公惑於嬖妾，使驕上僭。莊姜賢而不答，終以無子。國人閔而憂之。」○按：此詩本爲閔莊姜作，而無一語道其憂閔之情與莊公不答之事。但極稱夫人族類之貴、容貌之美、來嫁之儀，及齊國之富，就恒情易曉者開諭。而莊姜之賢，不足復爲昏主道矣。意婉辭厚，所以善于諷刺。首言自齊來嫁，三章乃抵衛。褧衣，即景衣也。《士昏禮》：女登車，姆爲加景，乃驅。鄭之《丰》亦曰「衣錦褧衣，駕予與行」，是也。○一章 有貴碩之人，頎然而長。始嫁衣錦升車，外加素紗爲景衣，是乃齊侯之女，將往嫁衛侯爲嫡妻。與齊太子同母，而碩人其妹，邢侯呼之爲姨，其呼譚公爲私，族類可不謂貴乎？○二章 其手如茅之荑，柔而白；其肌膚如脂之凝，白而膩；其項領如蝤蠐之蟲，白而長；其齒如瓠中之棲瓣，白而整；其額如螓，廣而方正；其眉如蛾，細而長曲；其笑容之巧，倩然口輔好也；其目瞳，盼然黑白分明也。容貌可不謂美乎？○三章 其來至衛也，敖然從容，止于國外之農郊。整飭其車服，四馬驕然强壯，馬之銜鐵兩旁，朱革幩然，四馬皆幩，鑣鑣然也。車上蔽茀，飾以翟羽，夫人之等威也。而乘之以入朝。是時大夫相約早退，勿使君勞，與碩人相親也。○四章 夫齊，本名都會也。大河洋洋當西北，其流活然；施魚罛于水，其聲濊然；魚有鱣鮪，其尾潑然。葭蘆與菼荻，其長揭然；從嫁之庶姜，其衆孽然；媵臣之庶士，其壯朅然。此孰非勝地之産，大國之儀從乎？○碩人，尊貴之人，指莊姜。頎，長貌。褧、景通，明也，以輕綃爲單衣也。古婦人盛服，必加景衣于外，即《周禮》六衣之素紗，《君子偕老》之蒙縐絺也。太子所居曰東宮。東，震方，長男之居也。妻之姊妹曰姨，姊妹之夫曰私。邢侯、譚公，皆諸侯也。

茅始華曰荑。凝脂，凍膏也。領，頸也。蝤蠐，木中蛀蟲。瓠犀，瓠中瓣含子也，犀作棲。螓，似蟬而小，其首方。倩，好口輔也。朱幩，朱韋爲飾也。鑣，馬銜外鐵也。鑣鑣，非一鑣也。翟茀，以雉羽飾車蔽也。活活，水流貌。罛，魚網。濊濊，網入水聲。鱣魚，似鱘，即黃魚也。鮪，似鱣而色青黑，即鱘也。潑潑，魚舉尾狀。葭，蘆也。菼，荻也。《夏小正》云：「萑完未秀者爲菼。葦未秀者爲蘆。」菼，一名薍玩，似葦而小。

《碩人》四章，章七句。

氓萌之蚩蚩痴，抱布貿茂絲。匪來貿絲，來即我謀叶媒。送子涉淇，至于頓丘叶欷。匪我愆期，子無良媒。將子無怒，秋以爲期。〇乘彼垝鬼垣袁，以望復關叶躅。不見復關，泣涕漣漣。既見復關，載笑載言。爾卜爾筮，體無咎言。以爾車來，以我賄悔遷。〇桑之未落，其葉沃屋若。于吁嗟鳩兮，無食桑葚叶深。于嗟女兮，無與士耽叶沈。士之耽兮，猶可說也。女之耽兮，不可說也。〇桑之落矣，其黃而隕叶雲。自我徂爾，三歲食貧。淇水湯湯，漸尖車帷裳。女也不爽叶霜，士貳其行叶杭。士也罔極，二三其德。〇三歲爲婦，靡室勞矣。夙興夜寐，靡有朝矣。言既遂矣，至于暴矣。兄弟不知，咥戲其笑矣。靜言思之，躬自悼導矣。〇及爾偕老，老使我怨。淇則有岸，隰則有泮。總角之宴，言笑晏晏，信誓旦旦，

不思其反叶飯。**反是不思**叶西，**亦已焉哉**叶賫。

《古序》曰：「刺《氓》，刺時也。」毛公曰：「宣公之時，禮義消亡，淫風大行，男女無別，遂相奔誘。華落色衰，復相棄背。或乃困而自悔，喪其妃配耦，故序其事以風焉。美反正，刺淫泆也。」○朱子改爲淫婦爲人所棄，自序而作，非也。風人美刺微婉，而刺尤鮮有直者，惟《雅》端愨有之。若民間謳歌，較臣子忠諫之情自寬。如必直指某人某事善而後爲美，某人某事惡而後爲刺，亦不達于風人之志矣。此篇本刺，而無一語譏詆，但代棄婦自言，而風旨棱然。不覺此詩之爲刺者，無羞惡之心者矣。故毛公曰：「美反正，刺淫泆。」今以爲棄婦自作，豈肯詳道其醜如此？即使自道，有何風旨，而聖人録之？氓蚩貿絲，覺悟之辭。無知曰氓。蚩蚩，無知貌。男本狡猾，貌爲忠實，以欺婦人耳。昏姻之道，男下女，布絲皆女功，布賤絲貴，以絲易布，女子自賤之比。三、四章言桑，喪也，失節之比。因首章貿絲及之，至是始覺男子之狡。此婦先合後奔，而終見棄者也。○一章 昔有氓，蚩蚩然若忠實者，持布買絲。非真爲絲也，來就我謀，邀我爲室家耳。我送之涉淇，至頓丘。約曰：「匪我失期，子不早通良媒，倉卒何及？請子勿怒，期以秋耳。」○二章 秋期既至，登彼頹垣，以望爾來。來必由復關，不見而悲，既見而喜。則告我曰：「問之卜，問之筮，兆卦之體，皆無咎言。」當時爾車來，我盡攜貲從爾矣。○三章 桑葉易隕，方其未落，其葉潤澤。與子初狎，何以異此？如鳩食桑葚，食多則醉。于嗟爾鳩，勿食桑葚乎！女貪士愛，必有後悔。于嗟女兮，勿與士耽乎！士之耽兮，彼有

百行，可自彌縫；女之耽兮，一就籠絡，不復自持矣。〇四章 桑既落矣，葉黄而墜。色衰見棄，亦猶是也。自我往爾，三年受貧，今又涉淇以歸。淇水湯湯，濕我車帷。昔由此往，今由此還。我爲婦人，既有信矣。爾男子行事難測，二三無常也。〇五章 三年爲爾婦，不辭居室之勞，早起夜卧，無日不然。始而相約，惟恐不遂。今既遂矣，乃以暴怒加我。兄弟不知，知則咥然見笑矣。静言思之，惟自悼傷耳。〇六章 我初從爾，思與偕老。豈求偕老，而反得怨乎？淇水尚有岸，下濕尚有畔。人心罔極，何岸畔之有？我以總角之年，與爾相好，言笑歡樂，設誓天日，不思爾心，反復至此。始既不思，今將奈何？亦已而已矣。〇氓，愚民也。蚩蚩，愚貌。蓋被棄而惡之之辭。布，幣也。貿，買也。土高曰丘，《爾雅》「一成曰頓丘」，《漢書》「河決頓丘」，蓋衛地也。垝垣，壞牆也。乘，升也。復關，關名，男子往來所經之地。龜曰卜，蓍曰筮。體，兆與卦，吉凶之體。賄，貲財也。沃若，潤澤貌。葚，桑實。鳩，鶻鳩，鸜鴿也，性喜食桑葚，多則醉。食貧，受貧苦也。湯湯，水盛貌。爽，差也。漸，浸漬也。車帷在上曰幄，在旁曰帷裳。罔極，猶言不測。二三，反復也。咥，笑貌。泮與畔同。總角，垂髫也。晏晏，樂也。旦旦，明也。反，復也。

《氓》六章，章十句。

籊籊笛竹竿，以釣于淇。豈不爾思？遠莫致之。〇泉源在左，淇水在右叶以。女子有行，遠父母兄弟叶體。〇淇水在右，泉源在左。巧笑之瑳磋上聲，佩玉之儺叶那上聲。〇淇水滺滺由，

檜（鱠）楫松舟。駕言出遊，以寫我憂。

《古序》曰：「《竹竿》，衛女思歸也。」毛公曰：「適異國而不見答，思而能以禮者也。」

○朱子謂是詩未見不見答之意，改爲思歸寧不得而作，非也。使直言不見答，則怨矣。不見答而憂，憂而不直，所以爲厚。女子不得其夫，其情良苦，而其言紓緩，不激不露，但末繫一「憂」字，而所憂之情，室家相違之意，皆寓于比。釣用絲，比夫婦相屬也。身在他國，遠思釣淇。淇雖有魚，釣豈能及？比夫婦不相維繫也。泉源、淇水，本同一地，或左或右，比室家相違也。獨笑獨行，無儔侣也。滺滺之水，與盈涸者異；檜松之木，與早彫者異。比人不如物也。其義微婉，三復可知。豈必悲傷泣涕，然後信其爲不見答乎？○一章 籊籊然竹竿，非不長也。以釣于衛之淇，垂綸得魚，豈曰不思？顧地隔一方，竿之雖長，遠不相及矣。○二章 泉源與淇，同衛水也。泉水在左，則淇水在右，不與泉源相得也。水本無情，人豈宜爾？女子從人，各有所合，已離其父母兄弟矣。○三章 淇水在右，則泉源在左，又不與淇水同處也。水流何心？人亦復爾。巧笑瑳然而獨樂，佩玉儺然而獨行，顧影無儔，自適其適耳。○四章 淇水滺滺，其流不息；檜楫松舟，其木後彫。物猶有常，人何不然？我心之憂，惟駕言出遊，以自舒寫耳。○籊籊，猶裊裊，長貌。瑳，白色，笑而見齒也。儺，緩行貌。檜，似柏而松身。楫，橈也。寫，除也。

《竹竿》四章，章四句。

芄丸蘭之支，童子佩觿奚。雖則佩觿，能不我知？容兮遂兮，垂帶悸叶具兮。〇芄蘭之葉，童子佩韘設。雖則佩韘，能不我甲叶挈？容兮遂兮，垂帶悸兮。

《古序》曰：「《芄蘭》，刺惠公也。」毛公曰：「驕而無禮，大夫刺之。」〇按：《春秋傳》云：「惠公之即位也少。」芄蘭草柔，以比童稚。禮：國君年十二以上，治事成人，與庶人童子異。然有成人之度，乃稱成人之服。若驕蹇放肆，猶之童子而已。朱子謂此詩不可考，當闕。夫衛惠公之爲童子，非不可考也。而謂當闕，則《三百篇》之著姓名者無之。〇一章 芄蘭之草，其枝柔脆。童稚之子，亦猶此也。今佩成人解結之觿，國君佩成人之觿非過，然其材能未足知于我。而乃雍容焉，直遂焉，垂帶此觿，能無愧心而驚悸乎？〇二章 芄蘭之葉蔓生，不能自立。如童子佩成人習射之韘，其材能未必長于我。乃容與直遂，垂帶此韘，能無驚愧乎？〇芄蘭，一名蘿藦，蔓生，可食。觿，以象骨爲之，末鋭，以解結，成人之佩也。容、遂，驕肆之狀。悸，慚愧而驚悸也。韘之言沓也，亦謂之撻，《既夕禮》「設依撻」。以韋爲之，彄沓右手中三指以放弦也。甲，長也。禮：童子不垂帶，走則擁之，有事則收之。

《芄蘭》二章，章六句。

誰謂河廣？一葦偉杭之。誰謂宋遠？跂氣予望叶亡之。〇誰謂河廣？曾不容刀。誰謂宋遠？曾不崇朝。

《古序》曰：「《河廣》，宋襄公母歸於衛，思而不止，故作是詩也。」○按：此詩作于衛未遷國之先，宋襄公爲世子時也。衛都朝歌，在河北。宋都睢陽，在河南。至戴公遭狄難渡河，文公營楚丘，則衛、宋皆在河南，而襄公始爲諸侯耳。按：此詩慈母念子，不爲不切，而不可則止之義，隱然言外。《詩》之婉而不盡類此，彼説《詩》者，必欲直言而後信，何與？○一章 誰謂河水廣乎？以我欲往之情，即一葦可航而渡也。誰謂宋國遠乎？以我睠念之切，即一翹足，望之可見也。○二章 誰謂河廣乎？我視之曾不容小舟之刀。誰謂宋遠乎？我視之曾不過終朝之程。其所以易往而不往者，出母無返也。○杭作航，渡也。跂，舉踵也。小船曰刀，與舠通。

《河廣》二章，章四句。

伯兮朅挈**兮，邦之桀兮。伯也執殳**殊**，爲王前驅。○自伯之東，首如飛蓬。豈無膏沐？誰適**的**爲容。○其雨其雨，杲杲**藁**出日。願言思伯，甘心首疾。○焉得諼草？言樹之背。願言思伯，使我心痗**妹。

《古序》曰：「《伯兮》，刺時也。」毛公曰：「言君子行役，爲王前驅，過時而不反焉。」○朱子改爲婦人以夫久從征役而作，非也。詩人託閨怨以刺時，猶《擊鼓》《雄雉》之類，非必婦人自作也。首章謂以國士執殳，其刺曉然。○一章 伯兮朅然武壯，乃邦國之英傑也。今以伯執殳爲

王師前驅，與衆卒爲伍，亦枉其材矣。○二章 自伯東行，吾首如亂飛之蓬。豈無膏與沐？伯既不在，誰爲主而我爲容飾乎？○三章 其雨矣，其雨矣，又復杲杲然出日。伯歸矣，伯歸矣，又復不歸。我願思之，至于頭痛，不以爲恨耳。○四章 聞草有令人善忘者，安得樹于堂北，以忘我憂乎？然我于伯，願言思之，雖至心病，終不欲忘也。○殳，五兵之一，長丈二而無刃。蓬，草名，花如柳絮，蓬蓬然也。膏，油澤髮也。沐，米汁，一名潘，以滌垢也。適，主也。女子以色事人，所事者爲主。其雨，望雨也。杲，日出貌。背與北通。今人多于堂北墻下作花塢，是也。痗，病也。

《伯兮》四章，章四句。

有狐綏綏雖，在彼淇梁。心之憂矣，之子無裳。○有狐綏綏，在彼淇厲。心之憂矣，之子無帶叶帝。○有狐綏綏，在彼淇側。心之憂矣，之子無服叶迫。

《古序》曰：「《有狐》，刺時也。」毛公曰：「衛之男女失時，喪其妃配耦焉。古者國有凶荒，則殺禮而多昏，會男女之無夫家者，所以育人民也。」○朱子改爲寡婦見鰥夫欲嫁之而作，真以此詩爲二人偶語，非也。當世或有所指，亦不必遂爲寡婦自作。未有心欲嫁其人，又訾以爲狐者。狐，妖物以比，明是刺語。○一章 有狐綏綏然垂尾緩行，在彼淇水之梁，若有所求也。欲涉則褰裳，我心憂子，其未有裳乎？爲求縫裳者耳。○二章 有狐綏綏，在彼淇水之厲。振衣欲渡，則必用帶。心之憂矣，子其爲無帶乎？○三章 有狐綏綏然，在彼淇水之側。既渡升岸，可以服矣。心之憂矣，子

其爲無服乎？○綏綏，曳尾遲行貌。狐性媚而多疑，善渡水。厲，列石水中，踐以渡也。《周禮》有厲禁，亦遮迾意。

《有狐》三章，章四句。

投我以木瓜叶沽，**報之以瓊琚**居。**匪報也，永以爲好**叶去聲**也。**○**投我以木桃，報之以瓊瑤。匪報也，永以爲好也。**○**投我以木李，報之以瓊玖**叶己。**匪報也，永以爲好也。**

《古序》曰：「《木瓜》，美齊桓公也。」毛公曰：「衛國有狄人之敗，出處於漕。齊桓公救而封之，遺之車馬器服焉。衛人思之，欲厚報之，而作是詩也。」○此詩蓋作于齊桓公既死之後，衛文公忘齊人再造之恩，乘五子之亂而伐其喪。故詩人追思桓公，以諷衛人之背德也。夫子作《春秋》，諸侯未有書名者。衛文公滅邢書名，删《詩》存木瓜，惡其不仁也。桓公率諸侯城衛，遺之車服六畜，繫馬三百。所投良厚。詩言瓜、李者，見往來之禮，薄施猶厚報，況如齊者，衛無以報，而奈何身死遂伐之？事辭甚明。朱子改爲男女贈答之辭，此愚所謂好成古人之惡者也。儻謂《序》説無據，男女贈答，又何據乎？○一章　人情處困，雖木瓜之賜，重于鼎呂，當致瓊琚之報。非以瓊琚報一瓜也，感激情深，託玉示信，以明不忘耳。況所投不止瓜，而敢忘乎？○二章　木桃雖微，投我于患難之時，即瓊瑤不足言報。豈以瓊瑤報一桃？唯託此以致永好耳，況不止木桃也。○三章　木李雖微，投我于危急之秋，即瓊玖不足言報。豈以瓊玖報一李？唯永以爲好耳，況不止木李也。○木瓜，似瓜而小。木桃、木李，

因木瓜變言疊詠，非又有木桃如桃，木李如李者也。瓊，赤玉。琚，佩玉名。瑶、玖，皆玉類。

《木瓜》三章，章四句。

毛詩原解卷六終

毛詩原解卷七

王

王，王城，周之東都，今河南府是也。初，文、武都豐鎬，爲西周。成王東營洛邑，奠九鼎，以時朝會，而王仍居西京。至幽王嬖褒姒，黜申后，逐太子，宜臼奔申。申侯率犬戎弑幽王，西京遂亡。晉文侯、鄭武公共立宜臼于東都，是爲平王。號令不行，地方僅六百里，無以異于諸侯。故東都之詩，謂之《王風》。其以次衛，何也？衛與東都皆故殷墟也。紂亡于前，幽、厲踵于後，故以東周繼衛。

彼黍離離，彼稷之苗。行邁靡靡與離叶，米平聲，中心搖搖。知我者謂我心憂，不知我者謂我何求。悠悠蒼天叶庭，此何人哉！○彼黍離離，彼稷之穗歲。行邁靡靡，中心如醉。知我者謂我心憂，不知我者謂我何求。悠悠蒼天，此何人哉！○彼黍離離，彼稷之實。行邁靡靡，中心如噎叶一。知我者謂我心憂，不知我者謂我何求。悠悠蒼天，此何人哉！

《古序》曰：「《黍離》，閔宗周也。」毛公曰：「周大夫行役，至于宗周，過故宗廟，宮室盡爲禾黍。閔周室之顛覆，彷徨不忍去，而作是詩也。」○宗周，謂鎬京。平王東遷，豐鎬丘墟，大

夫過而傷之，以黍稷比，即其所見也。○一章 彼離離然垂者，其黍邪？彼方生而爲苗者，其稷邪？此地昔爲廟朝，今爲畎畝，使我足靡靡而難前，中摇摇而不定。道路之間，誰知我心？謂我徘徊不去，若有所求。而感慨之懷，誰知之？蒼天乎，誰人使至此乎！○二章 彼黍離離，彼稷成穗。足靡靡不前，心昏然如醉。行道之人，誰知我心？悠悠蒼天，何人顛覆至此乎！○三章 彼黍離離，彼稷成實。行靡靡而不進，心結然其如噎。道路之間，誰知我心？彼蒼者天，何人敗壞至此乎！○黍，穀名。春種暑收，故名黍。離離，實垂貌。稷，粟也，一名穄。

《黍離》三章，章十句。

君子于役，不知其期，曷至哉叶賫？雞棲西于塒時，日之夕矣，羊牛下來叶泥。君子于役，如之何勿思？○君子于役，不日不月，曷其有佸括？雞棲于桀，日之夕矣，羊牛下括。君子于役，苟無饑渴？

《古序》曰：「《君子于役》，刺平王也。」毛公曰：「君子行役無期度，大夫思其危難以風焉。」

○按：《詩》稱畜産，即「匪兕匪虎」之意，刺平王不以人道使人也。朱子改爲行役大夫之室家，思念而作，非也。思夫而詠及牛羊雞棲，尋常耕牧之家，不似大夫妻。若泥君子之稱，僚友相呼亦然，豈獨婦人得稱其夫乎？詩人託諷，非必其婦人自作也。○一章 君子往役，不知還期，今何至哉？雞

之放也，晚必歸棲；羊牛之牧也，日夕下來。畜産且然，況使其臣乎？君子于役，永無休息，如之何不思也？○二章 君子久役，不計日月，何時可以來會？羊牛在外，尚知收恤，況臣子久役，曾不念其苦乎？君子于役，苟得免于饑渴否邪？○曷至，言遠不知所去也。鑿牆而棲曰塒。佸，會也。桀，橛也，雞喜宿高處。括，至也。

《君子于役》二章，章八句。

君子陽陽，左執簧，右招我由房。其樂只且疽**！○君子陶陶，左執翿**桃**，右招我由敖**翱**。其樂只且！**

《古序》曰：「《君子陽陽》，閔周也。」毛公曰：「君子遭亂，相招爲禄仕，全身遠害而已。」○此詩猶《衛風》之《簡兮》，士不得大用，并求爲抱關擊柝而亦不可得，溷跡優人，而且陽陽自以爲樂。豈非世亂時艱，居高位者爲難免乎？故《序》曰「全身遠害」，而周室之衰頹可知。王者詔爵禄，馭富貴。士生王國，而厄窮若此，詩人所以閔之。朱子改爲婦人美其夫，則辭旨淺陋甚矣。又謂即前篇君子之婦，尤爲迂闊。王國行役，未必止前篇君子；而婦人思夫，未必止前篇君子之妻。且何據而知此兩篇併出一手也？如此言詩，乃爲鑿空。○一章 君子生不逢辰，與伶人爲伍。視爾意氣，陽陽自得也。作樂于房中，左手執笙，右手招我由房。道雖不達，全身遠害，其樂甚矣。○二章 君子陶陶然，左手執羽旄之翿，右手招我由房之奥。道雖不行，韜光晦迹，不已樂乎？○簧，笙中金葉。房，人君小寢之房。

房中作樂，蓋俳優雜劇，《周禮·大宗伯·旄人》所謂燕樂是也。燕閒之樂，非廟朝之雅，故曰房中。鄭康成謂天子用《周南》，諸侯用《召南》。按：二《南》既與《鹿鳴》諸篇，合作于堂上，何得又以爲房中之樂？《燕禮》附之篇末，其非正歌可知。且者，甚之之辭。翿與纛通，羽旄之屬，舞者所執。敖與奧通，房中深處也。

《君子陽陽》二章，章四句。

揚之水，不流束薪。彼其記之子，不與我戍庶申。懷哉懷哉，曷月予還旋歸哉？〇揚之水，不流束楚。彼其之子，不與我戍甫。懷哉懷哉，曷月予還歸哉？〇揚之水，不流束蒲叶普。彼其之子，不與我戍許。懷哉懷哉，曷月予還歸哉？

《古序》曰：「《揚之水》，刺平王也。」毛公曰：「不撫其民，而遠屯戍于母家，周人怨思焉。」〇按：王室有難，諸侯之師戍之；侯國有難，方伯連率救之。天子者，制命者耳。未有徹畿內之兵，下戍侯國者也。申侯召犬戎弑幽王，滅宗周，窮凶極惡，法所必討。申有楚難，平王反遣畿內民爲戍，忘殺父之怨，而懷立己之恩，民彝泯矣。詩人不忍直斥，託揚之水以比其衰微。蓋是時周室播遷，非有餘勇可賈。特以受人施者畏人，欲不爲之役，不可得耳。寄生之天子，既不能令于諸侯，六百里之甸卒，又無人可爲踐更，故行者有不均之歎。然必責六師同行，雖盡發洛邑之老稚，亦不足矣。力本

寡弱，而使人又不以道，人所以怨之。苟師出有名，討賊興復，如夏少康，一成一旅，人誰敢謂爲揚之水哉！夫子刪《詩》存此篇，《書》録《文侯之命》，其作《春秋》始平王，垂戒遠矣。薪，辛也。楚，愁也。蒲，逋也。民辛苦愁思，則有逋逃，故以爲比。○一章 水壯則其流勇，悠揚之水，力不能流一束之薪。周室寡弱，亦猶是也。我以二三弱卒遠戍，瓜期已過，在國之衆，不與我相代戍申。久役懷思，何月始得代，而予乃還歸也？○二章 悠揚之水，力不能流束楚。在國之衆，不與我更戍甫。思歸甚亟，何月乃代予使還也？○三章 悠揚之水，雖蒲亦不能流。彼在國衆人，不與我戍許。思歸甚切，何月始得代，而予乃還也？

《揚之水》三章，章六句。

中谷有蓷退平聲，暵罕其乾干矣。有女仳丕離，嘅慨去聲其嘆灘矣。嘅其嘆矣，遇人之艱難矣。○中谷有蓷，暵其脩叶宿矣。有女仳離，條其歗笑，叶肅矣。條其歗矣，遇人之不淑矣。○中谷有蓷，暵其濕矣。有女仳離，啜拙其泣矣。啜其泣矣，何嗟及矣。

《古序》曰：「《中谷有蓷》，閔周也。」毛公曰：「夫婦日以衰薄，凶年饑饉，室家相棄爾。」○朱子改爲婦人自述其悲怨之辭，非也。凶年饑歲，夫婦不相保，婦見棄而不忍去。詩人傷之，故其辭曰「有女仳離」，安在其爲婦人自作也？中谷，溝中也。蓷之言推也，推而納之溝中，寓言夫棄

婦也。蓷草耐旱，一名充蔚，一名益母。充裕益母，寓言富歲多賴，今歲凶多暴也。○一章 山谷之中，有蓷草焉，至易生也。恒暘亢暵，蓷亦乾矣。有女見棄，别離其夫，嘅然而嘆。嘅嘆伊何？天災流行，遇其夫之艱難也。○二章 中谷有蓷，暵氣酷烈，亦條殺矣。有女别離，條然長歗。長歗伊何？遭其夫之不幸也。○三章 中谷本濕，暵甚則濕亦燥矣。有女别離，啜然飲泣。飲泣奈何？事已至此，雖嗟嘆無及矣。○蓷通作萑，鵻也。菼，亦名鵻，色皆蒼青也。暵，燥也。仳，别也。脩與翛通，《豳風》「予羽翛翛」〔一〕，消殺之貌。條，長也。蹙口舒氣曰歗，與嘯同。不淑，年凶荒也。啜泣，吞聲也，無聲出涕曰泣。

《中谷有蓷》三章，章六句。

有兔爰爰，雉離于羅。我生之初，尚無爲叶俄；我生之後，逢此百罹叶羅，尚寐無吪俄。

○有兔爰爰，雉離于罦孚，叶孝。我生之初，尚無造；我生之後，逢此百憂叶要，尚寐無覺叶教。

○有兔爰爰，雉離于罿充。我生之初，尚無庸；我生之後，逢此百凶，尚寐無聰。

《古序》曰：「《兔爰》，閔周也。」毛公曰：「桓王失信，諸侯背叛，構怨連禍，王師傷敗，君子不樂其生焉。」○鄭莊公爲桓王卿士，王奪之政。鄭伯不朝，王伐之。鄭伯敗王師，射王中肩，

〔一〕「予羽翛翛」，諸本同。按：《豳風·鴟鴞》云「予羽譙譙，予尾翛翛」，或爲郝氏誤記。

天下遂以輕周。故詩人閔之。朱子改謂君子泛然憂亂而作，非也。兔走雉飛，上下之比。走者自得，飛者被羅，比王師敗績于鄭也。兔言毒也，雉言癡也。鄭伯寤生也。反復詠嘆我生，寐而無寤，寓鄭伯倡亂。五霸作而王綱墜，詩人之志，與《春秋》之義同也。○一章 兔走舒緩自得，雉能飛而反麗網羅。鄭人驕恣，王師敗績，猶是也。我生之初，天下尚無事。我生之後，逢此百憂。將如何？唯有昏睡不動，付世事不知，尚可耳。○二章 有兔爰爰，雉麗于覆車。世事倒置如此，我生當其時。將如何？庶幾寐寢，付之罔覺而已。○三章 有兔爰爰，雉麗于罿。世道如此，生逢斯時。將如何？唯有寐寢，付之罔聞而已。○百罹，百憂也。吪，動也。罦，今之翻車，施罥以捕鳥者。罿，即罦也。

《兔爰》三章，章七句。○按：《春秋傳》鄭莊公敗王師于繻葛，此霸者無王之始也。自是以後，桓文迭興，諸侯相攻，而天下大亂。王霸升降之際，故曰「我生之後，尚無爲」「我生之後，逢此百憂」。王跡熄于五霸，《春秋》始于《詩》亡，以此。後儒言《春秋》奬霸，失《兔爰》之意矣。

緜緜葛藟壘，在河之滸虎。終遠兄弟，謂他人父甫。謂他人父，亦莫我顧叶古。○緜緜葛藟，在河之涘叶矣。終遠兄弟，謂他人母叶米。謂他人母，亦莫我有叶以。○緜緜葛藟，在河之漘純。終遠兄弟，謂他人昆。謂他人昆，亦莫我聞。

《古序》曰：「《葛藟》，王族刺平王也。」毛公曰：「周室道衰，棄其九族焉。」○朱子改

爲民去鄉里家族，而流離失所者自作，蓋誤解謂「他人父」爲稱他人爲父，非也。詩以葛藟比兄弟綢繆。葛藟生于山，不生于河；水在河，不在于山。以比兄弟望潤澤而不得也。兄弟相親，以父母同耳。不顧兄弟，是不顧父母，而謂他人爲父母矣。不直斥其薄，而諷之以二本，怨而不怒也。如朱説，流民適異國，呼他人爲父母，則其文義鹵莽，亦甚矣。○一章 緜緜然葛藟延蔓，猶同氣之相親也。安得在河之涯，沾彼洪潤乎？今王終疏遠兄弟，不思與我同父，是彼自謂他人爲父矣。不與我同父，何怪其不我顧邪？○二章 緜緜葛藟，在河之涘。思沾一滴之潤，不相及也。兄弟同母，所以相親。爾謂他人爲母，故視我如無有耳。○三章 緜緜葛藟，在河之漘。今終遠兄弟，而恩波不及。爾惟謂他人爲兄，故與我漠然不相聞耳。○岸上曰漘。涘，水涯也。漘，岸邊也。昆，兄也。

《葛藟》三章，章六句。

彼采葛叶結兮，一日不見，如三月兮。○彼采蕭叶脩兮，一日不見，如三秋兮。○彼采艾兮，一日不見，如三歲叶賽兮。

《古序》曰：「《采葛》，懼讒也。」○朱子改爲淫奔者託以行，指其人而思念之，非也。以「一日三秋」爲閨思，是委巷之言耳。讒口傷人，乘其間隔。韓愈氏謂日隔之疏，加以忌者之説。哲人憂讒，每在去後，故曰：「一日不朝，其間容刀。」君臣相與，近則親，而遠則疏。君子日在君側，精誠可以直通，羣邪有所畏而不敢。小人譖君子，必伺其間隔。蓋君子易退難進。孟軻致主，憂十寒于

退後。趙高竊秦，使二世深居，人不得見，而後馬鹿之計行。霍光出沐，而後上官之譖入。自古小人排君子，權奸欺庸君，未有不始于離間，而終于陷害者。詩人憂「一日不見」，其慮深矣。《詩》可以觀，殆是類與！如以爲淫奔之辭，失之千里。○一章 人情疑生于不見，故讒言每起于去後。葛之爲物，可以織也，彼方采之。讒言蔓引，何以異葛？一日不在，恐乘間羅織，不知其幾，如三月之久矣。○二章 蕭之爲物，可以爇，彼將采之。讒言熏灼，何以異蕭？一日不在，乘間蔽明，不知其幾殆，如三秋矣。○三章 艾可以灸，彼將采之。讒言爍膚，何以異艾？一日不在，乘間銷骨，不知其幾，殆如三歲矣。

《采葛》三章，章三句。

大車檻檻銜上聲**，毳**吹去聲**衣如菼**毯**。豈不爾思？畏子不敢。○大車哼哼**吞**，毳衣如璊**門**。豈不爾思？畏子不奔。○穀則異室，死則同穴**叶入**。謂予不信，有如皦**皎**日。**

《古序》曰：「《大車》，刺周大夫也。」毛公曰：「禮義陵遲，男女淫奔，故陳古以刺今大夫不能聽男女之訟焉。」○朱子改謂周衰，大夫有能以刑政治其私邑者，故淫奔者畏而歌之，非也。當時若實有此大夫，則此詩之作，爲無謂矣。謂爲刺之，而非惡也；謂爲美之，而非賢也，奚取而歌焉？子云：「聲色之於以化民，末也。」「聽訟，吾猶人也，必也使無訟乎！」聞車聲而恐，見服色而懼。古之大夫，猶能聽訟；今之大夫，聽訟之未能也。是以爲刺。○一章 古大夫乘其大車，檻檻然有聲。

繡毳于衣，色青如菼。其等威物色，人所嚴憚。故男女相戒曰：「豈不爾思？畏乘車衣毳者，不敢耳。」〇二章 大車哼哼然，其行遲重。毳衣色赤，如玉之璊。淫者相戒曰：「豈不爾思？畏乘車衣毳者，不敢奔耳。」〇三章 彼一時也，男女有禮，生則異居，不敢相瀆；死則同穴，不敢有二志。且曰：「謂予不信，有如白日。」其自誓守正如此。〇菼，薍也，亦謂之騅。毳，柔毛也，繡毛獸于衣，子男之服。天子之大夫四命，服視子男也。穀，生也，《老子》曰「谷神不死」，穀與谷同。

《大車》三章，章四句。

丘中有麻，彼留子嗟。彼留子嗟，將鏘**其來施施**叶賒**。〇丘中有麥，彼留子國**叶亦**。彼留子國，將其來食。〇丘中有李，彼留之子。彼留之子，貽我佩玖**叶己**。**

《古序》曰：「《丘中有麻》，思賢也。」毛公曰：「莊王不明，賢人放逐，國人思之，而作是詩也。」〇朱子改爲婦人望其所與私者，不來而疑之。據詩中留字解，非也。按：留，人姓。古者因土錫姓。中州有陳留，漢有留侯，通作劉。晉士會奔秦反，而其子有留秦者，爲劉氏。《國策》云：「處者爲劉。」《春秋》，周大夫有劉子，即其族也。今加作者以穢汙之名，傷聖人删定之旨，謂《序》説無據，朱又何據也？謂國人思賢，望其來，則悠然可風；謂婦人思男子，疑有留之者，則醜惡而不可道矣。〇一章 畝丘之地，有麻可績。野人之居也，屏處側陋。彼留氏子，嗟乎！其肯施施然閒行而來乎？〇二章 丘中有麥，野人之食也。彼留氏子國，鬱鬱處此，將肯來就我而食乎？〇三章 丘中有李，園

林之居也。彼留之子，若其肯來，貽我善道，如佩玖矣。○留，周大夫劉氏，古劉與留通。《大雅·桑柔》篇云「捋采其劉」，亦謂殘葉存留者也。古人不欲盡物，故殺曰劉，如遏劉、虔劉之類。子國，其字也。嗟，嘆辭。施施，旁行逶迤貌。孟子云：「施施從外來。」佩玖，猶言金玉，喻善道也。

《丘中有麻》三章，章四句。

毛詩原解卷七終

毛詩原解卷八

鄭

鄭本西周畿内之邑，即今陝西西安府華州。宣王以封其弟友，爲鄭桓公。桓公爲幽王司徒，死于犬戎之難。其子掘突，嗣爲武公。與晉文侯定平王于東都，亦爲司徒。遂併虢、鄶之地，施舊名于新邑，是爲新鄭，即今河南開封府新鄭縣。畿内之國也。周室東遷，鄭爲輔；諸侯無王，鄭爲先；五霸迭興，鄭爲首。故《鄭風》次《王》。

緇衣之宜兮，敝予又改爲兮。適子之館叶上聲兮，還予授子之粲叶慘兮。○緇衣之好上聲兮，敝予又改造叶早兮。適子之館兮，還予授子之粲兮。○緇衣之蓆席兮，敝予又改作兮。適子之館兮，還予授子之粲兮。

《古序》曰：「《緇衣》，美武公也。」毛公曰：「父子並爲周司徒，善於其職，國人宜之。故美其德，以明有國善善之功焉。」○鄭武公以諸侯入爲天子大夫，繼父職，世濟其美，故曰「善善」，言以善繼善也。禮：大夫祭服爵弁絲衣，色纁；朝服皮弁布衣，色緇。故以緇衣比，蓋上之取于下也。

有布縷爲衣服，有力役爲宮室，有粟米爲飲食，上仁而下樂輸，則三者皆民之愛也；下不樂而上誅求，則三者皆民之怨也。武公善其職，故詩託言衣與館與粲，見民力所自竭于上者惟此，而情誼不勝慇懃矣。故曰：好善莫如緇衣。○一章 子爲王卿士，服緇衣甚宜也。衣久則敝，我爲子改爲之，願常居此職，服此服也。子有館舍，吾適館以親近周旋。子退朝而食于館，吾還家取粲以授子。凡吾民力所能致者，無不樂爲之供也。○二章 子服緇衣，何其好乎！敝則爲子改造。適子之館以就子，還而取粲以授子也。○三章 子服緇衣，其蓆而安乎？敝則爲子改作。適子之館問子，還而取粲以授子也。○粲残去聲，米之精者，《爾雅》云：「餐孫也。」通作飧，熟食也。

《緇衣》三章，章四句。

將鏘仲子兮，無踰我里，無折我樹杞。豈敢愛之？畏我父母叶米。仲可懷也，父母之言，亦可畏也。○將仲子兮，無踰我墻，無折我樹桑。豈敢愛之？畏我諸兄叶香。仲可懷也，諸兄之言，亦可畏也。○將仲子兮，無踰我園，無折我樹檀叶團。豈敢愛之？畏人之多言。仲可懷也，人之多言，亦可畏也。

《古序》曰：「《將仲子》，刺莊公也。」毛公曰：「不勝其母，以害其弟。弟叔失道，而公弗制。祭仲諫而公弗聽，小不忍以致大亂焉。」○朱子改爲淫奔之辭，非也。詩寓言莊公逆母殺弟之事，

詳《春秋傳》。蓋莊公殺段之心，切于祭仲。仲欲早圖，而公欲養成。故詩人因祭仲之諫，托爲莊公拒仲之辭。仲子，即祭仲也。畏父母、諸兄、國人云者，借莊公之口以誅其心。辭若寬而心甚險，千載讀之，如見肺肝，詩所以善于諷也。若朱子言詩，必睚眦怒罵而後謂之刺，少涉情致，即斥爲淫奔矣。杞木高，桑木韌，檀木堅，以比公室强而段無能爲也。○一章 請仲子兮，勿遽然踰我之居，折我之杞。非愛杞也，踰里折杞，事跡顯著，恐父母有言。仲子雖可懷，父母之言，亦不得不畏，姑徐徐可也。○二章 請仲子兮，無踰牆折我桑。豈敢愛桑？踰牆折桑，事涉造次，恐諸兄有言，不得不畏，從容圖之可也。○三章 請仲子兮，無踰園折我檀。非敢愛檀，事涉急遽，恐國人多言。仲雖可懷，人言不得不畏，待時可也。○將，猶請也。里，居也。

《將仲子》三章，章八句。

叔于田叶廷，巷無居人。豈無居人？不如叔也，洵美且仁。○叔于狩叶守，巷無飲酒。豈無飲酒？不如叔也，洵美且好叶吼。○叔適野叶汝，巷無服馬叶母。豈無服馬？不如叔也，洵美且武。

《古序》曰：「《叔于田》，刺莊公也。」毛公曰：「叔處于京，繕甲治兵，以出于田，國人説而歸之。」○毛説正明《古序》所以刺莊公之故，朱子因謂國人愛段而作，非也。莊公縱弟遊蕩，

比昵羣小，無賢父兄之教，以陷于大逆，《春秋傳》所謂鄭志也。詩若美段而志在諷公，但極道其于田、飲酒、服馬，而公之棄其弟可知。如以爲國人美段，意索然矣。○一章 叔時出而往田，經行里巷，與巷之人比，而巷若無有居人。非無居人也，雖有人，不如叔之信美而且仁耳。○二章 叔出狩，與巷之人狎而飲酒，飲酒無有能過之者。非無善飲，不如叔之美而好耳。○三章 叔遊野外，與巷之人乘馬，乘馬無有能過之者。非無乘馬，不如叔之美且武耳。○洵，信也。服，猶乘也。

《叔于田》三章，章五句。

叔于田，乘乘去聲馬叶母。執轡如組祖，兩驂如舞。叔在藪，火烈具舉。襢坦裼夕暴搏虎，獻于公所。將鏘叔無狃，戒其傷女汝。○叔于田，乘乘黃。兩服上襄，兩驂鴈行杭。叔在藪，火烈具揚。叔善射忌記，又良御叶夜忌。抑磬控空去聲忌，抑縱送忌。○叔于田，乘乘鴇保，叶剖。兩服齊首，兩驂如手。叔在藪，火烈具阜府。叔馬慢叶上聲忌，叔發罕忌。抑釋掤冰忌，抑鬯暢弓叶棍忌。

《古序》曰：「《大叔于田》，刺莊公也。」毛公曰：「叔多才而好勇，不義而得衆也。」○朱子改爲鄭人愛段而作，非也。《序》意與前章同，刺莊公無中才之教，陷其弟于惡也。夫温文恭儉，人主之美節；射獵馳騁，狎邪之遊行。叔段爲君母弟，夫人愛子，而無師保學問，與羣小田獵飲酒，

身親搏獸，控拳馳馬以爲事。何待鄢之役而知其有將崩之患矣？二詩亟道段材藝武勇，其繕甲治兵，不軌之志，隱然言外。莊公逆知其然，而有意養成之，所以不仁也。夫子删《詩》存此，戒人君父兄於子弟，愛之能勿勞乎！若謂鄭人美段而作，何足以風？○一章 叔之往田也，駕車有四馬。叔自執轡，調和如組；兩驂馬在外，應手如舞。叔在澤藪，縱火焚林，四圍俱舉。袒其裼衣，赤手搏虎，獻于公所。而其徒曰：「請叔勿輕易，防其傷汝也。」○二章 叔于田，四馬皆黃。中兩服馬，乃上駕之良；外兩驂馬稍後，如鴈之行。叔既善射，又復善御。其御也，磬以騁馬，控以止馬，疾徐如意也。其射也，放弦而縱，矢往而送，開發有力也。○三章 叔于田，四馬皆驪白之鴇。兩服並首齊一，兩驂稍後如兩手。叔在藪，火烈阜盛。獵事將終，馬行慢矣，矢發罕矣。乃釋箭蓋，而納矢焉；乃弢其弓，于鬯中焉。○上襄，上駕，謂良馬也。一車四馬，中二爲服，外二爲驂。驂稍次服後，如飛鴈斜行，如人兩手也。磬，馭馬曲折如磬也。控，持馬使止也。鴇、駂通，驪白雜毛曰駂。阜，盛也。掤，矢箭蓋也。釋蓋，將以納矢也。鬯，弓囊也，與韔通。抑、忌，皆語辭。

《大叔于田》三章，章十句。○凡諷刺不在多言。前章言「巷」，則與市井羣小狎可知；此章言「襢裼暴虎」，則粗豪不檢可知。二篇皆名「叔于田」，此云「大」者，前短章，此大篇也。段稱京城大叔。

清人在彭叶邦，駟介旁旁，二矛牟重平聲英叶央，河上乎翱翔。○清人在消，駟介麃麃標，二矛重喬，河上乎逍遥。○清人在軸，駟介陶陶，左旋右抽與軸叶，中軍作好叶毫。

《古序》曰：「《清人》，刺文公也。」毛公曰：「高克好利，而不顧其君。文公惡而欲遠之不能，使高克將兵而禦狄于竟。陳其師旅，翱翔河上，久而不召，衆散而歸，高克奔陳。公子素惡高克進之不以禮，文公退之不以道，危國亡師之本，故作是詩也。」○按：軍旅，國之大命。人臣有罪，不能伸法，而以三軍之命，羈勒一罪人。苟擁衆作亂，則危國；率衆出奔，則亡師。公子素所以惡而作是詩也。《春秋》書「鄭棄其師」，與《詩》録《清人》義正同。清，河上邑。彭、消、軸，不必皆有是邑。彭、盤通，樂也。消，散也。軸，旋也。皆遊嬉之名。詩者，聲音之道，諧聲以爲比耳。○一章 清邑之兵，從其將于河上之彭，四馬被甲，旁旁然不息。車上建二矛，矛上有重英。武備雖設，無所事事，河上乎翱翔而已。○二章 清人在河上之消，駟介麃麃然武勇，二矛喬聳于車上，無所事事，河上乎逍遥而已。○三章 清人在河之軸，駟介陶陶然舒遂。車左執御者旋車以爲戲，車右擊刺者抽戈以爲樂，將軍居中，脩其容好而已。○矛，兵器。二矛，夷矛、酋矛也。酋矛長二丈，夷矛長二丈四尺。喬，高貌。

《清人》三章，章四句。

羔裘如濡，洵直且侯。彼其記之子，舍赦命不渝叶由。○羔裘豹飾，孔武有力。彼其之子，邦之司直。○羔裘晏兮，三英粲參去聲兮。彼其之子，邦之彦叶岸兮。

《古序》曰：「《羔裘》，刺朝也。」毛公曰：「言古之君子，以風其朝焉。」○此詩刺大夫

立朝不稱其服，而朱子改爲美大夫，蓋誤以「彼其之子」爲美辭。按：《詩》稱「彼其」者皆刺之辭，《王風・揚之水》《衛風・汾沮洳》《唐風・椒聊》《曹風・候人》。而此則託古諷今，稱賢人，刺不賢人也。言古賢者德稱服，「彼其之子」不能耳。○一章 古者爲臣立朝，服必求稱。此羔裘毛色潤澤，信乎順直而且美也。彼其之子服此服，能安處天命，始終不變，乃爲有直、侯之德，而無忝如濡之美。今其能然否邪？○二章 羔裘以豹皮飾袖，其服色甚武有力。彼其之子服此服，能守正不阿，爲邦國主張直道，斯稱厥服矣。○三章 羔裘晏然鮮盛，飾以三英，粲然潔白。彼其之子服此服，爲邦國美士，無媿于浚明之德，斯可矣。○羔羊之皮爲裘，冬月之朝服也。洵，信也。直，順也。侯，美也。彼其之子，指所刺之大夫。舍命，猶言安命。渝，變也。豹飾，以豹皮緣領袖也。孔，甚也。司直，主張直道也。三英，猶言五紽，以絲飾裘之名也。彥，美士也。各章末句，皆責望之辭。

《羔裘》三章，章四句。

遵大路兮，摻三上聲**執子之袪**區，叶去**兮。無我惡**去聲**兮，不寁**簪上聲**故也。○遵大路兮，摻執子之手兮。無我魗**丑**兮，不寁好**叶吼**也。**

《古序》曰：「《遵大路》，思君子也。」毛公曰：「莊公失道，君子去之，國人望思〔一〕焉。」

〔一〕「望思」，諸本及《毛詩序說》同，《毛詩詁訓傳》等本均作「思望」，「望思」似爲「思望」之誤。

○按：鄭莊公射王幽母，身蒙大惡，左右用事，惟祭仲、祝聃、高渠彌之徒，宜君子相率而去也。國人追思桓武之烈，援而止之，欲其不以今惡棄舊好，念先德而惠顧嗣君也。「遵大路」者，比率君子之道，願留受教也。其志本正，其語音好濫，朱子因改爲男女相悅之辭。蓋據《論語》「鄭聲淫」以槩《鄭風》諸詩，誤也。夫所謂淫者，鄭之聲耳，聲與詩有辨。詩，志也；聲，辭也。孟子云：「説《詩》者，不以辭害志。」是詩志本思君子，而辭似婦人，豈可以辭遂改爲淫詩乎？《朱傳》未當。然亦足以明鄭聲之爲淫，而初學諷誦，焉能無惑？故君子立言崇雅，聖人發無邪之旨，嚴放鄭之戒，有以也。顧其志本正，其辭闕理亂，烏容廢之？所以放鄭聲而不删鄭詩。存鄭詩而欲放鄭聲，惟學者勿以辭害志，可矣。○一章 遵彼大路，攬執子之衣袪而留之。子無惡我不留，故舊之情，未可倉卒疌然而去也。○二章 遵彼大路，攬執子之手。子無魗我而不留，與爾舊好，不可一旦疌然相棄也。○摻，擥牽持也。子，指君子之欲去者。袪，袖口也。疌，速也。故好，指鄭先公之好賢者。我惡、我魗，皆指莊公。魗，醜陋也。

《遵大路》二章，章四句。

女曰雞鳴，士曰昧旦。子興視夜，明星有爛。將翱將翔，弋鳧符與鴈。○弋言加叶戈之，與子宜叶俄之，宜言飲酒，與子偕老叶魯。琴瑟在御，莫不靜好叶吼。○知子之來叶列之，

雜佩以贈叶則之。知子之順之，雜佩以問之。知子之好去聲之，雜佩以報之。

《古序》曰：「《雞鳴》，刺不説德也。」毛公曰：「陳古義以刺今不説德而好色也。」○朱子改爲述賢夫婦相警戒之辭，非也。首二章自「士曰」以下，爲夫語婦，身勤職業，親賓客，保室家，不以宴安爲樂也。末一章，爲婦答夫，相其夫親賢取友，尤不以射弋飲酒爲樂也。古之賢夫婦，交儆如此。今人不然，所以爲刺。然必先有賢夫，而後有賢婦；士身行道，而後行于妻子。女曰雞鳴，不過告以寢興之常期；士曰昧旦，則憂其晚矣。故士之志，尤敏于女也。射獵在男子，中饋在婦人。士能勤業，故以中饋戒女。士不説色而好德，故女損服飾以相夫。有《卷耳》進賢之志，不獨中饋之脩耳。蓋惟有文王而後有后妃，有昧旦之士而後有雞鳴之女。故《序》曰「刺不悦德」，刺男子也。○一章　禮：雞初鳴，夫婦盥漱，適父母舅姑所，故其婦曰「雞既鳴矣」。其夫曰：昧旦，不止雞鳴矣。子起視夜如何乎？啓明之星爛然出矣。事早則從容，我將翱翔以往弋取鳧鴈。勤生治業，男子之事也。○二章　射獵在男子，而中饋在婦人。予往以弋加鳧鴈，歸而與子譕其豆品，與賓客所宜者，與之飲酒。賴仁賢之助，以保室家，庶可與爾偕老矣。君子無故不徹琴瑟，室家安樂，則琴瑟在御，亦安静和好。憂勤可以致福，豈以同夢爲樂乎？○三章　婦答夫曰：子有親賢之志，我何事于服飾之美？孰是子所延納而來者，我以雜佩贈送之；孰是子莫逆而順者，我以雜佩問遺之；孰是子同心相好者，我以雜佩報答之。豈徒中饋飲食爲親賢之資而已邪？○昧旦，猶昧爽，天色晦昧將旦也。翱翔，從容行貌。

室家無事早起，故從容。往弋鳧鴈，一以習射，一以供賓豆也。弋，以絲繫矢射飛鳥也。鳥暮集晨飛，故弋宜早。矢著飛鳥曰加。宜者，謫其可也。鳧鴈可實豆。豆品不一，賓貴擇人，故謀其所宜也。飲酒，與賓客飲也。與子偕老，爲善之慶也。凡器在前曰御。静好，安和也。雜佩，佩玉也。雜者，非一之辭。

《女曰雞鳴》三章，章六句。

有女同車，顔如舜華敷，將翱將翔，佩玉瓊琚。彼美孟姜，洵美且都。○有女同行叶杭，顔如舜英叶央，將翱將翔，佩玉將將鏘。彼美孟姜，德音不忘。

《古序》曰：「《有女同車》，刺忽也。」毛公曰：「鄭人刺忽之不昏于齊。太子忽嘗有功于齊，齊侯請妻之。齊女賢而不取娶，卒以無大國之助，至于見逐。故國人刺之。」○朱子改爲淫奔之辭，非也。謂忽辭昏非惡，見逐無罪，國人無爲刺之。夫國人正以忽無罪見逐，而突特以大國之助奪嫡，苟忽亦有助，何至于此？此國人爲忽黨者之見，未暇論昏之當辭與不當辭也，豈得遂改爲淫詩乎？○一章 有女親迎，與之同車。其顔色之美如舜華，其儀度翱翔雍容，其服飾佩玉有瓊琚。惜哉！彼美孟姜，信美而且閑雅也。○二章 有女與之同歸，其顔如舜之英，其丰度翱翔，佩玉和鳴。惜哉！孟姜美善之音，至今不能忘也。○舜華，木槿花也。都，閑雅也。德音，言語之美也。即齊人請昏之音。不忘者，追悔也。

《有女同車》二章，章六句。

山有扶蘇，隰習有荷華叶敷。不見子都，乃見狂且疽。○山有橋松，隰有游龍。不見子充，乃見狡童。

《古序》曰：「《山有扶蘇》，刺忽也。」毛公曰：「所美非美然。」○刺忽之所謂君子者，非君子也。朱子改爲淫女戲其所私，非也。扶蘇、橋松，喻君子之孤危。荷華、游龍，喻小人之榮寵。詩人傷國事之非，而恨世子之不可輔也，故爲子都、狂童之比。○一章 扶疏之木，生于高山；芙蕖之花，生于下濕。物理自然。今君子沈淪，而小人高張，不得見子都之美，而乃見此狂人。賢否倒置，國事可知矣。○二章 喬高之長松，則宜在山；游縱之龍草，則宜在隰。今賢否失宜，不如草木，不見子充之美，而乃見此狡童也。○扶蘇，猶扶疏，枝葉高張之貌。子都，美人也。狂童，惡少也。且，甚之之辭。橋，高貌。游，枝葉放縱也。龍，紅草也，一名馬蓼，生水澤。

《山有扶蘇》二章，章四句。

蘀托兮蘀兮，風其吹女汝。叔兮伯叶剥兮，倡去聲予和叶灰女。○蘀兮蘀兮，風其漂女。叔兮伯兮，倡予要叶夭女。

《古序》曰：「《蘀兮》，刺忽也。」毛公曰：「君弱臣强，不倡而和也。」○朱子改爲淫女之辭，非也。誦其詩，淒然有歲寒搖落之感。是時鄭忽初立，外無重援，内無良輔。國人憂孤危，而

勉其寮友共濟，所謂倡和云者，未知何事。味其辭，似有去志，所以忽終不振也。○一章 落葉辭樹，風其吹女矣。今之孤立，其能久乎？叔伯諸臣，汝其善倡，予將和汝焉。○二章 木葉將隕，風其漂女。叔伯諸臣，汝其善倡，予將要汝焉。○葉槁將落曰蘀。要，成也。

《蘀兮》二章，章四句。

彼狡童兮，不與我言兮。維子之故，使我不能餐孫**兮。○彼狡童兮，不與我食兮。維子之故，使不能息兮。**

《古序》曰：「《狡童》，刺忽也。」毛公曰：「不能與賢人圖事，權臣擅命也。」○朱子改爲淫女見絶，而戲其人之辭，非也。謂忽以世子逐于權臣，無大罪，不宜國人數刺之。愚按：鄭忽初即位之事，無所考。但突以庶子，能致外援得國，豈獨祭仲之力？抑亦忽有不滿于諸侯與國人者。故《春秋》不稱鄭伯而書名，不成其爲君也，與《詩》刺忽意正同。朱子疑「狡童」未可目君，聖人未應與之。愚按：刺忽者，多突之黨。忽以嗣君初立，席未煖而見逐，故突黨狎之，無異童子，不童而人能攜其有乎？箕子《麥秀》之歌，呼紂亦然。人主使國人，呼爲「狡童」，其爲君可知矣。若以聖人不删爲與之，《詩》宜删不删者多矣。如《唐風·椒聊》《無衣》皆篡賊之辭，録以志戒耳，豈盡爲與之乎？○一章 嗣君孤立，無老成持重之才，狡童而已。我欲效忠，不與我言，將若之何？維子之故，使我憂慮不能餐也。○二章 彼狡猾無知之童，不與我同食。以子之故，使我憂不能安息也。

《狡童》二章，章四句。

子惠思我，褰裳涉溱。子不我思，豈無他人？狂童之狂也且疽。○子惠思我，褰裳涉洧。子不我思，豈無他士史？狂童之狂也且。

《古序》曰：「《褰裳》，思見正也。」毛公曰：「狂童恣行，國人思大國之正己也。」○朱子改爲淫女語其所私者之辭，非也。蓋鄭突以庶子奪嫡，魯、宋、衛、陳、蔡助之，以入于〔一〕櫟，而終有鄭國。忽孤立被弒以死。當時爲突黨者，不獨一祭仲可知。此則國人爲突望諸侯之辭，人情嶮巇如此。聖人皆存之以見垂統者，貽謀爲先；繼世者，人心爲本。鄭初有叔段，後有子突，皆背公植黨，羽翼成而禍延累世，其爲有國者殷鑒甚遠。今不深惟其旨，概斥爲淫奔，其可乎，其可乎？○一章 狂童猖獗，子大國能惠顧我，則褰裳涉溱水以告子，爲不徒矣。子不我思，大國亦多矣，豈無他人，而獨子乎？今狂童之狂亂已甚，亟救正之可也。○二章 子惠思我，則褰裳涉洧以迎子。子不我思，隣國多矣，豈無他士，而獨子是望乎？狂童交亂，其狂甚矣。○子，指大國君臣。溱、洧，鄭二水名。狂童，指忽。且者，甚之之辭。

《褰裳》二章，章五句。○按：《鄭風》如《蘀兮》《狡童》《褰裳》諸篇，慷慨傷時，而其

〔一〕「于」，原作「干」，諸本同，形近而訛，今改。

言皆似婦人艷語。此所謂「鄭聲好濫淫志」者也。故曰：「《詩》言志，勿以辭害志。如以辭而已。」凡鄭詩，孰不可目爲淫奔乎？《朱傳》所以偏執成誤也。

子之丰叶鳳兮，俟我乎巷叶紅去聲兮，悔予不送兮。○子之昌兮，俟我乎堂兮，悔予不將兮。○衣錦褧景衣，裳錦褧裳。叔兮伯兮，駕予與行叶杭。○裳錦褧裳，衣錦褧衣。叔兮伯兮，駕予與歸。

《古序》曰：「《丰》，刺亂也。」毛公曰：「昏姻之道缺，陽倡而陰不和，男行而女不隨。」○朱子改爲婦人與男子失期，悔而作，非也。蓋昏禮不明，壻親迎而婦不行，後悔而望其復來。女之有二志者，詩人託言刺之。《坊記》云：「壻親迎，見于舅姑，舅姑承女以授壻，恐事之違也。以此坊民，婦猶有不至者。」即指此類。若謂與男子失期，是奔也。豈有奔其人而盛服待車馬者乎？按，《士昏禮》：壻親迎女。登車，姆爲加景，乃驅。景與褧通，加褧衣于禮衣上，避道路風塵也。詩蓋援此禮，諷失禮者。男言容貌，女言服飾，誨淫之意。《葛覃》歸寧，衣澣濯之衣耳。婦人從一，而言叔伯者，不貞之辭，所以爲刺。○一章 子之姿貌，丰然充美。前日來親迎，俟我于門外之巷。悔我未得送子而去也。○二章 子昌然壯盛，前日親迎，俟我于堂。悔我不將子同歸也。○三章 今我行計備矣，衣錦之外，加單衣；裳錦之外，加單裳。服飾整齊。但或叔或伯，以車來駕我，即與之同行耳。○四章 錦裳外

加褧裳，錦衣外加褧衣，服飾既備，俟伯叔車來駕我，與之同歸耳。○丰、昌，皆言容貌之美。褧與景通，明也，即《周禮》所謂素紗蒙于禮服上者。叔、伯，不定其人之辭。

《丰》四章，二章章三句，二章章四句。

東門之墠叶坦，**茹**如**藘**閭**在阪**反。**其室則邇，其人甚遠。○東門之栗，有踐家室。豈不爾思？子不我即。**

《古序》曰：「《東門之墠》，刺亂也。」毛公曰：「男女有不待禮而相奔者也。」○此詩託爲淫女自言。東門，城東門，衆所經行也。墠與壇通，除地曰墠，無防閑之比。茹藘，茜也，賤之轉也，茹藘之言如臚，禽行之比，指淫夫也。阪，山岡，以比阻隔。東門之栗生道旁，人所易探。踐之言淺也，淺家室，易窺也。○一章　城東門有平坦無翳之墠，茹藘之生，乃遠在山阪之上。地本易達，而自生阻隔，豈非室則邇而人自遠邪？○二章　東門有栗，行人皆得取之。況我室家甚淺易窺，豈不爾思？爾不我就耳。

《東門之墠》二章，章四句。

風雨淒淒，雞鳴喈喈叶飢。**既見君子，云胡不夷。○風雨瀟瀟，雞鳴膠膠**交。**既見君子，云胡不瘳**叶療。**○風雨如晦**叶毀，**雞鳴不已。既見君子，云胡不喜。**

《古序》曰：「《風雨》，思君子也。」毛公曰：「亂世則思君子，不改其度焉。」○朱子謂詩辭輕佻狎暱，非思賢之音。改爲淫女風雨時，見所期之人而心悦，非也。夫輕佻狎暱者，鄭之聲也。然其志本思君子，焉得以辭害志？風雨、雞鳴，亂世慘黯景象，以爲心悦，亦不倫。○一章 風雨淒淒然，天氣陰曀，時晷難測。然雞自喈喈長鳴，不失晨午之期。君子生當亂世，不改其度，亦猶此耳。我得見之，則心平矣。○二章 風雨瀟瀟有聲，雞聲膠膠亂鳴。儻得見君子，何憂不瘳乎？○三章 風雨雖晦，雞鳴不已。既見君子，云何不喜乎？

《風雨》三章，章四句。

青青子衿今**，悠悠我心。縱我不往，子寧不嗣音？○青青子佩，悠悠我思。縱我不往，子寧不來**叶離**？○挑兮達**叶忒**兮，在城闕兮。一日不見，如三月兮。**

《古序》曰：「《子衿》，刺學校廢也。」毛公曰：「亂世，則學校不脩焉。」○朱子謂辭意儇薄，施之學校不似，改爲淫奔，非也。若使辭不儇薄，何以爲鄭聲？學子青衿，古今皆然。同學少年，往來嗣音，正朋徒久要之言。如謂語儇薄，鄭詩皆然。若皆斥爲淫，則舉鄭國君臣、師弟、朋友，莫匪淫人，所行莫匪淫事，何以爲國？自男女外，豈遂無詩？而夫子何獨盡取淫人、淫事，以實其所謂「鄭聲淫」之一語？隘且刻矣。淫詩不删，所删又何等詩乎？○一章 衣以青飾衿，學子之服也。昔嘗與子羣居，今者離羣，使我悠悠思之。平生之言，久要不忘。縱我不往，子寧不繼聲以相問乎？

○二章　青青然子佩，離居久矣，使我悠悠思念。縱我不往，子寧不一來乎？○三章　廢學不講，遂縱佚遊，挑然輕侮，達然放肆。閒行登眺，在彼城隅之高闕。學問之道，爲間不用則荒。一日不見，念子如三月矣。○衿，衣領也。嗣音，音問不絕也。佩，佩玉。士佩瓀珉青組。挑達，放浪也。城闕，城樓也。國學在城中。

《子衿》三章，章四句。

揚之水，不流束楚。終鮮上聲兄弟，維予與女汝。無信人之言，人實迋誑女。○揚之水，不流束薪。終鮮兄弟，維予二人。無信人之言，人實不信叶伸。

《古序》曰：「《揚之水》，閔無臣也。」毛公曰：「君子閔忽之無忠臣良士，終以死亡，而作是詩也。」○朱子改爲淫者相謂，非也。爲此詩者，鄭之君子，懷忠良之志，而傷忽之微弱也。《國風》凡三《揚之水》，皆微弱之比：一《王風》，比平王微弱，不能令諸侯也；一《唐風》，比晉昭侯微弱，不能制曲沃也；此篇比鄭昭公微弱，不能制突也。鄭昭公見奪于突，與晉昭侯見奪于沃，其事同，故其比同。莊公之子四人，忽、突、子儀、子亹，皆以兄弟相殘。而忽以伯兄繼世，同父解體，竟死于高渠彌之手。詩所以謂之「終鮮兄弟」，傷忽之無助也。朱子儻謂其真無兄弟，而疑其非忽乎哉？

○一章　清淺輕揚之水，一束之楚，尚不能流。爾之微弱，何以異此？雖有兄弟，竟爲寇讎。唯予與汝，無相欺之意。爾慎無信人之言，人實欺迋汝耳。○二章　揚之水，不能流束薪。爾終鮮兄弟，維予與

汝二人相信而已。爾無信人之言，人實無信心與汝也。○終鮮，竟少也。迋，欺也。予，詩人自謂也。

《揚之水》二章，章六句。

出其東門，有女如雲。雖則如雲，匪我思存。縞杲**衣綦**其**巾，聊樂我員**云**。○出其闉**因**闍**都**，有女如荼。雖則如荼，匪我思且**疽**。縞衣茹藘，聊可與娱**叶虞。

《古序》曰：「《出其東門》，閔亂也。」毛公曰：「公子五争，兵革不息，男女相棄，民人思保其室家焉。」○朱子改爲人見淫奔之女而作，非也。恒情窮則反本，安則思淫。鄭昭、厲之際，干戈不息，人民離散，室家以苟全爲幸。雖有東門之遊女，而無江漢之求思，時使之然也。故夫男女之際，人之至情。世治則懷春之女，誘于吉士；世亂則如雲之女，所思匪存。若使上無教化，則《野有死麕》爲淫奔矣；國無亂離，則《出其東門》爲義士矣。故誦其詩當論其世，未可以其辭而已也。○一章 兵革離散，室家相棄。東門有女，其盛如雲。顧我思慮，何暇及此？亂世苟全性命，縞衣綦巾之妻，聊喜得助我免于孤曠，足矣。○二章 出其闉闍，有女潔白如荼。我思何暇及此？我自有婦，縞素其衣，茹藘其巾，聊得相保，亦足自娱矣。○如雲，容飾盛多也。縞，薄白繒。綦，青黑色。巾，帨屬。員，益也，猶《小雅》「員于爾輻」之員，言内助也。闉，城門外曲城也。闍，城上臺也。荼，茅秀，柔而白也。且，甚辭。茹藘，茜草，可染紅。娱，樂也。

《出其東門》二章，章六句。

野有蔓草，零露漙團，叶轉兮。有美一人，清揚婉兮。邂械逅厚相遇，適我願叶遠兮。

○野有蔓草，零露瀼瀼穰。有美一人，婉如清揚。邂逅相遇，與子偕臧。

《古序》曰：「《野有蔓草》，思遇時也。」毛公曰：「君之澤不下流，民窮於兵革，男女失時，思不期而會焉。」○朱子改爲男女相遇于野田草露之間而作，非也。果爾，邪穢已甚，聖人奚取？則《序》宜與《溱洧》同云「刺亂」，何云「思遇時也」？蓋鄭國多難，兵革不息，室家流離。故詩人借男女邂逅，比君子遇主；蔓草零露，比君澤下流；美一人，比君。《家語》：夫子遇程子，欲贈之，引此詩教子路。豈淫辭而聖人以教人？《春秋傳》：鄭子大叔賦此享趙孟，趙孟曰：「吾子之惠。」豈淫辭而大享賦之，趙孟謝之？必不然矣。○一章　野有蔓生之草，尚被天澤之零，漙然其濕也。今民憔悴，何至不如草！安得有美者一人，目清眉揚，婉然姣好，邂逅相遭，以適我企望之願乎？○二章　野有蔓草，露之零，瀼瀼而多。安得有美一人，婉然清揚，邂逅遭逢？則與子俱臧矣。

《野有蔓草》二章，章六句。

溱與洧偉，方渙渙兮。士與女，方秉蕑姦，叶幹兮。女曰觀叶貫乎？士曰既且疽。且往觀乎？洧之外，洵訏虛且樂洛。維士與女，伊其相謔，贈之以勺芍藥。○溱與洧，瀏留其清矣。士與女，殷其盈矣。女曰觀乎？士曰既且。且往觀乎？洧之外，洵訏且樂。維士與女，

伊其將謔，贈之以勺藥。

《古序》曰：「《溱洧》，刺亂也。」毛公曰：「兵革不息，男女相棄，淫風大行，莫之能救焉。」○朱子改爲淫奔者自敘之辭，非也。蓋詩人暴其事以刺，如《鄘》之《桑中》云爾，詳述士女相謔無羞惡之心，所以爲刺。豈待訶斥而後謂之刺與？○一章 溱、洧二水，莫春冰解涣流。國人士女，采蕑水上。女有挑士者，曰：「盍往觀乎？」士曰：「予既往矣。」女又曰：「且往觀乎？彼洧之外，其地信寬大可樂也。」士從女往相戲謔，贈女以芍藥，致別離之意也。○二章 溱與洧，瀏然深且清矣；士與女，殷然衆且盈矣。女曰：「盍往觀乎？」士曰：「既觀矣。」女又曰：「且往觀乎？洧外之地，寬舒可樂。」士從女相謔，臨別贈之以勺藥。○溱、洧，二水名。涣涣，冰釋貌。秉，執也。蕑，水草，似蘭。鄭俗：三月上巳，水上采蕑草以祓除不祥。訏，大也。勺藥，香草，三月花開，其根可爲藥。一名將離，故以贈別。瀏，深也。殷，衆也。將，當作相。

《溱洧》二章，章十二句。

毛詩原解卷八終

毛詩原解卷九

齊

齊，太公望之封國，古營丘、臨菑之地，今山東濟南府是也。五霸始鄭而齊繼之，故次齊。蓋魯既升爲《頌》，諸侯無先齊者矣。《齊風》多魯事，魯無《風》而于齊可以觀魯。聖人蓋微之也。

雞既鳴矣，朝潮**既盈矣。匪雞則鳴，蒼蠅之聲。○東方明**叶芒**矣，朝既昌矣。匪東方則明，月出之光。○蟲飛薨薨**叶昏**，甘與子同夢**叶門**。會且歸矣，無庶予子憎**叶曾**。**

《古序》曰：「《雞鳴》，思賢妃也。」毛公曰：「哀公荒淫怠慢，故陳賢妃貞女，夙夜警戒相成之道焉。」○朱子即以爲賢妃之辭，非也。齊自太公五傳，而哀公荒淫，紀侯譖于周懿王，殺而烹之。故齊《變風》自此始，思古以刺今也。○一章 人君辨色視朝。雞鳴，則夫人鳴玉佩于房中，告君曰：「雞鳴矣，會朝諸臣盈矣。」其實雞尚未鳴，乃蒼蠅之聲，夫人心切而誤聽耳。○二章 既又告曰：「東方明矣，會朝之臣既盛矣。」其實東方尚未明，乃月出之光，夫人心切而誤視耳。○三章 既又告曰：「天將旦矣，百蟲飛聲薨薨矣，豈不樂與子寢而同夢？但朝會諸臣俟君久且歸矣。無以我之故，多與子以憎惡也。」古賢妃如此，今何獨不然？

《雞鳴》三章，章四句。

子之還旋兮，遭我乎峱鐃之閒叶虔兮。並驅從兩肩兮，揖我謂我儇喧兮。○子之茂叶卯兮，遭我乎峱之道上聲兮。並驅從兩牡兮，揖我謂我好叶吼兮。○子之昌兮，遭我乎峱之陽兮。並驅從兩狼兮，揖我謂我臧兮。

《古序》曰：「《還》，刺荒也。」毛公曰：「哀公好田獵，從禽獸而無厭，國人化之，遂成風俗。習于田獵，謂之賢；閑于馳逐，謂之好焉。」○朱子改爲獵者交錯于道路，相稱譽之辭，非也。蓋詩人述民間尚勇好勝之習，見化之所從來耳。時雖霸業未興，而功利誇詐，已有其漸矣。○一章 子之周還便捷，可謂儇利已。遇我乎峱山之閒，並駕追兩豜。子尚揖讓我，而謂我爲儇利，豈子猶謂未儇邪？○二章 子之茂然美盛，可謂好已。遇我于峱山之道，並逐兩牡。反揖我而謂我爲好，豈我尤好于子邪？○三章 以子之昌然壯大，可謂臧已。遇我于峱山之陽，並逐兩狼。揖我謂我爲臧，然則我與子偕臧邪？○還，便捷貌。峱，山名。肩與豜通，三歲獸也。儇，利巧也。

《還》三章，章四句。

俟我於著宁乎而，充耳以素乎而，尚之以瓊華叶敷乎而。○俟我於庭乎而，充耳以青乎而，尚之以瓊瑩乎而。○俟我於堂乎而，充耳以黃乎而，尚之以瓊英叶央乎而。

《古序》曰：「《著》，刺時也。」毛公曰：「時不親迎也。」〇禮：惟天子不親迎，諸侯冕而親迎，下可知也。壻往婦家奠鴈，受女出，升車御輪，乃先歸，俟于大門外。婦至，揖以入。齊俗：壻不親迎，但俟婦于其家，故詩人託爲新婦言，以刺廢禮。而隱約不露，以俟之一字寓意。苟無《序》，不知其所謂矣。〇一章 君子待我于門内之宁，我始得見之。其冠旁充耳，懸瑱之紞膽，以素絲爲之。紞末加瓊華之美石，以爲瑱焉。〇二章 再進及庭，又俟我于庭。其充耳以青絲爲紞，尚之以瓊瑩焉。〇三章 再進及堂，又俟我于堂。其充耳以黄絲爲紞，尚之以瓊英焉。盛衣冠而不親迎，亦廢禮矣。〇門内屏外曰著，與宁通，宁立之處也。俟于宁，于庭，于堂，未至婦家也。堂前曰庭。冠傍懸瑱之繩曰紞，紞下懸玉石曰瑱。尚，加也。瓊，美玉也。瑩、華、英，皆言石之光華瑩美，似瓊也。

《著》三章，章三句。

東方之日兮，彼姝樞者子。在我室兮，在我室兮，履我即兮。〇東方之月兮，彼姝者子。在我闥獺兮，在我闥兮，履我發兮。

《古序》曰：「《東方之日》，刺衰也。」毛公曰：「君臣失道，男女淫奔，不能以禮化也。」〇朱子改爲男女淫奔自作，非也。東方，君方也。日月，比君臣也。男女晨昏私奔，君臣政教不立，不能明微格姦，防之以禮，所以爲衰。呼日月，詩人矢志之辭。彼姝者子，指淫女也。在我室，爲淫夫自言，以發其暗昧之私也。履，禮也。男女各有正禮，女求男，賤也。稱履，所以賤之。

○一章 東方之日，照臨下土。暗室之中，日監在茲。今彼美之女，來在我室，禮我而求即，獨不畏此日邪？○二章 東方之月，鑒茲幽獨。彼美之女，來在我門。禮我求發，雖暮夜無知者，獨不畏此月邪？○子，指淫婦。我，指淫夫。履、禮通。即，就也。闥，門也。發，開也。

《東方之日》二章，章五句。

東方未明叶芒，**顛倒衣裳。顛之倒**導**之，自公召**趙**之。○東方未晞，顛倒裳衣。倒之顛**叶定**之，自公令之。○折**哲**柳樊圃**叶布，**狂夫瞿瞿**句。**不能晨夜**叶遇，**不夙則莫**暮。

《古序》曰：「《東方未明》，刺無節也。」毛公曰：「朝廷興居無節，號令不時，挈結壺氏不能掌其職焉。」○東方，比君也。未明，比君昏也。顛倒衣裳，比政令錯亂也。不必真有未明徵召之事，比其君興居無節，號令不時耳。折柳樊圃，比朝政不如農圃應節識時也。興居號令，非晨夜者所得司。無所歸咎，不敢斥君，而求諸挈壺氏，猶所謂「敢告僕夫」云爾也。○一章 辨色視朝，有常期也。今東方未明，急起而顛倒其衣裳，亦既早矣。方顛倒衣裳之時，已有自公所來召者，君興尤早矣。○二章 東方未晞，顛倒其裳衣，已爲亟矣。時有自公所傳令者，猶以爲晚耳。○三章 折彼柔脆之柳，以樊蔬菜之圃，其限易踰也。然雖狂暴之夫，猶瞿瞿驚顧，不敢越，況晝夜之限甚明？爲挈壺者，不能晨夜，非失之早，則失之暮乎！○顛倒衣裳，急遽錯亂也。樊，藩也。晨，時也。時夜，猶司夜，如掌門之謂晨門也。

《東方未明》三章，章四句。

南山崔崔，雄狐綏綏雖。魯道有蕩，齊子由歸。既曰歸止，曷又懷叶灰止？○葛屨句五兩，冠緌芮平聲雙叶松止。魯道有蕩，齊子庸止。既曰庸止，曷又從止？○蓺麻如之何？衡横從宗其畝。取娶妻如之何？必告父母。既曰告叶谷止，曷又鞠菊止？○析薪如之何？匪斧不克。取娶妻如之何？匪媒不得。既曰得止，曷又極止。

《古序》曰：「《南山》，刺襄公也。」毛公曰：「鳥獸之行，淫乎其妹。大夫遇是惡，作詩而去之。」○魯桓公夫人文姜，齊襄公之女弟也。未嫁，而襄公私之；既嫁，與桓公俱如齊，襄公使人殺桓公于車中。事見《春秋傳》。此詩，齊大夫刺襄公也。南山雄狐，比居高而行禽，猶《衛風》之雄雉也。亟稱魯道者，閫外通闑，行人共見也。亟稱齊女者，明其非齊婦也。冠、屨，以比有別；五兩、雙緌，以比亂倫。首足同體，而冠、屨異匹，以比同父，非配偶也。屨兩而用五，比襄公有婦而亂倫；冠一而緌雙，比文姜未嫁而有偶。葛以比其薄。俗云「種麻夫妻同，則易生」，以比娶妻。斧析薪，有判合之義，以比媒妁也。○一章 南山崔巍，有雄狐于上，綏然垂尾。居高位而邪淫，何以異此？由齊適魯，道路蕩平，人皆見齊女由此歸魯矣，曷得又懷思之？○二章 以葛爲屨，至涼薄也。屨本兩，而五兩，則亂爲奇；冠惟一，而緌雙，則混爲偶。同父亂匹，亦猶此也。魯道蕩平，人皆知齊女用此道歸魯矣，曷又相從與亂乎？○三章 樹麻者，衡之縱之，熟耕其田，然後得麻。取妻者，六禮全備，告于父母，

然後得娶。今既得娶矣，何不防閑，而使之窮其欲乎？○四章 析薪者，離同爲異，非斧則不克；娶妻者，聯異爲同，非媒何由得。今既由媒得齊子矣，何又使之極其惡乎？○禮：夏葛屨，冬皮屨。複下曰舄，襌丹下曰屨。緌，冠纓之餘而垂者。麻，枲也。衡、横通，俗謂「種麻之田，縱横耕七遍以上，則麻生無葉」。鞠，窮也。析薪者，離其根本，猶女嫁離其父母。《喪服傳》云：「夫妻，牉合也。」故《詩》多以析薪比。

《南山》四章，章六句。

無田甸甫田，維莠酉驕驕。無思遠人，勞心忉忉刀。○無田甫田，維莠桀桀。無思遠人，勞心怛怛叶迭。○婉兮孌煖，叶亂兮，總角丱貫兮。未幾見兮，突而弁變兮。

《古序》曰：「《甫田》，大夫刺襄公也。」毛公曰：「無禮義而求大功，不脩德而求諸侯。志大心勞，所以求者非其道也。」○朱子改爲戒時人厭小務大，忽近圖遠，是泛無所指也。夫《風》未有無指者。無指，何以别其爲各國乎？又曰：未見其爲刺襄公。夫襄公無禮義，求大功，事見《春秋傳》。即位之四年，師于首止，殺鄭子亹，轘高渠彌。五年，遷紀。八年，滅紀。九年，伐衛，納惠公。十二年，降郕。是年冬，遂遇弑。此其求大功與諸侯之實也。何謂未見？末章指淫妹之事，正未冠笄之時。突弁，指爲君以後。國君皮弁服。犬自穴出曰突。突而弁，比衣冠而禽獸也。莠，醜也，草名，一名狗尾。與「雄狐」「盧令」，皆匪人之比。甚矣，詩人之惡淫也！○一章 農有餘力，然

後可甸大田。不然，莠草盛矣。地邇可致，乃思其人。不然，憂勞無益也。○二章 無甸大田，甸而不治，則莠桀然長矣。無思遠人，思而不至，則心徒勞矣。○三章 童子婉孌幼小，總髮爲角，其狀丱然。曾相見未幾，而突然戴弁。强作成人，蒙養未端，可爲成人乎？○無田，猶無甸，治田曰甸。甫，大也。忉忉，勞心貌。丱，總角貌，字象形，即《柏舟》所謂「兩髦」也。突，忽出貌。弁，冠之大者。

《甫田》三章，章四句。

盧令令平聲**，其人美且仁。○盧重環**叶懸**，其人美且鬈**拳**。○盧重鋂**梅**，其人美且偲**題**。**

《古序》曰：「《盧令》，刺荒也。」毛公曰：「襄公好田獵畢弋，而不脩民事，百姓苦之。故陳古以風焉。」○朱子改謂獵者相譽之詩，非也。齊襄公内荒于色，外荒于禽，詩人託田犬爲刺，猶「雄狐」之義，人類而行禽也。或疑不當以禽獸刺君。夫鳥獸草木，詩所取材，非獨刺也。雖《關雎》《鵲巢》《羔羊》《鹿鳴》，美亦用之，所謂「譎諫無罪」，正以此。美且仁，美其有人之德。人者，仁也。美，好也。鬢好曰鬈，鬚好曰偲。美其有人之貌也。有人之德，則無愧于人之貌。無德而有其貌，走狗而已。○一章 古之獵者，其盧犬頷下有環，其聲令令然。牽犬之人，貌美好而德且仁。人好，故犬亦好。今犬則犬，而人非也。○二章 盧犬頷下有重環，牽犬之人，其貌美好，其鬢毛鬈然，有丈夫之表也。○三章 盧犬頷下，有一環貫二之重鋂。其人貌美好，且偲然多鬚，有壯士之容也。○盧，田犬也。令令，環聲。鋂，一環貫二也。偲、䰐通，頰毛也，即《春秋傳》「于思」之「思」。

《盧令》三章，章二句。

敝笱在梁，其魚魴鰥叶昆。**齊子歸止，其從如雲。○敝笱在梁，其魚魴鱮**徐上聲。**齊子歸止，其從如雨。○敝笱在梁，其魚唯唯**偉。**齊子歸止，其從如水。**

《古序》曰：「《敝笱》，刺文姜也。」毛公曰：「齊人惡魯桓公微弱，不能防閑文姜，使至淫亂，爲二國患焉。」○此詩作于桓公遇害之後，故曰「爲二國患」。朱子改謂刺魯莊公，非也。莊公于文姜則子耳，桓公其夫也。夫爲妻綱，如笱可制魚。子之於母，猶曰弗克；夫不能制其妻，則同敝笱矣。故《敝笱》刺夫，而《猗嗟》以刺子，《序》説各有當也。笱，狗也。魴，防也。魚目不寐曰鰥，故無妻不寐者亦曰鰥。鱮，一名鱅，首大身小，魚之懦者。唯唯，慫慂之稱。笱之制魚，可入不可出，敝則魚出矣，以比帷簿不脩。水族多淫，淫義生于水，如雲如雨如水，皆比淫也。○一章　笱所以制魚，既敝，則魴鰥之魚，出入自由。齊子無所防閑，故其歸齊，從者如雲之多也。○二章　敝笱在梁，其魚魴鱮，笱不能制也。故齊子歸齊，其從者如雨之多焉。○三章　敝笱在梁，其魚唯唯，相隨而行，得自由也。故齊子歸齊，從者如水之流焉。○敝，壞也。梁，積石障水，以取魚者也。

《敝笱》三章，章四句。

載驅薄薄剥，**簟茀朱鞹**各。**魯道有蕩，齊子發夕**叶削。**○四驪濟濟**上聲，**垂轡瀰瀰。魯**

道有蕩，齊子豈弟上聲。○汶問水湯湯，行人彭彭邦。魯道有蕩，齊子翺翔。○汶水滔滔，行人儦儦標。魯道有蕩，齊子遊敖。

《古序》曰：「《載驅》，齊人刺襄公也。」毛公曰：「無禮義，故盛其車服，疾驅於通道大都，與文姜淫，播其惡於萬民焉。」○朱子改爲刺文姜乘此車，來會襄公。蓋據詩中稱齊子，不及襄公。而稱齊子者，明文姜本齊女耳。國君而會婦人，所以爲刺。此魯桓公死後，《春秋》書會禚灼、會祝丘之類。君夫人車翟茀，此云「簟茀」，則襄公之車會文姜者甚明。亟言「魯道」「行人」，諷其無羞惡之心也。○一章 乘車疾驅，薄薄有聲。竹簟爲車蔽，朱革爲車飾。君乘此焉往？魯國道路蕩平，齊子啓行出宿，往會之也。○二章 四馬皆黑色，濟濟其美；馭馬之轡，瀰瀰其垂。魯道蕩平，齊子來會，豈弟以相樂也。○三章 二國往來，道由汶上。汶水湯湯其盛，行人彭彭其多。魯道有蕩，齊子從容翺翔，得無人共見邪？○四章 汶水滔滔其流，行人儦儦其衆。魯道有蕩，齊子遊遨，不愧于人邪？○載，始也，始自齊啓行也。薄薄，車疾行聲。簟，竹簟。茀，車上障蔽也。鞹，皮去毛者。朱色之鞹鞔，飾其車以爲固也。魯道，適魯之路。汶水，在齊南魯北竟上。儦儦，行人往來貌。

《載驅》四章，章四句。

猗伊嗟昌兮，頎祈而長兮。抑若揚兮，美目揚兮。巧趨蹌鎗兮，射則臧兮。○猗嗟名兮，美目清兮。儀既成兮，終日射石侯。不出正叶征兮，展我甥兮。○猗嗟孌煖兮，清揚婉兮。

舞則選兮，射則貫兮。四矢反兮，以禦亂兮。

《古序》曰：「《猗嗟》，刺魯莊公也。」毛公曰：「齊人傷魯莊公有威儀技藝，然而不能以禮防閑其母，失子之道，人以爲齊侯之子焉。」〇此詩刺魯莊公，故辭較《敝笱》婉，所以爲母及子也。妻淫而責夫，其言易直；母亂而責子，其語難顯。《詩》所以善言也，每章「猗嗟」發嘆，歷數莊公之美，而其所不足自見。人以爲齊侯子者，《春秋》之義也。當時疑莊公非桓公子，《春秋》特書所生年月日，以折羣議。故此詩亦云「展我甥」，明其非我子也，亦微諷之辭。〇一章　猗嗟惜乎，其昌而盛也！觀其體貌，頎然脩長；觀其舉止，抑揚中節。其目之美，揚起而清明。又巧于趨而蹌然，又習于射而臧善也。〇二章　猗嗟惜乎，無一不可名者！其目美而分明，其儀成而齊備。終日射侯，發不失正。誠哉，無忝于我齊之甥也！〇三章　猗嗟乎，其孌好也！眉目清揚而婉然，舞則精而可選，射則中而貫革。每發四矢，皆復中其故處，足以制敵而禦亂也。〇抑若揚，猶言「謙尊而光」，退讓以明禮也。行張足曰趨。禮有徐趨、疾趨，爲之有巧拙。蹌，巧趨貌。《論語》云「趨翼如」，所謂巧趨也。《曲禮》云：「士蹌蹌。」侯，射垛也。正，侯心也。姊妹之子曰甥。反，復也，矢皆復中其故處也。

《猗嗟》三章，章六句。

毛詩原解卷九終

毛詩原解卷十

魏

魏，國名，在《禹貢》冀州，舜、禹之故都也，今山西平陽府解州等地是。南枕河曲，北涉汾水，首山當其北，土隘民貧俗儉。周初以封同姓，未詳所始。後爲晉獻公所滅，以其地賜大夫畢萬，晉始有魏氏。魏、唐之于晉，猶邶、鄘之于衛，其實皆晉風也。五霸晉繼齊，故《魏風》次《齊》。

糾糾九葛屨句，可以履霜。摻摻纖女手，可以縫裳。要夭之襋棘之，好人服叶逼之。

○好人提提，宛然左辟避。佩其象揥替，維是褊心，是以爲刺叶砌。

《古序》曰：「《葛屨》，刺褊也。」毛公曰：「魏地陿隘，其民機巧趨利，其君儉嗇褊急，而無德以將之。」○敦厚崇禮者，下之美俗；從容博大者，君之美行。魏地陿隘，故其民機巧趨利，而俗鮮禮；其君儉嗇褊急，而德不弘。然下之風俗，由于上之表率。君無寬綽之度，則民有纖嗇之風。故詩專刺褊心，《序》說甚明。朱子改爲縫裳之女自作，固矣。○一章　禮：夏葛屨，冬皮屨。葛屨非禦寒之具，況既敝而繚纏之，猶謂可以踐霜。禮：女嫁三月廟見，始執婦工。今未嫁之女，其手摻細，

謂可縫裳，以取傭資。其民俗趨利類此。裳成然後要，衣成然後襋。今縫裳即欲要之，縫衣即欲襋之，貴人即欲服之，其君德褊急類此。○二章 摶節者多退讓。彼貴人容止，提提然安舒，與人婉然謙恭，以右讓人，而自避居左。佩象骨之搔首，容飾非不可觀也。維此褊急之心，所以爲刺耳。○糾糾，繚纏之貌。摻摻，猶纖纖，女手好貌。要，裳腰。襋，衣領。好人，猶言貴人，指其君也。提提，安舒也。象揥，解見《君子偕老》篇。

《葛屨》二章，一章六句，一章五句。

彼汾焚沮苴去聲洳孺，言采其莫暮。彼其記之子，美無度。美無度，殊異乎公路。○彼汾一方，言采其桑。彼其之子，美如英叶央。美如英，殊異乎公行叶杭。○彼汾一曲，言采其藚續。彼其之子，美如玉。美如玉，殊異乎公族。

《古序》曰：「《汾沮洳》，刺儉也。」毛公曰：「其君儉以能勤，刺不得禮也。」○勤儉，美節也。爲人君者，不曠天工以爲勤，不奪民財以爲儉，非勞手足，茹蔬菜之謂。人主而親細民之事爲勤儉，則有并耕而治，數米而炊，如沮洳采莫之爲者矣。沮洳，泥塗也。沾汙手足，以求蔬菜，非大人之事。居上纖嗇，其狀類此，不必真有采莫、采桑之行，亦不必即是公路、公行之官。朱子改爲刺儉不中禮則是，而謂刺公路、公行則拘矣。○一章 汾水下濕，有莫生焉，采以爲蔬。彼其之子，勤儉如此，其德美

無度量。雖美無度量，而采莫事細，絕不似公路之貴人。公路不似，而況其上焉者乎？○二章 彼汾一方，有桑生焉，往采其桑，將以飼蠶也。彼其之子，勤儉如此，其德美如英華，但不似公行之貴人耳。○三章 彼汾水曲隈，有藚生焉，往采其藚，將以療饑也。彼其之子，勤儉如此，其德美如玉，但不似公族之貴人耳。○汾，水名，出太原晉陽山，西南入河。沮洳，水邊下濕之地。莫，葉似柳，有毛刺，可以爲羹。無度，無限量也。殊，絕也。公路，掌公之路車。公行，掌兵車之行列。公族，掌公之宗族。皆晉官，爵大夫。不敢斥君，而但指大夫以諷也。一方，猶一處也。一曲，水隈也。藚，一名澤舄，《本草》云「久食不飢」。

《汾沮洳》三章，章六句。

園有桃，其實之殽。心之憂矣，我歌且謠。不知我者，謂我士也驕。彼人是哉叶費，子曰何其叶基？心之憂矣，其誰知之？其誰知之，蓋亦勿思。○園有棘，其實之食。心之憂矣，聊以行國叶亦。不知我者，謂我士也罔極。彼人是哉，子曰何其？心之憂矣，其誰知之？其誰知之，蓋亦勿思。

《古序》曰：「《園有桃》，刺時也。」毛公曰：「大夫憂其君，國小而迫，而儉以嗇，不能用其民，而無德教，日以侵削。故作是詩也。」○此詩之意，謂國勢褊小，而大國侵陵，使其君勿見小自利，

恢弘政教，鼓舞其民而用之，猶可自立。乃硜硜自守，屯膏惜費，以爲處貧寡當然。斗筲之見，何足與議大計乎？故以桃棘比。《家語》：「孔子云：果屬有六，而桃爲下。棘似棗而小，叢生。」孟子云：「養其樲棘，則爲賤場師。」二物皆果實之賤者，生于園，其實幾何。今欲以桃當肉，以棘當穀，則數米而炊之道也。以此用民，望其恢廓，難矣。詩人所以深憂也。○一章 園中有桃，欲以其實充肉爲殽。儉嗇如此，安望能光大其國家乎？我心憂鬱，歌謡自舒。不知我者，乃曰此士矜驕。則豈食桃之人，所爲是哉？而子言我驕，何也！我心所憂，人無知者。不知由于不思，思之即知矣。○二章 園有棘，以其實充食。鄙吝如此，我憂無聊，出行于國。不知我者，曰此士遊蕩無極。豈彼食棘者，所爲是哉？子言我罔極，何也！我心之憂，誰知之？人未思耳，思之亦憂矣。○合曲曰歌，徒歌曰謡。彼人，指魏君臣。子，指謂我驕者。行國，散步城中也。

《園有桃》二章，章十二句。○以上三詩，《朱傳》皆以首二句爲興。然所刺之故，即在其中，若以興爲無義，則三詩皆未言儉嗇，以何爲刺？他可類推。

陟彼岵户兮，瞻望父兮。父曰：「嗟，予子行役，夙夜無已。上慎旃哉！猶來無止。」

○陟彼屺起兮，瞻望母兮。母曰：「嗟，予季行役，夙夜無寐。上慎旃哉！猶來無棄。」

○陟彼岡兮，瞻望兄叶香兮。兄曰：「嗟，予弟行役，夙夜必偕叶己。上慎旃哉！猶來無死。」

《古序》曰：「《陟岵》，孝子行役，思念父母也。」毛公曰：「國迫而數侵削，役乎大國，父母兄弟離散，而作是詩也。」○朱子改爲孝子行役，不忘其親，是矣。謂登山望父母自言，非也。岵山多草木，以比生我；屺無草木，以比鞠我；岡，領也，以比長我。征夫何暇登臨？孝子思親，何待升眺？託言以寓望鄉之情耳。○一章 陟彼岵山，瞻望吾父。憶行時，父戒曰：嗟，我子，此行早夜無怠。其上役也，慎之哉！爾去猶望爾來，無止于彼不來也。○二章 陟彼屺山，瞻望吾母。思母戒我曰：嗟，予季，此行早夜無寐。其上役，慎之哉！季往猶望季歸，無棄于彼而不歸也。○三章 陟彼山岡，瞻望予兄。兄戒我曰：嗟，予弟，夙夜同衆趨事。上役慎之哉！弟往猶望弟還，無遂死而不還也。○山多草木曰岵，山無草木曰屺。山脊曰岡。上，以下供上役也。《七月》云：「上入執宮功。」旃，之也。季，少子。

《陟岵》三章，章六句。

十畝之間兮，桑者閑閑兮，行與子還旋兮。○十畝之外叶謂兮，桑者泄泄異兮，行與子逝兮。

《古序》曰：「《十畝之間》，刺時也。」毛公曰：「言其國削，小民無所居焉。」○魏地迫隘，其君褊急，其民纖嗇，加以大國侵削，閭里蕭條，民間愁居迫處，覺生理日蹙。故詩人託采桑無所以刺之。朱子改爲賢者不樂仕而歸農圃，其辭疑似。然淺深厚薄之味，相違遠矣。讀者自別。○一章 郊野之地，

不過十畝。地陋人稠，采桑者無所得葉。閑閑然空歸，呼其同伴，相與還家而已。○二章 郊野之外，地僅十畝。采桑者泄泄然閒行，呼其同伴，相與他往而已。○十畝，甚言其偪側。古者一夫授田百畝，魏地隘，不足耕墾也。

《十畝之間》二章，章三句。

坎坎伐檀兮，寘之河之干兮，河水清且漣猗。不稼不穡，胡取禾三百廛兮？不狩不獵，胡瞻爾庭有縣玄貆暄兮？彼君子兮，不素餐參兮。○坎坎伐輻叶必兮，寘之河之側叶積兮，河水清且直猗。不稼不穡，胡取禾三百億亦兮？不狩不獵，胡瞻爾庭有縣特兮？彼君子兮，不素食兮。○坎坎伐輪兮，寘之河之漘純兮，河水清且淪猗。不稼不穡，胡取禾三百囷叶登兮？不狩不獵，胡瞻爾庭有縣鶉純兮？彼君子兮，不素飧孫兮。

《古序》曰：「《伐檀》，刺貪也。」毛公曰：「在位貪鄙，無功而受祿，君子不得進仕爾。」○朱子改爲美君子之不素餐，非也。所謂不稼穡而取禾，不狩獵而縣貆，此正無功受祿之比。嘆君子之不素餐者，乃所以刺小人。取禾廛，庭縣貆，皆小人貪鄙之象，亦不似美君子之辭。○一章 檀木堅忍，車之美材也。坎坎然用力伐之，將以爲車。而河上非行車之所，寘此檀于水涯，無所用之，徒見河水清漣成文耳。君子任重困窮，而在位者不親稼穡，胡斂民三百之廛？不習狩獵，胡庭縣貉貆

之肉？是無功而素餐也。若伐檀君子效用，豈素餐者哉！〇二章 坎坎然伐木爲車輻，寘之河側。水清波直，有輻無用也。君子既不得志，而在位者不農有禾，不田有肉，豈非素食乎？苟伐輻君子得用，真不肯素食者矣。〇三章 坎坎然伐木爲輪，寘之河漘。水清成淪，安所用之？君子既不得志，而在位者不耕有囷，不獵有鶉，豈非素飧乎？彼伐輪君子見用，真不素飧者矣。〇檀木堅，宜爲車。寘與置同。漣，風行水成文也。猗與兮同。種之曰稼，斂之曰穡。廛，謂一夫百畝之税。三百，言多也。冬田曰狩。獵、躐通，追獸也。貉鶴子曰貆。縣、懸同，繫也。素，猶空也。餐，吞食也。輻，車輪中直木也。直，波流直也。十萬曰億。獸三歲曰特。淪，波文也。囷，圓倉也。飧，熟食也。

《伐檀》三章，章九句。

碩鼠碩鼠，無食我黍。三歲貫慣女汝，莫我肯顧叶古。逝將去女，適彼樂洛土。樂土樂土，爰得我所。〇碩鼠碩鼠，無食我麥。三歲貫女，莫我肯德。逝將去女，適彼樂國。樂國樂國，爰得我直叶折。〇碩鼠碩鼠，無食我苗叶毛。三歲貫女，莫我肯勞。逝將去女，適彼樂郊。樂郊樂郊，誰之永號平聲？

《古序》曰：「《碩鼠》，刺重斂也。」毛公曰：「國人刺其君重斂蠶食於民，不脩其政，貪而畏人，若大鼠也。」〇朱子改爲民困於貪殘之政，託言大鼠害己而去之，非也。詩人託民言爲刺耳，非即

其民自作也。○一章　大鼠大鼠，汝貪而無厭，勿更食我黍。三歲與汝習，汝無眷顧之意。今往去汝，適彼安樂之土。彼土緩征薄税，樂哉我其得所矣。○二章　大鼠大鼠，汝勿食我麥。三歲習汝，無德與我。今往去汝，適彼樂國。彼國樂哉，我得自遂矣。○三章　碩鼠無食我苗，三歲習汝，莫肯慰勞。今往去汝，適彼樂郊。彼郊樂哉，復爲誰而長號也！○周禮：三年大比民數，改定版籍。此時聽民遷徙，故云「三歲去汝」。重言「樂土」，歆羡之辭。直，遂生也。

《碩鼠》三章，章八句。

毛詩原解卷十終

毛詩原解卷十一

唐

唐，國名，本堯舊都，在《禹貢》冀州之域，大行恒山之西。周成王以封其弟叔虞，爲唐侯，因陶唐故地得名。南有晉水，其子燮因改國號晉，即今山西平陽府絳州。是稱唐，從始封也。

蟋蟀在堂，歲聿其莫慕。今我不樂，日月其除叶宁。無已太康，職思其居叶據。好樂無荒，良士瞿瞿句。○蟋蟀在堂，歲聿其逝叶晒。今我不樂，日月其邁。無已太康，職思其外。好樂無荒，良士蹶蹶叶怪。○蟋蟀在堂，役車其休。今我不樂，日月其慆叶丢。無已太康，職思其憂。好樂無荒，良士休休。

《古序》曰：「《蟋蟀》，刺晉僖公也。」毛公曰：「儉不中禮，故作是詩以閔之，欲其及時以禮自虞樂也。此晉也，而謂之唐，本其風俗憂深思遠，儉而用禮，乃有堯之遺風焉。」○按：國奢，濟之以儉；國儉，濟之以禮。晉自僖公之世，俗尚固陋，儉不中禮，以蟋蟀比，諷其終歲廢禮也。蟋蟀十月在堂，周以十一月爲歲首，十月歲畢，是大蜡之時。終歲禮樂，不止十月，而歲暮猶寥寥，則

禮壞樂崩矣。是詩不必即作于十月。一歲之中，朝廷有食饗，宗廟有獻酬，邦國有賓興，鄉有射，里有社，食以時，用以禮，烏可以無財廢禮，當時而廢樂也？禮樂，先王所以和上下，調人情。勞身焦思，以天下爲桎梏，是墨道也。故詩人借爲樂以廣其儉，即致太康之戒，所謂禮減而能進，樂盈而能反，中和之道，忠臣弼諧之語。里巷歌曲，焉得有此？朱子改爲民間歲晚行樂，謂刺僖公無據。夫民間行樂，無關於政教，則亦不足以爲《風》。列國《變風》所始，其來舊矣。孟子云：「王者迹熄而詩亡。」《國風》多幽、厲以前之作，其《變風》不始于各國中衰之諸侯，而誰始乎？今盡斥爲無據，不知又何所據也？

○一章 蟋蟀在堂，時維十月，歲遂暮矣。今我不樂，日月去矣。但不可過於求安，當思其職業所居，樂不廢事，則可謂良士瞿瞿然遠慮者矣。○二章 蟋蟀在堂，歲遂往矣。今我不樂，日月邁矣。但勿太安，思及職業外，好樂不至荒廢，則可謂良士蹶蹶然勤勵者矣。○三章 蟋蟀在堂，任載之役，車休息矣。今我不樂，日月慆然往矣。但勿太康，思職事可憂，不至于荒，斯爲良士，獲安靖之休矣。○蟋蟀，蟲名，似蝗而小，色黑，一名促織，九月在堂，天氣寒而依人也。聿，遂也。歲莫，十月，農工甫畢也。職，業也。瞿瞿，却顧貌。外，意外也。蹶蹶，動而敏事也。役車，任載之車。慆、滔通，不反也。

《蟋蟀》三章，章八句。

山有樞樗，隰有榆。子有衣裳，弗曳弗婁閭。子有車馬，弗馳弗驅。宛苑其死矣，他人是愉。

○山有栲叶口，隰有杻肘。子有廷內，弗洒弗埽叶叟。子有鐘鼓，弗鼓弗考叶苟。宛其死矣，

他人是保叶剖。○山有漆，隰有栗。子有酒食，何不日鼓瑟？且以喜樂叶力，且以永日。宛其死矣，他人入室。

《古序》曰：「《山有樞》，刺晉昭公也。」毛公曰：「不能脩道以正其國，有財不能用，有鐘鼓不能以自樂，有朝廷不能洒掃，政荒民散，將以危亡。四鄰謀取其國家而不知，國人作詩以刺之也。」○朱子改爲答前篇之意而解其憂，非也。蓋是時，桓叔伐晉之謀已成，昭公齷齪自守，所謂亡國之日迫以促。詩人爲放歌以諷之，辭若舒而情實慘，氣象危迫，如朝露然。以爲解《蟋蟀》之憂，豈不迂乎？又謂此詩辭非臣子所施于君父。夫《風》之作，不知所起也。作者隱其端，而聞者忘其譎，故曰「言之者無罪」。若論臣子施于君父，何但辭不可倨，即刺又豈可者？蓋人有性情，則不能無好惡；有好惡，則不能無美刺；有美刺，則其辭自不得不爾。既不陳作者之名，又不擿君父之過，若爲同儕自語，影響比設，何爲不可？故有雄狐、碩鼠、田盧之譬而非詈，有狡童、狂且、爾汝之呼而非侮，況云「子有宛死」，何嫌之有？必如朱說，欲明忠厚之義，反開世主惡謗之端，則詩人之志幾乎窮矣。

○一章 山有樞，隰有榆。有其材者貴能用，今子有衣裳而不曳婁，有車馬而不馳驅，宛然坐見其死，他人取以爲樂矣。○二章 山有栲，隰有杻。有材而不用，有庭内而不洒掃，有鐘鼓而不鼓考，宛然坐見其死，他人保有之矣。○三章 山有漆，隰有栗。子有酒食，何不鼓瑟，以喜樂延引此日？一旦宛然死，而他人入室矣。○樞，木如榆，有刺，葉可爲茹。榆種十餘，葉皆相似，而皮理異，榆其總名，

白者曰枌。曳，披拂也。婁，亦曳也。走馬曰馳，策馬曰驅。宛，坐見貌。栲，櫟屬。杻，檍也，木多曲少直，可爲弓幹。葉似杏而尖，二月花開，細蘂正白，枝葉茂好。一名萬歲。故官園多種之。考，擊也。永日，延日也。

《山有樞》三章，章八句。

揚之水，白石鑿鑿作。**素衣朱襮**愽，**從子于沃**叶噩。**既見君子，云何不樂**洛？○**揚之水，白石皓皓。素衣朱繡**叶肖，**從子于鵠**叶號。**既見君子，云何其憂**叶要？○**揚之水，白石粼粼。我聞有命，不敢以告人。**

《古序》曰：「《揚之水》，刺晉昭公也。」毛公曰：「昭公分國以封沃。沃盛强，昭公微弱，國人將叛而歸沃焉。」○按：晉昭侯分曲沃之地，以封其叔父成師，是爲桓叔。桓叔彊，而潘父弑昭公，謀納之，不克。晉、沃交攻。再傳沃莊伯，至武公，遂併晉。事見《春秋傳》。此託爲國人從沃之辭，刺昭公之失民也。朱子改爲叛者自作。豈有民叛其主，既云「不敢告人」，又作詩以自明者乎？有國家者，使其民從敵以爲樂，且爲之隱，國欲不亡得乎？自古亡國，民心貳，而後敵人乘之。段之叛鄭也，國人先美之；突之逐忽也，國人先去之；沃之叛晉也，國人先從之。詩皆以爲刺，而聖人皆存之，所以爲萬世長民者戒遠矣。○一章 悠揚之水，其流清淺，中有白石鑿鑿鮮明，水弱而石壯也。晉弱沃强，

何以異此？今將以素絲爲衣，以朱爲領，從爾往沃，以見君子，云何不樂乎？○二章 揚之水，白石皓皓，水微而石顯也。今將以素衣朱繡，從子往鵠，以見君子，吾何所憂乎？○三章 揚之水，白石粼粼，水落而石見也。聞君子將有大舉之命，幾事不密則害，吾何敢告人乎？○鑿鑿，猶言齒齒，石立貌。素衣，猶言純衣，即絲衣也。諸侯禮服用絲。或云：中衣白色。按：《郊特牲》云「繡黼丹朱中衣，大夫之僭禮」，然則諸侯中衣色朱也。襮，衣領也。從子，民間自相謂也。君子，指桓叔。鵠，地名。

《揚之水》三章，二章章六句，一章四句。

椒聊之實，蕃衍盈升。彼其記**之子，碩大無朋**叶烹。**椒聊且**疽**，遠條且。○椒聊之實，蕃衍盈匊**（叶谷）。**彼其之子，碩大且篤。椒聊且，遠條且。**

《古序》曰：「《椒聊》，刺晉昭公也。」毛公曰：「君子見沃之盛彊，能脩其政，知其蕃衍盛大，子孫將有晉國焉。」○一章 椒之爲物，小而芳烈，聊且植之耳。今其實蕃衍，采之滿升。彼其之子，奄有邦國，雖碩大，而孤立無朋。椒雖聊小乎？其枝條日長遠矣。○二章 椒聊之實，蕃衍滿兩手之匊。彼其之子，空碩大而遲鈍，不若椒。雖聊小乎？其條日長遠矣。○彼其之子，指昭公。凡《詩》言「彼其之子」，皆輕之之辭。無朋，寡助也。篤，馬不進貌。《淮南子》云：「夏蟲不可與語冰，篤于時也。」《易》有《大過》，即「大且篤」之象。

《椒聊》二章，章六句。

綢紬繆苗束薪，三星在天叶汀。今夕何夕？見此良人。子兮子兮，如此良人何？○綢繆束芻叶祖，三星在隅叶偶。今夕何夕？見此邂械逅叶吼。子兮子兮，如此邂逅何？○綢繆束楚，三星在户上聲。今夕何夕？見此粲慘去聲者。子兮子兮，如此粲者何？

《古序》曰：「《綢繆》，刺晉亂也。」毛公曰：「國亂則婚姻不得其時焉。」○朱子改爲男女失時，而後得遂其婚姻，詩人述其相喜之辭，非也。本爲不得婚而無可奈何之辭，蓋晉沃搆亂，民室家流離。詩人託言男女相見無聊之情。薪言新也，男女之初也，夫婦牉合也。斧析木，束以成薪；媒聯異，合以爲耦。匪斧不克，匪媒不得也。親迎以昏。三星，心星，即大火也。上一下二，其形如心，東方蒼龍之宿。又三，參也。參七星，中三，上下各二，西方白虎之宿。參以孟冬之昏始見于東方，是曰「在天」；季冬之昏見于東南，是曰「在隅」；正月昏見于南方，是曰「在户」。古者自九月霜降至二月冰泮，皆昏姻之期，故舉參爲候。至三月，心星出矣，昏見于東；五月，昏見于東南隅；六月，見于南方當户；七月以後西流；九月之昏，西伏戌位，而參始東出。心東出，則參西退。心出參退而昏禮終，參出心退而昏禮始，故以爲比。芻言阻也，楚言愁也，皆失意之比。○一章　木析爲薪，必纏縛而後成束；女之于男，必媒約而後成耦。今仰見三星，正昏禮之夕。顧此何夕，乃亂離之夕，而安得見此良人乎？女兮女兮，無媒無禮，如此良人何哉！○二章　芻綢繆而成束，男女媒合而成配。今雖三星在隅，顧此夕何夕，安得成邂逅之好乎？男女兮，男女兮，如此邂逅何？亦徒相遇而已。○三章　楚綢繆以成束，

男無媒何以得妻？雖三星在户，顧今夕何夕，安得此美人乎？男兮男兮，如此美人何？欲親就無由矣。○綢繆，猶纏綿也。親迎以昏，故曰夕。良人，指男子。邂逅，暫相遇也。猶言解覯，不固之意。粲者，猶言美人，《國語》「女三爲粲」。

《綢繆》三章，章六句。

有杕弟之杜，其葉湑須上聲湑。獨行踽踽矩，豈無他人？不如我同父叶甫。嗟行之人，胡不比避焉？人無兄弟，胡不佽次焉？○有杕之杜，其葉菁菁。獨行睘睘瓊，豈無他人？不如我同姓。嗟行之人，胡不比焉？人無兄弟，胡不佽焉？

《古序》曰：「《杕杜》，刺時也。」毛公曰：「君不能親其宗族，骨肉離散，獨居而無兄弟，將爲沃所并耳。」○朱子改爲人無兄弟者，求助于人之辭，非也。晉自昭公被弒，與沃五世相攻。宗族離叛，公室孤立，故詩人以杕杜比。杜，棣類，好生道旁，以比疏屬。棣之言悌也，其華合聚，以比同宗。實甘者爲棠，比兄弟相親。酢者爲杜，杜，塞也，比兄弟不相能。杕杜孤立，比晉；椒聊蕃衍，比沃。一盛一衰，比晉將折而入于沃也。如《王風·葛藟》《鄭風·揚之水》，皆親族畔之，所以不振，安得目爲泛泛行道之語乎？○一章 杕然特生之杜，其葉潤澤，猶足自芘。今兄弟叛離，獨行踽踽，曾杕杜不如矣。豈無他人？不如我同父，情相親也。若他人可恃，嗟彼行道皆人耳，何不

見輔乎？人無兄弟，何不見助乎？情不相關，是以不能也。○二章 杕然之杜，尚菁菁其葉，猶足芘本。今獨行睘睘，無兄弟。雖有他人，豈如我同姓？若他人可依，行路之人，何不相比？人無兄弟，何不相佽乎？○杕，特生也。比，輔也。佽，助也。睘睘，獨行驚顧貌。

《杕杜》二章，章九句。

羔裘豹袪區，自我人居居。豈無他人？維子之故平聲。○羔裘豹褎袖，自我人究究。豈無他人？維子之好叶厚。

《古序》曰：「《羔裘》，刺時也。」毛公曰：「晉人刺其在位不恤其民也。」○一章 羔裘以豹皮飾袪，彼服此者，是我民所由以安居者也。以我懷居之切，豈無他人可依？惟念子故舊，不忍遽去耳。○二章 彼羔裘豹褎者，是我民情所待以究察也。我有隱微之情，豈無他人可赴愬？惟念子舊好，不忍遂忘耳。○羔裘，大夫之服。袪，袖口也。自，由也。居居，猶言處處，即安之意。究究，體悉意。

《羔裘》二章，章四句。

肅肅鴇保羽，集于苞包栩許。王事靡盬古，不能蓺稷黍，父母何怙虎？悠悠蒼天，曷其有所！○肅肅鴇翼，集于苞棘。王事靡盬，不能蓺黍稷，父母何食？悠悠蒼天，何其有極！

〇肅肅鴇行杭，集于苞桑。王事靡盬，不能蓺稻粱，父母何嘗？悠悠蒼天，曷其有常！

《古序》曰：「《鴇羽》，刺時也。」毛公曰：「昭公之後，大亂五世，君子下從征役，不得養其父母，而作是詩也。」〇按：晉自潘父弑昭侯，納桓叔不克。晉立孝侯，曲沃莊伯弑之。晉立鄂侯，莊伯伐而逐之。平王命虢侯伐曲沃，立哀侯，曲沃獲之。晉立小子侯，曲沃誘殺之。王又命虢仲立哀侯之弟緡。此所謂「大亂五世」，而詩稱「王事靡盬」者也。鴇似鴈而大，無後指，《爾雅》云「鳧鴈之醜」，其足蹼，以比君子不任奔走也。叢生曰苞。集于苞，其棲卑矣。勞則思集，大鳥集于叢木，比失所也。栩言虎也，棘言急也，桑言喪也，皆以比時政。〇一章 鴇之飛也，其羽肅肅。性不樹止，而今下集于叢生之栩，失其所矣。君子以王事不可不堅固，久役在外，不得種蓺黍稷，以養父母。父母何所怙乎？悠悠蒼天，何時使我得所也！〇二章 肅肅鴇羽，集于叢生之棘，失其性矣。君子以王事久役，不得蓺黍稷，以養父母。悠悠蒼天，曷其有止極乎！〇三章 肅肅鴇行，集于叢生之桑。君子以王事勤勞，不得蓺稻粱，以養父母。悠悠蒼天，何時得復其常乎！〇栩，櫟力也。盬與蠱通。凡器物壞曰蠱，不堅固之意。稻，穀之宜濕者，糯秔也。秔一作粳。黏連曰糯，不黏曰秔。米之精者曰粱，良也。穀之大者亦曰粱，今高粱之類。嘗，食也。

《鴇羽》三章，章七句。

豈曰無衣七兮？不如子之衣，安且吉兮。〇豈曰無衣六兮？不如子之衣，安且燠郁兮。

《古序》曰：「《無衣》，美晉武公也。」毛公曰：「武公始併晉國，其大夫爲之請命乎天子之使，而作是詩也。」○晉武公者，曲沃桓叔之孫，莊伯之子。伐晉侯緡，滅之。使其大夫賂周釐王，王使虢叔錫武公服爲諸侯。其大夫因王使來，作是詩，美其君。稱「子」者，指王使也。朱子改爲武公自述，謂《序》言「美」爲獎亂。夫《序》言「美」者，非采風者美之，非刪《詩》者美之，武公之臣自美武公，猶《秦風》之《車鄰》《駟〔一〕驖》云爾。聖人刪《詩》，豈可者存之，不可者去之乎？亂臣賊子，事所當戒，則存之以告來許。若謂此詩獎亂，不可爲教，則自二《南》以下諸《變風》及《春秋》十二公所書亂跡，亦多矣，其皆可以爲教者與？存《無衣》乃所以爲教矣。○一章 侯伯七命，我豈不能製此七命之衣？但不如子所賫來之衣，借重王命，安穩且吉祥耳。○二章 天子之卿視侯，其服六命。我豈無六命之衣？但不如子所錫之衣，久著而温燠耳。○《周禮·典命職》云：「上公九命，侯伯七命，子男五命。天子之三公八命，卿六命，大夫四命。其出封，皆加一等。」公衮冕，侯伯鷩冕，子男毳冕，大夫希冕，士玄冕。其衣裳九章之説，鄭氏穿鑿附會，未足據耳。詳見《春官·司服》之職。此言「七」「六」者，命數也，非七章、六章之謂。

《無衣》二章，章三句。

〔一〕「駟」，原作「四」，諸本同，音近而誤，今改。

有杕之杜，生于道左。彼君子兮，噬逝肯適我？中心好之，曷飲食叶紹之？〇有杕之杜，生于道周。彼君子兮，噬肯來遊？中心好之，曷飲食之？

《古序》曰：「《有杕之杜》，刺晉武公也。」毛公曰：「武公寡特，兼其宗族，而不求賢以自輔焉。」〇朱子改爲人好賢而恐不足以致之，非也。武公兼併晉國，内與宗室爲讐，賢人君子去之，故詩人託孤杜爲刺。尊賢親親，禮之經也。仁者，人也，親親爲大；義者，宜也，尊賢爲大。未有不仁而能義，不親其親而能尊賢者也。〇一章 杕然特生之杜，孤立路傍。翦滅宗族得國，何以異此？彼賢人君子，安肯共事而適我乎？徒使我中心愛之，無自而飲食之也。〇二章 有杕之杜，生于道曲，孤立無與。彼君子兮，其肯從我遊乎？中心好之，無由得飲食之也。〇噬，發語辭。周，曲也。

《有杕之杜》二章，章六句。

葛生蒙楚，蘞廉蔓于野叶汝。予美亡此，誰與獨處？〇葛生蒙棘，蘞蔓于域。予美亡此，誰與獨息？〇角枕粲參去聲兮，錦衾爛濫兮。予美亡此，誰與獨旦？〇夏之日，冬之夜叶遇，百歲之後，歸于其居叶句。〇冬之夜，夏之日，百歲之後，歸于其室。

《古序》曰：「《葛生》，刺晉獻公也。」毛公曰：「好攻戰則國人多喪矣。」〇朱子改爲婦人以夫久從征役作，非也。按：晉獻公好戰，如伐虞，伐虢，伐驪戎，國人多死于戰。詩託死者妻悼

亡以刺之，故其辭哀而傷。葛生蘞蔓，指死所也。尸膏草野，失其骸骨，故曰「亡此」。域，塋域。居室，墓壙也。陣亡不得殯葬，百歲之後，魂歸于居于室。皆哭死飲恨之辭。角枕、錦衾，斂襲之具。《周禮·天官·大府》之職「大喪供角枕」，《儀禮》「斂用衾」。若謂夫婦宴寢之具，則委巷之語矣。○一章 葛生蒙于楚，蘞生蔓于野，荒莽之地也。予美從軍，身死于此，幽魂寂寞，誰與獨處乎？○二章 葛生蒙于棘，蘞生蔓于墓。予美死于此，誰與之獨息乎？○三章 死者夷尸以角枕，雖有角枕，空復粲然；斂尸以衾，雖有錦衾，空復爛然。予美身死草野，無枕無衾，悠悠長夜，誰與獨旦乎？○四章 日莫永于夏，夜莫永于冬，年莫永于死後。予美無生還之期矣，惟百年之後，相期同歸于九泉之居而已。○五章 冬之夜，夏之日，悠悠我思。百歲之後，歸于穴室而已。○蘞，草名，似括樓，蔓生，葉盛而細，子黑。予美，指夫也。亡此，死此地也。

《葛生》五章，章四句。

采苓采苓，首陽之巔叶丁。人之爲言，苟亦無信叶心。舍旃舍旃，苟亦無然。人之爲言，胡得焉？○采苦采苦，首陽之下叶虎。人之爲言，苟亦無與。舍旃舍旃，苟亦無然。人之爲言，胡得焉？○采葑采葑，首陽之東。人之爲言，苟亦無從。舍旃舍旃，苟亦無然。人之爲言，胡得焉？

《古序》曰：「《采苓》，刺晉獻公也。」毛公曰：「獻公好聽讒焉。」○朱子改爲聽讒之詩，謂未見其果作于獻公時，非也。事之可據，孰有如晉獻公聽讒者乎？如是猶謂不信，則詩必有年月日時、作者姓名乃可？各章首二語，比讒言侜張。苓，木耳也，以比聽。苦辨其味，葑拔其根。

○一章 采苓者曰：「我采此于首陽山之巔。」夫何地無苓，焉知此苓，必于首陽巔乎？人言無稽，且無輕信。則將舍乎？亦無輕舍也，必加察焉。不信則無間可入，不舍則其情立見。人欲爲讒，不可得矣。

○二章 采苦者自言「采于首陽山下」，未可信也。人之爲言，且無輕與。然則舍之？亦無遽舍也。不信而又加察，人欲爲讒，不可得矣。○三章 采葑者自言「采于首陽山東」。人之爲言，且無輕從，亦無遂舍。如此而人欲爲讒，其可得乎？○首陽，即雷首山，在山西蒲州東南三十里，即夷齊隱處。苟，且也。旃，之也。苦，菜名，《月令》「苦菜秀」。似萵苣而葉細，斷之有白汁，花黃似菊，一名荼。《禮記·內則》「濡豚包苦」，是也。葑，蔓菁也，或云菰根也〔一〕。

《采苓》三章，章八句。

毛詩原解卷十一終〔二〕

〔一〕「或云菰根也」，北大本同，臺圖本、公文本、歷彩本、湖圖本無此句。
〔二〕卷末語底本原略，今依全書體例補。

毛詩原解卷十二

秦

秦，國名，在《禹貢》雍州之域。伯益之後，佐禹治水有功，賜姓嬴氏。其後有非子者，周孝王時，養馬于汧牽、渭之間，賜封邑于秦。其曾孫秦仲，爲宣王大夫，討西戎不克，死。平王東遷，仲孫襄公以兵送王，王以西周地盡委之，秦始大。即今陝西西安府興平縣等處，是也。君子曰：「觀于次《詩》，而知聖人之先見，晉亡而秦興矣。」或曰：「唐堯《風》亡，夷狄乘之。」夫秦地，即岐豐之地；秦民，即岐豐之民：何爲夷之？秦既夷矣，陳、檜、曹諸夏，反後夷狄乎？

有車鄰鄰，有馬白顛叶定**。未見君子，寺人之令。○阪**反**有漆，隰有栗。既見君子，並坐鼓瑟。今者不樂，逝者其耋**垤**。○阪有桑，隰有楊。既見君子，並坐鼓簧。今者不樂，逝者其亡。**

《古序》曰：「《車鄰》，美秦仲也。」毛公曰：「秦仲始大，有車馬、禮樂、侍御之好焉。」○按：秦自非子，始封爲附庸。非子曾孫秦仲，入爲周宣王大夫。禮：天子之大夫視伯。于是始有車馬、寺人，

與諸侯同。故秦人創見誇美。朱子謂未見其必爲秦仲之詩，非也。○一章 君子有車，鄰鄰然相接之多。有馬白顛者皆備，又有寺人爲役。未見君子，寺人先爲傳令，非舊日之等威矣。○二章 山有漆，可爲器用；隰有栗，可供籩實。今君有禮樂矣，既見，則相與並坐鼓瑟。百年氣象，始見今日，失今不樂，往而爲耋矣。○三章 阪有桑，可爲弓；隰有楊，可爲盾。今君有武備矣，既見，則相與並坐鼓簧。今者不樂，往者不待而亡去矣。○鄰鄰，轃集也。或云：猶轔轔，車聲也。白顛，馬額有白毛。寺人，閹宦也。八十曰耋。楊木輕，宜爲盾。《春秋傳》宋樂祁犂，獻楊盾六十于趙鞅，是也。

《車鄰》三章，一章四句，二章章六句。

駟驖鐵**孔阜**否**，六轡在手。公之媚子，從公于狩。○奉時辰牡，辰牡孔碩。公曰左之，舍拔則獲**叶合**。○遊于北園，四馬既閑**叶賢**。輶**由**車鸞鑣，載獫**念**歇驕。**

《古序》曰：「《駟驖》，美襄公也。」毛公曰：「始命有田狩之事、園囿之樂焉。」○朱子謂此亦前篇之意，非也。按《史》：秦仲生莊公，莊公生襄公。犬戎殺幽王，襄公將兵救之，戰甚有功。周亡東徙，襄公以兵送之。平王遂命爲諸侯，盡以西京地予焉。前篇秦仲猶附庸，故但誇其車馬、禮樂、侍御，此則已爲大國，故美其園囿、田獵。《序》說各有攸當也。○一章 田獵必先車馬。我公于田，四馬皆黑色而甚肥大。御馬者六轡在手，控磬惟意。公往狩，則左右親幸之人，無不從行。其儀從何盛備也！○二章 虞人司獸，因四時所宜，奉其牡獸，甚肥碩，以待射。公將射，而命御者曰：「逐禽左。」

矢方離弦，而獸已見獲。其射御何精好也！○三章　田事既畢，乃休卒徒，遊于北園。四馬閒暇，驅逆之輕車，但聞鸞鑣之聲；載其田犬，休歇其驕騰之力。其終事有節制也。○驖，黑色，秦以水德勝火也。四馬八轡，驂馬兩轡在觼，故手惟六轡耳。時，是也。辰，時也。辰牡，如冬獻狼，夏獻麋，春秋獻鹿豕羣獸之類。左之，凡車逐禽，從左射左膘摽達右腢愚爲上殺。舍，放矢也。拔，矢括也。輶，輕也。鈴在銜曰鸞，在軾曰和。鑣，馬銜鐵。獫，田犬。《爾雅》：「長喙曰獫，短喙曰歇獢。」按：田犬多長喙。歇驕，謂休歇其驕騰之力。《爾雅》多附會，難盡據也。

《駟驖》三章，章四句。○誦《秦風》，多威猛壯厲之氣，所以虎視諸侯，吞併六國，而亦竟以暴亡。聲音之道，可以知德。聖人先覺，非淺識可到耳。

小戎俴慘收，五楘木梁輈。游環脅驅叶丘，陰靷鋈續。文茵暢轂，駕我騏馵叶竹。言念君子，温其如玉。在其板屋，亂我心曲。○四牡孔阜否，六轡在手。騏駵是中叶真，騧瓜驪是驂叶生。龍盾純上聲之合叶忽，鋈以觼決軜叶六。言念君子，温其在邑叶惡。方何爲期？胡然我念之。○俴駟孔羣，厹求矛鋈錞隊，叶淳。蒙伐有苑叶氳，虎韔暢鏤漏膺。交韔二弓叶棍，竹閉緄衮縢。言念君子，載寢載興。厭焉厭良人，秩秩德音。

《古序》曰：「《小戎》，美襄公也。」毛公曰：「備其兵車，以討西戎。西戎方彊，而征伐不

休。國人則矜其車甲，婦人能閔其君子焉。」○朱子曰：「西戎者，秦之臣子，所與不共戴天之讐也。襄公上承天子之命，率其國人，往而征之。故其從役者之家人，先誇其車甲之盛如此，而後及私情。蓋以義興師，婦人亦知勇於赴敵而無怨。」按此論甚正，然非夫子録《小戎》本意。其録《小戎》，非嘉之也。秦人好戰，雖婦人女子，見車馬旌旗而喜，習尚固然。時商鞅、白起輩未生，《小戎》已爲之兆矣。聖人前知如神，《序》説所以爲確也。若夫犬戎殺幽王與秦仲，雖義不共天，而秦人好戰，非待於此。詩本託興婦人，《朱傳》遂以爲婦人自作，皆非也。○一章 兵車利馳驅，故其制小。車箱中空俴，無所收載，貴輕便也。車轅曰輈，上曲如梁，分爲五處，用皮鞔瞞桼之。駕車四馬，兩服常居中，惟兩驂在外。以皮爲環，當兩服背，游移不定，引兩驂外轡，貫于環執之，使驂馬不外逸也。又以皮二條，前繫于衡，後繫于軫，攔兩服馬脅外，以驅驂馬，使勿内入礙兩服也。車下以板側揜曰陰。以皮二條，前繫驂頸，後繫陰板，曰靷，使驂引之行也。陰板之上，繫靷有鐶，曰續，鋈之以金。車上凭處，有文彩之茵。車輪當心有轂，以外持輻，内受軸，而小戎之轂，長于大車，欲其穩也。駕車之馬，青黑曰騏，左足白曰馵。以此往伐西戎，征夫室家曰：「言念君子，温潤如玉。」今方在西戎板屋之中，思之亂我心曲也。○二章 四馬甚肥，六轡在手。騏、駵二馬，居中爲服；騧、驪二馬，在外爲驂。盾以扞衛，畫龍于上，合兩以備壞也。驂馬内轡曰軜，置鐶于軾前曰觼。以金鋈觼，係軜于上。大軍徂征，征士室家曰：「言念君子，温然在西戎之邑。何時方是歸期，胡爲使我念之也？」○三章 四馬俴空，不被鞍甲，甚羣而調和。車上建厹矛，柄下有錞，鋈之以金。盾畫以蒙，有苑其文。

韜弓以韔，虎皮爲之。馬胸有帶，刻金飾之。韔中之弓，交二于中。其未張者，閉之以竹，約之以緄。大軍既行，征夫家人曰：「言念君子，卧起爲之不安。厭厭然安静之良人，室家相與，德音秩秩然，不改其常也。」○小戎，諸將士之戎車，非元戎也。元戎先列，小戎繼之。俴，猶空也。收，車箱，所以收載也。戎車不載他物，故曰俴。《管子》曰：「甲不堅密，與俴者同實。」又曰：「將徒人，與俴者同實。」言甲不堅，與赤身無甲者同；徒卒無器械，與空手同也。《周禮》「庶人乘棧車」，車無飾曰棧，義與俴通。俗謂無鞍者曰俴馬，三章「俴駟」是也。楘，蒙也，冒也，以革裹輈木也。輈，即轅也，一木當車底中，從後直至前軫，曲而上，以便服馬進退；至末又曲向下，横一木爲衡，以駕馬。制如舟底，故名輈。恐其不堅，分爲五節，以皮束之也。游環，以皮爲環，引兩驂外轡，貫其中執之。環在轡上，游移不定也。脅，馬腹旁也。驅，驅驂馬不内逼也。鋈，流金也。茵，褥也，以虎皮覆軾也。暢，長也。板屋，以板爲屋，西戎之俗也。赤馬黑鬣曰騮，黄馬黑喙曰騧。厹矛，蛇形矛也。錞，矛柄下鐵。鋭者曰鐏，平者曰錞。蒙、厖通，雜文也。伐、瞂同，盾也，一名干，一名櫓。膺，馬當胸也。鏤，刻金爲飾也。韔，弓囊也。竹閉，以竹爲弓檠景也。緄，繩也。縢，縛也。厭厭，厚意。秩秩，有常也。德音，善言也，室家相與之德音。《邶風·日月》云「德音無良」，《谷風》云「德音莫違」，與此同。

《小戎》三章，章十句。

蒹葭加蒼蒼，白露爲霜。所謂伊人，在水一方。遡素洄回從之，道阻且長。遡游從之，

宛苑在水中央。○蒹葭淒淒，白露未晞。所謂伊人，在水之湄。遡洄從之，道阻且躋賫。遡游從之，宛在水中坻遲。○蒹葭采采叶取，白露未已。所謂伊人，在水之涘史。遡洄從之，道阻且右叶以。遡游從之，宛在水中沚。

《古序》曰：「《蒹葭》，刺襄公也。」毛公曰：「未能用周禮，將無以固其國焉。」○朱子謂此詩未詳所謂，以《序》説爲鑿，非也。周道親親尚賢，平易忠厚，黜詐力而卑武功。自文、武至宣、幽，國于岐豐，民習先王禮教數百年矣。平王東遷，秦襄公據有其地，始以攻戰爲事，刑殺爲威。其民愁居懾處，思昔太和景象，不復可見。東望河洛，有游從宛在之思；西視秦邦，有艱難牽率之苦。文、武、成、康之澤，維係民心；而秦人慘礉之法，束縛其手足。自立國之初已然矣，毛公所以謂之「將無以固其國」。蓋周之興也，詩歌茁葭，是春和之明景也，周禮行而忠厚篤祜，開卜世有道之長；秦之興也，詩歌蒹葭，是肅殺之蕭晨也，周禮廢而强梁腊毒，兆二世撲滅之禍。聖人删定，法戒昭然。後儒不達，詆爲鑿空，豈不誤乎？○一章 蒹葭之生，本茁長也。今色改爲蒼，秋氣慘烈，白露凝戾爲霜，化國之日，一變而爲肅殺之晨矣。我所思伊人，其在河洛之間，水之一方乎？將遡洄逆流往從，道阻且長。若遡游順流而下，宛在水中央，可得而即也。○二章 蒹葭淒然荒涼，露凝而白，方未晞也。我思伊人，其在水之湄乎？遡洄以從，道阻于上升也。遡游而從，宛然在水中之高坻焉。○三章 蒹葭采采以爲薪，白露凝而未已。所思伊人，在水之涘。遡洄從之，道阻出其右，不相值也。遡游從之，宛在水中沚，

可得而就也。○蒹，荻也。葭，蘆也。荻小而蘆大。伊，猶彼也。坻，水中高地。湄，水草之交。沚，小渚也。宛在中央，言其近也。自秦望洛，順流而東，故曰「游從」「宛在」。

《蒹葭》三章，章八句。

終南何有？有條有梅。君子至止，錦衣狐裘叶其**。顏如渥丹，其君也哉**叶賫**！○終南何有？有紀**杞**有堂**常**。君子至止，黻**弗**衣繡裳。佩玉將將**鎗**，壽考不忘。**

《古序》曰：「《終南》，戒襄公也。」毛公曰：「能取周地，始爲諸侯，受顯服。大夫美之，故作是詩以戒勸之。」○朱子改爲秦人美其君之辭，亦《車鄰》《駟驖》之意，非也。按：此詩美而寓戒，稱其顏色，而諷以其君；頌其佩服，而教以不忘。非徒誇美之而已。終南，鎬京面山。條，言條理也。梅，言謀也。紀作杞，堂作常，棣也。杞言紀，常言綱。治理謀謨，陳紀立綱，皆脩政之比，所以爲戒勸也。○一章　終南之山，秦之巨鎮，上有條焉，有梅焉。草木隆茂，秀氣所鍾，君子以王命作都其下，服諸侯之服。外裼錦衣，內著狐裘，顏色充盛，如厚漬之丹。其君也與哉！慎勿忝此名邦也。○二章　終南何有？有杞焉，有常焉。君子至此，開國承家，脩明紀常。其衣裳青黑之黻，五色之繡，佩玉之聲將然。服此服，居此地，壽考長存，勿忘王命也。○終南，山名。其君也哉，規諷之疑辭。條，槄叨也，一名榎，一名楸，即今梓也。杞如樗，一名狗骨。堂，常棣也。

《終南》二章，章六句。

交交黃鳥，止于棘。誰從穆公？子車奄息。維此奄息，百夫之特。臨其穴叶洫，惴惴贅其慄。彼蒼者天叶汀，殲尖我良人。如可贖兮，人百其身。○交交黃鳥，止于桑。誰從穆公？子車仲行杭。維此仲行，百夫之防。臨其穴，惴惴其慄。彼蒼者天，殲我良人。如可贖兮，人百其身。○交交黃鳥，止于楚。誰從穆公？子車鍼虔虎。維此鍼虎，百夫之禦語。臨其穴，惴惴其慄。彼蒼者天，殲我良人。如可贖兮，人百其身。

《古序》曰：「《黃鳥》，哀三良也。」毛公曰：「國人刺穆公以人從死，而作是詩也。」

○秦染西戎惡俗，輕生好殺，君葬以人殉。武公之葬，從者六十六人。至穆公，用百七十七人，子車氏之三良亦與焉。然詩人不刺康公，而刺穆公，何也？三良之殉，穆公之志也。嗣君因先世遺風，重以厥考之命，自非賢哲，焉能獨已？使穆公有治命，能革其故，自可無此舉。生平悔過作誓，思以賢遺子孫，身死而自殲其善類，詩人所以惡之。厥後始皇崩，令後宮皆從死，工匠皆生閉壙中。遺謀不善，子孫好暴，遂以族滅。聖人刪《詩》存《黃鳥》，脩《春秋》不卒穆公，誠惡之也。黃鳥知時，以比賢哲。棘，急也。桑，喪也。楚，愁也。不當止而止，亦以諷三子也。使三子知幾，可無及於難。臨穴而懼，雖百贖不可得已。○一章 交交然飛而往來之黃鳥，良禽也。爾何止于棘乎？誰從穆公之死，子車氏名奄息者與焉，此百夫之特出也。思其臨壙，使我惴然戰慄。彼蒼者天，盡殺我善人。若其可贖，吾民願以百身贖之矣。○二章 交交黃鳥，爾何止于桑乎？誰從穆公之死，子車氏之仲行與焉，

此百夫之隄防。想其臨穴，使我惴慄。天絶我良人，如其可贖，不惜百身矣。○三章 交交黄鳥，爾何止于楚乎？誰從穆公之死，子車氏之鍼虎與焉，此百夫之敵也。想其臨穴，使我戰慄。天絶我良人，若其可贖，願百其身矣。○殲，盡也。禦，當也。

《黄鳥》三章，章十二句。

鴥聿**彼晨風**叶分，**鬱彼北林。未見君子，憂心欽欽。如何如何，忘我實多。○山有苞櫟**歷，叶勺，**隰有六駁**剥。**未見君子，憂心靡樂。如何如何，忘我實多。○山有苞棣**弟，**隰有樹檖。未見君子，憂心如醉。如何如何，忘我實多。**

《古序》曰：「《晨風》，刺康公也。」毛公曰：「忘穆公之業，始棄其賢臣焉。」○朱子改爲婦人念其君子之辭，非也。凡《詩》思念稱君子者，如皆以爲婦人，則男子盡無思，而君子獨婦得稱其夫乎？亦固矣。晨、鸇同，鸇也。搏擊羣鳥，其疾如風。秦俗好戰，士以猛摯爲賢，故以爲比。臣擇君，如鳥擇木。木向陽者茂，而北林蕭索。鷹鸇在野則鷙，而遇林則阻。櫟與棣，皆大木。而苞叢生，樹大者其皮斑駁。櫟在山者苞，在隰者六駁，則大木羅列矣；棣在山者苞，在隰者樹檖，則喬林矣：皆賢人失所之比。○一章 鴥然急疾之晨風，歸彼鬱然之北林。吾人際會先公，望秦國來歸，而今不得朝陽，亦猶此。君子嗣服，使我不見，憂心爲之欽欽不寧。是果如何哉，如何哉？多應忘我矣。

○二章　山有苞櫟，不得遂其高；隰有六駁，大木陳列在下。士之失所，亦猶此。未見君子，憂心爲之不樂。如何哉，如何哉？忘我必多矣。○三章　山有叢生之棣，隰則成樹而上檖。今秦之士，亦猶此矣。未見君子，憂心昏然如醉。如何，如何？忘我必多矣。○鴥，疾飛貌。晨風，鸇也。櫟，橡也。馬雜毛曰駁。櫟樹大者，皮有蘚文似之。故《射禮》謂馬爲皮樹。或曰：駁，赤李也。馬赤白曰駁。檖，木上遂也，與禾檖通。

《晨風》三章，章六句。

豈曰無衣，與子同袍叶抔？王于興師，脩我戈矛謀，與子同仇求。○豈曰無衣，與子同澤叶錯？王于興師，脩我戈戟叶脚，與子偕作。○豈曰無衣，與子同裳？王于興師，脩我甲兵叶邦，與子偕行。

《古序》曰：「《無衣》，刺用兵也。」毛公曰：「秦人刺其君好攻戰，亟用兵，而不與民同欲焉。」○朱子改爲秦俗樂于戰鬭，其人平居相謂之辭，非也。其君平居不能惠民，假王命復讐，以日從事于干戈。語曰：「食人之食，則事人之事。樂人之樂，則憂人之憂。」君不與民同欲，而責其死力，難矣，所以刺之。○一章　維吾與子，同在行伍之中。豈曰子無衣，君能解衣衣子而同袍乎？平居未嘗衣汝也。但王命興師，則令我脩戈矛，與子同仇伍耳。○二章　豈曰無衣，與子同裹衣之澤乎？但王命興師，則使我脩矛戟，與子偕作耳。○三章　豈曰無衣，與子同裳乎？但王命興師，則使我脩甲兵，

與子偕行耳。○戈，柄短；戟，柄長。戟三刃上出，戈二刃，旁一鉤。矛，即今之鎗。仇，匹也。

《無衣》三章，章五句。

我送舅氏，曰至渭陽。何以贈之？路車乘去聲黄。○我送舅氏，悠悠我思。何以贈之？瓊瑰歸玉佩叶杯。

《古序》曰：「《渭陽》，康公念母也。」毛公曰：「康公之母，晉獻公之女。文公遭驪姬之難未反，而秦姬卒，穆公納文公。康公時爲太子，贈送文公于渭之陽，念母之不見也。我見舅氏，如母存焉。及其即位，思而作是詩也。」○朱子謂秦康公爲太子送舅渭陽而作，非即位以後之詩，非也。《詩三百》編次與《尚書》二十八篇，世代先後井然。此詩居《黄鳥》《晨風》後，其爲康公即位以後詩甚明。故《古序》不曰「太子送舅」，而曰「康公念母」，其旨自遠。蓋子有母而後有舅，念舅即所以念母。其送舅也，本因念母之情；故其念母也，追憶送舅之事。若送舅，則太子時作；若念母，則不應以念母詩爲送舅詩。定知不作于渭陽送别，而作于重耳既卒之後。康公即位，重耳卒七年矣。追思昔日，見舅如母。今母不見，而舅亦亡。不忍直言思母，而但追憶送舅。生死别離之感，惻然言外，《渭陽》所以千古含悲也。苟無《序》説，尋常餞别語耳。《序》所以爲《詩》根柢，不可易也。○一章 人生親以及親，莫如舅。昔者舅氏過秦，我送至渭水之北。行必以贐，何以贈之？路車四黄，所以資其行也。○二章 昔我送舅，猶幸有舅在。見舅如見生我，我思何長也。行必有贐，何以贈之？

有瓊瑰之玉佩，以象其德也。○水北曰陽，秦都雍，在渭南，東送至咸陽之地也。人君之車曰路車。路，大也。古者萬夫有川，川上有路，路容三軌，軌廣六尺，故大曰路。乘黃，四馬色皆黃。瓊，美玉也。瑰，石似玉也。

《渭陽》二章，章四句。

於我乎，夏屋渠渠，今也每食無餘。于吁嗟乎！不承權輿。○於我乎，每食四簋叶舉，今也每食不飽叶補。于嗟乎！不承權輿叶宇。

《古序》曰：「《權輿》，刺康公也。」毛公曰：「忘先君之舊臣，與賢者有始而無終也。」

○一章 始君於我，處以大屋，渠渠然深廣。今也禮衰供薄，每食無剩餘。吁嗟乎！不承繼其始矣。

○二章 始於我乎，每食四簋，至豐盛也，今者食不充飢。吁嗟乎！不承繼其始矣。○夏屋，離宮別館之類，或曰高俎，所謂大房也。權輿，始也。造衡始權，造車始輿。簋，盛稻粱，容斗二升，或瓦或木爲之。内方外圓曰簋，内圓外方曰簠。

《權輿》二章，章五句。

毛詩原解卷十二終

毛詩原解卷十三

陳

陳，太皞伏羲之墟。其地廣平，無名山大川，西望外方，東不及孟諸。周武王時，舜之後有虞閼遏父甫者，爲周陶正。武王賴其器用，以元女大姬妻其子滿，而封之于陳。與黄帝之後封于薊，堯之後封于祝者，共稱三恪。禮降于二客，而尊于諸侯。即今河南陳州地。後爲楚所滅。諸國自秦以上，次第可推。自陳而下，三國最小，先亡，故附于後。

子之湯叶蕩兮，宛丘之上兮。洵有情叶像兮，而無望兮。〇坎其擊鼓，宛丘之下叶虎。無冬無夏叶虎，值其鷺羽。〇坎其擊缶叶否，宛丘之道叶斗。無冬無夏，值其鷺翿導，叶五。

《古序》曰：「《宛丘》，刺幽公也。」毛公曰：「淫荒昏亂，游蕩無度焉。」〇朱子改爲國人見此人常遊于宛丘之上，故序其事以刺之。若是，則民間自相刺耳。夫風行自上始也。國人遊蕩，何關君德，而以首《風》乎？非也。〇一章 欲不可縱，樂不可極。今子蕩而忘反，日爲宛丘之遊，恣己適意，信乎有情矣。而國人屬目，無大觀之望焉。〇二章 坎然擊鼓，作樂于宛丘之下。雖祁寒

大暑，漫無休期，常見其植鷺羽而舞也。○三章 坎然擊缶，作樂于宛丘之道。無冬無夏，植鷺翿而舞也。○子，指幽公。湯與蕩同。外高中下曰宛丘，陳都宛丘側。坎與侃通，和意。缶，樂器，《史》「秦王擊缶」。翿與纛通，舞者所持，以自蔽也。

《宛丘》三章，章四句。

東門之枌焚，**宛丘之栩**許。**子仲之子，婆娑其下**叶虎。○**穀旦于差**叶殘，**南方之原。不績其麻**叶牟，**市也婆娑**梭。○**穀旦于逝**叶晒，**越以鬷**宗**邁。視爾如荍**蕎，**貽我握椒。**

《古序》曰：「《東門之枌》，疾亂也。」毛公曰：「幽公淫荒。風化之所行，男女棄其舊業，亟會于道路，歌舞于市井爾。」○朱子改爲男女聚會，賦其事以相樂，非也。男女淫樂，必不自宣其醜。「不績其麻，市也婆娑」，此疾亂之辭甚明。東門，國門也。枌，言紛衆也。栩，言許多也。二章言市，都市也。三章言鬷，人叢集也。猶《齊風》言「魯道」「行人」，皆以羞惡諷之。子仲，女氏也。南方，女居也。原，女姓也。穀旦，良時也。績麻，女業也。諷其失時廢業也。婆娑，放浪不檢，非女之容也。如荍、貽椒，記相謔之辭也。荍，蕎麥，其子觚棱，翹然不相合也。椒，子圓滑，其芳易襲。始若荍而終握椒，比淫女始違而終見從也。猶《衛·桑中》之期送，與《鄭·溱洧》之贈謔，皆詳暴其事以諷之，所以爲刺。○一章 城之東門有枌，城外宛丘有栩，耳目紛然如許。子仲氏有女，婆娑然遊樂于其下焉。○二章 選差良善之旦，將會彼南方之原氏。其女輟績麻之業，出都市之中，婆娑而遊焉。

○三章 既及良晨而往，於以總衆同邁。視爾初會未習，翹然如莜。已乃貽我一握之椒，望外之幸也。○枌，白榆也。栩，櫟也。子仲，陳大夫氏。子，女也。原，姓也。《春秋》「公子友如陳，葬原仲」，貴族也。穀旦，善朝，晴明之早也。差，擇也。越，於也。鬷，總也。邁，往也。

《東門之枌》三章，章四句。

衡門之下，可以棲（西）遲。泌（秘）之洋洋，可以樂饑。○豈其食魚，必河之魴？豈其取（去聲）妻，必齊之姜？○豈其食魚，必河之鯉？豈其取妻，必宋之子（叶泲）？

《古序》曰：「《衡門》，誘僖公也。」毛公曰：「愿而無立志，故作是詩以誘掖其君也。」○朱子改爲隱居自樂，無求者之辭。又曰：「僖者，小心畏忌之名。《序》以爲愿無立志而配以此詩耳。」愚按謚法：「小心畏忌曰僖。」此詩殊無小心畏忌之意，何緣强配僖公？詩實似賢者隱居，何不以秉政不任賢之謚配夷公，尤明切乎？夷去僖，甚近也。古人序《詩》，不察源委，但以謚法强配，欺天下後世，無是理矣。朱子説《詩》極淺率，其詆《序》極深刻，類此。蓋陳本小國，僖公愿謹無爲，詩人遷就誘掖，因器勸成，如孟子云「滕雖褊小，猶可爲善國」云爾。詩人即其所自處以比，故似隱者之辭。○一章 横木爲門，雖無往來，然亦可以棲息而遲迴。泌彼泉水，雖不流通，然望洋充滿，亦可玩樂而忘饑。君今愿謹自守，亦何不可也？○二章 凡魚皆可食，豈必河之魴？凡女皆可妻，豈必齊之姜？隨分謹守，皆可以爲國也。○三章 凡魚皆可食，豈必河之鯉？凡女可妻，豈必宋之子？

君苟有志，不在好大騖遠也。○衡、横同，横木於門，以止出入者。泌與毖通，水停積也。洋洋，充滿也。齊姜、宋子，貴族女也。

《衡門》三章，章四句。○魏地陿隘，其民纖嗇而君褊急，故詩人望其君以恢弘；陳地廣平，其民游蕩而君愿謹，故詩人誘其君以立志。卒之晉强于諸侯，而陳終不振。故國不厭小，俗不厭儉，君不厭愿，《詩》可以觀矣。

東門之池，可以漚鷗去聲麻叶磨。彼美淑姬，可與晤歌。○東門之池，可以漚紵上聲。彼美淑姬，可與晤語。○東門之池，可以漚菅千。彼美淑姬，可與晤言。

《古序》曰：「《東門之池》，刺時也。」毛公曰：「疾其君之淫昏，而思賢女以配君子也。」○朱子改爲男女會遇之辭，非也。水性流蕩而池水湛靖，以比賢女幽貞。麻、紵、菅，比君德昏亂。詩人惡淫女，思淑姬，猶《小雅·車舝》之思季女也。晤，相對不寐也。歌，以善道諷詠也。語、言，以善道相告語也。君德不淑，而致望于内助，無俚之至，所以爲刺也。○一章　麻之爲物，必漚而後脱。東門池水停蓄，以漚麻，則無漂流之患。猶淫女不可配君子，維彼美德之淑姬，乃可與惺然晤對，歌詠相規，不導君以淫昏也。○二章　紵必漚而後可績。東門池水清潔，乃可漚紵。彼美善之女，始可與晤對，相告語耳。○三章　菅必漚而後可絞。東門池水蓄聚，乃可漚菅。彼美善之女，始可對晤，相與言耳。○東門，城東門。停水曰池。漚，水浸物也。紵，麻屬，可績以爲布。菅，茅莖，可以絞索，

水浸乃柔韌任可用。姬，女子之美稱。黃帝姓姬，炎帝姓姜，二姓之後最貴盛，故婦女美者稱姬、姜也。

《東門之池》三章，章四句。

東門之楊，其葉牂牂臧**。昏以爲期，明星煌煌。○東門之楊，其葉肺肺**沛**。昏以爲期，明星晢晢**制**。**

《古序》曰：「《東門之楊》，刺時也。」毛公曰：「婚姻失時，男女多違，親迎女猶有不至者也。」○此詩與《鄭》之《丰》事類而其刺同。楊有葉，冰泮後期也。朱子改爲男女期會負約之辭。暮夜郊外，林莽相期，唯恐人知，又自詩以傳乎？非情也。○一章 霜降以後，冰泮以前，皆昏姻之期。今東門之楊，葉牂然而盛，則莫春矣。親迎以昏爲期，啓明之星煌煌，而猶不至，豈貞信之女乎？○二章 東門之楊，其葉肺肺然過時矣。親迎以昏爲期，明星晢晢，而猶不至，豈知禮者乎？○柳枝揚起曰楊，低垂曰柳。牂牂，大也。楊葉大則春暮矣。肺肺，猶沛沛，與蔽芾同。煌煌、晢晢，皆明也。

《東門之楊》二章，章四句。

墓門有棘，斧以斯之。夫也不良，國人知之。知而不已，誰昔然矣。○墓門有梅，有鴞梟**萃止。夫也不良，歌以訊**叶碎**之。訊予不顧**叶古**，顛倒思予**叶與**。**

《古序》曰：「《墓門》，刺陳佗也。」毛公曰：「陳佗無良師傅，以至於不義，惡加於萬民焉。」

○按《春秋》魯桓公五年：陳文公病，庶子佗弒太子免而自立，國人大亂。佗奔蔡，蔡人殺之。此詩刺佗無良，由無賢師傅也。自古貴戚驕奢，由羣小導之。鄭段與國人狎而作亂，陳佗與不良處而弒君，垂戒遠矣。墓門，凶僻之地。棘言急也，梅言迷也。鴞，惡鳥也，比凶人。朱子謂《序》因陳國無事可紀，獨陳佗作亂，以是詩與之，非也。夫事孰有大于弒君者？陳之有佗，猶衛之有州吁，鄭之有叔段，皆國家大故。采風而無刺，奚貴爲《風》？故《陳風·墓門》，猶《衛》之《終風》與《鄭》之《叔于田》耳。

○一章 墓道之門，有棘生焉，非以斧斯析之，不可除也。猶人不材，必以直諒之士輔之。此夫不善，不可爲輔，國人所知。衆惡之而不能去，其根据株連，疇昔已然，非一朝一夕之故矣。○二章 墓門有梅，惡聲之鴞，羣萃于其上。凶人聚而作不祥，猶是也。此夫不善，不堪作輔，故爲歌以告之。既告而不顧，至于敗壞顛倒，思予言無及矣。○墓門，墓道之門。斯，析也。夫，指陳佗之黨。已，去也。誰昔，猶疇昔。萃，羣集也。訊，告也。顛倒，猶顛沛，敗壞也。

《墓門》三章，章六句。

防有鵲巢，邛窮有旨苕條。誰侜舟予美？心焉忉忉刀。○中唐有甓必，邛有旨鷊逆。誰侜予美？心焉惕惕。

《古序》曰：「《防有鵲巢》，憂讒賊也。」毛公曰：「宣公多信讒，君子憂懼焉。」○讒賊者，讒言賊害人也。各章首二句比讒言。防、邛，皆地名。凡草秀曰苕。堂下路曰唐。鵲巢、苕皆常有之

物，而遠指防、邛，猶《采苓》之言「首陽」也。廟中路，本砌甓爲之。草有鷊，鳥亦有鷊。四者皆疑似侜張之言，故比讒也。朱子改爲男女有私，而憂或間之，非也。以「予美」爲男子，則《簡兮》爲怨女矣；以「予美」爲婦人，則《離騷》爲曠夫矣。從《序》，則此詩爲忠憤；從朱，則此詩爲閨思。聖人删訂之義，宜何從乎！○一章 或告君曰：「防邑有鵲巢，邛地有美苕。」讒言影響茫昧，大都類此。彼誰人者？欺誑吾君，使我憂之而心忉忉乎！○二章 或告君曰：「堂下路中有甋甓，邛地有美鷊。」蓋堂路本砌甓爲之，而鳥與草名相似。讒言譸張疑惑，類此。彼誰人者？欺誑吾君，使我憂之而心惕惕乎！○旨，美也。苕，華高出貌，猶葦苕之苕。《周禮》「桃茢」注云「苕帚」，今人以黍穗爲之。侜與譸通，欺誑也。予美，指君。甓，甋也。鷊，草，雜色如綬。鳥亦有鷊，咽下有嗉垂，一名吐綬也。

《防有鵲巢》二章，章四句。

月出皎兮，佼絞**人僚**了**兮，舒窈糾**叶矯**兮，勞心悄**七小反**兮。○月出皓**叶好**兮，佼人懰**柳，叶老**兮，舒懮**有**受**叶少**兮，勞心慅**草**兮。○月出照兮，佼人燎**料**兮，舒夭紹兮，勞心慘**慥**兮。**

《古序》曰：「《月出》，刺好色也。」毛公曰：「在位不好德而説美色焉。」○是詩本刺好色，而毛公云「在位不好德」，蓋人主之心，所好在此，則所輕在彼。孟子云：「其爲人也多欲，雖有存焉者寡矣。」子云：「吾未見好德如好色者。」齊民好色，亦職惟疾。爲人上而無德，何以先民？下之淫風，由于上之倡率。故詩呼「月出」，以警在上。月主陰司昏，俾夜作晝，比女色也。匪才匪

德，一佼人耳。反覆思念，至于勞心，輾轉不已，所以爲刺。朱子改爲男女相悦相念之辭，味索然矣。○一章 月之初升，皎然光潔，如彼佼人，僚然而姣好也。行止舒徐，其姿態窈糾。勞心思之，靜默而悄然也。○二章 月之初出，皓然明白，如彼佼人，懰然美好。形容安舒，懮受而徐緩。勞心思之，慅然而騷動也。○三章 月出初照，如彼佼人之燎然而明也。儀容舒徐，夭紹而柔弱也。勞心思之，懆然而愁悴也。○佼，好也。舒，徐也。窈糾，舒之姿也。懰，好也。懮受、夭紹，皆舒貌。燎，明也。慘作懆，憂也。

《月出》三章，章四句。

胡爲乎株林？從夏南叶林。**匪適株林，從夏南**叶林。○**駕我乘馬**叶母，**説**稅**于株野**叶汝。**乘**平聲**我乘駒**居，**朝食于株。**

《古序》曰：「《株林》，刺靈公也。」毛公曰：「淫乎夏姬，驅馳而往，朝夕不休息焉。」○陳大夫夏御叔，娶于鄭穆公女夏姬，生子徵舒，南其字也。御叔蚤死，陳靈公與大夫孔寧、儀行父，皆通于夏姬。徵舒惡之，弑靈公。此詩託爲國人刺公，而朱子因改爲民間相語之辭，非也。株林，夏氏邑。短木曰株，《易》曰：「臀困于株木。」君臣聚淫，所以困也。○一章 君何事于株林乎？是夏南之

居，君將往從夏南也。苟君欲見夏南，召之可也，何爲往從之？然則非從夏南，祇〔一〕欲適株林而已。

○二章 時見其駕一乘之馬，止舍于株邑之野。時見其乘一乘之駒，朝食于株。朝朝暮暮，無休息也。

○說，舍也。馬六尺以上曰駒。

《株林》二章，章四句。

彼澤之陂叶坡，有蒲與荷何。有美一人，傷如之何！寤寐無爲，涕替泗滂沱。○彼澤之陂，有蒲與蕑叶肩。有美一人，碩大且卷拳。寤寐無爲，中心悁悁涓。○彼澤之陂，有蒲菡罕萏叶險。有美一人，碩大且儼。寤寐無爲，輾轉伏枕叶展。

《古序》曰：「《澤陂》，刺時也。」毛公曰：「言靈公君臣淫於其國，男女相說，憂思感傷焉。」

○朱子直以爲男女之辭，非也。極道其相悅相念，所以爲刺。淫義生于水，故以澤比。蒲、荷、蕑、菡萏，皆柔弱浸淫之物。水草相依，比男女相狎。憂思至悲傷涕泗，寤寐不忘，化之所由來者漸矣。

○一章 蒲質柔弱，荷華芳艷，生彼澤水之畔。男女相悅，亦若此。有美一人不見，悲傷如何！或醒或寐，不復他事，惟思此人，至于涕泗，滂沱交零也。○二章 彼澤之畔，有蒲與蕑。有美一人，其形碩大而髮卷曲。寤寐無爲，惟念此人，中心悁然悒鬱也。○三章 彼澤之畔，有蒲與菡萏。有美一人，碩

〔一〕「祇」，原作「祗」，諸本同，二字古書多混用，今改。

大而莊嚴。寤寐無爲，惟念此輾轉伏枕也。○陂，隄邊也。蒲，莞屬。蘼曰蒲，細曰莞。荷，芙蕖也。莖曰茄加，葉曰蕸遐，本曰蔤密，華曰菡萏，實曰蓮，根曰藕，子曰的，的心曰薏。汁自目曰涕，自鼻曰泗。蕳，菅也，或云當作蓮，三章一物爲比。卷，猶鬈也，鬈好貌。悁悁，猶悒悒。

《澤陂》三章，章六句。

毛詩原解卷十三終

毛詩原解卷十四

檜

檜，古高辛氏火正祝融之墟。在《禹貢》豫州，外方之北，滎波之南，居溱、洧之間。妘姓，子爵。武王始封，平王東遷，鄭桓公滅之而併有其地。今河南開封府新鄭縣是也。

羔裘逍遥，狐裘以朝叶潮。**豈不爾思？勞心忉忉**刀。○**羔裘翱翔，狐裘在堂。豈不爾思？我心憂傷。**○**羔裘如膏**叶去聲，**日出有曜**要。**豈不爾思？中心是悼**導。

《古序》曰：「《羔裘》，大夫以道去其君也。」毛公曰：「國小而迫，君不用道，好潔其衣服，逍遥遊燕而不能自强於政治，故作是詩也。」○朱子謂檜君好潔其衣服，逍遥遊宴，故詩人憂之。此又拘毛説過也。《古序》云「大夫以道去其君」而已，「好潔衣服」，毛公解釋詩中文字，詩不爲潔衣服作也。檜君之過，不在潔衣服；大夫所爲去，亦不以潔衣服。特以逍遥不能自强，故以衣服比。言服飾之外，都無所事云爾。猶《曹風》之《蜉蝣》也。○一章 羔裘以閒居，狐裘以視朝。服飾非不美也，然國小而君惰，危亡將至，豈不念爾，忍於去乎？道不可留，勞心忉忉然也。○二章 羔裘、

狐裘，儼然國君之服。翱翔無事，危亡將至，豈舍子不思？道不可留，徒爲憂傷耳。○三章 羔裘如膏，日照之而生曜。服飾雖美，無憂勤之慮，使我思之，中心是悼也。○如膏，潤澤也。曜，光華也。

《羔裘》三章，章四句。

庶見素冠兮？棘人欒欒兮，勞心慱慱團兮。○庶見素衣兮？我心傷悲兮，聊與子同歸兮。○庶見素韠畢兮？我心蘊尹結叶吉兮，聊與子如一兮。

《古序》曰：「《素冠》，刺不能三年也。」○禮：父母喪必三年。始死，疏衰，苴絰、杖。期年外一月，小祥，以練熟麻布爲衣冠。再期外一月，大祥。又間一月，禫而服除。實不計閏，二十七月，上下同之。周衰禮廢，三年之喪不行。如春秋諸侯，居喪而親迎、盟會、征伐，大夫以下可知，故詩人刺之。素冠，即練冠。能練冠，則能三年矣。○一章 三年之喪，十有三月而始練冠。庶幾得見此守素冠之禮者，其人急遽，其容癯瘁，乃爲守禮之孝子。我思之不見，勞心慱慱然爾。○二章 庶幾見此服素衣者乎？我思之傷悲。儻得見之，聊與子爲同歸之好矣。○三章 庶幾見服素韠者乎？我思之蘊結。儻得見之，聊與子爲如一之交矣。○棘人，凶急之人，指孝子也。欒欒，瘠貌。慱慱，憂勞意。韠，蔽膝也，亦謂之韍，與芾通。

《素冠》三章，章三句。

隰有萇長楚，猗阿儺那其枝。夭之沃沃，樂子之無知。○隰有萇楚，猗儺其華花。夭之沃沃，樂子之無家。○隰有萇楚，猗儺其實。夭之沃沃，樂子之無室。

《古序》曰：「《隰有萇楚》，疾恣也。」毛公曰：「國人疾其君之淫恣，而思無情慾者也。」○朱子改爲政煩賦重，民苦而作，非也。萇楚，言長愁也。凡人情慾生于有知，成于有室。苟常如童赤無知無室家，則奚累之有？萇楚始生自立，盈尺以上，則蔓延草上。人壯而有室，多累似此，故以爲比。○一章 萇楚始生，無緣自立。長則其枝柔弱，扳延倚附，不能自持。回思少時，沃沃然充盛，淡泊無知，良可樂也。○二章 緣染生于柔情。隰有萇楚，猗儺其華，不能自立。人之多慾，何以異此？不如爾始生夭沃，無家爲可樂也。○三章 人心無慾則剛。萇楚猗儺，故不能挺立。思子初生夭沃，無室爲累，人不如也。○萇楚，一名羊桃，葉如桃，子如棗核，花實皆連理，故以比淫。猗儺，柔貌。夭，小也。沃沃，幼而肥澤貌。子，指萇楚。

《隰有萇楚》三章，章四句。○是詩與《唐風·十畝之間》，朱説皆極似，彼謂讀《詩》易簡直訣類此。所以不及《古序》者，風人之志，深厚微婉則得，而淺率直遂則失之。故夫善説《詩》者，不以辭也。

匪風發兮，匪車偈挈兮。顧瞻周道，中心怛叶迭兮。○匪風飄兮，匪車嘌漂兮。顧瞻周道，

中心弔叶刁**兮。○誰能亨魚？溉**蓋**之釜鬵**尋**。誰將西歸**叶居**？懷之好音。**

《古序》曰：「《匪風》，思周道也。」毛公曰：「國小政亂，憂及禍難，而思周道焉。」○朱子以周道爲適周之路，謂《序》未達，非也。詩言「顧瞻」者，雖適周之路，而意之所託，則周道盛時也。王綱振肅，故無侵陵之患，比其衰也。小國失恃，故曰「中心怛兮」，所以瞻行路而思王道也。風發、車偈，亂世搶攘之象。○一章 狂風非常而暴發，車行非常而奔偈。亂世景象，何以異于驅車走風塵乎？覩此周京之路，中心爲之惻怛也。○二章 匪有風之飄迴若此者矣，匪有車之嘌搖若此者矣。世路洶洶不寧，顧瞻周道，中心弔憫耳。○三章 烹魚者，煩之則碎；治民者，安之則理。苟有烹魚者，我爲之滌其器。天下宗周，則政出於一，而小國安。苟有西歸仕周者，我以善言安慰之矣。○匪風，猶言非常之風。偈，疾驅貌。回風謂之飄風。嘌，疾吹不安也。鬵，釜屬。西歸，謂仕西京者。懷，安也。好音，安民致治之言也。

《匪風》三章，章四句。

毛詩原解〔一〕卷十四終

〔一〕「毛詩原解」四字，底本原略，今依全書體例補。

毛詩原解卷十五

曹

曹地在《禹貢》兖州陶丘之北，雷夏荷澤之野，介于魯、衛之間。武王以封其弟振鐸，後爲宋所滅。今山東兖州府曹州是也。

蜉蝣之羽，衣裳楚楚。心之憂矣，於我歸處。○蜉蝣之翼，采采衣服叶必。**心之憂矣，於我歸息。○蜉蝣掘閲，麻衣如雪。心之憂矣，於我歸説**叶如字。

《古序》曰：「《蜉蝣》，刺奢也。」毛公曰：「昭公國小而迫，無法以自守，好奢而任小人，將無所依焉。」○蜉蝣之言浮游也，放浪不檢，無法守之比。蜉蝣小蟲，朝生夕死，國小而迫之比。衣裳文采，好奢之比。羽翼，任小人之比。危亡將至，故無所依。朱子改爲時人有玩細娱而忘遠慮者，此刺之，非也。○一章 蜉蝣小蟲，雖有羽翼，朝生夕死，不能久長。君臣不能自强，惟靡麗是好。雖衣裳濟楚，其何能久？我心憂慮，國之將亡，無所依，惟於我歸處而已。○二章 蜉蝣雖有翼，而不能久。如人脩飾采采之衣服，而不知禍之將至。我心憂慮，何所歸息乎？○三章 蜉蝣掘然而閲出，

何能久也？今服飾整齊，布衣鮮潔如雪，而危亡將至，我心憂慮，何所歸税也？○蜉蝣，似蛣蜣，狹而長，朝生暮死。楚楚，整齊也。采采，華美也。掘閱，掘地出見也，猶閱人、閱世之閱。麻衣，布衣也，麻布色白如雪。説作税，舍也。

《蜉蝣》三章，章四句。

彼候人〔一〕**兮，何**火**戈與祋**叶述**。彼其之子，三百赤芾**弗**。○維鵜**啼**在梁，不濡其翼。彼其之子，不稱**去聲**其服**叶必**。○維鵜在梁，不濡其味**晝**。彼其之子，不遂其媾。○薈**穢**兮蔚**畏**兮，南山朝隮**賫**。婉兮孌兮，季女斯饑。**

《古序》曰：「《候人》，刺近小人也。」毛公曰：「共恭公遠君子而好近小人焉。」○朱子謂《序》以「三百赤芾」附合《春秋左傳》晉文公入曹之事，遂以爲共公，非也。按：《詩序》本國史舊目，聖人因之删定，其來遠矣。《左傳》出後人手，敘重耳入曹，數其不用僖負羈，乘軒者三百人，襲此詩「三百赤芾」語，其實誤也。蓋諸侯大夫不過五，以曹之蕞爾，舉羣臣不能三百，而況大夫？言「三百」者，極道其濫耳。故曰：説《詩》不以辭害志。若《雲漢》，則周之民無孑遺；若《候人》，則曹之大夫有三百：《詩》烏可以辭徵也？《左傳》引此屬文，非重耳真有此言。朱子反疑《序》説爲附合《左傳》，

〔一〕「候人」，原作「侯人」，諸本同，形近而誤，今據目録篇名改。下同。

倒矣。○一章 賢者宜在高位，今以爲候人荷戈祋迎送賓客，若此其賤也。彼其之子，何功德而服赤芾爲大夫者，至三百人之多乎？○二章 鵜鶘水鳥，貪汙之物也。在梁求魚，未有不濕翼者。小人竊祿，何以異此，豈能稱其命服乎？○三章 維鵜在梁，未有不濕其咮者。彼小人苟得君寵，豈能稱其寵遇乎？○四章 南山薈蔚然，而草木茂盛。其氣蒸騰，朝旦上升。少女婉孌美好，自守貞一。而年穀不熟，不免饑餓。小人氣勢方盛，君子困餒，何以異此？○《周禮·夏官》：候人，上士六人，下士十二人，徒百二十人。掌道路迎送賓客。何、荷通。祋，殳也。芾、韍通，蔽膝也，以韋爲之。古者衣皮蔽前，不忘本也。冕服謂之芾，他服謂之韠，其制同。禮：大夫以上赤芾乘軒。《玉藻》：一命緼芾黝珩，再命赤芾黝珩，三命赤芾葱珩。鵜鶘，一名陶河，其鳴自呼。咮，喙也。遂，稱也。媾與遘通，遇也。薈蔚，鬱茂貌。

《候人》四章，章四句。

鳲鳩在桑，其子七兮。淑人君子，其儀一兮。其儀一兮，心如結叶吉兮。○鳲鳩在桑，其子在梅。淑人君子，其帶伊絲。其帶伊絲，其弁伊騏。○鳲鳩在桑，其子在棘叶北。淑人君子，其儀不忒。其儀不忒，正是四國。○鳲鳩在桑，其子在榛叶秦。淑人君子，正是國人。正是國人，胡不萬年叶零！

《古序》曰：「《鳲鳩》，刺不壹也。」毛公曰：「在位無君子，用心之不壹也。」○朱子改爲美君子用心均平專一，非也。詩因美以見刺，稱善人君子，以警在位者之不然，猶《鄭風》之《羔裘》，《小雅·楚茨》之類。民風不醇，由上無身教，而下無表率也。故君心至誠純一爲本，天下不見君子之心，見君子之儀，而即儀可以徵心。物性誠一，無如鳥哺子。鳲鳩每生七八子，哺之如一。《月令》季春：「戴勝降于桑。」鸛鴿首有幘，名戴勝，喜食桑葚。初夏桑葚熟，則鸛鴿子飛。《氓》之篇曰「于嗟鳩兮，無食桑葚」，是也。以鳲鳩比，亦人不如鳥之意，是以爲刺。○一章 鳲鳩之降于桑也，其子有七。而鳲鳩哺之，常如一。人君有誠一之德，安養兆民，亦猶是矣。故善人君子，其儀容安静有常。儀者，心之形。儀之一，由其心之貞固，如結而不變也。○二章 鳲鳩在桑，其子或在梅。子移而鳩不移，居一以待子也。淑人君子，其朝服大帶用絲，在首之弁，色尚青黑。服有常，即儀有常，而心可知已。○三章 鳲鳩在桑，子時在棘。淑人君子，儀有常而不差忒，則可以表正四方之國矣。○四章 鳲鳩在桑，其子時或在榛。淑人君子，本如結之心，表正四國。仁者宜在高位，胡不壽考萬年乎！○鳲鳩，鸛鴿也。騏，青黑色。古者冠、弁皆玄。

《鳲鳩》四章，章六句。

洌（列）彼下泉，浸彼苞稂（郎）。愾（慨）我寤嘆，念彼周京（叶姜）。○洌彼下泉，浸彼苞蕭（叶脩）。愾我寤嘆，念彼京周。○洌彼下泉，浸彼苞蓍（尸）。愾我寤嘆，念彼京師。○芃芃黍苗，

陰雨膏叶去聲**之。四國有王，郇伯勞**去聲**之。**

《古序》曰：「《下泉》，思治也。」毛公曰：「曹人疾共公侵刻，下民不得其所，憂而思明王賢伯也。」○朱子謂曹無他事可考，《序》因《候人》，遂以爲共公，此天下大勢，非共公之罪，非也。按：《詩》先後自有定序，此詩爲共公舊矣。不卹其民，而使民憂思，安得無罪？事雖不獨曹，而詩作自曹，即爲《曹風》，豈得以天下大勢諉之？泉水寒冽，不能生物，比國政侵刻也。田無五穀，惟稂與蕭，比閭閻蓬蒿，無力供誅求也。是以有明王賢伯之思焉。○一章 冽然寒涼下流之泉，本不能生物。況今田無五穀，但浸彼叢生之稂。民間荒涼，苛政侵刻，何以異此？是以我愾然不寐而嘆，念周京之盛時也。○二章 冽然下流之泉，五穀不登，浸彼叢生之蕭耳。故我愾然寤嘆，念昔京周之盛焉。○三章 冽彼下泉，浸彼叢生之蓍草耳。我是以愾然寤嘆，念昔京師盛時焉。○四章 芃芃然茂盛之黍苗，非稂蕭之荒蕪也。天又潤之以陰雨，豈若寒泉之浸漬乎？念昔周京盛時，四國既有明王爲主，故有郇伯勞來之。今天下無王矣，安所得賢伯乎？○冽，寒也，水寒則損稻。苞，叢生也。稂，苗之不實者。愾，嘆聲。蓍，蒿也。郇伯，郇侯爲州伯，文王子。《左傳》：「富辰曰：畢、原、酆、郇，文之昭也。」

《下泉》四章，章四句。○《風》至《曹》而王迹熄矣，《春秋》所以作也。故詩人念周京，哀四國，思明王與賢伯焉。是時晉重耳始霸，執曹君，分曹地，要王饗醴策命爲侯伯。天下有天子而後有方伯，無天子而方伯制命專征伐，天下所以大亂。故曰：「四國有王，郇伯勞之。」無明王，焉得有賢伯？《春

秋》書晉侯入曹，執曹伯畀宋人，與《詩》詠《下泉》，删《詩》終《曹風》義同。惟知《春秋》者，可與言《詩》。故曰「《詩》亡《春秋》作」，千載知言，孟氏一人耳。後儒獎霸尊晉，烏足與言《詩》？

毛詩原解卷十五終〔一〕

〔一〕此八字底本原略，今依全書體例補。

毛詩原解卷十六

豳

豳，周之始國也。其地在《禹貢》雍州岐山之北，今陝西西安府邠州等處是也。周自后稷始封邰，其子不窋拙失官，不窋之子公劉始遷邠。十世而古公亶父避狄遷岐，文王遷豐，武王遷鎬，皆豳始也。《七月》，豳俗也。始二《南》而終《豳》者：《豳》，周道之始；二《南》，周道之成也。守成者原其始，始則中變；撥亂者反其終，終則復始。文王基始，周公代終，周道之全也。《變風》而終以周公，剥則思復也。《左傳》：吴季札觀魯樂，《豳》次《齊》先《秦》。及夫子删《詩》以《豳》終，思周公也。然則周公之詩，何不遂以屬《魯》？周公未嘗一日居魯也。成王尊周公而不以爲臣，魯本臣而因周公自尊，故聖人爲《魯頌》不列《魯風》。魯僭而以《風》爲《頌》，王降而以《雅》爲《風》，一也。然則豳何不遂爲《雅》？蓋公劉草創，區區爾，未足比諸侯，而況可爲天子乎？稱《風》，本舊也。然則《鴟鴞》以下非豳，亦屬《豳》，何也？皆西人之詩，周公之事也。周公老于周，而魯無《風》可繫，進不敢附于《周南》，故退而繫之《豳》也。後天下者，周公之心；不忘先業者，周公之志也。非聖人，孰能定之？

七月流火叶毀，九月授衣叶以。一之日觱必發叶匪，二之日栗烈叶里。無衣無褐叶喜，何以卒歲叶髓？三之日于耜史，四之日舉趾。同我婦子，饁彼南畝叶米，田畯至喜。○七月流火，九月授衣。春日載陽，有鳴倉庚叶岡。女執懿筐，遵彼微行杭，爰求柔桑？春日遲遲，采蘩祁祁。女心傷悲，殆及公子同歸。○七月流火，八月萑完葦。蠶月條桑，取彼斧斨鏘，以伐遠楊，猗彼女桑。七月鳴鵙菊，八月載績漆。載玄載黃，我朱孔陽，爲公子裳。○四月秀葽，五月鳴蜩條，八月其穫叶合，十月隕蘀託。一之日于貉莫，取彼狐狸離，爲公子裘叶其。二之日其同，載纘武功，言私其豵宗，獻豜堅于公。○五月斯螽動股，六月莎梭雞振羽，七月在野叶汝，八月在宇，九月在户，十月蟋蟀入我牀下虎。穹室熏鼠，塞向墐覲户。嗟我婦子，曰爲改歲叶上聲，入此室處。○六月食鬱及薁郁，七月亨葵及菽，八月剥撲棗，十月穫稻叶上聲，爲此春酒，以介眉壽叶上聲。七月食瓜孤，八月斷壺，九月菽苴疽，采荼薪樗虚，食我農夫。○九月築場圃布，十月納禾稼叶故。黍稷重穋六，禾麻菽麥叶目。嗟我農夫，我稼既同，上入執宮功。晝爾于茅，宵爾索綯桃，亟其乘屋，其始播百穀。

○二之日鑿冰冲冲叶稱，三之日納于凌陰，四之〔一〕日其蚤，獻羔祭韭叶絞。九月肅霜，十月滌場，朋酒斯饗，曰殺羔羊。躋彼公堂，稱彼兕史觥光，萬壽無疆。

《古序》曰：「《七月》，陳王業也。」毛公曰：「周公遭變故，陳后稷先公風化之所由，致王業之艱難也。」○朱子改爲周公以成王未知稼穡之艱難，作此戒之，非也。若是，則朝廷獻納，宜屬《雅》。今與《東山》《鴟鴞》同繫《風》末，則《周南》之變也。聖人遭兄弟之謗，庸非變與？人情艱則思危，勞則反本，履泰則驕，思先則懼。昔者周先公之始造豳也，勤以力本，儉以制用，豫以趨時，孝以養老，忠以奉君，慈以育衆。陰陽日月寒暑，必按其節；昆蟲草木榮枯，必審其時；祭祀燕饗，興作勞逸，必謹其禮。敬天勤民，教養休息，數百年而後成文、武之業。若此其艱難也。二叔不類，有忝式穀。成王以嗣子大弗克恭，不寬綽厥心，譸張于小人，而疑忌師保。是時紂子未殄，東方多難，西土人不靜，國家之事未可知。故公陳先世憂勤以告王，使克念爾祖，勿忘艱難。亦人情疾痛呼父母之意與！

○一章 我周勤儉開國，忠厚傳世，先公之治豳，其風可陳焉。民生衣食爲先，豳民爲衣不待寒至也。時方七月，火星昏而西下，暑氣退矣。至九月霜降始寒，民家相授以衣。過此十一月一陽生之日，風寒而觱發。過此十二月二陽生之日，氣寒而栗烈。若不桑麻則無衣，不狩獵則無褐，何以禦寒卒歲乎？豳民爲食，亦不待饑至也。正月三陽之日，往脩耒耜。二月四陽之日，舉足以耕。民間婦子，皆

〔一〕「之」，原作「之之」，諸本同，改行時誤重，今删。

出餉于南畝。田畯之官，見民之勤，亦至而喜也。○二章 七月火星西流，九月將授衣，不可不豫也。春日始和，倉庚鳴而蠶桑初生。女執深筐，循小徑，求穉桑之葉。是時春日舒長，蠶生未齊，采蘩以啖淡之者，祁祁衆也。此采桑、采蘩之女，感仲春及時，覩公子于歸，念己亦將與同矣。君民之分雖異，而遠父母兄弟之悲，無貴賤一也。○三章 今年七月流火，已豫備來年之蠶桑。故八月萑葦成，則蓄爲曲薄，以待養蠶之用。及蠶生之月，折桑條以取其葉，執斧斨以伐遠枝揚起者。其女桑低小，采其葉而留其猗然之條。至七月秋至，伯勞鳴，八月麻成，則績爲布。而布與帛，皆染之，或玄或黃。其朱者甚鮮明，供爲公子之裳也。○四章 四月陽極陰萌，葽草感而秀。五月陰生，蜩感而鳴。漸至八月四陰，秋成穫稻矣。十月純陰，草木落蘀，大寒至矣。于十一月一陽之日，往祭貉，取狐狸之皮，獻爲公子之裘。至十二月二陽之日，同衆繼獵，以纘武功。所獲小豕曰豵，以爲己用；大豕曰豜，獻之公家也。○五章 宮室所以蔽寒，寒生于陰。五月陰生，斯螽動其股而鳴。六月二陰，莎雞振其羽而鳴。七月蟋蟀猶在野，八月寒至，依人在于檐下，九月漸近在户，十月大寒入于牀下。是時室中有穴塞之，有鼠熏之，塞北向之牖，塗荊竹之户。呼其妻子曰：「歲改天寒，可入此室居矣。」○六章 六月鬱、薁二李新熟可食，七月葵與菽可烹，八月棗可撲，十月稻可穫，釀春酒以助眉壽。凡此養老，不敢不豐也。若我農夫，七月瓜猶可食，八月壺猶可斷，九月麻子可拾，荼可菜，樗可薪。凡食我農夫者，從其儉而已。○七章 豳地氣寒，時維九月，禾稼將熟。始築種菜之圃，爲納禾之場。至十月始穫，有黍有稷，有先種後熟之重，有後種先熟之穋。凡禾、麻、菽、麥，無一不登矣。乃相告曰：

「田中之稼既聚，可以上入都邑，執公宮之功。」公事畢，晝往取茅，夜則絞索，亟升田中之廬補葺之。來春將始事播穀，不暇爲此矣。○八章 藏冰發冰，公家調燮之事，亦民事也。十二月二陽方微，隆陰固閉，乃于深山窮谷，鑿取其冰，以達陽氣，冲冲然微也。至正月三陽之日，陽氣藴伏在下，納冰于地，藏之淩陰之室。至二月四陽方盛，晨朝獻羔，以告司寒之神。取新生之韭，以祭寢廟薦冰。所以爲公家役者，禮無不備也。九月氣肅霜降，十月農畢，埽滌其場。於時奉兩尊之酒，以饗于公。殺羔羊，升君堂，舉兕觥，酌獻公，而祝萬年無疆界之壽也。○火，心星也。六月之昏，見于南方午位；至七月之中，漸移而西，故曰「流」。于，往也。耜，以鐵起土也。耒，耜上曲木。一之日，謂十一月之日。二之日，謂十二月之日。周以十一月爲正月，十二月爲二月，故云「一」「二」以别于夏正也。或曰：五月至九月，六陰皆稱月，月主陰也。一之日以下，六陽皆稱日，日主陽也。載，始也。陽，和也。懿筐，美筐，以盛桑葉。微行，小徑也。柔桑，稚桑也。蠶初生，桑始發也。蘩，白蒿。蠶小未能食桑，以蒿啖之也。公子，豳公之女子。殆，將也。將如君女同時嫁也，上下親比之辭。萑，一名薍玩，始生爲菼，長爲薍，成爲萑也。葦，蘆也。二物可爲曲薄以盛蠶也。條桑，扳條取其葉也。隋妥孔曰斧，方孔曰斨，斧同而以受柄之孔方長異名也。遠揚，遠枝揚起者。女桑，桑低小者，猶短牆言女牆也。鵙，伯勞也，五月鳴，六月哺雛少鳴，七月鳴則將化矣。通作鴂，吾鄉人呼爲嫁郎。似鸜鵒而尾長，純黑，捷疾善搏，鳥鳶畏之，故又名博勞。一名伯趙，趙，疾也，《良耜》云「其鎛斯趙」。故《春秋傳》曰：「伯趙司至。」《楚辭》曰：「鶗鴂鳴而草木不芳。」陸佃云：「陽氣動，倉庚鳴，

蠶之候也；陰氣動，鵙鳴，績之候也。」《本草》云：「鵙鳩，即杜鵑也。」孔陽，甚鮮明也。不榮而實曰秀。葽，遠志，一名小草。蜩，蟬也。蘀，落葉。貉，禡祭。狸，野猫。同，同衆。纘，繼也。武功，獵也。豕一歲曰豵，三歲曰豜。斯螽，蚱蜢也，以股相切作聲。莎雞，似螽而色斑，振羽索索作聲。一名促織，聲如急織也。宇，檐下也。蟋蟀，即促織。穹與空通，孔也。窒，塞也。向，北窗也。墐，塗也。庶人蓽户，故塗之。鬱、薁，皆李屬。鬱實大如李而正赤，與棣類，一名雀李。薁，郁李，與鬱類。葵有白、紫二種，可茹。菽，豆也。剥、撲通，擊落也。冬釀春熟曰春酒。瓜至七月，瓠至八月，過時而賤也。瓠乾可爲壺，故曰壺。叔，拾也。苴，麻子。場、圃同地，春種爲圃，秋築爲場。禾，穀之總名。在野曰稼。自田入邑曰上。宫功，公家之役。古者用民之力，歲三日，即此時也。乘，升也。屋，田中之廬。冲冲，陽氣微也。凌陰，冰室。滌，埽也。兩尊曰朋。

《七月》八章，章十一句。○或問：《七月》與《篤公劉》，何《風》《雅》之殊也？《七月》民事，《篤公劉》君事也。然《周禮·春官·籥章》云「祈年，吹《豳雅》。蜡祭，吹《豳頌》」，何也？此詩歌于朝廷，可爲《雅》；歌于祭祀，可爲《頌》。鄭康成謂，如采桑之女，感時思歸，是《風》；春酒介眉壽，是《雅》；稱觴祝君，是《頌》。朱元晦不然之，而以《楚茨》諸詩當《豳雅》。

鴟痴鴞叶噩鴟鴞，既取我子叶作，無毁我室叶芍。恩斯勤斯叶梭，鬻育子之閔叶明斯。○迨天之未陰雨，徹彼桑土，綢繆牖户。今女汝下民，或敢侮予叶宇？○予手拮据居，予所捋荼，

予所蓄租，予口卒瘏徒，曰予未有室家叶姑。○予羽譙譙樵，予尾翛翛消，予室翹翹，風雨所漂摇，予維音曉曉梟。

《古序》曰：「《鴟鴞》，周公救亂也。」毛公曰：「成王未知周公之志，公乃爲詩以遺王，名之曰《鴟鴞》焉。」○武王崩，成王立周公爲相，使其兄管叔鮮，監紂子武庚治殷。管叔將以殷畔，流言于國曰：「周公將不利于孺子。」王疑公，公告太公、召公曰：「我弗避，無以告我先王。」乃避位居東二年。管叔叛，王執而誅之，猶疑公未釋也。公乃自東作此詩貽王，首章言「鴟鴞」，呼武庚也。「取我子」，謂陷管叔于死也。二章「未雨綢繆」，比武庚尚在，東方未寧，勸王早圖也。三章以後，皆自明己志。然《序》不言「公自明」，而曰「公救亂」，何也？是時成王幼冲，國家新造，紂子未殄，奄、徐外叛，故公作此詩悟王。不知者，謂公自明；而知者，謂公救王室與天下也。大哉《序》言！非知社稷之計，諒聖人之深衷者，孰能作之？朱子謂以《金縢》爲文有據，而不知以《金縢》爲文者，毛氏解《序》之説。《序》云「周公救亂」者，雖《金縢》亦未之及也。又謂此詩爲周公東征二年，誅管叔、武庚作。按：《書》「居東」，非東征也。居東避位，而東征黜殷也。居東二年，東征則三年也。誅管叔者成王，非周公也。管叔雖誅，而武庚尚在。是詩作于成王殺管叔之日，公居東未歸，而東征則西歸之後矣。朱子誤于漢儒周公殺兄之説，漢儒又誤于孔書《蔡仲之命》，孔書又誤于解《金縢》「弗辟」之語。承訛相習，使聖人蒙千古不白之冤，以迄于今。愚于《書·金縢》《大誥》諸篇，

詳辨之矣。〇一章　鳥之惡鴟鴞者，呼而告曰：「鴟鴞乎？鴟鴞乎？爾今殺我子矣，勿更壞我巢室也。以我如斯之恩愛，如斯之勤苦，育養此子，如斯其可憐憫。爾既取之，更欲毁我室邪？」〇二章　我及天未陰雨之先，剥取桑根，以纏綿巢之牖户，預防風雨，勤勞非一朝夕矣。今此巢下之民，或敢有侮慢，思毁我室者乎？抑不知其不可也。〇三章　予之手拮据而操作，予捋取萑苕以藉巢。予蓄而積之，租而聚之，以至于予口盡病，凡以我未有室家耳，豈爲爾毁乎？〇四章　予之羽，譙譙然減削矣；予之尾，翛翛然敝敗矣。予之室，方翹翹然顛危，風雨又漂蕩摇動，予維嘵嘵然叫呼而已。〇鴟鴞，惡鳥，攫鳥子而食者也。託爲鳥之哀子者，呼鴟鴞告之，以鴟鴞比武庚，以子比管叔也。言武庚既陷管叔于死，勿更與奄、徐諸國，謀亂王室也。鬻與育通，養也。閔，憂憐也。牖户，巢之出入處也。拮据，操作勤勞之狀。荼，蘆花也，白茅之屬。

《鴟鴞》四章，章五句。〇誦《鴟鴞》而知周公於是始有東征之志矣。昔武王誅紂，封其子，罰弗及孥，仁也。及管叔以武庚叛，奄、徐諸國又叛，則殷、周不兩立者，天下之定勢也。況管叔誅矣，武庚可獨免乎？故以鴟鴞比之，始視紂子爲不祥之物，歸而遂有東山之師也。

我徂東山，慆慆不歸。我來自東，零雨其濛叶迷。我東曰歸，我心西悲。制彼裳衣，勿士行杭枚。蜎娟蜎者蠋蜀，烝在桑野叶汝。敦堆彼獨宿，亦在車下叶虎。〇我徂東山，慆

慆不歸。我來自東，零雨其濛。果臝之實，亦施于宇。伊威在室，蠨蛸稍在户。町挺畽短鹿場，熠奕燿宵行叶杭。不可畏叶灰也，伊可懷也？〇我徂東山，慆慆不歸。我來自東，零雨其濛。鸛鳴于垤，婦嘆于室。洒埽穹窒叶赤，我征聿至叶質。有敦堆瓜苦，烝在栗薪。自我不見，于今三年叶林。〇我徂東山，慆慆不歸。我來自東，零雨其濛。倉庚于飛，熠燿其羽叶五。之子于歸，皇駁其馬叶母。親結其縭叶羅，九十其儀叶俄。其新孔嘉叶歌，其舊如之何？

《古序》曰：「《東山》，周公東征也。」毛公曰：「周公東征，三年而歸。勞歸士，大夫美之，故作是詩也。一章言其完也，二章言其思也，三章言室家之望女汝也，四章樂男女之得及時也。君子之於人，序其情而閔其勞，所以説也。説以使民，民忘其死，其唯《東山》乎！」〇周公避謗，居東二年。成王誅管叔，得《鴟鴞》之詩，感風雷之變，始悔悟迎公。公歸，大誥天下，奉王東征武庚，伐奄。孟子所謂「三年討其君，滅國五十」，即此行也。大亂既殄，將卒生還，閭閻安堵，皆公所以振溺亨屯，而躋之安全者。故周大夫作是詩，亟道其使民忘勞，而公之忠勤盡瘁，神武不殺，皆隱然言外，可謂善頌。而朱子謂爲公自作，以勞歸士，如《采薇》《杕杜》之類。則仁人之言，不待公而能之矣，況可以《風》而亂爲《雅》乎？〇一章 山東太亂，王師徂征，慆慆三年，可謂久矣。班師東歸，零雨沾濛，行旅載途，又何勞也！我自東山言歸，心已西望家鄉而悲。客久衣敝，歸則更制裳

衣，勿復事行伍銜枚矣。視彼蜎蜎然蠋動之蠋，在此桑林之野。如我敦然獨宿不移，亦在此戎車之下。相隨生還，人與物咸亨也。○二章 我徂東山，慆慆三年。今我來歸，陰雨載道。久役于外，田舍荒蕪。括樓之實，蔓延于簷宇。伊威小蟲，生于室中。蠨蛸結網當户，舍傍畦攏壠，荒爲鹿場。螢火夜行，景象淒涼。雖畏勿畏，故國故鄉，伊可懷思耳。○三章 我往東山，三年不歸。我來自東，又窘陰雨。天將雨水，則鸛集于高地，而鳴于丘垤之上〔一〕。征夫遇雨于路，婦人悲歎于室，乃洒埽其地，塞其空隙，而征夫遂已至矣。見彼敦然不動之苦瓜，繫于栗薪之上。比我匏繫東山，其苦同之。不見室家，于今三年矣。○四章 我往東山，慆慆不歸。我自東歸，零雨在途。征士未有室家者，歸及仲春。倉庚飛而羽鮮明，親迎歸妻，乘或皇或駁之馬。母送其女，結帨告戒，禮儀之多，九十具備。此新昏者，固甚美矣。彼舊有室家者，相見而喜，當如何邪？○周都豐鎬，殷都中原，故伐殷曰「徂東」。東山，猶言山東，中原在大行山之東也。行，陣也。枚，如箸，銜之以止諠。蜎，動貌。蠋，野蠶也，字从蜀，蜀國爲蠶叢。烝，衆也，謂養蠶采桑之衆，古蠶室就桑野。敦，獨處不移貌。古者車戰，止則爲營衛，故戰士皆宿于車下。果贏，瓠細腰似蜂者。伊威，小蟲，似白魚，生壁根甕底。蠨蛸，小蜘蛛。町疃，

〔一〕「天將雨水」至「丘垤之上」，北大本同。臺圖本、公文本、歷彩本此處均有塗改，湖圖本作「鸛性好水，蟻性知雨。蟻出爲垤，而鸛鳴其側」。

舍傍畦壠也。熠燿，螢火。垤，即所謂丘垤，字與凸通，小阜也。俗云：鸛立山上，則大水至〔一〕。敦，不動也。烝，升也。栗薪，栗樹可爲薪者，椽屬。熠燿其羽，黄鳥羽鮮明也。黄白曰皇，駁文如蘚，青白色。縭，帨也。母臨嫁戒女，綰結其帨，使無忘也。《士昏禮》「母施衿結帨，曰『勉之敬之，夙夜無違宫事』」，庶母申之曰『夙夜無愆，視諸衿鞶』」，是也。九十其儀，百禮皆備也。九十，極言數之多。

《東山》四章，章十二句。

既破我斧，又缺我斨槍。周公東征，四國是皇。哀我人斯，亦孔之將。○既破我斧，又缺我錡叶阿。周公東征，四國是吪。哀我人斯，亦孔之嘉叶歌。○既破我斧，又缺我銶求。周公〔二〕東征，四國是遒囚。哀我人斯，亦孔之休。

《古序》曰：「《破斧》，美周公也。」毛公曰：「周大夫以惡四國焉。」○朱子改爲征士答

〔一〕「垤，即所謂丘垤」至「大水至」，北大本同。歷彩本、湖圖本作「垤，蟻聚土也。將雨，水泉上濕，蟻穴畏濕，銜土爲塚以防濕也」。

〔二〕「周公」，後有二字作墨釘，北大本同。臺圖本、公文本、歷彩本、湖圖本作「周公周公」，改行時誤重。

前篇周公勞己而作，非也。朱子于凡詩義相似者，輒以後爲答前。斧斨似兵，破缺似戰，故以《破斧》爲答《東山》。然使《東山》之戰，至于兵器破缺，則殺人多矣，豈褒美之辭？《詩》言戎器，惟車馬、弓矢、戈矛，而斧斨以析薪伐木。王室有公，劈解盤錯，猶斧斤也，因以爲比。《司馬法》「輜輦載一斧、一斤、一鑿、一梩、一鋤、二版、二築」，皆軍中樵蘇築壘用之。故次章「缺錡」，錡，釜屬，所以爨，《采蘋》云「于以湘之，維錡及釜」，是也；三章「缺銶」，銶，鎚鑿之屬；皆任用之器。《朱傳》謂爲征伐之用，則兵器，誤矣。○一章 我公東征三年，在外既久，破我析薪之斧，缺我採樵之斨。朝廷倚公，猶薪木有斧斨。雖至破缺，敢辭勞乎？周公東征，務使四方下國，一歸于正。天地父母之心，唯恐一人陷于反側。哀憫我民，豈不大乎？○二章 既破我析薪之斧，又缺我炊煮之錡，勞苦而功高如此。惟使四方之國吪化而已。其哀憫我民，豈不甚善乎？○三章 既破我斧，又缺我鎚鑿之銶，勤勞甚矣。周公東征，使四方之國收斂安固耳。其哀我民，豈不甚美乎？○四國，四方之國。或曰：即管、蔡、商、奄也。

《破斧》三章，章六句。

伐柯如何？匪斧不克。取娶**妻如何，匪媒不得。○伐柯伐柯，其則不遠。我遘**姤**之子，籩豆有踐**叶淺。

《古序》曰：「《伐柯》，美周公也。」毛公曰：「周大夫刺朝廷之不知也。」○朱子改爲周公居東，

東人喜見公而作，非也。管叔既死，《鴟鴞》既作，公尚留滯東土。成王感風雷之變，乃執《金縢》之書，泣曰：「惟朕小子其親逆，我國家禮亦宜之。」王意欲親迎公未果者，悔往事錯謬，恐公意未釋，而踟蹰所以迎公之禮。以小人之腹，爲君子之心耳。不知聖人天地之量，其見疑也，奚以對？其既明也，奚以喜？既不以蒙難而失常，豈以既明而求雪？詩人諒公之深，贊王親迎，以伐柯娶妻比。伐柯用斧，娶妻用媒，古有是語。冕而親迎，重其事也。故借以諷王，而其言微婉。苟無《序》，必將以是詩爲婚禮而作矣。○一章 我公匡國定難，王朝之斧斤也。始而疑之，今乃知之。如人欲伐木爲斧柄，仍須用斧。雖欲舍斧，不可得已。安民附衆，我公王國之媒妁也。始而忌之，今乃信之。如人欲取妻，必因原媒。雖欲舍媒，不可得已。今王欲安天下，而不迎公歸，其可得乎？○二章 欲伐柯乎，欲伐柯乎？即手中所執之柯，便是新柯之法。今欲歸公，但悔前日之誤，即成今日之是，豈有他哉？亦惟設其籩豆，踐然陳列，君臣相與燕笑，一見而往事釋然矣。聖人豈有成心乎？○踐，行列整齊貌，古踐與斬通。

《伐柯》二章，章四句。

九罭域之魚，鱒忖魴。我覯之子，衮衣繡裳。○鴻飛遵渚，公歸無所，於女汝信處。○鴻飛遵陸，公歸不復，於女信宿。○是以有衮衣兮，無以我公歸兮，無使我心悲兮。

《古序》曰：「《九罭》，美周公也。」毛公曰：「周大夫刺朝廷之不知也。」○前篇諷成王以饗禮迎公，此篇諷王以冕服迎公。朱子改爲周公居東，東人喜之而作，非也。夫居東，公之不幸也。

不以朝廷失公爲憂，而以東人見公爲喜，其于君子立言大義，近兒女私情。謂周大夫託東人愛公諷王則可，謂東人喜之而作則謬矣。九罭，九囊大網。物莫大於魚，魚大則網恢。九罭之言九域，以比天子羅致大臣也。鱒、魴，皆魚名。鱒之言忖，魴之言方，忖度所以挽回公之方也。蓋王悔始之失公，而詩人諒公之忠順，惟王還其舊服而已矣。上公袞冕，即冢〔一〕宰之服。鴻飛，比公去位高蹈也。遵渚、遵陸，比二年居東也。一章，謀所以迎公之禮。二章、三章，揣公必歸，而託爲辭東人之語。四章，迎公西歸，而託爲東人留公之語。是時公居東已二年矣，信處、信宿，諷王之速迎公也。蓋王雖不諒公，而公終未忍忘王，往迎則必反，故東人悲公歸。而朝廷不恤公去，詩所以歎其不知。而表公之盛德精忠，無絲毫怏怏懟主之情，其辭義懇惻微婉矣。○一章 九罭之網設，則魚無不得，有鱒焉，有魴焉。今我西人欲覯公，無他，惟王以龍袞之衣、絺繡之裳往迎，還其舊服，復其舊位，而公可得而覯矣。○二章 王以禮往，公必遄歸，如鴻飛宜戾天。今遵彼洲渚，公之居東，猶在渚也。王欲公歸，元宰虛席，豈其無所乎？今而後於汝東土，不過信處而已。○三章 鴻飛宜高舉，而乃遵彼平陸。公之居東，猶在陸也。王欲公歸，公豈不復乎？今而後於汝東土，不過信宿而已。○四章 是以王之迎公也，有袞冕之衣矣。以公之忠順，王命不宿留，而君召豈俟駕？在我西人喜公還，在彼東人悲公去，曰：「王無以我公歸，無使我心悲。」聖德所在，人心愛慕，豈朝廷之上而無知公者乎？○九罭，九囊之網。

〔一〕「冢」，原作「冡」，諸本同，形近而訛，今改。

鱒，魚似鱓渾上聲，細鱗而赤眼。魴，鯿也。我，西人也。覯，遇見也。時公居東，歸則西人得覯也。袞衣，刺龍於衣，龍形卷袞然，故謂之袞。繡裳，繡五采於裳也。鄭玄九章之説未可憑，詳見《周禮》。遵，循也。渚，小洲。汝，謂東人。再宿曰信。高平曰陸。「是以有袞衣」，承上三章，言王果以袞衣繡裳往迎，而公遂去東西歸也。

《九罭》四章，一章四句，三章章三句。○誦《九罭》而知聖人忠愛之無已也。臣之事君，無所逃於天地之間。始以王見疑而去，負罪引慝，人臣自靖之分也。苟君能諒臣之無他，則懽然相與棄其舊而圖其新，豈復有纖芥不釋之憾？詩人所以深知公，而託詠于九罭之魚也。爲人臣者，師周公可矣。

狼跋其胡，載疐致**其尾**叶以。**公孫**遜**碩膚**扶，**赤舄**昔**几几。○狼疐其尾，載跋其胡。公孫碩膚，德音不瑕**叶何。

《古序》曰：「《狼跋》，美周公也。」毛公曰：「周公攝政也，遠則四國流言，近則王不知，周大夫美其不失其聖也。」○狼，豺狼。美聖德而言豺狼者，才良之寓言也。狼行顧其後，比公去國未忘王室也。狼性怯走善還，比公居東西歸也。世稱顛連曰狼狽，冗亂曰狼藉，播棄曰狼戾，放散曰狼宕，皆患難之比也。○一章 狼之急走也，進則躐其項下之胡，退則自礙其尾，其顛沛失所甚矣。我公遭難去國，豈讒口所能傷？惟公自讓其大美耳。視其所著赤舄，几几然安舒。素履無咎，豈以顛沛而改其常度乎？○二章 狼退則疐其尾，進則跋其胡。公之遭讒，猶是也。雖讓大美不居，而盛德徽音，

如玉之完瑜，無有瑕玷也。○跋，躐也。胡，項下懸肉。疐，顛躓也。孫、遜同，避也，猶《春秋》「公孫于齊」之「孫」。《金縢》曰「我之弗避，無以告我先王」，是也。碩膚，大美也。赤舄，朱屨也。複下曰舄，單下曰屨。几几，安舒也。德音，令聞也。瑕，玉病也。

《狼跋》二章，章四句。○誦《狼跋》而知世路崄巇，自古爲然。聖如周公猶不偶，士宜何如以自處？有大美而能讓焉，其可矣。孔子温良恭儉讓，故雖老於行，而日尊以光。使憂能傷人，周公、孔子何以免乎？《詩》可以觀，其斯之類與！

毛詩原解卷十六國風終

毛詩原解卷十七

郝敬　解〔一〕

小雅

列國之詩，謂之《風》；王朝之詩，謂之《雅》。風，俗也；雅，正也。正者，政也。言小政者，爲《小雅》；言大政者，爲《大雅》：皆王朝之詩。《小雅》多言政事，而兼《風》；《大雅》多言君德，而兼《頌》。故《小雅》之聲，飄姚和動；《大雅》之聲，莊嚴典則：小大之義，盡此矣。司馬遷謂「《國風》好色不淫，《小雅》怨誹不怒」，以《國風》《小雅》並言，不及《大雅》，亦此意。《雅》有正變，皆周未東以前西京之詩，東遷而後無《雅》，故曰「詩亡」。

鹿鳴之什

《雅》無諸國之別。毛氏以次列爲什，如軍法十人爲什也。自《鹿鳴》至《魚麗》十篇，爲《鹿

〔一〕「郝敬解」，北大本同，臺圖本、公文本、歷彩本此處均有塗改，湖圖本作「郝敬習」。

鳴之什》。外《南陔》《白華》《華黍》三詩，有目無篇，不與焉。皆文、武之《雅》。朱子以亡詩配數改編，而《小雅》舊什亂矣。

呦呦鹿鳴叶芒，食野之苹叶旁。我有嘉賓，鼓瑟吹笙叶桑。吹笙鼓簧，承筐是將。人之好我，示我周行叶杭。○呦呦鹿鳴，食野之蒿。我有嘉賓，德音孔昭。視民不恌挑，叶兆，君子是則是傚。我有旨酒，嘉賓式燕以敖。○呦呦鹿鳴，食野之芩。我有嘉賓，鼓瑟鼓琴。鼓瑟鼓琴，和樂且湛沈。我有旨酒，以燕樂嘉賓之心。

《古序》曰：「《鹿鳴》，燕羣臣嘉賓也。」毛公曰：「既飲食之，又實幣帛筐篚，以將其厚意。然後忠臣嘉賓，得盡其心矣。」○朱子改爲燕饗賓客之詩，據《燕禮》《鄉飲酒禮》工歌用之，遂以爲通用之樂。然此詩初本天子燕羣臣嘉賓作，猶《關雎》本后妃之德，雖鄉射、燕禮用之，未可遂爲鄉射、燕禮之樂歌也。則此詩，豈可遂目爲泛然燕饗之詩乎？鹿之言禄也。明主禄養賢臣，故臣僚有羣鹿之象。鹿，陽物也，生于山。苹、蒿、芩，皆草，生于澤。鹿食澤中，有山澤交之象。《易》所謂「咸者，感也」，故曰：「山上有澤，咸。君子以虚受人。」是爲明主求教之象。天地感而萬物生，聖人感人心而天下和平，故《易》以《咸》首下經。《詩》以《鹿鳴》冠《雅》，其義同，所以爲登歌之首也。○一章 鹿生于山，苹生于水。鹿呦然和鳴，食野之苹，山澤交感，所以聲和。我有

嘉賓，燕饗樂作，鼓瑟而吹笙簧，奉筐以送幣帛，禮備情和。庶幾嘉賓好我，示以經國之大道也。○二章 蒿生于藪，鹿之和鳴，食野之蒿。我有嘉賓，仁義之言，形于旅語，足以示民，使不恌薄，爲君子者所當則傚。故我有旨酒，與嘉賓燕飲遨遊，竊觀法之益也。○三章 芩生于濕，鹿之和鳴，食野之芩。我有嘉賓，燕飲樂作，和樂且久。豈口體之養？將以安樂嘉賓之心，心契而後忠告可幾也。○呦呦，和聲。苹，浮苹。笙，以竹爲十三管，列植匏中；施金葉於管端，謂之簧；吹之鼓動，其簧則鳴。承，奉也。筐，以竹爲器，盛幣帛也。周行，大道也。德音，善言也。飲酒之禮，于旅也語。《樂記》曰：「於是語，於是道古也。」視與示同。恌，薄也。芩，草葉如竹，莖如釵股，生下濕鹹地，牛馬喜食之。湛，樂之甚也。

《鹿鳴》三章，章八句。

四牡騑騑非，周道倭威遲。豈不懷歸？王事靡盬古，我心傷悲。○四牡騑騑，嘽嘽灘駱洛馬。豈不懷歸？王事靡盬，不遑啓處。○翩翩者鵻睢，載飛載下叶虎，集于苞栩。王事靡盬，不遑將父叶甫。○翩翩者鵻，載飛載止，集于苞杞。王事靡盬，不遑將母。○駕彼四駱，載驟醋駸駸。豈不懷歸？是用作歌，將母來諗審，叶深。

《古序》曰：「《四牡》，勞使臣之來也。」毛公曰：「有功而見知，則説矣。」○周先王遣

使臣，終事歸，則歌此詩以燕之。《毛傳》謂爲文王之詩，稱「王事」者，西伯受商王之命，以統諸侯，使臣往來，皆王事也。此因西伯未稱王而曲解之，非也。後儒遂謂文王末年稱王，尤非也。蓋凡《風》《雅》歌文王之事，非即作于文王之世。周道大行，而後禮樂興，是成王周公之世矣，故稱「王事」，稱「天子」，文、武同焉。四牡，使臣之乘馬也。馬行地無疆，坤道也，臣道也，故以比。雄曰牡，男子經營四方，故以四牡比。鵻與睢通，即睢鳩，布穀也。其鳴勸耕，以比孝子耕田養父母也。○一章 我乘四馬，騑騑然馳驅不息。周道回遠，豈不思歸？王事不可不堅固，必堅固而後言歸，是以懷思而傷悲耳。○二章 四牡騑騑然不止，駱馬嘽嘽然喘息。勞亦甚矣，豈不思歸？王事不可不堅固，不得從容啓居耳。○三章 翩翩然飛之睢鳩，勸耕之鳥也。下集于叢生之栩，而不能高飛，失其所矣。我爲人子，以王事不可不堅固，不得耕田養父，失所亦甚矣。○四章 翩翩者鵻，飛而止于叢生之杞。我以王事不可不堅固，不暇養母，亦猶此鵻矣。○五章 駕四駱馬，駸駸前進，豈不思歸？爲君忘親，作此詩以養母之情，來告君也。○白馬黑鬣曰駱。啓與跽通，跪也。處，居也。古者坐以膝著地，以股著腓，有所敬則伸其股而跽，所謂長跪也。禮：君子更端則起。起，即跪也。《論語》云：「居，吾語汝。」居，即坐也。苞，叢生也。杞，枸杞。將，奉也。諗，告也。

《四牡》五章，章五句。

皇皇者華叶敷，于彼原隰。駪駪辛征夫〔一〕，每懷靡及。○我馬維駒居，六轡如濡如。載馳載驅，周爰咨諏疽。○我馬維騏，六轡如絲。載馳載驅，周爰咨謀叶媒。○我馬維駱，六轡沃若。載馳載驅，周爰咨度拓。○我馬維駰，六轡既均。載馳載驅，周爰咨詢。

《古序》曰：「《皇皇者華》，君遣使臣也。」毛公曰：「送之以禮樂，言遠而有光華也。」

○按：此文王之詩，後王遣使臣皆用之。使臣受命不同，總之宣上德，達下情耳。人主深居清穆，四方艱難疾苦，無由周知，故使臣以周諮爲先務。燕以遣之，所謂送以禮也；歌以樂之，所謂送以樂也。遠而有光華，是《皇華》所取義也。綸命寵被，君以華其臣；奉使不辱，臣以華其君。朱子謂《序》不達詩意，非也。○一章 皇皇然光明者，草木之英華。或原或隰，輝映載路。使臣銜王命而行，光華亦如之。其從行駪駪然衆多之征夫，疾趨君命，各懷不及之憂也。○二章 我馬維五尺以上之駒，六轡鮮澤而如濡。駕是車馬馳驅，隨事隨處，周徧不遺，咨諏訪問，助予一人耳目之所不及，可也。○三章 我馬維青黑之騏，六轡調直如絲。乘此馳驅，周徧咨謀其計畫，可也。○四章 我馬維駱，六轡潤澤而沃若。乘此馳驅，周徧咨度其機宜，可也。○五章 我馬維陰，白雜毛之駰，六轡調齊而既均。乘此馳驅，周徧咨詢於衆人，可也。○每者，不一之辭。

〔一〕「夫」，原作「失」，諸本同，形近而訛，今改。

《皇皇者華》五章，章四句。

常棣弟之華，鄂不柎韡韡偉〔一〕。凡今之人，莫如兄弟體。○死喪之威叶歪，兄弟孔懷。原隰裒抔矣，兄弟求矣。○脊令零在原，兄弟急難叶鑾。每有良朋叶盤，況也永歎叶團。○兄弟鬩于牆，外禦其務叶蒙。每有良朋叶旁，烝也無戎。○喪亂既平，既安且寧。雖有兄弟，不如友生。○儐並爾籩豆，飲酒之飫叶遇。兄弟既具，和樂且孺。○妻子好合叶吸，如鼓瑟琴。兄弟既翕，和樂且湛沈。○宜爾室家叶姑，樂爾妻帑奴。是究是圖，亶其然乎！

《古序》曰：「《常棣》，燕兄弟也。」毛公曰：「閔管、蔡之失道，故作《常棣》焉。」○按：武王、周公、管、蔡，皆文之昭也。武王崩，周公相成王，使管叔、蔡叔監殷。管叔將以殷叛，流言毀公。王疑公，公遂避位去居東。明年，管叔叛，成王執而殺之。公不預聞，不能救也。鬱鬱飲恨，情見乎《鴟鴞》《大誥》諸篇。及天下既定，制禮樂，追傷而作此詩，於凡合宗族燕飲則歌之。首言兄弟至親。二章言死喪，即管叔見殺之事。三章言急難，即避位居東之事。四章言鬩〔二〕牆禦侮，即二叔流言，武庚作亂之事。五章言既安寧，追惟往事，極道悔恨之意。既不忍叔之死，而又不敢尤王。

〔一〕「鄂不（柎）韡韡（偉）」，北大本同。臺圖本、歷彩本、湖圖本作「鄂（萼）不韡韡（偉）」。

〔二〕「鬩」，原作「閲」，諸本同，形近而訛，今據《常棣》經文改。

長歌代泣，自怨自艾，使工瞽諷誦，愬諸同父。亟稱良朋者，自恨爲兄弟，不如朋友耳。情有難言，故末章云「是究是圖」，其衷曲甚苦，千載之下，猶堪揮涕。而世儒曾不究圖，誣公殺兄，愚于《書·金縢》辨之詳矣。學者誦《鴟鴞》《常棣》，讀《大誥》《康誥》，而不諒公之心，則千古猶面牆，奚貴誦《詩》讀《書》乎？○一章 常棣之花，衆蘂同柎，柎之承花〔一〕，韡韡外見。兄弟同本，亦猶此也。凡爾今人，試念天顯，有如兄弟者乎？○二章 居常無事，則親疏不殊。戚戚之情，臨難倍切。雖死喪可畏，惟兄弟甚相懷恤也。陳尸原隰，裒而收之，亦惟兄弟爲相尋求耳。○三章 脊令之鳥，在彼原野，首動尾掣，一體相應。兄弟急難，如左右手，可以人不如鳥乎？每有善良之朋，尚相憐而長歎，況在同父，能無悼痛邪？○四章 不令兄弟鬩很于家牆，突有外侮，何以禦之？每有以良朋之衆，相助而免于害者矣。苟兄弟同心，何憂外侮乎？○五章 今死喪禍亂平矣，急難既安矣，外侮且寧矣。追傷往事，生死升沈，杳不相及。雖有兄弟，不如良朋之永歎無戎。其于天顯民彝，亦甚乖矣。○六章 既歷患難之苦，益信兄弟之親。今日之燕，陳爾籩豆，飲酒饜飫，既和樂矣。兄弟不在，非真樂也。惟兄弟既具，而後相親，如孺子之真愛耳。○七章 妻子相好相和，如鼓瑟琴，生人之慶也。苟兄弟相猜，則其樂鮮終。必兄弟既聚，而後妻子和樂，可長久耳。○八章 可知室家雖親，得兄弟而後安；妻孥雖和，得兄弟而後樂。此情深切，難可言喻。惟身親閱歷，窮究其理，圖謀其難，始信誠然。苟

〔一〕「衆蘂同柎」及「柎之承花」之「柎」，北大本同。臺圖本、歷彩本、湖圖本作「萼」。

非身遭艱危者，其孰能知之？○常棣，猶棠棣，梨也，甘者曰棠。鄂、萼通，花蒂也。不，當作柎，花足也。花足有孚殻如韡，韡與韡通〔一〕。韡韡，外見貌〔二〕。威、畏通。原隰，野外也。裒，斂尸也。蓋指成王殺管叔之事。禮：公族有罪，磬于甸人，不與國人慮兄弟。故曰「原隰」也。求，尋覓也。脊令，鳥名。飛則鳴，行則摇，有急難之狀。每，猶常也。況也，猶云尚且也。鬩，很也。務與瞀通，昏亂之象，謂外侮也。烝，衆也。戎，害也。儐，陳也。孺，小兒也。湛，久也。帑，子也。

《常〔三〕棣》八章，章四句。○誦《常棣》，而周公無殺管叔之事，愈明矣。蓋二叔得罪王室與天下，雖有可殺之罪，而公終無殺兄之心。天下以討罪人爲大義，而公終以不能全兄爲不仁。故于《康誥》曰：「弟弗克恭厥兄，兄亦不念鞠子哀，大不友于弟。」此詩亦云：「雖有兄弟，不如友生。」其自怨之情慘然。蓋傷管叔之死，而恨己之不能救也。豈其有殺兄之事，而又爲此辭乎？《春秋左傳》亦惑于周公殺兄之説，謂是詩爲召穆公作。夫召穆公，則宣王之季矣。《序》謂「文、武以《天保》以上治内」，安得有幽宣變《雅》雜于其中？左氏紕繆，不止此一端。至其爲《國語》，又謂爲周文公作。

〔一〕「鄂、萼通」至「韡與韡通」，北大本「如韡韡與」四字作墨釘。臺圖本、歷彩本、湖圖本作「萼，花蒂也。韡與韡通，花足有孚甲在外，如人著韡然」。

〔二〕「外見貌」後，臺圖本、歷彩本、湖圖本有「不，豈不也」一句，底本及北大本無此句。

〔三〕「常」，原作「棠」，諸本同，形近而訛，今改。

其狐疑兩可，本無足據。然周公之詩，《序》云「文、武」，何也？凡文、武之詩，非作于文、武之時，蓋皆周公成文、武之德，作禮樂。此其燕兄弟之樂也。朱子疑世次不類，謂此序與《魚麗》之序相矛盾，可謂不達。

伐木丁丁錚，鳥鳴嚶嚶英。出自幽谷，遷于喬木。嚶其鳴矣，求其友聲。相彼鳥矣，猶求友聲。矧伊人矣，不求友生？神之聽之，終和且平。○伐木許許，釃篩酒有藇序上聲。既有肥羜苧上聲，以速諸父上聲。寧適不來叶里？微我弗顧叶古。於粲洒埽叶藪，陳饋八簋叶究。既有肥牡，以速諸舅叶九。寧適不來？微我有咎叶九。○伐木于阪反，釃酒有衍叶眼。籩豆有踐淺，兄弟無遠。民之失德，乾餱以愆叶歉。有酒湑叶所我，無酒酤古我。坎坎鼓我，蹲蹲存舞我。迨我暇叶火矣，飲此湑所矣。

《古序》曰：「《伐木》，燕朋友故舊也。」毛公曰：「自天子至于庶人，未有不須友以成者。親親以睦，友賢不棄，不遺故舊，則民德歸厚矣。」○太平非一士之力，明主求賢，如爲室求木，故以伐木比。語曰：「良禽擇木，良臣擇主。主明則士附，林茂則鳥歸。」故以鳥鳴爲比。山林有士，幽谷有鳥，伐木聞鳥鳴，比求賢得良朋。丁丁用力，以比求治；許許人衆，以比朋友。山阪野處，伐木賤事，以比故舊。王者貴不忘賤，故屢詠伐木，所以爲燕朋友故舊之詩也。○一章 入山伐木，斧

聲丁丁然，豈一手之力？于斯聞鳥聲嚶嚶然，出谷遷喬，以呼其朋偶，而況于人？伐木者聞此，當益堅同志之好矣。人情變態，鬼神難欺。苟能同聲相應，神將聽之，終當和好平康，不至于乖離矣。○二章　伐木者許許人衆，釃酒以飲，藇然均齊，蓋同力則同飲也。今者之燕，既有肥羜，以速諸父。或諸父適有故不來，我不敢失禮不顧也。於乎粲然鮮潔，灑埽其室，陳設飯食，盛以八簋，殽有肥牡，以召諸舅。或適有故不來，我不敢有遺忘之咎也。○三章　伐木于陂陀之阪，釃酒以飲，人衆而有衍，蓋與之同勞，亦與之同樂也。今者之燕，籩豆有踐成列，兄弟具在無遠。凡民失朋友之恩，惟以餱脯糗糧之類，吝而不分，遂致疏薄。我今有酒，泲其糟而湑之，無酒則買之。坎坎然擊我鼓，蹲蹲然起我舞，及我閒暇之日，飲此所湑之酒矣。○丁丁，斧伐木聲。嚶嚶，和鳴也。許許，人多也。釃、灑通，酌之均也。藇，蕃蕪貌，多而齊也。羜，未成羊也。天子謂同姓諸侯，諸侯謂同姓大夫，皆曰父；異姓皆曰舅。微，無也。顧，念也。於，歎辭。粲，鮮潔也。阪，陂陀不平之地。衍，均而多也。兄弟，同儕之稱，即朋友也。乾，果脯之屬。餱，乾糧也。

《伐木》三章，章十二句。○按：舊作「六章，章六句」，朱子改併三章，以每章起「伐木」，今從之。

天保定爾，亦孔之固。俾爾單厚，何福不除叶去聲？俾爾多益，以莫不庶。○天保定爾，俾爾戩剪穀。罄無不宜，受天百祿。降爾遐福，維日不足。○天保定爾，以莫不興。

如山如阜，如岡如陵，如川之方至，以莫不增。○吉蠲娟爲饎熾，是用孝享。禴祠烝嘗，于公先王。君曰卜爾，萬壽無疆。○神之弔叶的矣，詒爾多福。民之質矣，日用飲食。羣黎百姓，徧爲爾德。○如月之恒，如日之升。如南山之壽，不騫不崩。如松柏之茂，無不爾或承。

《古序》曰：「《天保》，下報上也。」毛公曰：「君能下下以成其政，臣能歸美以報其上焉。」○朱子謂人君以《鹿鳴》以下五詩燕其臣，臣受賜者，歌此詩以答其君。古註意同。則是羣臣、嘉賓、使臣、兄弟、朋友，凡受燕者，皆歌此詩。則周臣之答上也，不幾于雷同虚文乎？非也。文、武盛時，上下交而泰道成，人心和悦，周公作是詩以鳴其盛。先有泰平之福、忠愛之情，而後樂歌興，非預作是詩，徒使諸臣誇誦。如後世辭臣，矯飾以諛其君，非《天保》之情矣。今觀其辭，曰「單厚」，諷以仁也；曰「多益」，諷以損也；曰「戩穀」，諷以盡善也；曰「孝」，諷以承先也；曰「質」，諷以治也；終之曰「爾德」：歸美之中，責難之義備，所以爲「天保」也。《朱傳》「單厚」「多益」「戩穀」之類，俱作福禄解。文義重沓，而乏諷規，與後世獻諛之辭何殊？蓋祝君而以「日不足」「神之弔」，日月之盈虚，意微婉矣。○一章 天道無親，歸于有德。今觀天之安定爾，亦甚堅固矣。使爾君道盡厚，何福不開除與君？又使爾多益，不損下以益一人，是以億兆繁阜，莫不既庶矣。○二章 天之安定爾也，使爾翦然盡歸善道。宜君宜王，宜人宜民，盡無不宜，以承受天百禄。天方降爾以久遠之福，而爾能

盈滿是懼，維日貶損而不自足，所以受天祿而無不宜也。○三章 天保定爾，無不興盛。使爾宗社神器，如山阜岡陵之固。使爾多福方來，如川之始至，無一不加增引長也。○四章 爾身，祖宗所依芘也。擇吉蠲潔，而爲酒食，以仁孝享祀祖考。夏禴春祠，冬烝秋嘗，于先公、先王之廟。先公、先王若曰：「期爾以萬壽，無有疆界。」報其孝享也。○五章 祖考之弔閔爾也，詒以多福。使爾民風醇厚，習尚敦朴，不識不知，日用飲食，風俗一而道德同。羣黎百姓之德，徧爲爾之德矣。○六章 爾之受福，觀象于天，景運方新，如月上弦而緪，如日初出而升；觀象于地，四宇鞏固，如南山之壽，不騫虧崩裂；觀象于物，如松柏之茂，青青不改，無不爾承繼也。○保定，猶言安定也。單，盡也；一作亶，信也。厚，仁厚也。除，猶除官之除，開也，開以予之也。多益，豐盛也。損下益上曰益，損上益下曰多益。庶，衆民也。戩、翦通，盡也。穀，善也，養也。罄，盡也。高平曰陸，大陸曰阜，大阜曰陵。吉，善也，謂卜日擇士。蠲，潔也，謂齊戒滌濯。饎，食也，謂粢盛。公，謂組紺以上。先王，謂大王以下。君，即先公、先王也。卜，期也，未然之辭。弔，恤也，猶「不弔昊天」之「弔」。《春秋傳》曰：「敢告不弔。」君有道，則神恤之。恒，作緪，弦也。月至初八九爲上弦，將盈之漸也。

《天保》六章，章六句。

采薇采薇，薇亦作止。曰歸曰歸，歲亦莫叶如字止。靡室靡家叶姑，玁險狁允之故叶平聲。不遑啓居，玁狁之故叶平聲。○采薇采薇，薇亦柔止。曰歸曰歸，心亦憂止。憂心烈烈，

載饑載渴叶謁。我戍樹未定，靡使歸聘。○采薇采薇，薇亦剛止。曰歸曰歸，歲亦陽止。王事靡盬，不遑啓處。憂心孔疚叶吉，我行不來叶力。○彼爾維何？維常之華花。彼路斯何？君子之車叶叉。戎車既駕，四牡業業。豈敢定居？一月三捷。○駕彼四牡，四牡騤騤葵。君子所依，小人所腓肥。四牡翼翼，象弭米魚服叶逼。豈不日戒叶結？玁狁孔棘。○昔我往矣，楊柳依依。今我來思，雨雪霏霏。行道遲遲，載渴載饑。我心傷悲，莫知我哀叶衣。

《古序》曰：「《采薇》，遣戍役也。」毛公曰：「文王之時，西有昆夷之患，北有玁狁之難，以天子之命，命將率帥，遣戍役，以守衛中國。故歌《采薇》以遣之，《出車》以勞去聲還，《杕杜》以勤歸也。」○朱子謂此未必文王之詩。夫文王雖未爲王，其爲方伯，以王命遣戍，自有樂歌。此詩居正《雅》之先，非文王，烏足以當之？亦猶《國風》首二《南》，雖不必盡文王后妃之事，而皆以歌詠文王后妃之化，爲世法程也。故風者，教也，自家庭以達于邦國；雅者，正也，自朝廷以達諸天下。教以君爲主，故二《南》之事，不出家國；政以天子爲宗，故《小雅》之事，及于天下。周之政教，由文王興，《風》《雅》皆自文王始也。然何知非武王乎？蓋文、武同而謨烈異。武王之烈，誓命也，著之史冊；文王之謨，禮樂也，被之聲歌。功莫大于武，而德莫高于文。夫子于《書》記武功，而于《詩》歌文德。二《南》、《小雅》，《關雎》《鹿鳴》諸詩，所以誌文王之德之盛也。當紂之末，禮樂征伐，雖奉商政，而周家聲靈文物，煥然維新。《采薇》命將出師，想見當世威德隆重，而小心

服事，不肯改姓易物，三分有二，以服事殷。周之德，可謂至德。文王既没，「文在兹」者，此之謂也。采薇比王師制敵之易，薇之言微也。四章言常棣，比三軍和集也。王者之師貴人和，所以制敵如采薇也。朱子論《詩》，以代言爲上之厚，《三百篇》中美刺多代言。聖人佚道使民，不在代言，而在體恤之誠。讀者當得之言外。○一章 今之往戍也，方春薇生，采而食之，薇始作也。念我歸期，在歲之暮，遠戍邊境，去其室家。惟玁狁之故耳，豈上之人無故勞我邪？○二章 采薇采薇，薇初生柔弱。念我歸期，憂心烈烈熱中，遠行饑渴。戍事不得安定，同行無歸人，誰爲問我室家也？○三章 采薇采薇，薇長而堅剛。念我歸期，當在歲暮之陽月。王事不堅固，啓處無暇，憂心甚病。我行離家方始，未得即歸來也。○四章 彼爾然茂盛者維何？常棣之華也。彼羽衛衆盛者伊何？大將之路車也。駕此戎路，四馬業業不息。豈敢安居？當奬勵三軍，一月之中，三戰三捷，以圖全勝也。○五章 駕車四馬，騤騤不息。將帥依此車以戰守，士卒隨此車以進退。如腓與足，將卒既同心矣；四牡翼翼，行伍又整齊矣。弓弭之弭，象骨爲之；盛矢之服，魚皮爲之：器械又精好矣。然豈敢恃此而怠緩乎？玁狁之難甚急，無日不戒備也。○六章 戍事既定，班師有期。因念昔者我行，蒲柳方生，依依柔弱，所謂采薇時也。今我來歸，遇雪霏霏，歲云暮矣。行道長遠，加以饑渴，我心自哀傷耳，其誰知之者乎？○薇，野豌豆苗，可爲羹芼。葉甚細，故謂薇。作，始出土也。柔，稚也。剛，壯長也。聘，問也。爾，華盛貌。常，棣也。路與輅同，車也。《周禮》五路：「革路以即戎。」腓，足肚也，足行則腓動。魚，水獸，似猪，其皮可爲弓鞬虔。

《采薇》六章，章八句。○按：薇作而柔而剛，變文疊詠耳。舊註謂三輩遣戍，非也。

我出我車，于彼牧叶密矣。自天子所，謂我來叶力矣。召彼僕夫，謂之載叶集矣。王事多難去聲，維其棘矣。○我出我車，于彼郊矣。設此旐兆矣，建彼旄矣。彼旟旐斯，胡不旆旆。憂心悄悄，僕夫況瘁。○王命南仲，往城于方。出車彭彭，旂旐央央。天子命我，城彼朔方。赫赫南仲，玁狁于襄。○昔我往矣，黍稷方華叶敷。今我來思，雨去聲雪載塗。王事多難，不遑啓居。豈不懷歸？畏此簡書。○喓喓草蟲，趯趯阜螽。未見君子，憂心忡忡。既見君子，我心則降叶工。赫赫南仲，薄伐西戎。○春日遲遲，卉木萋萋。倉庚喈喈叶雞，采蘩祁祁。執訊獲醜，薄言還旋歸。赫赫南仲，玁狁于夷。

《古序》曰：「《出車》，勞去聲還旋率帥也。」○前篇遣戍，此與下篇，戍畢歸而燕以勞之。此篇勞將帥也，遣則將與卒同，軍旅同心也；勞則將與卒異，朝廷殊禮也。禮：「賜君子、小人不同日。」勞將帥以《出車》，君子之儀衛；勞士卒以《杕杜》，小人之私情。○一章 昔我出車于郊外之牧，自天子之所，謂我分閫而來。王命不敢宿去聲留去聲，遂召僕夫駕車啓行。王事多難，不可以緩矣。○二章 昔我出車，在牧内之郊。車上設龜蛇之旐，以指揮後軍，飾旐以旄。又設鳥隼之旟，以指揮前軍。彼旟此旐，旆旆然飛揚於車上。此行任大責重，憂心悄悄，況駕車之僕夫，亦爲之憔悴矣。

○三章　此行大將爲誰？南仲是也。王命帥師，往城朔方。出車彭彭壯盛，旂旐央央鮮明，傳令三軍曰：「今日之事，天子之命，使我保障中夏，非輕舉徼功也。」赫赫南仲，玁狁畏服，孔棘之難，忽已攘除矣。○四章　玁狁既襄，振旅而還。思昔我至朔方，正夏日黍稷方華。擬歲莫可歸，而簡書復使西征，遂及春矣，雨雪解凍，道有泥塗。王事多難，啓處不遑。豈不思歸？畏此簡書耳。○五章　當此春日，室家思曰：草蟲喓喓而鳴，阜螽趯趯隨之。倡隨之情，蠢動皆同。是以未見君子，憂心忡忡。既見君子，我心始下。赫赫南仲，方往伐西戎，未得歸也。○六章　南仲今歸矣，春日遲遲然舒長，草木萋萋然茂盛，黃鳥喈喈然和鳴，采蘩者祁祁然衆多。當此景物熙和，大將振旅，執訊獲醜以歸。威名赫赫之南仲，玁狁平夷，宇宙清寧，功成凱旋，豈不樂乎！○我車，謂大將之戎路也。旗、旐，皆建于車上。旐畫龜蛇，以象玄武，統後軍也。旟畫鳥隼，以象朱雀，統前軍也。玄武，北方之宿，北方色玄，鱗甲曰武。前軍屬南，朱雀，南方鶉火之星也。旆旆，旟、旐尾飛揚貌。況，猶且也。彭彭，壯盛貌。黍稷方華，盛夏時也。塗，凍釋而泥塗，初春時也。因伐西戎，故踰年至春乃歸也。簡書，古以竹簡書命辭也。訊，問也。敵之爲魁首者，獻于王而訊問之。醜，衆也，降服之衆也。

《出車》六章，章八句。

有杕弟之杜，有睆宛其實。王事靡盬，繼嗣我日。日月陽止，女心傷止，征夫遑止。

○有杕之杜，其葉萋萋。王事靡盬，我心傷悲。卉木萋止，女心悲止，征夫歸止。

○陟彼北山，言采其杞。王事靡盬，憂我父母。檀車幝幝闡，四牡痯痯管，征夫不遠。

○匪載匪來叶力，憂心孔疚叶急。期逝不至叶質，而多爲恤。卜筮偕叶豈止，會言近叶己止，征夫邇止。

《古序》曰：「《杕杜》，勞還役也。」○《出車》以勞君子，詳其事而美其功；《杕杜》以勞小人，敘室家私情而已。杕杜，孤樹也。杜，棣屬，梨也。實甘者爲棠，澀者爲杜。棠枝叢密，而杜枝多刺。其花皆合聚，故棠棣比兄弟，而杕杜比士卒。花合而樹獨則孤，卒合而軍還則散，故爲還卒之比。北山，幽方，憂思之比。枸杞，甜菜味苦，士卒甘苦之比。○一章 杕然特生之杜，有晥然之實，是秋冬之交也。征夫遠戍以王事，不可不堅固。日復一日，今歲已十月，猶不歸，女心傷悲，征夫可以暇矣。○二章 特生之杜，萋萋其葉，又復春矣。征夫以王事出，踰歲不歸，我心傷悲。覩此草木萋矣，女心悲矣，征夫亦可歸矣。○三章 陟彼北山，采杞而食，春忽莫矣。征夫以王事，不得供子職，貽父母之憂，何但妻子乎？計時已久，檀車雖堅，今亦幝然敝矣；四馬雖壯，今亦痯然疲矣。物猶如此，人何以堪？征夫或不遠矣。○四章 望其載而匪載，望其來而匪來，憂心甚病矣，況歸期已過而不至？我心疑慮，多爲之恤，乃卜之龜，乃筮之蓍，二者偕占，會云近矣。然則征夫之至，果不遠矣。○晥，實貌。陽，十月也。女，征夫之妻。檀車，檀木之車。幝幝，敝貌。痯痯，疲貌。載，行李裝載也。

《杕杜》四章，章七句。○先儒謂《采薇》以下爲文王之詩，諷之誠然。武王命將誓師，氣象自別。

而末年受命制作未備，周公承文謨作歌，故篇中稱「王」稱「天子」。舊註以爲殷王，非也。

魚麗于罶柳，鱨鯊叶梭。君子有酒，旨且多。○魚麗于罶，魴鱧。君子有酒，多且旨。○魚麗于罶，鰋鯉。君子有酒，旨且有叶以。○物其多矣，維其嘉叶歌矣。○物其旨矣，維其偕叶豈矣。○物其有叶以矣，維其時叶上聲矣。

《古序》曰：「《魚麗》，美萬物盛多，能備禮也。」毛公曰：「文、武以《天保》以上治內，《采薇》以下治外。始於憂勤，終於逸樂。故美萬物盛多，可以告於神明矣。」○朱子改爲燕饗通用之樂歌，非也。明王盛時，品物蕃阜，詩人作歌，以美豐亨富有之祥。聖人刪《詩》正《雅》，師文、武，崇王道。而説者但爲上下飲酒定樂歌，道主人優賓之意，則全詩所言，皆口腹殽饌而已。執《儀禮·鄉飲》工歌爲據，則《雅》《頌》秖爲《儀禮》外傳。淺陋卑薄，何以言《詩》？○一章 漁者以葦薄爲罶，而魚麗于其中者，鱨有之，鯊亦有之。即一水族之多，而萬物可知。君子有酒，既美而且多，以之行禮，于何不備乎？○二章 魚之麗于罶者，魴有之，鱧亦有之。君子有酒，既多又旨，以之行禮，無一不有矣。○三章 魚麗于罶者，鰋有之，鯉亦有之。君子有酒行禮，既旨又有，則用無不周矣。○四章 凡物多則患其不嘉。今即一魚之類推之，既多而又嘉，非以充數爲多也。○五章 物旨則患其不齊，今物既旨而又齊，非以希少爲旨也。○六章 物有則患其非時。今物既有而又時，非以不時爲有也。○麗，

猶著也。罶，以葦薄爲笱，承梁之空取魚也。鱨魚，頰黄，善飛，一名黄揚。鯊魚，皮有珠，可飾刀劍鞞。魴，鯿也，以形方得名。鱧，圓而長，有斑點，象星文。夜則仰首向北而拱，故字从禮。膽獨甘，故从醴。一名鮦，俗稱烏魚，是也。鰋，無鱗，闊口，腹平著地，故得偃名，即鮎也。以其多涎而黏連，故名鮎。鯉，脊上有鱗一道，數至尾，凡三十六。有赤、黄、白三種。

《魚麗》六章，三章章四句，三章章二句。○朱子謂《魚麗》非文、武之詩，不在《鹿鳴》什内；據《儀禮·鄉飲酒禮》笙歌相間，謂歌有詩而笙無詩，以《南陔》《白華》《華黍》間《鹿鳴》以下三詩，《由庚》間《魚麗》，《崇丘》間《南有嘉魚》，《由儀》間《南山有臺》。移舊章以合《儀禮》，并《古序》改爲燕饗通用之歌，置周道文、武之盛不講，竊恐未然。夫聖人删《詩》，非删《禮》也。笙歌相間，自有禮儀在，何得以有聲無辭之空名寄之《雅》中？辭生于心，聲託于器。凡樂由心生，聲由辭生，有辭然後有聲，聲無辭不成章。若笙自爲笙，歌自爲歌，一歌間一笙，《風》《雅》《頌》之歌三百，即合有三百笙。笙有三百，簫、管、竽、籥之類，亦合各有三百，奚獨《南陔》《白華》五六篇爾？又謂《儀禮》於《鹿鳴》《四牡》以下曰歌，於《南陔》《白華》《華黍》曰笙，曰樂，曰奏，而不言歌，以此爲有聲無辭之徵。今按《鄉射》，亦《儀禮》也。云奏《騶虞》《貍首》，而《騶虞》有辭亦云奏。《周禮》有《九夏》，《國語》稱「金奏《肆夏》《樊遏》《渠》」。按：《肆夏》即《時邁》；《樊遏》爲《韶夏》，即《執競》；《渠》爲《納夏》，即《思文》。皆有辭，而皆云金奏，則奏亦辭也。《南陔》《白華》之名，即《九夏》之類。金奏《九夏》有辭，笙奏《南陔》《白

華》獨無辭乎？又《周禮·籥章》：以籥吹《豳》詩。《豳》詩即《七月》。籥吹《七月》，亦猶笙吹《南陔》《白華》《華黍》也。《豳》有辭，而《南陔》以下獨無辭乎？又《禮記·文王世子》《明堂位》《祭統》：升歌《清廟》，下管《象》。《象》即《維清》也，謂管奏《維清》于堂下。管有辭，而笙獨無辭乎？大抵歌即樂也，未有有聲無辭之樂。今分樂與歌爲二，未見其可。

南陔

白華

華黍

《古序》曰：「《南陔》，孝子相戒以養也。《白華》，孝子之潔白也。《華黍》，時和歲豐，宜黍稷也。」毛公曰：「有其義而亡其辭。」○按：此皆武王時詩。萬物既多，孝子得養其父母，故次《南陔》。南陔者，取南風来陔隴之義。孝子奉養清潔，故次《白華》。時和年豐，故次《華黍》。《詩》亡而《古序》合編，故《序》得獨存。朱子以爲此笙詩，有聲無辭，引《儀禮·鄉飲酒》及《燕

禮》：鼓瑟歌《鹿鳴》《四牡》《皇皇者華》。笙入堂下，磬南，北面立。樂《南陔》《白華》《華黍》。乃間歌《魚麗》，笙《由庚》；歌《南有嘉魚》，笙《崇丘》；歌《南山有臺》，笙《由儀》。謂歌有辭可歌，笙有腔譜無辭。愚謂：有腔譜，則腔譜之音自成辭，腔譜所以調辭也。王者作樂頌功德，未有有腔無辭之樂。所謂鼓瑟而歌者，手彈口和，故曰歌。口吹而辭奏乎其中，故曰笙，曰樂，曰奏。此《序》謂其辭亡者，是也。若謂本無是詩，而《序》爲後人妄增，是强詆之也。但其所以亡之故不可考，未知何獨亡笙奏諸篇耳。朱子執謂笙《詩》無辭，以此。

毛詩原解卷十七終

毛詩原解卷十八

南有嘉魚之什

自《南有嘉魚》至《吉日》，凡十篇，而亡詩《由庚》《崇丘》《由儀》三篇不與焉。內《菁菁者莪》以上六篇，皆成王之詩；《六月》以下四篇，宣王之詩。文、武、成王之詩，謂之正《小雅》；宣王以下詩，謂之變《小雅》。

南有嘉魚，烝然罩罩兆。君子有酒，嘉賓式燕以樂。○南有嘉魚，烝然汕汕訕。君子有酒，嘉賓式燕以衎堪。○南有樛木，甘瓠互纍叶雷上聲之。君子有酒，嘉賓式燕綏叶芮上聲之。○翩翩者鵻睢，烝然來叶力思。君子有酒，嘉賓式燕又叶亦思。

《古序》曰：「《南有嘉魚》，樂與賢也。」毛公曰：「太平之君子，至誠，樂與賢者共之也。」○成王盛時，周公下士，藹藹多吉人，是「《詩》可以觀」焉。朱子改爲燕饗通用之樂，非也。樂雖用《詩》，而聖人刪《詩》不以樂。如以樂刪《詩》，則所謂《新宮》《貍首》《采薺》《九夏》宜皆存之，而皆不録。可知《詩》爲觀風化俗，明王道，稽世變，昭鑒戒，不獨爲樂也。惟《頌》樂歌，附諸《風》

《雅》後，《風》《雅》非盡樂歌也。故曰：《雅》《頌》各得其所。人情樂放縱而惡檢押，聖人言樂必言禮，禮有經而樂無專經，以此。奈何後儒專以樂言《詩》乎？南，明方也，以比明主。嘉魚，以比良臣。魚水，君臣相得也。罩罩，網羅求賢也。樛木、甘瓠，上下交也。鵻鳩來思，乘時變化也。○一章 魚深潛于水，南方江漢之間，有嘉善之魚。衆人烝然罩之又罩之，而後可得。嘉賓抱道潛隱，旁羅勤求，而後可致也。今既作賓而來，王有旨酒，用與燕飲，以相樂矣。○二章 南有嘉魚，衆人以小罟撩之。求賢之勤，亦若此。吾王有酒，用以燕飲嘉賓，而衎樂之矣。○三章 南方有下垂之樛木，甘美之瓠，因得上附。明良泰交，亦猶此矣。吾王有酒，用燕飲以安嘉賓之心焉。○四章 翩翩然飛之鵻鳩，變化之鳥也，羣然來集。嘉賓乘時顯庸，何以異此？吾王有酒，燕而又燕，致慇懃之無已也。○嘉魚，魚之美者。或曰：似鯉，出沔南丙穴。罩，編細竹爲之，一名籗族，以籠取魚也。君子，謂成王。式，用也。罩者，從上籠之；汕者，從下撩之。衎，樂也。思，語辭。

《南有嘉魚》四章，章四句。

南山有臺叶題，北山有萊叶離。樂只君子，邦家之基。樂只君子，萬壽無期。○南山有桑，北山有楊。樂只君子，邦家之光。樂只君子，萬壽無疆。○南山有杞，北山有李。樂只君子，民之父母叶米。樂只君子，德音不已。○南山有栲叶巧，北山有杻紐。樂只君子，遐不眉壽叶守。

樂只君子，德音是茂叶某。○**南山有枸**矩，**北山有楰**庾。**樂只君子，遐不黄耇**苟？**樂只君子，保艾爾後**叶上聲。

《古序》曰：「《南山有臺》，樂得賢也。」毛公曰：「得賢則能爲邦家立太平之基矣。」○朱子改爲燕饗通用之樂，非也。夫《雅》者，政也，皆朝廷獻納之辭，如《鹿鳴》《魚麗》《嘉魚》。辭云「有酒」，猶似燕饗，是詩無飲酒語，惟據《燕禮》歌《南山有臺》，然非爲燕禮作也。其以草木比多材，亟贊「樂只君子」，言得衆賢，則君身君德，名譽福祚，邦家無窮之慶，所以爲「樂得賢」也。○一章 前視南山，有可爲簑笠之臺；後視北山，有可爲蔬菜之萊。王國多士如此，樂哉君子，邦家賴以鞏固，而爲之基；曆數賴以綿長，而萬壽無期也。○二章 南山有桑，北山有楊。何材不具？樂哉君子，邦家賴以光顯，壽命賴以延長。○三章 南山有杞，北山有李。樂哉君子，澤及生民，而爲父母名譽久遠，而德音不已。○四章 南山有栲，北山有杻。多賢夾輔，豈不遐遠而眉壽乎？道德音聞，亦以是而茂盛矣。○五章 南山有枸，北山有楰。樂此多賢，可以調養君身，而爲黄耇〔一〕，可以保養子孫，而無後艱矣。○南山、北山，左右前後之比。臺，莎草，一名夫符須。萊，葉香可茹。只，語辭。桑，可蠶。楊，蒲柳，可爲箭笴藁，爲屋材，爲舟。杞木，一名狗骨，如樗。栲，山樗也，可爲車輻。杻，檍也，可爲弓弩幹。遐，遠也。枸木，似白楊，子長如指，甘如飴，一名木蜜。以爲柱，室内酒皆少味。

〔一〕「耇」，北大本同。臺圖本、歷彩本、湖圖本作「老」，形近而訛。

楰，似楸，宫室良材，一名鼠梓。黄，老人髮白復黄也。耇，老人痀僂之狀。艾，養也。

《南山有臺》五章，章六句。

由庚

崇丘

由儀

《古序》曰：「《由庚》，萬物得由其道也。《崇丘》，萬物得極，其高大也。《由儀》，萬物之生，各得其宜也。」毛公曰：「有其義而亡其辭。」〇按《六月》之《序》，此三篇原不相屬，此以亡詩爲類耳。《朱傳》據《儀禮》，改《由庚》次《魚麗》，《崇丘》次《南有嘉魚》，《由儀》次《南山有臺》，説見前。

蓼六彼蕭斯，零露湑上聲兮。既見君子，我心寫叶須上聲兮。燕笑語兮，是以有譽處上聲

兮。〇蓼彼蕭斯，零露瀼瀼穰。既見君子，爲龍爲光。其德不爽，壽考不忘。〇蓼彼蕭斯，零露泥泥你。既見君子，孔燕豈愷弟上聲。宜兄宜弟，令德壽豈愷，叶起。〇蓼彼蕭斯，零露濃濃。既見君子，鞗條革沖沖充。和鸞雝雝，萬福攸同。

《古序》曰：「《蓼蕭》，澤及四海也。」〇朱子改爲諸侯來朝，天子與之燕飲，以示慈惠，而歌此詩，非也。《序》義本謂天子親萬國，懷諸侯，天下一家，故曰「澤及四海」，總括全篇，比零露之意。朱子詆爲淺妄，其實深約。蓋周道方盛，泰交喜起之歌。篇中言「燕」者，安樂之意，非飲酒也。據《詩》次第，此篇朝諸侯，下篇方與之燕飲。蕭，蓬蒿，生澤藪，高不盈丈。露自天零，即《易》所謂「上天下澤，履。君子以辨上下，定民志」「履帝位不疚」者也。履，禮也。上下有禮，則民志定而泰道成。《序》謂「澤加于四海」，禮之謂也，豈飲酒云乎？〇一章 蓼生于下濕，蓼然上遂；露降自天，湑然下零。天澤交而成禮，亦猶此也。君子來朝，既見則我心傾寫，相與燕樂驩笑言語，是以有譽悅而安處也。〇二章 蓼然之蕭，零露瀼瀼，上下交也。既見君子，爲國家榮寵，爲朝廷光華，精忠不二之德，無所爽差。宜久于位，而壽考不忘也。〇三章 蓼彼蕭斯，零露泥然沾濡。既見君子，相與甚燕樂，而情意豈弟。其豈弟之德，藹然和氣，足以宜爾兄弟，而令德獲壽考之樂也。〇四章 蓼彼蕭斯，零露濃厚。君子來朝，馬轡之鞗，有革下垂，沖沖然柔順；車馬之鈴，雝雝然和鳴。聞聲見色，皆康侯之儀衛也。有臣如此，宜爲萬福所聚矣。〇蓼，長貌。蕭，蒿也，祭則爇熱之以升臭。湑，

潤澤也。君子，指諸侯。寫，傾也，傾寫則舒快矣。燕，樂也。譽、豫通，如「韓姞燕譽」之譽。譽處，安意，上下無猜忌則安樂矣。龍，寵也。爽，差也。孔燕，甚樂也。壽豈，壽而樂也。鞗，馬轡之末，有革條縮之革，謂餘而垂者。沖沖，順垂貌。鈴在軾曰和，在鑣曰鸞。或曰：戎車在鑣，乘車在衡也。和鸞，車行疾則失音，行舒則不鳴，行有節則聲雝雝。攸，所也，宜也。同，聚也。

《蓼蕭》四章，章六句。

湛湛慙上聲**露斯，匪陽不晞。厭厭**平聲**夜飲，不醉無歸。○湛湛露斯，在彼豐草。厭厭夜飲，在宗載考。○湛湛露斯，在彼杞棘。顯允君子，莫不令德。○其桐其椅**醫**，其實離離。豈弟君子，莫不令儀。**

《古序》曰：「《湛露》，天子燕諸侯也。」○前篇來朝，此篇賜燕。朝則禮嚴，燕則情洽。朝以朝旦，禮主于辨也；飲以昏夜，情主于合也：故爲湛露陽晞之比。首章夜飲之初。次章豐草有露，露始降也。三章杞棘，籬邊小樹也。杞棘有露，夜漸久矣。杞棘叢生，昏亂之象。飲多易亂，故以顯允諷。末章桐椅，則高樹也。見其實垂而離離然。終燕散歸，天向明矣，所謂醉歸陽晞也。禮終易放，醉則驕亢，倦則躁急，故以豈弟諷。豈弟者，温恭也。○一章露，天澤也。夜則零，日則晞。湛湛然露盛而濕，匪陽則不乾。吾與君子燕飲，厭厭然恩意濃厚。不于朝旦，而于昏夜，款洽之至也。苟不盡醉，則無歸焉。

○二章　湛然之露，在彼豐草，草茂則得露多。厭厭夜飲，在宗廟之室。考成其禮，親親之地，情最洽也。○三章　湛然之露，在彼杞棘。夜久矣，飲多易亂，君子顯明允信，皆有令德，不以醉而昏亂也。○四章　燕畢且歸矣，見桐椅之實，離離分明。君子清明之德，亦猶此也。豈以久而急遽，醉而傲惰乎？豈弟樂易，莫不有温恭之善儀也。○湛湛，濕貌。陽，日也。晞，乾也。厭厭，厚意。豐草，茂草也。宗，宗廟也。考，成也，成禮也。杞，枸杞也。棘，小棗。顯，不昏也。允，不亂也。桐，梧也。椅，梓類。實，子也。離離，分明也。豈，温和也。弟，平易也。

《湛露》四章，章四句。○朱子改升亡詩《南陔》《白華》《華黍》于《魚麗》之前，《魚麗》以下悉依《儀禮》次第，雜亡詩《由庚》《崇丘》《由儀》，以足十篇之數。至此改爲《白華之什》。

彤同弓弨超兮，受言藏之。我有嘉賓，中心貺叶平聲之。鐘鼓既設，一朝饗叶平聲之。○彤弓弨兮，受言載叶祭之。我有嘉賓，中心喜叶去聲之。鐘鼓既設，一朝右叶意之。○彤弓弨兮，受言櫜叶導之。我有嘉賓，中心好去聲之。鐘鼓既設，一朝醻叶到之。

《古序》曰：「《彤弓》，天子錫有功諸侯也。」○朱子改爲天子燕有功諸侯，錫以弓矢之樂歌。謂錫弓矢是也，謂燕非也。燕與饗異。饗用大牢，爵盈而不飲，所以示恭儉也；燕則盡醉，爵行無算，所以示慈惠也。燕、饗皆酒，而饗主于錫，以酒行禮，非行禮以飲酒也。《周語》：「王饗有

體薦，燕有折俎。公當饗，卿當燕。」故燕或至夜，而饗行于朝。成禮而罷，故曰「一朝饗之」。《春秋傳》：「鄭饗趙孟，禮終乃燕。」是饗終朝耳。諸侯有四夷功，天子錫彤弓，以表其武功。鄭康成謂使之專征伐，是桓文之假託，先王未之有也。禮樂征伐自天子出，諸侯而專征伐，大亂之道。以此傳經，誤天下後世，可勝言哉！〇一章 朱色之彤弓，新未受弦，弨然而弛。色異凡弓，是昭代所貴也。今受以歸，尚其寶藏之。我有嘉賓，功在社稷，中心誠敬，欲以相貺，故設鐘鼓之樂，舉大饗之禮于一朝，即以予之矣。〇二章 彤弓弨兮，受之則以物承載之。此朝廷名器，我以嘉賓有功，中心喜悦，故設鐘鼓于一朝，即右賓而授之矣。〇三章 彤弓弨兮，受之則以衣櫜之。我以嘉賓有功，中心好樂，故設鐘鼓于一朝，即以醻答之矣。〇彤，赤色，周所尚也。弨，弓弛貌。貺，賜也。載，以器承之也。右，受弓者居右也。《曲禮》：「主人受弓，由客之左，接下承弣，向與客並，然後受。」蓋客自外來，西爲左，主人于客西並立而受之。或曰：右、侑通，助也。櫜，以弓衣韜之。醻，報也。

《彤弓》三章，章六句。

菁菁精者莪鵞，在彼中阿。既見君子，樂洛且有儀叶俄。〇菁菁者莪，在彼中沚。既見君子，我心則喜。〇菁菁者莪，在彼中陵。既見君子，錫我百朋。〇汎汎楊舟，載沈載浮。既見君子，我心則休。

《古序》曰：「《菁菁者莪》，樂育材也。」毛公曰：「君子能長育人材，則天下喜樂之矣。」

○朱子改爲燕飲賓客之詩，非也。按，《王制》：「鄉子弟入學九年大成曰秀士，升之司徒曰選士。司徒論選士，升之大學，曰造士。大樂正論造士，進于王，曰進士。司馬論定而後官之，位定而後禄之。」此先王所以「樂育材」也。是詩以菁莪比者，莪，蒿也。蒿生澤藪，香美可食。以爲蓍，通于神明；以供槱，升臭于郊廟百祀：故比賢材。蒿易長，俄然而成，故名莪。小曰莪，大曰蒿。諺云「三月茵陳四月蒿」，言易長也，故比育材。莪本不生陵阿與水中，言在彼者，比培植之厚也。錫百朋，錫貝也。貝文而澤，比朋友相麗澤也。楊舟，楊木爲舟。楊，陽也，以比賢士〔一〕。舟利涉，以比濟世。沈浮野水，虚舟待渡，以比賢士待用也。全詩取莪寓義，無《古序》，即毛氏不知所由作。豈惟毛氏？雖仲尼，亦不知所由作也。雖降爲十五《國風》，又降爲《變風》，與《青青子衿》同改爲淫奔，皆似耳。讀《序》乃見作者之志，亦可以知詩與聲、辭與志之辨。《序》烏可廢也！朱子于《古序》斥爲無據，于比義復不理會，則以是詩爲燕飲賓客，又何怪乎？○一章 菁菁始生之蒿，俄然易長。在彼山阿之中，物既美少，得地又厚，其茂盛宜也。君子教化大行，草野之士得見，樂其教育，且觀國之光，而有禮儀矣○二章 菁菁者莪，在彼小渚之沚。多士洒濯，亦猶此也。既見君子，得蒙湔祓，我心則喜矣。○三章 菁菁者莪，在彼中陵，浸以升矣。既見君子，羣賢麗澤，所獲寔多，何異百朋之錫乎！

〔一〕「賢士」，北大本同，臺圖本、歷彩本、湖圖本作「君子」。

○四章　楊木之舟，則沈則浮，虚以待用也。人材，國之舟楫。既見君子，論定而官，任官而爵，我心則安矣。○菁菁，美盛貌。古者以貝爲貨，貝有五：大貝、牡貝、幺貝、小貝、不成貝。各二爲朋，百朋，百雙也。休，安定也。明主論材，則人情安定矣。君子，指明主〔一〕。

《菁菁者莪》四章，章四句。

六月棲棲西，戎車既飭勑。四牡騤騤，載是常服叶逼。玁狁孔熾滯，叶赤，我是用急。王于出征，以匡王國叶亦。○比物四驪，閑之維則。維此六月，既成我服叶迫。我服既成，于三十里。王于出征，以佐天子。○四牡脩廣叶拱，其大有顒容。薄伐玁狁，以奏膚扶公。有嚴有翼，共武之服叶逼。共武之服，以定王國叶亦。○玁狁匪茹孺，整居焦穫護。侵鎬及方，至于涇陽。織去聲文鳥章，白旆央央。元戎十乘，以先啓行叶杭。○戎車既安叶淵，如輊如軒。四牡既佶，既佶且閑叶賢。薄伐玁狁，至于大原。文武吉甫，萬邦爲憲。○吉甫燕喜，既多受祉。來歸自鎬，我行永久叶己。飲御諸友叶以，炰鼈膾鯉。侯誰在矣？張仲孝友叶以。

《古序》曰：「《六月》，宣王北伐也。」毛公曰：「《鹿鳴》則廢，和樂洛缺矣。《四牡》廢，

〔一〕「君子，指明主」，北大本同，臺圖本、公文本、歷彩本、湖圖本無此句。

則君臣缺矣。《皇皇者華》廢，則忠信缺矣。《常棣》廢，則兄弟缺矣。《伐木》廢，則朋友缺矣。《天保》廢，則福禄缺矣。《采薇》廢，則征伐缺矣。《出車》廢，則功力缺矣。《杕杜》廢，則師衆缺矣。《魚麗》廢，則法度缺矣。《南陔》廢，則孝友缺矣。《白華》廢，則廉恥缺矣。《華黍》廢，則蓄積缺矣。《由庚》廢，則陰陽失其道理矣。《南有嘉魚》廢，則賢者不安，下不得其所矣。《崇丘》廢，則萬物不遂矣。《南山有臺》廢，則爲國之基墜矣。《由儀》廢，則萬物失其道理矣。《蓼蕭》廢，則恩澤乖矣。《湛露》廢，則萬國離矣。《彤弓》廢，則諸夏衰矣。《菁菁者莪》廢，則無禮儀矣。《小雅》盡廢，則四夷交侵，中國微矣。」○按：毛公所云，即孟子「《詩》亡」之意。聖人删《詩》，稽王道之興廢，垂法戒也。故《小雅·鹿鳴》以下諸詩，皆文、武、成周之盛，百度所以脩舉，世運所以興隆。而穆王以後，周道浸衰，典刑廢墜。至于厲王，頽敗極矣。國人逐之，而死于彘。其子宣王，復脩文、武之政，焕然中興。故自此至《無羊》十四篇，皆宣王之詩。此篇則美其命將北伐之功，皆所謂變《小雅》也。毛公序説，歷舉《鹿鳴》諸詩所由廢，一以見世道興衰之由，一以明聖人删《詩》正《雅》之義。故孟子曰：「《詩》亡，然後《春秋》作。」《詩》與《春秋》相終始，非徒爲聲樂而已。毛公所以有功于《詩》也。○一章 盛夏不興師。今六月盛暑，棲棲不寧，戎車脩飭，四馬騤壯，載是戎衣以出，何爲者也？因玁狁倡熾，中國急難，王命出征，所以攘夷而正中國也。○二章 戎馬比力不比色。今四馬既比物齊力矣，而色又皆驪，其馳驅進退，閑習法則，非備之有素，而能然乎？當此六月，即製戎服。服成就道，趨事敏速。然日行不過三十里，師出以律，不倉皇失度。王命出征，使之敵愾而

佐天子也。〇三章 四馬長廣，顒然壯大。薄伐玁狁，以成美功。戎事尚戒懼，今將士皆能嚴畏敬慎，以供武事，自足以制敵而安定王國矣。〇四章 玁狁不自茹度，整齊醜類，盤踞我焦穫之地，分兵侵我邊地之鎬，逼近朔方，深入涇水之北。我乃選鋒前進，建赤幟，畫鳥章，綴白繒爲旆，央央鮮明。簡戎車之大者十乘，開道啓行，以爲先鋒焉。〇五章 戎車既安而適調，從前視之如輊，從後視之如軒，其盡制如此。駕車四馬，既佶壯而又閑習，軍實非不足也。然薄伐玁狁，僅至大原而止。夷夏有限，不窮追也。爲大將者，乃能文能武之吉甫，萬邦以爲師，何難一玁狁乎？此王國匡而天子所以佐也。〇六章 今吉甫成功歸矣，王錫之燕飲喜樂，多受祉福。以其歸自邊地之鎬，在外永久，朋友情疏，進諸僚友，與之飲酒。有炰鼈膾鯉，以爲殽。時維誰在？有張仲者，其人孝友也。以此名賢，陪彼勳臣。功名始于孝友，王所以嘉吉甫而率勵羣臣也。〇六月，建未之六月。棲棲，不定也。常服，戎事之常服。韋弁韋衣，臨陳之服也，在途則載之。比物，齊力也。凡朝祭毛馬，取毛色齊也；凡軍事物馬，取物力齊也。今物與色皆齊，馬多也。閑，習也。則，法也，馳驅之法也。三十里爲一舍，古者吉行日五十里，師行日三十里。脩，長也。廣，大也。顒，昂壯貌。奏，成也。膚公，美功也。共武服，共武事也。茹，度也。焦穫、鎬、方，皆北地近玁狁者。涇水，在豐鎬西北，水北曰陽。織、幟同，赤旗也。文，幟上之文，即鳥章也。鳥隼曰旟，畫朱雀以統前軍也。凡旗幟以帛爲尾，曰旆。此白旆，鳥幟之旆也。央央，鮮明也。元戎，大兵車也。凡軍前曰啓，軍後曰殿。啓，開也。行，路也。輊，車覆而前也。軒，車卻而後也。凡車如輊如軒，乃盡制也。佶，壯貌。大原，地名。

《六月》六章，章六句。

薄言采芑起，于彼新田，于此菑畝叶米。方叔涖止，其車三千，師干之試叶矢。方叔率止，乘其四騏叶吃，四騏翼翼。路車有奭吸，簟笰魚服叶逼，鉤膺鞗革叶急。○薄言采芑，于彼新田，于此中鄉。方叔涖止，其車三千，旂旐央央。方叔率止，約軝祈錯衡，八鸞瑲瑲倉。服其命服，朱芾弗斯皇，有瑲葱珩杭。○鴥聿彼飛隼筍，其飛戾天，亦集爰止。方叔涖止，其車三千，師干之試。方叔率止，鉦征人伐鼓，陳師鞠旅。顯允方叔，伐鼓淵淵，振旅闐闐田。○蠢爾蠻荊，大邦爲讎，方叔元老。克壯其猶，方叔率止，執訊獲醜叶仇。戎車嘽嘽灘，嘽嘽焞焞推，如霆如雷。顯允方叔，征伐玁狁，蠻荊來威。

《古序》曰：「《采芑》，宣王南征也。」○此宣王命將南征，有功歸而詩人歌之。朱子改爲軍行采芑而食，賦其事以起興，非也。芑，嘉穀也。宣王中興，田野墾闢，于彼于此，餘糧棲畝。王師所過足食，無轉運齎持勞頓之苦，故以爲比。朱傳以芑爲苦藚菜，軍行采食。按：詩本託言耳。軍法，掠民間一草有禁，豈真有踐民田采芑之事乎？善説《詩》者，觀《采芑》《六月》軍旅之事，思過半矣。《六月》事勢張皇，《采芑》氣象暇豫。蓋吉甫承頹敗之後，敵驕兵惰，應變不得不敏。及北虜既平，軍聲既振，方叔再出，服命服，乘命車，從容運籌，而南蠻奪氣矣。故吉甫薄伐，才兼文武；方叔元老，

賤戰貴謀：著之篇什，豈徒以其辭而已乎？故曰：「《詩》可以觀。」「授之以政，不達，雖多亦奚以爲？」○一章　中衰之後，田野不治。今薄言采芑，于彼再歲之新田，于此初墾之菑畝。王師所過，嘉穀被野，曠土闢而田野治矣。今蠻荆背叛，方叔以王命臨戎。兵車三千，師衆干盾素習，率之以行。駕車四馬，青黑齊色，翼翼然驂服整齊。上公金路，赤色奭然。竹簟爲蔽，魚皮爲矢服。馬頷下有鉤，懸樊纓九就，當馬之膺。馬轡首以皮爲鞗，其餘革下垂也。○二章　薄言采芑，于彼新田，于此中鄉近郊之地，無不有也。方叔臨止，其車三千，旂旐央央鮮明。所乘路車之轂，約束以皮。車前衡木，畫以雜文。四馬八鸞，其聲瑲瑲。方叔身服爵命之服，其朱韍皇然鮮明，佩玉瑲然和鳴。葱色之玉，以爲佩首。不事戎飾，而應敵從容如此。○三章　鴥然疾飛之隼，其飛戾天，而下集于所止。王師鷹揚，遠擣南蠻，亦猶此也。方叔涖止，其車三千，師衆干盾試習，方叔率以臨陳。三軍聞鉦静而止，聞鼓動而行。鉦人司鉦，鼓人伐鼓，各有司存。先陳師旅，告以約誓。方叔紀律明而號令信，進而戰也，伐鼓淵淵然寂静；戰而退也，振旅闐闐然駢集：其整齊嚴肅如此。○四章　蠢然無知之蠻荆，爲我王國之寇讎。方叔大老，深沈諳練，算無遺策。率師以進，執其訊魁，獲其羣醜。戎車嘽嘽然衆，焞焞然盛，迅擊如霆，發聲如雷，其威也如此。顯允方叔，昔嘗與南仲征伐玁狁，蠻荆聞名，不待戰而來威服矣。○芑，白粱粟也。凡墾田，一歲曰菑，二歲曰新田。殺草木曰菑，菑、災通。涖，臨也。車三千，言多也。師干，猶言兵甲也。試，練習也。奭，赤色，一作赩。《周禮·巾車》「金路：鉤，樊纓九就」，同姓及上公之車也。知此車爲金路者，以鉤唯金路有之也。鉤，馬項下飾。膺、纓通。

樊纓當馬胸膺，故以纓爲膺也。樊作鞶，馬胸前革帶也。纓染五色毛，纏一匝爲一就，九匝爲九就，懸之鉤上也。戎事乘革路，此乘金路者，初出師，非臨敵也。中鄉，鄉中也。天子六鄉六遂，遂遠而鄉近也。軝，轂也。約，皮束也。錯，雜采也。衡，車前轅端横木也。鈴在鑣曰鸞，馬口兩旁也。芾作韍，蔽膝也。皇，鮮明也。葱，蒼色也。珩，佩首横玉。一命緼韍黝珩，再命赤韍黝珩，三命以至九命，皆赤韍葱珩。隼，鷂屬，急疾之鳥，搏無不中，故謂之隼，言準也。鉦，鐃也。似鈴，柄居中，貫上下。一名鐲執。鉦以静之，鼓以動之，凡軍進退，皆以鼓行鉦止。鞫，告也。淵淵，猶咽咽，肅静聲。闐闐，駢集也，蠢動而無知貌。元老壯謀，不似少年輕躁也。威，古畏同。

《采芑》四章，章十二句。○世儒謂《春秋》夷楚，據是詩「蠻荆」之語。愚按：《禹貢》，荆居九州第六；其地迫近中原，《江漢》《汝墳》，二《南》所首善也，焉得比之荒服？蠻夷荒服，環畿甸四面二千三百里外，皆得稱之，何獨南土也？三代以前，帝都居北，故南土遠。在今楚地正當四宇中央，自衡岳五嶺，南連百粵、閩、廣、西南夷，古皆屬荆，因稱荆蠻。其地半天南，王者南面，失楚則如面牆。顧江介險阻，亂則先叛，治則後附，是以商周中興，必先服楚。若蠻夷，先王荒之耳，何以伐爲？《商頌》曰「維汝荆楚，居國南鄉」，亦言近也。此詩曰「征伐玁狁，蠻荆來威」，言玁狁遠而荆蠻近，不得不討。後儒解《春秋》，尊齊、晉，爲擯楚之説，質之經無據。華戎錯居，何國蔑有，寧獨楚乎？餘詳《春秋》。

我車既攻，我馬既同。四牡龐龐龍，駕言徂東。○田車既好叶吼，四牡孔阜甫。東有甫草，駕言行狩。○之子于苗叶毛，選算徒囂囂敖。建旐設旄，搏獸于敖。○駕彼四牡，四牡奕奕。赤芾金舄，會同有繹。○決拾既佽次，與末句叶，弓矢既調與同叶。射夫既同，助我舉柴叶次。○四黄既駕叶哥，兩驂不猗阿。不失其馳叶駝，舍矢如破叶婆。○蕭蕭馬鳴，悠悠旆旌。徒御不驚，大庖不盈。○之子于征，有聞問無聲。允矣君子，展也大成。

《古序》曰：「《車攻》，宣王復古也。」毛公曰：「宣王能内脩政事，外攘夷狄，復文、武之竟土，脩車馬，備器械，復會諸侯於東都，因田獵而選算車徒焉。」○一章 在昔中衰，百度廢墜。今車盡制而堅攻，馬蕃阜而齊同。乘輿之四馬，龐龐然肥壯。駕車以往東都，脩朝會之禮，于久曠之後也。○二章 朝會則必講武。田獵之車既好，四牡之馬甚大，東都有廣大之草澤。乘輿今往，將遂行狩也。○三章 欲行狩苗，必算徒衆，囂囂然其聲之多也。建旐以統人，設旄以飾旐，將往搏獸于敖山之陽、甫草之地也。○四章 乘輿既東，諸侯咸集。駕四牡之馬，奕奕然盛大。服赤色之芾，著金飾之舄，來會同者，絡繹不絶也。○五章 朝會既畢，狩獵斯行。決以鉤弦，著于右大指；拾以利弦，著于左臂：各與手相比次也。弓矢均調適宜，諸侯同爲射夫，協力助王，共舉所獲之胔，人心齊也。○六章 四黄之馬既駕，兩驂鴈行不偏。御者循其馳驅之法，不詭遇遷就；射者發必中獸，如破物然：射、御各極其精也。○七章 狩事既畢，蕭蕭肅静，聞馬聲之嘶；悠悠徐緩，見旆旌之閑。徒衆車御，寂無驚

擾。其頒禽也，所獲雖多，惟擇取三十，餘悉分賜，君庖不求盈也。○八章 是役也，師徒不爲不衆矣，車馬不爲不多矣。然但聞師行，不聞人聲，紀律嚴明，人心整肅，信矣其爲君子之事，誠哉其爲大成之業也。○龐龐，肥壯貌。甫草，大藪也。凡獵：擇草野大地爲場，週迴芟草，積以爲防。先誓士戒衆，講武畢，驅禽納于防内，乃焚草就中射之，故曰草也。冬獵曰狩。之子，指王。夏獵曰苗，詳《周禮·夏官》。選與算通，數也。《盤庚》曰：「世選爾勞。」囂囂，人衆聲。敖，山名，在鄭地。奕奕，大也。時見曰會，殷見曰同。時見無常期，有事則會也。殷，衆也。十二歲王不巡守，則六服衆見也。決，以象骨爲之，著於右手大指，以鉤弦也。拾，以皮爲之，著於左臂，收拾衣袖，以遂弦也。弓矢相得曰調。射夫，即來朝之諸侯。柴，當作胔次，謂所獲禽獸之肉。《説文》作𢱭，積也。大庖，君厨。不盈，取禽止三十也。凡田獵所獲，禽分三等：凡逐禽，從後左射中左脅，矢出右肩，貫心速死者，肉鮮潔，爲上殺，以充乾豆，供宗廟；貫右耳本者，未及心，死緩，肉微惡，爲中殺，以供賓客；中左股，貫右脅，死最遲，爲下殺，以充君庖。每殺止取十，其餘盡以頒賜。三殺外，有從旁横中者，有當面中者，不取，嫌殺降也。有未成禽者，不取，惡殺夭也。

《車攻》八章，章四句。

吉日維戊叶某，既伯既禱叶帚。田車既好叶吼，四牡孔阜否。升彼大阜，從其羣醜。

○吉日庚午，既差我馬叶母。獸之所同，麀鹿麌麌語。漆沮之從，天子之所。○瞻彼中原，

其祁孔有叶以。儦儦標俟俟，或羣或友叶以。悉率左右叶以，以燕天子。○既張我弓，既挾夾我矢。發彼小豝，殪意此大兕史。以御賓客，且以酌醴。

《古序》曰：「《吉日》，美宣王田也。」毛公曰：「能慎微接下，無不自盡以奉其上焉。」○天子日萬幾，而能留意于馬祖，是能謹微也。田獵非適意，獲禽享賓，恩接于下也。蒐狩以講武，先王之大禮，可以覘軍實，可以觀人心，可以驗君德之好尚，可以察政事之綜理，故詩人美而歌之。○一章 吾王再狩西都，將用車馬，先祭馬神。外事用剛日，以吉日戊辰，祭馬祖而禱曰：「使我田車既好，四馬孔阜。」升彼大阜之上，從禽獸之羣類也。○二章 越三日庚午，選擇我馬，于禽獸所聚，麀鹿麌麌然衆多之處。如漆沮二水之旁，可爲天子大狩之所也。○三章 漆沮之間，有平原焉。其地祁然而大，禽獸甚有而多。或儦儦疾走，或俟俟相待，或三爲羣，或二爲友。盡率左右，同心射獵，以燕樂天子也。○四章 張弓在手，挾矢在弦。小豕曰豝，發則必中；大獸如兕，一矢即死。獲獸雖多，非以自供也。將以進御賓客，爲燕飲之需。且以酌醴齊，行大饗之禮也。○天干爲日，地支爲辰。日干，五剛五柔：甲、丙、戊、庚、壬，五奇爲剛；乙、丁、己、辛、癸，五偶爲柔。十二支，六陰六陽：子、寅、辰、午、申、戌爲陽，丑、卯、巳、未、酉、亥爲陰。戊辰、庚午，皆陽剛也。禮：外事用剛日，内事用柔日。外事，祀外神也。馬祖，亦外神。伯，即馬祖之神，天駟星也。一名房，一名龍，房爲龍馬也。差，擇也。麀，牝鹿也。麌麌，鹿多貌。漆、沮，西都二水名。祁，大也。挾、夾同，兩物

夾一曰挾。矢在弦上，以大二指夾而引之也。殪，一矢而死也。醴，酒之連糟者。《周官·酒正》五齊：「二曰醴齊。」用以祭享，貴本初也。

《吉日》四章，章六句。

毛詩原解卷十八終

毛詩原解卷十九

鴻鴈之什

自《鴻鴈》至《無羊》，凡十篇。

鴻鴈于飛，肅肅其羽。之子于征，劬勞于野叶汝。爰及矜人，哀此鰥寡叶矩。○鴻鴈于飛，集于中澤。之子于垣，百堵皆作叶則。雖則劬勞，其究安宅。○鴻鴈于飛，哀鳴嗸嗸。維此哲人，謂我劬勞。維彼愚人，謂我宣驕叶高。

《古序》曰：「《鴻鴈》，美宣王也。」毛公曰：「萬民離散，不安其居，而能勞去聲來去聲還定安集之，至于矜鰥寡，無不得其所焉。」○朱子改爲流民喜之而作，非也。《小雅》自《鹿鳴》而下，至此二十餘篇，皆朝廷制作，不應忽采民謡一篇雜入其中。以鴻鴈比者，鴻鴈來去無常，民亦罔常，故末章美而寓規。以爲流民自言，誤矣。○一章 鴻鴈之飛，春避暑而北，秋避寒而南，轉徙無常，其羽聲肅肅然也。民生聚散，何以異此？爾民初遭亂而往，饑寒流離，劬勞于野。爰及同行之輩，皆可矜憐之人。中有鰥寡無告者，尤爲可憐也。○二章 鴻鴈于飛，集于中澤，得所止矣。民散而復還，

脩其垣牆。向之頹圮者，今百堵皆作，雖云劬勞，究竟得安居矣。○三章 鴻鴈于飛，哀鳴嗸嗸，如有所愬。新集之衆，有居無食，有食無衣，何異嗸嗸之鴈？維此明君，謂我民劬病勞苦，惠養安全，自不容已。維彼昏君，謂我民宣縱驕恣，觖望無厭，謷然不顧矣。○之子，指流民。劬勞，病苦也。牆高廣一丈曰堵。

《鴻鴈》三章，章六句。

夜如何其忌**？夜未央。庭燎**料**之光，君子至止，鸞聲將將**鏘**。○夜如何其？夜未艾**刈**。庭燎晣晣**制**，君子至止，鸞聲噦噦**誨**。○夜如何其？夜鄉**向**晨。庭燎有煇**熏**，君子至止，言觀其旂**叶斤**。**

《古序》曰：「《庭燎》，美宣王也。」毛公曰：「因以箴之。」○朱子改爲王將起視朝而問夜之辭，非也。宣王豈真有夜半視朝之事？毛公所謂「因以箴之」云爾。蓋夜未半而起太早，非可繼之道。進鋭者退速，始勤者終怠，所以卒有姜后之諫。詩人先見，而毛説有據也。○一章 王勵精求治，夜半不安于寢。問曰：「今夜早晚何如乎？」乃夜尚未中央，而王將起矣。庭燎已明，諸臣來朝者，車馬鸞聲，將將然衆矣。○二章 夜如何乎？夜尚未盡。庭燎久而光漸小，晣晣然矣。諸臣續至者，鸞聲噦噦，來者將盡，其聲漸殺也。○三章 夜如何乎？夜始向晨。庭燎不見光而見煙氣，天將明矣。

君子來朝，見其旂而辨色矣。夫視朝必待辨色，而問夜已始于未央，無乃不可爲常乎！○其，語辭。央，中央。庭燎，地燭也，束葦置階下然之。艾與刈通，艾老然後可刈，故凡將盡稱艾。晣晣，小明也。噦噦，聲微也。鄉晨，向旦也。煇，火氣。

《庭燎》三章，章五句。

沔（免）**彼流水，朝宗于海**（叶毁）**。鴥**（聿）**彼飛隼，載飛載止。嗟我兄弟，邦人諸友**（叶以）**。莫肯念亂，誰無父母**（叶美）**？○沔彼流水，其流湯湯。鴥彼飛隼，載飛載揚。念彼不蹟，載起載行**（叶杭）**。心之憂矣，不可弭**（米）**忘。○鴥彼飛隼，率彼中陵。民之訛言，寧莫之懲？我友敬矣，讒言其興。**

《古序》曰：「《沔水》，規宣王也。」○鄭氏曰：「以恩親正君曰規。規者，正圓之器。五行東方爲規，主仁恩。故《春秋傳》曰：『近臣盡規。』」王信讒，遠諸侯，不敢直諫，而但呼其親戚朋友念亂，以感動王，故謂之「規」。朱子據詩中「邦人諸友」，改爲民間相語，非也。詩謂諸侯不朝，飛揚跋扈，不循道理，一二守禮者，畏讒言之及，莫敢自必，故諷王遠讒，親諸侯，以終大業也。水，無情之物，流則不定；隼，急疾之鳥，飛則不止：皆諸侯不朝之比。○一章 沔然而滿之流水，必歸于海。水猶知朝宗，諸侯憑陵跋扈，如急疾之鷹，飛止不定，天下萃渙之勢未可知。嗟我兄弟，邦人諸友，

安當思危，皆無肯遠慮者。誰獨無父母乎？亂將累及父母矣。○二章 沔然之流水，其流湯湯然盛也。諸侯放恣，如水横流，如隼飛揚。念彼不循理者，至于坐卧不安，憂不可弭忘也。○三章 鴥然之隼，雖或飛揚，時亦循中陵而止。諸侯豈無循理述職者？則宜推誠懷撫。而訛言復肆中傷，不可不懲止也。聞諸侯自相謂曰：「我友事王室，可謂敬矣，讒言其猶興也。」羣情危疑若此，王可不懲乎？○沔，水流滿也。諸侯見于天子曰朝宗。蹟、迹同。不蹟，不循道也。弭，止也。訛言，虚僞之言，即讒言也。

《沔水》三章，二章章八句，一章六句。

鶴鳴于九皋，聲聞問**于野**叶汝**。魚潛在淵，或在于渚。樂**洛**彼之園，爰有樹檀**叶團**，其下維蘀**託**。他山之石，可以爲錯。○鶴鳴于九皋，聲聞于天**叶廳**。魚在于渚，或潛在淵**叶因**。樂彼之園，爰有樹檀，其下維穀**谷**。他山之石，可以攻玉。**

《古序》曰：「《鶴鳴》，誨宣王也。」○《毛傳》謂「教王用賢」，是也。鳥高飛善鳴者，莫如鶴，以比賢人。淵魚、園樹、山石，皆用賢之比。○一章 鶴，良禽也，鳴于九皋深澤之中，聲出聞于四野。賢者脩德岩穴，令聞遠播，無異此。王欲得之，未易也。如魚深潛于淵，時或泳游于渚，江湖自得，未肯出潛，輕受人餌。必也清明之朝，貴德尊士，如人稱彼園之可樂，有嘉樹之檀，其下維落葉之蘀，有德者上，無德者下，賢者始樂就耳。得賢則可以切磋君德，砥礪治功，如他山之石，以爲錯磨之用，

其受益可量乎？○二章 鶴鳴于九皋，聲聞于天。德之升聞亦猶是也。魚在于渚，或潛在淵，網羅何其難也。樂彼園有樹檀，其下維惡木之穀，人君用舍分明，賢者始樂于仕其朝。如他山之石，取以攻玉，輔相之益，不既多乎？○鶴，長頸高足，白身青翼，赤頂長喙，常夜半鳴，聲聞數里。九皋，深澤，猶九泉、九天，極言其深也。蘀，落葉。錯，磨石。穀，惡木，一名楮，其皮可爲布爲紙，其實可食。攻，治也。

《鶴鳴》二章，章九句。○按《序》：《庭燎》「美」而「因以箴」，箴，針也，微刺之，其辭隱；《沔水》「規」，規，圓也，情動之，其辭悲；《鶴鳴》「誨」，誨，教也，詳説之，其辭核。《古序》精確如此，朱子必欲改作，何與？自《彤弓》至此篇，朱改爲《彤弓之什》。

祈父甫，予王之爪牙叶吾。胡轉予于恤，靡所止居？○祈父，予王之爪士叶史。胡轉予于恤，靡所厎止？○祈父，亶不聰。胡轉予于恤，有母之尸饔？

《古序》曰：「《祈父》，刺宣王也。」○朱子改爲軍士怨久役而作，謂未見其必爲宣王，非也。如必欲見爲宣王，則詩明言敗績于姜戎，然後可。按：《國語》宣王三十九年，王師敗績于姜戎。料民于大原，兵不足，故發畿内之民從征。詩不敢斥王，而呼司馬，朱子遂以爲軍士語耳。○一章 祈父，汝爲司馬，掌征伐，典畿内之兵。我輩爲王侍衛之爪牙，以護腹心。何爲轉徙我于憂恤之地，不得安居乎？○二章 祈父，予王畿内爪牙士也。胡爲轉徙我于憂恤，無所厎止乎？○三章 祈父，汝真不聰，

不能察人之隱。我乃有母，無兄弟，爾何轉我于憂恤，使我母自主饔飧之事乎？○祈父，司馬也。祈、圻同，《酒誥》曰：「圻父薄違。」通作畿。尸，主也。饔，熟食也。

《祈父》三章，章四句。

皎皎絞白駒，食我場苗。縶之維之，以永今朝。所謂伊人，於焉逍遥。○皎皎白駒，食我場藿。縶之維之，以永今夕叶索。所謂伊人，於焉嘉客叶各。○皎皎白駒，賁閟然來與「白」叶列思。爾公爾侯，逸豫無期。慎爾優游，勉爾遁思。○皎皎白駒，在彼空谷。生芻初一束，其人如玉。毋金玉爾音，而有遐心。

《古序》曰：「《白駒》，大夫刺宣王也。」○朱子改爲留賢之詩，非也。其留也以去，其去也以不用《鶴鳴》之誨孤矣，故刺之，猶《王風》之《丘中有麻》也。馬五尺以上曰駒。白駒，比賢士貞潔也。苗、藿，比好爵也。生芻，比獨善自養也。○一章 皎皎然白色之駒，伊人所乘也。我飼以場圃之菜苗，而縶留之，維繫之，以延今朝。馬在此，則所謂乘馬之人，因緩其行，而逍遥于此耳。○二章 皎然白駒，我食以場圃之荳葉，縶維之以延今夕。所謂乘馬之伊人，因以挽其去，而爲嘉客于此矣。○三章 皎皎白駒，尚其賁然光寵而來，將以爾爲公，以爾爲侯，逸樂無窮期也。山林孤寂，慎哉爾勿優游長往，勉哉爾勿隱遁是思也。○四章 皎皎白駒，在彼空谷。自以青芻一束，飼其馬。

雖我苗、藿，亦不屑矣。令德令儀，温然如玉。身雖不留，猶願聆其德音，勿遂貴重爾音如金玉，不以貽我，而有遠棄之心也。○場、圃同地，場即圃也。苗，菜苗也，禾苗無在場者。藿，荳葉。縶、維，皆繫也。永，淹留也。伊人，猶彼人。生芻，青草也。金玉，言希貴也。音，聲教也。遐，遺忘也。

《白駒》四章，章六句。

黄鳥黄鳥，無集于穀，無啄卓我粟。此邦之人，不我肯穀。言旋言歸，復我邦族。

○黄鳥黄鳥，無集于桑，無啄我粱。此邦之人，不可與明叶芒。言旋言歸，復我諸兄香。

○黄鳥黄鳥，無集于栩許，無啄我黍。此邦之人，不可與處。言旋言歸，復我諸父甫。

《古序》曰：「《黄鳥》，刺宣王也。」○朱子改爲民適異國，不得其所而作，非也。民不得所，時政使然，詩人託爲民言，以諷王也。黄鳥好音，人所悦也。春陽始鳴，應節趣時，故爲遷居擇處之比。穀，惡木；桑言喪也；栩言虎也：皆失所之比。黄鳥性不穀食，比己將不食此邦之食也。始以故鄉失所而來，今又以此邦失所而歸，故自託于黄鳥，非以黄鳥爲刺，刺病黄鳥者耳。與呼「碩鼠」異。○一章　黄鳥識時，好音悦人，而胡爲集于此穀也？粟非黄鳥所食，爾勿啄我此粟。我昔棄邦族而來，謂此邦人善與耳。今不肯以善道相與，我將旋歸，反我邦之宗族矣。○二章　黄鳥黄鳥，無集于桑，無啄我粱。我行歸矣，此邦無達人情，識事理者。言旋言歸，依我諸兄耳。○三章　黄鳥黄鳥，勿集

于栩，勿啄我黍。我將歸矣，此邦之人，不可同處。言旋言歸，依我諸父耳。

《黃鳥》三章，章七句。○按：二《雅》皆朝廷獻納之詩，而《小雅》若此篇之類，託民風以諷上，故爲《小雅》。《大雅》則專言君德，所以與《小雅》異。

我行其野，蔽芾沸**其樗**樞**。昏姻之故，言就爾居。爾不我畜，復我邦家**叶姑**。○我行其野，言采其蓫**逐**。昏姻之故，言就爾宿。爾不我畜，言歸思復。○我行其野，言采其葍**福，叶白**。不思舊姻，求我新特。成不以富，亦祇**支**以異**叶棄**。**

《古序》曰：「《我行其野》，刺宣王也。」○朱子改爲民適異國，依其昏姻，而不見收卹，作此詩，非也。民適異國，則流離失所矣。依其昏姻，而不見收卹，上所以教民睦姻任卹之行安在？不能養，又不能教，中興之業衰矣，故謂之刺。凡《詩》刺，多即其人之事代言。誦其詩，知其政，而美刺寓焉，《春秋》之法如此。○一章 我從故國來，經行其野，見惡木之樗，枝葉茂盛，猶可休息。今我漂泊無依，以昏姻之故，來就爾居。爾不我養，是惡木不如也。將若之何？反我邦家而已。○二章 我行其野，采惡菜之蓫以療饑。昏姻之故，就爾止宿。爾不我養，歸反故鄉而已。○三章 我行其野，采惡菜之葍以食。爾曾不念舊親，視我不如新匹。爾之鄙吝，欲以成富耳，何能以此成富？忘親棄故，但爲人所怪異耳。○樗，惡木，即今臭椿。蓫，俗名羊蹄，似蘆服而葉長，色赤。葍，

一名蓑，一名蕢，根正白。特，匹也。

《我行其野》三章，章七句。

秩秩斯干叶千，幽幽南山叶仙。如竹苞叶剖矣，如松茂叶某矣。兄及弟上聲矣，式相好叶吼矣，無相猶叶友矣。○似續妣祖，築室百堵，西南其户。爰居爰處，爰笑爰語。○約之閣閣，椓之橐橐。風雨攸除去聲，鳥鼠攸去，君子攸芋于。○如跂斯翼，如矢斯棘，如鳥斯革急，如翬斯飛，君子攸躋賫。○殖殖植其庭，有覺其楹。噲噲快其正，噦噦誨其冥，君子攸寧。○下莞官上簟叶定，乃安斯寢叶去聲。乃寢乃興叶根，乃占我夢叶悶。吉夢維何？維熊維羆碑，維虺毁維蛇叶移。○大人占之：維熊維羆，男子之祥；維虺維蛇，女子之祥。○乃生男子，載寢之牀，載衣之裳，載弄之璋。其泣喤喤，朱芾弗斯皇，室家君王。○乃生女子，載寢之地，載衣之裼叶替，載弄之瓦叶位。無非無儀叶義，唯酒食是議，無父母詒罹叶麗。

《古序》曰：「《斯干》，宣王考室也。」○朱子改謂築室成而燕飲以落之，不言誰室，豈謂是詩亦通用乎？非也。禮：廟成，則升屋刲羊，洒血以釁之；路寢成，則設盛食，考成以落之。落，始也。始新，故多祝願之辭。○一章 鎬京王居，旁據鎬水，長岸秩秩；前對終南，遠山幽幽。築基盤固，如竹之叢苞；結架稠密，如松之隆茂。願居此室者，兄弟親睦，式相和好，無相怨尤焉。

○二章 我周妣祖，開造丕基，中業圮壞，而王似續之。築室百堵之多，或西其户，或南其户。于是居處而安焉，于是笑語而樂焉。○三章 宫室先垣牆，繩約其板，閣閣然上下相乘；椓之以杵，橐橐然土聲堅重。牆成牢密，風雨不能侵，鳥鼠不能入。是君子所居，以爲尊大者也。○四章 其爲堂也，規模嚴正，如人跂立而翼然恭也；方隅整齊，如矢行急而直也；棟宇軒舉，如鳥驚起而革也；簷阿彩繪，如翬雉飛而華美也。是君子所升，以居上臨下者也。○五章 其爲室也，前庭殖然平正，楹柱覺然直大。向南正處，噲噲明爽；房奥冥處，噦噦深邃。是君子所居，以安寧者也。○六章 君子寢于是室，下設蒲席，上加竹簟，乃安寢焉。既寢而興，興而占夢，吉夢維何？夢熊與羆，夢虺與蛇。○七章 乃以是夢，問于老成博識之大人，占之曰：「熊、羆，剛毅雄壯之物，是爲生男之祥；虺、蛇，柔弱隱藏之物，是爲生女之祥。」○八章 由是生男邪？則寢之以牀，尊之也；衣之以裳，盛服也；弄之以璋，象德也。聽其泣，喤喤然大聲，比其長，皆將服朱芾鮮明，有室家，爲君王者也。○九章 生女邪？寢之地，從其順也；裹以單衣，示無加也；弄以瓦器，象其所事也。願其長而貞静，無預外事之非，亦無預外事之宜。唯守中饋，議酒食，勿詒父母之憂，可矣。○猶，當作尤，怨也。芋、訏通，大也。革、亟通，如鳥亟驚而高舉也。當户外地曰庭。莞，蒲席。簟，竹席。熊、羆皆猛獸。羆似熊，而長首高脚多力。虺，蝮蛇，小而毒，故曰：「爲虺弗摧，爲蛇奈何？」大人，在位有才識，爲人所尊信者也。弄璋，以玉爲戲具也。半珪曰璋，祭享之器。袒而加衣曰裼。瓦，陶器，紡塼、酒壺之類。今婦女緝麻，加瓦膝上，紡用塼鎮車，是也。非儀，皆朝廷所議政事，非，不可也；儀，宜行也。

《斯干》九章，四章章七句，五章章五句。

誰謂爾無羊？三百維羣。誰謂爾無牛？九十其犉淳。爾羊來思，其角濈濈戢。爾牛來思，其耳濕濕。○或降于阿，或飲于池叶沱，或寢或訛。爾牧來思，何上聲蓑何笠，或負其餱叶吸。三十維物，爾牲則具叶局。○爾牧來思，以薪以蒸，以雌以雄叶昏。爾羊來思，矜矜兢兢，不騫不崩。麾之以肱國平聲，畢來既升。○牧人乃夢：衆維魚矣，旐維旟矣。大人占之：衆維魚矣，實維豐年叶零。旐維旟矣，室家溱溱。

《古序》曰：「《無羊》，宣王考牧也。」○鄭氏曰：「厲王之世，物産彫耗，牧人廢職。宣王能興復，故敘而歌之。」按《周禮》：「牧人掌六牲，而阜蕃其物。」六牲，謂馬、牛、羊、豕、犬、雞也。此獨言牛、羊，舉祭享所常用者耳。○一章 誰謂離亂之後爾無羊乎？計羣凡三百，不知每羣凡幾也。誰謂爾無牛乎？舉犉牛一色者九十，他色不可勝數也。爾羊之來，角多而聚，濈濈然和集；爾牛之來，耳多而動，濕濕然汗澤也。○二章 牛羊在牧，或自山降于阿，或飲水于池，或卧而寢，或動而訛。牧人隨牛羊來，荷其蓑笠，負其餱糧，順其所往，以適其性。故生養蕃庶，别其物色，多至三十，隨所用之，牲無不備也。○三章 牧人之來，閒暇樵採，以薪以蒸。或搏取禽鳥，以雌以雄。爾羊之來，矜兢强壯，無羸弱也；不騫不崩，無羣疾耗敗也。但麾以手肱，使之歸則畢來，使之升牢

則盡升也。○四章　自中業彫耗，所望在富庶，而佳兆已形于牧人之夢：夢衆人相與捕魚，又夢統後軍之旐，與統前軍之旟。以問大人，占曰：「衆人捕魚，是羣取之象，其必豐年乎！豐年，則衆所漁者多矣。建旐與旟，是師衆之象，其必室家溱溱乎！室家盛，則統馭者衆矣。既富且庶，斯中興之業矣。○三百、九十，極言多，非定數也，猶《豳風》「九十其儀」云爾。黄牛黑脣曰犉。濈濈，角聚也。濕濕，耳潤也。何、荷通，揭也。三十維物，别其色，凡三十也。薪之細者曰蒸。雌雄，禽也。矜矜兢兢，堅强貌。騫，虧也；崩，羣疾也：皆耗敗之意，羊病則盡羣而死。肱，臂也。來，自牧歸也。升，入牢也。

《無羊》四章，章八句。

毛詩原解卷十九終

毛詩原解卷二十

節南山之什

《節南山》至《巷伯》，凡十篇。

節截彼南山，維石巖巖顔。赫赫師尹，民具爾瞻。憂心如惔談，不敢戲談。國既卒斬叶殘，何用不監平聲？○節彼南山，有實其猗阿。赫赫師尹，不平謂何？天方薦瘥搓，喪亂弘多。民言無嘉叶戈，憯慘莫懲嗟叶搓。○尹氏大師，維周之氐叶其。秉國之均，四方是維。天子是毗皮，俾民不迷。不弔昊天，不宜空我師。○弗躬弗親，庶民弗信叶心。弗問弗仕史，勿罔君子。式夷式已，無小人殆叶體。瑣瑣姻亞，則無膴武仕叶史。○昊天不傭冲，降此鞠訩。昊天不惠，降此大戾。君子如屆叶雞，俾民心闋缺，叶葵。君子如夷，惡去聲怒是違。○不弔昊天叶廳，亂靡有定叶丁。式月斯生，俾民不寧。憂心如酲，誰秉國成。不自爲政，卒勞百姓。○駕彼四牡，四牡項領。我瞻四方，蹙蹙靡所騁。○方茂爾惡，相像爾矛謀矣。

既夷既懌，如相醻矣。○昊天不平，我王不寧。不懲其心，覆復怨其正。○家父作誦，以究王訩。式訛爾心，以畜萬邦叶卜平聲。

《古序》曰：「《節南山》，家父刺幽王也。」○朱子謂《春秋》魯桓公十五年，有「家父來求車」，是桓王之世，上距幽王終已七十五年，不知其人同異，《序》之時世不足信。此説非也。按周制：卿大夫世官。尹氏、家父，皆世卿。子孫氏其先，如虞仲之後，亦稱虞仲之類。若疑此家父，即七十年後求車之家父，則《南山》「不平」之尹氏，亦即《常武》「王謂」之尹氏與？○一章 終南之山，節然高峻，積石巖巖，民所共仰。尹氏位居太師，赫赫之勢，爲民具瞻，何異高山之仰？今其所行不善，使我憂心，如火惔炙，畏其威而不敢戲言。觀此國運，亦既終斬絶矣，王何不察乎？○二章 節彼南山，草木之生，皆猗然垂實，何其均也。尹氏尊爲大師，偏黨不平，謂之何哉！天方降重薦之病，喪亂弘多，民有不嘉之言，而尹氏曾不憯然懲嗟也。○三章 尹氏官居太師，以世臣爲國根柢，執國之平，宜維持四方，輔毗天子，公道服人，使民信而不惑可也。今既不見信于民，即不見愍于天，則不宜久塞賢路，空曠我太師之官也。○四章 尹氏爲政，委託親戚羣小，不肯躬親王事，忠勤報主，庶民所以不信服也。豈世無君子乎？惟爾弗肯訪問，弗與仕進。焉可誣罔君子，謂國無其人也？式平夷其心，不肖者則已而退之，勿使小人親近危殆；瑣瑣幺麼之親戚，勿高爵厚禄以私之可也。○五章 天生小人，以禍人國家，是昊天不均傭，而降此窮極之訩亂也；昊天不惠愛，而降此乖戾之大變也。所以救之者，唯在君子。王若信用君子而君子至，則民之怨望闋息矣。君子用事，自平夷其心，而人悦服，則惡怒亦違去矣。

○六章 今既不見愍于天，禍亂不定，與月俱長，使民不得安寧。我心憂之如醉，不知誰執國之成法者，不自爲政，偏任羣小，勞苦我百姓也？○七章 吾欲駕彼四牡，去此亂邦，四牡項領昂壯可用也。然環視四方，蹙蹙然出門即礙，何處可容馳騁乎？○八章 宰天下事，宜以和平。方其盛爾凶惡，視爾矛戟，如欲戰鬬，由其心不和平故也。苟能平夷其心，悦懌其氣，往來順適，如醻爵然，人已諧和，何人不得邪？○九章 昊天乎，何其不平也！我王亦因是不得安寧矣。不肯懲創其非心，反怨人之正己者焉。○十章 家父作此歌誦，以窮究王訩亂所由。庶幾動王悔心，任賢求治，以畜養萬邦耳。○節，高峻貌。巖巖，積石貌。師尹，太師尹氏也。惔，燔也。斬，絶也。監，察也。有實其猗，草木垂實猗猗然也。薦，重也。瘥，病也。憯與慘通。氏，本也。均，平也。毗，輔也。弔，愍也。不弔昊天，不見愍于天也。空我師，空曠我太師之官也。罔君子，誣賢人也。式已，退小人也。殆，危也，近也。小人易親而險，子云：「佞人殆。」姻亞，私親也。壻之父曰姻，婦之父曰婚，兩壻相謂曰亞。膴仕，猶言美官。傭，均也。鞠，窮也。訩，匈匈然亂意，窮極之亂也。屆，至也。闋，息也。違，去也。酲，病酒也。國成，國法也。項領，壯貌。訛，動也。

《節南山》十章，六章章八句，四章章四句。

正政**月繁霜，我心憂傷。民之訛言，亦孔之將。念我獨兮，憂心京京**叶姜**。哀我小心，癙**鼠**憂以痒**羊**。○父母生我，胡俾我瘉**宇**？不自我先，不自我後**叶虎**。好言自口**叶苦**，莠**酉

言自口。憂心愈愈，是以有侮。○憂心惸惸瓊，念我無祿。民之無辜，并其臣僕。哀我人斯，于何從祿？瞻烏爰止，于誰之屋？○瞻彼中林，侯薪侯蒸。民今方殆，視天夢夢叶門。既克有定，靡人弗勝升。有皇上帝，伊誰云憎曾？○謂山蓋卑，爲岡爲陵。民之訛言，寧莫之懲。召彼故老，訊之占夢叶門。具曰予聖，誰知烏之雌雄叶橫？○謂天蓋高，不敢不局叶亟。謂地蓋厚，不敢不蹐積。維號豪斯言，有倫有脊。哀今之人，胡爲虺毀蜴亦？○瞻彼阪反田，有菀玉其特。天之扤我，如不我克。彼求我則，如不我得。執我仇仇求，亦不我力。○心之憂矣，如或結之。今兹之正，胡爲厲叶列矣？燎料之方揚，寧或滅之？赫赫宗周，褒姒烕穴之。○終其求懷，又窘陰雨。其車既載，乃棄爾輔。載輸爾載，將鎗伯助予叶與。○無棄爾輔，員云于爾輻叶逼。屢顧爾僕，不輸爾載叶集。終踰絶險，曾是不意叶亦。○魚在于沼叶卓，亦匪克樂。潛雖伏矣，亦孔之炤叶灼。憂心慘慘，念國之爲虐。○彼有旨酒，又有嘉殽。洽比避其鄰，昏姻孔云。念我獨兮，憂心慇慇。○佌佌此彼有屋，蔌蔌方有穀。民今之無祿，天夭是椓叶竹。哿可矣富人，哀此惸獨。

《古序》曰：「《正月》，大夫刺幽王也。」○一章 四月正陽而繁霜降，天變于上，我心爲之憂傷。民之譌言，其害甚大。人皆忘危，我獨慮及宗社，京京然憂之大也。哀哉我小心畏懼，如鼠病

在穴，愁居懾處，以至痒病也。○二章 父母生我，豈使我病乎？遭逢世亂，不先不後，莫非命也。訛言之人，巧肆中傷：言人美好，唯自口出；言人莠醜，亦自口出。憂心愈愈日甚，以致小人之侵侮也。

○三章 憂心惸惸，國之將亡，無所依歸。念我不幸，與此無罪之民，將并見囚虜，爲人臣僕。哀哉此民，復從何人受養乎？視烏鳥之飛，不知止于誰之屋耳。○四章 瞻彼中林，草木繁蕪然，大者爲薪，細者爲蒸，區以別矣。今民皆危殆，視天若夢夢不明者，特尚未定耳。天之既定，善必祥，惡必殃，未有不能勝人者。維皇上帝，何心憎人？人自取之耳。○五章 山則高矣，而彼謂之卑，其實岡陵也。岡陵可謂卑乎？訛言反覆如此，寧莫有明斷之人，能辨止之者。徒然召彼故老，問彼占夢。彼各自謂聖人，可否淆亂，如烏鳥雌雄，誰能辨之？○六章 生斯世也，謂天高乎？不敢不局其躬，將恐壓也。謂地厚乎？不敢不累其足，將恐陷也。身逢亂世，禍機不測，敢謂無是事而不懼邪？我所以長號此言，有倫有理，非妄語也。哀今小人，胡爲肆毒害人如虺蜴乎？○七章 瞻彼崎嶇之田，甚瘠薄也，尚有鬱然特生之苗，豈以世亂而無豪傑乎？違衆則遭妒，是天摇抏我也，多方排擠，如恐不克。始云求我爲法，如恐不得，今乃拘執堅固，仇仇不釋，惟恐不力矣。○八章 我心之憂，如有物結之。當今之政，何其暴厲也？火之燎原，其勢方張，寧或滅之？赫赫然顯盛之宗周，一褒姒遂威之。蓋婦人蠱惑王心，而讒人乘間敗壞之耳。○九章 國事如此，思其究竟，永抱無窮之慮。如彼行道，又窘迫于陰雨，其車既裝載，乃棄夾縛之輔，輪墮爾所載之物，然後倩人助己，晚矣。國步艱難，不用賢而貽悔，何異此？○十章 爾駕車者，勿棄夾縛之輔，以員益爾持輪之輻，又數數戒勅爾御車之僕，如是則自不輸墮爾

所載矣。今奈何終踰絶險之地，曾不以爲意乎？則其覆敗宜爾。〇十一章 魚相忘于江湖，今在池沼，何樂之有！君子立衰亂之朝，亦猶此也。雖深自韜晦，終將不免，如魚雖潛伏，焉能逃網罟之患？顧一身何足恤，憂心慘慘，念禍及宗社耳。〇十二章 君子雖憂，小人則樂。彼有旨酒，又有嘉殽，和悦其鄰里與其昏姻，甚相周旋。我獨無侣，而心自慇慇然憂之痛也。〇十三章 佌佌然之小人，大厦安居而有屋；蔌蔌然卑陋者，厚禄奉養而有穀。民獨不幸，無居無食。是天降夭禍椓擊之也。彼富民猶可，惟哀此惸獨無告者，若之何哉！〇正月，建巳之月，純陽用事，正陽之月也。訛，僞也。將，大也。京京，大貌，即兢兢意。癙，鼠病在穴也。痒，病也。瘉，亦病也。莠，狗尾草，醜貌。穀則善，莠則醜也。愈愈，增益也。無禄，猶言不幸。臣僕，亡國之虜，古者以罪人爲臣僕。中林，林中。侯，語辭。麤曰薪，細曰蒸，柴樵之名。方，等齊也。殆，危也。蹐，累足小步也。號，哀呼也。倫，序也。脊，理也。虺蜴，蝮蛇也。菀，茂也。特，苗之特出者，猶《周頌·載芟》篇云「有厭其傑」也。扤，摇動不安也。仇，拘也，即「寘載手仇」之仇，仇仇然盤執不舍也。燎，野燒也。烕，滅也。輔，縛杖夾輻，防折壞也。輸，墮也。將，請乞也。伯，呼所請乞之人也。員，益也。輻，輪轑也，輪中直木三十爲輻。洽，和也。比，親也。云，旋也。佌佌，小貌。蔌蔌，陋貌。夭、妖通，菑也。椓，擊殺也。

《正月》十三章，八章章八句，五章章六句。

十月之交，朔日辛卯叶柳。日有食之，亦孔之醜。彼月而微，此日而微。今此下民，

亦孔之哀叶衣。○日月告凶，不用其行叶杭。四國無政，不用其良。彼月而食，則維其常。此日而食，于何不臧？○爗爗業震電，不寧不令零。百川沸騰，山冢崒促崩。高岸爲谷，深谷爲陵。哀今之人，胡憯莫懲。○皇父卿士，番維司徒。家伯維〔一〕宰，仲允〔二〕膳夫。聚鄒子内史，蹶愧維趣楚馬叶母。楀矩維師氏，豔焰妻煽扇方處杵。○抑此皇父，豈曰不時？胡爲我作，不即我謀叶迷？徹我牆屋，田卒汙萊叶泥。曰予不戕，禮則然矣叶移。○皇父孔聖，作都于向。擇三有事，亶侯多藏叶葬。不憖印遺一老，俾守我王叶旺。擇有車馬，以居徂向。○黽勉從事，不敢告勞。無罪無辜，讒口囂囂遨。下民之孽，匪降自天叶汀。噂尊上聲沓踏背佩憎，職競由人。○悠悠我里，亦孔之痗妹，叶米。四方有羨涎去聲，我獨居憂。民莫不逸，我獨不敢休。天命不徹，我不敢傚我友自逸。

《古序》曰：「《十月之交》，大夫刺幽王也。」○鄭康成以爲刺厲王，非也。豔妻之爲褒姒，

〔一〕「維」，原作「冢」，諸本同。按：朱熹《詩集傳》及《毛詩詁訓傳》經文均作「維」，郝氏後之訓詁云「維宰，爲冢宰也」，知「冢」爲「維」之誤，今改。

〔二〕「允」，原作「尹」，諸本同。按：朱熹《詩集傳》及《毛詩詁訓傳》經文均作「允」，郝氏後之譯解云「有仲允者，爲膳夫，掌飲食」，知「尹」爲「允」之誤，今改。

與山川之崩竭，皆幽王事也。○一章 十月建亥，純陰之月；朔日辛卯，純陰之日。日爲陽主，而是時有食之者，陰盛陽衰之象，甚可醜也。彼月有時虧缺而微，常也；此日亦虧缺而微，陰陽失道。今此下民，災害並至，亦甚可哀矣。○二章 日月之食，雖有定次，然陽尊陰卑，月行自當避日。今日食告凶，是日月不用其行矣。及觀此四國失政，不用賢良，亦豈得其行乎？彼月見食，則維常事；此日見食，何其不善也！豈非小人盛而君子衰之徵與？○三章 爗爗然雷電閃爍，動于十月，不安寧，不令善。百川沸騰，水澇爲災，山之頂冢，崒然高者，今皆崩頽。高岸陷而爲谷，深谷填而爲陵。菑變如此，哀今君臣，胡不慘怛而懲創乎？○四章 天災之致，由于小人：有如皇父者，爲王卿士，兼總六官，招致同類；有番氏者，爲司徒，掌邦教；有家伯者，爲冢宰，掌邦治；有仲允者，爲膳夫，掌飲食；有聚氏子，爲内史，掌策命；有蹶氏，爲趣馬，掌馬政；有楀氏，爲師氏，掌朝事。此七子，皆以諂媚王之美妻褒姒，而分據津要，氣燄煽熾，方安處未可動也。○五章 抑此皇父，小人之尤，作事暴戾，不肯自言不時。胡爲動作我而不與我謀？遂毁我牆屋以爲園囿，壞我田畝盡爲水草之區。曰：「非我戕汝，乃下奉上之常禮耳。」○六章 皇父謷然，甚自以爲聖人。以向爲私邑，擇用已三卿司事之官，皆訪真富厚藏之人。不肯勉强留一老成人衛護天子，惟擇富有車馬者，以從己往居向，爲私人而已。○七章 鞠躬盡瘁，臣子之分，何敢告勞？但念無罪辜而遭讒口之多，雖勤勞亦不免矣。下民災孽，豈自天降？由此讒人，面則噂然聚談，沓然重複，背則相憎，專主用力爲此。皆由人耳，可諉於天乎？○八章 朝政昏亂，悠悠然思歸我里，不可得，亦甚病矣。彼諸臣分任四方，尚得寬裕，

而我獨處憂愁之地，民力食者，莫不安逸，而我獨不敢休息。天命不均如此，亦惟黽勉從事耳，豈敢效我友爲身而自逸乎？○交，日月交會，即朔日也。日有食，月食之也。言有者，不見也。周天三百六十五度有奇，天旋地外，一晝一夜行一周，而又過一度。日月隨天行而較遲：日一晝一夜退天一度，一歲退盡，與天初度會；月一晝一夜退天十三度有餘，二十九日有餘退盡，與日會。一歲日月凡十二會：方會則月光盡而爲晦，已會則月光復蘇而爲朔，交會則日與月同度同道，故日爲月掩而食。或行有盈縮參差，則不食。月之食日在交，以形相掩也；日之食月在望，以精相抗也。辛，天干之柔日；卯，地支之陰辰。微，虧缺不明也。爗爗，閃爍貌。山冢，山頂也。崒，高也。卿士，天子之卿，執政者也。維宰，爲冢宰也。煽，熾也。時，是也。不時，猶言不是，當可謂之時。作，移動也，猶《射禮》「作上耦射」之「作」，遺也。汙萊，澤藪也。孔，甚也。孔聖，恣己自是，即「豈曰不時」之意。向，地名，皇父私邑也。作都，侈大也。三有事，三卿，畿内諸侯，有卿大夫士也。亶，信也，訪擇之意。侯，語辭。多藏，富家也。憖者，心不欲而勉强之辭。遺，留也。一老，一老成人也。言所用皆新進附己者，天子孤立而已。噂，聚言也；沓，重復也：小人面相親媚之狀。背憎，背後憎毁也。職，專也。競，争爲也。痗，病也。羨，閒也。徹，均也。

《十月之交》八章，章八句。○按：天地之氣，陽而已矣。陽氣之消歇，即陰也。陽實有餘，故日光常滿；陰虚不足，故月形常缺。月缺處必背日，其光必承陽，陽光所不及，即陰形之暗處也。故月自十五以後，下弦而至晦，漸近日，則陰漸消而形漸缺；自朔以後，上弦至望，漸遠日，則陰漸

長而光漸生。晦極近，故月死；望極遠，故月盈。如諸侯覲天子則禮卑，在本國亦一君耳。此陰陽之分段也。朔則日月之行，同度同道，日行高而月行低，内外疊合，日爲月揜，如男女合而陽受其侵眚也，如臣子逼君父而竊其威權也，以有餘成不足，是爲日食。望則日月東西相對，亦同度同道，然日行速而月行遲，相望而或少參差，不正相對，則月光隨日所偏處成虧。蓋日低行地底，陰反抗出其上，如女弄男權，臣竊君柄，以不足居有餘，反受其殃，是爲月食。日食，陽光受蔽，陽之不善也；月食，陰過則削，陰之固然耳。故日食爲變，而月食爲常。《詩》以日食刺君，《春秋》不書月食書日食，以此也。

浩浩昊天，不駿其德。降喪饑饉，斬伐四國。旻天疾威，弗慮弗圖。舍赦彼有罪，既伏其辜孤。若此無罪，淪胥以鋪平聲。○周宗既滅，靡所止戾叶列。正大夫離居，莫知我勩異，叶亦。三事大夫，莫肯夙夜叶亦。邦君諸侯，莫肯朝夕。庶曰式臧，覆出爲惡叶厄。○如何昊天，辟言不信叶心？如彼行邁，則靡所臻。凡百君子，各敬爾身。胡不相畏？不畏于天叶汀。○戎成不退，饑成不遂碎。曾我暬薛御，憯憯日瘁。凡百君子，莫肯用訊叶歲。聽言則答，譖言則退。○哀哉不能言，匪舌是出叶肺，維躬是瘁。哿矣能言，巧言如流，俾躬處休。○維曰于仕史，孔棘且殆叶體。云不可使？得罪于天子。亦云可使，怨及朋友叶以。

○謂爾遷于王都，曰予未有室家叶姑。鼠思泣血叶恤，無言不疾。昔爾出居，誰從作爾室？

《古序》曰：「《雨無正》，大夫刺幽王也。」毛公曰：「雨，自上下者也。衆多如雨，而非所以爲政也。」○朱子改爲饑饉之後，羣臣離散，其不去者，作此詩以責去者，非也。王朝設官，遇饑年輒引去，非必實有是事。《朱傳》據二章「正大夫離居」、卒章「謂爾遷于王都」立說，所謂「靡有孑遺」，是周無遺民者也，當時或偶有棄官去者，非必羣臣離散也。雨無正，猶言天失常，託天災以刺時。天降饑饉，有罪無罪同死，即雨失其正。忠邪不分，刑罰不中，政散人離，零亂如雨也。世儒疑不用詩辭命篇，有如《巷伯》《常武》《酌》《賚》《般》，豈盡詩辭？而意象悠然。必求淺率易見，則高叟之癖矣。○一章 浩浩然廣大之昊天，不駿大其德，降此喪亂饑饉，戕害四國之人。天道旻邈，暴疾作威，曾不思慮，不圖謀？彼有罪者，棄之不養，則伏其辜矣。此無罪之人，同遭饑餓，相與淪陷，鋪徧而死，何哉！○二章 周之宗祀，將盡滅矣。人情洶洶，靡所止定。正大夫爲六官之長，今皆避禍離居，莫有知我之勞勩者。三公及諸大夫，莫肯夙夜在公。邦君諸侯，莫肯朝夕勤王。庶幾曰：王用悔過爲善耳。今反出于惡，而疾威不悛，日甚一日，若之何不滅乎？○三章 如何乎，昊天也！法度之言，不肯見信，如行道邁往，漫無抵至。凡百君子，爲臣止敬，各求自盡，何可不相畏？不相畏，是不畏天也，天可以不畏乎？○四章 今戎寇已成，不可退矣；饑饉已成，民不遂生矣。王曾不悟，而我近侍小臣，憂之憯憯，日以困瘁。凡爾諸臣，莫肯用心訊問，以求忠益聽人之言。答之而已，不尋思也，一聞譖言，全軀而退。國事將誰賴乎？○五章 哀哉，耿介不能言之人，非但言出于舌，

禍且及身，而受困瘁矣。可哉，利口能言之人，巧言如流，而使身處休樂之地。今時好佞惡直如此。○六章人維曰往仕耳，不知今之仕甚急且危也。欲爲忠直，見謂不可使，而得罪于天子；欲爲巧佞，庶幾可使。而公議難容，見惡于朋友，仕不亦難乎？○七章我嘗謂大夫離居者曰：「爾還而遷居于王都乎？」彼對我曰：「予無室家在王都也。」察其意，如鼠之畏人，呑聲泣血，未有言及時事不疾痛者。此其畏禍之情。而云無室家者，託辭耳。不然，昔爾去王都居外，又誰爲爾作室家乎？○昊，廣大也。駿，大也。降喪，猶降殃也。斬伐，殺害也。旻，冥邈也。疾威，暴虐也。舍，棄也。淪，陷也。胥，相也。鋪，徧也，即塗有餓殍之意。周宗，周之宗族。既，盡也。正，六官之長。勩，勞也。三事，三公也。大夫，諸大夫也。早見曰朝，莫見曰夕。辟言，法言也。戎，兵寇也。曾，猶但也。暬御，近侍也。憯憯，猶慘慘。訊，訪問也。哿，可也。鼠思，猶言幽懷。凡物之畏而隱者，莫如鼠。無聲曰泣。血，即淚也。

《雨無正》七章，二章章十句，二章章八句，三章章六句。

毛詩原解卷二十終〔一〕

〔一〕「言幽懷」至卷末「毛詩原解卷二十終」，底本缺，今據北大本補。

毛詩原解卷二十一

旻天疾威，敷于下土。謀猶回遹(聿)，何日斯沮(上聲)。謀臧不從，不臧覆用。我視謀猶，亦孔之邛(窮)。○潝潝(吸)訿訿(子)，亦孔之哀(叶衣)。謀之其臧，則具是違。謀之不臧，則具是依。我視謀猶，伊于胡底(叶低，平聲)。○我龜既厭，不我告猶(叶玉)。謀夫孔多，是用不集(叶卒)。發言盈庭，誰敢執其咎(叶菊)？如匪行邁謀，是用不得于道(叶篤)。○哀哉爲猶，匪先民是程，匪大猶是經。維邇言是聽(平聲)，維邇言是争。如彼築室于道謀，是用不潰于成。○國雖靡止，或聖或否(叶倍)。民雖靡膴(呼)，或哲或謀(叶寐)，或肅或艾(乂)。如彼流泉，無淪胥以敗(叶備)。○不敢暴虎，不敢馮(平)河。人知其一，莫知其他(拖)。戰戰兢兢，如臨深淵(叶因)，如履薄冰。

《古序》曰：「《小旻》，大夫刺幽王也。」○朱子改爲大夫以王惑于邪謀，不能斷以從善而作，非也。詩人因王聽信羣小，故發謀猶之説。忠諫不用，是非淆亂，賢否倒置，即不善謀也。如《朱傳》之言，謀則運籌畫策之謂矣○一章 天道冥邈，暴怒作威，敷布下土，奪王之鑑，使謀猶邪僻，漸趨于危亡，何日而止？忠言本臧則不從，諂諛不臧反用之。爲謀若此，以我視之，必甚至窮病也。○二章 小人謀蠱君心，讒害忠良，潝潝相聚，訿訿相詆，反覆傾險，甚可哀痛。今王于嘉謀則皆違之，

于巧佞則皆依之。我視王之爲謀，何所底止？終歸于亂亡而已。○三章 治亂之理，明者曉然，無事于商量；愚者不悟，轉趨迷惑。先知莫如龜，龜既厭而不告矣，謀夫雖多，亦何所成？發言滿庭，恐事敗獲咎，無敢任者。如行遠者，而但坐謀，何得于道路乎？王如從善，一言興邦矣，何事羣小之潝訿也？○四章 哀哉！今之謀國者，不以往哲爲程式，不以大道爲經常，維近習之言是聽，維近習之言是爭。衆口淆亂，如彼築室道傍，與行路之人謀，是用不得遂成也。○五章 小人熒惑主聽，非獨小人之罪，王信任之過也。今國雖不定，有通明而爲聖者，有不皆聖而爲否者。民雖不多，有明哲者，有善謀者，有恭肅者，有乂治者。王惟不用，雖嘉謀安施？如彼下流之泉，相與淪陷至敗亡而已，何救于國事乎？○六章 虎不敢空手而搏，河不敢無舟而馮，人知其一矣。至于國所以敗，天下所以亡，甚于虎與河，人不知也。思及于此，戰戰而危，兢兢而懼，如臨深淵恐墜也，如履薄冰恐陷也，王曾不之念乎？○旻，冥邈也。回遹，邪僻也。沮，止也。邛、窮通，病也。潝潝，和同也。訿訿，詆毀也。程，法也。經，常也。邇言，羣小之言。潰，遂也。靡止，不定也。靡膴，不多也。艾與乂通，治也。具，俱也。底，止也。集，成也。執其咎，事不成任其罪也。行邁，往也。道，路也。先民，古聖賢也。艾必刈而後用，故謂乂曰艾。徒搏曰暴，徒涉曰馮。

《小旻》六章，三章章八句，三章章七句。○或謂《小旻》與《小宛》《小弁》《小明》，皆以別其爲《小雅》得名也。夫《小雅》詩多矣，何獨別此四篇？若然，《大東》名《小東》正宜，反以「大」名，何也？凡篇目皆作者自命，或太史記之，太師目之，未有二《雅》，先有篇目。如前說，

是先有《小雅》，而後以此詩從之，非也。若謂《小旻》《小明》爲別于《大雅·召旻》《大明》，則《小宛》《小弁》又何別乎？或又曰：「《大宛》《大弁》，夫子删之。」然則《頌》有《小毖》，又焉得有《大毖》乎？皆猜説也。

宛遠彼鳴鳩，翰飛戾天叶汀。我心憂傷，念昔先人。明發不寐，有懷二人。○人之齊聖，飲酒温克。彼昏不知，壹醉日富叶别。各敬爾儀，天命不又叶葉。○中原有菽，庶民采菜之。螟蛉有子，蜾果蠃裸負叶背之。教誨爾子，式穀似叶賽之。○題弟彼脊令，載飛載鳴。我日斯邁，而月斯征。夙興夜寐，無忝爾所生。○交交桑扈虎，率場啄粟。哀我填顛寡，宜岸宜獄。握粟出卜，自何能穀？○温温恭人，如集于木。惴惴贅小心，如臨于谷。戰戰兢兢，如履薄冰。

《古序》曰：「《小宛》，大夫刺幽王也。」○朱子改爲大夫遭亂，兄弟相戒以免禍之詩，非也。按：幽王，宣王子。宣王承厲考之亂，發憤中興。幽王嗣立，忘先人幹蠱之功，故其辭曰：「我心憂傷，念昔先人。」夫婦所以共承先也，宣王有姜后之賢，納諫同心，是以中興。申后賢而幽王黜之。禮：妻子和則父母順。子事父母，雞初鳴，適父母舅姑所。而幽王夫婦乖離，故其辭曰：「明發不寐，有懷二人。」廢太子宜臼而立伯服，故其辭曰：「教誨爾子，式穀似之。」宜臼奔申，申侯挾太子，

召犬戎伐周，故其辭曰：「螟蛉有子，蜾蠃負之。」寵庶奪嫡，兄弟亂倫，故其辭曰：「題彼脊令，載飛載鳴。」首章刺王無夫婦，而忘先祀。二章刺酗酒喪儀，而身不脩。三章、四章刺其無父子兄弟之法，而家不齊。五章刺其刑罰不中，而天下不治。六章刺其大亂將至，而王不知懼也。禍起于夫婦，故以鳴鳩比。鳴鳩，即睢鳩，布穀也。鳩族惟睢鳩關關善鳴而高飛，他鳩鳴則不飛，飛亦不能戾天。《月令》「鳴鳩雌雄以羽相拂」，他鳩則逐其婦，故《本草》云「食布穀，佩其骨，令夫婦和」，因以爲比。苟幽王能如關睢，則無忝於先人矣。三章言菽，叔也，比君嗣；中原，比見黜。菽，豆霍也。豆言鬬，霍言護，《爾雅》「大山宮小山，霍」，太子在外之比。螟蛉之言伶仃，蜾蠃之爲毒螫，皆禍亂之比。下篇以《小弁》繼之，其爲刺幽王甚明。○一章 宛小之鳴鳩，關關拂羽，高飛戾天。人而無夫婦之誼，不克自奮，鳥之不如矣。我心憂傷，思昔先王與先后，黽勉同心，未央問夜，明發視朝，所以幹蠱而中興也。承先祀者，獨無二人之懷乎？○二章 敗德喪儀莫如酒，人惟齊肅聖明者，能以温恭制其暴戾。彼昏昧不知者，惟麴蘖是好，一於沉湎，日以增盛。當各敬爾威儀，天命一去，不復來矣。○三章 菽生原中，無所藩籬，則庶民誰不采之？桑蟲有子，則蜾蠃遂負以歸。今王屏黜其子，將恐有挾之以去，而爲不善者矣。倘或不肖，則當教誨，以善爲法，奈何輕棄之乎？○四章 嫡庶兄弟，本同一體。視彼脊令，飛而且鳴，其情甚急，可以兄弟之間，漫不相關乎？在我有事，日斯邁矣；在爾同心，亦月斯征焉。夙興夜寐，急難相恤，庶幾天倫攸敘，無忝所生。而今一黜之，一愛之，豈國之福與？○五章 交交往來飛之桑扈，食肉之鳥也。今循場啄粟，失其性矣。哀我顛寡之民，法所當宥，

不宜犴獄，而今禁網煩苛，亦宜犴獄矣。刑罰濫加，貧苦無措，聊以一握之粟，出問諸卜，從何而能得吉乎？○六章 温温然恭謹之人，雖無取禍之道，常懷不免之憂，如集于木上，將恐顛也；惴惴然小心，如臨于深谷，將恐墜也；戰戰兢兢，如履薄冰，將恐陷也。生乎今之世，何自而得免邪？○宛，小貌。鳴鳩，即鵻鳩，善鳴而能高飛。翰，高貌。先人，指宣王。明發，將旦也。二人，父母也。齊，肅也。聖，通明也。温克，以温恭自勝也。醉人多怒，故不醉而怒曰奰。《酒誥》曰：「厥心疾很，不克畏死。」惟齊聖之人，醉能温克也。壹醉，專務醉也。富，益也。不又，不復也。菽，豆也。螟蛉，桑蟲也。蜾蠃，細腰蜂也。凡蟲細腰者，無雌，孚蟲化子。《爾雅》云：「蜾蠃，蒲盧也。」瓠之細腰者爲蒲盧，蜂之細腰者亦名蒲盧，猶綬草與綬鳥皆名鷊，青色之茭與青色之鳩皆名鵻也。負，古背通，背負以去也，比申侯挾宜臼，召犬戎伐周之事。式穀，用善也。題，視也。脊令，解見《常棣》。交交，飛貌。桑扈，竊脂食肉，無肉故啄粟。填、顛通，危也。岸作犴，獄也。鄉亭之繫曰犴，朝廷曰獄。握，把也。握粟，言貧也。

《小宛》六章，章六句。

弁盤彼鷽豫斯叶娑，歸飛提提叶跎。民莫不穀，我獨于罹叶羅。何辜于天，我罪伊何？心之憂矣，云如之何！○踧踧速周道上聲，鞫爲茂草。我心憂傷，惄躄焉如擣倒。假寐永歎，

維憂用老。心之憂矣，疢趂如疾首叶少。○維桑與梓，必恭敬止。靡瞻匪父，靡依匪母。不屬于毛，不離于裏。天之生我，我辰安在叶泲？○菀玉彼柳斯，鳴蜩條嘒嘒惠。有漼催者淵，萑丸葦淠淠畀。譬彼舟流，不知所届叶計。心之憂矣，不遑假寐。○鹿斯之奔，維足伎伎祁。雉之朝昭雊姤，尚求其雌。譬彼壞悔木，疾用無枝。心之憂矣，寧莫之知。○相彼投兔，尚或先叶信之。行有死人，尚或墐覲之。君子秉心，維其忍叶仍之。心之憂矣，涕既隕運之。○君子信讒，如或醻叶呪之。君子不惠，不舒究之。伐木掎紀，叶戈矣，析薪扡侈，叶拖矣。舍彼有罪，予之佗叶拖矣。○莫高匪山叶先，莫浚匪泉。君子無易由言，耳屬于垣。無逝我梁，無發我笱。我躬不閱，遑恤我後吼。

《古序》曰：「《小弁》，刺幽王也。」毛公曰：「太子之傅作焉。」○朱子改爲太子宜臼被廢而作，非也。凡刺詩，託爲其人之言，不必真出其人之口。毛公獨于此詩明之者，非謂《小弁》獨託，他詩皆真也；以明子之于父無刺，而《小弁》之親親，非宜臼所及耳，故篇首以「鷽斯」比。鷽斯，鵶烏也。烏，孝鳥，能反哺。鷽似烏，而不知反哺，小而好羣飛。宜臼爲世子，依母歸申，以讐其父。禮云：知親而不知尊者，禽獸是也。故託鷽斯諷之，賢傅之言也。余幼受《朱傳》，竊疑平王與申侯殺父，而棄祖宗累十世之業，孟子許以親親之仁，何也？謂《詩》可觀，觀《小弁》則失之平王；謂《詩》道性情，

《小弁》爲詩則親，而爲子則逆，何性情之與有？晚讀《毛傳》，此疑頓釋，益信毛公之于《詩》深也。

○一章 鷽斯之鳥，弁然拊翅，提提羣飛，歸于其林，曾無顧巢反哺之思。人子忘親，亦猶是也。民莫不善，我獨憂罹，不知何罪于天乎，我罪伊何乎？心之憂矣，將如之何哉！○二章 踧踧然往來之大道，一旦窮塞，化爲茂草。以我天倫無故，父子一朝荆棘，何以異此？我心憂傷，惄焉不安，有如春擣。不脱衣冠，假寐長歎，維以憂故，至于衰老。心之憂矣，病如首痛焉。○三章 里有桑梓，親所植也，猶必恭敬。況子於二親，無瞻望而非父，無依託而非母，敢不恭敬與！今父母不我愛，豈我不係屬于父母之毛，不附麗于父母之裏？不知我生辰安在，若此其不祥也。○四章 菀茂之柳，有蟬嘒然鳴其上；灌深之淵，萑葦淠然生其側：物各得所依也。我獨如不繫之舟，漂流不知所至，憂思假寐，而亦不暇矣。○五章 鹿之奔也，其足尚伎伎然，舒緩以待其羣；雉之晨鳴，尚知求其雌。今我見逐，惸惸無侣，如傷壞之木，憔悴無枝，心獨憂而人莫知也。○六章 視彼兔之被逐，窮迫投人，人尚哀之，及逐者未至，而先脱之；路有死人，尚或收而墐埋之：人皆有不忍之心焉。君子黜妻屏子，秉心何獨忍乎？使我憂之，涕淚隕落也。○七章 王信讒言，如受酬爵，不以慈惠之心，舒徐審究。如伐木者，伐其前又繩掎其後；如析薪者，斧析其理。骨肉摧折，皆讒人之罪。今舍彼有罪之讒人，而加我以意外之禍也。○八章 世莫有如其高者，非山乎？莫有如其深者，非泉乎？雖高亦可陟，雖深亦可入也。王勿謂宫禁深遠，放言自由。人將附耳于牆壁，媒孽而成禍端也。我今已矣，顧念國家，勿使人往我之梁，發我之笱。儲位不可竊據，神器不可黯干也。雖然，我身既不容，遑恤我之去後乎？○弁，拚然拊翼也。

一云：與盤通，樂也。鷽，鴉烏也。烏有三種：純黑反哺者曰烏；白項者曰燕烏，所謂白脰烏也；似烏小而多羣，腹下白，不反哺者，曰鴉烏，即鷽也。提提，羣飛安舒貌。踧踧，猶儵儵，往來疾貌。鞫，窮也，路不行則窮而生草。惄、蹙通，憂思也。假寐，不脱衣冠寐也。疢，病也。疾首，頭痛也。桑、梓，園樹，先世所植也。屬，連屬。毛，肌體之毫毛。離，麗也。裏，猶云肝膈肺腑也。辰，時也。菀，茂也。蜩，蟬也。嘒嘒，聲也。漼，深也。淠淠，衆也。伎伎，舒也。雊，雉鳴也。朝，早也。壞、瘣同，木病也。投兔，奔投之兔。墐，閉藏也。醻，勸酒也。惠，愛也。舒究，徐察也。掎，旁牽也，《左傳》云「諸戎掎之」。扡、扯同，離析也。佗、他同，意外非望之災也。浚、濬同，深也。

《小弁》八章，章八句。

悠悠昊天，曰父母且疽。無罪無辜孤，亂如此憮呼。昊天已威叶畏，予慎無罪。昊天泰憮，予慎無辜。○亂之初生，僭始既涵。亂之又生，君子信讒。君子如怒叶女，亂庶遄沮叶上聲。君子如祉，亂庶遄已。○君子屢盟叶芒，亂是用長腸。君子信盜，亂是用暴。盜言孔甘，亂是用餤談。匪其止共恭，維王之邛窮。○奕奕寢廟，君子作之。秩秩大猷，聖人莫之。他人有心，予忖度之。躍躍剔毚讒兔，遇犬獲叶霍之。○荏忍染柔木，君子樹叶暑之。往來行言，心焉數所之。蛇蛇移碩言，出自口矣。巧言如簧，顔之厚叶吼矣。○彼何人斯？居河之麋。

無拳無勇，職爲亂階叶基。既微且尰塚，爾勇伊何？爲猶將多，爾居徒幾紀何？

《古序》曰：「《巧言》，刺幽王也。」毛公曰：「大夫傷於讒，故作是詩也。」○一章 悠悠昊天，下民之父母，胡使人無罪無辜，遭亂如此其憮大也？昊天甚可畏也，予自審無罪也；昊天太甚也，予自審無辜也。○二章 亂之所以初生者，由讒人以僭差之言，嘗試王意，王不覺而涵容之。一窺意指，遂無忌憚，所以亂漸至而又生，皆信讒之致也。如君子聽言不爲含容，務使是非明白，非者怒而責之，則讒言不敢至，而亂庶幾速沮矣；是者喜而福之，則忠言上達，而亂庶幾速已矣。○三章 讒言曖昧，明主立斷，若執狐疑之見，屢與盟誓，則小人得計，亂是以日長也。讒人如盜，信爲腹心，則必有卒發之禍亂，是用暴矣。盜言諂諛，使人易悅，其味甚甘，則亂是用餤矣。凡此讒人，浮浪無定，不足供職，秪爲王邛病而已。○四章 奕奕然高大之寢廟，維君子能經營，小人無才，不可與興制作也。秩秩然有序之大道，維聖人能定，小人無行，不可與議道德也。彼其心懷欺罔，侈談聖人君子，以文其奸，我得而忖度之。其狡黠變詐，如躍躍善走之狡兔，一遇疾犬，則見獲而受禍烈矣。○五章 木維荏苒和柔者乃爲良材，君子宜培植而樹之。言維往來共由者乃爲嘉言，宜中心數而識之。彼小人者，聽其言蛇蛇安徐，但自口出，無根心之實，如笙中之簧，隨氣轉動。而彼初無赧色，其顏亦厚矣，豈有羞惡之心者乎？○六章 彼讒人者，居河濱水草之麋，託身甚卑，其骭有瘍，其足又腫，下流而有惡疾，何拳何勇？其造謀大而且多，必有爲之徒者。然爾所居之徒能幾何，王曾不能去之乎？○憮，大也。

已威，甚畏也，威與畏通。慎，審也。泰憮，太甚也。僭始，不信之端也。涵，容也。遄，速也。沮，止也。祉，福也。遄已，速去也。盟，誓也。暴，凶急也。餤，進食也。止共，安靖供職也。奕奕，大也。宮室前曰廟，後曰寢。秩，秩序也。大猷，大道也。莫，定也。忖，默思也。躍躍，疾跳也。毚兔，狡兔也。荏苒，柔意。數，猶記也。蛇蛇，舒徐也。碩，大也。麋、湄通，水草之交也。拳，力也。職，專也。骭瘍曰微，瘇足曰尰。

《巧言》六章，章八句。○按：《小弁》以下四篇，皆信讒之害。《小弁》害家，《巧言》害國，《何人斯》害朋友，《巷伯》刺讒人。編什之序也。

彼何人斯？其心孔艱叶勤。胡逝我梁，不入我門？伊誰云從去聲？維暴之云。○二人從去聲行，誰爲此禍？胡逝我梁，不入唁彥我？始者不如今，云不我可。○彼何人斯，胡逝我陳？我聞其聲，不見其身。不愧于人，不畏于天叶汀。○彼何人斯？其爲飄風叶分。胡不自北，胡不自南叶林？胡逝我梁，祇支攪絞我心？○爾之安行，亦不遑舍叶舒。爾之亟行，遑脂爾車。壹者之來，云何其盱吁？○爾還而入，我心易叶衣也。還而不入，否難知也。壹者之來，俾我祇支也。○伯氏吹壎萱，仲氏吹篪池。及爾如貫，諒不我知。出此三物，以詛奏爾斯。○爲鬼爲蜮域，則不可得。有靦腆面目，視人罔極。作此好歌，以極反側。

《古序》曰：「《何人斯》，蘇公刺暴公也。」毛公曰：「暴公爲卿士而譖蘇公焉，故蘇公作是詩以絶之。」○朱子疑詩中言暴不言公爲無據，非也。《詩》言微婉，未有刺其人而直斥之者。讒口害人，蹤跡詭秘，平生僚友，一朝反顔如路人，故屢言「彼何人斯」，爲窮詰之辭。從行二人，究其推諉之奸；逝梁不入，發其忸怩之情；飄風鬼蜮，比其曖昧之私：辭婉而意切矣。○一章 彼行者何人？其心甚艱險。胡爲過我之橋梁，而不入我之門？甚可疑也。問其從者，乃云暴公也。○二章 暴公與從者同行，不知誰譖我而爲此禍？今我既失位矣，爾何過我梁而不入弔我也？爾初與我同僚，分誼相親，豈如今之不以我爲可乎？○三章 彼何人斯，逝我堂下之陳？使我聞聲不見其身，蹤跡曖昧，謂人可欺耳。縱不愧人，不畏于天乎？○四章 彼何人斯？飄忽若風，南北無定也。今胡不自南，不自北？而逝我之梁，顛狂倏忽，祇攪亂我心而已。○五章 爾終日奔走，雖無事安行，亦不暇止，況今行亟，脂轄不遑，其必有故矣。豈肯顧我而留乎？何不一來，使我盱目而望也？○六章 爾往，予猶望其還也。苟還而入，我心平矣。還而竟不入，爾心之所不可者，真難測也。但得爾一來乎？我心安矣。○七章 初我與爾，誼同兄弟。兄吹壎則弟吹篪，情相親故聲相應也。與爾如索貫物，肝膈相通，豈誠不知我乎？爾若謂不知我，則出犬、豕、雞三物，詛呪之可矣。○八章 唯鬼作祟，唯蜮射影，故受害者不見其形。汝乃人耳，靦然面目相看，而爲此罔極不測之事。故作此好歌，以窮究爾傾險之心也。○艱，險也。逝，往過也。梁，橋也。從，同行者也。二人，暴公與從者。唁，弔失位也。陳，堂下至門之逕。攪，擾亂也。安行，緩行也。舍，止息也。脂，以

膏塗車轄也。盱，張目也。還，反也。易，平也。祇，安也。壎、篪，皆樂器。壎以土爲之，形如卵，鋭上平底，六孔。篪，竹爲之，長尺四寸，圍三寸，七孔，又一孔上出，横吹也。如貫，如繩串物，言相通也。諒，信也。三物，犬、豕、雞也。詛，告神設誓也。蜮、蜮同，妖蟲，一名短狐，《春秋》莊公十八年「有蜮」是也。能以氣射人：居水中射人影成病者，名射工；居山林射人成瘡疥者，名含沙。《説文》云「似鼈，三足」，其即所謂能者與？靦，面目之貌。罔極，猶《園有桃》《青蠅》之「罔極」，皆不測意。《春秋傳》云「命之罔極，亦知亡矣」，言晉命無常，不可測也。反側，猶言翻覆，即罔極意。

《何人斯》八章，章六句。○愚讀是詩，而益知性情之説矣。通篇非真有適梁過門之事，蓋比其艱險反側，欺君賊友，分誼已絶，而其言周悉，傷往望來，有不忍遽絶之情，何其厚也！豈必蘇公實有處讒不動之養乎？蓋詩之爲言，長言之也。言不如此，不可以爲詩。人能以《詩》之言養性，則性定；以《詩》之義操心，則心安；以《詩》之氣處人，則人和；以《詩》之性情處變，則無所往而不自得。故曰：「不學《詩》，無以言。」非謂據其詩，即觀其人性情之謂也。其人未必中和，至其爲詩，必無暴厲。如執詩以信人，則《三百篇》必皆周公之制作然後可，孟子所謂高叟者矣。

萋兮斐兮，成是貝錦。彼譖人者，亦已大泰甚審。○哆扯兮侈兮，成是南箕。彼譖人者，誰適的與謀叶眉？○緝緝翩翩叶彬，謀欲譖人。愼爾言也，謂爾不信叶心。○捷捷幡

幡叶煩，謀欲譖言。豈不爾受，既其女遷？○驕人好好，勞人草草。蒼天蒼天叶廷，視彼驕人，矜此勞人。○彼譖人者渚，誰適的與謀叶母？取彼譖人，投畀豺虎。豺虎不食，投畀有北。有北不受叶紹，投畀有昊叶浩。○楊園之道，猗倚于畝丘叶欷。寺人孟子，作爲此詩。凡百君子，敬而聽之。

《古序》曰：「《巷伯》，刺幽王也。」毛公曰：「寺人傷於讒，故作是詩也。」○按：寺人，即巷伯，宮中永巷之長也。掌宮中之役，或用奄人爲之。然受讒之事，不可考，《朱傳》遂謂以讒被宮刑，固矣。貝，水蟲，介五色如錦，生而成文，非造作也。萋，附麗也；斐，均錯也：皆織造之象，《禹貢》「厥篚織貝」。比無是事，而羅織如生成也。箕，東方蒼龍之宿，秋、夏見于南方。凡占星，皆于昏旦南中，故曰南箕。《天官書》「箕爲敖客曰口舌」，凡四星，東向横張如口，東二星大張如箕舌，西二星微狹如箕踵。哆，口微張貌；侈，則大張矣。比因人小過，而以口舌張大之也。貝自地，星自天，讒人罔極之比。○一章　貝文如錦，本由自然。今萋積均斐，而飾成貝錦，讒口巧于造作如此。彼譖人者，無端羅織，亦太甚矣。○二章　南箕在天，踵狹而舌廣。其初哆然微張，因而侈大之，遂成此南箕。讒口因人小過，而張大其罪，計亦譎矣。彼譖人者，誰爲主此謀乎？○三章　譖者之口，緝緝不絶，翩翩不定，心所營謀，惟譖人耳，然未有言無實而不敗露者。謹慎爾言，勿以計售肆志，恐聽者謂爾欺罔，不見信也。○四章　捷捷便給，幡幡反覆，心所營謀，惟欲爲譖言耳。自非明主，

豈不誤聽？但汝能譖人，人亦能譖汝，無言不讐，亦終移及汝矣。○五章 譖人者，得志而驕，好好然適意；被譖者，遇禍而勞，草草然愁悴。物情不平如此，蒼天蒼天，其監視彼驕人乎，矜憫此勞人乎？○六章 彼譖人者，誰爲主謀？取彼譖人之人，投棄與豺虎，豺虎惡而不食；投棄窮荒漠北，不與同中國。漠北之人，亦惡而不受。則將如之何哉？付之昊天而已。獲罪于天，無所逃也。○七章 楊園下濕之地，有路上倚于畝丘，讒口加于卑賤，漸及尊貴矣。寺人字孟子者，作爲此詩。凡百公卿大夫，其敬慎而聽之乎！○貝錦，貝文之錦。適謀，主謀也。驕人，讒人也。勞人，被讒之人。楊園，卑地也，楊宜卑濕。猗、倚同，自下而達上，如倚立也。畝丘，丘之可耕者。土高曰丘，方百步曰畝。寺人，侍人，即巷伯，孟子其字也。君子，謂搢紳輩。

《巷伯》七章，四章章四句，一章五句，一章八句，一章六句。

毛詩原解卷二十一終

毛詩原解卷二十二

谷風之什

《谷風》至《信南山》，凡十篇。

習習谷風，維風及雨。將恐將懼，維予與女汝。將安將樂，女轉棄予叶與。○習習谷風，維風及頹。將恐將懼，寘至予于懷叶回。將安將樂，棄予如遺叶危。○習習谷風，維山崔嵬叶魏。無草不死，無木不萎位。忘我大德，思我小怨叶月。

《古序》曰：「《谷風》，刺幽王也。」毛公曰：「天下俗薄，朋友道絶焉。」○朱子改爲朋友相怨之詩，非也。谷風，東風。東爲君方，風自君始也。習之言俗也。風雨無常，比朋友道乖。《衛風》刺夫婦，意與此同。文、武道隆，《伐木》求友；幽王失德，《谷風》刺薄：所以屬《雅》。雅，政也，獻納之義。如謂民間朋友相怨而作，則當屬《風》。邦國爲《風》，王朝爲《雅》。○一章　東風習習不斷，久之風必至于雨，習薄成俗，猶是也。維予與汝，昔在艱難，同心共濟。今處安樂，遂轉棄予，人情何異于風雨乎？○二章　谷風頹然，自上而下，習俗薄惡，所自來也。恐懼之時，置予于懷；

安樂之日，棄予如遺。其爲頹風，不可振矣。○三章習習谷風，當山高崔嵬，則風之所撼益疾矣。故無不死之草，無不萎之木，上之率下，亦猶是也。今風俗頹敗，朋友道絶，忘弘濟之大德，思睚眦之小怨，天下皆是也。○頽，焚輪風也。焚輪謂之頽風，自上而下也；扶搖謂之猋風，自下而上也。寘，置也。

《谷風》三章，章六句。○按：《小雅》短章疊詠，如此篇之類，猶是《風》體。《大雅》皆莊嚴大篇，是以有小、大《雅》之别。

蓼蓼六者莪，匪莪伊蒿。哀哀父母，生我劬勞。○蓼蓼者莪，匪莪伊蔚畏。哀哀父母，生我勞瘁。○缾之罄矣，維罍之恥。鮮民之生，不如死之久叶己矣。無父何怙，無母何恃？出則銜恤，入則靡美至。○父兮生我，母兮鞠我。拊我畜旭我，長我育我。顧我復我，出入腹我。欲報之德，昊天罔極。○南山烈烈，飄風發發。民莫不穀，我獨何害曷？○南山律律，飄風弗弗。民莫不穀，我獨不卒。

《古序》曰：「《蓼莪》，刺幽王也。」毛公曰：「民人勞苦，孝子不得終養爾。」○朱子改謂民人勞苦自作，非也。孝子行役，親死不得見，作此詩以諷王之不仁，爲民父母，使民至此，所以爲刺。幽王父子相賊，釀成驪山之禍，是詩爲之兆矣。蓼莪，解見《菁菁者莪》。○一章莪之始生，

香美可食，及其蓼然長大，則變而爲蒿。父母生子，待養而不能養，猶無子耳。哀哀父母，勤劬勞苦，生我何爲乎？○二章 蓼蓼長大之莪，非莪也，特馬薪之蔚耳。有子而不養其親，不可以爲子。哀哀父母，憔瘁勞苦，生我何爲乎？○三章 缾汲水以注于罍，罍貯水以資乎缾，猶父母與子相依爲命也。今父母既亡，子亦單獨之民，偷生人世，不如死之長久矣。無父何所依賴，無母何所倚仗，出銜憂而誰愬，入失路而焉往？所以生不如死也。○四章 父兮以氣生我，母兮以身鞠我，摩挲以拊我，防護以畜我，成就以長我，馴化以育我，回視以顧我，再三以復我，出往入來，懷抱腹我。劬勞如此，思報其德，如昊天渺漠，不知窮極，何能報也？○五章 南山本陽，背北爲陰，烈烈然慘切；飄忽之風，發發暴疾：觸目皆淒涼之境。凡民父母相守，莫不吉祥，我何獨遭此害乎？○六章 南山律律然崒嵂，飄風弗弗然奮疾，觸境皆成悲傷。凡民莫不吉善，我何獨鮮終乎？○莪，香蒿，可食，俄然易長，故曰莪。蔚，馬薪蒿，葉似胡麻，賤草也。哀哀，悲痛之辭。缾、罍，皆酒器，缾小罍大。罄，空也。鮮民，單獨之民。鞠，懷妊也。拊，手摩也。畜，防護也。長，漸成也。育，教養也。顧，左右盼也。復，反覆戀也。出入腹，擁抱之也。罔極，無窮也。烈烈，慘也。律律，高也。不卒，不終也。

《蓼莪》六章，四章章四句，二章章八句。

有饛簋飧孫，有捄求棘匕比。周道如砥止，其直如矢。君子所履，小人所視叶矢。睠眷言顧之，潸山焉出涕叶體。○小東大東叶當，杼柚其空叶匡。糾糾葛屨，可以履霜。佻佻挑公子，

行彼周行叶杭。既往既來叶力，使我心疚叶急。○有洌列氿軌泉，無浸穫薪。契契器寤歎，哀我憚但人。薪是穫薪，尚可載叶積也。哀我憚人，亦可息也。○東人之子，職勞不來叶力。西人之子，粲粲衣服叶北。舟人之子，熊羆是裘叶其。私人之子，百僚是試叶詩。○或以其酒，不以其漿。鞙鞙泫佩璲遂，不以其長。維天有漢，監亦有光。跂器彼織女，終日七襄。○雖則七襄，不成報章。睆緩彼牽牛，不以服箱。東有啓明叶芒，西有長庚叶岡。有捄天畢，載施之行叶杭。○維南有箕，不可以簸波上聲揚。維北有斗，不可以挹酒漿。維南有箕，載翕其舌。維北有斗，西柄之揭挈。

《古序》曰：「《大東》，刺亂也。」毛公曰：「東國困於役而傷於財，譚大夫作是詩以告病焉。」○按：此亦幽、厲時詩，故稱「西人」，西京之人也。譚，東方國名。詩不及而《序》云「譚大夫作」者，皆有所受之。○一章 昔國家豐富，百禮皆備。簋以盛黍稷，有饛然而滿之飧；匕以取鼎肉，有捄然而曲之棘匕。彼一時也，周道大明，貢賦有制，如砥之平，無厚薄也；如矢之直，無私賂也。在上君子，履之不違；在下小人，視爲法守。回顧往事，今非昔比。民窮財盡，爲之潸然出涕也。○二章 我東方之民，勿論小國大邦，寸縷無遺，杼柚空矣。糾糾然纏縛其敝壞之葛屨，猶謂可以賤霜。佻佻然不耐勞苦之公子，奔走道路，往而復來，使我見之心病也。○三章 洌然寒涼旁出之泉，勿浸已穫之薪。薪穫已槁而又浸之，則腐矣。猶民已憔悴而更虐用之，其能堪乎？是以我契契然

憂苦，不寐而歎息，惟哀此憚病之人耳。司爨者欲薪是穫薪，尚其載之，勿使受浸可也。牧民者哀此病民，尚其休息之，勿重勞之可也。○四章 我東國之人，專主勞苦，曾不蒙慰來。彼西京之人，粲粲然鮮盛其衣服，以至操舟者，亦著熊羆之裘；私家賤卒，亦用爲百僚之貴：何西人樂而東人獨苦也？○五章 西人之徵貨于我東也，我東人或以酒饋之，彼視之曾不以爲水漿。鞙鞙然垂玉之佩璲，厚贈之，彼亦歉然不以爲長。百求百供，而不滿志。人力已竭，必天降神輸，躡虛空，摘星辰，乃可滿西人之求，而救我東人之困乎？故維天有漢，視下光明，庶以餘波及我。跂然三星角立者，織女也。終日駕更七次，或能濟我杼柚之急耳。○六章 民苦空嗟，天高難問，織女雖七襄，焉能織紝成章以答我？睆然而明者，有牽牛之星，亦不能駕我之箱。日之未出，東方有啓明之星；日之既入，西方有長庚之星。羅禽用畢，又有捄然而曲，天畢之星，皆徒施之行列耳。啓明、長庚不能助昏夜之明，天畢不可爲狩獵之用，則雖天亦窮矣。○七章 粟米之貢，簸揚用箕，南方空有箕而不可以簸揚。酒漿之貢，斟酌用斗，北方空有斗而不可以挹酒漿。南箕東向，翕張其舌，若吞噬我東人。北斗柄揭向西，亦若爲西人挹取而已。雖籲天，何益乎？○饛，滿貌。盛黍稷曰簋。飧，熟食也。捄，長而曲也。棘匕，削棘木爲匙，取鼎肉升于俎者也。周道，猶云王制。砥，磨石，言平也。小東大東，東方大小之國也。杼，受經者。柚，卷織者。前曰杼，後曰柚。糾糾，既敝而纏束之也。夏葛屨，冬皮屨，敝而糾之，猶可以踐霜，貧者之計也。佻佻，輕薄不耐勞苦之意。洌，寒意。泉從旁出者曰氿。穫，刈也。契契，憂苦也。憚、癉通，病也。職勞，專勞也。來，慰撫也。西人，西京之人。舟人、私人，皆西人之微賤者。試，用也。漿，

以米物和水，即今湯茗之類。《周禮》有酒人、漿人，漿薄酒厚也。鞙鞙，長貌。璲，佩玉也。衣曰襚，佩曰璲。天漢，天河也。監，視也。跂，三隅之狀。織女，三星跂立。襄，駕也。日月所舍，在天爲次，在地爲辰。織女星自卯至酉，隨天行七次也。牽牛，六星。服，駕也。箱，車箱。啓明、長庚，金星也。一星二名，以其先日而出曰啓明，以其後日而入曰長庚。天畢，八星，如掩兔之畢。畢，小網有柄者也。行，列也。翕，張也。翕之言張，猶治之言亂也。箕舌，解見《巷伯》。揭，立也。斗，北方之宿，與箕近。秋并見南方，其柄向西，在箕北，故曰「北有斗」，非中宮北斗也。

《大東》七章，章八句。

四月維夏叶虎，六月徂暑。先祖匪人，胡寧忍予叶與？○秋日淒淒，百卉具腓。亂離瘼矣，奚其適歸？○冬日烈烈，飄風發發。民莫不穀，我獨何害叶豁？○山有嘉卉，侯栗侯梅。廢爲殘賊，莫知其尤叶回。○相彼泉水，載清載濁叶觸。我日構禍，曷云能穀？○滔滔江漢，南國之紀。盡瘁以仕，寧莫我有叶以？○匪鶉團匪鳶沿，翰飛戾天。匪鱣匪鮪，潛逃于淵。○山有蕨薇，隰有杞桋夷。君子作歌，維以告哀叶衣。

《古序》曰：「《四月》，大夫刺幽王也。」毛公曰：「在位貪殘，下國構禍，怨亂並興焉。」

○朱子改爲遭亂自傷之辭，非也。爲若遭亂者自傷，以刺王也。讀此詩者，想見四時愁慘，山川寥

落，飛走動植，彫零殀札之象，何必斥王，乃謂爲刺？末云「寧莫我有」「維以告哀」，刺義曉然。○一章 四月建巳，時維初夏，六月以往，暑氣尤盛。虐政煩酷，何以異此？先祖於我，一氣相關，匪他人比，寧忍棄我而不救乎？○二章 秋日淒淒然，百草俱病。蕭條之景，尤難爲懷。當此離亂，舉世皆病，何所適歸乎？○三章 時維冬日，烈烈苦寒，發發飄風，肅殺尤慘。民莫不善，我何爲獨遭此害乎？○四章 山有嘉卉，維栗維梅，皆卉木之美者，猶亂世未嘗無君子。今爲殘賊小人所擯棄，上無英主，煬竈蔽明，莫有能知其罪過者矣。○五章 相彼泉水，有時濁亦有時清，世道昏亂，永無清明之期。我構遇禍亂，何時能善乎？○六章 滔滔下流，江漢之水，本無情也。在南國襟帶包絡，以爲綱紀焉。今我盡力勞瘁，仕爲王臣，區區微忠，棄而不有，是流水之不若也。○七章 我生匪鶉也，匪鳶也。若鶉、鳶，則將翰飛戾天而去矣。我生匪鱣也，匪鮪也。若鱣、鮪，則將潛逃于淵而隱矣。今何往而得免邪？○八章 山有蕨薇，隰有杞桋。深山窮谷，草衣木食，此亦天亦淵也。身將隱矣，焉用文之？其作此歌，維以訴哀傷之情而已。○徂，往也。六月，夏將終而甚暑，故曰「徂暑」。腓，病也。瘼，亦病也。嘉卉，通言草木也。侯，惟也。尤，過也。構禍，遇禍也。鶉作鷻，鵰也，大者爲鶚，似鷹。鳶，鴟也。桋，赤楝也，叢生。一本作荑，草木始生也。

《四月》八章，章四句。○朱子改《小旻》至此章爲《小旻之什》。

陟彼北山，言采其杞。偕偕士子，朝夕從事叶史。**王事靡盬，憂我父母。○溥天之**

下叶虎，莫非王土。率土之濱，莫非王臣。大夫不均，我從事獨賢叶形。○四牡彭彭叶邦，王事傍傍。嘉我未老，鮮選我方將。旅力方剛，經營四方。○或燕燕居息，或盡瘁事國叶域。或息偃在牀，或不已于行杭。○或不知叫號毫，或慘慘劬勞。或棲遲偃仰，或王事鞅養掌。○或湛躭樂飲酒，或慘慘畏咎久。或出入風議叶宜，或靡事不爲。

《古序》曰：「《北山》，大夫刺幽王也。」毛公曰：「役使不均，己勞於從事，而不得養其父母焉。」○朱子改爲大夫行役而作，非也。爲行役者之言，以刺王耳，説見《孟子》。北山，背陽之比。杞，苦菜，食苦之比。○一章 陟彼北山，采杞而食，勞苦饑餓甚矣。念我偕偕然旅行之士子，朝夕從事，不得休息。以王事不可不堅固，久于外而憂思父母也。○二章 溥天之下，無處非王之土；循地之涯，無人非王之臣。彼當事大夫，爲政不平，使我從事，獨賢勞也。○三章 四牡彭彭不休，王事傍傍不已。王嘉我之年未老，貴我之力方壯，脊膂方剛，可以經營四方，是以我獨勞耳。○四章 均爲王臣，有燕燕然安居休息者，有盡瘁以從事邦國者，有休息偃臥在牀者，有奔走不已于行者。○五章〔一〕 有深居不聞外人叫號者，有慘然劬病勞苦者，有棲遲于家，偃仰得意者，有爲王事牽持，鞅掌失容者。○六章 有湛樂飲酒爲驩者，有慘然畏不免于罪者，有出入優游，閒譚風議者，有諸務交責，無事不爲者：役使不均如此。○偕偕，

〔一〕「五章」，原作「八章」，諸本同，今改。

旅行貌。士子，任事之稱。率，循也。濵，涯也：盡四海邊岸也。獨賢，即下章「嘉我未老」三句之意。賢，猶多也。彭彭，不息也。傍傍，不已也。嘉，猶善也。鮮，希有也。方將，方大也。旅作膂，與吕同，脊骨也。鞅掌，牽持意。鞅，馬鞅也。掌，握持也。偃，仰貌，迎風曰偃。

《北山》六章，三章章六句，三章章四句。

無將大車，祇支自塵兮。無思百憂，祇自疧叶民兮。○無將大車，維塵冥冥。無思百憂，不出于熲景。○無將大車，維塵雝勇兮。無思百憂，祇自重蟲上聲兮。

《古序》曰：「《無將大車》，大夫悔將小人也。」○朱子改爲行役勞苦憂思者之作，非也。幽王之時，小人衆多，君子悔與共事，故《序》借將車以釋之。將，猶駕馭也。小車駕馬，大車駕牛，車行利輕而惡重，貴馬而賤牛，故以牛車爲小人負重之比。始不察而誤用，至于困憊不前，誤國僨事，所以可憂。朱子因篇次《北山》《小明》閒，改爲行役而作，非也。○一章 駕車者勿將大車乎！車大而牛行遲，祇揚塵自汙耳。如小人無材，君子誤爲推轂，一據津要，可憂多端，追悔何及，祇足自病而已。○二章 無將大車，則塵起而昏冥矣。小人誤爲汲引，可憂百端，强自排遣，祇耿耿在鬱悶中，不得出耳。○三章 無將大車，維塵雝蔽之。彼小人誤爲吹噓，爲憂將多，尋思無及，祇自增累耳。○大車，任載之車。祇，但也。疧、痻通，病也。熲、耿同，小明也，幽悶之意。雝、壅同，蔽也。重，猶累也。

《無將大車》三章，章四句。

明明上天，照臨下土。我征徂西，至于艽求野叶汝。二月初吉，載離寒暑。心之憂矣，其毒大苦。念彼共恭人，涕零如雨。豈不懷歸？畏此罪罟。○昔我往矣，日月方除叶去聲。曷云其還旋，歲聿云莫。念我獨兮，我事孔庶。心之憂矣，憚但我不暇叶護。念彼共人，睠眷懷顧。豈不懷歸？畏此譴怒。○昔我往矣，日月方奧郁。曷云其還，政事愈蹙。歲聿云莫，采蕭穫菽。心之憂矣，自詒伊戚叶促。念彼共人，興言出宿。豈不懷歸？畏此反覆。○嗟爾君子，無恒安處。靖共爾位，正直是與。神之聽之，式穀以女汝。○嗟爾君子，無恒安息。靖共爾位叶立，好是正直。神之聽之，介爾景福。

《古序》曰：「《小明》，大夫悔仕於亂世也。」○朱子改爲大夫久役而作，非也。誦其辭，悽惋流涕，雖敘行役之苦，實多悔恨之情。各章念彼恭人，思自全之策。惟有恭慎，庶幾化憂患爲景福，處亂世而獲安全。此其怨悔之意甚明，若但以爲行役而作，殊不盡作者之情。○一章 明明上天，照臨下土，其監憐我乎？我行役西來，遠至艽野，自二月之朔，至今寒暑載更。我心之憂，受毒極苦，生逢亂世，業已受職，無可奈何。惟念彼小心之恭人，至于淚落如雨。豈不思歸？畏刑網而不敢耳。○二章 昔我往矣，舊歲方除，何時言歸，而歲已莫矣。念我身獨事衆，心憂而病不暇。念彼恭人，

睠睠然長慮卻顧。心雖思歸，畏譴怒而不敢也。○三章 昔我以春和往，未知何時可還，政事迫蹙，歲將莫而蕭菽可采穫矣。中心憂傷，自詒此戚。惟念彼恭人，不敢安寧，而起宿于外。心雖思歸，畏時政之反覆耳。○四章 嗟爾在位君子，生斯時也，惟無常安居可乎？靖靜恭敬爾之職位，以正直之道自許。鬼神默聽，用吉祥與汝矣。○五章 嗟爾君子，其無常安息乎！靖恭爾位，惟正直之道是悦。鬼神默聽，自助爾以大福矣。○艽野，西方地名。初吉，朔日也。舉事尚早，故凡朔日稱吉。離，歷也。共與恭通，共人，恭敬之人。除，除陳生新，謂方春也。孔庶，甚多也。憚、癉通，病也。奥，煖也，二月春和也。興言出宿，不敢宿内也。反覆，刑不中也。靖共，安静恭敬也，或云與供同。是與，自期許也。穀，福禄也。以女，與汝也。介，佐助也。

《小明》五章，三章章十二句，二章章六句〔一〕。

鼓鐘將將鎗，淮水湯湯，憂心且傷。淑人君子，懷允不忘。○鼓鐘喈喈皆，淮水湝湝偕，憂心且悲。淑人君子，其德不回。○鼓鐘伐鼛叶勾，淮有三洲，憂心且妯抽。淑人君子，其德不猶。○鼓鐘欽欽，鼓瑟鼓琴，笙磬同音。以雅以南叶林，以籥不僭叶侵。

《古序》曰：「《鼓鐘》，刺幽王也。」○幽王東遊淮上，爲流連之樂，故詩人刺之。天子非

〔一〕「二章章六句」，諸本均作「二章六句」，誤脱一「章」字，今補。

巡狩不行，嘉樂不野合。西京去淮上甚遠，而久作樂于水濵，非先王之觀也。是役也，未必無朝會，而詩但言鼓鐘淮水，以諷其荒樂遠遊，無復先王脩禮輯瑞、柴望祭告之典，與秦政隋廣，先後一轍，所以爲刺。○一章 鼓與鐘，其聲將將；淮之水，其流湯湯。王遠離西京，爲流連之樂，我心憂傷。念古之賢王，温恭小心，真善人君子，思之信不能忘也。○二章 鼓鐘喈喈然遠聞，淮水湝湝然盛流，樂不可極，憂心爲之傷悲。念昔淑人君子，以禮自持，其德豈有回邪乎？○三章 鼓鐘伐鼛，坐見水落而三洲出，爲時久矣，流連忘反，憂心爲之妯動。思昔淑人君子，好樂無荒，其德豈有過尤乎？○四章 樂所以昭德也。今鼓鐘欽欽然音節可聽，堂上鼓瑟琴，堂下吹笙擊磬，音律和同，以奏二《雅》，以奏二《南》，以籥起舞，皆不僭差。樂則古樂，而人非古人，焉得無淑人君子之思乎？○淮，即今淮安府，淮水經焉。湝湝，衆流貌。鼛，大鼓。洲，水中沙洲。妯，動也。猶與尤通，過也。欽欽，聲有度也。籥，解見《簡兮》，文舞也。僭，差也。

《鼓鐘》四章，章五句。

楚楚者茨慈，言抽其棘。自昔何爲？我蓺黍稷。我黍與與叶餘，我稷翼翼。我倉既盈，我庾維億叶亦。以爲酒食，以饗以祀叶夕，以妥以侑叶一，以介景福叶璧。○濟濟蹌蹌斨，絜爾牛羊，以往烝嘗。或剥或亨叶鋪郎反，或肆或將。祝祭于祊叶邦，祀事孔明叶芒。先祖是皇，神保是饗叶香。孝孫有慶叶羌，報以介福，萬壽無疆。○執爨踖踖積，叶爵，爲俎孔碩，

或燔或炙叶灼。君婦莫莫，爲豆孔庶叶碩，爲賓爲客叶殼。獻醻交錯，禮儀卒度叶拓，笑語卒獲叶霍。神保是格叶各，報以介福，萬壽攸酢叶作。○我孔熯善上聲矣，式禮莫愆叶欽。工祝致告，徂賚孝孫叶生。苾芬孝祀叶夕，神嗜飲食。卜爾百福叶逼，如幾如式適。既齊既稷，既匡既勑，永錫爾極，時萬時億叶亦。○禮儀既備叶北，鐘鼓既戒叶吉。孝孫徂位叶立，工祝致告叶國。神具醉止，皇尸載起。鼓鐘送尸，神保聿歸。諸宰君婦，廢徹不遲。諸父兄弟，備言燕私。○樂具入奏族，以綏後禄。爾殽既將，莫怨具慶叶羌。既醉既飽叶剖，小大稽啓首。神嗜飲食，使君壽考叶口。孔惠孔時，維其盡叶井之。子子孫孫，勿替引之。

《古序》曰：「《楚茨》，刺幽王也。」毛公曰：「政煩賦重，田萊多荒，饑饉降喪，民卒流亡，祭祀不饗。故君子思古焉。」○朱子改爲述公卿有田禄者，力于農事，以奉宗廟之祭而作，非也。按：詩辭莊嚴典則，多贊頌語。與下篇《信南山》《甫田》《大田》皆諷幽王，而惟此篇首四語，思古傷今，餘皆極陳古時和年豐，祭祀燕享，宛然身逢其盛，而銜恨于生今之世，意在言外。《豳風・七月》，周公遭亂，述古以諷成王，意與此類。若以爲公卿奉祭之詩，則《七月》亦周公燕饗之詩矣。蓋農事國之根本，祭祀國之大事，《洪範》以農政繼五行，《周官》以三農先九職，《洛誥》以明農序正父。自后稷肇祀，不窋失業，公劉、古公，疆理力田，遂拓丕基，子孫守先訓，力農奉祀，以此占國運興衰。故后稷配天而《生民》作，文、武功成而《思文》頌；二叔不才，乃詠《七月》；幽王死，宗周滅，

乃有《楚茨》《大田》；平王東遷，九廟隳，乃歌《黍離》：皆推本農事，不忘先業也。《無逸》一書，極言稼穡艱難與先代勤民之主，以戒成王；《楚茨》諸詩，歷序古曾孫稼穡，祭祀禮樂，壽考福禄，以諷幽王：《詩》《書》獻納正同。今以爲公卿力田奉祭，與《雅》何涉？雖降而爲《國風》可也。

○一章 古者先成民而後致力于神，今四郊荒蕪，楚楚然多蒺藜，我抽除其棘。此棘茨之地，在昔何爲者乎？乃我藝種黍稷之田也。昔我所種之黍，與與然茂盛，其稷翼翼然整齊。秋收我倉既滿，露積于外而爲庾者，維億之多也。年豐民樂，然後致力于神，以爲酒食，以獻享祭祀，以迎尸入室，拜而安之，以勸尸食飽而侑之，以因祭而得大福也。○二章 王格有廟，則助祭諸臣，濟濟蹌蹌然，容之盛也。絜爾牛羊之牲，奉烝嘗之祭，或剥其皮而烹飪之，或陳肆其體而將進之。迎牲之始，孝子使祝求神于廟門内西，主人待賓之所，若先祖來臨，事死如生，其禮甚明備也。先祖皇然臨之，尸爲神保，食而饗之，孝孫因以蒙慶，先祖答以大福，萬壽無疆界也。○三章 諸臣有執爨者，司鼎鑊以供炊煮，踖踖然恭敬不寧。俎以載熟，其牲體甚肥碩，或燔肉，或炙肝，從俎以獻也。内而主婦，莫莫清静，爲二羞以薦豆，品多而孔庶。異姓助祭有賓客，獻尸之後，主人飲福，徧及合廟，旅酬交錯，而禮儀盡合法度，笑語盡得時宜。于是神保來格，答以大福，酢之以萬壽也。○四章 行禮既久，筋力甚悴矣，而用禮無失，敬之至也。故工祝致神意，以嘏辭告孝孫，并神所予黍稷、牢肉往賚之。辭曰：苾芬馨香，汝之孝祀也。神嗜爾飲食，期爾以百福，如先幾焉，如程式焉，其應不爽也。爾祭既整齊，既嚴肅，既匡正，既戒勅，永錫爾以百福之聚，時萬時億之多也。○五章 禮儀既備，祀事終，尸將起矣，戒

備鐘鼓以送之。孝孫出往堂下西向之位，工祝傳神意，告利成于孝孫。羣廟之神皆醉，皇尸則起，所戒鐘鼓，奏肆夏以送尸，而神保遂歸矣。膳夫乃徹去諸饌，君婦徹去籩豆，皆敏疾供事，無異行禮之初。既歸賓客之俎，而同姓之諸父與兄弟，皆留燕于寢，以盡其私恩焉○六章 燕舉于廟後之寢，則在廟之樂，皆入奏于寢，以安爾孝孫方來之福。蓋骨肉無閒，則福禄永保。故爾殽既進，諸父兄弟，無有怨者，皆驩慶醉飽。大小長幼，仝稽首祝曰：神嗜爾飲食，既使君壽考矣。而君祭祀甚順，禮甚得時，盡志盡物，將使爾子又子，孫又孫，勿廢廟祀，而引長之也。○楚楚，繁盛也。茨，蒺藜也。抽，拔去也。棘，小棗。茨言楚，棘言抽，互文也。庾，露積未入倉者。十萬曰億。妥，安也，尸始入室拜之，而安坐也。侑，勸也。介，因也。《春秋傳》云「敢介大國」是也。古者賓主相見必以介，因祝致福，猶因介見主也。祝，工祝也。祊，廟門内也。凡主人迎賓于大門内，主由東，客由西，祝于此迎神之來也。廟門外亦謂之祊，明日繹祭之所也。神保，即尸也，尸所以保安神靈，《楚辭》謂巫爲靈保是也。爨，竈也，有二：廩爨以炊食，饔爨以煮肉。俎，形如几案，載牲體也。爲俎，肉熟于鼎，升于俎以薦也。與前肆將異，前爲腥，此爲熟也。碩，肥也。肉曰燔，肝曰炙。君婦，主婦也。莫莫，清静也。祭禮：后夫人主供籩豆。籩實，果核、糗餌之類，皆乾物；豆實，酏以、糝三上聲之類：皆曰内羞。臡、膴、膮䐹、葅醢之類曰庶羞。二羞皆濡物。孔庶，甚多也。主人飲賓曰獻，賓飲主人曰酢。主人又先酌自飲，復酌飲賓曰酬。賓受之，奠于席前而不飲，至旅而後少長相酬，交錯以徧也。東西曰交，邪行曰錯。笑語，旅酬時相語也。卒，盡也。度，法也。獲，得宜也。熯與「嘆其乾矣」之暵同，憔悴意，言行

禮久而勞悴也。式禮，用禮也。工祝，工于辭說，善祝神也。致告，尸命工祝傳嘏辭，告主人也。嘏，福也。賚，尸以黍稷、牢肉賚主人也。苾芬，香也。卜，期也。動而應曰幾，事如法曰式。如幾如式，言吉祥如意也。稷，粟也。粟言肅，秋成氣嚴肅也。匡，不跛倚也。勑，戒備也。極，中也，五福之聚也。孝孫徂位，主人祭畢，往堂下阼階西向立也。致告，祝傳神意，告利成也。利，養也。成，畢也，奉養禮畢也。皇尸者，尊稱之也。載，則也。鼓鐘送尸，《周禮·大司樂》「尸出入奏肆夏」也。廢，去也。諸宰，膳夫與其屬。不遲，不以祭畢倦怠也。私，親也，燕同姓以親骨肉也。

《楚茨》六章，章十二句。○按：《少牢》嘏辭云：「皇尸命工祝，承致多福無疆于汝孝孫，來汝孝孫，使汝受祿于天，宜稼于田，眉壽萬年，勿替引之。」是大夫之嘏辭也。朱子謂此爲公卿之詩本此。天子之嘏辭無考，今觀「苾芬孝祀」等語，非王者之嘏辭與！

信彼南山，維禹甸叶平聲之。畇畇雲原隰，曾孫田之。我疆我理，南東其畝叶米。○上天同雲，雨去聲雪雰雰。益之以霢脉霂木，既優既渥，既霑既足，生我百穀。○疆埸亦翼翼，黍稷彧彧。曾孫之穡，以爲酒食。畀秘我尸賓，壽考萬年叶寧。○中田有廬，疆埸有瓜叶孤。是剥是菹，獻之皇祖。曾孫壽考叶苟，受天之祜虎。○祭以清酒，從以騂牡，享于祖考叶苟。執其鸞刀，以啓其毛，取其血膋聊。○是烝是享叶香，苾苾芬芬叶方，祀事孔明叶芒。先祖是皇，報以介福，萬壽無疆。

《古序》曰：「《信南山》，刺幽王也。」毛公曰：「不能脩成王之業，疆理天下，以奉禹功，故君子思古焉。」○朱子改爲公卿力田奉祭之詩，非也。又曰「曾孫，古者事神之稱，《序》以爲成王，陋矣」，亦非也。蓋周以農事開國，雖不始于成王，而疆理天下，宅土中，分九服，盡東南之地爲則壤，實自成王始。如《詩》《書》周公之《七月》《無逸》，召公之《篤公劉》，皆以農事輔導〔一〕成王，故《序》以「曾孫」爲成王也。雖事神之通稱，實莫大乎天子。《記》曰：「稱曾孫，謂國家也。」故武王自稱「有道曾孫」；在諸侯，如《貍首》之「曾孫侯氏」，《春秋傳》之「曾孫蒯聵」，《周禮·考工記》之祝侯曰「詒女曾孫，諸侯百福」。自諸侯以下，禮卑名小分輕，不足舉矣。其曰「維禹甸之」者，思古傷今，猶前篇「自昔何爲」之意，亦王者事。《詩》凡四詠禹功：「豐水東注」，詠武王；「奕奕梁山」，美宣王；「天命多辟」，美商王；此篇諷幽王。如以爲美公卿，其辭不倫。其曰「南東其畝」者，概率土而言也。周京偏據西北，天地之勢，西北高而東南下，故其田之膏沃與疆理之功，莫遠于南，而極于東。文王化行，亦止南國，《王制》云「東田」，《大雅·江漢》云「于疆于理，至于南海」。成王時，周公東征，至于海隅，奄徐淮揚之土，始歸版圖，故曰「南東其畝」。如以爲公卿之詩，義不及此。○一章人言禹功，信乎此終南之山，禹所甸治也，其下有畇畇然開墾之原隰。昔我周王，奉宗廟爲曾孫者，藉千畝爲田，以供御廩，充祭祀。田雖始于畿甸，疆域盡乎四海，周京據西

〔一〕「導」，原作「導」，諸本同，形近而訛，今據《毛詩序説》改。

北，以至南國、東土，則壤成賦，誰非疆理之功與？○二章 思昔曾孫，時和年豐，冬觀上天，雲氣一色，雨雪雰雰然盛也。及春有霢霂之細雨，土壤化爲膏澤，優渥霑足，而生我百穀，其天時順序如此。○三章 田畔之疆埸，翼翼然整齊；田中之黍稷，彧彧然美盛。收而斂之，皆曾孫之穡，以爲酒爲食，以祭祀畀尸賓，獲壽考萬年之福也。○四章 我民田百畝，中有廬舍，田畔種瓜，瓜熟剥削，淹漬以爲菹。物雖微而民力普存，獻之皇祖，祝我曾孫壽考，受天之祜也。○五章 祭以清潔之酒，從以赤色之牲，親執有鈴之刀，啓其牲毛以告純，又取其血以告殺，取其脂膏焚之以升臭也。○六章 以是烝而進之，饗而獻之，苾苾芬芬然馨香，祀事之禮，無不明備。先祖皇然臨之，工祝致告，萬壽無疆界也。○甸，治田也。畇畇，墾辟貌。畝，田畝，寬一步、長百步爲畝。同雲，雲一色，將雪之候也。霢霂，小雨也。疆埸，田畔也。彧彧，猶郁郁，盛貌。在田曰稼，在場曰穡。尸賓，尸即賓也，助祭諸臣亦賓也。中田，田中也。廬，在田之廬，三時居之，以便田事也。鸞刀，有鈴之刀。啓毛，以告色之純也。膋，腸閒脂也。和以黍稷，實蕭而焫爇入聲之，使臭氣上達，求神于陽也；灌酒于地，以求神于陰也。報，猶告也。介，工祝也。或曰：介，大也。

《信南山》六章，章六句。

毛詩原解卷二十二終

毛詩原解卷二十三

甫田之什

《甫田》至《賓之初筵》凡十篇。

倬卓彼甫田叶汀，歲取十千叶青。我取其陳，食飼我農人，自古有年叶零。今適南畝叶美，或耘或耔叶子，黍稷薿薿以。攸介攸止，烝我髦士史。〇以我齊咨明叶芒，與我犧羊，以社以方。我田既臧，農夫之慶叶羌。琴瑟擊鼓，以御迓田祖，以祈甘雨，以介我稷黍，以穀我士女。〇曾孫來止，以其婦子叶泲，饁葉彼南畝叶米，田畯至喜。攘其左右叶以，嘗其旨否叶鄙。禾易長畝叶美，終善且有叶以。曾孫不怒，農夫克敏叶米。〇曾孫之稼，如茨如梁。曾孫之庾，如坻池如京叶姜。乃求千斯倉，乃求萬斯箱。黍稷稻粱，農夫之慶叶羌。報以介福，萬壽無疆。

《古序》曰：「《甫田》，刺幽王也。」毛公曰：「君子傷今而思古焉。」〇朱子改爲祭方社田祖之詩，非也。首章傷今之意宛然，思昔曾孫，能繼古人，傷今人不能繼曾孫也。凡《詩》諷上微婉，此篇與《楚茨》《信南山》皆見之首章，《大田》見之三章，使誦者罔覺，所以爲主文而譎諫也。

○一章　彼倬然公私章明之大田，莫非王土、王賦。然田大而賦輕，每歲百取十，萬取千，什一而稅，上無橫征，故我農人有陳積，取以自養。自古先公教民力田，有此豐登。今曾孫紹先勤民，適彼南畝，農人或耘草，或耔苗，黍稷薿然茂盛。於是即田閒止息，烝進我農人俊秀者而慰勞之也。○二章　每歲秋成，禮有報賽。以我明潔之粢盛與純色之犧羊，祭土神之社及司四方之神。不自歸美，而云我田之臧，皆諸神賜農人之福也。每歲春耕，禮有祈年。奏琴瑟，擊土鼓，以迎始教農之田祖。亦不自爲，惟求甘和之雨，助我稷黍，以養我士女而已。○三章　及夏而耘，曾孫親來田所，農夫婦子餉耘，農官至見而喜。曾孫攘却從者，親嘗饁之旨否，視田中之禾，皆已易治，竟畝如一，終當美善富有。曾孫不怒，而農夫克勤，無事督責也。○四章　及其秋收，公私遠近之入，孰非曾孫之利？在田未刈者，民之稼，皆曾孫之稼也，密如屋茨，高如屋梁；在外未入倉者，民之庾，皆曾孫之庾也，如水中之坻，如高丘之京。其斂而納之室也，求千倉以貯之，求萬車以載之。凡此黍稷稻粱，莫非農夫之慶，而敢忘曾孫乎？願方社田祖，報之以介福，使之萬壽無疆也。○倬，明貌。甫田，大田，謂天下田也。十千，謂十稅一，萬取千也。舊穀曰陳，所謂「三年耕，有一年之食」也。耘，除草也。耔，壅苗也。介，閒也。攸介，田閒也。止，停也。烝，進也。髦士，總角俊少之士。凡力田者皆少壯，古者士出于農，進農士之少者慰勸之也。齊與粢同，飯也，在器曰盛。明，潔也。凡祭牲色純曰犧。社，后土之神。方，四方之神。五官配五氣，按：五方，土生物，四方各司其氣成物也。田臧，謂收成之美也。擊鼓，擊土鼓。《周禮》：「祈年歌《豳雅》，擊土鼓。」以瓦爲匡，以革鞔之曰土鼓。田祖，先嗇神農也。

曾孫來，省耘也。饁，餉也。田畯，農官。攘，却也；左右，曾孫之從者：却其從者，親取饁嘗也。禾易，禾苗易治也。長畝，竟畝如一也。不怒、克敏，不督責自勤也。種之曰稼，斂之曰穡，在野曰庾。或云：水漕倉曰庾，在邑曰倉。茨，茅蓋屋也。梁，屋梁。坻，水中高地。京，高丘。箱，車箱。介福，祝傳神意以嘏主人也。尸之有祝，猶賓之有介。或曰：介，大也。

《甫田》四章，章十句。

大田多稼，既種上聲既戒叶駕，既備乃事叶史。以我覃剡耜史，俶載南畝叶美，播厥百穀叶各。既庭且碩，曾孫是若。○既方既皁早，叶祖，既堅既好叶吼，不稂不莠酉。去上聲其螟螣特，及其蟊賊，無害我田稺叶杵。田祖有神，秉畀炎火叶虎。○有渰掩萋萋，興雨祁祁。雨我公田，遂及我私。彼有不穫穉，此有不斂穧祭。彼有遺秉叶秘，此有滯穗遂，伊寡婦之利。○曾孫來止，以其婦子，饁彼南畝叶美，田畯至喜。來方禋祀史，以其騂黑，與其黍稷。以享以祀，以介景福叶筆。

《古序》曰：「《大田》，刺幽王也。」毛公曰：「言矜鰥寡不能自存焉。」○朱子改爲農夫答《甫田》，非也。公卿祭方社，與農夫何預，而詩以答之？毛公矜寡之説，正詩人刺王之志，見第三章。幽王時，田野荒蕪，人民離散，犬戎蠶食，漸逼豐鎬，不數年而宗廟化爲黍離，此《大田》諸詩所由

作也。哿矣富人，哀此矜寡，是謂「不能自存焉」爾。○一章 率土皆王田，田大則稼多，稼多則種多。既備其所宜之種，又戒其所用之器，二者備，乃從事于田。以覃利之耜，始耕南畝，播其百穀。苗之生者，庭直碩大，順曾孫之心也。○二章 苗齊秀而既方，匡甲成而既皁，實堅而既滿，形美而既好，無不實之稂，無野草之莠。又去其食心之螟、食葉之螣、食根之蟊、食節之賊，無害我田之苗。田祖有神，秉持四蟲，付之炎火也。○三章 天渰然作雲，其雲萋萋，興然降雨，其雨徐徐。顧我小民，焉能格天？惟天眷曾孫，而雨公田，因便及我私田。使公私遠邇，無不豐登。彼有不及刈之穉禾，此有不及斂之穫穧，彼有遺棄之禾把，此有滯漏之遺穗，使無告之寡婦拾取以爲利也。○四章 曾孫來省斂，農夫婦子適來饁穫，農官至而喜也。民事既成，曾孫來報賽四方之神，致精意之享，以其方色之牲，或騂或黑，與黍稷爲粢盛。以享祀四方之神，而介致景大之福也。○大田，猶言王田。覃，利也。耜，所以起土。俶，始也。載，事也。庭，直也。碩，大也。若，順也。方，並秀也，齊等曰方。殼斗曰皁，與槽通，故柞實甲曰皁斗。《周禮》「山林植物宜皁物」，《漢書》「牛驥同皁」；言殼始成，匡甲未合，如槽斗也。秀而不實者曰稂。莠，狗尾草。稂似稻，莠似稷，皆苗害也。穉，即苗也。渰，雲貌。萋萋，盛貌。祁祁，徐也，雨暴不久，且傷苗。穧，撮也，禾已穫而未束者。細分曰穧，合束曰秉。滯，漏也。精意以享曰禋祀。禋之言煙，氣也，合漠之意，祭焚蕭脂，升臭通神，故曰禋。今人香煙，即其意也。騂黑，牲也，南北二方之色，舉以該餘也。

《大田》四章，二章章八句，二章章九句。

瞻彼洛叶郎，合洛陽二字爲音矣，維水泱泱。君子至止，福禄如茨疵。韎昧韐各有奭盻，以作六師。

○瞻彼洛矣，維水泱泱。君子至止，鞞丙琫蚌上聲有珌必。君子萬年，保其家室。○瞻彼洛矣，維水泱泱。君子至止，福禄既同。君子萬年，保其家邦叶蚌平聲。

《古序》曰：「《瞻彼洛矣》，刺幽王也。」毛公曰：「思古明王，能爵命諸侯，賞善罰惡焉。」

○朱子改爲天子會諸侯于東都講武而諸侯美天子之詩，非也。按：各章首二句，悽然有河山今昔之感，與淮水同其慨歎，其爲刺幽王明也。昔周公營洛都，朝會巡狩，以明賞罰，故《立政》曰：「文子文孫，其克詰戎兵，以陟禹之迹，方行天下，至于海表，罔有不服。」成、康既没，周道寖衰，久曠盛典。宣王中興復古，詩人有《車攻》之頌。幽王嗣服，荒于酒色，嫡庶不正，父子相傾，賞罰僭濫，武備不脩，會同遂廢，故詩人觀洛水而思先烈也。天下雖安，忘戰必危，以周京密邇西戎，故諷之「以作六師」，慮其有夷狄之禍也；保家室，諷太子、申后之事也；保家邦，知西周之將亡也；君子至止，諷以朝會也；福禄，諷以賞善也；戎服佩刀，諷以罰惡也：《序》説備矣。自此以下四篇，思古情迫，言華而旨悴。畏禍之深，主文而譎諫，故言之者無罪。嗟夫！聲音之道，與政通矣。《秦風》之將興也，變而之《雅》；《周雅》之將亡也，變而似《風》，誦者當自得之。○一章 自我先王，營洛邑以朝諸侯，瞻彼洛水，泱泱然深廣，猶夫故也。思昔君子至此，萬方之玉帛，以奉天子；一人之慶賞，以序百辟：福禄之盛，如茅茨之積也。天子躬擐甲冑，服其韎韐，赤色奭然，以振作六師。天下有道，禮樂征伐皆自天子出也，

○二章 瞻彼洛矣，唯見其水之泱泱而已。思昔君子至止，七校星列，武備森嚴，佩刀盛以鞞，鞞上飾琫，鞞下飾珌，御戎服以講武。萬年之久，折衝禦侮，而保其家室也。○三章 瞻彼洛矣，其水泱泱，寧自今矣？思昔君子至止，福禄攸同，馭富馭貴，操之一人。萬年之久，懷綏方國，而保其家邦也。○洛，東都水名。泱泱，深廣貌。君子，指先王。茨，厚積也。韎，茜染皮也。韐，合皮爲蔽膝，即韠也，與韍制同。韍用布帛，韠用韋也。奭、赩通，赤色。作，振也。天子六師。鞞與鞛同，刀室也。鞞上飾曰琫，下曰珌。

《瞻彼洛矣》三章，章六句。

裳裳者華花，其葉湑胥上聲兮。我覯之子，我心寫叶徐上聲兮。我心寫兮，是以有譽處上聲兮。○裳裳者華，芸其黄矣。我覯之子，維其有章矣。維其有章矣，是以有慶叶羌矣。○裳裳者華，或黄或白叶剥。我覯之子，乘其四駱。乘其四駱，六轡沃若。○左叶磋之左之，君子宜叶俄之。右叶以之右之，君子有叶以之。維其有之，是以似叶使之。

《古序》曰：「《裳裳者華》，刺幽王也。」毛公曰：「古之仕者世禄，小人在位，則讒諂並進，棄賢者之類，絶功臣之世焉。」○朱子改爲天子美諸侯之辭，以答《瞻彼洛矣》，非也。按：《序》謂勳舊子弟賢，而王不能用耳。昔者周公之訓曰：「故舊無大故，則不棄。」子孫賢則世官，不賢則

世祿，周道也。幽王之世，女謁内煽，皇父、家伯，羣小蔽賢，而耆舊如家父、芮伯、凡伯諸君子，皆不得進用。世家子孫，或有爲人所傾服而不得譽處，有文章而不得福慶，有車馬而不得顯用。小人在位，奪功臣之祿，棄賢者之後，故末章追頌先臣功德，似穀其子孫，而諷王所用之非人也。裳，常棣，其華同蔕〔一〕，故比兄弟世族。非親非族，鮮有以常棣比者。其華先葉，首章言「葉湑」，則華落矣，故爲有賢無譽處之比；華色白，次言「芸黄」，則色變矣，故爲有文章無福慶之比；三言「或黄或白」，華有存者，故爲有車馬無祿位之比。世族彫謝，所以謂之棄類絶世也。○一章 裳裳然並蔕之花，其葉湑然潤澤，則花落盡矣。世族零替，何異此？我見之子，喜其象賢，而心爲輸寫。夫能使人心輸寫，則其享譽樂而處爵位，宜矣。○二章 裳裳者華，芸然色黄，將落之漸矣。我見之子，文章英華，無忝世胄。既有文章，則宜承祚襲爵，有福慶矣。○三章 裳裳者華，或黄或白，色半改矣。我見之子，乘其四馬皆駱，六轡御馬，鮮澤而沃若，猶然世家之儀從也。○四章 爾先君子，功在先朝，才全德備。左之則無不宜，右之則無不有，朝廷賴以夾輔，生民藉以維持。唯其有功德，是以積厚慶長，子孫似之而克肖也。○裳作常。重言者，非一之辭。譽、豫通，樂也。芸，通作抎，與隕通。《氓》之篇曰「其黄而隕」，葉將落之色。

《裳裳者華》四章，章六句。○朱子改《北山》至此十篇爲《北山之什》。

〔一〕「蔕」，北大本同，臺圖本、湖圖本作「萼」。

交交桑扈虎，有鶯其羽。君子樂胥，受天之祜虎。○交交桑扈，有鶯其領。君子樂胥，萬邦之屏。○之屏之翰叶莧，百辟爲憲。不戢不難叶儺，受福不那羅。○兕觥其觩，旨酒思柔。彼交匪敖，萬福來求。

《古序》曰：「《桑扈》，刺幽王也。」毛公曰：「君臣上下，動無禮文焉。」○朱子改爲天子燕諸侯之詩，非也。幽王沈湎于酒，比昵羣小，上下之間，無復禮儀，故詩人刺之。桑扈，小鳥，一名竊脂，爲貪饕無行之比，然其羽毛猶有文章可觀。人而無禮儀，則穿窬不如桑扈，言喪失扈從也。○一章 交交然羣飛之桑扈，猶有鶯然文彩之羽，可以人而不如鳥乎？君子爲禮法之宗，上下相悅，和而有禮，則受天之祜矣。○二章 交交桑扈，有鶯然之領。君子于上下之交，有禮以相樂，則萬邦自爲之屏蔽矣。○三章 萬邦爲屏以蔽之，爲翰以輔之。百辟諸侯，皆以天子爲憲，稟奉王章，敬慎之致福也。豈不自斂戢，豈不自畏難，其受福豈不多乎？不然，欲人屏翰爲憲，何可得矣！○四章 兕角爲觥，以戒争也；其形觩曲，以訓恭也。既飲旨酒，當思柔順，惟酒亂性，惟酒喪儀。君臣燕會，匪有傲慢，則禮法立，體統尊，不求福而福來求矣。○桑扈，青雀，食肉，一名竊脂。鶯，文貌。君子，指幽王。屏，所以蔽也。翰，榦也。百辟，諸侯也。憲，法也。戢，斂也。難，慎也。那，多也。觩，上曲貌。柔，和也。

《桑扈》四章，章四句。

鴛鴦于飛，畢之羅之。君子萬年，福禄宜叶俄之。○鴛鴦在梁，戢其左翼。君子萬年，宜其遐福叶筆。○乘馬在廏救，摧剉之秣末，叶昧之。君子萬年，福禄艾乂之。○乘馬在廏，秣之摧之。君子萬年，福禄綏雖之。

《古序》曰：「《鴛鴦》，刺幽王也。」毛公曰：「思古明王，交於萬物有道，自奉養有節焉。」

○朱子改爲諸侯答《桑扈》，非也。古先聖王仁民之餘澤，及于萬物，取之不傷其類，用之不過其節，飛鳥不喪羣，廏馬不食粟，《騶虞》所以歌王仁而《魚麗》所以美富有也。幽王暴虐，水陸飛潛，無不盡取，殺胎覆巢，鳥亂于上，剥膚取之，而刈菅用之，民窮財盡，是以大亂。故詩人思古明王，而託鳥獸以比也。毛云「交於萬物」者，釋鴛鴦之義。鴛鴦，交匹之鳥，飛栖必雙。聖王愛物，不忍殘其偶，故以爲比。于飛，不弋宿也。畢、羅，小網，不盡取也。在梁戢翼，若其性也。廏馬秣摧，食以時也。取之有道，則飛鳥不失羣；用之有節，則廏馬不妄費。爲盛世之鳥獸，猶得所，而況於民乎？萬年、福禄，頌古明王之辭。所思者遠而所悲者深，是以爲刺。○一章 鴛鴦，交鳥也，飛而自適。設畢羅以待之，不忍掩捕，恐離其偶也。君子仁恩及于飛鳥，其萬年享此福禄，不亦宜乎？○二章 鴛鴦在漁梁之上，斂左翼以相依。天全性得，皆畢羅之所留也。仁愛如君子，萬年遐福宜矣。○三章 天閑之馬，宜其飼之厚也。今其在廏，無事則摧之以芻，有事乃秣之以粟，制用有節，愛養有方。○四章 乘馬在廏，或秣之，或摧之，節用則用恒足，君子萬年，享四海之奉，而福禄養之，宜矣。

惜福則福方來。君子萬年，福禄綏安之，宜矣。○鴛鴦，鳥名。畢，小網，有柄。戢，斂也。凡鳥并栖，一正一倒，戢左翼以相依，舒右翼以防外，左不用而右便也。摧，剉草飼馬也。粟飼馬曰秣。艾，養也。

《鴛鴦》四章，章四句。○按：《風》《雅》之序，皆始於治，中於亂，終於思治。故《風》終《豳》，《小雅》終《楚茨》以下，《大雅》終《江漢》《常武》。

有頍窺上聲者弁，實維伊何？爾酒既旨，爾殽既嘉叶戈。豈伊異人？兄弟匪他叶拖。蔦了與女蘿，施異于松柏叶必。未見君子，憂心奕奕。既見君子，庶幾説懌。○有頍者弁，實維何期？爾酒既旨，爾殽既時。豈伊異人？兄弟俱來叶離。蔦與女蘿，施于松上去聲。未見君子，憂心怲怲叶蚌。既見君子，庶幾有臧叶葬。○有頍者弁，實維在首。爾酒既旨，爾殽既阜府。豈伊異人？兄弟甥舅叶久。如彼雨遇雪，先集維霰線。死喪無日，無幾相見。樂酒今夕，君子維宴。

《古序》曰：「《頍弁》，諸公刺幽王也。」毛公曰：「暴戾無親，不能宴樂同姓，親睦九族，孤危將亡，故作是詩也。」○朱子改爲燕兄弟親戚之詩，非也。幽王驪山之禍將作矣，日與羣小酗于酒，親族疏遠，無由得關其忠。文、武盛世，《鹿鳴》樂嘉賓，《伐木》宴朋友，故忠言得上聞。幽王以兄弟爲路人，危亡已至，而深宮之飲不休。故詩人借飲酒以致顧見之情，而非爲酒也。末動以危言曰：

「樂酒今夕，君子維宴。」如後世敵兵四合，而帳中夜飲。亡國之慘，千古一轍，杜甫〔一〕所謂「東方漸高奈樂何」者也。長歌可以代泣，其《頍弁》之謂乎！○一章 禮：燕服皮弁。弁頍然而覆首者，何人乎？王有旨酒，有嘉殽。此戴弁者，豈異人？乃同姓之兄弟，非他也。如蔦蘿施于松柏，無松柏是無蔦蘿，兄弟依王，何以異此？今不見王，所憂甚大，非爲飲食也。儻得既見相與酬酢，則忠言上達，而我心庶幾説懌矣。○二章 有頍者弁，實維何期？爾有旨酒，又有嘉殽。此戴弁者，非他人，乃兄弟也。如蔦蘿與松柏，相依爲命。今不見王，憂心怲怲。儻既見而效其忠悃，庶幾王能改圖爲善耳。○三章 有頍者弁，實維在首。爾酒旨殽多，此戴弁者，皆兄弟甥舅，情相關也。今危亡已見，如天將雨雪，有細飛之霰先集，則今夕何夕，死喪近矣。而君子維怡然宴樂，長夜之驩不輟，來朝之事未可知矣。○頍，戴弁覆額貌。蔦，寄生也。蘿，兔絲，附物而生。奕奕，大也。君子，指幽王。何期，猶伊何也。期與忌通，語辭。時，善也。怲怲，猶奕奕。庶幾有臧，猶言「庶曰式臧」也。甥舅，謂母姑姊妹妻之族。霰，雪之似粒而稀者。

《頍弁》三章，章十二句。

〔一〕「杜甫」，諸本及《毛詩序説》同。按：「東方漸高奈樂何」，語出李白《烏棲曲》，「杜甫」云云似爲郝氏誤記。

閒關車之舝瞎，叶協**兮，思孌季女逝**叶設**兮。匪飢匪渴，德音來括**各**。雖無好友**叶以**，式燕且喜。**

○依彼平林，有集維鷮驕**。辰彼碩女，令德來教**交**。式燕且譽，好爾無射**叶于**。○雖無旨酒，式飲庶幾。雖無嘉殽，式食庶幾。雖無德與女**汝**，式歌且舞。○陟彼高岡，析其柞薪**叶相**。析其柞薪，其葉湑**胥上聲**兮。鮮我覯爾，我心寫**叶須上聲**兮。○高山仰**叶羊**止，景行行**杭**止。四牡騑騑，六轡如琴。覯爾新婚，以慰我心。**

《古序》曰：「《車舝》，大夫刺幽王也。」毛公曰：「褒姒嫉妒，無道并進，讒巧敗國，德澤不加於民。周人思得賢女以配君子，故作是詩也。」○朱子改爲燕樂其新婚之詩，非也。《雅》詩皆君德時政，新婚之歌，何緣得入？其曰「高山仰止，景行行止」，明廷之法言，非房中之艷曲也。是時褒姒專暱，忠諫無路，詩人思得賢媛以爲内助，猶《陳風·東門之池》思淑姬也。車舝以比民勞。無好友、無德，以諷幽王之不淑也。禮：王后車服飾以翟。翟善雊曰鷮。平林集鷮，褒姒淫暱之比。無旨酒，無嘉殽，宮中沈湎之比。高岡柞薪，淫女據中宮之比。高山景行，淑女母儀天下之比。

○一章 閒關然艱難行歷者，車之舝也。民之勞頓，何以異此？今思孌好之少女，駕此車往迎。非飢非渴，望其德音來會，而心如飢渴也。雖無好友爲配，但得賢女勸相，亦用燕安而喜樂矣。○二章 依然茂盛之平林，有善雊之鷮；宮壼之地，豈可以處淫人乎？惟彼及時之碩女，以令德來教誨，是用燕安譽悦，愛爾未有厭射也。○三章 今者之樂，沈酣歌舞而已。若得碩女，雖無旨酒，飲亦樂也；雖無嘉殽，

食亦樂也。雖無德配汝，樂汝之有德，亦歌舞也。○四章 男女牉合，如彼析薪。柞爲惡木，秪可爲薪，而生彼高岡，其葉湑然。艷妻方煽，猶是也。惟彼碩女，世所鮮有，我得覯之，易柞薪而爲良木，心憂亦傾寫矣。○五章 山高則可仰，若彼㟝嶁，有愧爲山矣；大道則可行，若彼邪徑，不可爲道矣。況微賤之女，可母儀天下乎？碩女令德，可仰可行，備法駕以親迎，用新婚以易舊特，斯慰安我心耳。○閒關，崎嶇勞碌之意。舝，車軸頭鐵。德音，善言也。括，會也。燕，安也。平林，林茂則平也。鷮，雉類。辰，時也。燕，安也。譽、豫通，悦也。無德與女，無德配汝也。柞，櫟也，惡木。景行，大路也。如琴，猶「如舞」，調和之意。

《車舝》五章，章六句。

營營青蠅盈，**止于樊。豈弟君子，無信讒言。○營營青蠅，止于棘。讒人罔極，交亂四國**叶亦。**○營營青蠅，止于榛。讒人罔極，構我二人。**

《古序》曰：「《青蠅》，大夫刺幽王也。」○一章 營營然往來徵逐之青蠅，貪味遺毒，無不朽敗，讒人何異此？今止于樊籬，將伺隙入几席也。苟遇英斷之主，自畏而遠去。君子豈弟，何以防姦？其必勿信讒言可乎！○二章 營營青蠅，止于棘。棘所以爲防，而有讒人窺伺乎外。機詐叵測，煽惑人心，而四國受交亂之害矣。○三章 營營青蠅，止于榛。榛可以爲贄，而有讒人附入其內。陰險不測，將離間我君臣，成構結之禍矣。○豈弟，優柔意，猶「齊子豈弟」之豈弟，微諷之辭。二人，謂聽

讒與被讒者，君臣、父子、朋友皆是。

《青蠅》三章，章四句。

賓之初筵，左右秩秩叶恥。籩豆有楚，殽核維旅。酒既和旨，飲酒孔偕叶己。鐘鼓既設叶失，舉醻逸逸。大侯既抗叶康，弓矢斯張。射夫既同，獻爾發功。發彼有的叶卓，以祈爾爵。○籥舞笙鼓，樂既和奏叶疽上聲。烝衎看烈祖，以洽百禮叶呂。百禮既至，有壬有林。錫爾純嘏，子孫其湛沈。其湛曰樂，各奏爾能。賓載手仇叶救，室人入又。酌彼康爵，以奏爾時叶售。○賓之初筵，溫溫其恭。其未醉止，威儀反反。曰既醉止，威儀幡幡。舍其坐遷，屢舞僊僊。其未醉止，威儀抑抑。曰既醉止，威儀怭怭弼。是曰既醉，不知其秩。○賓既醉止，載號載呶鐃。亂我籩豆叶刀，屢舞僛僛欺。是曰既醉，不知其郵叶移。側弁之俄，屢舞傞傞娑。既醉而出，並受其福叶筆。醉而不出，是謂伐德。飲酒孔嘉叶戈，維其令儀叶俄。○凡此飲酒，或醉或否叶鄙。既立之監，或佐之史。彼醉不臧，不醉反恥。式勿從謂，無俾大泰怠叶腿。匪言勿言，匪由勿語。由醉之言，俾出童羖古。三爵不識，矧敢多又叶亦。

《古序》曰：「《賓之初筵》，衛武公刺時也。」毛公曰：「幽王荒廢，媟褻近小人，飲酒無度，

天下化之，君臣上下，沈湎淫液。武公既入而作是詩也。」○朱子改爲衛武公飲酒悔過而作，非也。王朝有《雅》，侯國有《風》，諸侯飲酒自悔，宜與《衛風·淇奧》伍。今在《雅》，則王朝獻納之辭矣。昔康叔封衛，周公述武王之意，作《酒誥》。此詩亦以申揚祖訓，欲幽王念武王，思周公。而孔子删《詩》存此，與《書》存《酒誥》正同，所以爲《雅》。《序》云「刺時」者，武公之時，即幽王之時。武公爲王卿士，不敢斥言刺王，譎諫之義也。○一章 古人射則飲酒。賓初即席，左右成序，籩豆濟楚，殽在豆，核在籩，陳設維旅。酒既和美，飲者甚齊。鐘鼓既縣于越宿，賓主舉酬于將射，爵行往來，逸逸有序。乃抗大侯，張弓矢，射夫比耦，呈獻發矢之功。各思中的，以飲同耦。此燕射飲酒有禮也。○二章 古人祭祀用酒。方其祭也，執籥以舞，有笙有鼓。樂既和奏，進而樂乎烈祖。樂與百禮合作，大禮有壬，小禮有林，烈祖感格，錫以純嘏也。主人受嘏，則旅酬交錯。同姓子孫，湛然和樂，各奏勸酬之能。異姓賓客，手自斞酒，其子弟入而更酌康和之爵，互相勸釂，以助時祭。此祭祀飲酒有禮也。○三章 今人飲酒則不然。初筵温温謙恭，未醉之威儀，反反却顧。既醉則幡幡輕數矣，離坐遷徙，頻數起舞，僊僊然軒舉。未醉猶抑抑謹慎，既醉則怭怭媟慢，是曰既醉矣，焉知秩序乎？○四章 賓既醉矣，長號讙呶，亂我籩豆，屢舞傲傾。是曰既醉，不知愆郵矣。俄側其在首之弁，屢舞傞傞不止。醉至于此，退則與燕者共幸，不退則啟争招禍，是謂伐德耳。飲酒所以甚善，唯其有令儀。今若此，其何能善乎？○五章 凡此飲酒，有醉者，或有未醉者，立之監，以正其禮；立之史，以記其過。彼醉者醉矣，使不醉者，視醉者之狀以自恥，勿從醉者之所謂，勿使昏然如醉者之太慢也。不當言者勿

言，不可由者勿語，醉而妄言，罰使出童羖。羖豈有童？顛倒錯亂，亦惟酒之故。飲至三爵，已無知識矣，況敢更多乎？監史以此爲訓，明者以醉爲鑒，庶乎知儆耳。○天子諸侯，選士而射，謂之大射；賓客燕飲而射，謂之賓射，亦謂之燕射。大射，張皮侯而棲鵠；賓射，張布侯而畫正。大侯，君侯也。天子與羣臣射，連張三侯，以尊卑爲遠近。射夫兩人爲一耦，天子六耦，諸侯四耦，大夫三耦，多者爲衆耦。的，正鵠也。祈爾爵，求爵爾也，不勝則罰以酒也。百禮，猶言衆禮。祭祀自迎神至送尸，禮多至百也。洽，合也，作樂合禮也。禮：大節曰壬，細目曰林。奏爾能，即旅酬逮賤之意。仇作斞抅，挹取酒也。室人，賓子弟也。又，復酌也。康，養安也。時，時祭也。郵、尤通，過也。俄，傾也。傞傞，不正也。伐，戕害也。伐德，猶言惡德。羖，牡羊之大者；童，未成羊也。羖有角，而童尚未角，童而羖，即《大雅·抑》之篇云「彼童而角，實虹小子」，必無之物，醉語謬也。因醉者語以難之。

《賓之初筵》五章，章十四句。

毛詩原解卷二十三終

毛詩原解卷二十四

魚藻之什

此什終篇，故十有四。

魚在在藻，有頒焚其首。王在在鎬，豈凱樂洛飲酒。○魚在在藻，有莘其尾。王在在鎬，飲酒樂豈叶己。○魚在在藻，依于其蒲。王在在鎬，有那羅其居。

《古序》曰：「《魚藻》，刺幽王也。」毛公曰：「言萬物失其性。王居鎬京，將不能以自樂，故君子思古之武王焉。」○朱子改爲天子燕諸侯，而諸侯美天子之詩，非也。本刺幽王逸樂，不恤其民，而毛云「思武王」者，以詩有鎬京云爾。此類朱子詆爲陋，而毛之得解正惟此。蓋既云「在鎬」，則雖謂之「思武王」也，不亦可乎？○一章　水深則魚樂，今魚何在？方在藻中。水淺故見藻，魚困淺水，露其頒然之大首。民生窮蹙，何以異此？王今何在？方在鎬京，豈樂飲酒。民既困矣，君能獨樂乎？今之在鎬京者，非昔之在鎬京者矣。○二章　魚在在藻，見其莘然長尾。民生日蹙，何異此？而王方在鎬京，飲酒樂豈。昔之在鎬者，其然乎？○三章　魚之在藻，猶水中也。今依于其蒲，蒲生岸邊，

依蒲則水愈淺，生愈蹙矣。王今在鎬，那然安居，容知民之失所乎？○頒，大首貌。莘，尾長貌。那，安貌。

《魚藻》三章，章四句。

采菽采菽，筐之筥之。君子來朝，何錫予與之？雖無予之，路車乘馬叶牡。又何予之？玄袞及黼。○觱必沸弗檻減泉叶尋，言采其芹勤。君子來朝，言觀其旂叶琴。其旂淠淠譬，鸞聲嘒嘒。載驂載駟，君子所屆叶計。○赤芾弗在股，邪幅在下叶户。彼交匪紓叶杵，天子所予與。樂只君子，天子命叶明之。樂只君子，福祿申之。○維柞之枝，其葉蓬蓬。樂只君子，殿天子之邦叶奉平聲。樂只君子，萬福攸同。平平左右，亦是率從。○汎汎楊舟，紼弗纚離維之。樂只君子，天子葵之。樂只君子，福祿膍皮之。優哉游哉，亦是戾叶尼矣。

《古序》曰：「《采菽》，刺幽王也。」毛公曰：「侮慢諸侯：諸侯來朝，不能錫命以禮；數徵會之，而無信義。君子見微而思古焉。」○朱子改爲天子答《魚藻》，非也。《蓼蕭》《湛露》，先王所以親諸侯，《雅》之正也；《采菽》《菀柳》，幽王所以失諸侯，《雅》之變也。如朱說，則正、變淆亂矣。菽，羹藿。藿之言護也，故「大山宮小山，霍」，爲諸侯藩王室之比。泉水岀流則安，觱沸者，陵暴之比。排突而出曰檻，水激則不生物。芹言勤也，勤王之比。赤芾在股，不蔽其足也。

邪幅在下，露其行縢也。無委佩之度，傲慢之比也。柞，惡木，可薪，非棟隆之材也。逢蓬葉亂，比無禮也。楊木輕，舟浮，維之以繩，比流散也。各章詠古諷今，天子所與共奠天下，惟諸侯。先王爲侑饗以賓之，爲朝覲以會之，衣服車馬以庸之。諸侯親，則屏翰固而天子尊。故首章思先王錫予之隆，二章思先世來朝之儀，三章思來朝者之恭敬，四章思從行者之有禮，五章思昔人心驩悦。今幽王恩禮衰薄，諸侯不朝，朝者亦憤懣不平，無勤王之忠。爲黜后一笑，而舉烽火戲諸侯。末年犬戎之難，諸侯不赴，西周遂亡。詩人先見，故《序》謂「見微思古」也。○一章 菽可爲羹藿，采之而盛以筐筥，猶不敢褻也。思昔先王之世，諸侯來朝，則有錫予。錫予維何？路車四馬，猶以爲微，而又以玄色之衮、繡斧之裳加賜也。○二章 觱沸然噴湧正出之檻泉，非安流也。水激則物不生，言采其芹，芹可得乎？思昔諸侯來朝，旂建于車，淠淠然飛動；四馬有鸞，嘒嘒然清和。見驂駟之馬，則知君子之駕至矣。○三章 朝服有赤芾，垂在其股；足有行縢，邪束其下。芾不揜脛，豈垂紳委佩之度乎？思昔諸侯晉接，不敢紓緩，爲天子所嘉予。故天子錫命之，福禄重申之也。○四章 柞之爲木，非荏苒之材，其葉蓬蓬繁亂。人臣傲僻喪儀，亦猶是也。有和樂之君子，作屏王家，鎮安天子之邦。明良際會，萬福攸同，下逮從行之左右，亦便便習禮辨事，相率以從也。○五章 楊木爲舟，汎汎漂流，大繩繫之，猶恐不固。先王以恩信親萬國，樂只君子，天子度其忠貞，福禄厚其錫予，皆優游喜悦，戾止王庭，不繫而自固矣。

○玄衮，玄衣畫龍也。衮之言卷，龍形卷然。諸侯衮玄，天子衮纁赤。白黑雜文曰黼。觱沸，騰湧貌。正出曰檻泉。淠淠，猶旆旆，飛揚也。嘒嘒，和聲。馬駕車：三曰驂，四曰駟。屆，至也。芾、韍通，

蔽膝也。邪幅，即今行纏，邪束至膝，在股之下。柞，櫟屬，惡木。殿、奠通，定也。平平，猶便便，辨治也。《堯典》「平章」，《史》作「便章」，古字通用。左右，陪臣從行者。紼纚，大索也。葵、揆同。膍，厚也。

《采菽》五章，章八句。

騂騂角弓，翩其反矣。兄弟昏姻，無胥遠矣。○爾之遠矣，民胥然叶染矣。爾之教矣，民胥傚矣。○此令兄弟，綽綽濁有裕。不令兄弟，交相爲瘉預。○民之無良，相怨一方。受爵不讓平聲，至于己斯亡。○老馬反爲駒叶句，不顧其後叶户。如食宜饇叶於去聲，如酌孔取叶娶。○毋教猱腦平聲升木，如塗塗附叶弗。君子有徽猷叶玉，小人與屬。○雨雪瀌瀌，見晛曰消。莫肯下遺，式居婁慮去聲驕。○雨雪浮浮，見晛曰流。如蠻如髦叶牟，我是用憂。

《古序》曰：「《角弓》，父兄刺幽王也。」毛公曰：「不親九族，而好讒佞，骨肉相怨，故作是詩也。」○按：詠親親而以角弓比，所以爲刺。騂，赤色彤弓，周人所尚，以比貴戚也。角，觸也，以比不睦。弓，屈彊之物，以比幽王驕亢也。○一章 騂騂然色赤之角弓，其未張也，翩然反而外向，張之則來，弛之則去。兄弟昏姻，親則附而疏則離，亦猶此也，豈可使之相遠不相附乎？○二章 王疏薄親族，故親族亦薄之。王以此教之，人焉得不效之？○三章 兄弟之中，亦有令善而賢者。王雖

偷薄，彼綽綽有餘，自處常厚也。其不善者，傚王之薄，亦以薄報，交相爲病耳。○四章 不善之兄弟，亦不足校。蓋人情兩相怨望，此執一偏，彼亦執一偏。非有積怨深讐，但一爵之酒，受之不讓，遂至亡身。愚者任情不通方類此，亦可原也。○五章 相彼老馬，少盡其力，老猶憐之，所以有敝帷之思。況父兄衰頽，王不加優恤？是老馬而反視爲駒也，曾不顧後日老亦將至邪！老者之欲不難償，如食則宜飽而已，如酌則多取而已，所費幾何而王吝于施乎？○六章 王勿聽讒，讒人心本薄。王以薄信之，猶教猱升木也。猱之升木，何待於教？讒言所以日至，而九族所以日離矣。然骨肉之情，聯屬亦易，如泥塗之中，附以泥塗，本相合也。惟上之君子，有媚睦之美道，以貴下賤，則賤者自喜于上附矣，何胥遠之有？○七章 雨雪瀌瀌其盛矣，然而見日則消；明主有親睦之誼，則九族之疑滯盡釋。今王恩禮不肯下遺，而居之不疑，屢見其驕亢而已矣。○八章 雨雪雖浮，見晛則流。今王不能銷九族之怨，殘忍刻薄，如蠻髦之無親，衆叛親離，我是以用憂焉耳。○騂騂，赤貌。翩，反貌。凡弓張之則內向而來，弛之則外反而去。兄弟，同姓。昏姻，異姓。禮：內外小功以下，皆稱兄弟。令兄弟，賢兄弟也。綽綽有裕，言不偷也，朝不及夕則偷。瘉，病也。無良，不相善也。一方，一偏也。爵，巵酒也。《坊記》云：「觴酒豆肉，讓而受惡，民猶犯齒」，即不讓爵之意。饇、飫通，飽也。孔取，多取也。猱，獮猴，一云沐猴，母猴也。塗，水土和爲泥也。附，合也。徽猷，美道，孝弟、媚睦、任卹是也。君子、小人以分而言，即「君子德風，小人德草」之意。屬，即附也。瀌瀌，盛也。晛，日色。遺，予也。婁、屢同。驕，傲也。蠻髦，猶言胡越，無恩誼也。西夷曰髦，《書》作髳。

《弓角》八章，章四句。

有菀玉者柳，不尚息焉。上帝甚蹈，無自暱焉。俾予靖之，後予極焉。〇有菀者柳，不尚愒器焉。上帝甚蹈，無自瘵叶祭焉。俾予靖之，後予邁叶厲焉。〇有鳥高飛，亦傅于天叶汀。彼人之心，于何其臻？曷予靖之？居以凶矜。

《古序》曰：「《菀柳》，刺幽王也。」毛公曰：「暴虐無親，而刑罰不中，諸侯皆不欲朝。言王者之不可朝事也。」〇楊之垂者曰柳。柳，僂也，柔脆之木。喪車亦曰柳，日西亦曰柳，昧谷謂之柳谷，蓋頹敗喪亡之比。鳥飛雖高，不能附天。《易》之《小過》象曰「剛失位而不中，不可以大事，有飛鳥之象」，亦謂君子行不可過乎恭也。〇一章 有菀然茂盛之柳，豈不庶幾就以休息？猶王者覆冒天下，人豈不樂求芘？但上帝方甚舞蹈，勿自暱，就之可也。使我往朝，以求安靖，後將責我窮極。雖欲休息，不可得已。〇二章 有菀者柳，不尚可憩止乎？上帝甚蹈厲，無自受其病可也。使我往求安靖，後將責我過邁。雖欲憩止，不可得矣。〇三章 鳥之高飛，且傅于天，而不肯下。況人心恣縱，何所不至？我今朝王，焉能自靖？徒取凶禍，爲世所矜憐而已。〇上帝，託天呼王，以自愬也。蹈，猶《樂記》「發揚蹈厲」之蹈，謂頓足怒厲，不安靖之貌。俾，使也。靖，安也。極，至也。愒與憩通，亦息也。瘵，病也。邁，過也。居，徒也。凶矜，凶禍可哀矜，言刑罰暴虐也。

《菀柳》三章，章六句。○《朱傳》以《桑扈》至此爲《桑扈之什》。

彼都人士，狐裘黃黃。其容不改，出言有章。行歸于周，萬民所望叶亡。○彼都人士，臺笠緇撮叶絶。彼君子女，綢直如髮。我不見兮，我心不說月。○彼都人士，充耳琇實。彼君子女，謂之尹吉。我不見兮，我心苑韞結。○彼都人士，垂帶而厲叶賴。彼君子女，卷拳髮如蠆瘥。我不見兮，言從之邁。○匪伊垂之，帶則有餘。匪伊卷之，髮則有旟於。我不見兮，云何盱吁矣。

《古序》曰：「《都人士》，周人刺衣服無常也。」毛公曰：「古者長民，衣服不貳，從容有常，以齊其民，則民德歸壹。傷今不復見古人也。」○朱子改爲亂離之後，人不復見昔日都邑之盛、人物儀容之美而作，非也。衣服者，身之章，先王所以齊民俗，辨等威，莫先于衣服。王京八方人萃，習尚易雜。明主端好素履，則邦畿首善、貴家大族，不敢競浮華以傷雅道，四方所以取正也。幽、厲奢侈，都人化之，士女游冶，膏首袨服，如後世高髻大袖之謂服妖，詩人所以興刺也。夫帝王不易民而化，上好則下甚。文、武之豐鎬，既有《周南》，幽、厲之豐鎬，焉可無此篇？所以存《都人士》也。○一章 王都爲四方之極，章服爲齊民之要。思昔周京人士，狐裘黃黃然禮法之服也。容止有常，言不妄出，舉動歸于忠信，四方之民誰不仰望之？○二章 彼都人士，戴于首者，以臺草爲笠，撮髮

以緇布小冠，從其儉也。彼貴家君子之女，在首之髮，綢密順直，如其髮而止，無增飾也。今不得見，我心爲之不悦焉。○三章 彼都人士，冠旁充耳，用美石爲瑱以實之，從古制也。彼君子女，淑慎守禮，是謂尹氏、姞氏，閑家教也。今不得見，我心爲之苑積鬱結焉。○四章 男子服飾重腰，彼都人士，腰帶厲然下垂，服有常也；婦人容飾重首，彼君子女，髮鬠卷然如蠆，容有制也。苟今得見之，願從之行矣。○五章 思昔人士之帶，非矯飾而垂也，帶自有餘耳；君子女之髮，非脩飾而卷也，髮自揚起耳。今士好奇服，女好治容，大雅之風，不可見矣，云何不盱目而望乎？○彼，彼時也。都，周西都。人士，猶言士人，指男子也。忠信曰周。臺笠，以莎草爲笠，禦暑雨也。君子女，貴家之女。綢直，髮多而美也。如髮，不屑髢也。尹吉，皆貴姓，吉作姞，《節南山》云「尹氏」，《韓奕》云「韓姞」，猶後世言王謝也。苑，蘊也。而、如通。厲，帶垂貌。《左傳》云「鞶、厲、游、纓」，厲與裂通，帶裂帛爲之也。《周禮》「厲禁」，亦謂分列界限也。蠆，蝎也，尾末卷曲，女鬠毛似之。旟，揚起也。

《都人士》五章，章六句。

終朝采緑，不盈一匊。予髮曲局，薄言歸沐。○終朝采藍，不盈一襜謟平聲。五日爲期，六日不詹占。○之子于狩受，言韔其弓叶衮平聲。之子于釣，言綸之繩。○其釣維何？維魴及鱮叶敘上聲。維魴及鱮，薄言觀者叶渚。

《古序》曰：「《采緑》，刺怨曠也。」毛公曰：「幽王之時，多怨曠者也。」○朱子改爲婦人思其君子之詩，非也。幽王使人不以道，詩人託閨怨以刺之。人情者，聖王之田。男女居室，人之大欲。古者用民之力，歲不過三日。新昏三月，不從政，恤其私也。今使其室家睽離，匹婦銜怨，故聖人録是詩，以明王道本乎人情爾。緑與藍，皆色也，爲女子事人之比。緑、菉通，其草澀礪，可滌笄櫛，藍可染布帛，皆婦人所用。五月刈藍，紀時也。○一章 緑可以洗滌，采之終朝，不盈一匊，心有所思也。念予久廢膏沐，髮曲局而不理，今且歸沐，誰適爲容邪？○二章 藍可以染，采之終朝，不滿襜襦，心不專也。五月刈藍，之子期以五月之日歸，今六月之日矣，尚不至邪？○三章 之子在外何所事：其狩邪，狩必以弓，誰爲韔其弓？其釣邪，釣必以繩，誰爲綸其繩？獨居無侶同也。○四章 射爲男子之事，釣則婦人可與。綸繩而釣，得魚維何，魴邪，鱮邪？聊得觀者，庶免孤寂耳。○兩手曰匊。局，卷也。襜，裳前帷幅，即今裙也。詹，至也，省也，或云：與瞻通，見也。韔，弓室也。綸，合絲爲繩也。

《采緑》四章，章四句。

芃芃黍苗，陰雨膏去聲之。悠悠南行，召伯勞去聲之。○我任我輦，我車我牛叶移。我行既集，蓋云歸哉叶賫。○我徒我御，我師我旅。我行既集，蓋云歸處。○肅肅謝功，

召伯營之。烈烈征師，召伯成之。○原隰既平，泉流既清。召伯有成，王心則寧。

《古序》曰：「《黍苗》，刺幽王也。」毛公曰：「不能膏潤天下，卿士不能行召伯之職焉。」○朱子改爲宣王封申伯于謝，命召穆公往營城邑，將徒役南行，行者作此詩，非也。按詩：任輦車牛，營繕之事；徒御師旅，則征戰之事也。肅肅謝功，營謝之功；烈烈征師，則平淮之師也。此詩兼營謝與伐淮二役，追思宣王、召虎君臣，以刺幽王不能繼先業也。獨謂營謝之卒自作，誤矣。○一章 民所資以養者，黍苗也。黍苗芃芃然盛，天有陰雨以膏澤之，是黍苗之幸也。猶南行之師，道里悠遠，賴有明主擇賢帥如召伯者撫循之，雖勞不怨也。○二章 方其南行營謝也，召伯曰：凡我負任者、我挽輦者、我將車者、我牽牛者，是行也。營謝事成，蓋云歸哉，不久勞汝也。○三章 方其南行征淮也，召伯曰：凡我步卒之徒、我兵車之御、我五旅之師、我五卒之旅，是行也。淮夷功成，蓋云歸哉，不久勞汝也。○四章 肅肅然整齊之謝功，城郭宮室，召伯營之，不勞而營也；烈烈然武勇之征師，經營疆理，召伯成之，不勞而成也。○五章 謝邑既成，徹田峙糧；江淮既定，疆理來極。土地治而高原下隰，無不平也；水利脩而泉流灌溉，無不清也。召伯一一有成功，宣王之心安矣。今日君臣，寧有此邪？○召穆公營謝，見《大雅·崧高》篇；平淮夷，見《大雅·江漢》篇。土治曰平，水治曰清。

《黍苗》五章，章四句。

隰桑有阿，其葉有難（那）。既見君子，其樂如何？○隰桑有阿，其葉有沃（叶噩）。既見君子，云何不樂？○隰桑有阿，其葉有幽。既見君子，德音孔膠（叶鳩）。○心乎愛矣，遐不謂（叶外）矣？中心藏之，何日忘之？

《古序》曰：「《隰桑》，刺幽王也。」毛公曰：「小人在位，君子在野，思見君子，盡心以事之。」○朱子改爲喜見君子之詩，非也。又曰「辭意大概與《菁莪》相類」，尤非也。《詩》苟不逆其志，但據文辭相類，即二《南》之辭，有類《鄭》《衛》者矣。奈何不以此詩，爲喜見君子之詩乎？末章未見之情宛然，何爲喜見？幽王無道，君子在野，故以桑爲比〔一〕。桑，喪也。桑可爲衣，喪其衣德也。隰，下濕，比賢者處側陋也。○一章 桑之爲木，可資以衣。今生于下濕，其柔條阿然，其葉垂難然。君子處窮約，英華發越，何以異此？苟得見之，其樂如何乎？○二章 隰桑有阿，其葉沃然而光澤，君子在野，亦猶是也。我得見之，如何不樂乎？○三章 隰桑有阿，其葉幽然而色黯。既見君子，則仁賢在位，名譽播宣，而德音甚堅固矣。○四章 我心誠愛慕君子，但山林朝市遐遠，不得面相告語，此情唯有中心藏之。相見無日，何能忘之乎？○阿，柔貌。難、那通，葉垂嫋那也。幽，茂密也。孔膠，甚固也。遐，遠也。謂，面談也。

〔一〕「比」，北大本及《毛詩序説》同。臺圖本、公文本、歷彩本、湖圖本作「此」，形近而誤。

《隰桑》五〔一〕章，章四句。

白華花菅姦兮，白茅束兮。之子之遠，俾我獨兮。○英英白雲，露彼菅茅叶謀。天步艱難，之子不猶。○滮皮幽反池北流，浸彼稻田叶廷。嘯歌傷懷，念彼碩人。○樵彼桑薪，卬仰烘于煁忱。維彼碩人，實勞我心。○鼓鐘于宮，聲聞問于外。念子懆懆造，視我邁邁。○有鶖秋在梁，有鶴在林。維彼碩人，實勞我心。○鴛鴦在梁，戢其左翼。之子無良，二三其德。○有扁褊斯石，履之卑兮。之子之遠，俾我疷叶支兮。

《古序》曰：「《白華》，周人刺幽后也。」毛公曰：「幽王取申女以爲后，又得褒姒而黜申后，故下國化之，以妾爲妻，以孽代宗，而王弗能治。周人爲之作是詩也。」○朱子改爲申后被黜而作，猶以《小弁》爲宜臼自作，皆非也。周人代爲申后言，以刺幽王耳。愚幼受《朱傳》，疑申后能爲《白華》之忠厚，胡不能戢父兄之逆謀？宜臼能爲《小弁》之親愛，胡乃預驪山之大惡？讀《古序》始知二詩託刺，故《序》不可易也。然不曰「刺幽王」而曰「刺幽后」，何也？幽后，褒姒也。幽王之黜申后也，以褒姒，故刺幽后即刺幽王，王爲幽王，則姒爲幽后，言約而該矣。朱子謂「幽后」字誤，亦非也。菅茅白華，

〔一〕「五」諸本同，當爲「四」之誤。

喪祭用之，比嫡后清潔，共承先祀也。雲無心，水無情。桑，衣所出。鼓鐘，風聲也。鶖鶴，嫡妾貴賤也。鴛鴦，夫婦也。扁石，妾卑也。皆所以比。○一章 茅生清潔，其莖爲菅，其秀爲白華。采其華菅，則以其葉束之。夫婦並體相依，猶此也。王乃遠我，使之孤獨，草菅之不若矣。○二章 菅茅柔韌耐旱，白雲無心，英英之氣，降而爲露，尚能及彼菅茅。我以天運艱難，適遭其窮，於王無怨尤也。○三章 水之滮急，流而爲池，背陽向北，是寒涼之水也。下有稻田，尚蒙浸灌，王澤不下流，使我嘯歌傷懷而不忘也。○四章 桑，衣所自出。今樵以爲薪，仰給烘燎之煁，美材而賤用之。嫡妻見棄，何以異此？維彼碩人，使我念之而心勞也。○五章 宮中擊鐘，則聲聞于外。閨壼失德，天下將無效尤乎？念此憂心懆懆，而王視我邁邁不顧，雖欲救正，不可得已。○六章 鶖與鶴，皆水鳥。然鶖之汙，非鶴比也。今鶖在梁得魚，而鶴乃放棄山林，失所甚矣。王之爲此，實勞我心也。○七章 鴛鴦，匹鳥也。求魚在梁，則戢左翼以相依。物猶如此，王之不善，夫婦之閒，二三其德，禽鳥不如矣。○八章 王之升車，必以乘石踐踏之而已。然石扁則履者亦卑，嬖妾微賤，何以異此？今王遠我而進彼，所以使我病也。○之子、碩人，皆指幽王。英英，雲氣白而浮也。天步，猶時運也。猶、尤通，怨也。滮，急流貌。卬、仰同，望給也，猶《漢書》「卬給縣官」之卬。烘，焚也。煁，無釜之竈，火爐也。懆懆，憂貌。邁邁，行不顧貌。鶖，禿鶖，水鳥，性貪汙，似鶴，色青。扁，卑貌。石，乘石也。王乘車履石，《周禮·夏官·隸僕》「王行則洗乘石」，猶今門外上馬石也。疧，病不翅也，與秖通，亦通作痻。

《白華》八章，章四句。

綿蠻黃鳥，止于丘阿。道之云遠，我勞如何？飲去聲之食嗣之，教之誨之。命彼後車，謂之載之。○綿蠻黃鳥，止于丘隅。豈敢憚行？畏不能趨。飲之食之，教之誨之。命彼後車，謂之載之。○綿蠻黃鳥，止于丘側。豈敢憚行？畏不能極。飲之食之，教之誨之。命彼後車，謂之載之。

《古序》曰：「《綿蠻》，微臣刺亂也。」毛公曰：「大臣不用仁心，遺忘微賤，不肯飲食教載之，故作是詩也。」○朱子改爲微賤勞苦者，託爲鳥言，非也。謂詩中未有刺大臣意。愚按：行有後車，能飲人食人，非大臣而何？又謂《序》言褊狹，無溫柔敦厚之意。夫溫柔敦厚以求《詩》，非以求《序》也。《詩》不可盡言，《序》則不可以不盡言也。詩不敢直愬，而自託于鳥；不敢辭勞，而但告哀于人。黃鳥睍睆，應節趨時，人所喜悅，故以爲比。志苦而辭卑，乃所以爲溫柔敦厚之至也。又謂全詩皆鳥言。「綿蠻」二字爲鳥聲，直貫全篇，尤不成文理。○一章 綿蠻然哀鳴之黃鳥，止于丘之阿。夫鳥栖求木，何爲止于土丘之曲乎？倦飛欲息，不暇擇處也。今我跋涉，遠道勞苦，所望有力者接引，念其飢渴而飲食之，開其愚蒙而教誨之，憐其困憊，而命從者，以有餘之後車，一載之耳。○二章 綿蠻然黃鳥，止于丘之角，倦急求安也。以我微賤之分，豈敢憚行？但畏力疲不能趨，庶幾貴顯者，一假援而飲食

教誨之，以後車載之而已。○三章 綿蠻黃鳥，止于丘之側，勞極思休也。以我卑賤之分，豈辭奔走？但畏力盡不能至，庶幾有力者，一存卹而飲食教誨，命後車以載之耳。○綿蠻，猶綿聯，鶯聲流囀不斷意。後車，副車也。丘隅，山尖也。

《綿蠻》三章，章八句。

幡幡翻**瓠**互**葉，采之亨**鋪郎反**之。君子有酒，酌言嘗之。○有兔斯首，炮之燔**煩，叶番**之。君子有酒，酌言獻**叶軒**之。○有兔斯首，燔之炙**隻，叶灼**之。君子有酒，酌言酢之。○有兔斯首，燔之炮**叶袌**之。君子有酒，酌言醻之。**

《古序》曰：「《瓠葉》，大夫刺幽王也。」毛公曰：「上棄禮而不能行，雖有牲牢饔餼，不肯用也。故思古之人，不以微薄廢禮焉。」○朱子改爲燕飲之詩，非也。古明王親賢好士，日與羣臣嘉賓接殷勤之驩，物薄而禮勤，會數而情厚。士君子日親，則深宮長夜之娛自損。觀《頍弁》《賓筵》《魚藻》諸詩，而知幽王日荒于酒也。羣臣宗族，罕得進見，故詩人託興瓠葉以訓恭儉。瓠賤而葉，兔小而首，至薄也。牲牢饔餼不用，而取其至薄，善誘之意，而王且不能行，所以廢禮也。《變雅》至此，周室將亡。朱子猶以爲燕飲之詩，則《三百篇》次第，皆錯亂不可讀矣。○一章 幡幡然甘瓠之葉，物雖至微，采之亨之，亦可以薦。君子有酒，何況牲牢？即瓠葉以爲蔬，而酌酒以嘗，情真事簡，豈厭其

薄邪？○二章 有兔斯首，雖非盛饌，炮其毛，燔其肉，爲殽而以酌酒，亦可獻賓。何況乎牲牢之備也？○三章 有兔斯首，燔之炙之。君子有酒，以此爲殽而酢主人，亦可矣。○四章 有兔斯首，燔之炮之。君子有酒，以此爲殽而酬賓客，亦可矣。○幡幡，葉飄貌。斯首，纔一兔也，猶數魚以尾也。去毛曰炮，加火曰燔，近火曰炙。主酌賓曰獻，賓酌主曰酢，主再酌賓曰醻。

《瓠葉》四章，章四句。

漸漸斬之石，維其高矣。山川悠遠，維其勞矣。武人東征，不遑朝昭矣。○漸漸之石，維其卒叶促矣。山川悠遠，曷其没矣。武人東征，不遑出矣。○有豕白蹢隻，烝涉波矣。月離于畢，俾滂沱矣。武人東征，不遑他拖矣。

《古序》曰：「《漸漸之石》，下國刺幽王也。」毛公曰：「戎狄叛之，荆舒不至，乃命將率東征，役久病於外，故作是詩也。」朱子改爲將帥出征，經歷險遠，不堪勞苦而作。用《序》之義，而不本其事，則作者之志，茫無棲泊，豈删定之義？漸石，危險之比。周在西，荆舒在東，故曰「悠遠」。豕烝涉波，東南江海之景。豕，江豬，《易·中孚》所謂「豚魚」。風至則羣起波面，蹢躅然見其腹白，故曰「白蹢」，風徵也。月離畢，雨徵也。畢，北方玄武之宿，八星，形如有柄小網，故曰畢。主邊兵，亦謂雨師。月，陰精，主水，行畢度，則多雨。風雨則失天時，險遠則失地利，久役則失人和。

君不仁而好戰，亡可立待矣。《漸漸之石》以下三詩，悽愴衰颯，亡國之音也。○一章 漸漸險峻之石，維其高矣。山川悠遠，經歷跋涉，維其勞矣。我輩將士，自西東征，久勞在外，無朝旦之暇矣。○二章 漸漸之石，卒然崔巍。山川悠遠，孤軍深入敵境，武人東征，陷没而不暇復出矣。○三章 東南江海卑濕，有豕魚白腹，蹢躅涉波，則風將至矣。仰觀天象，月次于畢，陰主遇雨師，則雨又將滂沱矣。武人東征，遭此天時，遑及他事乎？○漸漸，猶斬斬，峻絶貌。武人，將帥也。朝，早也。不遑朝，猶言「靡有朝」也。卒、崒同，高也。没，深入也。豕，豚魚也。有者，乍見出没之貌。蹢，蹢躅，跳躍貌，《易·姤》初六「羸豕蹢躅」。烝，衆也。離，麗也。

《漸漸之石》三章，章六句。

苕條之華花，芸其黃矣。心之憂矣，維其傷矣。○苕之華，其葉青青。知我如此，不如無生。○牂臧羊墳首，三星在罶柳。人可以食，鮮上聲可以飽叶剖。

《古序》曰：「《苕之華》，大夫閔時也。」毛公曰：「幽王之時，西戎東夷，交侵中國，師旅並起，因之以饑饉。君子閔周室之將亡，傷己逢之，故作是詩也。」○陵苕，一名陵霄，蔓生附木，其花赤，周所尚色也。花將落，則變而黃，以爲周亡之比。○一章 陵苕之華，生附喬木，君子倚賴王室，猶此。花色本赤，而今芸然其黃，將落之候矣。心之憂矣，生計日蹙，惟有哀傷耳。○二章 苕之華，零落已盡，

秖見青青之葉。早知我生如此，何如不生之爲愈邪？○三章 觀諸陸産，牝羊無孕，見墳然之大首而已。觀諸水族，澤梁無魚，罶中水静，見三星之影而已。山童澤竭，閭里蕭條，人民饑餓，得食亦可矣，安望其飽乎？○芸，葉隕落也，通作抎，與隕同。牂羊，牝羊也。墳，大也，物瘠則首大。

《苕之華》三章，章四句。

何草不黄，何日不行叶杭**，何人不將？經營四方。○何草不玄，何人不矜**鰥**？哀我征夫，獨爲匪民**叶眠**。○匪兕匪虎，率彼曠野**叶汝**。哀我征夫，朝夕不暇**叶虎**。○有芃**朋**者狐**叶呼**，率彼幽草。有棧**斬**之車，行彼周道**上聲**。**

《古序》曰：「《何草不黄》，下國刺幽王也。」毛公曰：「四夷交侵，中國背叛，用兵不息，視民如禽獸。君子憂之，故作是詩也。」○子云：「天下有道，則庶人不議。」此詩與《漸漸之石》，《序》皆云下國興刺，則舉世非之矣。怨悱悽惋，辭窮志竭，無復含容之意，與《大雅·瞻卬》《召旻》同其迫促，所以終二《雅》爲亡國之情也。據《古序》，聖人删定之義井然。若《朱傳》紛紛，則錯亂甚矣。天地間，物之至微易生，莫如草。無草，則不毛之地。故以草玄黄比。苕華色赤，周所尚也。玄黄，赤之變也。《易》曰：「龍戰于野，其血玄黄。」《坤》之六五，地道窮也。《小雅》始于咸亨，終于道窮。故《詩》義在比，與興非有二也。○一章 天地生物，莫微于草。無草不

黄，則閉塞之秋矣。民生今之世，無一日不奔走道路，無一人不將送往來以經營四方者，亂離極矣。○二章 草黄未已也，腐爛則色變而爲玄。今此征夫，無一人不棄其室家，鰥居于外者。哀哉，獨非人民乎！○三章 虎邪，兕邪？則曠野已耳。我征夫，乃人也。有室有家，何乃使之久役在外，朝夕不暇乎？○四章 芃然而大尾者，狐也。率彼幽草之中，尚得止息。征夫乘無飾之棧車，行彼周道，曾狐之不若矣。○玄，腐黑色。矜、鰥通，無妻之稱。率，由也。芃，尾長貌。棧車，載任器供役之車，無飾曰棧。禮：士乘棧車。

《何草不黄》四章，章四句。○按：《朱傳》，《都人士》以下至此十篇，爲《都人士之什》。

毛詩原解〔一〕卷二十四小雅終

〔一〕「毛詩原解」四字，底本原略，今依全書體例補。

毛詩原解卷二十五

郝敬 解〔一〕

大雅

文王之什

自《文王》至《文王有聲》，凡十篇。內《文王》至《靈臺》八篇爲文王詩，《下武》《文王有聲》二篇爲武王詩。

文王在上，於烏昭于天叶廳。周雖舊邦，其命維新。有周不顯，帝命不時叶售？文王陟降，在帝左右。○亹亹文王，令聞問不已。陳錫哉周，侯文王孫子。文王孫子，本支百世。凡周之士，不顯亦世。○世之不顯？厥猶翼翼。思皇多士，生此王國叶亦。王國克生，

〔一〕「郝敬解」，北大本同，臺圖本、公文本、歷彩本此處均有塗改，湖圖本作「郝敬習」。

維周之楨。濟濟上聲多士，文王以寧。○穆穆文王，於緝熙敬止。假哉天命，有商孫子。商之孫子，其麗不億亦。上帝既命，侯于周服叶筆。○侯服于周，天命靡常。殷士膚敏，祼將于京叶姜。厥作祼將，常服黼冔許。王之藎臣，無念爾祖。○無念爾祖，聿脩厥德。永言配命，自求多福叶北。殷之未喪師，克配上帝。宜鑒于殷，駿命不易。○命之不易，無遏爾躬叶禪。宣昭義問，有虞殷自天叶汀。上天之載，無聲無臭叶紂。儀刑文王，萬邦作孚叶浮去聲。

《古序》曰：「《文王》，文王受命作周也。」○朱子改謂周公追述文王之德，以戒成王。按《古序》：《文王》以下諸詩，俱未言何人作。惟《吕氏春秋》引此，以爲周公之詩。今味其辭旨，精融醇粹，奉揚先德，以示後人。而夫子删定，以首《大雅》，真周公之制作也。大抵二《雅》皆朝廷之事：《小雅》多言政事，諷規主和；《大雅》多言君德，弼直主敬。故《小雅》未遠于《風》，而《大雅》寖近于《頌》。要其所言，皆朝廷得失，君道盛衰，非爲聲音而已。朱子于《鹿鳴》以下諸詩，改爲樂歌；于《文王》等篇，無以易之。而《國語》以《文王》《大明》《綿》爲兩君相見之樂，然三詩實非爲兩君相見作也。夫子豈爲兩君相見，首録是詩乎？凡《詩》之作，各有所本，用之歌樂，則存乎人。知三詩不可爲兩君相見之樂，則《鹿鳴》諸詩，亦不可改爲通用之歌矣。○一章 我周一代王業，始自文王。文王往矣，其神赫然臨之在上，於哉昭明于天。周自后稷以來，舊爲侯邦，其受天命，新自文王始。今子孫奄有

天下，周道豈不光顯乎，天命豈不及時乎？文王之神，一陟一降，今在上帝左右，後王不可不念也。○二章 亹亹然純一之文王，其令聞不已，功德敷施，始造周邦。維孫與子，並受其福。宗子支庶，百世相承。凡爲周臣士者，亦莫不光顯。世世同休，皆文王所陳錫也。○三章 周之臣士，傳世豈不光顯乎？其先世事我文王，謀國之猶，翼翼忠敬。美哉諸臣，生此文王之國。文王之國，能生此諸臣，宣忠效力，實爲楨幹。濟濟多士，是文王所託重恃力而獲安寧者也，世顯不亦宜乎！○四章 文王至德淵微，穆然深遠，無迹可窺，於哉緝續熙明，主于敬而已。是以大哉天命，畀文王以商家之子孫。彼其附麗之衆，何止十萬？上帝既命文王，皆于我周臣服矣。○五章 商之孫子，侯服于周，可知天命無常，惟德是與。殷之臣士，膚美敏疾者，今皆奉祼獻于周京。其奉祼者，身服黼衣，首猶殷冠。彼何以至此？王臣有忠藎之心者，當念興亡之故，勿忘爾祖文王可也。○六章 欲念爾祖，在於脩德，脩德在於敬天。苟能長存敬畏，合於天道，即是自求多福。昔殷未失衆，德亦配天，子孫不然，故至于斯。宜以爲鏡，自知大命不易保矣。○七章 天命不易，爾勿自恣自用，遏絶乃身。當宣布昭明，博訪義理，諏問名賢，虞度殷興亡之故於天。所以承天永命者，自不敢怠矣。然上天之事，無聲無臭，不可度也。惟儀刑文王，即所以法天，萬邦自起而信之矣。○文王，商西伯，追稱王也。陳錫，布德施惠也。哉、載通，始也。侯，語辭。本，適子；支，庶子。本爲天子，支爲諸侯。士，臣庶也。厥猶，其謀也。皇，美也。王國，文王之國。楨，幹也。築牆者，植兩木夾板曰幹，一曰翰，三名一物也。穆穆，深遠也。假，極也，大也，歎辭。楚語，駭則稱假假，是也。麗，附也。十萬曰億，不億，

不止億，言無算也。服，事也。膚，美也。敏，便疾也。祼，灌鬯也。祭祀之始，以圭瓚酌鬯酒獻尸，尸受，灌于地以求神也；既祼，然後迎牲。將，奉也。冔，殷冠，夏曰收，周曰冕。先代之後，仍舊服，示不臣，且明戒也。白黑雜繡曰黼。藎，進也，忠愛進進不已也。喪師，失衆也。駿，大也。遏，絶也，自用之意。宣昭，布明也。義問，以義理相詢問也。虞，度也。儀刑，法也。

《文王》七章，章八句。○先儒謂文王末年受命稱王，與謂周公殺管叔同謬。今觀《大雅》諸詩，頌文德無以復加。敬止緝熙，小心翼翼，不已不回，純之至也。能人所不能，故孔子稱其三分有二以服事殷，與泰伯三讓，同歸至德。苟文王先稱王，則武王何以獨未盡善也？故曰：「文王之德之純。」周公謂「文王我師」；孔子謂「文王没，文在兹」，删《書》首《堯》《舜》，而删《詩》首《文王》；孟子謂舜、文先後同揆。觀《詩》《書》垂訓，聖人之意，微乎遠矣。

明明在下，赫赫在上。天難忱沈斯，不易維王。天位殷適的，使不挾四方。○摯至仲氏任，自彼殷商。來嫁于周，曰嬪貧于京叶姜。乃及王季，維德之行叶杭。太任有身叶商，生此文王。○維此文王，小心翼翼亦。昭事上帝，聿懷多福叶必。厥德不回，以受方國叶亦。○天監在下，有命既集。文王初載宰，天作之合叶翕。在洽之陽，在渭之涘叶使。文王嘉止，大邦有子。○大邦有子，俔欠天之妹。文定厥祥，親迎于渭。造舟爲梁，不顯其光？○有命自天，

命此文王。于周于京叶姜，纘女維莘叶相。長子維行叶杭，篤生武王。保右命爾，燮伐大商。○殷商之旅，其會如林。矢于牧野，維予侯興。上帝臨女汝，無貳爾心。○牧野洋洋，檀車煌煌，駟騵彭彭邦。維師尚父，時維鷹揚，涼亮彼武王。肆伐大商，會朝清明叶芒。

《古序》曰：「《大明》，文王有明德，故天復命武王也。」○按：此詩一章、三章，言文王有明德而天命之。四章以後，言武王有明德而天復命之。父子相繼，二聖濟美，功高德顯，故曰「大明」。《序》於文王言明德不言天命，於武王言天命不言明德，互見也。蓋周之命，文王以至德凝結之，而武王纘承之。文王宜王而不王，天與固讓，所以爲至德，而天眷愈篤。施及武王，豈能終辭？此周有天下非驟致，而《序》言精確矣。○一章　天人相與之際，甚可畏也。在下者，君德有善惡，明明不可掩；在上者，天命有去就，赫赫可畏。天意難信，王業艱難，可不慎乎！紂所居，天位也，又殷適嗣也，乃使之不得挾有四方。謂天可信而王不難乎！○二章　我周受天之命，始于文王。文王父王季，而母大任也。昔摯國有仲女姓任者，當殷商時，來嫁我周，作嬪婦于周京，與我王季爲德之配，是爲太任。有妊而生我文王焉。○三章　維此文王，小心慎密，翼翼恭敬，昭事上帝，遂來多福。惟其德不回邪，是以受享四方之國。此文王明明在下，而天命赫赫者也。○四章　我武王受命非偶也。天視在下，命集于周。當文王初年，天爲作配，在洽水之北、渭水之涯。文王嘉禮初舉，大邦莘國有女，適應其求。容非天意乎？○五章　大邦有女，其德譬天之妹。以禮文納幣，定其吉祥，文王親迎于渭水之涘，造

舟爲浮梁，以通往來。大昏之禮，不其光顯乎？○六章 天命文王，于周之京。纘繼世德，維此莘國，以其長女，行歸于周，而篤生我武王。保安之，佑助之，錫命之，以燮和人心而伐大商。孰非天意邪？

○七章 武王之伐商也，殷商之衆，其多如林。陳于牧野，莫有鬭志，維望我師來而興起。告武王曰：「今日之事，上帝降臨。殷人見休臣附，爾勿疑我而有二心也。」○八章 牧野之地，洋洋然寬廣；檀木之車，煌煌然鮮明。駟馬皆赤身白腹之騵，彭彭然彊壯。時太公望爲太師，號尚父，奮其武勇，如鷹飛揚，凉佐武王，以肆伐大商。甲子昧爽，會戰之朝旦，天氣清明，氛祲盡銷，此武王有明明之德，而天有赫赫之命也。○忱，信也。不易，難也。殷適，殷之嫡嗣，指紂也。摯，殷諸侯之國。任，姓也。仲，中女也。嬪，婦也。行，配也。載，年也。身、妊通，孕也，言身中有身也。洽、渭，二水名。嘉，嘉禮也。大邦，指莘國，商諸侯，姒姓，大姒之母家也。俔，猶譬也。妹，少女。《易》，兑，少女，曰歸妹。文，禮也。祥，吉也。昏有六禮：納采、問名、納吉、納幣、請期、親迎。此既卜吉，以納幣之禮定之，亦謂納徵也。造舟爲梁，今之浮橋。造，至也，併舟相連至岸也，《爾雅》曰「天子造舟」。纘女，猶言「嗣徽音」也。長子，即大姒，莘國之長女也。行，來嫁也，猶「女子有行」之行。燮，和也，順天應人曰和。如林，言多也。矢，陳也。牧野，地名，在朝歌南七十里。侯，望也。興，起也，慶幸之意。臨，降視也。貳，猶疑也。無貳爾心，謂爾心無疑我也。商師無鬭志，恐武王不信己，援天自誓也。洋洋，廣也。赤馬白腹曰騵。周尚赤，殷尚白，赤上白下，周勝殷之象。周人因以爲一代之制，凡戎事，皆乘騵也。師尚父，太公也，姓姜名望，官太師，號尚父。鷹揚，奮勇如鷹之飛揚。

涼作亮，佐也。肆，大也。會朝，會戰之旦，武王十一年甲子昧爽也。清明，無風霾雲翳，言天心順也。

《大明》八章，四章章六句，四章章八句。

緜緜瓜瓞垤，民之初生，自土沮疽漆。古公亶毯父甫，陶復陶穴叶隙，未有家室。○古公亶父，來朝走馬叶母。率西水滸，至于岐下叶虎。爰及姜女，聿來胥宇。○周原膴膴武，菫謹荼如飴移。爰始爰謀叶媒，爰契器我龜。曰止曰時，築室于兹。○迺慰迺止，迺左迺右叶以。迺疆迺理，迺宣迺畝叶米。自西徂東，周爰執事叶史。○乃召司空，乃召司徒，俾立室家叶公。其繩則直，縮版以載叶集，作廟翼翼。○捄俱之陾陾仍，度拓之薨薨叶昏。築之登登，削屢馮馮平。百堵皆興，鼛高鼓弗勝叶升。○迺立皋門，皋門有伉叶康。迺立應門，應門將將鏘。迺立冢土，戎醜攸行叶杭。○肆不殄厥愠，亦不隕尹厥問。柞棫拔叶佩矣，行道兑對矣。混夷駾退矣，維其喙會矣。○虞芮蕤去聲質厥成，文王蹶貴厥生。予曰有疏附叶甫，予曰有先線後上聲，予曰有奔奏叶走，予曰有禦侮。

《古序》曰：「《緜》，文王之興，本由大王也。」○此詩詠大王始遷岐山，人心歸附，肇基王迹，而文王因之以受天命也。○一章　我周王業成于文王，肇于大王，先世從來遠矣。緜緜然蔓引之瓜，今碩然瓜已，而其近本初生，則瓞瓝博耳，有瓞然後有瓜。今雖有天下，而民生始自豳土沮漆。

古先公亶父居之，民聞土室如陶竈，上爲覆蓋，下爲穴居，因戎俗之陋，未有宮室。天造草昧，如瓜之始瓞耳。〇二章 古公亶父，以戎俗不可苟安，敏急圖事，來朝疾走其馬。循西戎漆沮水滸，東至岐山之下，與其太妃姜女，遂來相視居宇焉。〇三章 岐山之南，地有周原，膴膴然肥美。堇荼生此，其甘如餳，地美可知。於是始謀遷居，以契火灼龜占之。其繇胄曰止也，曰是也。神謀既同，乃于周原築室焉。〇四章 迺慰安從遷之衆，止定其居。迺有止于左者，迺有止于右者，而公宮居中。迺疆其大界，迺理其溝塍，迺徧治其野，迺分授其田。於是西豳漆沮之衆，皆東往岐山，徧執其經營之事矣。〇五章 民事既定，乃召司空，營建國邑；乃召司徒，董率徒役，使之建立室家。先以繩直其位，乃束版載土，以築垣牆。將營宮室，宗廟爲先，作廟翼翼整齊也。〇六章 其縮版以築，取土盛于器，陾陾然多也。投土于版，薨薨然聲衆也。築以杵，登登然聲相應也。築成卸版，再三削治，馮馮然堅平也。五版方丈爲堵，百堵同時併起。鼛鼓所以樂工，工樂鼓不能止也。〇七章 迺立朝外之郭門，曰皋門，明遠在外，伉然而高大。迺立朝門之應門，居中應治，將然而嚴正。迺立大社之冢土，凡動大衆，告此而後行。非復昔日之荒陋矣。〇八章 古公避昆夷遷國，而內不忘備。雖不殄忘其愠怒，而亦不隕絶其聘問。外和而內戒，王者馭戎之道也。由是國勢漸昌，土地開闢：柞棫之木，拔然上竦，無復荒蕪矣；行道之路，兑然開通，無復險阻矣。昆夷畏之，而駾然逃竄，維有張喙喘息，豈復如向之憑陵乎？〇九章 比及文王爲西伯，而周道大興。虞、芮二國，以争田之訟，質正求平。文王以無言之化，蹶然感動，而其良心自生。變懻忮而爲禮讓，天下由此向風。文王盛德所致，人知之矣。然

其所以化成天下者：予謂有率下親上爲之疏附者焉，予謂有相導前後爲之先後者焉，予謂有喻德宣譽爲之奔奏者焉，予謂有武臣折衝爲之禦侮者焉。雖本文王之聖，亦必資賢臣之助，而況爲後王者乎？○大曰瓜，小曰瓞。瓜之近本初生者常小，至末而後大。沮、漆，豳地，二水名。古公，猶言先公。陶，窑竈也。復、覆通，蓋也。穿地爲窟，上覆蓋以居也。胥宇，相視居宇也。廣平曰原。周，地名。堇，荁屬，根似芋。荼，甜菜。飴，餳也。契，削楚使鋭，以末然火灼龜。《周禮·菙氏》云「焌契」是也。縮版，束版築牆也。載，自下升上，相承載也。捄，盛土於器也。度，投土於版也。削屢，牆成削治重複也。二尺爲版，五版爲堵，堵方一丈。鼛鼓，長鼓也。城之中門曰臯門，朝門曰應門，內有路門。天子之宫，多庫門、雉門焉。冢土，大社也。戎醜，大衆也。肆，猶言故今也。殄，忘也。愠，怒也，惡惡之意。隕，絶也。小聘曰問。柞，櫟也。棫，柞屬，叢生。拔，上長也。兑，通也。駾，奔突也。喙，喘息也。虞芮，二國名。質，就正也。成，平也。争田訟於西伯求平也。蹶，動也。生，良心自生也。言二國入周感化相讓也。

《緜》九章，章六句。

芃芃朋棫樸，薪之槱酉之。濟濟上聲辟必王，左右趣叶楚之。○濟濟辟王，左右奉璋。奉璋峩峩，髦士攸宜叶俄。○淠譬彼涇舟，烝徒楫叶緝之。周王于邁，六師及之。○倬彼

雲漢，爲章于天叶廳。周王壽考，遐不作人。○追堆琢其章，金玉其相。勉勉我王，綱紀四方。

《古序》曰：「《棫樸》，文王能官人也。」○朱子改爲詠歌文王之德，非也。《記》曰：「人官有能，物曲有利。」養之能盡其材，故取之能備其官；官之能當其人，故用之能得其力。能官人而治道畢矣。文王聖德，在位五十年，培植薰育久，兔罝野人，皆爲干城，用不乏人。而文王亹亹純一，區別程量，總攬羣英，綱紀不倦，如六轡御馬，無不調其適而盡其材，故曰「能官人」也。國之大事，惟祀與戎。薪槱，祭祀之材也。禮：煙祀天帝，柴祀日月星辰，槱燎祀羣神。《月令》季冬「取秩薪柴，供郊廟百神之薪燎」是也。周人尚臭，燔柴，禮之大者，故以比育材。祭始迎尸入，王以圭瓚酌鬱鬯祼尸，諸臣酌璋瓚助之。故次章言祭祀，三章言軍旅，二者以人心爲本。恒情協共，莫如同舟，涇舟以比共濟。天文莫大于雲漢，物華莫美于金玉，人工莫精于追琢，皆以比聖德經緯人文也。○一章 芃芃茂盛之棫，叢生樸樕，析以爲薪，積以爲槱，供百祀之焚燎，用得其材也。濟濟然多士之辟王，羣材彙烝，或左或右，用無不宜。如百體奉心志，環向而趣附也。○二章 濟濟辟王，祭祀一舉，諸臣或左或右，奉璋以助祼獻。凡此奉璋者，峩峩英偉，皆俊少之髦士，于禮度攸宜也。此辟王祭祀得人也。○三章 淠然順流涇水之舟，衆徒共楫之，人力齊則舟行疾。周王以西伯奉命徂征，六師趨附，將卒一心，如恐不及，此行師得人也。○四章 倬然昭明之雲漢，爲章于天，亙古如斯。周王壽考在位，

丕顯之謨，教育熏陶，若此其遐遠也。孰肯自甘暴棄而不振作者乎？○五章 追雕琢磨以成章，金玉交錯以成相。辟王砥礪羣英，名器光寵，何以異此？聖心純一，勉勉不倦，總攬一世之英賢，程材器使，大綱小紀，無不在聯屬中矣。○棫，柞屬，宜薪。樸，叢生貌。槱，積薪乾以待用也。辟，君也。辟王，文王也。璋，璋瓚也。瓚，祼器。以黃金爲勺，圭爲柄曰圭瓚，以璋爲柄曰璋瓚。璋，半圭也。圭、璋皆玉爲之。峩峩，偉貌。涇，水名。六師，即六軍。天子六軍，萬二千五百人爲軍，二千五百人爲師。作人，興起人心也。追，雕也。金曰追，玉曰琢。相，金玉并相也。勉勉，不倦也。綱紀，網羅聯屬也。張之爲綱，理之爲紀。

《棫樸》五章，章四句。

瞻彼旱麓六，榛争楛虎濟濟上聲。豈弟君子，干禄豈凱弟體。○瑟彼玉瓚昝，黃流在中。豈弟君子，福禄攸降叶工。○鳶沿飛戾天叶汀，魚躍于淵叶因。豈弟君子，遐不作人。○清酒既載叶集，騂牡既備叶必。以享以祀，以介景福叶弼。○瑟彼柞棫，民所燎料矣。豈弟君子，神所勞去聲矣。○莫莫葛藟累，施異于條枚。豈弟君子，求福不回。

《古序》曰：「《旱麓》，受祖也。」毛公曰：「周之先祖，世脩后稷、公劉之業，大王、王季申以百福干禄焉。」○朱子改爲詠歌文王之德，非也。孔子曰：「無憂者，其唯文王乎！」文王以

聖德承祖考綦隆之業，可以王而不王，小心柔恭，養和平之福，以啓後人，故曰：「豈弟君子，干祿豈弟。」詩人可謂善頌，而《古序》曰「受祖」，其義深切矣。毛公發明其義，箋、疏誤以詩中君子即太王、王季，朱子因詆《序》説爲謬，皆未深究其旨耳。《文王》以下諸詩，雖皆詠文德，而事各不同。首篇言代商之事，故《序》曰「作周」。次篇言文、武之生，故《序》曰「文王有德，復命武王」。三篇言遷岐，故《序》曰「興由大王」。四篇言左右諸臣，故《序》曰「能官人」。五篇言祀神干祿降福，故《序》曰「受祖」。毛氏以受祖義未明，歷數祖德，而於太王、王季，借詩中福祿語，以推重其功德，見文王凝承祖父者厚，非以此詩爲詠太王、王季作也。箋、疏之誤，併以累《序》。故讀《詩》難，讀《序》不易。《詩》言志，《序》即志也。不達受祖之義，泛觀福祿，有何義理？何以見周家之盛，何以知文業所由隆？如謂詠文德，則自《文王》以下八篇，一序足矣，其免于鶻突乎？以旱麓榛楛比者，子孫承先，猶物承天。旱則草木望澤，而生于山足者，得潤厚，故爲君子干祿之比。榛可以供籩，楛可以爲矢，文武之材，以比聖德。周自王季，當商帝乙之世，受命爲西伯，賜圭瓚、秬鬯，故次章有圭瓚黄流之比。鳶飛魚躍，自然無心，比文王至德無憂，承前裕後，仁敬孝慈，培養一代元命。所謂「干祿豈弟」者，正此也。「清酒」以下三章，孝祀先公、先王而獲福。清酒騂牡，祭祀之物；柞棫，薪槱之用；葛藟條枚，比福祿固結：皆所謂受祖也。而《序》獨舉后稷、公劉、大王、王季者，后稷周之始，公劉豳之始，大王岐之始，王季則其父也。文王之世，宜以是爲四親焉，《序》舉其功德最著者耳。○一章 天旱草木萎，瞻彼山足，有榛與楛，其生濟濟。蓋山高基厚，故麓承其潤，子

孫藉先澤，何異此？豈弟無憂之君子，仁孝承先，不勞經營，而垂拱似續。其受禄于祖考也，豈弟焉耳。○二章 秬鬯、圭瓚，先世之故物也。圭瓚瑟然堅密，玉爲柄而金爲勺。秬鬯之酒，黄然流注于中。有寶器則有嘉味，盛德蒙福，理亦同然。故豈弟承先之君子，祖考芘之，而福禄攸降，豈有意於求福乎？○三章 鳶之飛也，戾極于天，莫自知其飛也；魚之躍也，深入于淵，莫自知其躍也。有天淵之高深，故有自得之魚鳥；有久遠之世澤，故有熙皞之民風。豈弟無爲之君子，從容鼓舞，人心欣欣向化，久道而不知，豈不作人之遠乎？○四章 清潔之酒既載，騂色之牡既備，以享祀於祖考。君子豈弟之德，感格有素，以此祭祀，因介而得大福也。○五章 瑟然茂密之柞棫，民資以爲薪槱，用其材也。君子有豈弟仁孝之德，爲先祖所慰勞，歆其德也。○六章 莫莫然茂盛之葛與藟，延施于條枚之上，此葛藟自然之性也。豈弟仁孝之君子，爲先祖所眷芘，求福何待回邪乎？○麓，山足也。榛，栗屬。楛，荆屬。黄流，鬯酒也。酌以金勺，色黄而流動也。鳶，鴟類，得風則翱翔高飛。鳶魚飛躍，自然不用力也。騂，赤色。

《旱麓》六章，章四句。

毛詩原解卷二十五終

毛詩原解卷二十六

思齊齋大任，文王之母。思媚周姜，京室之婦甫。大姒嗣徽音，則百斯男叶林。○惠于宗公，神罔時怨，神罔時恫通。刑于寡妻，至于兄弟，以御于家邦琫平聲。○雝雝在宮，肅肅在廟叶繆上聲。不顯亦臨，無射亦保叶剖。肆戎疾不殄，烈假不瑕叶吼。○不聞亦式識，不諫亦入叶熱。肆成人有德，小子有造叶宅。古之人無斁，譽髦斯士叶色。

《古序》曰：「《思齊》，文王所以聖也。」○朱子改爲歌文王之德，而以首章詠母妻，爲文王所以聖，非也。夫母聖妻賢，聖人之遇，而其所以聖，姑不在此。無射者，乃其所以聖也。無射則純，純不已，文王之所以爲文也。蓋人心之德，主於敬而達于和。敬則禮恒恭，和則仁恒愛。仁禮存心，致愛致敬，純一不已者，聖人所以脩齊治平，消憂弭患，而存神過化之道也。二《南》之化始於宮幃，孚於祖考，達於家邦。故首章言母妻之賢，和敬藹於閨門，而培植者深也。二章言宗公之惠，和敬孚於鬼神，而感通者遠也。三章言德純雝肅，遭大難而不變。四章言功妙神化，開來學而作人。此孰非造端於齊媚之徽音，而醞釀於雝肅之無射者？故論文德之純，莫如《思齊》，此《序》謂之「所以聖」也。孟子云：「君子以仁存心，以禮存心，有終身之憂，而無一朝之患。」法天下、傳後世者，此之謂也。

○一章 思惟齊敬之大任，乃文王之母，能愛媚其姑大姜，爲京室之孝婦。此文王懿恭徽柔之性，成

於所生也。至於大姒，又能繼齊媚之美聲，不妒忌而子孫衆多，妻賢母聖，和敬之風洋溢于閨門，二《南》之化所託始矣。○二章 致敬於廟，上順宗廟先公之心，而罔有怨恨，罔有憂恫，敬之至也。致和於家，而儀刑嫡妻，親睦九族，調御家邦，而有夏咸和，仁之至也。○三章 家庭主和，故在宮雝雝而巽順；行禮主敬，故在廟肅肅而嚴恪。此和敬之心，雖不顯之處，人所不見，而常若有臨。人情倦怠，乃思保持；聖心無倦，而常若自保。故大難雖不殄絕，而德之光大，亦不玷缺。蓋仁禮存心，無入而不自得也。○四章 德盛化神，本乎天性：非待前聞古訓，而式無不合；非待忠言直諫，而善無不入。故豈弟作人，壯者成而有德，少者學而有造。今雖文王往矣，雝肅之精神如在，無有厭斁于人心。士類聞風興起，而成其名譽，爲俊髦之士也。○思，語辭。齊，敬也。大任，王季之配，摯仲氏任也。媚，愛也。周姜，太王之妃，大任之姑也。母成子故言敬，婦孝姑故言媚。大姒，文王妃，大任之婦也。徽音，美聲也。百男，大姒生十子，恩逮衆妾，又生子極言多也。惠，順也。宗公，宗廟先公。時，是也。恫，痛也。刑，法也。嫡妻無二，故稱寡。兄弟，同姓及異姓有服者之通稱。御，如御馬之御，調和順適也。不顯，隱微也。臨，視也。無射，不倦也。保，持守也。肆，遂也。戎疾，大患也，如囚羑里、事昆夷之類。烈假，光大也。瑕，缺也。式，法也。古之人，指文王，自後世而言也。無斁，猶無射。《周頌·清廟》篇云「無射於人斯」，言文王之德，久而人不能忘也。孟子云：「待文王而後興者，凡民也。豪傑之士，雖無文王猶興。」即「譽髦斯士」也。譽，聲聞也。髦，俊少也。

《思齊》四章，章六句。○《朱傳》作五章，二章章六句，三章章四句，今從鄭。

皇矣上帝，臨下有赫叶霍。監觀四方，求民之莫。維此二國，其政不獲。維彼四國，爰究爰度拓。上帝耆其之，憎其式廓叶各。乃眷西顧，此維與宅叶託。○作之屏丙之，其菑其翳意。脩之平之，其灌其栵例。啓之辟闢之，其檉稱其椐具。攘之剔之，其檿掩其柘叶柱。帝遷明德，串貫夷載路。天立厥配，受命既固。○帝省其山，柞棫斯拔佩，松柏斯兑。帝作邦作對，自太伯王季。維此王季，因心則友叶乂，則友其兄叶香，則篤其慶羌。載錫之光，受禄無喪叶桑，奄有四方。○維此王季，帝度拓其心，貊麥其德音。其德克明，克明克類，克長克君。王此大邦，克順克比。比于文王，其德靡悔。既受帝祉，施異于孫子。○帝謂文王：「無然畔援叶玩，無然歆羨，誕先登于岸。」密人不恭，敢距大邦叶琫平聲，侵阮徂共公。王赫斯怒叶呂，爰整其旅，以按徂旅，以篤周祜户，以對于天下叶虎。○依其在京叶姜，侵自阮疆，陟我高岡。無矢我陵，我陵我阿。無飲我泉，我泉我池叶佗。度拓其鮮原，居岐之陽，在渭之將，萬邦之方，下民之王。○帝謂文王：「予懷明德，不大聲以色，不長夏以革，不識不知，順帝之則。」帝謂文王：「詢爾仇方，同爾兄弟，以爾鉤援叶揚，與爾臨衝，以伐崇墉。」○臨衝閑閑叶賢，崇墉言言。執訊連連，攸馘虢安安叶焉。是類是禡叶母，是致是附叶甫，四方以無侮。臨衝茀茀叶筆，崇墉仡仡乞。是伐是肆，是絶是

忽叶翕，**四方以無拂**叶逼。

《古序》曰：「《皇矣》，美周也。」毛公曰：「天監代殷，莫若周。周世世脩德，莫若文王。」

○一章　大矣上帝，臨下之威，赫然可畏。察視四方，求民安定而已。此夏、商二國，其政失道，于彼四方之國，究度安民之君，而上帝猶未忍遽絶此二國也。待之耆久，而憎其長惡不悛，乃始睠然西顧，以此岐山之地，與周爲王者之宅也。○二章　岐山林莽崎嶇，太王初墾，其拔作之。屏除之者，乃瘣木立死之菑，與傾倒遮蔽之翳也。其脩理平治者，乃叢生爲灌之栵也；其拓啓開闢者，乃河柳之檉與腫節之椐也；其攘剔繁冗使長者，則飼蠶之檿桑與柘也。惟上帝遷明德之君，故荒蕪串習，始爲平夷之路。天又立太姜，贊助其胥宇，而周之受命時已堅固矣。○三章　上帝省觀岐山，柞棫拔然上竦，松柏兑然開通，焕乎一都會矣。上帝以此作王者之邦，又作配此邦之君。自太伯、王季時，天意已屬文王，故太伯讓而王季立。天性友愛，則能友愛其兄，則能脩德以篤周家之福慶，益顯其兄之能讓。而錫以光榮，受天禄不失，至子孫而奄有天下也。○四章　王季處父子兄弟辭受之際，心迹至難明也。上帝若有尺寸，使量度其心，而慮無不當；又爲清貊其德音，而人無非議。故其德，是非不爽而克明，分别善惡而克類，道德足以先人而克長，政教足以臨民而克君。既受讓以王此大邦，循理安民而克順，慈和愛人而克比。比及文王之世，其德猶在人心，無有遺憾，所以既受上帝之福，延及孫子也。○五章　上帝謂文王，若曰：「天下之禍，皆起于貪欲。惟爾無畔此援彼之心，無内歆外羡之心。雖

處風波危險，獨能脱然先登于岸，可以濟危，亦可以拯人之危也。」帝命之如此，是以密人不恭，敢逆大國，不奉方伯之約，侵阮國至于共地，文王乃赫怒整旅，以按止密人往共之衆，以扶弱鋤彊厚周家之福，答天下仰望之心也。○六章 文王依然在周京，所遣救阮之兵，既遏密人，遂自阮疆出侵密。王師據險，陟高岡而望敵人：無有敢陳師于我之陵者，陵即我之阿矣；無有敢飲水于我之泉者，泉即我之池矣。密人既平，歸附日衆，乃度新原于岐山之南、渭水之側，作豐邑以爲萬邦之方向、下民之歸往也。○七章 上帝謂文王，若曰：「予懷爾之明德：人多脩聲色，惟爾純德穆穆，不張聲名以形迹。人争長諸夏，躁擾變更，惟爾總領諸侯，不求雄長諸夏，以生變革。不識不知，順天理自然之法則，爾何私何怨于人哉！」上帝又謂文王，若曰：「詢訪爾寇讐之方，同爾兄弟之國，以爾攻城之鉤援，與爾臨衝之車，以攻伐崇國之城。爾喜怒奉天理，豈可避讐而縱有罪邪！」○八章 文王之伐崇，始未忍急攻也，臨衝之車，閑閑徐緩，彼崇墉言言高大。我師有執敵之生口訊問者，連連相續，不輕執也。有殺其不降，馘耳以獻功者，安安從容，不輕馘也。是類焉，告其罪于天；是禡焉，暴其惡于神。將以致其來附，而四方聞之，不敢玩侮矣。及崇人怙終不服，臨衝茀茀奮怒，崇墉仡仡堅守，乃擊伐之，縱兵肆之，斬絶其宗嗣，忽滅其國土。四方聞之，誅當其罪，無有違拂也。○莫，定也。二國，夏、商也。耆，遲久意，猶老人曰耆，師久曰老也。武王伐商，遲至十一年，《周頌》云「耆定爾功」；成王誅紂子，遲至五年，《書》云「天惟五年，須假之子孫作民主」：即此意也。憎，惡也。式，用也。廓，大也。言用意爲惡愈大也。眷與睠同，回顧也。作屏、脩平、啓辟，皆芟除也；攘剔，則培植之也。作，

拔起也。菑，木病死者也。翳，死而遮蔽他木者也。脩平，脩治使地平坦也。灌，叢生也。栵，栭栗，槲屬，好叢生。檉，河柳，俗名水楊。椐，腫節可作杖。攘剔，穿剔其繁冗也。檿，山桑，與柘皆可飼蠶及爲弓幹也。串、貫通，習也。夷，平也。載，始也。路，大道也。厥配，太姜也。太姜有異識，故《綿》亦曰「爰及姜女，聿來胥宇」也。作邦，作王國也。對，當也，配也，指文王。因心，自然也。善兄弟曰友。錫，予也。錫光，猶增輝也。蓋王季以弟得國，疑於不友，然其天性友愛，不在形迹，能脩德以篤周祜，於太伯之讓益增光矣。奄，覆也，全有之也。貊，清静也。貊德音，人無非議也。帝，謂天命也。畔，去此也。援，扳彼也。内動曰歆，外慕曰羡。誕，語辭。登岸，脱險也，獨造其極之意。密、阮，二國名。密在今陝西寧州，阮在涇州。大邦，周也。共，阮國地名。徂，往也。按，遏也。對，答也。依，安也。京，岐周也。侵，伐也。侵自阮疆，密人入阮，周師拒之于阮，遂自阮往伐密也。岡陵、泉池，皆密地。我者，蕩平奄有之意。矢，陳也。大陵曰阿。度，謀也。鮮，新善也。將，側也。岐南渭側，即豐也。豐在岐東南三百里，自岐往遷也。方，向也。懷，眷念也。聲，虚名也。色，文飾也。長夏，爲方伯，長諸夏也。革，躁急變更也，如病革、鳥革之革，亟也。帝則，天理自然之則。仇方，有仇之國。怨耦曰仇，指崇，紂黨也。崇侯虎，譖文王於紂，因之羑里。文王伐之，疑於私怨，故託天命以明聖人之無私也。兄弟，與國也。鉤援，雲梯也，所以攻城。臨衝，車名，臨敵衝陣之車。崇墉，崇國之城。言言，高大也。執訊，生擒敵人訊問者也。馘，割耳也。不服者，殺而割其左耳。凡聽嚮任左，罪其不聽也。類，祭告天也。禡，祭始造兵蚩尤也。三苗之黨，不祥之器，故祭曰禡，

罵也。

《皇矣》八章，章十二句。

經始靈臺叶提，經之營之。庶民攻之，不日成之。經始勿亟，庶民子來叶力。○王在靈囿叶郁，麀憂鹿攸伏。麀鹿濯濯，白鳥翯翯霍。王在靈沼叶灼，於烏牣刃魚躍。○虡巨業維樅匆，賁焚鼓維鏞容。於烏論平聲鼓鐘，於樂辟必廱。○於論鼓鐘，於樂辟廱。鼉駝鼓逢逢朋，矇瞍奏公。

《古序》曰：「《靈臺》，民始附也。」毛公曰：「文王受命，而民樂其有靈德，以及鳥獸昆蟲焉。」○朱子改爲民樂文王之詩，非也。周自后稷、公劉、太王、王季，世世積德，千有餘年，而文王勤勞，日昃不暇食，至是始有園囿、臺池、鐘鼓，而後民歡樂之。創業若此其囏，而得民若此其未易也。詩人作是詩，以見文王造周功成。蓋民樂而後君樂，民樂君之樂而後見民樂，文王所以稍釋如傷之憂也。雖民心歸周，非自今始，而文王求寧，今始觀成。故《序》曰「民始附」，善乎知文王也！如徒以園囿、鐘鼓耳，文王豈荒樂者哉？凡《古序》皆寓法戒，明聖人删定之旨。朱子謂文王作靈臺時，民歸周已久，亦高叟之言《詩》矣。○一章 文王之臺，靈異之臺也。始經度之，營謀之，王心方遲回，而衆民已攻作，時未幾而功告成矣。經營之始，王戒民勿亟。庶民如子供父役，悦而忘勞也。○二章 臺下有囿，

亦靈異之囿也。王在靈囿，無論羣黎得所，牝鹿亦馴伏，濯濯然肥澤，白鳥集而翯翯然潔白。囿中有沼，亦靈異之沼也。王在靈沼，於哉魚滿而自躍。凡此品物之得所，孰非王心之豫樂乎？○三章王時遊于辟廱，有鐘鼓之樂。植木爲虡，横板爲業，業上畫采爲牙，其狀樅然。懸大鼓之賁、大鐘之鏞。於哉倫序可聽，此鼓鐘也；於哉人文可樂，此辟廱也。○四章〔一〕於倫哉鼓鐘，於樂哉辟廱。潛聽鼉鼓，逢逢然和鳴。矇瞍方奏樂事，王之樂未終也。○經，度也。營，謀也。直理曰經，周旋曰營。靈，神異也，希貴之辭。攻，作也。不日，不多日也。麀，牝鹿也，牡曰麚加。攸伏〔二〕，得所不驚動也。濯濯，肥澤也。翯翯，潔白也。牣，滿也。虡，植木也。業，横板也。樅，業上畫如齒牙狀，樅樅然也。賁，大鼓。鏞，大鐘。論作倫，聲有條理也。辟廱，天子之學宫。辟、璧通，水環遶如璧也。廱、壅通，壅水成澤，象教化洋溢也。鼉鼓，鼉皮冒鼓。鼉，形似蜥蜴而長丈餘。矇瞍，樂師也。幼而無見曰矇，老而無見曰瞍。或曰：有眸子謂矇，無眸子謂瞍。公，事也，作樂之事也。

《靈臺》四章，二章章六句，二章章四句。○按：舊本作「五章，章四句」，今從朱。

下武維周，世有哲王。三后在天，王配于京叶姜。○王配于京，世德作求。永言配命，

〔一〕「四章」，原作「五章」，諸本同，今改。

〔二〕「伏」，原作「服」，諸本同，音近而誤，今據本篇經文改。

成王之孚叶浮。○成王之孚，下土之式識。永言孝思，孝思維則叶即。○媚茲一人，應侯順德。永言孝思，昭哉嗣服叶白。○昭茲來許，繩其祖武。於烏萬斯年，受天之祜户。○受天之祜，四方來賀。於烏萬斯年，不遐有佐。

《古序》曰：「《下武》，繼文也。」毛公曰：「武王有聖德，復受天命，能昭先人之功焉。」○朱子改爲美武王能纘太王、王季、文王之緒，而有天下，非也。按：此詩稱武王之有天下，以文德不以武功，故篇中不及伐商，而但言其仁信孝順，反覆揄揚。故《序》曰「繼文」，言繼先王文德也。後篇曰「繼伐」，言繼文王武功也。又前篇文王之《雅》畢，此篇始武王，故曰「繼文」。《古序》極精密，朱子以篇中有「成王」字，疑是康王以後詩，固矣。○一章 我周以武定功，然非尚武也。武莫如周，而下武者，亦維周。自先代世有哲王，太王、王季、文王三后，皆忠厚積德，其神在天。而武王脩德，無忝三后，克對于鎬京也。○二章 武王所以配三后于鎬京者，唯於先世文德，作而求之也。其脩身立政，常合天理，天下心悦誠服，非但一人一家信之，能成王者之大信也。○三章 武王能成王者之信，下土之人，誰不取法？所以然者，惟其能孝思三后，久而不忘，故孝思之誠，爲法于天下，豈徒武功云乎？○四章 天下信之式之，則媚愛之矣。所以媚愛此一人，應而不違者，無他，惟以武王有孝先之順德耳。則是武王能長言孝思，昭哉其嗣先王之服矣。○五章 昭明之業，在于今日者，光被于來世，足以上繼三后之迹。於哉萬年之久，大命永集，受天之福矣。○六章 受天之福，則人

心歸之。四方諸侯，莫不來賀。於哉萬年之久，不遠獲屏翰之佐乎？〇下武，猶言左武，不尚武也，遏劉之意。配，對也。媚，愛也。一人，指武王。侯，維也。服，事也。來，方來也。許，猶所也。繩，繼也。祖，三后也。武，迹也。於，嘆美辭。

《下武》六章，章四句。

文王有聲，遹聿駿有聲，遹求厥寧，遹觀厥成。文王烝哉！〇文王受命，有此武功。既伐于崇，作邑于豐。文王烝哉！〇築城伊減洫，作豐伊匹。匪棘其欲，遹追來孝叶畜。王后烝哉！〇王公伊濯，維豐之垣。四方攸同，王后維翰叶賢。王后烝哉！〇豐水東注，維禹之績。四方攸同，皇王維辟必。皇王烝哉！〇鎬京辟廱，自西自東，自南自北，無思不服叶迫。皇王烝哉！〇考卜維王，宅是鎬京叶姜。維龜正叶貞之，武王成之。武王烝哉！〇豐水有芑，武王豈不仕史？詒厥孫謀，以燕翼子。武王烝哉！

《古序》曰：「《文王有聲》，繼伐也。」毛公曰：「武王能廣文王之聲，卒其伐功也。」〇朱子改爲詠文王遷豐、武王遷鎬之事，非也。本誦文、武伐崇革商之功，不獨爲遷國而已。蓋周道親親，禮先繼述，其事莫大于文、武，文王繼先，而武王繼文。詩首尾四章稱文、武者，文始之，武終之也。中四章稱王后、皇王者，繼諸侯而爲天子也。文王伐崇作豐而王業始，武王伐商作鎬而王業成；文王

求寧觀成以始武也，武王燕子詒孫以終文也：故曰「繼伐」。○一章 文王有聲聞，以其能遹述先德而駿大之，所以有聲也。述之以承前而求其安寧，述之以啓後而觀其成功。前有可法，後有可傳，文王其君也哉！○二章 文王無心立功，惟受天命，有此武功。既伐崇國以討罪，又作豐邑以安民，皆非得已也。文王誠君也哉！○三章 其築豐也，掘淢中之土而因以爲城。其作城也，適與制合而不侈大。非急于從己之欲，以廣其都邑；乃述追先人之事，而致來世之孝耳。文王誠君也哉！○四章 文王之事，濯然明白，無有曖昧。其築豐也，維卑小之垣。四方人心，自爾攸同，倚仗以爲楨幹。文王其君也哉！○五章 及我武王繼之，乃作鎬于豐之東。豐水自西東流，入渭注河，此昔大禹平治之績也。四方于此攸同，奉皇王以爲君，一統之業，自是始定。武王其君也哉！○六章 鎬京既建，乃作辟雍，興學校，偃武功，以崇文教。東西南北，無不心服。武王其君也哉！○七章 維王宅鎬，稽疑于卜，龜兆貞吉，王功乃成。所以定丕基、遺後人者，非苟焉而已也。武王其君也哉！○八章 豐水之涯，有白粟之芑生焉。人材長養，猶之嘉穀。武王豈不論才論官而仕之？百年之計，在於樹人，將以遺孫謀而燕安羽翼其子也。得賢裕後，武王其君也哉！○聲，令聞也。遹，述也。駿，大也。烝，君也。淢與洫通，溝也，謂城濠。匹，合也，謂大小合制。《周禮》：「匠人營國，方九里。」《左傳》鄭祭仲云：「先王之制，大都不過三國之一。」皆所謂匹也。棘、急通。來，嗣也。來孝，後人繼先之孝。王后，指文王，追稱之辭。王公，王事也。濯，明也。牆卑曰垣。豐水在豐鎬之閒，東北流入渭，注于河。豐邑在豐水之西，鎬京在豐水之東。自鎬視豐，水西來，故曰「東注」。考卜，稽之卜也。正，貞也。卜吉曰貞，

凶曰悔。成之，言伐商定天下爲王京也。《周書·大誥》曰：「寧王遺我大寶龜，紹天明。」又曰：「我有大事休，朕卜并吉。」即此類。芑，白粱粟也。仕，仕以官也。燕翼，安輔也。

《文王有聲》八章，章五句。○自此以上十篇，皆文、武之詩。朱子因詩中多稱文、武，疑《譜》不足據。夫文、武之《雅》，豈即作于文、武之時？後人追贊祖德，故皆稱謚也。

毛詩原解卷二十六終

毛詩原解卷二十七

生民之什

自此至《板》凡十篇，内《卷阿》以上八篇，成王時詩。《民勞》以下終《蕩之什》，皆《變雅》也。

厥初生民，時維姜嫄叶云。生民如何？克禋克祀叶史，以弗無子。履帝武敏叶米，歆攸介攸止。載震載夙叶夕，載生載育叶亦，時維后稷。○誕彌厥月，先生如達塔。不坼策不副叶迫，無菑無害叶曷。以赫厥靈，上帝不寧。不康禋祀叶史，居然生子。○誕寘至之隘巷，牛羊腓肥字之。誕寘之平林，會伐平林。誕寘之寒冰，鳥覆去聲翼異之。鳥乃去矣，后稷呱孤，叶故矣。實覃實訏叶去聲，厥聲載路。○誕實匍匐，克岐其克嶷亦，以就口食。蓺之荏菽，荏菽旆旆，禾役穟穟。麻麥幪幪猛，瓜瓞唪唪蚌上聲。○誕后稷之穡，有相去聲之道倒。茀厥豐草，種之黄茂叶卯。實方實苞，實種實褎叶保；實發實秀，實堅實好；實穎實栗，即有邰家室。○誕降嘉種，維秬維秠，維穈門維芑起。恒亘之秬秠，是穫是畝叶美。恒之穈芑，

是任是負叶丕，以歸肇祀叶史。〇誕我祀如何？或舂或揄由，或簸或蹂。釋之叟叟搜，烝之浮浮。載謀載惟，取蕭祭脂，取羝以軷叶培。載燔載烈，以興嗣歲叶雪。〇卬昂盛成于豆，于豆于登。其香始升，上帝居歆。胡臭亶時叶始？后稷肇祀叶史。庶無罪悔，以迄于今與歆叶。

《古序》曰：「《生民》，尊祖也。」毛公曰：「后稷生於姜嫄。文、武之功，起於后稷，故推以配天焉。」〇此詩，周公相成王，制禮樂，推后稷配天，敘其功德之隆，見配饗之宜，非祭祀之樂歌。樂歌則《周頌·思文》也。〇一章 我周民始生，實維姜嫄。姜嫄生周民如何？昔爲高辛帝之妃，禋祀高禖，以祓除無子。於時上帝降跡，姜嫄履其拇，歆然感動於郊閒所止之處。載震有身，載夙及期，載生而產，載育而養，是我祖后稷所由出也。〇二章 姜嫄感帝武之祥，彌滿十月，首生后稷，其易如達。不坼裂，不破副，無菑病，無烖害，以顯其靈異。上帝豈不安寧，豈不康享前日之禋祀？使無人道，而徒然生是子也。〇三章 無人道生子，駭以爲不祥。乃棄寘隘巷之中，牛羊過者，以足拊字之，不踐踏也。怪而移之平茂之林，會有人來伐平林者。乃棄之寒冰之上，有鳥以羽蓋而護之。於是始知其爲異兒也，將往收之。鳥乃飛去，后稷呱然而泣，其聲覃長訏大，載滿道路。經歷多難，而神氣不損，所謂天授也。〇四章 方其爲孩提，手足匍匐並行。稍長，岐嶷然能行立。既免乳，就口自食，遂爲種植之事。種大豆之荏菽，則旆旆然枝旟揚起。種禾，則行列穟穟然多穗。種麻麥，則幪幪然茂密。種瓜瓞，則唪唪然多實。蓋幼而天性生知矣。〇五章 及其壯也，堯命爲稷，有輔相造化之道。

教民耕稼，先茀除豐茂之草，後擇種之色黃而茂生者種之。實方而齊畝，實苞而茂密，實種而初播，實褎而遂長，實發而生莖，實秀而吐穗，實堅而粒漸滿，實好而無災害，實穎而穗垂，實栗而不秕。教民有功，堯乃即姜嫄母家之邰國，封稷以爲家室焉。○六章 稷既封邰，乃啓廟祀，誕降嘉種，耕助以供御廩。有黑黍之秬，中有一稃二米之秠，有赤粱粟之穈，有白粱粟之芑。徧種秬秠，既成而穫，計之以畝。徧種穈芑，既成而肩任背負，以歸爲粢盛酒醴，周之廟祀，自此始矣。○七章 有邰肇祀，其禮如何？嘉種既歸，納于臼以舂。既舂矣，揄米出臼，簸揚其糠，又蹂禾取穀繼之。米成而淅以水，其聲叟叟。烝以釜甑，其氣浮浮。爲粢盛酒醴者備矣，其將祭也。載謀而禮無不議，載惟而慮無不周，敬之至也。取蕭脂焚之，升臭以祭宗廟；取牡羊以軷祭行道之神：內外之祀皆舉矣。取肉著火而燔之，炙于火而烈之，薦獻之物備矣。脩今年之祀，所以興起來年，嗣續于不替也。○八章 即今王業維新，南郊之祀，尊稷以配天。盛菹醢于木豆，盛大羹于瓦登，大饗貴質也。馨香之氣方升，上帝即安饗之。是何芳臭之薦，誠得其時乎？所以致居歆者，不在芳臭也。蓋自我后稷封邰始祀，有相之功，克配彼天，庶無罪過悔恨，以至今日矣。居歆之速，豈偶然哉！○時，是也。姜姓，嫄名，帝嚳高辛氏之妃，有邰氏女。弗言祓也，除不祥曰祓。祓無子，求有子也。古者春分玄鳥至，天子率後宮郊祀高禖，祈嗣也。帝，天帝也。武，足跡也。敏作拇，大指也。歆，動也。介，閒也。止，立也。震、娠通，有身而震動也。夙、宿通，息也，靜以待十月之期也。誕，發語辭。彌，滿也，滿十月也。先生，初生也。達，通也，或作羍，羊子易生也。坼，裂也。副、劈通，破也。居然，徒然也，無人道而徒生也。寘與置

同。腓，肘也。字，愛也。覆翼，以羽翼覆蓋之也。林茂則平。姜嫄以春分孕，彌月生，正寒冰之時也。呱，兒啼聲。覃，長也。訏，大也。匍匐，手足並行也。岐嶷，始行立之貌。就口食，自取食就口，不須乳哺也。蓺荏菽以下四種，皆兒嬉之事。蓺，種也。荏菽，大豆，一名戎菽。禾役，禾之行列。穟，穗也。唪唪，小瓜貌。相，助也，言贊化育也。茀，去也。豐草，茂草也。黄茂，嘉穀也。黄，土色，《洪範》云「土爰稼穡」，五穀色多黄。茂，易生也。方，齊等也。種，播種也。褎、褏通，長也。穎，穗末垂也。栗，粒飽滿也。邰，姜嫄母家。降嘉種，樹藝以供祭祀也。秬，黑黍。秠，即黑黍一稃二米者也。穈，赤粱粟。芑，白粱粟。黍以爲酒醴，粟以爲粢盛。恒與亘同，竟也，謂徧種也。《考工記·弓人》云「恒角而達」，與此恒同。揄，取米出臼也。蹂，踐禾取穀也。釋，水洮米也。謀，卜日之類。惟，擇士之類。言謀慮思惟，無所不戒備也。羝，牡羊。祭行神曰軷。遠行跋山，封土爲神主象山，祭畢以車轢其上而過，示無險難也。嗣歲，繼今以後之歲。卬，我也。木曰豆，以盛菹醢；瓦曰登，以盛大羹。胡，何也。臭，香也。亶，信也。時，善也。迄，至也。〇按：姜嫄感帝武之祥而生稷，其事近誕，故《毛傳》謂帝爲帝嚳，姜嫄從帝嚳郊祀，履嚳之武而將事齊敏，遂歆然有身。此説雖似，然詩敘無父被棄之事甚明，稷所以得名棄者以此。詩不頌帝嚳而推本姜嫄，正明其無父耳。如以帝爲嚳，則《魯頌·閟宫》亦云「上帝是依」，豈亦嚳乎？事之有無，雖不可知，而詩本神其事，難別作解也。

《生民》八章，四章章十句，四章章八句。〇舊本第三章八句，第四章十句。《朱傳》改第三章十句，第四章八句，今從之。

敦團彼行葦，牛羊勿踐履。方苞方體，維葉泥泥叶禰。戚戚兄弟，莫遠具爾。○或肆之筵，或授之几叶以。肆筵設席，授几有緝御叶語。○或獻或酢作，洗爵奠斝假，叶角。醓毯醢以薦叶爵，或燔或炙叶灼。嘉殽脾皮臄覺，或歌或咢惡。○敦弓既堅叶斤，四鍭既鈞。舍上聲矢既均，序賓以賢叶勤。○敦弓既句姤，既挾夾四鍭。四鍭如樹叶黍，序賓以不侮。○曾孫維主，酒醴維醹乳。酌以大斗，以祈黄耇。○黄耇台背，以引以翼。壽考維祺，以介景福叶必。

《古序》曰：「《行葦》，忠厚也。」毛公曰：「周家忠厚，仁及草木。故能内睦九族，外尊事黄耇，養老乞言，以成其福禄焉。」○朱子改爲祭畢而燕父兄耆老之詩，謂《序》不知比興之體與全詩本義，但見勿踐行葦，便謂「仁及草木」；但見戚戚兄弟，便謂「睦九族」；但見黄耇，便謂「養老」；但見祈黄耇，便謂「乞言」；但見介爾景福，便謂「成福禄」：隨文生意，無復倫理。此説非也。蓋《古序》惟首一句，而毛公撿括詩中語，發明首句忠厚之意。詩雖不主仁及草木，而以行葦比，則草木也。雖未嘗專爲養老乞言，而已有優高年、領教誨之意。推廣而言，未爲不可。六經唯《詩》言可旁通，性情之旨，悠緩含蓄，與他文字根株不移者殊科。毛氏深得解，而《古序》簡約，周道親親，故但曰「忠厚」。如《朱傳》燕父兄耆老，詩中已具，成贅語矣。其以行葦比者，古路在井間，旁近溝洫，多生蘆葦，牛羊往來踐踏，故以爲比。朱子誤以爲無義之興，非《序》之咎。○一章 敦然聚生道旁之蘆葦，勿使牛羊踐踏，則並苞而成叢，並體而成莖，新生之葉，泥泥然柔澤矣。兄弟本同一氣，戚戚親愛，

莫遠具近，則同氣相依，自不至閒隔矣。○二章　兄弟既集，或陳之筵以坐，或授之几以依。既肆筵於地，又加席於筵，既授之几，又續之侍御。所以安其體，供其使令者，無弗備也。○三章　登筵之後，主人酌酒獻賓，賓卒爵更酢主人。主人卒飲，又洗爵酬賓，賓受而不飲，奠其斝焉。其薦有多汁之醓，有肉醬之醢，或以肉傅火而燔，或以肝近火而炙。其美殽，有胃屬之脾、口肉之臄；其樂，或比琴瑟而歌，或徒擊鼓而咢也。○四章　燕必有射。雕畫之弓既勁，射必四矢；四矢之鍭既調，四矢皆舍。彼我均中，則次序衆賓，以中多者爲賢，而飲其不賢也。○五章　敦弓既句而引滿，四矢既挾而盡發，皆如手樹侯中。彼此巧力相當，則序次衆賓，以不陵侮者爲賢，而飲不賢也。○六章　射禮既畢，即席終燕。主燕者，本宗之曾孫也。其酒醴味厚而醹，用長柄之大斗挹酒，以酌兄弟中之黄耇。於是語，於是道古，而求其教誨也。○七章　黄髮耇儓者，其背駘駝〔一〕，年高而德卲。告曾孫以善道，引導輔翼，使曾孫壽考吉祥，助之以大福也。○敦，團聚也。行，路也。葦，蘆也。方，齊也。體，幹也。泥泥，新葉柔潤也。肆，陳也。鋪襯曰筵，藉之曰席。筵迫地，席加於筵上也。几，所以憑。緝，不絕也。御，侍也，謂更僕也。斝，爵類。奠，置也。醓，醢汁也。醢，肉醬也。脾，肚屬。臄，口上肉也，口下曰函。歌，比於琴瑟。咢，徒擊鼓也。敦、追通，雕也，天子之弓雕畫。鍭，矢之有鏃者。鈞、均通，調也。矢前有鏃重，三分其矢，一在前，二在後，乃均調也。既鈞，兩人皆中也。賢，勝也。句與彀通，

〔一〕「黄髮耇儓者，其背駘駝」，北大本同。臺圖本、歷彩本、湖圖本作「黄髮耇儓老，背有鮐文」。

引滿也。兩物夾一曰挾。矢上弦，夾於大二指間，謂之挾。禮：每射四矢，措三矢於帶間，挾一矢以發，又挾，至四矢皆挾則盡發矣。如樹，如以手植侯中，言巧也。不侮，謂不倨傲也。曾孫，宗子之稱，成王也。醹，厚也。大斗，大杓也，柄長三尺，所以挹酒。祈，求教也。燕禮於旅酬時乃相語。《樂記》云「於是語，於是道古」，求教誨於老人也。台作鮐，《莊子》有「哀駘駝」，老人痀僂之狀。或曰：背有紋，如鮐魚也。

《行葦》七章，二章章六句，五章章四句。○按：《鄭箋》作「八章，章四句」，《朱傳》作「四章，章八句」，今從毛。

既醉以酒，既飽以德。君子萬年，介爾景福叶北。○既醉以酒，爾殽既將。君子萬年，介爾昭明叶芒。○昭明有融，高朗令終。令終有俶叔，公尸嘉告叶谷。○其告維何？籩豆靜嘉叶戈。朋友攸攝，攝以威儀叶俄。○威儀孔時叶始，君子有孝子。孝子不匱，永錫爾類。○其類維何？室家之壼悃。君子萬年，永錫作胤叶引。○其胤維何？天被爾祿。君子萬年，景命有僕。○其僕維何？釐離爾女士。釐爾女士，從以孫子。

《古序》曰：「《既醉》，太平也。」毛公曰：「醉酒飽德，人有士君子之行焉。」○朱子改爲父兄答《行葦》，非也。成王之世，周道綦隆，朝野安寧，祭祀以時，燕饗以禮，君臣相悅。臣子

願君昭明其德，景福萬年，室家咸宜，胤祚永昌，所以爲太平，祝頌而寓箴規也。然詩實因祭祀燕飲作，而《序》不及，何也？《正大雅》與《正小雅》異。《正小雅》記先王善政，《正大雅》表先王君德，故《小雅》序事，《大雅》序義。詩言「醉飽」即燕飲，言「尸告」即祭祀，故《序》不復贅，但約其義。而毛公以明良相悦、濟濟多士釋太平之義，亦不及祭祀獲福者，詩志不主祭祀也。朱子謂爲孟子「斷章」所誤，過矣。蓋忠厚莫先於親，親故有《行葦》；太平莫樂於燕飲，故有《既醉》；守成莫重於宗廟，故有《鳧鷖》：《序》各有攸當也。○一章 君子燕飲，既醉我以酒，其恩誼篤厚。又飽我以德，朝廷清穆，天下和平，今固有景福矣。願君子萬年，助爾光大之福，如一日焉。○二章 既醉以酒，爾殽既進，天下無事，君臣和樂，非脩德莫享此。願君子萬年，介爾昭明之德，以永此福也。○三章 君子德之昭明，必進于有融，欲浄理還，勿遺瑕纇可也；高明必期于善終，日新不已，勿或昏怠可也。冲人嗣服，清明未染，所謂善終者已有其始；祖考居歆，公尸以吉祥告，令終可知矣。○四章 告以吉祥維何？君子奉祭，籩豆之物，清浄嘉美；王之臣隣爲朋友者，助攝祀事，皆有嚴恪之威儀。是君臣同德也。○五章 朋友威儀既甚宜，君子又有仁孝之子助獻。孝子繼君子之誠意不竭，父子君臣，同心感格，故永錫爾以衆善之類也。○六章 錫類維何？室家宫壼之中，和氣孕毓之地，君子萬年，永錫爾福禄與子孫，祚、胤兩全也。○七章 其胤維何？有子孫無福禄，其胤不全。錫爾以胤，必被爾以福禄，使君子萬年，大命於子孫僕屬，是錫爾以胤之類也。○八章 命僕維何？有福禄無子孫，其祚不全。錫爾以祚，必先予爾以女之若士者，使孫子隨之，是錫爾以祚之類也。如是，

則太平之福，萬年令終矣。○介，助也。景，光大也。昭明，明德也。融，明無雜也。高朗，猶高明也。俶，始也。公尸，尸之尊稱。嘉告，以吉祥告，即嘏辭也。靜嘉，清潔而美也。朋友，指賓客助祭者。攝，助也。孝子，君嗣也。禮：特牲饋食，獻尸畢，將旅酬，主人嗣子入舉奠，是也。不匱，不窮也。類，善也。壼與閫通，宮中之巷也。祚，福也。胤，子孫也。僕，附屬也。釐，予也。女士，女賢如士者。從，隨也。

《既醉》八章，章四句。

鳧扶鷖衣在涇，公尸來燕來寧。爾酒既清，爾殽既馨，公尸燕飲，福禄來成。○鳧鷖在沙叶梭，公尸來燕來宜叶俄。爾酒既多，爾殽既嘉叶戈，公尸燕飲，福禄來爲叶訛。○鳧鷖在渚，公尸來燕來處。爾酒既湑，爾殽伊脯，公尸燕飲，福禄來下叶虎。○鳧鷖在潨叢，公尸來燕來宗。既燕于宗，福禄攸降叶工，公尸燕飲，福禄來崇。○鳧鷖在亹門，公尸來止熏熏。旨酒欣欣，燔炙芬芬，公尸燕飲，無有後艱叶勤。

《古序》曰：「《鳧鷖》，守成也。」毛公曰：「太平之君子，能持盈守成，神祇祖考安樂之也。」○朱子改爲祭之明日繹而賓尸之樂，非也。祭而賓尸，常禮。詩既言燕尸矣，故《序》不復贅，但表其守成，以志周道之盛。王者所承事，莫大於神祇祖考。天下有道，九廟安妥，百神效靈。公尸醉

飽，則孝子之守成可知矣。鳧鷖，性謹愿，江湖泳游，有安樂之象。鳧鷖之言負扆，在涇之言在京，以比守成。鳧善没，鷖善浮，有變化出没之象，以比鬼神。天曰神，地曰祇。公尸者，神祇祖考之所依。公尸安，即神祇祖考安；神祇祖考安，即持盈守成之效矣。内外非一祭，祭非一尸。首章「鳧鷖在涇」，動而浮，象天神之尸也。天主氣，故曰清曰馨。天生，故曰成。二章「在沙」，静而宿，象地祇之尸也。地主形，故曰多曰嘉。地作，故曰爲。三章「在渚」，渚，小丘，象山川社稷之尸也。主蓄儲，故曰湑、脯。禮卑天地，故曰下。四章「在潨」，衆也，象羣主九廟之尸也，故曰宗。烝嘗備禮，故不言酒殽。上祀禮尊，故曰崇。五章「在亹」，門也。凡繹皆于門，每歲春夏，門户有專祭，是五祀之尸也。小祀尚飲食，故曰欣曰芬。禮尤卑，故曰後。不言福禄，天子之福禄，非户、竈、門、行所得司也，無艱而已。歷舉公尸，見百神懷柔，《序》所以謂之「神祇祖考安樂」此也。鄭説彷佛而未盡，《朱傳》則憒憒耳矣。○一章 鳧鷖在涇，浮而動者陽之靈。公尸率神而從天，猶此也。今者來燕，不既安寧乎？爾酒清殽馨，與公尸燕飲，神其以福禄來成就爾矣。○二章 鳧鷖在沙，沈而静者陰之靈。公尸居鬼而從地，猶此也。今者來燕，不既得宜乎？爾酒多殽嘉，以與公尸燕飲，其以福禄助爾矣。○三章 鳧鷖在渚，飲啄得所。山川諸材，社稷養民，公尸象之，猶此也。今者來燕，不亦安處乎？爾酒既湑，爾殽既脯，以與公尸燕飲，則福禄下積，國家受賜矣。○四章 鳧鷖在衆水之會，則羣集矣。九世之廟，公尸聚而來燕，其禮不既尊乎！向者薦獻，既燕于宗廟而降福。今繹行燕飲，福禄之來，益增崇矣。○五章 鳧鷖在兩岸之門，得所止矣。五祀有門户之祭，而繹行於門外，亦猶是也。公尸

來止，熏熏和樂。旨酒欣美，燔炙芬香，公尸燕飲，百神咸悅，永無後艱矣。○鳧，野鴨。鷖，鷗也，一名水鴞。涇，水名。公尸，尸之尊稱。來燕，來作賓于廟門外也。爾皆指王。宜，安也。湑，泲酒去糟也。潨，衆水會也。來宗，尊也。于宗，廟也；燕于宗，祭受薦獻也。亹，門通，水流峽中，兩岸如門也。

《鳧鷖》五章，章六句。

假嘉樂洛君子叶則，顯顯令德。宜民宜人，受祿于天叶廳。保右命叶明之，自天申之。○干祿百福叶必，子孫千億。穆穆皇皇，宜君宜王。不愆不忘，率由舊章。○威儀抑抑，德音秩秩。無怨無惡去聲，率由羣匹。受福無疆，四方之綱。○之綱之紀，燕及朋友叶以。百辟卿士，媚于天子。不解懈于位叶涖，民之攸塈戲。

《古序》曰：「《假樂》，嘉成王也。」○朱子改爲公尸答《鳧鷖》，非也。詩本美成王，而《序》不言美者，美刺，詩之變也。至德無稱，故正《風》《雅》無美刺。《序》言「嘉」，取篇首「嘉樂」，以括全詩之義。猶「漢廣」言「德廣」，「蕩蕩上帝」言「天下蕩蕩」，斷章取義也。○一章 嘉哉可樂之君子，有顯顯昭明之美德。能宜在下之民而百姓安，宜在位之人而百官悅，以是受福祿于天。保安之，右助之，錫命之，反覆重申之無已也。○二章 君子有令德，以干天祿，而得

百福。子孫之多，至于千億，莫不穆穆然敬，皇皇然美。宜其爲君，宜其爲王，不愆過，不遺忘，以率由祖考之舊法。是君子令德宜子孫也。○三章 君子之威儀，抑抑然愼密；德音，秩秩然有常。能無私怨，無作惡，虛心以率從羣賢，故受福無疆，爲四方所繫屬也。○四章 總攬百度，綱焉而政無不張，紀焉而事無不理。明主勵精于上，故寮寀無事，臣隣從容。外而百辟，內而卿士，欣逢盛世，媚愛明主，陳力效忠，不敢懈惰，民亦賴以休息矣。○假，升也，通作嘉，尚也，美辭。《禮記·中庸》篇引此詩作「嘉樂」，是也。穆穆，敬也。皇皇，美也。宜君，支庶也。宜王，嫡嗣也。率由羣匹，信從善類也。燕，安也。塈與暨通，息也。

《假樂》四章，章六句。○此詩或分六章，章四句。因舊解「穆穆皇皇」「抑抑秩秩」等語，或作子孫，或作成王，不類，故疑分章之誤；謂「不愆不忘，率由舊章」「無怨無惡，率由羣匹」兩對語，似皆指成王。今按：「宜君」，明是子孫之爲支庶者；不愆忘，率舊章，正是子孫事。仍舊四章爲是。《朱註》併「威儀抑抑」二章，俱作稱願嫡嗣解，則牽强矣。

毛詩原解卷二十七終

毛詩原解卷二十八

篤公劉，匪居匪康，迺埸亦迺疆，迺積迺倉。迺裹餱糧，于槖于囊，思輯用光。弓矢斯張，干戈戚揚，爰方啓行叶杭。○篤公劉，于胥斯原，既庶既繁。既順迺宣，而無永嘆叶灘。陟則在巘偃，叶言，復降在原。何以舟叶招之？維玉及瑶，鞞丙琫卜上聲容刀。○篤公劉，逝彼百泉，瞻彼溥原。迺陟南岡，乃覯于京叶姜。京師之野叶汝，于時處處，于時廬旅，于時言言，于時語語。○篤公劉，于京斯依。蹌蹌濟濟上聲，俾筵俾几〔一〕。既登乃依叶以，乃造其曹。執豕于牢，酌之用匏。食嗣之飲叶印之，君之宗叶贈之。○篤公劉，既溥既長，既景乃岡。相其陰陽，觀其流泉。其軍三單丹，叶蟬，度其隰原。徹田爲糧，度其夕陽，豳居允荒。○篤公劉，于豳斯館貫。涉渭爲亂，取厲取鍛段。止基迺理，爰衆爰有叶以。夾其皇澗，遡素其過戈澗。止旅迺密，芮蕤去聲鞫之即。

《古序》曰：「《公劉》，召康公戒成王也。」毛公曰：「成王將涖政，戒以民事，美公劉之厚於民，

〔一〕「几」，北大本同，臺圖本、公文本、湖圖本作「凡」，形近而誤。

而獻是詩也。」○周自后稷，當唐虞時，受封于邰。至夏中衰，棄稷不務，后稷之孫不窋拙，失其世官，竄於西戎。不窋之孫公劉，復脩世業，始營豳居，是周之始造也。召公歌其事，示嗣王，使勿忘先業，猶周公之詠《七月》也。○一章 立國之道，淳固則可久，佻薄則易壞。篤實哉，我祖公劉之爲君！當草昧之初，匪敢居處，匪敢安康，乃埸疆以治其田，迺積倉以儲其粟，乃裹其乾餱米糧，于小橐大囊。思安輯其民，光顯其國，乃張弓矢，干盾、戈戟、戚斧、揚鉞，始自邰啓行，遷于豳焉。○二章 篤實哉，公劉！往相此豳之原，從者繁庶，皆情順喜遷，布散宣居，無有不樂而永嘆者。既陟山頂之巘，以望形勢；復下廣平之原，以察邑居。身所舟帶何物？維玉與瑶，佩刀有鞸，鞸上飾琫，而刀有威武之容也。○三章 篤實哉，公劉！將營度邑居，往彼百泉，察衆水所聚，以瞻廣原。升南山之岡，以觀高丘之京。即此京丘衆聚之野，作民居以處其處，作客舍以廬其旅，將施教令而言其言，將議政事而語其語也。○四章 篤實哉，公劉！宫室既成，乃于京師，依然安居。羣臣蹌蹌濟濟，使肆之筵，使設之几。既登其筵，乃依其几，乃造牧羣，執豕于牢。殺用特牲，從其儉也；酌用匏器，尚其質也。食之以饌，飲之以酒。異姓則爲之君，同姓則爲之宗，情洽而分辨也。○五章 篤實哉，公劉！營建既畢，則壤定賦。是時豳地既廣且長，乃揆日影以辨東西南北，升高岡以相陰陽向背，觀流泉以察水利灌溉。使民家出一人，以供征役，足大國三軍之數。量度下隰與高原之田多寡肥瘠，什一而徹。又度梁山以西夕陽之地廣之。豳居信乎其荒大矣。○六章 篤實哉，公劉！國邑既成，新附者多，乃于豳作館以居之。使人涉渭爲横渡之舟以通往來，取石爲礪，取鐵爲鍛，以供營造。既定其止居之基，乃疆理其新授之田。相續而

來者，愈多愈有，或夾皇澗兩岸，或遡過澗上流。止居之衆日密，至有就芮水之外而居者矣。○篤，厚也。馬不進曰篤，勞頓遲重之意。埸，田塍也。小曰槖，大曰囊。戚，斧也。揚，鉞也。方，始也。啓行，開道也，軍前曰啓。于胥，往相也。斯原，指豳地也，廣平曰原。宣，徧也。永嘆，長嘆也。巘，山頂也。舟，帶也。瑶，美玉也。鞞、鞛同，刀鞘也。琫，鞘上飾。容刀，武容之刀，《禮》曰「戎容暨暨」。或曰飾也，或曰藏也。百泉，衆流也。溥原，廣原。京，高丘也。師，衆也。處，居民也。廬，寄居也。旅，賓旅也。言，教令也。語，謀議也。依，安也。造，適也。曹，羣也。牢，養豕處。饗以大牢而用豕，新國殺禮也。宗，尊也。景，考日景也。曠野之地，視日景乃知方向也。岡，登山岡也。陰陽，地寒煖也。三，三軍也。單，盡也。每家出一人，家家盡出，賦役均也。猶《周頌》言「單厥心」，《禮·郊特牲》言「社事單出里」，《大傳》言「戚單于下」，《祭義》言「歲既單」，皆盡也。隰，下濕也。山之西曰夕陽，豳在梁山西。荒，大也。館，客舍也。亂，舟之絶流横渡者，《禹貢》曰「亂于河」是也。厲，砥石也。鍛，治鐵也。止基，止居之基。理，授田也。皇、過，二澗名。旅，客也，新遷曰旅。芮，水名，《禹貢》作「汭」。水内曰汭，水外曰鞫。即，就也。

《公劉》六章，章十句。

泂迥**酌彼行潦**老，叶吕，**挹**揖**彼注兹**叶紫，**可以餴**分**饎**熾，叶恥。**豈弟君子**與兹叶，**民之父母**叶米。

○洞酌彼行潦〔一〕，挹彼注兹，可以濯罍雷。豈弟君子，民之攸歸叶葵。○洞酌彼行潦，挹彼注兹，可以濯溉叶既。豈弟君子，民之攸塈戲。

《古序》曰：「《洞酌》，召康公戒成王也。」毛公曰：「言皇天親有德，饗有道也。」○朱子謂《序》語意疎，非也。朱以「洞酌」三句爲無義之興，而毛以爲「黍稷非馨」之比。蓋餴饎濯溉，祭祀之事。孟子云「雖有惡人，齊戒沐浴，可以事上帝」，況有道德如豈弟君子者乎？故以行潦比。「皇天親有德，饗有道」，所謂「明德惟馨」也。○一章 道閒之積水，非甚明潔也。遠取而酌之彼器，以待澄清，然後挹取而注之此器，亦可灌沃餴米，爲酒食以供神明。人能洒濯自新，則精誠可格天；而況豈弟樂易之君子，實爲民父母，明德之薦，不馨于黍稷乎？○二章 遠酌行潦，挹彼注此，猶可濯祭器之罍；況豈弟君子，爲人心所歸，不可以格鬼神乎？○三章 遠酌行潦，挹彼注兹，猶可濯溉；而況豈弟君子，民所安息，不可以孚祖考乎？○洞，遠也。行潦，道傍積水也。餴，米蒸一熟也。饎，酒食也。罍，祭器也。溉，洗也。

《洞酌》三章，章五句。

有卷拳者阿，飄風自南叶林。豈弟君子，來游來歌與阿叶，以矢其音。○伴奐爾游矣，

〔一〕「洞酌彼行潦」，北大本同，臺圖本、公文本、歷彩本、湖圖本作「洞酌彼彼行潦」，誤重。

優游爾休矣。豈弟君子，俾爾彌爾性，似先公酋囚矣。○爾土宇昄板章，亦孔之厚叶虎矣。豈弟君子，俾爾彌爾性，百神爾主矣。○爾受命長矣，茀祿爾康矣。豈弟君子，俾爾彌爾性，純嘏假爾常矣。○有馮平有翼亦，有孝有德，以引以翼。豈弟君子，四方爲則。○顒顒容卬卬昂，如圭如璋，令聞問令望叶亡。豈弟君子，四方爲綱。○鳳凰于飛，翽翽諱其羽，亦集爰止。藹藹王多吉士史，維君子使，媚于天子。○鳳凰于飛，翽翽其羽，亦傅于天叶廳。藹藹王多吉人，維君子命，媚于庶人。○鳳凰鳴矣，于彼高岡。梧桐生矣，于彼朝昭陽。菶菶卜上聲萋萋，雝雝喈喈叶雞。○君子之車，既庶且多。君子之馬，既閑且馳叶駝。矢詩不多，維以遂歌。

《古序》曰：「《卷阿》，召康公戒成王也。」毛公曰：「言求賢用吉士也。」○朱子改爲召康公從成王遊于卷阿，因王歌而和之，非也。毛云「求賢」者，擇相也；「用吉士」者，審庶官也。人主擇相，相擇庶官，則羣賢輔而天下治。召公教王求豈弟君子，以用吉士，媚天子而愛庶民，猶《秦誓》之求休休一个臣也。德莫大于豈弟，指周公之爲冢〔一〕宰，以流言避位，而成王疑忌師保。召公不懌，故作此詩諷王。末章及車馬，欲王迎周公復相位，以安庶官耳。及公歸，亦作《君奭》。師保

〔一〕「冢」，原作「冡」，諸本同，形近而訛，今據《毛詩序說》改。

同心，吐握下士，周道以隆。所謂「豈弟君子，俾爾彌性」者，此也。《朱傳》以君子爲成王，誤矣。南風、卷阿，比人主温恭好賢。檐下曰阿，鄭以爲山阿，而朱子因謂王與召公遊卷阿之上，尤誤矣。《考工記》云「四阿重屋」，《士昏禮》亦云「當阿東南〔一〕」，秦有阿房，亦謂深宫曲房也。後世詩有「熏風自南來，殿角生微涼」之句，即用卷阿飄風南來之意。○一章 有卷然曲之檐阿，則迴旋之飄風自南來。堂高檐曲，故熏風迴旋以入。人主屈己虚懷，則善言樂告，亦猶此。大賢負易簡之德，豈弟之君子也。庶其觀光而來遊乎，喜起而來歌乎！君臣相悦，意氣交暢，有懷必吐，以陳其德音矣。○二章 方今運際昇平，伴涣哉，爾之游閒也；萬幾清宴，優游哉，爾之休息也。必有豈弟之君子，乃能薰陶輔養，使爾彌其德性，進脩罔懈，繼續先公艱難之業，永有終矣。○三章 爾今土宇，内夏外夷，昄大章明，無⿰身危⿸厂危之患，何孔厚也。必有豈弟之君子，輔養君德，使爾彌益其德性，永爲内外百神之主矣。○四章 爾承受累世之命，其來長矣。無締造之勞，福禄爾集，亦既康矣。必得豈弟君子，使爾彌久其德性，則純全之福，可常享矣。○五章 賢材無盡，有可憑以爲依者，有可翼以爲輔者，有孝行者，有道德者，以引爲先後，以翼爲左右。有豈弟君子，以端百揆，則衆正向風，四方自爲之則矣。○六章 其容貌顒顒然莊嚴，卬卬然高朗；其德行純粹，如圭璋之貞潔；聞之則有美聲，望之

〔一〕「東南」，諸本及《毛詩序説》同。按：《儀禮·士昏禮》云「賓升西階，當阿，東面致命」，則此「東南」似爲「東面」之誤。

則有善儀。如此者，真豈弟之君子也。碩德重望，不爲四方之綱領乎？○七章 鳳凰文明之瑞，翽翽然飛集于所止。羣賢猶鳳凰也，馮翼孝德，藹藹王多善士，但得豈弟君子，休休有容，惟其所使，皆媚愛乎天子矣。○八章 鳳凰于飛，翽翽其羽，翔千仞而上，亦傅于天矣。羣材，靈鳳也。藹藹王多善人，但得豈弟君子，惟其所命，而媚愛庶民矣。○九章 鳳凰之鳴，不于卑陋，必于高岡明顯之地；梧桐之生，不于幽谷，必于朝陽向明之方。二物相須也。梧桐菶菶萋萋而茂盛，則鳳凰雝雝喈喈而來鳴。賢才之擇主，亦若此矣。○十章 今君子之車，既衆且多矣；君子之馬，既閑且馳矣。有此車馬，不用以徵聘錫予，不爲長物乎？陳詩不多，維以此事遂作歌耳，非敢自以爲來游之歌也。○卷，曲也。曲阿，猶言曲榭迴廊也。飄風，回風也。自南，和氣也。君子，指大賢。矢，陳也。伴奂，安舒也。彌，增益也。性，德性。似，嗣也。先公，指太王以上，王業所自起也。酋，終也，久也。昄，大也。章，明也。茀禄，即福禄。馮、憑通。顒顒，莊敬貌。卬卬，高朗貌。翽翽，羽聲。藹藹，衆盛貌。梧桐，一木，山東曰朝陽。菶菶萋萋，茂盛貌。

《卷阿》十章，六章章五句，四章章六句。○按：自此以上十八篇，文、武、成三王之詩。《古序》次第井然，義理明切，有何牽强附會？而《朱傳》一切改作，誠所未喻。

民亦勞止，汔隙**可小康。惠此中國，以綏四方。無縱詭隨，以謹無良。式遏寇虐，憯不畏明**叶芒。**柔遠能邇，以定我王。○民亦勞止，汔可小休。惠此中國，以爲民逑。無**

縱詭隨，以謹惛怓奴。式遏寇虐，無俾民憂。無棄爾勞，以爲王休。〇民亦勞止，汔可小息。惠此京師，以綏四國叶亦。無縱詭隨，以謹罔極。式遏寇虐，無俾作慝。敬慎威儀，以近有德。〇民亦勞止，汔可小愒器。惠此中國，俾民憂泄異。無縱詭隨，以謹醜厲。式遏寇虐，無俾正敗叶備。戎雖小子，而式弘大叶帝。〇民亦勞止，汔可小安。惠此中國，國無有殘。無縱詭隨，以謹繾綣叶權。式遏寇虐，無俾正反叶煩。王欲玉女，是用大諫叶平聲。

《古序》曰：「《民勞》，召穆公刺厲王也。」〇朱子改爲同列相戒，非也。古人戒君，不敢直斥，至呼「藎臣」「僕夫」。豈可拘篇中稱「爾」「戎」「小子」，便謂戒同列乎？〇一章 國以民爲本，今民亦疲勞矣，庶幾可小安乎？京師四方根本，愛此京師之民，以安四方可也。民之不安，由于小人。無縱詭詐隨順之輩，使讒諂不行，以防無良之人；遏止寇虐之慘然不畏天命者，則可柔撫遠方，順習畿甸，而安定我王矣。〇二章 民亦勞止，汔可小休乎？愛此中國，以爲民聚。勿縱容詭隨，以防其讙譁；用遏寇虐，無使民憂。庶不毀爾前功，爲王治平之美矣。〇三章 民亦勞止，庶可止息乎？惠此京師，使四國即安。無縱詭隨，以防其不測；式遏寇虐，無使爲隱慝。能敬慎威，儀親近有德，則邪慝自遠矣。〇四章 民亦勞止，庶少愒息乎？惠此中國，使民憂患泄除。無縱詭隨，以防醜惡之輩；式遏寇虐，無使正道敗壞。汝雖小子，關係弘大，不可不謹也。〇五章 民亦勞止，庶可小安，惠此中國，使無殘傷。無縱詭隨，以防固結之姦；式遏寇虐，無使正道反常。王欲愛汝，是用大諫正于汝也。〇汔，

庶幾也。中國，京師也。詭隨，詭詐順隨也。寇虐，賊害也。憯，慘通，殘忍也。明，明命也。柔，安也。能，習也。遠則柔以安之，近則能以習之。逑，聚也，猶好逑之逑。惛怓，猶讙譁，亂聽也。罔極，不測也。愒，息也。泄，去也。正敗，正道敗壞也。戎，汝也。繾綣，小人固結也。正反，正道反覆也。玉女，寶愛汝也。

《民勞》五章，章十句。

上帝板板，下民卒癉亶。出話不然，爲猶不遠。靡聖管管，不實於亶。猶之未遠，是用大諫叶簡。○天之方難叶念，無然憲憲叶獻。天之方蹶貴，無然泄泄異。辭之輯矣，民之洽叶翕矣。辭之懌矣，民之莫叶陌矣。○我雖異事，及爾同僚。我即爾謀，聽我囂囂梟。我言維服，勿以爲笑叶平聲。先民有言，詢于芻初蕘饒。○天之方虐，無然謔謔學。老夫灌灌，小子蹻蹻覺。匪我言耄冒，叶末，爾用憂謔。多將熇熇霍，不可救藥。○天之方懠蹐，無爲夸毗皮。威儀卒迷，善人載尸。民之方殿屎希，則莫我敢葵。喪亂蔑資，曾莫惠我師。○天之牖酉民，如壎萱如篪池，如璋如圭，如取如攜奚。攜無曰益，牖民孔易叶亦，民之多辟，無自立辟。○价人維藩凡，大師維垣。大邦維屏，大宗維翰叶閑。懷德維寧，宗子維城。無俾城壞叶會，無獨斯畏。○敬天之怒，無敢戲豫。敬天之渝，無敢馳驅。昊天曰明叶芒，

及爾出王。昊天曰旦，及爾游衍叶晏。

《古序》曰：「《板》，凡伯刺厲王也。」○朱子據詩中稱「爾」「我」，改爲同列相戒之辭，非也。説見《民勞》。○一章　上帝板板然無所變通，今下民盡病矣。其出令不合理，其謀政不久遠，謂天下無復有聖人，管管然小有所見而自用，假爲忠信，而不實之于亶。汝謀慮未遠，是用大諫於汝也。○二章　天方艱難，無若是憲憲然喜而不懼也；天方動蹶，無若是泄泄然放而不收也。王者出令，遠近承式。爾惟辭之輯而不乖乎天理，則脗合羣心而民洽矣；辭之懌而不傷于暴戾，則不拂衆志而民安矣。○三章　我與爾職雖各異，然同爲王臣。我就爾忠言相謀，爾聽我囂囂不受，汝雖不受，而我言終可佩服，勿以爲笑也。先民有云「問于芻蕘」，況寮友乎？○四章　天方爲虐，將有喪亡之禍，汝無謔謔然戲侮。老夫灌灌然效其誠款，小子蹻蹻然恃其驕慢。豈我昏耄妄言？實爾以憂爲戲耳。惡盈禍烈，如火熇熇，將無可救之藥矣。○五章　天方威怒，爾無爲夸張，以自獎諛；勿爲護呲，以求親媚；勿使威儀，顛倒迷亂；勿使善人如尸，不得有爲。民方愁苦呻吟，莫敢揆度其故。喪亂無所資生，曾無有惠愛我衆民者矣。○六章　民之戴君如天。天生民與以良知，猶墻塞開牖，明來暗去。以人因天：如吹壎而篪和，必協也；如璋比而成圭，必合也；如物在而取，如取物而攜，必得也。其攜也，非曰本無而益之，因其固有耳。牖民不甚易乎？今民多邪辟，豈無良心？惟上無以牖之。爾慎無自立邪辟，導之可也。○七章　國以善人爲藩籬，衆民爲垣墻，大邦爲屏蔽，巨室爲翰榦。君脩德懷之，則無不安寧。同

姓宗族之子爲城守，有德則同姓相輔，無德則親戚離叛。愼勿使親戚叛而城壞獨居，斯可畏矣。

○八章 人主雖尊，莫尊于天。敬天之怒，無敢戲豫躭樂也；敬天之變，無敢馳驅慢遊也。昊天甚明，凡爾出往，天無不俱；昊天甚旦，凡爾游衍，天無不俱。或善或惡，焉能逃之？○上帝，指王也。板板，剛愎自用之貌。卒癉，盡病也。話，號令也。不然，不是也。靡聖，非聖也。管管，見小自用貌。亶，信也。不實亶，假爲信也。憲憲，猶欣欣。蹶，動也。泄泄，舒散也。辭，命令也。輯，和也。洽，合也。懌，悦也。莫，定也。僚，同官也。服，行也。芻，牧草也。蕘，爨草也。灌灌，猶款款也。蹻蹻，驕貌。熇熇，火盛貌。懠，怒也。夸，張大也。毗，親附也。尸，不動作也。殿屎，呻吟也。葵、揆通，度也。蔑，無也。資，生計也。師，衆民也。牖，窗户，所以通明。壎、篪，解見《小雅·何人斯》之篇。辟，邪僻也。价人，善人也。或曰：大也，大德之人也。大宗，强族也。宗子，同姓也。王與往通。渝，變也。旦，明也。衍，泛游也。

《板》八章，章八句。

毛詩原解卷二十八終

毛詩原解卷二十九

蕩之什

自此至終，凡十一篇。

蕩蕩上帝，下民之辟必。疾威上帝，其命多辟僻。天生烝民，其命匪諶忱。靡不有初，鮮克有終叶真。○文王曰咨，咨女汝殷商。曾是彊禦，曾是掊抔克，曾是在位，曾是在服叶北。天降慆叨德，女興是力。○文王曰咨，咨女殷商。而秉義類，彊禦多懟。流言以對，寇攘式內。侯作詛侯祝，靡屆靡究。○文王曰咨，咨女殷商。女炰庖烋孝于中國，斂怨以爲德。不明爾德，時無背無側。爾德不明，以無陪培無卿。○文王曰咨，咨女殷商。天不湎免爾以酒叶沸，不義從式叶矢。既愆爾止，靡明靡晦叶毁。式號式呼叶護，俾晝作夜叶遇。○文王曰咨，咨女殷商。如蜩調如螗，如沸如羹叶岡。小大近喪叶桑，人尚乎由行叶杭。內奰避于中國，覃及鬼方。○文王曰咨，咨女殷商。匪上帝不時叶受，殷不用舊。雖無老成人，

尚有典刑。曾是莫聽平聲，大命以傾。○文王曰咨，咨女殷商。人亦有言：「顛沛之揭結，枝葉未有害叶紘，本實先撥叶泊。」殷鑒不遠，在夏后之世叶涉。

《古序》曰：「《蕩》，召穆公傷周室大壞也。」毛公曰：「厲王無道，天下蕩蕩，無綱紀文章，故作是詩也。」○按：此詩刺周室蕩敗，故《古序》斷取篇首「蕩」字爲目。而毛公釋其義，云「天下蕩蕩」者，猶《漢廣》之云「德廣所及」也。「德廣」與「漢廣」不相蒙，「天下蕩蕩」與「蕩蕩上帝」不相蒙，皆説詩斷章取義之法，朱子非之，拘也。○一章　蕩蕩廣大之上帝，下民之君也。今上帝疾甚其威，降于下者，多邪僻之命。非天命果僻，人自陷溺之耳。蓋天生衆民，其命不可信。降生之初，本無不善，而人暴棄鮮能善終，命若何可信乎？○二章　昔我文王，嘗嘆殷商曰：嗟哉，汝殷商之君！曾是彊梁禦善之人，曾是掊擊克伐之人，曾是使之居位，曾是使之服事乎？此皆天降慆慢之德，汝自興起而力用之也。○三章　文王曰嗟，嗟汝殷商。汝爲人君，當秉持善道可也。彼彊禦多怨之人，爲無根之言以應對，是寇盜攘竊，用以居内，衆怨叢生，詛呪交作，無有届極窮究矣。○四章　文王曰嗟，嗟汝殷商。汝炰烋然矜氣勢，以陵暴中國，聚民之怨，以爲己德。是非顛倒不明，由爾背後旁側，無賢人也。爾德不明，由爾無陪貳大臣，無賢六卿也。○五章　文王曰嗟，嗟汝殷商。天不沈湎爾以酒，使爾不義從法。爾自喪其容止，無明無晦，叫號讙呼，以白晝爲長夜，昏淫甚矣。○六章　文王曰嗟，嗟汝殷商。百度荒亂，上下昏潰。譟如蜩螗，湧如沸羹。大小臣民，死喪將至，尚由此而行，不肯改步。

內奰怒于中國，延及鬼方之遠，無人不怨者矣。○七章 文王曰嗟，嗟汝殷商。非天時不善，乃汝不用舊耳。今縱無舊人，尚有舊法。汝惟不聽，所以大命傾覆也。○八章 文王曰嗟，嗟汝殷商。人亦有言：「大樹忽然顛沛，揭露根本，其枝葉未有損傷。惟根本先絶，所以顛沛。」君身，本也；天下，枝葉也。君先自壞，然後天下從之。昔者夏桀之亡以此。殷商之鑒，近在夏世。今日之鑒，即在殷商之世矣。○辟，君也。多辟，多邪僻也。烝民，衆民也。諶，信也。咨，嗟也。殷商，指紂也。曾，嘗也。彊禦，彊梁禁禦也。掊、棓通，棒擊也。克，勝也，指酷吏輩。或云：掊、裒通，聚斂也。慆，慢也。興，進用也。而秉義類，爾執善道也。寇攘，竊奪也。式，用也。式内，居中用事也。侯，維也。作、詛通，盟誓也。祝、呪通，怨罵也。届，極也。究，窮也。炰休，怒氣也。背側，前後左右也。陪，貳也。天子之陪貳，三公也。湎，醉變色也。從式，從用也。止，容止也。蜩，蟬也。螗，蜩屬。蜩螗、沸羹，皆亂意。奰，張目怒貌。鬼方，遠夷也。典刑，常法也。顛，倒也。沛、仆通，忽頹之貌。揭，根見也。撥，絶也。

《蕩》八章，章八句。

抑抑威儀，維德之隅。人亦有言：「靡哲不愚。」庶人之愚，亦職維疾叶祭。哲人之愚，亦維斯戾。○無競維人，四方其訓之。有覺德行，四國順之。訏謨定命，遠猶辰告叶格。

敬慎威儀，維民之則。○其在于今，興迷亂于政叶真。顛覆厥德，荒湛于酒叶醮。女雖湛樂從，弗念厥紹。罔敷求先王，克共拱明刑叶鄉。○肆皇天弗尚叶常，如彼流泉，無淪胥以亡。夙興夜寐，洒埽庭内，維民之章。脩爾車馬，弓矢戎兵叶邦。用戒戎作，用逷蠻方。○質爾人民叶茂，謹爾侯度，用戒不虞叶晤。慎爾出話叶和，敬爾威儀叶俄，無不柔嘉叶戈。白珪之玷點，尚可磨也。斯言之玷，不可爲叶訛也。○無易由言，無曰苟叶舉矣。莫捫朕舌，言不可逝叶始矣。無言不讎，無德不報叶裒。惠于朋友叶以，庶民小子叶洓。子孫繩繩，萬民靡不承。○視爾友君子，輯柔爾顔叶言，不遐有愆。相在爾室，尚不愧于屋漏。無曰不顯，莫予云覯。神之格叶各思，不可度叶拓思，矧可射叶碩思。○辟必爾爲德，俾臧俾嘉叶戈。淑慎爾止，不愆于儀叶俄。不僭不賊，鮮不爲則。投我以桃，報之以李。彼童而角，實虹小子。○荏餁染柔木，言緡民之絲。温温恭人，維德之基。其維哲人，告之話言，順德之行。其維愚人，覆謂我僭叶侵，民各有心。○於烏乎呼小子，未知臧否鄙。匪手攜奚之，言示之事上聲。匪面命之，言提其耳。借曰未知，亦既抱子。民之靡盈，誰夙知而莫暮成。○昊天孔昭叶照，我生靡樂叶鬧。視爾夢夢，我心慘慘叶造。誨爾諄諄，聽我藐藐叶貌。匪用爲教，覆用爲虐叶要。借曰未知，亦聿既耄冒。○於乎小子，告爾舊止。聽用我謀，庶無大悔。

天方艱難，曰喪厥國。取譬不遠，昊天不忒。回遹其德，俾民大棘。

《古序》曰：「《抑》，衛武公刺厲王。」毛公曰：「亦以自警也。」○朱子改爲武公自警而作，非也。詩中「侯度」「小子」等語，皆自責以告王。昔商紂荒于酒，微子曰：「我沈酗于酒。」孝子諭親，必先自責；忠臣誨君，引爲己過。《詩》言温厚，故導君惟以自警。幽王距厲王所百年矣。武公爲幽王卿士，追惟往事，以明鑒戒。故曰「告爾舊止」，曰「言示之事」，曰「取譬不遠」。蓋指流彘之事也。《國語》云：「武公年九十有五，猶箴儆于國。」此詩作于晚年，故曰「亦聿既耄」。或疑「其在于今」，非追刺語。夫追刺而言「今」，猶叙他人事而稱「我」云爾，何害其爲追言也？○一章 抑抑然慎密之威儀，乃心德之廉隅。外之廉隅齊整，則其内方正可知。豈有外貌邪慢，而内存貞德者？人亦有言：「君子容貌若愚，未有哲人不愚者。」此言不可訓也。夫田野庶民，不學而麤鄙若愚。氣質之偏，爲疾宜也。學士大夫，脩身爲本，亦麤鄙無異庶民，則乖其常矣。○二章 天下莫彊于人，不可以威服。維有德，則四方訓而從之。蓋德，人所同有，明白坦直，覺然共由，四國自順之矣。政令者，國之經。訏大其謨，勿見小利；堅定其命，無事紛更；遠其謀猶，務圖久安；辰其告戒，務中時宜。至于威儀，脩身之本，敬而慎之，則表極端而民以爲則矣。○三章 其在于今，尚迷亂于政，國不治矣；顛覆其德，身不脩矣。惟荒湛于酒而已。女雖湛樂是從，獨不念所承繼者，先人之緒乎？不肯廣求先王之道，拱奉其明法也。○四章 故今皇天，弗好尚汝所爲。如彼下流之泉，早隄防之，無使淪没相率以亡，可也。爲今之計，

當早起夜卧，洒埽宫庭之内。凡朝家之事，孜孜不懈，以爲民表。又脩爾車馬與弓矢戎兵，戒備戎作，以遏蠻方。遠慮豫防，庶免淪亡耳。○五章　質爾之臣，與爾之民，勿習浮靡；謹爾諸侯所守之度，勿壞王章。如是，則可以備不虞之變。慎爾出言，敬爾威儀，必求和柔嘉美。白玉爲圭，有缺尚可磨鑢。言語一缺，不可復補，焉得不謹也？○六章　無輕易自由其言，無曰苟且言之耳。無人爲我執持其舌者，豈可任意，使之逝而不追乎？未有言出，人不讐怨；未有施德，人不厚報者。苟能有德有言，惠順于羣臣朋友，及庶民小子，則子孫繩繩繼述，萬民承聽矣。○七章　視爾羣居友君子，和柔爾顔色相接，心猶自儆曰：「其未遠于愆乎？」及視爾在室，未見君子，亦有此心否？室有屋漏，尚不愧屋漏可也，勿曰「此不顯之地，人莫予見」。天下或有人不見之地，無有鬼神不體之處。鬼神無形，其來不測。雖敬猶恐其至也，況可厭怠不敬乎？○八章　天下法爾以爲德，爾當使之臧善，使之嘉美。善慎爾之容止，不愆于威儀，不僭差，不賊害，則鮮有不爲人法者。如人贈我以桃，必報以李，自然之應。若身不善而責民善，猶童羊而責以角。惑亂小子耳，有是理乎？○九章　荏染和柔之木，乃可以緡絲爲弦而成弓。如温温謙恭之人，乃能虚己受善而立德。何也？哲人告以話言，則順其德而行，彼愚人反謂我言不信。智愚相越之遠如此，温恭所以爲德之基也。○十章　於乎小子！涉世尚淺，未知好醜。非但手攜汝也，且示爾往日已驗之事；非但面命爾也，且提其耳而丁寧之。借曰未有知識，亦既年長抱子爲人父矣。惟其志氣盈滿，不肯受善，所以無成。儻人不自盈滿，豈有早知又晚成者乎？○十一章　天道甚明，人生何樂？視爾夢夢不悟，我心慘慘自憂；誨爾諄諄至詳，聽我藐藐無有。不以爲教，而反以爲害。借

曰爾未有知，年亦遂已耄矣。○十二章 於乎小子！告爾既往，前事之失，後事之師。聽用我謀，庶免大悔。天方艱難，將喪厥國。取譬不遠，昔者之事。天道禍淫，不差忒也。邪僻其德，使民至于大急，自取之耳。○隅，棱角也。覺，明直也。訏，大也。辰，時也。興迷亂，尚昏亂也。敷求，廣求也。共、拱同，執也。明刑，明法也。肆，遂也。弗尚，厭棄也。章，表也。逷，遠也。質，淳朴也。人民，臣民也。侯度，諸侯所守之法度。由言，任意言也。苟，聊且也。朕，我也。捫，持也。逝，猶放也。讐，怨也。惠，順也。庶民小子，猶言國人子弟也。輯柔，和柔也。不遐，猶近也，庶幾之意。屋漏，室西北隅通明處也。辟，法也。無角曰童，既云童，又云角，潰亂之語。虹者，不正之氣，須臾散滅，故潰亂曰虹也。舊，往事也。取譬不遠，指厲王流彘之事也。

《抑》十二章，三章章八句，九章章十句。

菀彼桑柔，其下侯旬。捋采其劉與柔叶，瘼此下民。不殄心憂與劉叶，倉兄怳通，音恍〔一〕填顛兮。倬彼昊天叶汀，寧不我矜？○四牡騤騤葵，旟旐有翩叶秉。亂生不夷與葵叶，靡國不泯。民靡有黎與夷叶，具禍以燼叶井。於乎有哀叶衣，國步斯頻叶品。○國步蔑資，天不我將叶獎。靡所止疑，云徂何往？君子實維，秉心無競叶講。誰生厲階叶雞？至今爲梗叶岡上聲。○憂心慇慇，

〔一〕「怳通，音恍」，北大本同。臺圖本、歷彩本、湖圖本作「恍，怳通」。

念我土宇。我生不辰，逢天僤亶怒叶吕。自西徂東叶丁，靡所定處。多我覯痻民，孔棘我圉語。○爲謀爲毖叶必，亂況斯削。告爾憂恤，誨爾序爵。誰能執熱叶屑，逝不以濯？其何能淑叶攝？載胥及溺叶略。○如彼遡素風叶分，亦孔之僾愛。民有肅心，荓平云不逮。好去聲是稼穡，力民代食。稼穡維寶，代食維好上聲。○天降喪亂叶勒，滅我立王。降此蟊賊，稼穡卒痒。哀恫中國叶葉，具贅卒荒。靡有旅力叶列，以念穹蒼。○維此惠君，民人所瞻叶張。秉心宣猶，考慎其相。維彼不順，自獨俾臧。自有肺腸，俾民卒狂。○瞻彼中林，甡甡莘其鹿。朋友已譖叶侵，不胥以穀。人亦有言叶千：「進退維谷。」○維此聖人，瞻言百里。維彼愚人，覆狂以喜。匪言不能，胡斯畏忌叶己？○維此良人，弗求弗迪。維彼忍心，是顧是復。民之貪亂，寧爲荼毒。○大風有隧，有空大谷。維此良人，作爲式穀。維彼不順，征以中垢叶旭。○大風有隧歲，貪人敗類。聽言則對，誦言如醉。匪用其良，覆俾我悖。○嗟爾朋友，予豈不知而作？如彼飛蟲，時亦弋獲。既之陰去聲女，反予來赫。○民之罔極，職涼善背叶北。爲民不利，如云不克。民之回遹，職競用力。○民之未戾與詈叶，職盜爲寇叶科。涼曰不可叶平聲，覆背善詈利。雖曰匪予叶遇，既作爾歌與可叶。

《古序》曰：「《桑柔》，芮伯刺厲王也。」○一章　菀然茂盛之桑，始生葉柔。其蔭旬徧，可以休息。

惟捋採殘劉，病此下民，不得受芘矣。王政殘虐，天下彫敝，何以異此？是以心憂不絕，倉卒怳惚而顛危。倬然大明之昊天，寧不我哀矜乎？○二章 方今征役煩興，四牡騤騤不息，旟旐翩翩飛揚，亂日生而不平。無國不滅，無有黎民不遭禍爲灰燼者矣。於乎！惟有哀傷耳。國運頻促，何能久乎？○三章 國運無依，天不我助。欲止無所向，欲行無所往。世路梗塞如此，君子存心自無有爭。不知誰生禍階，至今爲梗塞乎？○四章 憂心慇慇，念我土宇，昔昄章而今侵削矣。我生不時，逢天厚怒。自西京至中原，無有安居之所。我之見病已多矣，我之邊圉甚急矣。○五章 王不用賢，以兵戢亂，是爲謀爲慎，而亂反滋，國反削也。今告爾以可憂之事，誨爾以當序之爵。賢人已亂，猶水止熱，誰能執熱，不以水濯手？王欲已亂，不用賢人，其何能善？有相及于陷溺而已。○六章 王不用賢，故賢不樂爲用。如彼逆風而行，甚僾唈而不得舒。民有欲進之心，常恐以仕招禍，曰吾願不及此矣。甘心稼穡，竭力民事，以代禄食。稼穡雖勞，無禍，今之寶也；代食雖貧，自得，以爲好也。○七章 天降喪亂，滅我所立之王，降此蟊賊，稼穡盡病。哀恫哉中國，俱危盡空，無有衆人同心協力，仰念穹蒼以回天變者也。○八章 維此順理之君，民人瞻仰，内秉善心，外宣嘉謀，考擇其輔相。維彼不順理之君，以獨見爲善，自有肺腸而不通衆志，上驕下慢，使民盡至于狂亂而已。○九章 視彼林中，鹿甡甡然爲羣。僚友相譾，不以善道相與，曾鹿之不如矣。人亦有言：「進退如臨于谷。」今日之謂也。○十章 維此聖哲之人，所見而言者，照徹百里之外，王不能用。維彼愚暗之人，反惑以爲喜。邪正之辨，我非不能言也，言則招禍。如此畏忌，何哉！○十一章 維此善人，王不求訪，不迪行。維彼殘忍之人，顧念重復。用舍顛倒，民心不服，所

以喜其亂亡，而安爲荼毒也。○十二章 狂風之來，必有隧道，多出于空虛之谷。君不信仁賢，小人乘虛而入，亦猶此也。維善人作法于善，本無可指。彼不順之人，欲攻善人，必以隱慝。蓋其立朝大節，皎然明白，惟汙以曖昧之事，使君子無由自明，是則小人所以空虛人國家者矣。○十三章 大風之行有道，貪人敗壞善類，猶風也。欲人聽從己言，則以辭色接對；若人指陳時事誦説，則瞀然不顧，如醉者矣。既不信善人，又欲人附己，是彼悖亂而復使我爲悖亂也。貪人之行，其道如此。○十四章 嗟爾朋友，予豈無見爲此言？如彼飛鳥，仰天而射，時亦見獲。吾言豈無一中乎？本欲微婉勸諭，惟恐顯揚汝惡，而汝反無顧忌，加赫怒于我也。○十五章 民之禍亂不測者，專由小人，陽爲直諒，而巧于欺背。爲民不利之事，如恐不勝。故今民爲邪僻，專爭不遺餘力。徂詐相尚，激成禍亂，所以罔極也。○十六章 民之未定，專由盜臣爲寇害耳。其佯爲信也，亦曰惡不可爲；及其反背也，工爲詈罵。變詐如此，雖自文曰匪予，然我已作爾歌矣。情狀暴露，烏得而揜之？○旬，徧也。捋采，取葉也。劉、留通，殘也，葉希疏之貌，詳見《王風・丘中有麻》。瘼，病也。倉，倉卒。兄、怳同，昏也。填、顛通，危也。夷，平也。泯，滅也。黎，黔首也。靡有黎，言彫耗也。頻，促也。蔑資，無依也。將，扶也。疑，疑立也。立不正向曰疑，《鄉飲酒禮》「賓疑立西階上」是也。徂，往也。無競，無争也。梗，塞也。僤怒，厚怒也。覯痻，見病也。棘，急也。圉，邊也。毖，慎也。況，滋也。序爵，論官也。逷，向也。僾，氣悶不得息也。肅，進也，猶主人肅客入之肅。荓、抨通，使也，即「莫予荓蜂」之荓。云，自言也。不逮，猶云免我也。卒痒，盡病也。贅、綴通，危意也。荒，空虛也。旅力，衆力也。穹蒼，

天形穹窿，色蒼然也。惠，順也。猶，謀也。考，察也。慎，審也。相，輔也。甡甡，衆多並行也。朋友，羣臣也。已、以通。胥，相也。穀，善也。谷，窮也，遇坑谷則窮也。瞻言，有見而言也。百里，遠也。胡，何也。迪，行也。貪亂，利于爲亂也。荼，苦也。毒，螫蟲也。大風，狂風也。隧，道也。式，法也。穀，善也。征，攻逐也。中垢，隱惡也，謂誣以曖昧不明之事。敗類，害善類也。聽言，欲人聽己之言。對，答也。誦言，人述事之言。如醉，不聽之狀。悖，背理也。蟲，動物之總名。飛蟲，羽蟲也，鳥屬。弋，以絲繫矢射也。陰，覆蓋也。赫，盛怒也。罔極，禍亂不測也。職，專主也。涼、諒通，信也。善背，猶言易反覆，所謂「不實于亶」也。不利，害民也。競，争也。用力，不遺餘力，言無所不至也。戾，定也。善詈，工爲毀罵也。

《桑柔》十六章，八章章八句，八章章六句。

倬彼雲漢，昭回于天叶汀。王曰於烏乎呼，何辜今之人？天降喪亂，饑饉薦臻。靡神不舉，靡愛斯牲。圭璧既卒，寧莫我聽平聲？〇旱既大泰甚，蘊隆蟲蟲。不殄禋因祀，自郊徂宮。上下奠瘞意，靡神不宗。后稷不克，上帝不臨叶濃。耗斁妒下土，寧丁我躬。〇旱既大甚，則不可推退平聲。兢兢業業，如霆如雷。周餘黎民，靡有孑遺叶危。昊天上帝，則不我遺。胡不相畏？先祖于摧。〇旱既大甚，則不可沮祖。赫赫炎炎，云我無所。大命近止，靡

瞻靡顧叶古。羣公先正，則不我助叶楚。父母先祖，胡寧忍予叶語？○旱既大甚，滌滌笛山川叶春。旱魃跋爲虐，如惔談如焚。我心憚暑，憂心如熏。羣公先正，則不我聞。昊天上帝，寧俾我遯叶豚？○旱既大甚，黽勉畏去。胡寧瘨顛我以旱？憯慘不知其故。祈年孔夙，方社不莫暮。昊天上帝，則不我虞叶娛。敬恭明神，宜無悔怒。○旱既大甚，散無友紀。鞫哉庶正，疚哉冢宰叶泲。趣楚馬師氏，膳夫左右叶以。靡人不周，無不能止。瞻卬仰昊天，云如何里？○瞻卬昊天，有嘒惠其星。大夫君子，昭假無贏。大命近止，無棄爾成。何求爲我？以戾庶正叶貞。瞻卬昊天〔一〕，曷惠其寧？

《古序》曰：「《雲漢》，仍叔美宣王也。」毛公曰：「宣王承厲王之烈，内有撥亂之志，遇烖而懼，側身脩行，欲銷去之。天下喜於王化復行，百姓見憂，故作是詩也。」○朱子改謂述王仰訴于天之辭，非也。蓋據「王曰」二字以爲述耳。《詩》美刺多託言，豈必夜半宮中，王果仰天作此等語乎？○一章　倬然大明之雲漢，昭明回旋于天。夜晴則天河明，此旱徵也。吾王仰天嘆曰：於乎！今人何罪？天降喪亂，饑饉重至也。今我無神不祭，犧牲不愛，以玉幣禮神，圭璧且盡矣。而何其不我聽邪？

〔一〕「天」，原作「大」，諸本同。郝氏後釋此句云「瞻仰昊天，有嘒然之星」，知「大」爲「天」之誤，今改。

○二章　天久不雨，旱既大甚，暑氣蘊積隆盛，蟲蟲然熏蒸。禱祀不絕，從郊至廟，上天下地，奠其品，瘞其物，無神不尊事矣。莫親于后稷，降臨而力不能救；莫尊于上帝，能救而不降臨。與其耗敗下土，寧災禍當我一人之身耳。○三章　旱既大甚，災由人致，何可推諉？兢兢業業，如霆雷作于上，不勝危懼也。周昔中衰，餘民幾何？今凶年死亡，一民無遺矣。天將并我不遺，何得不相畏乎？祖宗之業，行自我而摧滅矣。○四章　旱既大甚，不敢謂人力無何，沮止不救也。赫赫炎炎，無容身之所。死亡將至，無所瞻仰。惟昔有德之羣公，與爲官正者，皆雩祀所及也，既不見助。父母先祖，情至相關，何寧忍予乎？○五章　旱既大甚，滌滌如洗，山無木，川無水。旱鬼爲厲，如火惔焚。我心畏暑，憂如熏炙。羣公先正，視若罔聞耳。昊天上帝，何不使我逃避而去，別求賢者以安民也？○六章　旱既大甚，我欲遯去。天怒民怨，黽勉不敢，何乃病我以旱？慘哉！莫知其故。祈年之祭，則甚早矣；方社之祭，亦不遲矣。昊天上帝，曾不虞度？以我敬恭明神，亦可以無恨怒矣。○七章　旱既大甚，臣鄰渙散，無復綱紀。庶官之長，鞫哉窮矣；冢宰疚哉病矣。掌馬政之趣馬、守王門之師氏、掌飲食之膳夫與近侍之左右，無一人不周徧祈救，無力不竭，而不能止此災。瞻仰昊天，使我何所俚賴乎？○八章　瞻仰昊天，有嘒然之星，方未有雨徵也。大夫君子，昭格于天者，無餘力矣。天苟不雨，死亡將至，爾無棄前功，更求昭格可也。此非爲予一人，爲定衆正也。民生不遂，衆正不安，瞻仰昊天，何不惠我以安寧乎？○雲漢，天河也，水氣之精爲漢。昭，明也。回，轉也。薦，重也。臻，至也。圭璧，所以禮神也。卒，盡也。蘊，積也。隆，盛也。蟲蟲，熏也。宫，宗廟也。上，祭天也。下，祭地也。瘞，埋祭物于土也。

宗，尊也。克，能也。臨，降臨也。斁，敗也。丁，當也。推，諉也。兢兢，懼也。業業，危也。霆，疾雷也。孑，獨也。遺，賸也。摧，滅也。沮，止也。赫赫，旱氣。炎炎，熱氣。先正，先世爲百辟卿士，有益于民者。禮，仲夏則雩祀之。滌滌山川，山童川竭也。魃，旱鬼也。惔，熱中也。憚，畏也。黽勉，忍耐意。畏去，不敢去也。瘨，病也。祈年，孟冬天子祈年于天宗，孟春上辛郊祀上帝祈穀也。方，祭四方。社，祭后土。虞，度也。友紀，百官之政紀也。鞫，窮也。毛氏曰：「凶年穀不登，趣馬不秣，師氏弛兵，膳夫徹膳，左右布而不脩，大夫不食粱，士飲酒不樂。」周，徧也，謂人人祈禱賑救也。里、俚同，聊賴也。嘒，明貌。贏，餘也。戾，定也。庶正，庶官，即「大夫君子」也。寧，安也。

《雲漢》八章，章十句。

毛詩原解卷二十九終

毛詩原解卷三十

崧松高維嶽，駿極于天叶汀。維嶽降神，生甫及申。維申及甫，維周之翰叶仙。四國于蕃，四方于宣。○亹亹申伯，王纘之事。于邑于謝，南國是式試。王命召伯叶剥，定申伯之宅叶託。登是南邦叶卜平聲，世執其功。○王命申伯，式是南邦叶卜平聲。因是謝人，以作爾庸。王命召伯，徹申伯土田叶廳。王命傅御，遷其私人。○申伯之功，召伯是營。有俶其城，寢廟既成，既成藐藐麥。王錫申伯，四牡蹻蹻覺，鉤膺濯濯。○王遣申伯，路車乘馬叶母。我圖爾居，莫如南土。錫爾介圭，以作爾寶叶剖。往近王舅，南土是保叶補。○申伯信邁，王餞于郿眉。申伯還南，謝于誠歸。王命召伯，徹申伯土疆。以峙止其粻張，式遄傳其行叶杭。○申伯番番叶潘，既入于謝叶洗。徒御嘽嘽叶灘，周邦咸喜。戎有良翰叶寒，不顯申伯？王之元舅叶己，文武是憲叶閑。○申伯之德，柔惠且直。揉此萬邦，聞問于四國叶亦。吉甫作誦，其詩孔碩。其風肆好，以贈申伯叶剥。

《古序》曰：「《崧高》，尹吉甫美宣王也。」毛公曰：「天下復平，能建國親諸侯，褒賞申伯焉。」○朱子改爲申伯出封于謝，尹吉甫送之而作。此事已詳篇中，故《序》不復贅。吉甫對揚于朝，

而國史録之，聖人存之，以表親親崇賢，封建復古之治耳。人臣立功紀勳，著于《小雅》；人主治定功成，見于《大雅》。《詩》至《大雅》，作者之志愈遠，而《序》者之義愈精。故《雲漢》不爲救旱，以明格天之德；《崧高》不爲贈行，以明親賢之禮；《烝民》不爲贈山甫，以表使能之功；「梁山」不爲美韓侯，以紀馭福之柄。《江漢》以下，皆可知也。○一章 明主中興，天生賢輔，非偶爾。崧然高大，維此四嶽，高極于天。山高者，其神靈。昔嘗降靈生甫侯，今生申伯。維此申伯，與昔甫侯，世掌四嶽，入相天子，爲周之幹。四國有患，于以蕃蔽；四方德教，于以宣布。厥功懋矣，豈人力哉？○二章 申伯亹亹然德行不倦，先世封申，今王使之繼先業，以元舅入相，褒賞其功。因謝邑近申，加封爲牧伯，使南國諸侯取法焉。命司空召伯定其邑居，成是南邦之功，使申伯子孫世守之也。○三章 王命申伯，爲法于南邦，因謝民以作興爾蕃宣之功。乃命召伯，井牧其田，税以徹法。乃命申伯傅相，及治事之官，遷申伯家屬，前使就國也。○四章 申伯謝邑之功，皆召伯所經營。始作城郭，以安其民。又作寢廟，藐藐深邃，以妥其先靈。謝功既成，申伯將行。王錫以四馬，蹻蹻然強壯，馬頷下有金鉤，當胸懸樊纓，濯濯然鮮明也。○五章 王遣申伯，賜路車四馬，告之曰：我謀爾居，莫如南土。錫爾以大圭，作爾分封之寶。舅氏往即爾封，南土善地，當保守之也。○六章 申伯行邁，信有期矣。西由岐周，受命于祖廟，而王餞飲于郿。申伯乃南望謝邑成行，其將送何殷懃也。王先命召伯，徹其土疆，因以所税，積其餘糧，使舍館有資，行李速達，所以慰藉其行者，又何周悉也。○七章 申伯番番然老成，既入謝邑，徒行者、乘御者，嘽嘽衆盛。周南諸侯喜而相謂曰：汝今有良翰矣，

豈不顯哉！申伯以元舅之親，出領州牧，文德武功，非諸侯所取法者乎？○八章 申伯之德，柔順正直，輔相王室，揉服萬邦，聲譽聞于四國。吉甫作歌，其詩所言甚大，其風動人極美，以贈申伯，明建國親侯，中興之盛典也。○崧，高貌。嶽，嶽山：東岱、南衡、西華、北恒。唐虞時，有姜姓，爲四嶽之官，封于吕。或曰：即伯夷也。其苗裔在周，爲齊、許、申、甫，故推本嶽神降生以美之。亹亹，勉强貌。申本侯爵，今加封爲侯伯也。纘，繼也，繼四嶽之後也。申國，即今南陽府，謝在申東北百里，即今唐縣。召伯，召虎，爲司空，掌營國邑。登，成也，成營建之功也。作，興也；庸，功也：尊顯其功勳也。傅，相也。古者諸侯，皆有傅相。御，治事之官，私家臣也。遷，自京師徙至謝也。俶，始作也。寢，廟後之寢室也。藐藐，深邃也。蹻蹻，壯貌。鉤，馬頷下有金鉤，以懸樊纓，金輅之飾，賜上公同姓者也。申伯以元舅爲侯伯，故得賜之。膺，馬當胸也。樊纓九就，懸當馬胸，故曰膺。濯濯，鮮明也。圭，諸侯之封圭，長短各以命數：上公九寸，侯伯七寸，子男五寸。或云：子男，璧也。介，大也，貴重之稱。瑞玉曰寶。近，就也。或云：語辭，與「彼記之子」之「記」通。信邁，果行也。郿，地名，在鎬京西、岐豐東，非自鎬適申之路。時王在岐，命申伯于文祖廟，故餞于郿也。誠歸，始成行也。峙，聚也。遄，速也。番番，猶皤皤，髮白貌。《書·泰誓》云「番番良士」，謂老成人也。舊訓武勇，按：下文以「仡仡勇夫」爲所不欲，則「番番」非武勇也。周邦，周諸侯之國，指申伯所領南國諸侯也。戎，汝也，南邦之人自相謂也。柔惠，和順也。揉，馴擾也，寬猛適中之意。工歌曰誦。碩，大也。所言皆王朝封建，式百辟之事，故曰大也。肆，猶極也。贈，送也。

《崧高》八章，章八句。○按：申伯以王元舅，褒封晉錫，可謂厚矣。未幾以幽后見黜，率犬戎殺幽王而滅宗周，申爲戎首焉。然則宣王之褒賞元舅，與後世主寵任外戚、移祚篡國者，何以異乎？故天子有道，則萬國親；無道，則親戚叛。《易》曰「匪寇，婚媾」，反覆手之間而已。父子相繼，宣興幽滅，可不畏哉！故《國風》存《揚之水》，《大雅》録《崧高》，聖人有微意焉。誦者見其美而忘其規，泥其辭而不逆其志，烏可與言《詩》矣？

天生烝民，有物有則。民之秉彝夷，好是懿德。天監有周，昭假格于下叶户。保茲天子，生仲山甫。○仲山甫之德，柔嘉維則。令儀令色，小心翼翼。古訓是式，威儀是力。天子是若，明命使賦叶縛。○王命仲山甫：式是百辟必，纘戎祖考，王躬是保。出納王命，王之喉舌。賦政于外，四方爰發。○肅肅王命，仲山甫將之。邦國若否，仲山甫明叶芒之。既明且哲，以保其身。夙夜匪解懈，以事一人。○人亦有言：「柔則茹汝之，剛則吐之。」維仲山甫，柔亦不茹，剛亦不吐。不侮矜鰥寡叶古，不畏彊禦叶語。○人亦有言：「德輶如毛，民鮮上聲克舉之。」我儀圖叶土之，維山甫舉之，愛莫助叶楚之。衮職有闕，維仲山甫補之。○仲山甫出祖，四牡業業，征夫捷捷，每懷靡及叶結。四牡彭彭叶邦，八鸞鏘鏘。王命仲山甫，城彼東方。○四牡騤騤，八鸞喈喈叶雞。仲山甫徂齊，式遄其歸。吉甫作誦叶從，穆如清風。

仲山甫永懷，以慰其心叶松。

《古序》曰：「《烝民》，尹吉甫美宣王也。」毛公曰：「任賢使能，周室中興焉。」○朱子改謂宣王命仲山甫築城于齊，尹吉甫作詩送之，非也。吉甫作詩，備獻納，非僚友私情。普天之下，莫非王土。惟王建國，文、武之制也。周衰，諸侯強僭，繼世不由天子，裂封啓土，悉自己出。厲王中衰，周人放之于彘。是畿甸諸侯，且不知有天子，而況齊遠在東隅？境内區區之城郭，必以上請，豈非宣王中興之烈，足以震疊之與？夫子删《詩》存《烝民》，《春秋》之義也。故曰：「《詩》亡《春秋》作。」如朱説，僚友相送，非關獻納，何登于《雅》？王朝命使往來，餞送不少，詩可勝録乎？○一章 天生烝民，有形則有性，性以範形，不可踰越。故人秉常性，則好美德，所以爲萬物之靈也。況天視有周，昭明降格于下，保此中興之天子，生仲山甫名世之賢佐，其爲物則秉彝，不尤超于衆民乎？○二章 仲山甫之德，柔和嘉美，咸中物則。令儀令色，外一柔嘉也；小心翼翼，内一柔嘉也。古訓是法，學古有獲也；威儀是力，動必以禮也。天子是順，明命使賦，精忠獲上，不辱使命也。儻所謂「有物有則」者，非與？○三章 王命仲山甫曰：予以汝爲法于諸侯，纘汝祖父舊職，保護王躬。王朝有命，汝出而布之，既布納而復之，以爲王之喉舌。四方有事，汝其賦布政教于外，使之爰起而應焉。○四章 肅肅尊嚴之王命，維仲山甫能奉行之。邦國諸侯有賢否，維山甫能明辨之。既能審理，又能知幾，處功名之會，勿亢悔以保其身。又夙興夜寐，無怠荒以奉天子。人臣之節，無毫髮不盡矣。

○五章　人亦有言：「柔則茹而茹之，剛則梗而吐之。」維仲山甫，柔亦不茹，剛亦不吐。柔如矜寡，亦不侮也；剛如彊禦，亦不畏也。寬猛相濟，仁義并用，德之全也。○六章　人亦有言：「德本固有，欲之斯至。其輕如毛，無難舉也，而民有德者少。」我儀度圖謀，維仲山甫能舉之。心誠愛之而思助之，其備道全美，無容助也。衮職有闕，惟仲山甫能補之。能補不足，又何不足，待人補乎？○七章　今仲山甫，以敷政之職，王命城齊。出行祖祭，四馬業業不息；從行征夫，捷捷敏疾，人懷不及之慮也。四馬行而彭彭，八鸞鳴而鏘鏘。此行無他，齊國告遷，王命仲山甫，往城彼東方耳。○八章　四牡騤騤不息，八鸞喈喈和鳴。仲山甫往齊，勿久于外，式遄其歸可也。吉甫作此工歌，穆然如清微之風。仲山甫遠行，多所懷思，故陳天意王命，盛德大業，以慰安其心耳。○則，法也。物則，如有耳目即有聰明，有五倫即有五常之類。秉，執也。彝、夷通，常也。懿德，美德也。好，悦也，義理悦心也。若，順也。出納，既出而復也。發，起應也。若否，猶言臧否。明，明于理。哲，察于幾。輶，輕也。儀，度也。圖，謀也。衮職，君道也。闕，失也。城東方，築城于齊也。是時齊自薄姑徙于臨菑，古諸侯之居逼隘，則王者爲遷定焉。

《烝民》八章，章八句。○按：詩稱山甫才德位望，爲王保躬補衮之臣，不可一日去王所。而城齊之役，何足以煩之？亦異于《采芑》《六月》之命使矣。詩言「衮職有闕」「式遄其歸」，寓諷規之意云爾。

奕奕梁山叶千，維禹甸之，有倬其道叶擣。韓侯受命，王親命之。纘戎祖考，無廢朕命。夙夜匪解懈，虔共爾位叶立。朕命不易，榦不庭方，以佐戎辟必。○四牡奕奕，孔脩且張。韓侯入覲，以其介圭，入覲于王。王錫韓侯，淑旂綏雖章，簟茀錯衡叶杭，玄衮赤舄，鉤膺鏤漏錫陽。鞹鞃淺幭覓，鞗革金厄。○韓侯出祖，出宿于屠。顯父甫餞之，清酒百壺。其殽維何？炰鼈鮮魚。其蔌速維何？維筍及蒲。其贈維何？乘馬路車。籩豆有且疽，侯氏燕胥須。○韓侯取去聲妻，汾焚王之甥，蹶貴父甫之子叶泲。韓侯迎去聲止，于蹶之里。百兩彭彭叶邦，八鸞鏘鏘，不顯其光？諸娣從之，祁祁如雲。韓侯顧之，爛其盈門。○蹶父孔武，靡國不到。爲韓姞相攸，莫如韓樂叶鬧。孔樂韓土，川澤訏訏叶許。魴鱮敘上聲甫甫，麀鹿噳噳叶語。有熊有羆悲，有貓有虎。慶既令居，韓姞燕譽叶豫。○溥彼韓城，燕烟師所完。以先祖受命，因時百蠻。王錫韓侯，其追其貊。奄受北國，因以其伯。實墉實壑，實畝實籍。獻其貔皮皮，赤豹黃羆。

《古序》曰：「《韓奕》，尹吉甫美宣王也。」毛公曰：「能錫命諸侯。」○按：古者嗣君在喪稱子，喪畢，以士服見王。王策命，錫車服，歸，始爲諸侯。厲王中衰，諸侯繼世不稟命。宣王中興，韓侯初立來朝，尹吉甫作此詩，故《序》目曰「韓奕」，言命韓奕奕然也。《序》不本其事者，詩言「入覲」，

王命「纘考」，則繼世也。言「鞹鞃淺幭」，則喪畢也。禮：喪車，鹿淺幦，革飾。詩具，故《序》不贅。序者，志也，志美宣王中興，能錫命諸侯。而朱子謂錫諸侯爲常事，非也。若使天子常能命諸侯，則幽、厲不衰，王跡不熄，而《春秋》不作矣。如天子錫命諸侯爲常事，則《蓼蕭》《湛露》《彤弓》，不足誇盛美矣。又謂春秋戰國亦有行之者，夫春秋戰國，何嘗知有天子哉！平王命晉文侯，惠王命齊桓公，襄王命晉文公，顯王命秦孝公，此四王者，孱王，非興王也；亂命，非治命也。有所要挾，不得不命，非力能制命也。如宣王之命韓侯，能命亦能討，能予亦能奪，然後謂之王。有南征北伐、平淮會洛之功，然後有封申錫韓之命。治亂邪正，何可相比乎？然美中興，而並及娶妻，何也？王室乂安，邦國和平，康侯晉錫歸國，嘉禮時舉，猶二《南》之《桃夭》《芣苢》，太平之象可徵。天子有道，則諸侯秉禮。親喪畢入覲，歸而後議婚，道揆法守，秩然可觀。與春秋諸侯，在喪親迎者，得失相違遠矣。所以美之。

○一章 奕奕然高大之梁山，韓國之鎮，昔禹所甸治也。今王嗣禹功而中興，梁山道路，頓覺開展，倬然大明矣。韓侯由此來朝，王親命曰：汝其繼汝祖父于家，勿廢朕命于國。夙夜匪懈，敬恭爾位。凡朕所命，慎勿變易。攘逆除亂，牧伯之職，苟有不來庭之方，宜榦正以佐汝君也。○二章 韓侯入覲，乘奕奕之四馬，甚脩長肥張；執分封之大圭，合瑞于王。王所錫予：有交龍之善旂，羽毛綏垂以爲章。有車，以竹簟爲蔽，畫錯文于衡。有服，以玄帛畫龍爲衮，及赤色之舄。有馬，飾頷下以金鉤，懸樊

纓于膺；飾馬額以鏤金之鍚〔一〕。大喪初除乘藻車：用去毛之鞹，輓軾中之鞃；用無毛之淺皮，覆軾上爲幭；用革爲馬轡首之鞗；用金爲小環，而搤厄束其革也。○三章　韓侯既覲將行，爲祖道之祭，出宿于屠。王使公卿餞送，清酒百壺，殽有炰鼈鮮魚，菜有筍蒲，贈行有四馬與路車，籩豆且然盛列，與韓侯相燕飲也。○四章　韓侯歸國，大喪既除，嘉禮載舉。娶厲王之甥，乃卿士蹶父之女。親迎于蹶父之邑，其車百兩，彭彭衆盛；四馬八鸞，鏘鏘和鳴。禮儀不其光顯乎？諸娣從嫁者，祁祁徐靚，如雲之多。韓侯視之，爛然滿門庭也。○五章　蹶父爲王卿士，材力甚壯，經營四方，無國不到。因爲其女韓姞，相出嫁之所。惟韓甚爲樂土，川澤之大訏訏，魴鱮之大甫甫，麀鹿之衆噳噳，有熊羆貓虎，皆山澤之産。蹶父喜此善居，而韓姞今歸，燕安譽樂矣。○六章　溥哉韓國之城，先王分封，命召康公率燕國之衆，脩築完固舊矣。今王以韓先祖受命，世爲牧伯，因其國近百蠻，命韓侯以追人、貊人，奄受北方之國，而爲之伯，教以脩其城，深其池，治其田畝，清其稅籍，各以地所有，或貔皮，或赤豹黄羆之皮，以時入貢。此皆牧伯之事也。○奕奕，大也。梁山，韓地山。甸，治也。倬，明也。道，路也。韓先世，武王之子，封韓，後爲晉所滅，《左傳》：「邘、晉、應、韓，武之穆也。」受命，繼立稟王命也。榦，正也。不庭方，四方之國，不來王庭者也。戎，汝也。辟，君也。孔，甚也。脩，長也。張，肥大也。淑旂，旂之善者。綏，垂貌。以鳥羽或旄牛尾，注于旂竿之首，爲表章也。刻金

〔一〕「鍚」，原作「錫」，諸本同。《韓奕》經文原作「鉤膺鏤錫」，今據之以改。

曰鏤。鍚，馬額飾也。眉上曰揚，金色光圓如日，故曰鍚也。鞹，軾中也。淺、俴通，皮之無毛者。幭、幎同，覆也，以皮覆軾上手憑處。《周禮》喪車有五，藻車用「鹿淺幎，革飾」。喪初除，不用盛飾也。金厄，以金爲小環，陸續束之。厄、搤通，束也。屠，近西京，地名。顯父，猶言顯者，公卿貴臣也。餞，王命餞行也。蔌，菜也。筍，竹萌；蒲，蒲、蒻皆以爲菹也。贈，王命贈行也。卿大夫車無路名。且，甚多之辭。侯氏，諸侯在王所之稱。胥，相也。汾王，厲王也，厲王流于彘，死汾水上。姊妹之子曰甥。蹶父，周卿士，姞姓。妻之女弟曰娣。諸侯娶一國之女，同姓二國媵之。所娶者爲嫡，二國爲媵。嫡有娣有姪，媵亦有娣有姪，一娶九女也，故曰「諸娣」。祁祁，徐靚凈也。如雲，多而美也。武，壯也。靡國不到，奉使也。韓姞，韓侯妻，蹶父之女也。訏訏，甫甫，皆大也。噳噳，衆也。貓，似虎而小。燕，安也。譽、豫通，樂也。燕，召康公封國也。追、貊，北方夷狄國名。奄，覆也，全有曰奄。伯，一州之長，牧伯也。墉，城也；壑，池也：所部諸國城池也。畝，田畝；籍，版籍：所部諸國田賦也。獻，諸國所當貢之物。貔，豹屬。

《韓奕》六章，章十二句。

毛詩原解卷三十終

毛詩原解卷三十一

江漢浮浮，武夫滔滔叶偷。匪安匪遊，淮夷來求。既出我車，既設我旟。匪安匪舒，淮夷來鋪。○江漢湯湯，武夫洸洸光。經營四方，告成于王。四方既平，王國庶定叶平聲。時靡有爭，王心載寧。○江漢之滸，王命召虎。式辟四方，徹我疆土。匪疚匪棘，王國來極。于疆于理，至于南海叶毀。○王命召虎，來旬來宣。文武受命，召公維翰叶仙。無曰予小子，召公是似叶史。肇敏戎公，用錫爾祉。○釐離爾圭瓚，秬鬯一卣酉，叶因。告于文人，錫山土田叶汀。于周受命，自召祖命。虎拜稽啓首，天子萬年叶林。○虎拜稽首，對揚王休叶朽：作召公考叶口，天子萬壽叶守。明明天子，令聞問不已。矢其文德，洽此四國。

《古序》曰：「《江漢》，尹吉甫美宣王也。」毛公曰：「能興衰撥亂，命召公平淮夷。」○按：周京偏在西隅，去東南遠，故淮夷最難服。成王初立，周公東征，三年，滅國五十，而後徐、淮定。伯禽封魯，亦爲東土重也。厲王中衰，四夷交侵。至宣王，北逐玁狁，南平荆蠻，而淮夷猶未附。初命召虎經營，再勤六師親討，必東土寧而後西京安。此《江漢》《常武》，所以爲宣王之終事，繫《大雅》之末簡。聖人删《詩》，次第可見，而周之興衰，始終由東征，其故亦可考而知也。○一章 江漢二水，

浮浮合流；武夫滔滔東下，肅將天威。不敢安處，不敢慢遊，淮夷不附，是以來求也。既至淮浦，出我戎車，張我旂旟，聲罪致討。不敢安寧，不敢舒緩，惟淮夷不附，來鋪陳以伐之也。○二章　江漢之流湯湯，武夫之勇洸洸。淮夷亂我四方，王師經營，不戰而服，遂告成功于王。淮夷服則四方平，四方平則畿甸安，時無復有爭戰之警，而王心則寧矣。○三章　召虎既成功于江漢之滸，王命召虎，就彼開墾疆土，以徹法平其賦稅。戎事甫定，即行疆理，匪病民，匪急功也，率土歸王，使一體成賦，來取則于中邦耳。乃往正其疆界條理，至南海而止也。○四章　武功既成，疆理既定，王乃命召虎曰：南民不沾王化，爾來茲偏布政教，厥功大矣。昔我文、武受命，汝祖康公，實維翰榦。今汝無曰爲予小子之故，惟爲爾祖康公是似續耳。爾既開大其功，我用錫爾以福祉矣。○五章　賜爾以圭柄之瓚，秬鬯之酒，盛以一卣，使歸祀其先祖。又告于岐周文王之廟，錫爾山川土田，以廣其封邑。爾祖康公，昔自岐周，受命于文祖。今使爾重光世德，祖孫濟美。虎拜稽首，惟祝天子萬壽也。○六章　虎拜稽首，對王颺言休美曰：虎以孫繼祖，作召公之成，皆天子之賜。臣無能報答，願天子萬壽，盛德日新，令譽無窮，陳文德以洽四方，勿徒矜武功而已。○江漢，解見《周南·漢廣》篇。二水居東南上游，伐淮舟師，順流而東也。鋪，陳兵也。洸洸，武貌。經營，猶言料理。告成，奏捷也。來極，猶言歸極，則壤視中國也。旬，偏也。宣，布也。召公，召穆公虎祖，康公奭也。肇，開也。敏，大也。予小子，王自稱。公，功也。釐，賜也，九命賜圭瓚秬鬯。秬，黑黍，釀酒和香草煮之曰鬯，言香氣充鬯也。卣，中尊也。文人，文德之人，即文王也。古者爵人，必于宗廟，示不敢專也。文王廟在岐周。于周，

往岐周也。稽首，首至地也。對，對王前也，因王命而答之。揚，大言也，與《書》「皋陶稽首颺言」之「颺」同。休，美也。作，爲也；考，成也：爲祖召公成終也。前作後繼，則作者有成矣。矢，陳也。文德，文教也。「作召」以下，皆對揚之語。

《江漢》六章，章八句。

赫赫明明，王命卿士叶所。南仲太祖，太師皇父甫。整我六師，以脩我戎叶汝。既敬既戒叶急，惠此南國叶亦。○王謂尹氏：命程伯休父，左右陳行杭，戒我師旅。率彼淮浦，省醒此徐土。不留不處上聲，三事就緒上聲。○赫赫業業叶樂，有嚴天子。王舒保作，匪紹匪遊。徐方繹騷叶索，震驚徐方叶分。如雷如霆，徐方震驚。○王奮厥武，如震如怒叶魯。進厥虎臣，闞坎如虓哮虎。鋪敦淮濆焚，仍執醜虜。截彼淮浦，王師之所。○王旅嘽嘽叶憚，如飛如翰去聲，如江如漢。如山之苞叶抔，如川之流。緜緜翼翼，不測不克叶亟，濯征徐國叶亦。○王猶允塞，徐方既來叶力。徐方既同，天子之功。四方既平，徐方來庭。徐方不回，王曰還歸叶葵。

《古序》曰：「《常武》，召穆公美宣王也。」毛公曰：「有常德以立武事，因以爲戒然。」

○朱子改爲宣王自將以伐淮北之夷，詩人美之，非也。按：宣王自將，詩既言之矣，淮北、淮南，後人臆説耳。前篇由江漢進師爲南，此篇由淮浦達徐爲北，師行便利不同，總之淮土。前篇召虎經營

疆理功成，可謂有丈人之貞。未幾淮夷復叛，宣王欲一大創之，故不復用虎而命皇父、程伯，六師親征，懲前之不武也。蓋周京僻在西隅，東距淮海遼遠，終周之世，叛附無常。召公謂惟德可懷遠，天子躬擐甲胄，遠問荒裔，不可爲常。故詩美其事，以「常武」命篇。《虞人之箴》曰「武不可重，用不恢于夏家」，《常武》之謂也。故二篇末致諷規之辭。卒也，西周之禍，不在淮夷，近在西戎，乃見詩人獻替之忠。《江漢》後繼以《常武》，乃知聖人删定之意，斯善言《詩》也，豈徒取南北爲目已乎？○一章 赫赫明明，天子親命大將，實維王之卿士。昔者南仲乃太祖，而卿士其孫也。官爲太師，字稱皇父。王命之曰：爾整齊我六師，脩我兵戎，敬哉勿忽，戒哉勿疏。淮夷侵陵，今將親征，惠此南國也。○二章 既命大將，乃擇偏裨。王謂内史尹吉甫曰：爾以策書，命程國之伯名休父者爲司馬。訓飭紀律，使左右陳列，申約誓以戒師衆，率循淮水之涯，省視徐土。此行不久留，不停處，不妨三農，使各就業也。○三章 王師啓行，赫赫光顯，業業震動，六飛親駕，尊嚴哉天子。舒徐保安而行，不張皇，亦不紹緩慢遊。徐方閒風，絡繹騷擾，震驚天威，如雷霆交作，不勝其震驚矣。○四章 既至徐方，王奮威武，如雷震怒。進其虎臣，闞然奮揚，虓猛如虎。厚積其陣于淮水之涯，不勞力而就執衆虜。截然淮浦，皆王師之所，敢有負固盤據者乎？○五章 王師嘽嘽然衆盛，如鳥飛翰，奮揚之速也；如江漢之水，浩淼無際也。如山之苞，静不可撼也；如川之流，來不可禦也。緜緜然密，不可衝而絶也；翼翼然整，不可驚而亂也。神謀不測，不可知也；萬全不克，不可勝也。以此濯然洗征徐國，宜其一戰而定也。○六章 兵貴謀而賤戰，治貴德而賤功。王師固威武，王猷本信實，所以徐方既來耳。來

則同爲王民、王土，是天子之功也。諸臣何力之與有？惟王廟謨萬全。宇内回心，四方盡平，彼徐方小醜，自來在王庭，無復反側，兵可長不用矣。於是王乃曰：予其班師還歸矣。○卿士，皇父之專官。太師，三公，皇父之兼官。南仲，文王時大將，征玁狁、西戎者也。尹氏，尹吉甫，官内史，掌策命。程，伯爵，休父其名也。三事，三農，耕、耘、穫三時也。或曰：原、隰、平地也。或曰：上、中、下農也。緒，事端也。就緒，不中輟也，即耕不變，耘不止之意。業業，震動貌。舒，徐也。保，安也。作，行也。紹，緩也。遊，慢遊也。繹，連絡也。騷，躁擾也。闞，奮怒也。虓，虎怒貌。鋪敦，陳師厚積也。濆，涯也。仍執，就執之，言易也。虜，囚也。嘽嘽，衆盛也。飛，鳥飛也。翰，飛之疾也。如江、漢，言衆也。濯，掃蕩滌除之意。

《常武》六章，章八句。

瞻印仰昊天，則不我惠。孔填顛〔一〕不寧，降此大厲。邦靡有定，士民其瘵債。蟊賊蟊疾，靡有夷届。罪罟不收，靡有夷瘳抽。○人有土田，女汝反有之。人有民人，女覆奪之。

〔一〕「顛」，湖圖本、北大本同，臺圖本、歷彩本作「塵」。按：朱熹《詩集傳》音注云：「舊説古塵字。」然郝氏後釋云「填、顛通，危也」，可知郝氏不用舊説。蓋《詩經》音注，郝氏多沿襲《朱傳》，初印時未察抵牾，後方訂正。

此宜無罪，女反收叶守之。彼宜有罪，女覆説脱之。哲夫成城，哲婦傾城。○懿厥哲婦，爲梟爲鴟。婦有長舌，維厲之階叶雞。亂匪降自天叶汀，生自婦人。匪教匪誨，時維婦寺。○鞫菊人忮至忒，譖僭始竟背叶北。豈曰不極？伊胡爲慝。如賈古三倍，君子是識。婦無公事，休其蠶織。○天何以刺叶砌，何神不富叶費？舍爾介狄，維予胥忌。不弔不祥，威儀不類。人之云亡，邦國殄瘁。○天之降罔，維其優矣。人之云亡，心之憂矣。天之降罔，維其幾矣。人之云亡，心之悲矣。○觱必沸弗檻敢泉，維其深矣。心之憂矣，寧自今矣。不自我先，不自我後叶虎。藐藐昊天，無不克鞏叶古。無忝皇祖，式救爾後叶虎。

《古序》曰：「《瞻卬》，凡伯刺幽王大壞也。」○朱子改爲刺幽王嬖褒姒、任奄人以致亂之詩。按：褒姒、奄人，據篇中「婦寺」爲言，《序》標其志而已。○一章 瞻仰昊天，不愛惠民，甚顛危而不安，降此大惡，使邦國搖扤，人民瘵病。小人在位，如害苗之蟊，爲民賊疾無有平止，以刑罪爲網罟，張布不收，無有平愈也。○二章 小人恃寵專恣，人有土田以養廉，汝反貪而有之；人有民人以待治，汝覆强而奪之：所以爲蟊賊也。此宜無罪，反收納于刑；彼宜有罪，反僥倖得免：所以爲罪罟也。其致此者，由婦人耳。男子有智，則能保障邦國。婦人多智，干預外政，則破國傾城矣。○三章 哲婦雖懿美，其凶爲梟，其妖爲鴟，其長舌巧佞，爲禍之階。亂非天降，起于婦人。王不親君子，誰與教誨？左右前後，維婦人與寺人耳，其能免傾城之禍乎？○四章 婦寺窮人以忮忒，譖人于始，而終背其實，

豈不極惡？彼方怡然自得，不以爲慝也。王勿使預公事猶可，今王信之，如賈人三倍之利，賤丈夫所爲，君子心識之。婦人無外事，今乃休其蠶織，干預朝政，其忮忒可勝言乎？〇五章 天何爲責王，神何爲不福王乎？王可自省矣。是必有夷狄大患，王舍此不忌，反忌予之忠言。不憂其不祥，威儀又不善。賢人相率亡去，邦國不殄絶瘁病乎？〇六章 天降禍網，惟其優而多矣。賢人引去，我心懼而憂矣。天之降網，惟其幾而危矣。人之云亡，我心哀而悲矣。〇七章 觱沸上湧正出之泉，其發源深矣。我心之憂，非自今日然耳。生當此時，人力無如何，惟高遠之昊天，雖壞亂亦能鞏固。苟王能改悔，脩德任賢，無忝皇祖，則天意猶可回，用以救爾之將來也。〇填、顛通，危也。瘵，病也。蟊，害苗之蟲。夷，平也。届，極也。瘳，愈也。梟，惡鳥，食母者也。鴟，妖鳥，鵂鶹也。婦寺，婦人與寺人也。鞫，窮也。忮，害也。忒，變詐也。竟背，終不驗也。極，惡極也。慝，惡也。刺，譴也。富，福也。介，大也。狄，夷狄也。不類，不善也。亡，散亡也。罔、網同。厄，難也。優，多也。幾，危也。觱沸，泉湧貌。鞏，固也。

《瞻卬》七章，三章章十句，四章章八句。〇按：《毛傳》二章十句，朱子以哲夫二句屬三章，今從毛。

旻天疾威，天篤降喪叶桑**。瘨**顛**我饑饉，民卒流亡，我居圉**語**卒荒。〇天降罪罟，蟊**

賊内訌紅。昬椓〔一〕卓靡共恭，潰潰回遹，實靖夷我邦叶卜平聲。○皋皋訿訿，曾不知其玷點。兢兢業業，孔填顛不寧，我位孔貶。○如彼歲旱，草不潰茂叶上聲，如彼棲西苴叶上聲。我相象此邦，無不潰止。○維昔之富不如時，維今之疚不如兹。彼疏斯粺叶備，胡不自替？職兄況斯引叶裔。○池之竭矣，不云自頻叶卜平聲？泉之竭矣，不云自中？溥斯害矣，職兄斯弘，不烖我躬。○昔先王受命叶蒙，有如召公。日辟國百里，今也日蹙國百里。於乎哀叶以哉！維今之人，不尚有舊叶已。

《古序》曰：「《召旻》，凡伯刺幽王大壞也。」毛公曰：「旻，閔也，閔天下無如召公之臣也。」○朱子改爲刺幽王任用小人，以致饑饉侵削。此詩中所已言。《序》云「大壞」，見天下事不復可爲，而宗周遂滅耳。《小雅》終《苕之華》《何草不黄》，《大雅》終《瞻卬》《召旻》，皆悲惋悽切，所謂亡國之音也。昔周道興而《召南》作，今周將亡，故詩人思召伯，因以「召旻」命篇。毛公曰「旻，閔也，閔天下無如召公之臣」，言皆昬椓皋訿之輩，辭約而意該矣。朱子詆爲不成文理，過也。○一章 旻天乎，何急爲暴虐也！是以天心不佑，厚降喪亂，病我以饑饉。小民盡至流移，中國之邊圉盡至荒虚，皆小人致之也。○二章 天降刑罪，罔陷天下，小人爲蟊賊，居中訌亂。皆司閽刑餘之人，靡有靖恭之節，潰潰然邪僻而已，乃使之安靖我邦，所以招亂耳。○三章 皋皋然頑慢，訿訿然

〔一〕「椓」，原作「掾」，諸本同，形近而誤，今改。下「昏椓皋訿」「椓，斵也」同，徑改不出校。

謗毁，若此輩者，王曾不覺其玷缺；兢兢業業，甚危而不敢安寧，如我輩者，位反貶削：其顛倒如此。○四章 今天下如歲旱，百草枯槁，不得遂暢，如棲木之腐草，無復生意。我視此邦，無有不潰亂者矣。○五章 昔日天下豐富，不如今時之貧。今日百姓疾病，未有如此之甚者。以小人用事，無君子故也。彼小人如疏糲之米，斯君子如精細之粺，胡不自廢替以避君子乎？乃專主滋甚，爲害日引長而無已也。○六章 池水由外灌而滿，今其竭也，不曰由涯之不入乎？泉水從中達外，今其竭也，不曰由中之不出乎？國之將亡，中外耗竭，本由小人。今爲害已溥，而猶專滋弘大，不思國既亡矣，烖害不自及其身乎？○七章 昔我先王受命，有如召公奭，日開國百里，人心歸附，日甚一日。今也人心離散，日蹙一日，亦可哀矣。嗚呼！今之人，豈不尚有耆舊？雖有而亦終不能用矣。○旻天，託天呼王也。疾，急也，暴虐也。喪，亂亡也。瘨，病也。訌，潰也。昬作閽，司宫門者，奄人也。椓，斵也，刑餘之人也。共、恭同，靡共，不恭敬也。潰潰，亂意。靖，安也。夷，平也。皋皋，緩慢不供職也。訿訿，謗毁也。潰茂，遂長也。棲苴，浪草，棲木上者也。疏，糲米也。粺，細米也。粟一石，得糲米六斗；糲十，得粺九，鑿八，侍御七也。替，廢也。職，專也。兄、況通，滋也。頻、濵通，水涯也。

《召旻》七章，四章章五句，三章章七句。

毛詩原解卷三十一大雅終

毛詩原解卷三十二

郝敬　解〔一〕

周頌

頌者，天子宗廟之樂歌。古文頌與容通，王者太平功成，美其盛德形容，以告于神明。其辭從容悠遠，故曰容。如《清廟》等篇，亟誦則乏響，以其言太永而聲遠也。故曰「清廟之樂，一唱三歎有餘音」者，此也。凡頌皆樂歌，如《訪落》《敬之》等篇，或不爲祭祀作，而皆以絃頌告於廟，故同爲頌。

清廟之什

自此至《思文》，凡十篇。

於烏穆清廟，肅雝顯相。濟濟多士，秉文之德。對越在天，駿奔走在廟。不顯不承，

〔一〕「郝敬解」，北大本同，臺圖本、公文本有塗改，歷彩本、湖圖本作「郝敬習」。

無射亦於人斯？

《古序》曰：「《清廟》，祀文王也。」毛公曰：「周公既成洛邑，朝諸侯，率以事文王焉。」○按：成王初立，二年，周公以流言避居東。三年至五年，公奉王東征。六年，營洛。七年，王朝祭于洛。此詩即《洛誥》所云「王在新邑，烝祭歲」之樂歌也。○一章 於哉！穆然幽深清靜之廟，祀事肇舉，羣后咸集，皆肅肅而敬，雍雍而和，光助予一人也。濟濟然執事之多士，皆秉執文王之德，相與對接發揚其在天之神，駿疾奔走其在廟之主。今日人心，猶昔左右辟王之人心，豈不光顯，豈不欽承，久而彌新，無有厭射于人乎？○對，接也。越，發揚在上之意。或曰：於也。駿，疾也。顯，光也。承，奉也。射，厭也。

《清廟》一章八句。○此篇即《樂記》所謂「清廟之歌」，有辭而無韻，不貴聲也。「懸一鐘尚拊膈，朱絃而通越，一唱而三歎有餘音」者，此之謂也。

維天之命，於烏穆不已。於烏乎呼不顯，文王之德之純。假格以溢我，我其收之。駿惠我文王，曾孫篤之。

《古序》曰：「《維天之命》，太平告文王也。」○太平，治功成也，頌告成功者也。成王周公之世，天下和平，制禮作樂，皆文德所貽，故以告廟。不言治功而言「天命」「文德」者，治具鋪

張，非太平也。故曰：爲政以德，王者之民皞皞，上下與天地同流。政不本于德，皆驩虞、小補；道不通于命，非王民之皞皞。太平無象，故以「天命於穆」「文德不顯」，形容其至。天無言而萬物生，聖人無爲而萬民化，此以爲太平也。○一章 天之造化發育，莫非命也。於乎穆然深遠，運行而不息者，天也。於乎淵微不顯，文王之德，純然精一不雜者，聖人也。天道、聖德，同體並運，所以致太平也。文王以聖德格天，在帝左右，其餘澤波及我後人。我當牧之，不敢失墜，大順我文王之德，而因以格天。豈惟今日？繼此爲曾孫者，傳世愈遠，培植愈厚，則文祖常格，而天命可長保矣。○假與格通，合虛曰假。饒衍曰溢。駿惠，大順也，即「儀刑文王，萬邦作孚」之意。

《維天之命》一章八句。

維清句，**緝熙文王之典**叶丁。**肇禋**因，**迄用有成，維周之禎。**

《古序》曰：「《維清》，奏象舞也。」○按：樂有歌有舞。歌以爲聲，舞以爲容，聲、容備謂之奏。容，所以象也。有戰伐之功，則舞以象之。如文王戡黎、伐崇、遏密，《大雅》云「文王受命，有此武功」，故象以舞而此其歌也。《序》不言文王，何也？詩言文王之典矣。不言祭文王，何也？凡《頌》皆祭也。朱子改爲祭文王之詩，複説也，《古序》不作此等語。○一章 周道所以清明者，惟其能繼續熙明文王之典常也。有二新命，肇開一代之禋祀，迄于後人用之，纘集大統，竟底有成，豈非周之禎祥也哉！○清，世清明也。緝，續也。熙，明也，廣也。文王之典，造周之法也，治岐之政、《二南》之化皆是也。

肇，開也。禋，祀也。迄，及也，用繼述也。有成，成王也。禎，祥也。

《維清》一章五句。○按《清廟》以下三詩，玄遠沖淡，皆所謂大雅之音，文王之至德也，故以首《頌》。

烈文辟必公，錫茲祉福，惠我無疆叶工，子孫保叶扑之。無封靡于爾邦，維王其崇叶藏之。念茲戎功，繼序其皇之。無競維人，四方其訓叶兄之。不顯維德，百辟其刑叶香之。於乎前王不忘。

《古序》曰：「《烈文》，成王即政，諸侯助祭也。」○按：成王七年，周公留洛，王始親攬大政。諸侯來朝，王率之以祭于祖考，此祭而獻諸侯之詩。此諸侯，猶多盟津之諸侯，故嘉迺功，戒勿忘先王，美箴之意備矣。○一章 武烈文德之辟公，夾輔先王，克定大業。今日祉福，皆辟公錫之，惠我無疆，子孫世保之也。爾有邦，而不自封殖侈靡，率附我先王，我先王既尊崇汝矣。予亦念此大功，繼世而嘉美之也。我先王謂莫强于人，不可力服，惟脩德則四方訓服；莫顯于德，惟有德則百辟式刑。能訓能刑，吾爲子孫，與爾爲臣，均蒙其芘也。於乎先王，不可忘哉！○烈文，猶言功德也。辟公，諸侯也。封，專利也。靡，奢僭也。崇，尊也。繼序，嗣立也。皇，美也。訓，順也。刑，法也。

《烈文》一章十三句。

天作高山，大王荒之。彼作矣，文王康之。彼徂叶入聲矣句，岐有夷之行叶杭，子孫保叶邦之。

《古序》曰：「《天作》，祀先王、先公也。」按：此爲四時之祭。時祭，則四親與太祖，而祧廟不與。成王之世，時祭當自太王以下，上及后稷。先公，指后稷。先王，指太王以下也。然詩止頌太王、文王，不及后稷、王季者，時祭之樂，非一章。此舉王跡所自起，功德最著者，歌于太王、文王廟者耳。朱子但謂祀太王不兼文王，以其閒遺王季也。然詩并頌二王，安得獨爲祀太王？既祀太王、文王，又安得遺后稷與王季？《序》説是也。○一章 我周王業，肇自太王，成于文王。天作岐山，以開王跡。太王始荒治之，彼民不憚遷徙而營作矣。文王嗣興，惠鮮懷保，從而安康之，彼民日趨赴而往徂矣。是以岐山爲萬邦歸往，有平夷之道路，無復向之險阻。子孫宜世世保守，慰二王在天之靈可也。○荒，治也。治荒曰荒，猶治亂曰亂也。徂，往也。

《天作》一章七句。○舊註「徂矣」爲句，朱以「徂」作「阻」，連「岐」字爲句，今從舊。

昊天有成命叶芒，**二后受之成王不敢康，夙夜基命**〔一〕**宥密。於**烏**緝熙**叶吸，**單厥心**叶相，**肆其靖**叶將**之。**

《古序》曰：「《昊天有成命》，郊祀天地也。」○朱子改爲祀成王之詩，非也。古者，冬至合祀天地于郊。此詩頌昊天而不及地，如人稱父而不及母，統于尊也。故曰：「郊社之禮，所以事上帝。」

〔一〕「命」下，諸本均有音注墨釘。

樂非一章，此其删存之一耳。昊天難名，即文、武受命以頌天。故《大雅・文王》之篇云：「上天之載，無聲無臭。儀刑文王，萬邦作孚。」言天必言聖，聖同天也。「成王」云者，猶《大雅・下武》云「成王之孚」，《書・酒誥》云「成王畏相」，皆成就之義，非成王誦也。「不敢康」「基命」「單心」，皆頌文、武功德。宥而寬者天之德，密而深者地之德。《中庸》云：「溥博如天，淵泉如淵。」二后所以德配天地也。朱子改爲祀成王，則詩當作于康王後。郊廟之歌，周公所定，一代憲章，後王詩焉得列《天作》《我將》之閒？《周頌》三十一篇，無康王以後詩，泥文生解，引《國語》爲徵。按：《國語》解「成」字之德，無以辨其必爲王誦也。其云「德讓」「信寬」「固和」，皆所以基命成其爲王者也。若皆謂美王誦，則二后不過應受，而成王功德，遠過祖考，豈詩人立言之意？周家基命由二后，蘇軾謂「成王非基命之主」〔一〕，是矣。又據《商頌》祀武丁，謂《周頌》亦當有康王以後詩。夫《商頌》，古樂僅存，無容再删。周公所定内外百祀之樂，夫子删存，止三十一篇，焉得更有後人制作雜其中？有之，亦當附《小毖》《載芟》後，不宜攙入祖考廟樂之前。不然，則《頌》亦錯亂矣，豈但《序》不足信乎？又據《周禮》圜丘、方澤，謂天地不當合祀。蓋信以《周禮》爲周公之書，承訛久矣。夫廟祀，考妣合食。王者父天母地，母不得别父，地不得殊天，陰不得離陽，妻不得違夫，此理甚明。今拘《周禮》，謂天地當分祀，則自不肯以此詩爲郊祀天地之詩，何怪乎？或曰：周郊配稷，詩不及

〔一〕按：蘇轍《詩集傳》云：「成王非基命之君。」「蘇軾」云云或爲郝氏誤記。

稷，何也？獻祖之樂與天異，《思文》所以獻稷也。○一章　昊天有已成不毁之命，文、武二后受之，以成一代王業，而不敢即安也。夙夜憂勤，以承藉此命者，其德宥焉寬宏，配天之廣；密焉幽靜，應地之深。於哉！繼續光明，單盡其心，故能咸和永清，安靖天下。受命而成其爲王也，敢負天之成命乎？○成命，已成不易之命。二后，文、武也。成王，成就王業也。基，承藉也。宥，寬宏也。密，靜深也。單，盡也。肆，遂也。靖，安也，安定天下也。

《昊天有成命》一章六句。○舊作「七句」，愚按：「二后受之」連下，九字當爲一句，實止六句。

我將我享叶香**，維羊維牛，維天其右**叶央**之。儀式刑文王之典**叶當**，日靖四方。伊嘏**假**文王，既右享**叶香**之。我其夙夜，畏天之威，于時保**叶邦**之。**

《古序》曰：「《我將》，祀文王于明堂也。」○古天子冬至郊祀天地。一陽初生，氣本無形，故禮不貴物，掃地行事，器用陶匏，牲用犢，配以始祖，古之郊祀也。周公制禮，每歲季秋，享帝于明堂。帝者，天之神，生物之主，物至秋而形成，故祭備牲牢，配以父。郊天報始，享帝報成，郊配后稷，始于祖之義也；明堂配文王，成于父之義也。○一章　我所將奉，所獻享，維羊維牛。物至微耳，天其佑助我享之乎？不敢必也。天之佑享，諒不在物。惟自託于文王，庶可格天。我今儀法之，式用之，刑成之，以我文王之典，日見諸行事，安靖四方。天意安民，而文王之典能安民，是天所福嘏也。福文王，必歆文王所配之祭，佑而享之必矣。然我不敢遂懈也，其夙夜無忘畏天之威，保此佑享之意而已矣。

《我將》一章十句。

時邁其邦，昊天其子之。實右序有周叶章，薄言震叶止之，莫不震疊。懷柔百神叶傷，及河喬嶽叶葉，允王維后叶赫。明昭有周，式序在位叶立。載戢干戈，載櫜弓矢叶設。我求懿德，肆于時夏叶火，允王保叶跛之。

《古序》曰：「《時邁》，巡守告祭柴望也。」○天子五年一巡守，徧歷四方，會諸侯于方嶽之下，燔柴升煙以告天。山川遠者，望而祭之。周公、成、文、武作禮樂，此爲巡守祭告之歌。戢干戈，櫜弓矢，皆武王事。而《序》不及武王者，後王巡守祭告通用之，故名《肆夏》，取篇末「肆于時夏」語，即《周禮·鐘師》九夏之一也。禮：尸出，奏《肆夏》；牲出入，奏《韶夏》；四方賓來，奏《納夏》：皆以鐘。夏，大也，歌之大者。《周語》曰：「金奏《肆夏》《樊〔一〕》《遏》《渠》，天子所以饗元侯也。」〔二〕韋昭注云：「《肆夏》，一名《樊》。《韶夏》，一名《遏》。《納夏》，一名《渠》。《周禮》九夏之三也。」遏，執競也。渠，思文也。○一章 王者奉天命爲天子，四時巡行邦國，昊天其以之爲子乎？今觀天意，實尊序我周矣。人心久玩，薄加警動，莫不震懼。祭告天地羣神，及所在山川，無不懷柔，人神受職，

〔一〕「樊」，北大本同，臺圖本、湖圖本作「繁」，音近而誤。

〔二〕按：「金奏《肆夏》」云云，見《國語·魯語》，非《周語》文，蓋爲郝氏誤記。

天意可知，信周王爲天下君也。然何以承天之意乎？明昭哉有周，用慶讓黜陟之典，殿最在位之諸侯，又斂其干戈，韜其弓矢，求懿美之德，陳于中國，信乎王之能保天命矣。○時，四時也。《虞書》曰「歲二月，東巡守，至于岱宗。五月，南巡守，至于南嶽。八月，西巡守。十一月，北巡守」是也。其子之，冀望之辭。右，尊也，尊序之於諸侯上也。震，動也。疊，懼也。懷，来也。柔，安也。河，大河也。喬嶽，高山也。河爲百川之長，嶽爲羣山之宗。式序，考績也。懿德，美德，謂文教也。肆，陳也。夏，中國也。

《時邁》一章十五句。

執競武王，無競維烈叶亮**。不顯成康？上帝是皇。自彼成康，奄有四方，斤斤其明**叶芒**。鐘鼓喤喤，磬筦**管**將將**鎗**，降福穰穰。降福簡簡，威儀反反。既醉既飽，福禄來反。**

《古序》曰：「《執競》，祀武王也。」○朱子改爲祭武王、成王、康王之詩，非也。頌武王僅二語，而頌成、康過爲鋪張，文義不類。蘇軾謂「周奄有天下，不自成、康始」〔一〕，得之矣。祀成、康，則此詩作于康王以後。周之禮樂，定自周公。是篇所謂《遏》，即《韶夏》者也。禮：牲出入，奏《韶夏》。

〔一〕按：蘇轍《詩集傳》云：「成王非基命之君，而周之奄有四方，非自成、康始也。」「蘇軾」云云或爲郝氏誤記。

天子以《遏》饗元侯〔一〕。康王以後，昭穆之季，未聞有繼周公作禮樂者。即有新聲，豈可以配《九夏》乎？云「成康」者，武王成功，康定天下，猶《酒誥》言「成王」，《大誥》言「寧王」云爾。凡《詩》《書》言「武」「成」「康」「寧」，多頌武王，而「王」誦王釗，率祖考爲謚耳，豈凡言「成」「康」者，即爲二王乎？○一章 明主立功，在乎自强。能執持自强不息之心者，惟武王，故功烈之盛，天下莫强焉。豈不顯哉？其能成王業，安定天下，是以上帝立之爲君也。自武王成功，安天下，奄有四方，斤斤然昭明之勳，光于四表。今日之祀，鐘鼓喤喤然，磬管鏘鏘然，神降福穰穰然。降福既簡大，孝子威儀愈謹慎，是以神人醉飽，福禄之來，反覆不已也。○皇，君也。彼，指武王。奄有，全有也。斤斤，明之察也。喤喤，和也。將將，集也。穰穰，多也。簡，簡大也。反反，慎重也。反，復也。

《執競》一章十四句。

思文后稷，克配彼天。立我烝民，莫匪爾極。賂我來牟叶謀，**帝命率育**叶由。**無此疆爾界**叶稼，**陳常于時夏。**

《古序》曰：「《思文》，后稷配天也。」○詩言「配天」，德也；《序》言「配天」，祭也。

〔一〕「侯」，原作「后」，諸本及《毛詩序説》同。按：前《時邁》篇，郝氏引《國語》云「金奏《肆夏》《樊》《遏》《渠》，天子所以饗元侯」，即此處所本。知「后」當作「侯」，音近而誤，今改。

有是德故有是祭，此其樂歌也。《周禮》謂之《納夏》，一名《渠》。百穀獨舉來牟者，來，小麥；牟，大麥也。冬至郊祀，惟二麥生，《易》所謂「復見天地之心」者也。乾爲金，麥金王則生，廢則死，歷四時而成，謂之首種，爲百穀繼絶續乏。《春秋》無麥則書，故郊稷特舉之也。〇一章 仰思文德之后稷，真能配天。天能生民，不能使民自養，所以粒食我衆民者，莫非爾德之極也。誕降嘉種，貽我以二麥，皆上帝之命。徧養下民者，惟稷代天敷教，民食足而禮義生。無此疆爾界，布陳常道于諸夏，厚生正德，孰匪其功？信乎文德配天也。〇文，文德也，綏治以文。立作粒，《書》云「烝民乃粒」。率育，徧養也。常，人倫也。時，是也。夏，中國也。

《思文》一章八句。

毛詩原解卷三十二終

毛詩原解卷三十三

臣工之什

自此至《武》，凡十篇。

嗟嗟臣工，敬爾在公叶孤。王釐離爾成，來咨來茹孺，叶如。嗟嗟保介叶計，維莫之春。亦又何求叶忌，如何新畬叶御？於皇來牟叶芒，將受厥明。明昭上帝，迄用康年叶林。命我衆人叶義，庤止乃錢剪鎛博，叶孛，奄觀銍質艾刈。

《古序》曰：「《臣工》，諸侯助祭，遣於廟也。」○朱子改爲戒農官，非也。戒農官，何與於《頌》？諸侯守土，民事爲先，故《風》歌《七月》以戒君，《雅》陳《楚茨》以刺時，《商頌》以稼穡免禍謫，《洛誥》以明農敘正父，孟子謂三王巡守，諸侯述職，以田野治爲慶。故于來朝助祭歸，而申飭王章，稼穡其首務也。周先公力農開國，故告于廟，以祖德訓之，所以爲《頌》。呼保介者，車馬臨行之辭。介，甲也。勇士衣甲，立車右爲保護，《月令》「參保介之御閒」是也。將行呼保介，猶「敢告僕夫」之意。宗廟之祭，以仲春。諸侯朝正來，二月助祭畢，歸及莫春矣。二麥將熟，故即時物告之。

○一章　嗟爾從行臣工歸矣，尚敬慎爾之在公乎？王賜爾以舊章，其來咨謀之，來茹度之，勿自用自專，壞成法也。爾保介歸矣，念民事在農，農事在春，今已春莫，他又何求？二歲之新田，三歲之畬田，如何乎無有荒蕪未闢者乎？美哉二麥將熟，秋稼繼之。天賜昭明不爽，迄秋又將豐年矣。早命農夫具銚鋤，芟治田畝，奄忽之閒，觀持鐮以刈稻矣。不先事而可望穫乎？○臣工，諸侯之羣臣百工。呼其臣戒之，所以戒諸侯也。公，公家也。釐，賜也。成，成法，凡禮樂制度諸侯當守者皆是。莫春，夏正三月，周正建子，而朝聘祭享，仍用夏時。田二歲曰新田，三歲曰畬。庤，具也。錢，銚也，刀屬。鎛，鋤也。銍，鈎鐮也。艾、刈同。

《臣工》一章十五句。

噫嘻希**成王，既昭假**格**爾**叶五。**率時農夫，播厥百穀**叶古。**駿發爾私，終三十里**叶吕。**亦服爾耕，十千維耦**叶羽。

《古序》曰：「《噫嘻》，春夏祈穀于上帝也。」○朱子改爲戒農官之詩，非也。按：《月令》孟春「天子以元日祈穀于上帝」，仲夏「大雩帝，以祈穀實」，此即其樂歌也。《春秋傳》曰：「啓蟄而郊，龍見而雩。」啓蟄，仲春建卯之月也。蒼龍之宿，昏見于東方，則孟夏建巳之月也。與《月令》小異，然其爲春、夏同也。○一章　噫嘻！我周自后稷以來，世勤稼穡，以成王業。爾農夫既昭明感假于天矣，我不敢失墜。率是農夫，播其百穀，疾發其私田，終萬夫三十里之地，無曠土也。亦服爾

之耕事，萬夫同出，無遺力也。爾惟克勤，其昭假寧有已乎？○噫嘻，歎辭。成王，成就王業也。昭，明也。假，格也。《大雅·烝民》云「天監有周，昭假于下」，與此同。爾，謂農夫。時，是也。駿，大也。發，以耜啓土也。私，私田也。不及公田，爲民祈也。三十里，萬夫之田。一夫百畝，廣一步，長百步，曰畝。四方長廣皆百步，曰百畝。萬夫之田，長廣各百夫也。以一夫百步之長積之，三夫一里，百夫三十三里也。言「三十里」，舉成數耳。《周禮》：「夫間有遂，遂上有徑；十夫有溝，溝上有畛；百夫有洫，洫上有塗；千夫有澮，澮上有道；萬夫有川，川上有路。」

《噫嘻》一章八句。○按：《頌》皆事神之樂，而不言鬼神。子云：「務民之義，敬鬼神而遠之。」子産云：「人道邇，天道遠。」故《頌》于郊，不言天，言聖人；于廟不言鬼，言功德；祈不言福，言人事。此章祈年，與後章報賽，皆言農夫勤動勞苦，而所謂格天事神者在其中。故曰：人者，鬼神之會。祭祀，聖人務所以爲民之義，而天地鬼神弗能違矣。《詩》至頌而愈遠，故曰：「興於詩，成於樂。」

振鷺于飛，于彼西雝。我客戾止，亦有斯容。在彼無惡，在此無斁妒。庶幾夙夜，以永終譽。

《古序》曰：「《振鷺》，二王之後來助祭也。」○按：武王克商，封微子于宋。求禹之後，得東樓公，封于杞。武王崩，成王誅武庚，黜殷，以微子爲殷後，與夏之後杞皆客焉。二客來助祭，

則告于廟。鷺，白鳥也。人臣精白乃心，弗緇其節，似之。鷺善羣。西雝，西京之辟雝。雝，和也，爲無惡斁之比。有斯容，諷其心也。○一章 白鷺振羽而飛，于彼西京之辟雝。我客以精白西歸，羽翼王家，戾止周庭，其儀容脩整似之，而心思皭然可知已。在彼國人情愛戴，無有怨惡者，在王朝猜疑盡釋，無厭斁者，庶幾夙夜敬戒，保此美譽，長永善終矣。○西，西京也。雝，澤也，即辟雝。戾，至也。彼，謂杞、宋本國；此，謂周廟也。

《振鷺》一章八句。

豐年多黍多稌吐，**亦有高廩**叶魯，**萬億及秭**子。**爲酒爲醴，烝畀祖妣，以洽百禮，降福孔皆**叶己。

《古序》曰：「《豐年》，秋冬報也。」○萬物至秋冬而成且終矣，故祭以報之。秋則享帝于明堂，祭四方，冬則祭八蜡。通用此詩，故概言「報」。○一章 黍宜高燥而寒，稌宜下濕而暑。大有之年，高下皆熟，故黍、稌多而百穀可知已。亦有高大之廩，其中積貯之多，萬而億，億而秭。以爲酒醴，進于先祖妣，以備祭祀之百禮。上帝百神降福，無不徧也，敢忘報乎？○春種暑熟曰黍。稌，稻也。米曰廩，穀曰倉。數萬至萬曰億，數億至億曰秭，泛言數之多也。醴，酒漿之和滓者。烝，進也。畀，予也。言黍稌之多，可以備祭祀也。

《豐年》一章七句。

有瞽有瞽，在周之庭。設業設虡巨，崇牙樹羽。應田縣鼓，鞉桃磬柷祝圉語。既備乃奏叶祖，簫管備舉以上六句與瞽叶。喤喤厥聲，肅雝和鳴，先祖是聽。我客戾止，永觀厥成以上五句與庭叶。

《古序》曰：「《有瞽》，始作樂而合乎祖也。」○此周公制禮作樂成，大合諸樂奏之，以告于文王之廟，非爲祭祀也。《禮》曰：「凡釋奠，必有合也。凡大合樂，必遂養老。」此則爲「始作樂」而已，亦非爲「釋奠」「養老」也。○一章 樂工用瞽，以目無見而聽音審也。瞽非一人，皆在周之廟庭，非復夏商之舊矣。於是設懸樂之具，横板以爲業，植木以爲虡。業上畫牙，其狀崇然，虡上樹以鳥羽。小鼓爲應，大鼓爲田，皆懸之。有持柄而摇之鞉，有玉石之磬，有起樂之柷，止樂之圉。諸器既具，瞽工乃奏，及編竹之簫，併兩之管，無不備作。喤喤其聲之盛也，肅焉成文，雝焉協律，諧和齊鳴。先祖之神，降而聽之。我客來周庭者，亦平情釋怨，永觀其終矣。○瞽，樂官，無目曰瞽，取聽專也。稱周庭，明非商之舊也。縣鼓，懸其鼓于虡上，周制也。夏后氏足鼓，殷人楹鼓。柷，以木爲之，狀如漆桶中有椎，投于其中而挏洞上聲之，以起樂也。圉作敔，亦木爲之，狀如伏虎，背上刻爲三十七鉏鋤上聲鋙語，以木長尺櫟歷之，以止樂也。簫，編小竹管爲之。大簫二十三管，長尺四寸；小者十六管，長尺二寸。一名籟，一云鳳簫，其管參差如鳳翼也。管，如笛而小，併兩管而吹。我客，二王後。成，樂終也。

《有瞽》一章十三句。

猗衣與余漆沮疽，潛有多魚。有鱣蟬有鮪委，鰷鱨鰋偃鯉。以享以祀史，以介景福叶否。

《古序》曰：「《潛》，季冬薦魚，春獻鮪也。」○魚至冬月大寒降，則性定而肥，漁師始漁。先薦寢廟，至春，王鮪來，則薦鮪。此其樂歌也。○一章 美哉漆、沮二水，深潛之處，有多魚：有似鮪而大之鱣，有似鱣而小之鮪，有白色之鰷，有黃色之鱨，有無鱗之鰋，有三十六鱗之鯉。取之以享獻祭祀，以介于祖考，而得大福也。○鱣，色黃，大者重千斤，一名鱘鱑。鮪，色青黑，江東人謂之鱘。大者曰王鮪，小者曰鮇叔鮪。世傳河南鞏縣東北山崖中，有穴通江湖。鮪魚春從此來，北入河，西上龍門入漆、沮，故漢張衡賦云「王鮪岫居」也。鰷，一作儵，色白狹而長。鱨，色黃。鰋，一名鮎，無鱗，多涎。鯉，色赤。餘詳《小雅·魚麗》篇。介，因也，因祭而得福也。景，光大也。

《潛》一章六句。

有來雝雝，至止肅肅。相象維辟公，天子穆穆。於烏薦廣牡，相予肆祀叶史。假哉皇考，綏予孝子。宣哲維人，文武維后。燕及皇天叶汀，克昌厥後。綏我眉壽叶丑，介以繁祉。既右烈考叶口，亦右文母叶米。

《古序》曰：「《雝》，禘大祖也。」○此禘大廟之樂歌。大祖，周始祖。禘行於太祖廟，追祀太祖所自出之帝，而下逮羣廟之主，即所謂大祫也。合饗曰祫。先公、先王皆在，詩獨言「皇考」者，

歸功於始禘也。禮：不王不禘。周之有禘，自武王始，猶《商頌》五祭皆言湯，以商有天下自湯始也。《序》云「大祖」者，后稷也。詩云「孝子」者，成王也。「皇考」「烈考」者，武王也。「文母」者，邑姜也。稱「天子」「辟公」、「廣牡」「相祀」者，表大禮也。魯以大夫歌《雝》，夫子非之，於《春秋》書禘，於《詩》録《雝》，《春秋》之志也。鄭氏以「大祖」爲文王，朱子因改爲武王祀文王之詩。夫文王穆考，世室主稱「大祖」，則后稷何加焉？武王末受命，雖有王祭，禮樂未興，周公成文、武，乃制禘作《雝》。故其詩亦頗似武王語，蓋後王禘祭通用也。鄭謂禘與祫殊，禘三年，祫五年，禘大於四時而小於祫，此緯書之説也。夫祭未有大於禘者矣。禘，帝也。三王始祖，皆古帝之苗裔。王者追祭始祖所自出之帝，故曰禘，非審諦昭穆之謂也。子孫祀遠祖，豈宜太疏？莫遠於天而歲再舉，孫祭祖而三年五年，不已疏乎？遠祖格則羣主咸集，故曰祫。《商頌》「濬哲」，亦禘也，徧及羣公先正，即祫也。禘惟合享，故其禮重。魯僭禘，《春秋》《論語》譏之，未言禘上有祫也。或云：時祭亦有禘有祫，諸侯亦有禘有祫。夫禘之爲時祭，以禘舉于春也。祭莫大于春，其次莫大于秋。春爲歲首，秋爲物成。《魯頌·閟宮》曰「春秋匪解」，《郊特牲》曰「春禘秋嘗」，《祭義》曰「君子合諸天道，春禘秋嘗」，子云「明乎郊社之禮、禘嘗之義，治國其如視諸掌」，故禮莫大乎禘嘗也。諸侯之有禘、祫，以其亦有始祖，有合食，襲用其名，而禮非諸侯所得盡也。○一章　大禘舉而羣后集，來自彼國，雝雝非勉强；至止周庭，肅肅無惰容。相助我祭祀者，維辟公。主祀者，維天子，至敬無文，穆穆如也。於哉辟公，薦廣大之牲，助我陳設。豈予能致此？皆大哉皇考之賜，安我孝子也。皇考宣通明哲，立

人之極，文德武功，克君之道，安民之德，上及皇天，故能昌大其後嗣，使沖人歷服，綏以眉壽，坐撫盈成，介以繁祉。今日之祭，既侑食我烈考，亦侑食我文母。追崇罔極，有自來也。匪皇考，烏能及此乎！○相，助祭也。辟公，諸侯也。穆穆，深遠也。廣牡，大牲也。肆，陳也。假，大也，極也，解見《大雅・文王》篇。綏，即「燕翼」也。予孝子，成王自稱也。宣，通也。哲，察也。燕，安也，安上天求莫之心也。眉壽，眉秀則多壽也。成王幼沖，故詩每言壽者，祝願之辭。繁祉，多福也。右、侑通，勸食也。烈，光也。母有懿範故稱文，猶所謂「女士」也。

《雝》一章十六句。

載見辟必**王，曰求厥章。龍旂陽陽，和鈴央央。鞗革有鶬，休有烈光。率見昭考**叶口，**以孝以享，以介眉壽**叶守。**永言保之，思皇多祜**叶虎。**烈文辟公，綏以多福**叶甫，**俾緝熙于純嘏**叶古。

《古序》曰：「《載見》，諸侯始見乎武王廟也。」○按：武王年八十生成王，九十三崩，成王立，年十有三，非甚童穉也。此即其喪畢，朝諸侯，率以見于武王廟之樂歌。詩明徵如此，世儒惑于《明堂位》云「周公負扆踐祚，七年而後致政」，併强此詩爲七年後，王親政作。蓋據《洛誥》云：「周公誕保文、武受命，惟七年。」彼謂成王七年，周公留洛耳，非謂七年前，成王未親政也。十三歲，天子尸居，而又七年，則二十矣，乃始見諸侯乎？初年以流言疑忌叔父，豈幼沖無知者之所爲乎？

○一章 諸侯始見辟王，以辟王新立，來稟受王章也。車上建交龍之旂，陽陽鮮明，軾前之和與旂上之鈴，央央和鳴。馬轡首鞗革，當鸞鑣之間，鶬然有聲。來朝之儀，皆太平物色，豈不休美有烈光乎？率此辟公，見于昭考武王，以致其孝，以行其享，以因享而得眉壽，以長保美哉之多祜。則此多祜，非自致，實爾烈文辟公，助祭感格，安我以多福，使我緝熙于純嘏耳。○載見，始見也。辟王，成王也。章，法度也。旂上曰鈴，在鑣曰鸞，在軾曰和。央央、有鶬，皆聲也。鞗革非鈴而言聲者，鸞鑣之聲也。烈，光之甚也。昭考，武王廟，居左爲昭。

《載見》一章十四句。

有客有客，亦白其馬叶米。**有萋有且**叶疽上聲，**敦**堆**琢其旅。有客宿宿，有客信信**叶洗。**言受之縶，以縶其馬**叶米。**薄言追之，左右綏**雖**之。既有淫威，降福孔夷。**

《古序》曰：「《有客》，微子來見祖廟也。」○按：武王誅紂，封微子于宋。成王誅武庚，遂命微子後殷。此其始受命來見周廟，故舉武庚事以諷之，曰「威」曰「福」，尋常祭享不及此。辭雖頌客，而亦告于廟，故皆爲《頌》。○一章 有客有客，天子不以臣蓄之，而禮因先代，所乘馬猶之白也。其威儀萋苴然隆盛，其從行之衆敦琢如金玉。客至此，其宿宿乎？勿遽歸也，其信信乎？勿一宿遂去也。授之縶，以縶其馬，馬留客亦留也。去則追餞之，左右無方以安之。既往之事，乃其禍淫之威，今嘉予善人，降福甚平夷，而無所猜忌矣。○客，指微子。白，殷色。萋苴，盛貌。敦，雕也。

治金曰雕，治玉曰琢。旅，從行卿大夫也。一宿曰宿，再宿曰信。重言者，非一之意，所以留之也。淫，凶淫，指紂與武庚也。威，謂誅紂討武庚也。夷，平也。

《有客》一章十二句。

於烏皇武王，無競維烈叶良。允文文王，克開厥後叶虎。嗣武受之，勝殷遏劉叶柳，耆定爾功叶股。

《古序》曰：「《武》，奏《大武》也。」○按：周公象武王之功，爲《大武》之樂。樂成，奏于武王廟。《大武》有舞，詳見《樂記》，此其歌也。頌武而思文者，昭德爲威，所以大武也。○一章 於乎大哉！武王有莫彊之功烈，非徒以武功耳。信哉我文德之文王，能開基貽後，而文教未敷。我武王嗣受之，既勝殷，乃櫜弓戢矢，止其刑殺，久而後定，文教大洽，治平功成。武王之武，何以異于文王之文乎？○皇，大也。遏，止也。劉，殺也，解見《王風·丘中有麻》及《大雅·桑柔》篇。耆，久也，《皇矣》云「上帝耆之」。武王立十一年，而始伐紂；成王立七年，而後黜殷：久而後定也。

《武》一章七句。

毛詩原解卷三十三終

毛詩原解卷三十四

閔予小子之什

自此至《般》，凡十一篇。

閔予小子，遭家不造叶助，嬛嬛煢在疚救。於乎皇考叶姤，永世克孝叶臭。念茲皇祖叶疽上聲，陟降庭叶聽止。維予小子，夙夜敬止。於乎皇王，繼序思不忘。

《古序》曰：「《閔予小子》，嗣王朝於廟也。」○此成王既免喪，而見於先王廟之詩。以下四篇，成王守成之事，而詩多裁自周公，借祖考之靈，光訓嗣王，故告於廟。後世遂以登歌，昭功德，爲憲章，故皆爲《頌》。○一章　悲閔哉小子，遭皇考新喪，王業草創，嬛嬛失怙，在憂病之中。於乎皇考，終身克孝，以思念皇祖，一陟一降，宛然見行事於家庭。今予小子嗣服，懼弗克孝，夙興夜寐，必恭敬止。於乎皇王，予亦欲承繼此序不忘耳。○不造，未就也。嬛嬛，猶煢煢，無依也。庭，宮庭也。皇王，兼指祖考也。

《閔予小子》一章十一句。

訪予落止，率時昭考。於乎悠哉叶沸，朕未有艾叶禊。將予就叶勦之叶止，繼猶判渙。維予小子，未堪家多難去聲。紹庭上下叶虎，陟降厥家叶罔。休矣皇考叶可，以保明其身叶商。

《古序》曰：「《訪落》，嗣王謀於廟也。」○成王既朝於廟，而遂進羣臣以謀之也。餘見前。

○一章 作事貴始，予謀於始，率循昭考武王之道。於乎遠哉！聖凡懸隔，朕未能竟也。羣臣扶我遷就，以求繼述，猶判渙不合也。予幼沖無知，國家多難未堪。惟於朝廷，紹皇考上下之蹟；於家庭，奉皇考陟降之遺：守而無失。休美哉皇考，庶賴以保安明覺我身，不至傾迷而已矣。○訪，謀也。落，始也。草木實落始生，故謂始爲落。艾，終也。艾老則乂，故謂終爲艾。堪，任也。多難，謂天下未平也。上下、陟降，猶見於羹牆之意。

《訪落》一章十二句。

敬之敬之，天維顯思，命不易哉叶茲。無曰高高在上，陟降厥士，日監在茲。維予小子，不聰敬止。日就月將，學有緝熙于光明叶芒。佛弼時仔茲肩叶姜，示我顯德行叶杭。

《古序》曰：「《敬之》，羣臣進戒嗣王也。」○朱子改爲成王述羣臣之戒，非也。蓋羣臣進戒王，而王嘉納之，其辭如此，亦周公之志也。餘見前。○一章 羣臣進戒，若曰：「敬之哉，敬之哉！天道甚明，命不易保。無謂高遠在上，人主一陟一降之事，無日不監視于此，奈何不敬？」王若曰：「維予小子不聰，

未能敬也，願學焉。日有所成，月有所進，緝續純熙，至于光明。爾諸臣尚輔弼我所克任，示以顯明之德行，庶不迷所從耳。」○厥士，厥事也。將，進也。緝，續也。熙，照也。佛、弼通，孟子所謂「法家弼士」也。仔，克也。肩，任也，任在肩。

《敬之》一章十二句。

予其懲叶綻，**而毖後患。莫予荓**聘**蜂**叶范，**自求辛螫**釋，叶善。**肇允彼桃蟲**叶懺，**拚**盤**飛維鳥。未堪家多難**叶去聲，**予又集于蓼**了。

《古序》曰：「《小毖》，嗣王求助也。」○成王既誅管叔、武庚，而訪於羣臣，亦周公之志也。初，周公使管叔監殷。管叔以殷叛，成王執管叔誅之，悔其始使，而公亦自悔也，故曰「荓蜂」「求螫」。方武王誅紂，宥其子，人以爲孤雛耳。未幾，挾徐、奄諸國叛，周公東征三年而後定，此桃蟲之爲大鳥也。詩與《康誥》《召誥》，皆裁自周公，而此詩哀死之意微，慮患之計深，不如《常棣〔一〕》《鴟鴞》悲惋者，彼公自言而此爲王言也。稱「小毖」，自謙求助之辭，天下之患，未有不狃于小者。餘詳前。○一章 予自今其懲創往事，而謹毖後患乎？人近蜂則被螫。前日之事，無人使蜂螫我，我自

〔一〕「常棣」，原作「棠棣」，諸本及《毛詩序說》同。此指《小雅·常棣》篇，「常」「棠」形近而誤，今改。

求之。今而後，始信彼桃蟲之微，果能翻飛爲大鳥也。凡事始于微，卒于巨，可不毖哉！予智識短淺，無克家定難之才，又遭遇辛苦之地，諸臣可舍我弗助邪？○荓，使也。莫予，言無人使我也。辛螫，辛苦之毒螫也。肇，始也。允，信也。桃蟲，小鳥，鷦鷯也。其雛化爲鵰，鵰，大鳥也。拚與翻同。集，會遇也。蓼，草名，其味辛苦。

《小毖》一章八句。

載芟刪載柞叶窄，其耕澤澤。千耦其耘，徂隰[一]徂畛真。侯主侯伯，侯亞侯旅，侯彊侯以。有嗿貪上聲其饁，思媚其婦叶甫，有依其士上聲。有略其耜上聲，俶載南畝叶美。播厥百穀，實函斯活叶忽。驛驛其達叶特，有厭其傑。厭厭其苗，緜緜其麃標。載穫濟濟泲，有實其積叶上聲，萬億及秭子。爲酒爲醴，烝畀祖妣，以洽百禮。有飶其香，邦家之光。有椒其馨，胡考之寧。匪且與茲叶，賫有且，匪今斯今，振古如茲。

《古序》曰：「《載芟》，春籍田而祈社稷也。」○朱子改爲秋冬報賽之樂歌，非也。《良耜》爲報，

［一］「徂隰」，原作「阻隰」，諸本同。郝氏後釋此句云「或往下濕之隰，或往溝上之畛」，又云「皆『徂隰徂畛』之衆」，知「阻」當作「徂」，形近而誤，今改。

此篇爲祈，卒章云「邦家之光」「胡考之寧」「振古如兹」，祈之辭也，與《良耜》卒章殊。此援古以祈之，彼續古以報之。籍，借也，借民力治田也。或曰：典籍之田，供宗廟之典籍也。天子千畝，諸侯百畝。《月令》孟春：「天子以元日祈穀于上帝。乃擇元辰，親載耒耜。帥三公、九卿、諸侯、大夫，躬耕帝籍。」此其祈穀于社稷之樂歌也。《噫嘻》祈年于上帝，其辭簡，上帝尊也；此詩祈年于社稷，其辭詳，社稷親也。《噫嘻》專爲民祈，此則因籍田併及民耳。○一章 草木不除，則田不治。始芟以除草，始柞以除木，草木去而耕，其土澤然解散，地廣功多。芟柞耘治，千夫合耦，或往下隰之隰，或往溝上之畛。主爲家長者，伯爲長子者，亞爲仲叔者，旅爲家衆者，有自治百畝之外，餘力來助爲彊者，有無常業，傭工爲以者：皆「徂隰徂畛」之衆也。人多飲食，嗿然有聲，其婦來餉，其夫媚之，婦亦依士勞之，勤苦相恤也。以略然剡利之耜，始事南畝。既耕乃播，其實含氣而活。驛驛然生長條達，受氣厭足者，傑然特出。久之厭厭均足，可以耘矣，緜緜穮耘詳密。至秋成，載穫之人，濟濟衆多，其實積而萬及億，億及秭。爲酒醴，進祖妣，洽合祭祀之百禮。品物雖多，禮主於酒：飶然其香，以供賓客，是邦家文明之光也；椒然其馨，以養耆老，是胡考所安寧也。收成之繫於國家大矣，非獨此一方有此稼穡之事，非獨今日有此豐年之慶，自古如此，惟神降康，無替引之可也。○載，始也。除草曰芟，除木曰柞。澤澤，猶釋釋，土解散貌，古澤與釋通。耘，即芟柞也。徂，往也。侯，語辭。彊，餘力也。以，傭也。嗿，衆飲食聲。媚、依，相慰勞也。略，利也。百穀，高下燥濕，非一種也。

實，種子也。函，含氣也。活，生也。驛驛，速達貌。達，出土也。厭，足也。傑，先長也。厭厭，齊足也。綿綿，詳密也；麃，耘也：耘不詳密，則草漏而反傷苗。濟濟，穫之衆也。飶、椒，皆香也。胡，頷下垂貌，老人之狀。考，老也。且，猶此也，亦甚之之辭。

《載芟》一章三十一句。

畟畟測**良耜**叶洗，**俶載南畝**叶每。**播厥百穀，實函斯活**叶忽。**或來瞻女**汝，**載筐及筥，其饟伊黍。其笠伊糾**叶絞，**其鎛斯趙**叶爪，**以薅**蒿**荼蓼**了。**荼蓼朽止，黍稷茂**某**止。穫之挃挃，積之栗栗。其崇如墉，其比如櫛，以開百室。百室盈止，婦子寧止。殺時犉**淳**牡，有捄其角**叶六。**以似以續，續古之人**叶肉。

《古序》曰：「《良耜》，秋報社稷也。」○前篇祈年，此有年而遂報之。○一章　畟畟然銛利之善耜，春始事南畝，以播百穀，其實含氣而生，至夏而耘。農夫在田，婦子來瞻，載筐筥以盛饟黍。農人首戴笠而糾以繩，執其鎛鋤，趙然敏疾，以薅陸草之荼、水草之蓼。荼蓼朽則黍稷茂，至于秋收，穫之挃挃有聲，積之栗栗不秕。積高如墉，比密如櫛，開一族之百家，同時以入穀。百室充盈，婦子飽煖安寧，孰非神賜乎？乃殺黄黑之牡牛，其角捄然長曲，以報享社稷。似往歲而續來歲，使先農先穡之祭，引之無替也。○畟畟，刃利入土之狀。良，快利也。來瞻汝者，婦子也。瞻，省視也。方曰筐，

圓曰筥，皆竹器，以盛飯也。《喪大記》云「食于簋」，簋與筭同，《漢書》所謂「筭食器」〔一〕也。饟、餉同。笠以蔽日禦雨，糾以繩結之也。鎛，鋤也。趙，趨也，急疾意。薅，去草也。荼蓼，草名，陸曰荼，水曰蓼，田有高下也。挃挃，穫聲。墉，城牆也。櫛，理髮器。百室，一族也。《周禮》「五家爲比，五比爲閭，四閭爲族」，凡百家也。百夫同洫而耕，故同時納穀也。黄牛黑脣曰犉。捄，角曲貌。禮：祭社稷，牛角尺。陰祀用黝牲，謂祭地及社稷也。社，土神，尚黄。必黑脣者，地色黑爲正，黄爲美。古之人，先農先穡也。

《良耜》一章二十三句。

絲衣其紑浮，載弁俅俅。自堂徂基，自羊徂牛。鼐奈鼎及鼒兹，兕觥其觩，旨酒思柔。不吳譁不敖，胡考之休。

《古序》曰：「《絲衣》，繹賓尸也。」毛公曰：「高子曰：靈星之尸也。」○此祈蠶之祭，繹而儐尸之樂歌。《月令》季春：「天子薦鞠衣于先帝。」鞠衣，黄桑衣。先帝，太昊，木德之君，司蠶桑者。薦衣，祈蠶也。《周禮·内宰》：「仲春，詔后率内外命婦始蠶于北郊。」此即春祭薦衣

〔一〕「筭食器」，諸本同。按：《漢書·元后傳》云「獨置孝元廟故殿以爲文母簋食堂」，此「筭食器」疑即「簋食堂」之誤。

祈蠶之尸。靈星，龍星，即房星，東方蒼龍之宿。蠶爲龍精，尸以象之。凡尸象神，神象物。絲衣戴弁者，尸服也。蠶爲絲，故衣絲。紑，潔白也，象蠶色。蠶、馬同氣，蠶首似馬。俅俅，下曲貌。弁無曲者，象蠶形也。祭必繹尸，所以報也。大夫以下，祭于室。即日賓尸于堂，謂之儐。諸侯以上，有室事，有堂事。祭之明日，賓尸于廟門外，謂之繹。繹者，天子賓尸之名。繹，繼也，繼昨日也，又謂之祊。門内外曰祊，始祭迎神于廟門内，《楚茨》所謂「祝祭于祊」也；明日送尸于廟門外，《春秋》所謂「辛巳，有事于大廟；壬午，繹」也。《禮器》曰「爲祊乎外」，祊、繹皆廟門外西塾，鬼事尚右也。古者，門東西有堂室曰塾。《郊特牲》曰「繹之于庫門内，祊之于東方」，失之矣。「庫門内」失，「廟門外」是也；「于東方」失，「于西方」是也。庫門，大門也。廟門在庫門内，左繹當在廟門外西塾也。言「繹」又言「賓尸」，繹者，賓尸之名；賓尸者，繹之事也。引高子語，明所賓者，蠶神之尸也。漢有靈星祠，蓋舉時人所知者證之。鄭康成據《士冠禮》絲衣爵弁，附合《雜記》「士弁而祭于公」之説，以絲衣戴弁爲士，徂堂基、牛羊、鼎爲省牲器。夫繹禮殺于正祭，牲牢器皿皆用祭之餘。《有司徹》云「掃堂，燅尸俎，行禮」，非别殺牲，先夕省視也。果爾王親省，則大小宗伯宜從，豈越卿大夫而用士乎？鄭云「繹禮輕，故用士」，然則王又何必親省也？詩言「自堂徂基」者，即《少牢》云：「祭畢，尸出廟門外俟儐。」天子明日儐，則昨日堂上之尸，今往儐于門基也。言「自羊徂牛」「鼐鼎及鼒」者，牲、鼎皆自堂往門。始祭，牲入，先大牢，後少牢。徹，故羊先出而牛從之。鼐、鼎大以烹牲體，鼒小以盛和羹。羹近尸，牲近外，故鼐先出而鼒從之。猶《士虞禮》「朼者逆退

復位」之類，皆自堂往基之序也。「兕觵」以下，則祝願之辭。鄭以「絲衣載弁」爲助祭之士，《朱傳》改爲祭而飲酒，則《序》言「繹賓尸」與高子言「靈星」，皆無謂矣。夫衣食者，民之命；農桑者，國之本。《三百篇》農祭之詩多矣，蠶祭惟此一篇，故聖人刪存之。朱子謂《序》誤，高子尤誤，不自知其誤也。○一章 昨日之祭，爲蠶絲也。今尸賓來燕，絲衣紑然潔白，戴弁于首，俅俅然下曲。昨者爲尸于堂，今者爲賓于門，門基之燕，自堂往也。昨者牲薦于堂上，今改設于門外，羊俎出而牛俎從之，大鼎出而小鼎從之。移堂上之尊罍，以飲于塾。兕觵觩然其曲，飲此旨酒，内思和柔，無諠譁傲惰之容，德盛禮恭，宜得壽考之休矣。○絲衣，以絹帛爲衣，不用布也。紑，潔白貌。弁，冠也。堂下曰基。天子臺門，故謂門爲基，即塾也。徂，往也。羊、牛，牲體也。自廟往門，故曰徂。大鼎曰鼐，小鼎曰鼒。思柔，温恭之意。吴、譁通，大言也。胡考，猶言胡耇，解見前篇。休，美也。

《絲衣》一章九句。

於烏**鑠**爍**王師**叶賽，**遵養時晦。時純熙矣，是用大介。我龍受之，蹻蹻**矯**王之造**叶菜。**載用有嗣，實維爾公**句，**允師**叶賽。

《古序》曰：「《酌》，告成《大武》也。」毛公曰：「言能酌先祖之道，以養天下也。」○《大武》，武王之樂。《春秋傳》引《武》之卒章曰「耆定爾功」，即《武》也；其三曰「鋪時繹思」，即《賚》也；其六曰「綏萬邦，屢豐年」，即《桓》也。武樂歌非一，《酌》亦武樂，《春秋傳》作「汋」，

但未定第幾章耳。《序》云「告成《大武》」，寵受王造，是武成也。酌，相時也。晦則養，熙則用時也。時者，天之運，聖人之中。聖人至公無私，故道莫大乎時，而用莫大乎酌。毛氏因「遵養」之語，及「養天下」，明武非力服也。孟子曰：「以善養人，然後能服天下。天下不心服而王者，未之有也。」

○一章 於盛哉！武王之師，始而遵守恬養，時方韜晦，酌于紂惡未稔之先，未嘗有利天下之意。及時既純光，人心同而天命集，是用大介，一戎衣有天下。酌于時不可已，又烏容有棄天下之意？今我後人，寵受此蹻然壯烈之王造，所以繼之者，惟爾太公無私，信于衆心耳。使自利自私，拂天違時，羣心不信，何以長世永保乎？○鑠，盛也。王，武王。介，甲也。大介，猶大軍。龍，寵也。蹻蹻，武貌。造，爲也。公，無私也。允，信也。師，衆也。

《酌》一章九句。○《毛傳》「允師」二字爲句，朱子改爲八句，今從毛。

綏萬邦，屢（慮）**豐年**（叶良），**天命匪解**（懈）。**桓桓武王，保有厥士**（叶賽）。**于以四方，克定厥家**（叶介）。**於**（烏）**昭于天，皇以閒**（叶肩）**之。**

《古序》曰：「《桓》，講武類禡也。」毛公曰：「《桓》，武志也。」○按《春秋傳》，此武樂第六章。頌武王伐商講武，類于上帝，禡于先戎也。凡天子將出征，祭上帝，曰類；至所征之地，祭始造軍法者，曰禡。武王伐紂，告于天地鬼神，武舞象之，而歌以言其志。在安民、保士、定家，非利天下也，故曰「武志」。朱子以詩稱「武王」爲疑。夫講武類禡，武王伐商時事，而詩非伐商時作也。

周公爲武舞，因爲歌，歌非一章，頌非一事：《武》頌功，《酌》頌成，《桓》頌志，《賚》頌賞，《般》頌巡行，皆武樂也。而作于成王世，何得不稱謚？既云「綏萬邦，屢豐年」，則詩非成于當年，明矣。○一章 我武王伐紂，以萬邦毒痡，將綏安之也。民心悦而天意順，屢獲豐年之祥，非但一時，蓋久而不懈也。當商紂暴虐，賢人播棄，桓桓然武王，能保有厥士，用于四方，克定其國家。於乎！其德上昭于天，故君天下以伐商也。○士，賢士。以，用也。用之四方，謂列爵分土也。皇，君也。閒，代也。

《桓》一章九句。

文王既勤止，我應平聲受之，敷時繹思。我徂維求定，時周之命。於烏繹思。

《古序》曰：「《賚》，大封於廟也。」毛氏曰：「賚，予也。言所以錫予善人也。」○按《春秋傳》，此武樂第三章。武王克商有天下，大封將帥功臣四百人，兄弟之國十有五人，姬姓之國四十人，所謂「賚」也。廟，文王廟。古者爵人，必於祖廟，示不敢專也。○一章 文王勤勞天下至矣，我承受之，布文王德意，以大賚天下，使人紬繹深思。所以爲此，維往求天下安定而已，是我周新命，非殷之舊政也。於乎諸臣，思文王垂創之艱，體我徂求定之意，庶大賚爲不徒耳。○應，承也。敷，布也；時，是也：即分封也。繹，尋思也。徂，往也。

《賚》一章六句。

於皇時周叶占，陟其高山叶千。嶞妥山喬嶽叶噩，允猶翕河叶霍。敷天之下叶忽，裒時之對叶旦，時周之命叶慢。

《古序》曰：「《般》，巡守而祀四嶽河海也。」○舊以此爲朝會祭告之樂歌，非也。篇名「般」，「盤」通，行遊也，《書》云「盤于遊畋」。媻姍勃窣，行路之貌。天子巡守，按節徐行，故謂之「般」，與《武》《酌》《桓》《賚》并目，亦武樂之一章耳。武樂各章殊事，而此爲巡行之事，《樂記》所謂「四成而南國是疆」者也。若朝會祭告之樂，《時邁》具已。或云「頌成王」，則不應篇名與《武》《酌》等同例也。○一章 於乎君哉，是周也！其巡守所至，登其高山，及嶞然狹長之小山，與喬高之四嶽，凡山阜丘陵，出雲氣爲風雨者，皆祀之。以誠允之心，謀猶翕合之河而祭之。徧天之下，山川之神，皆如是裒聚對越，此我武王革商以後，一代之新命也。○皇，君也。時，是也。嶞山，山之狹而長者。允，誠也。猶，謀也，如「載謀載惟」之謀，謀其禮也。翕，合也。河受衆流，謂之翕河。《禹貢》「播爲九河，同爲逆河」，注曰「同合爲一大河，名逆河」，即翕河也。敷，徧也。裒，聚也。對，對越也。

《般》一章七句。○《酌》以下四章，皆武王詩。次成王後者，武樂或定于成王之季年也。

毛詩原解卷三十四周頌終

毛詩原解卷三十五

郝敬　解〔一〕

魯頌

魯，少昊之墟，在《禹貢》徐州蒙、羽之野。成王以封周公長子伯禽，謂周公大造王室，文、武至親，葬祭禮樂，使得儗王者。及周衰，諸侯放恣，魯承先緒，浸淫不軌。至僖公，用郊三望，漸及大夫歌《雝》，家臣專祀，魯之不法，甚于諸侯，由僖公始也。僖公薨，成公朝，季孫行父立武宫，比天子世室，謂僖公有文德，請于周，爲作頌，興廟樂。《駉》以下四篇，皆其樂歌也。禮：天子作樂賞諸侯。德盛教尊，五穀時熟，然後賞以樂。諸侯自作樂，頌功德，僭也。故夫子删《詩》，削《魯風》，魯不以諸侯自處也；正《樂》，存《魯頌》，魯以天子自居也。非天子而有《頌》，本諸侯而無《風》。誰毁誰譽？斯民也，三代所以直道而行。故《詩》先《春秋》者也，《詩》亡然後《春秋》作。《詩》直其辭而美刺見，《春秋》直其事而是非彰，《詩》之志、《春秋》之義，一也。故曰：「不

〔一〕「郝敬解」，北大本同，臺圖本有塗改，公文本、歷彩本、湖圖本作「郝敬習」。

學《詩》，無以言。」「《詩》可以興，可以觀，可以羣，可以怨。邇之事父，遠之事君。」嗚呼！《春秋》之義備矣。魯升而爲《頌》，王降而爲《風》，文、武衰而思周公，舍魯吾何適矣？夏、商亡，有杞、宋存。其或繼周者，魯不亦爲杞、宋乎？故以《魯頌》與商、周并存也。或曰：「爲《魯風》，不亦可乎？」曰：《頌》不可以爲《風》。歌於廟，與歌於邦國，不可同日語。春秋諸國無《風》微獨魯，八方雖殊，而接壤可旁通，國大無《風》者，魯與宋與楚。魯無《風》，而《南山》諸詩可以觀魯，《春秋》盡魯也。宋無《風》，而《河廣》可以觀宋，《商頌》亦宋也。楚無《風》，而《江漢》《汝墳》可以觀楚，南國盡楚也。以十五國概方内，大略可覩矣。或曰：「《春秋傳》，吴札〔一〕觀魯樂，無《魯風》，非聖人删之。」夫《左氏》，非真丘明也。季札觀樂，後人因緣《三百篇》脩辭耳，不足以徵《詩》。豈魯文獻之邦，而無詩可采，不如邶、鄘、齊、鄭乎？聖人删其《風》，存其《頌》，其志可知。故宋嚴粲氏曰：「《魯頌》，《頌》之變也。」得之矣。

駉駉扃牡馬叶米，在坰之野叶汝。薄言駉者叶渚，有驈聿有皇，有驪離有黄，以車彭彭叶邦。思無疆，思馬斯臧。○駉駉牡馬，在坰之野。薄言駉者，有騅追有駓披，有騂有騏，以

〔一〕「札」，原作「扎」，諸本及《毛詩序説》同，形近而訛，今改。下文「季札」同。

車伾伾披。思無期，思馬斯才〔一〕叶菑。○駉駉牡馬，在坰之野。薄言駉者，有驒駝有駱洛，有駵留有雒洛，以車繹繹叶拓〔二〕。思無斁叶拓〔三〕，思馬斯作〔四〕。○駉駉牡馬，在坰之野。薄言駉者，有駰因有騢遐，叶胡，有驔簟有魚，以車祛祛區。思無邪叶徐，思馬斯徂疽。

《古序》曰：「《駉》，頌僖公也。」毛公曰：「僖公能遵伯禽之法，儉以足用，寬以愛民，務農重穀，牧于坰野，魯人尊之。於是季孫行父，請命于周，而史克作是頌。」○按：王者治定功成，作樂告廟，則有頌。《禮》曰：「雖有其位，苟無其德，不敢作禮樂焉；雖有其德，苟無其位，亦不敢作禮樂焉。」魯以諸侯作樂，頌功德，非禮也。僖公國富好侈，季孫行父爲之從臾，非三思者所爲，故夫子譏曰：「再，斯可矣。」又讀此詩，歎曰：「一言以蔽之，思無邪。」聖人之意可知。毛公之説，釋魯人所以頌僖公之事，非謂僖公可頌也。然則《序》不言樂歌，何也？凡《頌》皆樂歌，不複舉，而但各本其所頌之事。如武樂之《桓》《酌》《賚》《般》，成王之《閔小子》《訪落》諸什皆然。若謂生前美僖公，則行父當成公朝，僖公薨久矣。臣子尋常美君，何必請於天子？請天子而後頌，知

〔一〕「思馬斯才」，原作「思馬思才」，諸本同，音近而誤，今據朱熹《詩集傳》經文改。

〔二〕「繹」音注「叶拓」，北大本同，公文本有塗改，臺圖本、歷彩本、湖圖本作「叶爍」。

〔三〕「斁」音注「叶拓」，北大本同，公文本、歷彩本有塗改，臺圖本、湖圖本作「叶爍」。

〔四〕「思馬斯作」，原作「思馬思作」，諸本同，音近而誤，今據朱熹《詩集傳》經文改。

頌非天子不敢作也。成公六年，魯立武宮，倣九廟爲世室。《魯頌》即作於此時，將推僖廟爲文世室，故《詩》存《魯頌》，猶《春秋》書「立武宮」，皆誌僭也。不然，東遷而後無《雅》，又焉得有《頌》乎？

○一章 駉駉然腹幹肥張之牡馬，在遠野之坰，不妨民田，而牧養有方。非務農重穀者，慮及此乎？略數駉者，有驪色白跨之驈，有黄白之皇，有純黑之驪，有黄騂之黄，用以駕車彭彭壯盛。我公思慮廣大無疆，思及於馬，牧之盡道，所以善也。○二章 駉駉牡馬，在坰之野。略言其駉，有蒼白雜毛之騅，有黄白雜毛之駓，有赤黄之騂，有青黑之騏，以此駕車，伾伾有力。由我公思慮久遠無期，思及於馬，牧之有方，所以多材力也。○三章 駉駉牡馬，在坰之野。略言駉者，有青驪驎之驒，有白身黑鬛之駱，有赤身黑鬛之駵，有黑身白鬛之駱，以此駕車，繹繹不絶。由我公思慮無倦，思及於馬，牧之有方，所以强立能作也。○四章 駉駉牡馬，在坰之野。略言駉者，有陰白雜毛之駰，有彤白雜毛之騢，有骭多白毫之驔，有二目白之魚，以之駕車，祛祛然强勁。由我公思慮正直無邪，思及於馬，善行地而徂也。○駉駉，腹幹肥張貌。坰，林外也。邑外曰郊，郊外曰野，野外曰林，林外曰坰。牧于坰，恐妨民田舍，地遠水草美也。薄言，聊數也。騏，今驄馬也。伾伾，有力也。驒，青黑二色，深淺相閒，斑剥如魚鱗，今連錢驄也。繹繹，行不斷也。作，奮起也。陰白雜毛曰駰；陰，淺黑色。毫在骭幹曰驔；骭，膝下，有毛白而長也。祛祛，强貌。徂，行也。

《駉》四章，章八句。

有駜必有駜，駜彼乘去聲黃。夙夜在公叶岡，在公明明叶芒。振振鷺，鷺于下叶户。鼓咽咽淵，醉言舞。于胥樂洛兮。○有駜有駜，駜彼乘牡。夙夜在公，在公飲酒。振振鷺，鷺于飛。鼓咽咽，醉言歸。于胥樂兮。○有駜有駜，駜彼乘駽玄去聲。夙夜在公，在公載燕。自今以始，歲其有叶以。君子有穀，詒孫子。于胥樂兮。

《古序》曰：「《有駜》，頌僖公君臣之有道也。」○此亦僖廟之樂歌，《序》言作者之志，而諷刺隱然，若曰「作頌者自謂君臣有道」云爾。此篇大類《風》體，跌宕姚佚，無復清廟肅雝之意，春秋以來新聲也。○一章 有駜然肥壯者，一乘四馬，皆黃也。夫馬牧之有方，則力强而致遠；夫臣養之盡禮，則託重而恃力。今諸臣與燕，自夙而夜，在於公所，明明然無昏亂失禮者。其脩潔整齊，振振如鷺羣飛而下也。擊鼓節樂，咽咽然深長，既醉起舞。君臣相悦，何其樂哉！○二章 駜然肥强者，四馬皆牡也，臣亦君所託以乘也。夙夜在公，飲酒而退，威儀脩整，振振然如鷺之羣起而飛也。鼓聲咽咽，醉然後歸。君臣何其相樂哉！○三章 駜然肥壯者，四馬皆駽也。諸臣夙夜在公燕飲，今固善且有矣。自今以始，豐年相仍，公有善道詒孫子，世爲善國。君臣相與，豈不樂哉！○駜，馬肥强貌。重言「有駜」，非一馬也。乘黃，四馬皆黃也。公，公所也。明明，辨治也。振振，羣飛貌。鷺，白鳥。下，集也。咽咽，鼓聲深長也。胥，相也。青驪曰駽，今鐵驄也。穀，善也。

《有駜》三章，章九句。

思樂洛泮水，薄采其芹勤。魯侯戾止，言觀其旂叶勤。其旂茷茷旆，叶敗，鸞聲噦噦誨，叶外。無小無大，從公于邁。○思樂泮水，薄采其藻。魯侯戾止，其馬蹻蹻矯。其馬蹻蹻，其音昭昭叶沼。載色載笑，匪怒伊教。○思樂泮水，薄采其茆卯，叶柳。魯侯戾止，在泮飲酒。既飲旨酒，永錫難老叶魯。順彼長道叶斗，屈此羣醜。○穆穆魯侯，敬明其德。敬慎威儀，維民之則。允文允武，昭假烈祖。靡有不孝，自求伊祜虎。○明明魯侯，克明其德。既作泮宮，淮夷攸服叶北。矯矯虎臣，在泮獻馘虢。淑問如皋陶叶由，在泮獻囚。○濟濟泲多士，克廣德心。桓桓于征，狄彼東南叶林。烝烝皇皇，不吳譁不揚。不告于訩，在泮獻功。○角弓其觩，束矢其搜叶索。戎車孔博，徒御無斁叶拓。既克淮夷，孔淑不逆叶惡。式固爾猶，淮夷卒獲叶郝。○翩彼飛鴞梟，集于泮林。食我桑黮甚，懷我好音。憬耿彼淮夷，來獻其琛真。元龜象齒，大賂南金。

《古序》曰：「《泮水》，頌僖公能脩泮宮也。」○僖公嘗脩葺學宮，史克頌其事以爲樂歌。夫國君脩學，非甚殊勳也。《古序》言「能」者，寓《春秋》之義。天子學宮，四面雍水，環如璧，曰璧廱。諸侯三面有水，北缺如半璧，曰泮宮。芹、藻、茆，皆水菜。芹，勤也；藻，文也；茆，留也。首言學，故曰勤；次言教，故曰文；三言飲酒，故曰留。以下因脩文而願以武功。禮：出師受成于學；

反，釋奠于學，以訊馘告。魯外患莫如淮夷，故以服淮夷爲頌。其辭虛誇，聖人存之，亦「誰毁」之意也。○一章 樂哉泮水，有芹生焉，薄采其芹。我侯臨泮，其旂茷茷飛揚，鸞聲噦噦和鳴。國人無幼無長，皆從公往，以觀其講學行禮也。○二章 樂哉泮水，有藻生焉，薄采其藻。我侯至止，其馬蹻蹻强壯，其言昭昭宣朗，載色而和，載笑而樂，不愠怒而寬柔以教也。○三章 樂哉泮水，有茆生焉，薄采其茆。我侯至止，在泮飲酒，頤養天和，永錫難老，順彼長遠經久之道，屈服魯國之衆人也。○四章 穆穆敬美之魯侯，能敬明其德。又敬慎威儀，内外交脩，民所取法。信哉有文有武，昭格烈祖，無有一事不克孝者。以此得福，是自求也。○五章 我侯有明明之德，而能益明其德，服遠有本矣。又作泮宫，闡揚文教，淮夷感化，攸然帖服。有蹻蹻然如虎之臣，於此獻所馘之耳；有善問如皋陶之臣，於此獻所執之囚。○六章 克敵以武，濟濟諸臣，能大其德心，視人猶己，此立功之本也。桓桓武勇往征，以攘遏東南之夷。有烝烝之勇、皇皇之度，不諠譁，不誇揚。無争功不平，告于訟者，在此泮宫，各獻其功也。○七章 制敵貴謀。角弓觩然堅勁，士卒各負束矢，搜然急疾；戎車甚廣，徒御競勸：可以克淮夷，保甚善，無凶敗矣。然不恃此耳，式審固謀猶，爲久安計，則淮夷終獲，永爲不侵不叛之臣矣。○八章 翩然飛者，惡聲之鴞鳥，來集泮林，食我桑實，變而就好音。淮夷向化，亦猶此也。彼憬然覺悟之後，來獻琛寶，有大龜，有象齒，又廣賂我南土之金，非懷我侯文德而然乎？○思，語辭。茷茷，猶旆旆，飛揚貌。難老，不易老也。長道，大謀也。羣醜，衆民也。屈，服也。馘，割耳也。敵人不服者殺之，割左耳爲信以獻也。囚，已降服之虜。古者出師受成於學，反則釋奠於學，以訊馘告。

故詩因脩學及此，非實然也。多士，諸將士也。狄、逖通，遠遏之也。吳、譁通，大言也。訩，訟也。觩，勁貌。一弓百矢，或五十矢爲一束。士卒臨敵，各負弓矢也。搜，矢疾聲。淑，吉也。逆，凶也。猶，謀也。卒獲，永服也。鴞，怪鴟。黮，桑實，通作葚。憬、耿通，覺悟意。琛，寶也。元龜，大龜，龜盈尺以上爲寶。賂，貽也。南金，荊、揚之金。荊、揚貢金三品，淮夷、徐州貢蠙珠、魚。不以職貢者，貴難得也。

《泮水》八章，章八句。

閟秘宮有侐洫，實實枚枚。赫赫姜嫄，其德不回。上帝是依限，無災無害。彌月不遲叶推，是生后稷。降之百福叶必，黍稷重童穋六，叶律，稙職稺菽麥叶密。奄有下國叶亦，俾民稼穡叶夕。有稷有黍，有稻有秬舉。奄有下土，纘禹之緒。○后稷之孫，實維大泰王。居岐之陽，實始翦商。至于文武，纘大王之緒上聲。致天之届，于牧之野叶汝。無貳無虞，上帝臨女汝。敦堆商之旅，克咸厥功叶股。○王曰叔父，建爾元子，俾侯于魯。大啓爾宇，爲周室輔。乃命魯公，俾侯于東。錫之山川，土田附庸。周公之孫，莊公之子。龍旂承祀叶史，六轡耳耳。春秋匪解叶歇，享祀不忒。皇皇后帝，皇祖后稷，享以騂犧，是饗是宜。降福既多通作秖，周公皇祖叶疽上聲，亦其福女汝。秋而載嘗，夏而楅衡叶杭。白牡騂剛，犧尊

將將鎗。毛炰胾恣羹叶罔，籩豆大房。萬舞洋洋，孝孫有慶叶羌。俾爾熾室而昌，俾爾壽而臧。保彼東方，魯邦是常。不虧不崩叶邦，不震不騰叶唐。三壽作朋叶旁，如岡如陵叶良。〇公車千乘，朱英綠縢，二矛重弓叶裩。公徒三萬，貝胄朱綅侵，烝徒增增。戎狄是膺，荊舒是懲，則莫我敢承。俾爾昌而熾室，俾爾壽而富叶吠。黃髮台背，壽胥與試。俾爾昌而大叶泰，俾爾耆而艾愛。萬有千歲，眉壽無有害。〇泰山巖巖叶言，魯邦所詹。奄有龜蒙，遂荒大東。至于海邦叶卜平聲，淮夷來同。莫不率從，魯侯之功。〇保有鳧繹叶拓〔一〕，遂荒徐宅叶託。至于海邦，淮夷蠻貊叶莫。及彼南夷，莫不率從叶錯。莫敢不諾洛，魯侯是若。〇天錫公純嘏叶古，眉壽保魯。居常與許，復周公之宇。魯侯燕喜，令妻壽母。宜大夫庶士叶史，邦國是有叶以。既多受祉，黃髮兒齒。〇徂來之松，新甫之柏叶剥。是斷短是度拓，是尋是尺叶綽。松桷有舄叶鵲，路寢孔碩。新廟奕奕叶約，奚斯所作。孔曼萬且碩，萬民是若。

《古序》曰：「《閟宮》，頌僖公能復周公之宇也。」〇《魯頌》皆爲僖公，前三篇頌生平功德，此一篇新其廟宇，將以爲世室，配武宮，告成功也。故首舉廟宮，末歸於脩廟。《序》云「復周公之宇」者，

〔一〕「叶拓」，北大本同，公文本、歷彩本有塗改，臺圖本、湖圖本作「叶爍」。

詩之志也。詩遠引后稷開周，大王遷岐，成王建魯，下及僖公伐楚，復常、許，奄有海邦、淮夷、蠻貊，志在土宇也。故取詩辭「居常與許，復周公之宇」爲目。夫常、許失矣，魯何能復也？僖公有駉馬之富，有樂胥之臣，有在泮之功，修郊禘三望之僭，願大而力小，遠思蠻貊，而近失常、許。故《序》即辭表志，而作者之諛自見，亦《春秋》之義也。或以是詩爲美僖公脩姜嫄廟。夫魯不聞有姜嫄廟，詩言姜嫄者，誇魯之自出，明郊祀后稷之故耳。如僖公存日脩祖廟，是時行父之父季友爲政，則頌不待行父請作矣。行父當成公時脩僖廟，故篇末云：「新廟奕奕，奚斯所作。」重葺曰新，創始曰作。奚斯，僖公時大夫公子魚也。成公朝，死久矣。追敘始作，以見今之更新，久而不忘耳。若姜嫄廟，豈待奚斯始作邪？

○一章 深閟之宮，侐然清靜，盤基實實然鞏固，結架枚枚然茂密，是祀我僖公之廟也。上世從來遠矣，赫赫然顯著之姜嫄，貞淑不回，感武敏之祥，上帝依憑其身，使無災害，彌十月而生子，是爲后稷。天降百福，賜以嘉種，有黍有稷，晚者爲重，早者爲穋；有菽有麥，早者爲稙，晚者爲穉。教民有功，受封于邰，而奄有下國，使阻飢之民，皆知稼穡，稷黍稻秬，徧及下土，烝民乃粒，繼神禹平成之緒也。

○二章 后稷之孫，實維太王，自豳遷于岐山之南，周之革商，實始於此。及文、武之世，紂惡盈而周道昌，天時已至。乃奉天之屆于牧野，無疑無慮，上帝臨視，天心順也；治商之師，三千同心，共成厥功，人心應也：所以有天下也。

○三章 天下既定，大封同姓。周公于魯，成王告周公曰：「叔父留相王室，立爾長子，大開土宇，蕃屏周室。」乃策命魯公于東，賜以山川土田及附庸之邑，魯所以有國也。及周公之孫，父莊公而爲子者，我僖公也。始興郊廟之祀，建龍旂于車，四馬六轡，耳耳柔順。春禘秋

嘗，不懈於時；郊天廟祖，不忒於禮。春而郊祀天帝，配以后稷，享以騂犧。帝稷安享，降福于郊。周公皇祖，伯禽以下，亦福汝于廟。秋嘗則夏養牲，横木牛角，以止其觸，三月而後用之。白色之牡，以祀周公，用殷之王禮也；騂色之剛，以祭魯公，遵時王之制也。酒有牛形之尊，將將端正。饌有去毛而炰之豚，有切肉之胾，有肉汁之羹。有籩以盛果核，有豆以盛菹醢，有大房以載牲體。樂奏萬舞，洋洋充盛，祖考格而孝孫有慶。使爾熾盛而昌大，使爾壽考而臧善；保安東土，常有魯國，不虧缺，不崩頹，不震動，不騰踴；有壽考之三卿爲朋，夾輔社稷，固如岡陵。此我僖公上承祖考而恢弘典禮者也。○四章 公之兵車，大國千乘之賦也。每車中三人：右人持矛，飾以朱英；左人持弓，縢以緑繩。矛必載二，弓必用重，備折壞也。計公之徒，凡三萬人。飾胄以貝，綴甲以朱綫，烝進其徒，增增然多也。西戎北狄，以此當之；荆與舒叛，以此懲之；無敢有承敵我者。使爾昌大熾盛，使爾壽考富足，有黄髮駘〔一〕背，老成人相爲試用；使爾昌盛廣大，使爾耆老蒼艾，萬年千歲，眉秀而壽，無有患害也。○五章 泰山巖巖高大，雖非封内，我魯邦所瞻望而祀也。奄有境内之龜、蒙二山，遂荒治極東，至濵海之邦，如淮夷舊爲魯患，今亦來同，莫不相率順從，皆魯侯之功也。○六章 保有境内鳧、繹二山，遂盡徐州之土，荒治爲宅，近海之邦，若淮夷，若南蠻，若北貊，及彼炎荒極南之夷，莫不率從，莫敢不應命，唯魯侯是順而已。○七章 天賜公全福，眉壽以享魯國。昔齊人侵我常，鄭人侵我許，公

〔一〕「駘」，北大本同，臺圖本、公文本、歷彩本此處均有塗改，湖圖本作「鮐」。

居常與許，恢復周公之土宇。燕飲喜樂，家有令善之妻、壽考之母，朝廷有大夫、庶士，撫有邦國。既受多福，而又壽命堅固，髮白復黃，齒落更生，以永此福也。○八章　我公功高德盛，廟祀百世不遷，禮也。今者脩其寢廟，取松于徂來，取柏于新甫。斬斷之，量度之，長者八尺而尋，短者十寸而尺。用松爲桷，舄然層架，正寢規模甚大。廟貌重新，奕奕然盛美也。此廟經始，乃先大夫奚斯公子魚所作。人心思慕，久而愈深。今棟宇更新，甚長曼而碩大，萬民瞻仰，無不順悦也。○閟，深閉也。宫，僖公廟也。侐，清静也。實實，鞏固也。枚枚，礱密也。上帝是依，履帝武敏也。彌月，終十月也。重，一作穜；穋，一作稑。先種後熟曰重，後種先熟曰穋，先種先熟曰稙，後種後熟曰稺，皆五穀生熟早晚之通稱。有下國，受封邑于邰也。有下土，粒食徧天下也。纘禹緒，繼治水之功也。岐之陽，岐山南也，山南曰陽。翦，革命也。屆，至也，猶屆期之屆。致，猶奉也。敦，猶敦琢之敦，治也。克咸厥功，將士同心協力也。王，成王。叔父，呼周公也。元子，魯公伯禽也。周公留相王室，伯禽歸魯也。啓，開也。宇，居也。周公孫，莊公子，即僖公。魯用郊，自僖公始也。龍旂，諸侯之旂。日月爲常，天子建之；交龍爲旂，諸侯建之：皆于車上也。耳耳，柔從也。春秋，春禘秋嘗也。禮：郊廟之祭，春秋有常期。不忒，不差也。后帝，天帝也。騂，赤色，周所尚也。犧，祭牲也，色純曰犧。宜，安也。周公皇祖，謂太祖周公及伯禽以下諸祖也。秋祭曰嘗。楅衡，以木横制牛角，止其觸也。《周禮》封人之職：「凡祭，飾牛牲，設其楅衡。」白牡，祀周公用殷王禮，以殊于諸侯也。《郊特牲》曰：「諸侯宫縣，而祭以白牡，諸侯之僭禮。」即指此。騂剛，魯公以下之牲色，從昭代也。剛，猶牡也，犆

也。犆、特同，獸父曰犆。炰、炮同，毛炰，炮之而去其毛也。《周禮》：封人祭祀，有毛炰之豚。胾，切肉也。羹，肉有汁者。和之曰鉶羹，盛以鉶鼎；不和曰大羹，盛以瓦豆也。大房，大俎，以盛牲體，足下如房。千乘，大國之賦。孟子云：「公侯地方百里。」開方，中得千里。古者因地名賦，以里計車，故謂方百里者爲千乘，極言其多耳，非實有此數也。徒，步卒也。大國三軍，軍萬二千五百人，三軍爲三萬七千五百人。言三萬者，大約也。朱英，以飾矛也。緑，緑繩。縢，束弓也。貝胄，以貝飾兜鍪也。朱綅，紅線也。增增，衆也。西曰戎，北曰狄。荆，楚也。舒，荆屬國。黄髮，老人髮白復黄也。台作駘，《莊子》有哀駘駝，老人痀僂之狀〔一〕。胥，相也。試，用也。萬有千歲，猶言千萬歲。泰山，在齊境。詹、瞻同，望也。諸侯望不越境，魯望泰山，自僖公始。《春秋》書郊「三望」，譏也。奄有，全覆有也。龜、蒙，二山名。荒，治也。大東，極東也。海邦，海島諸國也。鳧、繹，二山名。魯地在徐州之域，荒徐宅，謂盡徐州之土，治爲居宅也。南曰蠻，北曰貊。南夷，今閩、粤、交阯等地。常作嘗，近薛，魯地之見侵于齊者也。許，魯朝宿東都之邑，見侵于鄭者也。令妻，僖公夫人聲姜也。壽母，母夫人成風也。徂來、新甫，二山名。八尺曰尋。桷，椽也。舄、鵲同，鵲善架巢，故爲椽桷之象。路寢，廟後正寢，以藏死者衣冠。路，大也，人君所居曰路，與小寢異。新廟，新其舊廟也，

〔一〕「台作駘」至「痀僂之狀」，湖圖本、北大本同。臺圖本作「台作鮐，魚名，老人背有皺紋如鮐皮也」，公文本、歷彩本同，唯「也」字塗改爲「狀」字。

猶《春秋》「新延廏」之新。奚斯，公子魚，魯同姓大夫。作，創造也。

《閟宫》八章，二章章十七句，一章十二句，一章三十八句，二章章八句，二章章十句。○按：朱子改訂爲九章，因首章十七句爲例，以「王曰叔父」下五句屬上章，合十七句，爲二章；以「乃命魯公」至「周公皇祖，亦其福女」，亦十七句，爲第三章；「秋而載嘗」至「如岡如陵」十六句，爲第四章，少一句，謂有脱漏。今按：《詩》章法原不拘長短，但當察其文義語脉。舊本「王曰叔父」以下三十八句，詳陳魯開國與郊廟祭祀之盛，故爲一章。「公車千乘」以下，則頌武功恢復土宇，分爲四章，意重復土宇也。今從舊。

毛詩原解卷三十五魯頌終

毛詩原解卷三十六

郝敬　解〔一〕

商頌

初契爲堯司徒，賜姓子氏，封于商，即今陝西西安府商州。十四傳八遷都，至湯，徙居亳。或云：即今河南府偃師縣。十九傳又五遷都河北，至盤庚，復湯故地。帝乙又徙居河北，都朝歌，即今河南衛輝府。周武王誅紂，以朝歌封其子武庚。成王誅武庚，以微子爲殷後，封宋，即今河南歸德府商丘縣。使脩其禮樂，奉其先祀。宋衰，舊典散佚。七傳至戴公，當周宣王時，宋大夫正考甫者，孔子七世上祖也，得《商頌》十二篇于周太師，歸祀其先王。及孔子删《詩》時，存五篇耳。夫杞、宋無徵，夫子傷之，嘗曰：「丘，殷人也。」聖人每事不忘先，而況禮樂乎？故《詩》以《商頌》終。蓋《詩》至《魯頌》，而誇誕僭踰極矣。存《商頌》，志從先進，樂其所自生也。

〔一〕「郝敬解」，北大本同，臺圖本、公文本有塗改，歷彩本、湖圖本作「郝敬習」。

猗依與余那羅與，置我鞉鼓。奏鼓簡簡，衎看去聲我烈祖。湯孫奏假，綏我思成。鞉鼓淵淵叶咽，嘒嘒管聲。既和且平，依我磬聲。於烏赫湯孫，穆穆厥聲。庸鼓有斁，萬舞有奕。我有嘉客，亦不夷懌。自古在昔，先民有作。温恭朝夕，執事有恪。顧予烝嘗，湯孫之將。

《古序》曰：「《那》，祀成湯也。」毛公曰：「微子至于戴公，其閒禮樂廢壞，有正考父者，得《商頌》十二篇於周之太師，以《那》爲首。」○此詩多言樂，何也？《郊特牲》云：「殷人尚聲，臭味未成，滌蕩其聲。樂三闋缺，然後出迎牲。聲音之號，所以詔告於天地之閒。」即此意也。○一章 猗與那然樂器之多也，鞉與鼓，先衆樂設置。奏樂擊鼓，簡簡然衆音大作。時臭味未成，滌蕩其聲，樂我烈祖，及其迎牲祼獻。湯孫奏樂感假，以安我思成如在之靈。鞉鼓淵淵深遠，管聲嘒嘒清亮。調和均平，依我磬聲。磬聲諧，八音皆諧矣。烈祖雖遠，聲音之號，詔告於天地之閒。於赫哉湯孫！穆穆美聲，思成所以綏也。及乎九獻既終，鏞鼓斁然交作，萬舞奕然并陳。助祭嘉客，聞樂觀舞，無不平夷悦懌者。蓋尊祖敬宗，有廟來假，古今通誼。古昔亦有助祭爲客者，亦有曾孫爲主者，行禮奏樂，寧自今日？今者温恭朝夕，執事匪懈，人心合敬，無異古昔。烈祖感格，尚顧予烝嘗哉？此奉祭非他人，湯之孫也。一氣潛通，有不居歆乎？○猗與，歎美辭。那，多也。鞉，有柄小鼓。鼓，大鼓。凡樂，先播鞉擊鼓，故首置焉。簡簡，和而大也。烈祖，功烈之祖，指湯也。湯孫，主祭時王之通稱。綏，妥神也。思成，思念祖考。成，就也。《記》云「齋之日，思其居處，思其笑語」之類，成，猶如在也。磬，玉磬也。

玉磬在堂上，鞉、鼓、管在堂下，故曰「依」。《記》曰「磬以立辨」，辨故難諧，磬聲諧則八音皆諧矣。《書》曰「擊石拊石，百獸率舞」，此也。庸、鏞通，大鐘也。嘉客，先代〔一〕後及諸侯來助祭者，皆是也。先民有作，作禮樂也。蓋因先代之後，諷勸之與？

《那》一章二十二句。

嗟嗟烈祖，有秩斯祜叶虎。申錫無疆，及爾斯所。既載清酤叶虎，賚我思成叶常。亦有和羹叶岡，既戒既平叶旁。鬷宗假格無言叶羊，時靡有争叶臧。綏我眉壽，黄耇無疆。約軧〔二〕其錯衡叶杭，八鸞鶬鶬槍。以假以享叶香，我受命溥將。自天降康，豐年穰穰平聲。來假來饗叶香，降福無疆。顧予烝嘗，湯孫之將。

《古序》曰：「《烈祖》，祀中宗也。」〇成湯至于大戊七世矣，商道寖衰，大戊脩德中興，遂號中宗。禮：祖有功而宗有德。故殷祖成湯，宗大戊、武丁，此祀大戊之樂歌也。朱子以詩稱「湯孫」，改爲祀成湯。今按：詩云「及爾斯所」，言自湯及大戊也。云「諸侯來假，受命溥將」，言天命人心，表中興之功也，亦猶《玄鳥》頌人心、土宇，正祀二宗之詩。若《那》祀成湯，無庸及此矣。

〔一〕「代」，北大本同，公文本有塗改，臺圖本、歷彩本、湖圖本作「伐」，形近而誤。

〔二〕「軧」，原作「軝」，諸本同，形近而誤，今據朱熹《詩集傳》經文改。

湯孫，凡後王主祭者，皆得稱之，豈必祀湯始稱湯孫乎？前篇言樂，此篇言味。祖遠難格，故衎之以聲；宗近易感，故侑之以食：不得謂二詩無辨也。○一章　嗟我烈祖成湯，革夏受命，有秩然常久之福。引申敷錫于無疆，延及爾中宗之所，世經七葉，再造天下，與烈祖重光也。今日之祀，清酒方載，神靈來格，所思成就，若或賚之。禮以羹熟爲節，和羹既備既調，乃總衆行禮，合敬感格。人雖衆而肅静，靡有諠譁，神其居歆，安我以眉壽黄耇之福也。鬷假莫大乎諸侯，車以皮束其轂，畫文于衡，四馬八鸞和鳴，來假奉享。我受天命既廣大矣，天降豐年，使諸侯之來，奉其黍稷，以饗其降福，寧有疆界乎？今日之祭，皆中興之賜，尚其顧我烝嘗乎？此祭非他人，湯孫所奉也。○烈祖，湯也。秩，常也。祜，福也。申，重也。爾，中宗也。斯所，猶言此處。酤，酒也。和羹，鉶羹也。戒，備也。平，和也。凡行禮，以羹定爲節。載清酤，戒和羹，祭之始也。鬷，衆也。假、格通，至也。無言，寂静也。靡争，嚴肅也。康，和也。穰穰，多也。

《烈祖》一章二十二句。

天命玄鳥，降而生商，宅殷土芒芒。古帝命武湯，正域彼四方。方命厥后，奄有九有叶以。商之先后，受命不殆叶體，在武丁孫子。武丁孫子，武王靡不勝升。龍旂十乘，大糦熾是承。邦畿祈千里，維民所止，肇域彼四海叶毀。四海來假叶果，來假祁祁，景員維河叶火。殷受命

咸宜，百禄是何叶火。

《古序》曰：「《玄鳥》，祀高宗也。」○按：中宗十三傳至武丁，而商業又寖衰，武丁恭默思道，乃復中興，號稱高宗。頌高宗而推本祖德，正所以表中興也。○一章　天命玄鳥，降祥生契，肇封于商，是我商人之始也。宅居殷土，芒然廣大。古昔上帝，命威武之成湯，從其祖居，以正治四方之封域。湯既受正方之命，而列后率附，遂奄有九州。此商先后所以受命也。數十傳之久，經衰亂而不危殆者，在我武丁爲之孫子，繼序重光耳。武丁之爲孫子也，秉威武之德，爲天下王，無所不勝。故諸侯皆建龍旂十乘，載黍稷爲大糦，以供王祭。當是時，畿内地方千里，皆民所居止，而肇開封域，極彼四海，無異正域之初也。故今日之祭，四海來假，祁祁衆多。如影之員附，由大河達王都，朝宗之衆，亦無異方命之日。殷受天命，自湯至今咸宜，百福負荷，豈非中興所遺乎？○玄鳥，燕雀也。降，猶至也。古天子以春分玄鳥至日，祀高禖祈子，取玄鳥以乳子至也。高辛帝嚳之妃簡狄，祀之而生契，遂以子爲姓，是商人始祖也。帝嚳都殷，契始封商，十四傳至湯，復從祖居亳。或云：即今河南府偃師縣是也。芒芒，草昧貌。正域，正治封域也。四方，謂之域中。方命，即正域四方之命。厥后，諸侯也。奄，覆也。九有，九州也。先后，指湯。殆，危也。武丁孫子，武丁爲湯孫子也。武王，有武德爲王也。勝，任也。十乘，載糦多也。糦，食也，即黍稷也。來假，來助祭也。祁祁，衆多也。景、影同，猶「汎汎其景」之景。員，附也，猶「員于爾輻」之員。景員，猶言影從，諸侯順附也。河，黄河，道由黄

河也。何、荷通。

《玄鳥》一章二十二句。

濬(峻)哲維商，長發其祥。洪水芒芒，禹敷下土方(句)。外大國是疆，幅隕(員)既長。有娀(松)方將，帝立子生商。○玄王桓撥(叶泊)，受小國是達(叶特)，受大國是達。率履不越，遂視既發。相土烈烈，海外有截。○帝命不違，至于湯齊。湯降不遲，聖敬日躋(賫)。昭假遲遲，上帝是祗(支)。帝命式于九圍。○受小球大球，爲下國綴旒。何(賀)天之休，不競不絿，不剛不柔。敷政優優，百禄是遒。○受小共大共(叶拱)，爲下國駿厖(叶猛)。何天之龍(叶寵)，敷奏其勇，不震不動(叶董)，不戁(赧)不竦，百禄是總。○武王載旆(叶撥)，有虔秉鉞。如火烈烈，則莫我敢曷(叶遏)。苞有三蘖，莫遂莫達。九有有截，韋顧既伐，昆吾夏桀。○昔在中葉，有震且業。允也天子，降于卿士(叶史)。實維阿衡(叶杭)，實左(去聲)右商王。

《古序》曰：「《長發》，大禘也。」○朱子謂當爲祫祭之詩。按：大禘，即祫也。故《雝》，周禘也，并頌烈考、文母。此商禘也，并頌玄王、相土、成湯及卿士。蓋追祀遠祖，則子孫咸集，所以首四時爲重祭也。時祭合享，或不止禘，而據《雝》與此詩，則禘非特祭甚明。然此稱「大禘」，《雝》稱「禘」，何也？《雝》序云「大祖」，其爲大禘，亦可知也。○一章 維商有深濬明哲之德、興王之祥，

發見久矣。自昔洪水芒芒，禹分布下土，區畫四方。外而諸侯大國，各正疆境，其邊幅周隕長遠。內有娀國方大，高辛帝立其女子爲妃，生我太祖玄王，是我商人之自出也。○二章 我玄王生而桓武撥治，堯命爲司徒，受小大之國，五教敬敷，無不通達，身所循行，無有差越，民遂視傚而興起矣。迨玄王之孫相土，尤烈烈然，威名播于海外，截然其整肅也。○三章 玄王以來，天命在商不去。至湯天人會合，應期降生，有聖人之敬，而日益進升，昭格于天，遲遲永久，惟上帝是承。故帝命爲王，以式法于九州也。○四章 湯受小國大國之贄玉，爲諸侯所附屬。如旗旒之綴于縿，固結不解也。人心所屬，即是天休。湯能不争競，不急躁，不剛猛，不柔弱，布政優優和平，是以百福遒聚爾。○五章 受小國大國供奉，爲諸侯所乘載。如駿駹之馬，負荷重遠。人心所奉，即是天寵。湯能陳進其勇，不震驚，不摇動，不戁恐，不竦懼，毅然以天下自任，百禄所以總歸爾。○六章 湯以威武爲王，載旗秉鉞，恭行天討。如火烈烈，莫敢止遏。桀以三國爲黨，如一本三蘖，不得順遂通達。十一征而九州截然歸一，伐韋，伐顧，伐昆吾，乃伐夏桀也。○七章 昔湯未伐夏，中葉遭桀之虐，震懼而且危業。信哉湯爲天之子，天降卿士爲阿衡，庶政倚平，左右湯以王于天下。今日之祭，所以配饗也。○濬，沈潛也。哲，精明也。長，久也。發祥，萌兆也。荒，大也。頌契述禹者，契、禹同事堯，紀時也。敷下土方，謂平治水土，分别四方，猶《書》序云「帝釐下土方」也。外，謂五服外繞，王畿居中也。大國，諸侯之國也。疆，邊界也。幅，邊也。隕，周也。長，遠也。有娀，國名，簡狄母家也。帝，高辛帝也。子，

即簡狄也。高辛帝立簡狄爲妃，生契，是契所自出之帝，禘于契之廟者也。玄王，玄遠之王，指契也。司徒曰王，追稱也。桓，武也。撥，治也。達，通也。視，傚也。發，興起也。相土，契孫也。不違，不去也。齊，會集也。湯降不遲，湯生及時也。聖敬日躋，猶「敬止緝熙」也。躋，升也。遲遲，久也。祗，敬也。九圍，九州也。式九圍，爲君師也。球，玉也。諸侯以玉爲瑞，即命圭也。綴，聯也。旒，旗之垂者，或九或七，綴于縿上。垂者爲旒，所著爲縿。絿，結也，或云緩也。遒，聚也。共、供通，下貢上也。駿厖，馬也。或云：駿，大也；厖，厚也。惟正之供，不過取，以大厚下也。龍，寵也。戁，恐也。竦，懼也。武王，即湯也。虔，恭也。鉞，大斧。曷、遏通，止也，或云誰何也。苞，本也。蘖，旁生萌也。韋，豕韋，彭姓；顧與昆吾，皆己姓：夏諸侯之助桀爲惡者，即三蘖也。葉，世也。中葉，湯爲諸侯時也。湯年八十有七，始代夏爲天子。震，懼也。業，危也。指夏臺之難。天子，指湯。卿士，伊尹也。阿衡，伊尹官號，如太公之號尚父也。阿，倚也；衡，平也：倚以爲平也。古字阿、倚通。

《長發》七章，一章八句，四章章七句，一章九句，一章六句。

撻彼殷武，奮伐荆楚。罙迷入其阻，裒抔荆之旅。有截其所，湯孫之緒上聲。○維女汝荆楚，居國南鄉。昔有成湯，自彼氐低羌。莫敢不來享，莫敢不來王，曰商是常。○天命多辟必，設都于禹之績。歲事來辟，勿予禍適責，稼穡匪解叶歇。○天命降監叶兼，下民有嚴。

不僭不濫，不敢怠遑叶〔一〕。命于下國，封建厥福叶北。○商邑翼翼，四方之極。赫赫厥聲，濯濯厥靈。壽考且寧，以保我後生。○陟彼景山，松柏丸丸。是斷叶短是遷，方斲是虔叶千。松桷有梴蟬，旅楹有閑，寢成孔安。

《古序》曰：「《殷武》，祀高宗也。」○此高宗崩，三年喪畢，袝主於廟之樂歌。頌中興之功，而歸於作廟，所謂百世不遷之廟也。若《玄鳥》，時祭之歌耳，然什先《玄鳥》而後《殷武》，何也？重服楚以終頌也。三代以前，王都多在西北，楚地據東南，半天下。王者南面出治，失楚，則如面牆。故曰「維女荆楚，居國南鄉」，言至近而要也。天下有道，則首善焉，文王之二《南》是也；無道則首叛焉，商、周之中業是也。繼世之王，有能中興者，則天下視此爲向背焉，高宗之《殷武》，周宣之《采芑》是也。孟子云：「廣土衆民，君子欲之。」明王不作，楚未易撫也。有王者起，必在東南。是以仲尼不遇于齊、魯，將遂適荆。先之以子夏，申之以冉求，徘徊陳、蔡之閒者垂十年，其意常在楚耳。及子西見阻，昭王不禄，然後反魯。删《詩》脩《春秋》，二經聖人心思，隱微所寄也。《春秋》重與楚王，以楚本易王也；《詩》十二國不列《楚風》，以楚非一國也。天運自北而南，故《風》始南音，《頌》終歌楚。欲有爲而不得爲，聖人未竟之志可思也。天下雖安，忘戰則危，故周

〔一〕「叶」後闕一字，諸本同。

公作《立政》曰：「克詰戎兵，以陟禹之迹。」王者先内後外，先德後功，始二《南》而終《殷武》，文武内外之辨也。○一章 撻然敏疾者，殷王之武。奮伐荆楚，深入險阻，裒聚其衆，王師所臨，截然帖服。此湯之孫所以中興，承先王之緒業也。○二章 楚既服矣，戒之曰：爾居王國南鄉，非遠也。昔在湯世，自彼氐羌之遠，莫敢不來獻享，莫敢不來朝見，謂此乃商之常禮耳。況汝荆楚，何敢不至乎？○三章 荆楚既平，諸侯畏服。天命衆君，建國于禹功九州内者，咸以歲時朝覲之事，來見辟王，求免禍謫。皆曰：「田野不治，則有讓；予之稼穡，亦匪懈矣，庶免禍謫乎？」其相畏服如此。○四章 高宗中興，非徒恃武功耳。天命降視，在於民心。故下民可畏，賞不僭差，刑不淫濫，敬天畏民，不敢怠遑。故天命于下國，封殖其福，使夷夏率附也。○五章 畿内之治，翼翼整飭，爲四方取極。赫然聲譽顯盛，濯然靈爽精明，中興之業偉矣。又其享國長久，壽考康寧，以能保安我後人也。○六章 功大者，廟祀不毁。今者作廟，升彼高山，松柏丸丸圜直，斲之于山，遷之于肆，齊等斲削，積之使乾。以松爲桷，梴然而長，衆楹閑然均稱。廟寢既成，高宗之神，甚安妥矣。○撻，疾貌，所謂兵貴神速也。殷武，殷王之武。罙，深也。阻，險也。裒，聚也。湯孫，即高宗。氐羌，西極遠夷也。多辟，列侯也。禹績，分畫九州，禹之功也。來辟，來王也。適、謫通，責讓也。降監，下視也。嚴，畏也。僭，賞差也。濫，刑過也。高宗享國四十有九年，故曰「壽考」。後生，後嗣也。景，高大也。丸丸，木調直貌。虔、乾通，積材使乾也。古虔音與千近，凡斬伐曰虔劉。梴，長也。楹，柱也。閑，穩稱也。此與《魯頌》「新廟」異，魯更新，此始作也。

《殷武》六章，三章章六句，二章章七句，一章五句。

毛詩原解卷三十六商頌終

時萬曆丙辰季春京山郝氏刊刻

附録・序跋提要

錢澄之《田間詩學・詩學凡例》

京山郝氏《解》，余初受經時，先君子即授以是書，因知有《小序》《大序》之別，而解經斷宜遵《小序》也。特郝氏拘定《序》説，《序》有難通者，輒爲委曲生解，未免有以經就傳之弊。而又立意與《集傳》相反，不得其平。至於議論之精醇者，又往往足以發明《集傳》，其功不可誣也。

《四庫全書總目》經部十七・詩類存目一

《毛詩原解》三十六卷（浙江巡撫採進本）

明郝敬撰。敬有《周易正解》已著録。是書前有《讀法[一]》一卷，大指在駁《朱傳》改《序》之非。於《小序》又惟以卷首一句爲據，每篇首句增「古序曰」三字，餘文則以「毛公曰」别之。《序》或有所難通者，輒爲委曲生解，未免以經就傳之弊。而又立意與《集傳》相反，亦多過當。夫《小序》

〔一〕「讀法」，似爲「讀詩」之誤。

確有所受，而不能全謂之無所附益；《集傳》亦確有所偏，而不能全謂之無所發明。敬徒以朱子務勝漢儒，深文鍛鍊，有以激後世之不平，遂即用朱子吹求《小序》之法，以吹求朱子。是直以出爾反爾，示報復之道耳，非解經之正軌也。